Widmung

Für meine Leser, viele von euch in
C.N. Crawfords Coven auf Facebook.

Ich liebe es, euch Eskapismus zu bieten.

Die Originalausgaben erschienen 2021 und 2022 unter den Titeln:
City of Thorns (The Demon Queen Trials Book 1)
Lord of Embers (The Demon Queen Trials Book 2)
Garden of Serpents (The Demon Queen Trials Book 3)

Die deutschsprachigen Ausgaben erschienen zuerst 2023 und 2024 unter den Titeln:
City of Thorns (Königin der Dämonen 1)
Lord of Embers (Königin der Dämonen 2)
Garden of Serpents (Königin der Dämonen 3)

Titel: *City of Thorns – Gesamtausgabe*
Übersetzung: Katharina Stegen
Cover: Yocla Book Cover Design
Textgestaltung: Julian Kiefer
ISBN: 978-3-98942-394-7

Eulerstraße 2, 13357 Berlin

C.N. CRAWFORD

CITY OF THORNS

GESAMTAUSGABE

VON MORGEN VERLAG

CITY OF THORNS

KÖNIGIN DER DÄMONEN

BUCH I

KAPITEL 1

Ich versuchte den Typen, dem ich gestern Abend eine verpasst hatte, nicht anzustarren. Drei Dinge machten es mir schwer. Erstens: Das Veilchen um Jacks Auge hatte ein tiefes, leuchtendes Violett angenommen, das im Neonlicht des Seminarraums glänzte. Zweitens: Er gehörte gar nicht in dieses Seminar. Und drittens saß er ganz hinten und machte eine groteske Geste, bei der er seine Zunge durch V-förmige Finger schob.

Kurz gesagt, meine Präsentation lief nicht gut.

Jack Corwin belästigte mich seit der Highschool. Ich hätte erwartet, dass er im letzten College-Jahr über die Finger-im-Loch-Gesten und die vorgetäuschten Orgasmusgesichter hinausgewachsen wäre, aber Jack widersetzte sich gern den Konventionen. Warum sollte er diese Art von Widerwärtigkeit aufgeben, wenn sie doch sein Markenzeichen war?

Ich hatte mich so gut auf den heutigen Tag vorbereitet. Stundenlang hatte ich mir die Namen der relevanten psychologischen Studien eingeprägt. Ich hatte mir ein knielanges schwarzes Kleid mit weißem Kragen ausgesucht – niedlich, aber professionell und nur leicht gruftig. Ich hatte mir meine Notizen abgeschrieben und meine knallroten Locken zu einem ordentlichen Pferdeschwanz gebunden. Doch meine Vorbereitung spielte keine Rolle mehr, sobald ich mit dieser wedelnden Zunge konfrontiert wurde.

Konzentrier dich, Rowan. Vergiss ihn.

Ich straffte meine Schultern und musterte den Rest des Seminars. Meine Kommilitonin Alison zwirbelte eine blonde Locke um ihren Finger und sah mich erwartungsvoll an. Sie schenkte mir ein ermutigendes Lächeln.

Ich warf einen Blick auf meine Notizzettel und begann wieder vorzutragen. »Wie ich schon sagte, ist das Konzept der verdrängten Erinnerungen sehr umstritten.« Ich hob meinen Blick. »Viele Psychologen bestreiten ...«

Jack machte einen Kreis mit seinem Finger und seinem Daumen, dann schob er seinen anderen Zeigefinger hinein und wieder heraus. Um es perfekt zu machen, öffnete er seinen Mund weit für ein Orgasmusgesicht. Das Licht schimmerte auf der seltsamen silbernen Brosche, die er immer trug und die die Form eines Hammers hatte.

»Sorry. Äh, dissoziative Amne...«, fing ich wieder an, »... so steht im DSM ...«

Im hinteren Teil des Klassenzimmers, wo niemand außer mir ihn sehen konnte, bewegte Jack seine Hüfte stoßend auf und ab.

In mir kochte die Wut. Aus mehreren Gründen war er der letzte Mensch, den ich in meiner Nähe haben wollte, und ich zeigte schließlich auf ihn. »Sollte er hier sein?«, platzte ich heraus. »Er ist nicht in diesem Kurs. Warum ist er dann hier?«

Leider hatte niemand sonst gesehen, was er tat, also wirkte ich einfach wie eine Idiotin.

Mein Professor, Dr. Omer, hob seine dunklen Augenbrauen und starrte mich an. Als er in den hinteren Teil des Raumes blickte, gab Jack ein perfektes Bild der Unschuld ab. Er hielt seinen Stift in der Hand, als ob er sich die ganze Zeit Notizen gemacht hätte. *Nur ein fleißiger Junge, der lernen will.*

Dr. Omer verschränkte seine Finger und sah mich stirnrunzelnd an. Er sagte nichts, weil er diese Psychologen-Sache durchzog, bei der er einen schweigend ansah und darauf wartete, dass man merkte, dass man etwas Unangemessenes getan hatte. Ich schluckte schwer.

Die Sache war die: Jack war mir gestern Abend gefolgt und hatte mich vor meinem Haus in die Enge getrieben. In Wirklichkeit verfolgte er mich seit Jahren. Es gab einen legitimen Grund, warum ich ihm ein blaues Auge verpasst hatte.

Aber das hier war keine Therapiesitzung, und ich versuchte auch nicht, professionell zu sein. Wir waren hier, um zu lernen oder zumindest eine gute Note im Zeugnis zu bekommen.

»Er ist nicht in diesem Kurs«, wiederholte ich etwas leiser. »Ich verstehe nicht, warum er hier ist.«

Ich spürte die Blicke meiner Mitstudenten auf mir und Hitze breitete sich in meinem Nacken aus. Da ich blass wie Milch war, ließ sich schwer verbergen, wenn ich rot wurde.

»Er hört sich den Kurs für den Rest des Semesters an«, sagte Dr. Omer mit ruhiger Stimme. »Er hat die Erlaubnis, hier zu sein.« Er presste seine Finger für einen Moment gegen die Lippen und runzelte die Stirn. Der Psychologen-Blick. Dann meinte er: »Gibt es ein Problem mit deiner Präsentation? Du bist doch sonst immer gut vorbereitet, Rowan.«

Normalerweise bewunderte ich Dr. Omers ruhiges Auftreten, aber jetzt wirkte es so, als würde er das Haus, das um ihn herum brannte, einfach ignorieren.

Ich atmete tief und langsam ein und versuchte mich zu konzentrieren, indem ich an meine Füße dachte, die fest auf dem Boden verwurzelt waren. *Konzentrier dich einfach und steh das durch, Rowan.* Heute Abend würde ich mit meiner besten Freundin Shai auf meinen zweiundzwanzigsten Geburtstag anstoßen. Bier, Pizza, Klatsch und Tratsch über ihr tolles neues Leben. Alles, was ich tun musste, war die nächsten zwanzig Minuten zu überstehen.

»Überhaupt kein Problem.« Ich lächelte. »Ich war nur einen Moment lang verwirrt. Ich bin eigentlich wie immer sehr gut vorbereitet.« Ich räusperte mich. »Dissoziative Amnesie ist theoretisch ein Zustand, der …«

Warte. Würde er wirklich für den Rest des Semesters in diesem Kurs bleiben? Ich *musste* dieses Seminar besuchen, um meinen Abschluss zu machen.

Ich warf einen Blick aus dem Fenster auf die City of Thorns – die magische Stadt, die sich über Osborne, Massachusetts, erhob. Ich hatte vor, dort das Graduiertenkolleg zu besuchen, und zwar so bald wie möglich.

»Rowan?«, fragte Dr. Omer mit einem Hauch von Verärgerung in seinem Ton. »Es wäre vielleicht besser, wenn du das an einem Tag wiederholst, an dem du besser vorbereitet bist. Ich glaube nicht, dass das die beste Nutzung unserer Seminarzeit ist.«

Autsch. Meine Hände zitterten, aber ich war mir nicht sicher, ob das die Folge von Angst oder Wut war.

»Nein, ich hab's schon. Tut mir leid. Ich wurde durch den nicht funktionierenden Projektor aus dem Konzept gebracht.« Ich schluckte, bereit, meine Fassung wiederzuerlangen. »Was ich meine, ist die Unfähigkeit, auf Erinnerungen im Unterbewusstsein zuzugreifen …« Ich drehte meine Notizzettel um und versuchte, meine Gedanken zu etwas Zusammenhängendem zu ordnen. »Besonders autobiografische Erinnerungen, die Dinge aus jemandes Leben …« Ich schaute wieder zu Jack auf und sah, wie er sich in seinem Stuhl zurücklehnte und seine Brustwarzen massierte, während seine Zunge aus seinem Mund ragte.

An diesem Punkt verhedderten sich zwei Überlegungen in meinem Kopf. Die eine war der nächste Satz auf meinem Notizzettel, der lautete: »Wenn du dir vorstellen könntest …« Die andere war: *Ich würde diesen Mistkerl gern noch einmal schlagen.* Während mein Gehirn über die beiden Gedanken stolperte, starrte ich Jack direkt an und platzte heraus: »Wenn du den Mistkerl wieder lieben könntest …«

Das ergab keinen Sinn, klang aber definitiv unangebracht.

Erschrockenes, halb unterdrücktes Lachen unterbrach die Stille.

Die Studenten drehten sich wieder zu Jack um. Er hatte sofort wieder seine unschuldige Pose eingenommen und schaute angesichts meiner Äußerung verdutzt drein. Seine Augenbrauen hoben sich.

Mein Magen sackte in sich zusammen.

Töte mich. Bitte, lass mich einfach im Boden versinken.

Ich spürte, wie die Wärme über meine Wangen kroch, als eine schreckliche Stille eintrat. Die Lichter surrten und flackerten über mir, und mein Mund wurde trocken. »Ich habe mich versprochen.« Ich wies auf Jack. »Er hat Grimassen geschnitten …« Ich merkte, wie lahm das klang, und brach ab.

Jacks Besessenheit von mir hatte vor Jahren begonnen, als er mich in der neunten Klasse an der Osborne Highschool um ein Date gebeten hatte. Ich hatte Nein gesagt und das hatte ihn wütend gemacht. Also hatte er Gerüchte darüber in die Welt gesetzt, dass ich das ganze Baseballteam gevögelt hätte. Alle hatten ihm geglaubt. Die nächsten vier Jahre wurde ich Home Run Rowan genannt, und er hatte sogar Nacktfotos von Pornodarstellerinnen so bearbeitet, dass sie mein Gesicht trugen. So waren meine Highschool-Jahre gewesen.

Aber das konnte ich jetzt nicht erzählen. Die Studenten wollten diesen Abschnitt ihres Tages hinter sich bringen und zum Taco-Dienstag in der Mensa übergehen.

»Ich habe mich versprochen«, wiederholte ich.

Dr. Omer presste seine beiden Handflächen vor dem Mund zusammen. »Okay, ich weiß nicht genau, was hier los ist, aber ich spüre, dass es einen zwischenmenschlichen Konflikt gibt, und ich glaube nicht, dass dies ein produktives Forum für eine Diskussion ist. Wenn es ein Problem zwischen euch beiden gibt, können wir das nach dem Unterricht klären.«

Jack schaute verlegen und hob zum ersten Mal seine Hand. »Ich glaube, ich weiß, was los ist. Rowan war wütend, als ich ihr gestern Abend eine Absage erteilt habe, und sie wusste nicht, wie sie damit umgehen sollte. Sie ist ausgerastet.« Er deutete auf sein Auge. »Aber ich schwöre, ich bin bereit, den körperlichen Angriff hinter mir zu lassen. Ich bin bereit, mich auf Abnormale Psychologie zu konzentrieren. Ich bin ein engagierter Student. Wenn Sie sich mein Zeugnis ansehen, werden Sie feststellen, dass ich einer der besten Studenten bin, die Sie je hatten.«

»Oh, mein Gott!« Alison riss die Augen weit auf. »Hast du ihm wirklich das blaue Auge verpasst?«, fragte sie mich. »Ich will ja nicht dramatisch sein, aber ich habe gerade wirklich große Angst.«

Jemand sagte etwas davon, die Polizei zu rufen. Andere lachten, halb schockiert und halb begeistert. Aus ihrer Sicht war das wahrscheinlich das Aufregendste, was in diesem Semester passiert war. Das war besser als der Taco-Dienstag. Das war ein *Drama.*

Ich zerknüllte meine Zettel in den Händen und mein Herz klopfte gegen meine Rippen. »Ich habe ihn geschlagen, ja, aber er hat es verdient. Er ist das Problem hier, nicht ich.«

Vor meinem inneren Auge löste sich das Empfehlungsschreiben von Dr. Omer in Luft auf. Auf Wiedersehen, Studium in der City of Thorns; auf Wiedersehen, mein Lebenstraum, ein ungelöstes Verbrechen aufzuklären.

Gestört. Ich wirkte völlig gestört.

Sie irrten sich, aber nichts ließ einen verrückter erscheinen, als zu schreien, dass man selbst die Vernünftige war.

»Okay, wisst ihr was?« Ich warf die Notizzettel in den Mülleimer. »Ich glaube, meine Präsentation ist vorbei.«

Mein ganzer Körper surrte vor Adrenalin, als ich aus dem Raum stürmte.

Kapitel 2

Ich saß auf dem Bett in meiner Kellerwohnung und skizzierte die Tore der City of Thorns.

Nach meinem miesen Tag war ich lange joggen gegangen. Ich hatte das Tempo hochgeschraubt und meine Muskeln brannten immer noch, als ich sie auf der Bettdecke dehnte. Laufen war die beste Art, mit Stress umzugehen und mich in meinem Körper zu verlieren. Es waren auch die einzigen Momente, in denen ich mich bei etwas wirklich gut fühlte. Das einzige Problem war, dass ich manchmal, wenn meine Füße durch die Blätter im Wald flogen, Flashbacks an die Nacht hatte, in der Mom gestorben war. Ich hörte ihre Stimme, die mir sagte, ich sollte rennen.

Ich schüttelte den Kopf, um die dunkle Erinnerung zu verdrängen. Stattdessen konzentrierte ich mich darauf, das Bild des Tores zu perfektionieren. Diese Zeichnung diente keinem Zweck, aber ich war völlig besessen von den Konturen des Tores – der schmiedeeiserne Eingang zur Dämonenstadt, verziert mit einem Totenkopf in der Mitte, seltsam schön und abschreckend zugleich. Vielleicht war es nicht die gesündeste Besessenheit, wie eine Verrückte immer wieder das Gleiche zu zeichnen, aber wenigstens dachte ich nicht an Jack Corwin.

Ich atmete aus, während ich den Schädel schattierte. Hier zu wohnen war Teil meines Plans, Geld für die Graduiertenschule in der Dämonenstadt zu sparen. Dadurch gab ich keinen Cent mehr aus als nötig, schließlich lebte ich in einem Keller mit sechs anderen mittellosen Studenten. Unsere Zimmer waren durch dünne Holzwände voneinander getrennt, und wir teilten uns ein Bad und eine Küchenzeile, die hauptsächlich aus einem Kochtopf und einem Wasserkocher bestand.

Mein Telefon summte – ein Anruf von Shai – und ich nahm ab. »Hey.«

»Oh! Du hast tatsächlich geantwortet, anstatt so zu tun, als wärst du beschäftigt, und dann zwei Minuten später eine Nachricht zu schreiben.«

Ich grinste. »Wer redet denn heute noch am Telefon? Das macht alle nervös, außer dich.«

»Was machen wir denn an deinem Geburtstag? Es gibt da diesen tollen Thai-Imbiss, den ich unbedingt ausprobieren möchte, und ich könnte dir Essen bringen, vielleicht zusammen mit ein paar Flaschen Wein.«

Ich lächelte. »Meine neue Wohnung ist ein schäbiger Keller mit Spinnen. Und im Vergleich zu deinem schicken Wohnheim an der Belial-Universität wird es dir wie ein richtiges Drecksloch vorkommen.«

»Ist es wirklich so schlimm?«

»Warte.« Ich knipste ein paar Fotos zum Beweis und schickte sie ihr. »Okay. Siehst du, wenn wir uns wie normale Leute einfach nur Nachrichten schreiben würden, würde das hier alles viel reibungsloser ablaufen.«

Nach einem Moment hörte ich sie sagen: »Oh, okay. Nun, ja, es ist klein. Hübsch eingerichtet, aber klein. Ich mag die Vorstellung von Spinnen nicht ... Ich wünschte, ich könnte dich hier haben, aber ich *glaube,* du könntest ganz legal von Dämonen ermordet werden, wenn ich dich reinschmuggle.«

Ich nickte. »Das würde ich gern vermeiden. Vielleicht nur auf einen Drink irgendwo in Osborne?«

»Warte mal ... Ich zoome gerade in deine Fotos rein, um zu sehen, ob ich irgendwas Peinliches finde.«

»Ich habe zweiunddreißig Bilder von den Toren der City of Thorns gemalt, und die meisten sind an die Wand geklebt«, sagte ich. »Das ist ziemlich peinlich.«

»Ja, aber ich wusste schon, dass du eine Spinnerin bist. Ich hatte gehofft, dass du auch eine Art heimlicher Sex-Freak bist. Eine Sekunde lang dachte ich, ich hätte riesige rote Dildos neben deinem Bett gesehen, aber jetzt sehe ich, dass es Feuerlöscher sind.«

»Was ist das Gegenteil von einem Sex-Freak?«, fragte ich. »Das bin nämlich ich.«

»Okay, aber warum hast du zwei Feuerlöscher neben deinem Bett?«

Ich setzte mich aufrecht hin und wurde schon bei dem Gedanken daran unruhig. »Es gibt keinen Weg hier raus, Shai. Es gibt ein kleines Fenster über dem Bett, aber es lässt sich nicht öffnen. Wenn das Haus brennt, muss ich mich aus einer entfernten Ecke aus dem Keller herauskämpfen, während die Wände um mich herum in Flammen stehen.«

Sie atmete scharf ein. »Oh, Mist. Kannst du vielleicht eine andere Wohnung finden? Das klingt selbst mit den Feuerlöschern nicht sicher. Ist das überhaupt legal?«

»Wahrscheinlich nicht, aber ich habe auch Feuermelder installiert. Und ich habe mich mit dem Zeug eingedeckt, das Stuntmen benutzen, um durch Flammen zu kommen.«

»Warte, *was*?«, rief sie.

Ich ging im Geist durch, was unter meinem Bett lag. »Feuerhemmende Kleidung und Gels, die verhindern, dass meine Haut brennt, wie in Hollywood. Ich könnte durch Flammen laufen, wenn ich müsste. Oh! Und ich habe eine Gasmaske gekauft, falls ich durch Rauchschwaden gehen muss. Ich bin ziemlich gut ausgerüstet mit allem möglichen Zeug.«

»Natürlich. Du bist also immer noch eine Art Prepper, nehme ich an?«

»Ja, also im Falle einer Dämonenapokalypse kommst du her. Ich habe mehrere große Säcke mit Bohnen und Reis und ein paar Antibiotika. Allerdings sind die für Fische.«

»Schön«, sagte sie. »Wir werden die Dämonen also mit Burritos und Penicillin töten?«

»Für den Fall, dass die Geschäfte und Arztpraxen schließen. Und ich habe einen Wasseraufbereiter, falls das Reservoir verseucht ist.«

Was ich nicht erwähnte, war mein seltsamster Prepper-Gegenstand: der Fuchs-Urin, den Jäger benutzten, um ihren Geruch zu verbergen. Wenn die Dämonen in Osborne wüteten und nach Blut lechzten sollten, würde ich mich einfach in Fuchspisse tränken. Dann würden sie mich nie finden. Aber das brauchte Shai nicht zu wissen. Selbst bei meiner besten Freundin hatte ich eine Grenze, die ich nicht überschritt.

»Okay«, sagte Shai. »Nun, da gerade keine Apokalypse stattfindet, sollten wir uns überlegen, wo wir Margaritas trinken, okay?«

»Ich bin mit allem zufrieden, egal wo. Es wird einfach Spaß machen, dich zu sehen und aus dem Keller zu kommen. Und ich brauche unbedingt einen Drink. Ich habe heute eine absolut katastrophale Präsentation in meinem Kurs über Abnormale Psychologie gehalten.«

»Verdammt. Okay. Gib mir kurz Zeit, um herumzutelefonieren und zu sehen, ob ich uns was reservieren kann, ja? Ich schicke dir gleich eine Nachricht.«

Sie legte auf und ich lehnte mich in meine Kissen. Eine flackernde Bewegung erregte meine Aufmerksamkeit und ich blickte auf eine Spinne, die über den Boden huschte. Der Geruch von Schimmel und Moder lag schwer in der Luft.

Ich zog meinen Zeichenblock und meinen Bleistift in meinen Schoß und beendete die Filigranarbeit an einem weiteren Bild von den Toren der City of Thorns.

Es gab nur zwei Arten von Sterblichen, die in der Stadt zugelassen waren: die Diener, die in ihre Rolle hineingeboren wurden, und Studenten wie Shai, die es sich leisten konnten. Jedes Jahr nahm die Belial-Universität in der City of Thorns etwa dreihundert sterbliche Bewerber auf. An der Dämonenuniversität Belial lernten sie, ihre Karrieren mit den magischen Künsten zu bereichern. Absolventinnen und Absolventen wie Shai bekamen immer eine gute Arbeitsstelle, egal in welchem Bereich.

Aber in meinem Fall war die Bildung nicht der *eigentliche* Grund, warum ich an die Dämonenuniversität wollte.

Ich wollte Rache. Ich wollte den Dämon finden, der meine Mutter getötet hatte.

Als das Bild des Tors fertig war, blätterte ich die Seite um und begann einige Zahlen zu meinem Kontostand zu notieren. Im Moment hatte ich fünfundsiebzigtausend Dollar Schulden an Studentenkrediten mit sieben Prozent Zinsen. Wenn ich das zurückzahlen und außerdem die hunderttausend sparen wollte, um an der Belial Universität studieren zu können, dann …

Mein Magen drehte sich um.

Jedes Mal, wenn ich anfing, diese Berechnungen zu machen, drückte das Gewicht der Unmöglichkeit auf mich herab. Ich hatte es schon eine Million Mal durchkalkuliert, aber die Zahlen passten nie zusammen. Mit meinen Kreditzinsen hätte ich die hunderttausend Dollar ungefähr …

Niemals.

Ich würde niemals hunderttausend Dollar haben, um reinzukommen.

Immer öfter dachte ich über einen Plan B nach: in die Stadt einbrechen und dann irgendwie nicht auffallen. Es musste doch einen Weg geben. Selbst eine uralte Dämonenstadt würde eine Schwachstelle haben.

Als ich anfing, über meinen noch gefährlicheren und verrückteren Plan nachzudenken, summte mein Telefon mit einer Nachricht von Shai: *Cirque de la Mer. Zwei Cocktails zum Preis von einem heute Abend. Triff mich dort um 20:30 Uhr xo*

Wahrscheinlich war es gut, dass sie mich dabei unterbrach, Einbruchspläne zu schmieden, bevor ich mir etwas ausdachte, dass mich noch umbrachte.

Ich saß am weißen Marmortresen im Cirque de la Mer, meine roten Haare vom Septemberregen durchnässt, trank ein Guinness und leckte mir den Schaum von den Lippen. Ich trug immer noch mein schwarzes Kleid und meine Stiefel, aber ich hatte mich mit schwarzem Nagellack, Eyeliner und silbernen Ringen ein wenig aufgepeppt. Das war mein Look: rothaarige Goth-Puritanerin.

Hinter der Bar blickten riesige Fenster auf den Atlantik, und das Meer glitzerte im Sternenlicht. Dubstep dröhnte um mich herum. Mir gefiel es hier, mit der lauten Musik, die meine eigenen Gedanken übertönte, und dem herrlichen Blick auf das Meer. Natürlich war dies wahrscheinlich die teuerste Bar an der Nordküste von Massachusetts, aber für heute Abend wollte ich mir keine Gedanken über Geld machen. Die Kredite waren so lächerlich hoch, dass ich eh nichts mehr tun konnte. Ich könnte genauso gut eine Milliarde Dollar Schulden haben.

Als Shai sich an der Bar neben mich setzte, strahlte sie mich an. Ihr dunkles Haar fiel in zwei langen Zöpfen über ein cremefarbenes Kleid. Sie trug leuchtend roten Lippenstift, der perfekt zu ihrer hellbraunen Haut passte.

Ich hatte es wirklich dringend nötig gehabt, ein freundliches Gesicht zu sehen.

Sie umarmte mich. »Hallo, Geburtstagskind. Was trinken wir? Tequila Shots?«

Ich schüttelte den Kopf. »Ich habe Tequila nach dem Vorfall am Harvard Square abgeschworen.«

Sie zog eine Grimasse. »Oh, richtig. Okay, dann lass uns essen und Cocktails holen, damit du dich nicht schmutzig machst.« Sie hob die

Hand und der Barkeeper kam sofort mit einem Lächeln herüber. Shai bestellte uns zwei Mojitos und eine Butternut-Kürbis-Pizza.

Nachdem das erledigt war, drehte sie sich mit hochgezogenen Augenbrauen wieder zu mir um. »Okay, was war das mit deinem Albtraum von einem Tag?«

Ich seufzte. »Jack Corwin ist mitten in meiner Präsentation im Seminar aufgetaucht und hat Orgasmusgesichter gemacht, während ich versucht habe, mich zu konzentrieren. Und dann hat er behauptet, ich hätte ihm ein blaues Auge verpasst.«

Ihre Hand flog für einen Moment zu ihrem Mund. »Erstens, vergiss den Kerl. Zweitens, hat er den Verstand verloren? Wie kommt er darauf, dass die Leute glauben würden, du hättest ihn geschlagen?«

Ich räusperte mich. »Also, was das angeht. Ich habe ihn tatsächlich geschlagen.«

»*Was*?«

»Nachdem er versucht hat, mir seine Zunge in den Hals zu rammen«, sagte ich abwehrend.

»Er hat dich also zuerst angegriffen? Du musst die Bullen rufen. Er lässt die Dinge eskalieren. Er stalkt dich schon seit Jahren.«

Der Barkeeper schob unsere Mojitos über die Theke und ich griff sofort nach meinem. Ich nahm einen Schluck und ließ den Geschmack nach Minze und Limette über meine Zunge fließen. »Ich habe es bei der Osborne State und bei der Polizei gemeldet, aber die haben schon vor langer Zeit entschieden, dass ich überreagiere. Anscheinend ist es nicht illegal, ein Mistkerl zu sein, und ich bin mir nicht sicher, ob sie das, was letzte Nacht passiert ist, auch so sehen würden wie ich. Sein Vater ist ein Kongressabgeordneter oder so, also …« Ich nahm noch einen Schluck. »Weißt du was? Ich habe es satt, über ihn nachzudenken. Bitte erzähl mir von der City of Thorns. Lassen wir Jack heute Abend aus dem Spiel. Ich will von den Dämonen hören.«

»Wo soll ich nur anfangen?«

Ich hob meine Augenbrauen. »Glaubst du, Dämonen können die City verlassen?«

Sie schüttelte den Kopf. »Soweit ich weiß, gibt es eine Art magischen Zauber von vor Hunderten von Jahren, der sie an die eine oder andere Dämonenstadt bindet. Aber gelegentlich können sie zwischen ihnen reisen. Warum fragst du?«

»In der Nacht, in der meine Mutter ermordet wurde ...« Ich schaffte es nicht, den Satz zu beenden. Es war, als würde sich die Luft abkühlen und die Atmosphäre dornig werden, wann immer ich das schmerzhafte Thema ansprach. Es gab keinen einfachen Weg zu sagen: *Eines Nachts hat ein Dämon mit einem leuchtenden Stern auf dem Kopf meine Mutter im Wald gejagt und verbrannt.* Und da das Grauen dieser Nacht selbst jetzt noch sehr präsent war, war es schwer, darüber zu sprechen, ohne das Gefühl zu haben, im Verlust zu ertrinken.

Manchmal dachte ich, das Einzige, was mich über Wasser hielt, war die Gewissheit, dass ich ihren Tod rächen würde. Dass ich in die City of Thorns gelangen und ihren Mörder finden würde.

Aber das war zu dunkel und unheimlich, um es laut auszusprechen. Schlimmer als die Fuchspisse unter meinem Bett.

KAPITEL 3

Wir saßen an der Marmorbar, und vor uns glitzerte das nachtschwarze Meer. Ich wollte den Abend nicht ruinieren und winkte mit einer Hand. »Schon gut. Ich möchte mehr über dein Leben in der City erfahren. Wie ist es so?«

Ich konnte spüren, wie die Spannung in der Luft wieder abfiel. »Verdammt toll«, sagte Shai. »Vielleicht mache ich noch ein Jahr länger. Irgendeine Chance, dass du das Geld für nächstes Jahr zusammenbekommst?«

»Ich arbeite an ein paar Ideen, um reinzukommen.« Zu diesem Zeitpunkt waren es höchst illegale Ideen. »Wie sieht dein Wohnheim aus?«

»Mein Zimmer hat einen Balkon und es gibt Bedienstete. Sogar das Meer ist dort viel schöner. Es ist nicht wie der Atlantik – es ist ein wunderschöner tropischer Ozean, der mit Magie geschaffen wurde. Okay, die Stadt hat ja sieben Bezirke, die jeweils einem Dämon zugeordnet sind. Die Universitätsgebäude sind auch so organisiert. Ich wohne in der Lucifer Hall, das ist so ein riesiges Schloss aus Stein.«

Selbst wenn ich meine Rachepläne beiseiteschob, war mein Neid lähmend. »Und wie läuft der Unterricht ab?«

»Die Kurse finden in Hörsälen statt, die vierhundert Jahre alt sein müssen, mit Sitzen, die rund um eine Bühne angebracht sind.« Sie seufzte. »Ich weiß, es kostet wahnsinnig viel. Aber ich will eben magische Künste lernen. Belial ist die beste Hexenakademie für Sterbliche. Ich will unbedingt noch ein Jahr bleiben.«

»Und wie sind die Dämonen so?«

Sie fuhr mit der Fingerspitze über den Rand ihres Mojitos. »In meinen Kursen sitzen hauptsächlich angehende sterbliche Hexen, aber es gibt auch ein paar Dämonen und natürlich die Professoren. Sie sind wunderschön und verdammt einschüchternd. Einige von ihnen haben Hörner, aber nicht alle. Ich habe noch niemanden getroffen, der besonders böse zu sein scheint. Zumindest niemanden, der schlimmer ist als Jack.« Sie drehte sich um, hob ihr leeres Glas und winkte dem Barkeeper, uns eine neue Runde zu bringen. Dann drehte sie sich wieder zu mir um. »Ich habe gehört, dass der König übel ist – er und der Herr des Chaos. Sie sind beide furchterregend, aber ich habe sie bisher nur aus der Ferne gesehen.«

Meine Augenbrauen schossen hoch. »Okay, fang mit dem König an. Was sagt man über ihn so?«

Sie beugte sich verschwörerisch vor. »König Cambriel ist erst seit kurzem König. Er hat seinen Vater umgebracht, König Nergal, der Hunderte von Jahren regiert hat. Also, Cambriel hat den Kopf seines Vaters abgeschlagen und ihn auf das Tor vor seinem Palast gesteckt.«

Ich erschauderte. »Das ist übel.«

»Ein Dämonenkönig kann nur sterben, wenn sein Erbe ihn tötet, und Cambriel hat genau das getan. Jetzt ist er offenbar auf der Suche nach einer Dämonenkönigin, und es gibt allerlei Gerüchte darüber, welche Frau er wählen könnte.«

Während ich meinen ersten Mojito austrank, brachte der Barkeeper schon zwei weitere.

»Und die Frauen *wollen* einen Kerl heiraten, der den Kopf seines Vaters über seinem Eingangstor aufgespießt hat?«, fragte ich. »Klingt nach einem guten Fang.«

»Für die weiblichen Dämonen ist er das.« Sie schob einen der Mojitos zu mir rüber. »Und der Herr des Chaos ist der andere begehrteste Junggeselle in der Stadt. Er ist ein Außenseiter – ein Herzog aus der

City of Serpents in England, also war er dort Anführer einer Dämonenbezirks. Keiner weiß, warum er gegangen ist, aber offenbar war es ein totaler Skandal. Normalerweise verlassen Herzöge ihre Städte nicht. Aber das Wichtigste ist, dass er anscheinend stinkreich ist.«

»Wenn es so ein großer Skandal war, warum kennt dann niemand die Details?«

Sie rührte ihr Getränk mit ihrem kleinen schwarzen Strohhalm um. »Es gibt keine Kommunikation zwischen Dämonenstädten. Dämonen können in eine neue Stadt reisen, aber sie dürfen nie über die alte Stadt sprechen. Das war eine der Bedingungen für die Kapitulation in den großen Dämonenkriegen vor Jahren, die durch Magie besiegelt wurde. Die Puritaner dachten, wenn Dämonen miteinander sprechen, könnten sie wieder stark werden und sich dann gegen die Sterblichen erheben. Also darf der Herr des Chaos nichts über die englische Dämonenstadt sagen. Und auch sonst niemand.«

»Wow.«

»Also.« Sie lehnte sich näher heran. »Keiner weiß wirklich etwas über ihn. Aber jetzt kommt das Gruseligste: Wenn ein Dämon in eine andere Stadt kommt, muss er eine Prüfung bestehen, die Höllenprüfung. Sie soll beweisen, dass die Dämonengötter den Neuankömmling gesegnet haben. Ich will nicht sagen, dass es barbarisch ist, denn das klingt verurteilend, aber es *ist* barbarisch. In der City of Thorns läuft die Prüfung so ab, dass die Dämonen durch den Wald rennen und versuchen, den Neuankömmling zu töten. Nur die, die überleben, dürfen bleiben. Die meisten von ihnen sterben, bevor sie in die Gemeinschaft eingeführt werden können, aber der Herr des Chaos hat fünfzig andere Dämonen abgeschlachtet. Jetzt wollen ihn alle Frauen, weil er so furchterregend ist. Ist doch klar.«

Ich starrte sie an. »Ist das alles legal?«

Sie zuckte mit den Schultern. »Ihre Stadt, ihre Gesetze. Sie können keine Menschen töten, ohne einen Krieg auszulösen, aber Dämonen sind Freiwild.«

Das war *faszinierend.* »Wie sieht der Herr des Chaos aus?«

»Ich habe ihn nur aus der Ferne gesehen, aber er ist wirklich schockierend schön. So schön, dass man vor ihm auf die Knie fällt. Er hat silbernes Haar, aber nicht, weil er alt ist. Es ist irgendwie ... überirdisch. Und er hat atemberaubende blaue Augen und umwerfende Wangenknochen. Er ist riesig. Ich bin in ihn verknallt, und in einen

Zorndämon namens Legion. Er hat lange schwarze Haare und diese verdammt sexy Tattoos. Sie sind beide ... umwerfend. Legion hat mich einmal angesehen, mit so einem glühenden Blick. Kein Scherz, ich habe vergessen zu atmen.«

Ich lehnte mich zu ihr herüber. »Was ist mit einem Stern? Hast du schon mal einen mit einem fünfzackigen Stern auf der Stirn gesehen?«

Eine Falte bildete sich zwischen ihren Brauen. »Wovon redest du?«

Und so schnell war ich wieder bei meinem Lebensthema – dem Mord an meiner Mutter.

Ich schüttelte den Kopf. »Schon gut. Ich habe nur ein Gerücht über Male auf der Stirn von Dämonen gehört. Vielleicht ist es bloß Blödsinn.«

Als die Pizza ankam, nahm ich mir ein Stück und schob es auf einen kleinen Teller. Sie sah erstaunlich gut aus, obwohl sie vegan war.

Shai trommelte mit ihren Fingernägeln auf den Tresen. »Warum habe ich das Gefühl, dass du immer etwas verheimlichst?«

»Manche Dinge sind dazu bestimmt, verheimlicht zu werden.« Mir lief das Wasser im Mund zusammen, als ich den Kürbis und den Knoblauch roch. Ich nahm einen Bissen, und obwohl der vegane Käse meinen Mund verbrannte, schmeckte er trotzdem herrlich. Ich war mir nicht sicher, ob selbst das magische Essen der Dämonenwelt hiermit mithalten konnte.

Als ich den heißen Bissen hinunterschluckte, fragte ich: »Zeigst du mir was von den Zaubern, die du gelernt hast? Wenn ich Kopfschmerzen habe, kannst du sie heilen?«

Sie wischte sich den Mundwinkel mit einer Serviette ab. »Ich bin noch nicht so weit. Außerdem bin ich Tiermedizinstudentin, wie du weißt. Ich kann keine Menschen behandeln.«

Ich zeigte auf sie und fühlte mich jetzt ein bisschen beschwipst. »Aber wenn mir jemand in die Schulter schießen würde, könntest du das mit Magie behandeln, oder würdest du mich in eine Katze oder so verwandeln?«

Sie erschauderte. »Wahrscheinlich halb Katze, halb Mensch. Das wäre furchtbar.«

Wir waren eine Weile still, während wir den Rest der Pizza aßen.

Als wir fertig waren, drehte ich mich um und sah, dass sich der Club langsam füllte.

»Wollen wir tanzen?«, fragte Shai.

Ich hatte schon zwei Mojitos und ein Guinness intus und rief etwas davon, dass heute mein Geburtstag war, während ich auf die Tanzfläche ging.

Sie spielten mein Lieblingslied, Apashe. Als der Beat durch den Club dröhnte, verlor ich mich in der Musik. Ich vergaß meine College-Kredite, meine katastrophale Präsentation und die Spinnen, die über mich krabbelten, wenn ich schlief. Ich vergaß Jack und den fünfzackigen Stern. Ich ließ mein Verlangen nach Rache los.

Zumindest tat ich das, bis die Musik verstummte und eine merkwürdige Spannung den Raum erfüllte.

Manchmal konnte ich die Gefahr spüren, bevor sie da war, und das war einer dieser Momente. Eine heiße, trockene Brise ließ Dunkelheit durch die Bar wehen. Ich erstarrte und stellte beunruhigt fest, dass alle mit einem Ausdruck des Entsetzens in dieselbe Richtung starrten. Eine Gänsehaut bildete sich auf meinen Armen. Die Wärme fühlte sich unnatürlich und beunruhigend an. Ich wollte mich nicht umdrehen.

Als ich es endlich tat, zog sich mein Magen zusammen. In der Tür stand ein Dämon mit silbernem Haar und Augen, die wie Eiskristalle aussahen. Der Herr des Chaos? Seine Größe und atemberaubende Schönheit machten mich schwindelig. Er sah aus wie ein verdammter Gott.

Vielleicht waren es die Mojitos, vielleicht war es seine umwerfende körperliche Perfektion, aber ich fühlte mich magnetisch von ihm angezogen. Ich wollte näher an ihn heranschweben und mich an seinen muskulösen Körper pressen. Als ich ihn anstarrte, begann mein Herz schneller zu schlagen.

Göttlich. Sein silbernes Haar hing ihm bis zu den herzzerreißend markanten Wangenknochen herunter. Er trug einen schwarzen Mantel mit hohem Kragen, der offen war. Der dünne graue Pullover darunter brachte seinen muskulösen Körper zur Geltung. Der Stoff sah weich aus, aber ich konnte sehen, dass die Bauchmuskeln darunter steinhart waren. Mein Puls raste, als ich mir vorstellte, wie ich mit meinen Fingern darüber fuhr und seine Muskeln zucken spürte.

Ich hatte Sex noch nie genossen – kein einziges Mal in meinem Leben. Aber als ich ihn ansah, dachte ich, *da* ist ein Mann, der mich wirklich befriedigen könnte.

Ich kniff meine Augen zu. Moment, was zum Teufel war mit mir los? Er war nicht einmal ein Mensch. Er war eine andere Spezies, eine, die Menschen fraß.

Aber als ich meine Augen wieder öffnete, hatte ich das Gefühl zu schmelzen. Im Gegensatz zu seinen blassblauen Augen waren seine Augenbrauen dunkel wie die Nacht. Der Effekt wirkte schockierend und hypnotisierend zugleich.

Als er mir einen Blick aus seinen blassen Augen zuwarf, durchfuhr mich eine eisige Angst. Seine Hände ballten sich zu Fäusten und er senkte das Kinn, als wollte er mich angreifen.

Ich erstarrte. Mein Herz schlug jetzt aus einem ganz anderen Grund schneller. Ich hatte seine Aufmerksamkeit, aber nicht auf eine gute Art.

Es war ein Blick der reinen, unverfälschten Abscheu, ein Blick des spürbaren Hasses, der in meinem Kopf die Alarmglocken läuten ließ. Er *hasste* mich.

Heilige Hölle.

Was dachte er, was ich ihm angetan hatte?

KAPITEL 4

Die Luft schien wie elektrisiert, und meine Knie wurden schwach.

Der Dämon beherrschte den Raum. Seine Augen waren auf mich gerichtet.

Jede Zelle in meinem Körper sagte mir, dass ich mich umdrehen und weglaufen sollte, um mich zu retten, bevor es zu spät war. Er mochte schön sein, aber diese Kreatur war der pure Tod. Er würde mir im Handumdrehen die Kehle herausreißen.

Es dauerte eine gefühlte Ewigkeit, bis der hasserfüllte Blick durch ein grausames, spöttisches Lächeln ersetzt wurde. Er wandte seinen Blick von mir ab. Jetzt sah er entspannt aus, als ob er das alles amüsant fände. Er zuckte mit den Schultern. »Lasst euch den Spaß nicht verderben, meine sterblichen Freunde.« Er sprach mit einem feinen englischen Akzent. »Man könnte auf die unangenehme Idee kommen, dass Dämonen hier nicht willkommen sind.«

Mit einem langsamen, anmutigen Gang kam er zur Bar, wobei sein großer Körper tödliche Kraft ausstrahlte.

Obwohl ich zitternd vor ihm zurückwich, konnte ich nicht aufhören, ihn anzustarren. Shai zog an meinem Arm, und ich stolperte fast.

Als wir nicht mehr so nah bei ihm waren, flüsterte sie: »Was sollte das denn?«

Mein Mund war trocken geworden und in meinem Kopf drehte sich alles. »Hast du das auch gesehen? Den Blick, den er mir zugeworfen hat? Ich habe keine Ahnung, was das sollte.«

»Vielleicht siehst du aus wie jemand, den er kennt.« Sie linste über meine Schulter zu ihm herüber. »Das ist der, von dem ich dir erzählt habe. Der Herr des Chaos. Was macht der denn hier?«

Als ich mich umdrehte, um ihn wieder anzusehen, glitt sein eisiger Blick zu mir. Er zog eine Augenbraue hoch und hob sein Whiskeyglas wie zu einem Toast.

Ich fühlte mich zu ihm hingezogen wie eine Motte zu den Flammen. Langsam ging ich wieder auf ihn zu.

Ein spöttisches Lächeln kräuselte seine Lippen. »Ich hätte nicht gedacht, dass ich dich nach all den Jahren wiedersehen würde.«

Ich räusperte mich. »Du musst mich mit jemandem verwechseln.«

Das kalte Lächeln, das er mir schenkte, triefte vor Bosheit. »Oh, das glaube ich nicht, Liebes. Ich würde dein Gesicht überall erkennen. Es hat mich lange Zeit in meinen Albträumen verfolgt.«

Der Boden schien unter meinen Füßen zu schwanken. »Ich habe dich noch nie in meinem Leben gesehen.« Ich versuchte meine Stimme ruhig zu halten, aber konnte nicht verhindern, dass sie zitterte. »Ich bin mir ziemlich sicher, dass ich mich an einen zwei Meter großen, silberhaarigen Dämon erinnern würde.«

»Hör nicht wegen mir auf zu tanzen.« Er wandte seinen Blick wieder von mir ab, während sich dunkle Magie um ihn schlängelte. »Lass dir nicht von deiner schrecklichen Vergangenheit den Spaß verderben.«

Einen Moment lang fragte ich mich, ob das Ganze etwas mit dem Mord an Mom zu tun hatte. Immerhin hatte ein Dämon ihren Tod gewollt. Verwechselte er mich mit ihr? Aber ich verwarf den Gedanken schnell wieder. Ich sah Mom nicht so ähnlich, dass uns jemand hätte verwechseln können. Wir hatten dieselbe blasse Haut, dasselbe herzförmige Gesicht und dieselben gewölbten Augenbrauen, aber meine Augen waren tiefbraun, während ihre blau gewesen waren. Ich hatte höhere Wangenknochen und ein breiteres Lächeln. Moms Haare waren blond, aber meine waren schockierend rot mit ein paar blonden Strähnen.

Und vor allem war ich mir sicher, dass meine Mutter keine schreckliche Vergangenheit hatte.

Mein Atem ging flach. Der Raum fühlte sich zu heiß an, erdrückend. Ich wandte mich an Shai, besessen von dem Wunsch zu gehen. »Ich brauche frische Luft. Vielleicht können wir in eine andere Bar umziehen.«

»Ich zahle die Rechnung«, sagte sie.

»Danke.«

Verstört eilte ich zur Tür. Als ich auf die Straße trat, kühlte sich meine Haut unter dem leichten Regen etwas ab. Das Cirque de la Mer lag in einer engen, gepflasterten Straße im alten Seemannsviertel am Hafen. Auf der anderen Straßenseite befand sich eine Brauerei, die für heute Abend vielleicht die bessere Wahl war. Dort gab es Hotdogs, und aus irgendeinem Grund konnte ich mir nicht vorstellen, dass Dämonen in Lokale gingen, die Hotdogs servieren.

Ich umarmte mich selbst, während ich zitterte. Irgendwie hatte ich mir einen furchterregenden Dämonenherzog zum Feind gemacht, und ich hatte keine Ahnung, wie. Eine Sache, die mir meine Mutter vor ihrem Tod beigebracht hatte, war, dass jeder eine Schwäche hatte. Die Schwäche des Herrn des Chaos – so vermutete ich – war die Frau, mit der er mich verwechselt hatte. Die Frau, die ihn in seinen Albträumen verfolgte.

Ich nahm einen tiefen, beruhigenden Atemzug. Hier draußen strich die salzige Brise über meine Haut. Der Duft des Atlantiks lag schwer in der Luft. Ich leckte mir über die Lippen und schmeckte das Salz.

Die Sache war die: Ich hatte immer angenommen, meine Mutter wäre zutiefst paranoid, so wie sie ständig über Selbstverteidigung gesprochen hatte und Schwächen bei anderen hatte finden wollen. Sie war Sozialarbeiterin gewesen, die Menschen mit traumatischen Erlebnissen half. Ich fragte mich, ob sie selbst ein Trauma gehabt hatte, denn sie hatte mich unablässig dazu gedrängt, Selbstverteidigungskurse zu besuchen und Kampfsport zu lernen. Sie war besessen vom Kämpfen gewesen und davon überzeugt, dass Feinde hinter uns her waren. Die ganze Zeit über war sie sich sicher gewesen, dass eines Tages ein Dämon kommen würde.

Ich hatte alles gemacht, was sie von mir wollte. Ich hatte jeden Kampfsportkurs in Osborne besucht und an den Wochenenden mit ihr trainiert. Sie hatte mir beigebracht, die Schwächen anderer Leute in einem Kampf zu bemerken und zu meinen Gunsten auszunutzen. Ich hatte mich oft gefühlt, als würde sie mich für einen Krieg trainieren, den es gar nicht gab. Aber in der Nacht, in der sie starb, hatte ich erfahren, dass der Krieg real war. Ich hatte nur keine Ahnung, warum sie getötet worden war.

Während ich die Glastüren der Brauerei anstarrte, stolperten drei betrunkene Typen aus einer Studentenverbindung in ihren Alpha-Kappa-Shirts heraus. Ich schlich mich zurück in den Schatten, in der Hoffnung, unbemerkt zu bleiben.

Eine schlanke Blondine eilte hinter ihnen her. Ihre Schultern waren angespannt. Sie taumelte, eindeutig betrunken. Aber sie sah auch erschrocken aus. Ich hatte das Gefühl, dass sie vor jemandem floh.

Als die Tür wieder zuschlug und Jack hinter ihr herstürmte, hatte ich meine Antwort. Ich war nicht die Einzige, die er terrorisierte.

Seine Augen waren auf das Mädchen gerichtet, und mein Herz schlug schneller.

»Jen!«, lallte er. »Wohin gehst du? Jen! Hör auf, eine verdammte Zicke zu sein! Du solltest dich glücklich schätzen, dass ich dich gesehen habe. Du solltest dich glücklich schätzen … Ich bin der beste Quarterback, den das Osborne State College je hatte. Ich habe Geschäftspläne, die du dir nicht einmal vorstellen kannst, Jen. Ich werd ein Millionär sein. Ein Milliardär! Ich werd im Fernsehen sein.«

Ich hatte keine Ahnung, wovon er sprach, aber es bestätigte meinen Verdacht. Narzisstische Persönlichkeitsstörung: aufgeblasenes Selbstbewusstsein, Beschäftigung mit Machtphantasien. Ein zutiefst verunsichertes Fundament, das mit Überlegenheitsgefühlen und übertriebenen Leistungen schlecht kaschiert wurde.

Jen stolperte über einen der Pflastersteine. In diesem Moment stürzte er sich auf sie und packte ihren Arm. Sie drehte sich mit großen Augen zu ihm um. »Lass mich los! Du bist ein Idiot, Jack.«

»Jen!«, schrie er ihr ins Gesicht. »Du hast dich wie ein Miststück benommen! Du solltest *dankbar* sein, dass ich überhaupt mit dir rede.« Mit diesen Worten packte er sie am Arm und begann sie in die Gasse neben der Bar zu ziehen.

»Hör auf!«, schrie sie.

Er zog sie dicht an seinen Körper heran und presste seine Hand auf ihren Mund.

Verdammt. Ich hatte genug gesehen. Meine Kampf-oder-Flucht-Reaktion setzte ein, und Adrenalin schoss durch meine Adern.

KAPITEL 5

Ich stürzte hinterher und rief: »Nimm gefälligst deine Hände von ihr, Jack!«

Er wirbelte herum, und die Überraschung auf seinem Gesicht verwandelte sich sin ein dreckiges Grinsen. Trotzdem ließ er Jens Arm nicht los.

Er grinste breit und rückte mit Jen in seinen Armen näher an mich heran. »Rowan, Baby, verfolgst du mich etwa? Hast du gehofft, dass du noch eine Chance bei mir bekommst? Ich habe dir doch gesagt, dass ich nicht will, dass du meinen Schwanz lutschst. Ich will mir keine Krankheiten holen.«

Er riss sie mit sich, während er zu mir hinüber taumelte.

»Lass sie los«, sagte ich kalt.

Er kam immer näher, bis ich seinen ranzigen Atem auf meinem Gesicht spüren konnte. Sein Gestank nach Erbrochenem sagte mir, dass er wahrscheinlich gerade aus der Brauerei geworfen worden war, weil er gekotzt hatte. Stilvoll.

Der silberne Hammer auf seinem Hemd glitzerte unter den Straßenlaternen.

»Lass Jen los«, sagte ich. »Ich will dich nicht noch einmal schlagen.«

Eine Lüge. Ich wollte ihn unbedingt wieder schlagen, aber ich wollte dafür keinen Ärger bekommen. Ich war ehrlich gesagt überrascht, dass er noch keine Anzeige erstattet hatte.

Leider war Jack zu dumm, um meine Warnung zu beherzigen, und er ließ sein Opfer nicht frei.

Jetzt begann mein Herz schneller zu schlagen und Wut schoss durch mein Blut.

Von links ertönten Männerstimmen. Ich drehte mich um und sah, dass seine Freunde zurückgekommen waren, um ihn zu suchen. Ich hoffte, einer von ihnen würde eingreifen, damit ich mir nicht die Hände schmutzig machen musste. Stattdessen rief ihm einer von ihnen erfreut zu: »Jack! Was willst du mit zwei? Wir wollen mitfeiern!«

»Ich habe dich höflich gebeten«, sagte ich zu Jack. »Wenn ich dich noch einmal bitten muss, werde ich dir wehtun.«

»Weißt du, was dein Problem ist? Du bist zu verklemmt. Ich schwöre bei Gott«, lallte er, »du hättest mir nie einen Korb geben dürfen. Ich hätte dir die Zickigkeit aus dem Leib gevögelt.«

Endlich ließ er seinen Griff um Jen los, und sie begann wegzusprinten. Doch dann stürzte er sich auf mich. Er packte mich an der Kehle und zog mich dicht an sich heran. Sein Griff um meinen Hals drückte mir die Luft ab.

Mom hatte recht. Die Welt war ein gefährlicher Ort, und wir mussten die Schwächen unserer Feinde finden.

Zum Glück war Jacks nicht schwer zu finden. Ich rammte mein Knie hart in seine Leiste. Seine Augen weiteten sich, und als er sich nach vorne beugte, rammte ich meinen Ellbogen in eine seiner Nieren. Er stieß ein leises Stöhnen aus und fiel rückwärts auf das Kopfsteinpflaster.

Ich zitterte, als mir klar wurde, dass ich vielleicht ernsthaften Schaden angerichtet hatte.

»Whoa«, rief einer seiner Verbindungsbrüder. »Was zum Teufel ist hier los?«

Jack, der nun handlungsunfähig war, lag auf dem Boden. Aber seine drei Kumpel eilten herbei und umringten mich.

»Verdammter Mist, Jack«, rief einer von ihnen. »Ist das die Puppe, die dich gestern Abend geschlagen hat? Die, die du abgewiesen hast?«

Einer von ihnen schrie, dass sie die Polizei rufen würden.

Wenn hier heute Abend jemand verhaftet wurde, dann war ich es – die verrückte Frau, die den Sohn eines Abgeordneten verprügelt hatte. Diejenige, die in der Klasse einen Ausraster gehabt hatte. Diejenige, die bereits eine fragwürdige Akte im Osborne Police Department hatte.

Wo zum Teufel war Shai?

Zögernd umklammerte ich mein Handy, bis es mir einer der Jungs aus der Hand schlug. Er grinste mich an. »Upsi!«

»Alter!«, rief einer von ihnen, obwohl ich mir nicht sicher war, wen er anschrie oder ob er es überhaupt selbst wusste.

Sie waren alle besoffen, was sie noch gefährlicher machte. Aber ich hatte keine Angst. Nur Wut.

Jack stützte sich auf seine Ellbogen und zog eine Grimasse. »Du kannst mich nicht ständig angreifen, nur weil ich dich nicht meinen Schwanz lutschen lasse. Aber es ist schon witzig, wie erbärmlich das ist.«

Verlogener Mistkerl.

Einer seiner Brüder legte seinen Arm um meine Schultern. »Komm mit uns, Rotschopf. Wenn du so verzweifelt bist, finde ich schon was, um deinen Mund zu beschäftigen.«

Ich rammte ihm meinen Ellbogen in die Rippen, aber ein anderer Typ griff bereits nach meinem Arm. Meine Panik wuchs, als ich merkte, wie unterlegen ich ihnen war. In meiner Verzweiflung wollte ich gerade einen weiteren Schlag landen, als etwas in der Luft meine Haut verbrannte.

Alles um mich herum schien stehen zu bleiben. Wie in Zeitlupe rauschte ein heißer, trockener Wind über mich hinweg und spielte mit meinem Haar. Langsam taumelten die Jungs um mich herum mit großen Augen zurück. Dann nahm die Welt wieder ihr normales Tempo an.

Ich staunte, als der nächste der Verbindungsbrüder auf die Knie fiel und ihm Blut aus der Nase tropfte.

Was zur Hölle?

Als ich mich umsah, stellte ich fest, dass alle vier Typen auf dem Boden lagen. Sie stöhnten und hielten sich den Schädel. Jack wimmerte. Blut floss aus seinen Nasenlöchern auf das Kopfsteinpflaster. Mein Magen krampfte sich zusammen.

Gerade als die Typen vor Schmerz zu schreien begannen, drehte ich mich um … und da war, wie ich es erwartet hatte, der Herr des Chaos. Er schwebte über der dunklen Straße. Mein Herz setzte einen Schlag aus.

Die Luft fühlte sich warm und elektrisiert an. Ein hoher Schrei erscholl. Ich fuhr herum, um in Jacks schmerzverzerrtes Gesicht zu sehen.

So sehr ich diese Kerle auch hasste, ich wollte nicht dastehen und zusehen, wie ihre Köpfe explodierten. Das war Sadismus, und die gequälten Geräusche, die sie von sich gaben, ließen mein Blut zu Eis werden.

»Stopp«, flüsterte ich. Dann noch lauter: »*Stopp!*«

Der Herr des Chaos schnippte mit den Fingern, und seine blassen Augen glitten zu mir. »Was war das?«, fragte er in einem spöttischen Ton. »Soll ich etwa glauben, dass du Gnade empfindest?« Die Fäden der dunklen Magie rasten zurück in seinen Körper. »Witzig. Ich mag es, wenn du neue Dinge ausprobierst, auch wenn sie absurd sind.«

Ich wandte meinen Blick von ihm ab und sah zu den Jungs, die sich stöhnend aufrappelten. Mindestens zwei von ihnen schluchzten, das Blut floss noch immer aus ihren Nasen. Sie begannen zu stolpern – erst langsam, dann versuchten sie zu rennen.

Mein Körper zitterte vor Entsetzen über das, was auch immer *das* gewesen sein mochte.

Als ich den Dämon wieder ansah, bemerkte ich ein amüsiertes Funkeln in seinen Augen. »Ich dachte, das würde dir gefallen.«

»Danke für deine Hilfe … schätze ich?«, sagte ich.

Sein Lächeln verblasste und er kam mit übernatürlicher Geschwindigkeit auf mich zu. Als er auf mich herabblickte, jagten seine stechenden Augen einen Schauer über meinen Rücken. »Oh, ich glaube nicht, dass du dich bei mir bedanken willst«, murmelte er. »Du musst wissen, welche exquisite Strafe dich jetzt erwartet, Liebes.«

Ich konnte kaum atmen.

Was sollte der Mist?

Ich *musste* von ihm wegkommen, aber es wäre ein Fehler, einem Raubtier den Rücken zu kehren und vor ihm wegzulaufen. Es wäre ein Fehler, sich wie Beute zu verhalten. Im Moment kämpfte ich gegen den übermächtigen Instinkt an, meine Augen zu senken und mich zu unterwerfen. »Hä?«, sagte ich. »Keine Ahnung, wovon du redest.«

Seine heiße Kraft strömte über meine feuchte Haut. Die Haare auf meinem Arm stellten sich auf. »Du musst wissen, warum ich hier bin.« Er beugte sich zu mir herunter und flüsterte: »Ich bin hier, um mich zu rächen.«

Seine sengende Magie schlängelte sich um mich herum, ein langsames Streichen heißer Macht über meine Haut. Er ließ mich an Ort und Stelle erstarren und übernahm die vollständige Kontrolle über meinen Körper. Alle meine Muskeln erstarrten.

»Hör auf«, zischte ich.

Aber ich konnte bereits spüren, wie seine Magie in meinen Geist eindrang und meine Sicht nachließ. Ich war jetzt ganz in seinen Händen.

Kapitel 6

Ich erwachte in völliger Dunkelheit vom Geräusch tropfenden Wassers. Mein Rücken war gegen den kalten Steinboden gepresst, mein Kleid um die Hüften hochgerutscht. Es entblößte meine Beine, und mein rechter Oberschenkel lag in eiskaltem Wasser. Meine Zähne klapperten.

Hier unten roch die Luft muffig und schimmelig, aber nicht viel anders als in dem Keller, in dem ich wohnte.

Zitternd setzte ich mich auf. Meine Gedanken überschlugen sich.

Soweit ich wusste, hatte mich der Herr des Chaos entführt und in einen Keller gesperrt. Ich hatte mir keinen tollen Geburtstag erhofft, aber das hier blieb selbst hinter meinen schlimmsten Erwartungen weit zurück.

Mein Herz klopfte in meiner Brust. Ich sprang auf die Beine und suchte nach meinem Handy. Erst dann fiel mir ein, dass es mir einer der Typen aus der Hand geschlagen hatte.

Ich schluckte schwer und schlang meine Arme um mich. »Hallo?«

Nur der Hall meiner eigenen Stimme antwortete mir. Das einzige andere Geräusch war das Geräusch von tropfendem Wasser.

Nach ein paar Minuten begann ich in der Dunkelheit herumzutasten. Meine Fingerspitzen strichen über eine schleimige Wand, Moos, Efeu und dann Eisenstangen.

Okay, ich war nicht in einem Keller. Ich war in einer Gefängniszelle. Oder vielleicht in einem Kerker.

»Hallo?«, rief ich wieder.

Als ich in die Dunkelheit starrte, leuchteten Fackeln an der Steinmauer gegenüber von mir auf und ließen mich zusammenzucken. Da niemand in der Nähe war, konnte ich mir nur vorstellen, dass Magie die Fackeln entzündet hatte. Jetzt flackerte warmes Licht in meine Zelle und beleuchtete die Eisenstäbe, die mich einsperrten.

Ich betrachtete den schummrigen Raum. An dreien der Wände um mich herum wuchsen Ranken und gegenüber meiner Zelle war eine grobe Steinmauer mit Fackeln. Das war's.

Während mein Herz raste, ging ich zu den Gitterstäben und hielt mich daran fest, um zu warten. Hier unten war es so kalt, dass mir der Atem stockte.

Wenige Augenblicke später hörte ich Schritte.

Plötzlich erschien der Herr des Chaos vor meiner Zelle. Seine perfekten Gesichtszüge schimmerten im Fackellicht. Es war zu schade, dass er ein Dämon und ein unerbittlicher Mistkerl war, denn er war herzzerreißend schön. Mit einer unheimlichen, dämonischen Stille stand er da, die mir eine Gänsehaut verursachte. Meine Amygdala – der Teil des Gehirns, der Bedrohungen einschätzte – stufte ihn sofort als Raubtier ein, nicht als Mensch. Mein Gehirn sagte mir, ich sollte sofort verschwinden, und es schien sich nicht darum zu scheren, dass mir Gitterstäbe den Weg versperrten.

»Da bist du ja, mein Schatz«, sagte er.

Ich starrte ihn an und versuchte mich daran zu erinnern, wie man Sätze bildete. »Man sperrt jemanden nicht in einen Kerker und nennt ihn dann *Schatz*.«

Er grinste spöttisch. »Ich schätze, das ist mir komplett egal, Mortana.«

»Warum bin ich hier?«

»Weil ich dich mehr verabscheue als jede andere lebende Person und weil ich dich schon immer auf der anderen Seite dieser Gitterstäbe sehen wollte.« Sein grausamer Blick wanderte langsam an meinem Körper entlang. »Ich liebe deinen Anblick hier. Vor allem liebe ich, was für ein trauriges kleines Leben du unter den Sterblichen geführt hast. Oh, wie die Mächtigen doch gefallen sind.«

Ich zeigte auf ihn. »Du irrst dich gewaltig.«

Er trat näher heran. Seine Augen durchbohrten die Dunkelheit und er ergriff die Gitterstäbe der Zelle. »Diese Nacht ist herrlich. Ich hätte nie gedacht, dass sie so gut sein würde.« Obwohl er furchtbare Dinge sagte, fühlte sich seine Stimme wie eine sanfte, verführerische Liebkosung an. Sie strich über meine nackte Haut und ließ mich heiß erschaudern – ein zutiefst verwirrendes Gefühl. »Das könnte der größte Nervenkitzel sein, den ich je erlebt habe. Weißt du nicht mehr, wie es war, wenn du zu mir gekommen bist?«

Die Panik raubte mir den Atem. »Ich bin nicht die, für die du mich hältst. Was soll ich machen, damit du es endlich kapierst?«

Ein eiskaltes Lächeln. »Ach? Hast du in den letzten Jahrhunderten einen Sinneswandel gehabt? Bist du jetzt *nett*?« Seine Stimme triefte vor Sarkasmus. »Sollen wir etwa einen Kuchenverkauf veranstalten, um Sport für unterprivilegierte sterbliche Kinder zu finanzieren?«

»Ich bin nicht Jahrhunderte alt. Ich bin *sterblich*. Erkennst du den Unterschied etwa nicht? Ich stamme aus Osborne. Ich war auf der Osborne Highschool. Ich war Lady Macbeth in einem der Theaterstücke im ersten Schuljahr und bin von der Bühne gefallen. Jared Halverson hat mich aus Spaß zum Abschlussball eingeladen und ich habe mir extra ein schwarzes Kleid gekauft, aber er ist nicht aufgetaucht.« Mit diesen letzten Informationen versuchte ich verzweifelt, ihm klarzumachen, wie wenig bedrohlich ich war.

Sein Lächeln wurde noch breiter und seine Schönheit ließ meine Brust schmerzen. »Nun, das *ist* eine ziemlich traurige Vorstellung. Willst du das wirklich so durchziehen? In der Nacht vor deiner Hinrichtung, Mortana, willst du so tun, als wärst du eine Sterbliche, die selbst für einen Menschen erbärmlich ist?«

Ich ignorierte, wie sehr er mich beleidigt hatte, und konzentrierte mich auf ein Wort: *Mortana*. Ich zeigte auf ihn. »Okay. Fangen wir damit an. Mortana. Mein Name ist Rowan Morgenstern. Wenn du in meinem Geldbeutel nachschaust, siehst du meinen Ausweis. Ich bin zweiundzwanzig Jahre alt. Heute ist mein Geburtstag. Ich habe heute einen Vortrag über verdrängte Erinnerungen gehalten und es richtig vermasselt. Ich wohne in einem Keller mit Spinnen.« Es schien, als könnte ich nicht aufhören, irrelevante Informationen auszuspucken.

Wie hoch waren die Chancen, dass ein alter, furchterregender Dämon einen Führerschein aus Massachusetts als Identitätsnachweis akzeptieren würde? Nicht hoch, befürchtete ich.

Mein Herz geriet außer Kontrolle. »Wie kann ich dir beweisen, dass ich nicht diese Mortana bin?« Noch nie hatte ich mich so sehr danach gesehnt, wieder in meinem Spinnenkeller zu sein.

Er lachte bitter auf. »Ich habe gehofft, dass du Reue zeigen würdest. Ich dachte, du würdest dich vielleicht vor deinem Tod von deiner Schuld befreien wollen. Aber wie ich sehe, wird mir dieses Vergnügen nicht zuteil.«

Mein Mund wurde trocken. »Vor meinem Tod?«

»Du musst dich doch an den Gefängnisgalgen erinnern«, sagte er leise. »Ich tue es auf jeden Fall.«

Ich schüttelte den Kopf und mein Herz klopfte wie wild. »Nein, tu ich nicht!«, rief ich. »Zum letzten Mal: Ich bin nicht Mortana!«

Schattenhafte Magie umgab ihn, dann verschob sie sich in der Luft. »Du warst lange genug außerhalb der Stadttore, dass du schnell sterben wirst. Du wirst wie ein Mensch sterben, wenn ich dich morgen früh töte, bevor deine Magie zurückkehrt. Das ist vielleicht nicht der Tod, den du verdienst, aber so wird es eben sein. Du kannst mir morgen für die Gnade eines schnellen Todes danken. Vorausgesetzt, du bist jetzt noch nicht bereit dazu.« Mit diesen Worten drehte er sich um und schlenderte davon, während sich die Schatten um ihn schlängelten.

Als ich ihm durch die Gitterstäbe der Zelle hinterher sah, flackerten die Fackeln und erloschen, und der Kerker wurde wieder dunkel.

Ich zwang mich tief durchzuatmen und versuchte zwischen meinen rasenden Gedanken einen Plan zu fassen. Schreien und Betteln würde nichts nützen. In der Dunkelheit suchte ich mir einen trockenen Platz und ließ mich in eine Ecke fallen. Und während ich in der Stille saß, wurde mir mein erster Fehler bewusst. Dr. Omer hätte mich sofort zur Rede gestellt. Man konnte jemandem nicht einfach *sagen,* dass er im Unrecht war – er würde es niemals zugeben. Man musste ihn behutsam zu der Schlussfolgerung führen, damit er selbst darauf kommen konnte.

Ich stützte mein Gesicht in die Hände. Meine Brust schnürte sich zusammen.

Auf dem kalten Zellenboden fühlte ich mich einsam und ausgehöhlt. Wollte ich wirklich an diesem Ort sterben? Mit all meinen Geheimnissen begraben werden? Es gab so viele Dinge, die ich nie jemandem erzählt hatte. Dinge, die zu dunkel waren, zu beängstigend.

Ich hatte nie jemandem erzählt, dass ich in der Nacht, in der Mom gestorben war, mit Asche bedeckt gewesen war. In meinem letzten Jahr an der Highschool hatte die Polizei Moms verkohlten Körper im Wald von Osborne gefunden – und mich eine halbe Meile entfernt am

Straßenrand, zitternd und rußverschmiert. Immer wenn ich über ihre Ermordung sprach, konnte ich die Veränderung in der Luft spüren. Ich spürte, wie sich meine Muskeln anspannten, meine Kehle enger wurde. Niemand wollte den absoluten Horror einer im Wald verbrannten Mutter mehr hören. Die Leute sahen mich anders an, sobald sie erfahren hatten, was passiert war, als ob die Tragödie mich verflucht hätte. Und das hatte sie auch.

Ich hatte nie jemandem erzählt, dass ich fast bewegungslos gewesen war und nur verwirrte Erinnerungen an die Nacht hatte. Ich hatte Shai nicht erzählt, dass ich bei der Befragung der Polizei zusammenhangsloses Zeug von mir gegeben hatte und sogar eine Zeit lang verdächtigt worden war. Ich konnte mich nur daran erinnern, dass Mom sich den Knöchel verletzt hatte. Sie hatte mir zugerufen, ich sollte schnell weglaufen, um Hilfe zu holen. Ich wusste, dass wir in Gefahr waren, und lief in den dunklen Wald. Aber dann hörte ich es – ein unmenschliches Geräusch, wie ein Knurren. Der Geruch von verbranntem Fleisch und ihre Schreie. In diesem Moment verdunkelten sich meine Erinnerungen, aber ich erinnerte mich an einen fünfzackigen Stern, der hell in der Dunkelheit leuchtete.

Das Einzige, was mir danach noch in Erinnerung geblieben war, war der tiefe Schrecken.

Nachdem die Polizei mich befragt hatte, kam sie zu dem Schluss, dass ich Wahnvorstellungen hatte. Dämonen hatten seit Jahrhunderten keine Sterblichen mehr getötet. Sie waren sich sicher, dass das gar nicht möglich war. *Hast du den Verstand verloren, Rowan?*

Schließlich kamen sie auf die halbgare Theorie, dass der Mord wahrscheinlich mit Drogen zu tun hatte. Aber Mom hätte niemals Drogen genommen.

In der Schule waren die Gerüchte wie ein Lauffeuer herumgegangen. Leute, die nichts über Mom wussten, sagten, sie wäre eine Prostituierte oder drogenabhängig gewesen. Manche sagten, ich hätte sie in einem Wutanfall umgebracht – ich hätte sie mit Benzin übergossen und ein Streichholz angezündet.

Nur wenn ich den wahren Mörder fand, würde ich endlich erfahren, was wirklich passiert war.

»Mist«, murmelte ich. Dann, lauter: »Ich bin nicht Mortana!«

Ein Seufzen ertönte aus der nächsten Zelle. War da jemand?

»Hallo?« Ich versuchte es noch einmal, diesmal etwas leiser. Ich fühlte mich seltsam erleichtert, Gesellschaft zu haben. »Ich wusste nicht, dass noch jemand hier ist.«

Die einzige Antwort war ein weiterer Seufzer. Es war *definitiv* jemand hier.

Ich schlang meine Arme um mich und schluckte schwer. »Ich sollte nicht hier sein. Ich weiß, das sagen wahrscheinlich alle, aber ich bin sterblich. Ich glaube nicht, dass Dämonen Sterbliche gefangen halten sollten. Ich nehme an, du weißt nicht, wie man hier rauskommt?«

Keine Antwort.

»Ich schätze, sonst wärst du nicht hier. Hast du schon mal von jemandem namens Mortana gehört?«

Wasser tropfte in die Pfütze neben mir.

Ich ließ meinen Kopf in die Hände sinken. Panik summte noch immer durch meinen Körper. »Ich bin nicht sie. Ich bin keine Dämonin und ich bin auch nicht Jahrhunderte alt.«

Irgendwie brachte mich das Schweigen meines neuen Gefängnisfreundes nur dazu, ihm noch mehr zu erzählen. Denn der Herr des Chaos hatte recht. Ich wollte mich von der Last befreien, aber nicht aus Schuldgefühlen. Meine Geheimnisse belasteten mich, raubten mir den Atem.

»Ich will dir mal was sagen, Knastkumpel«, begann ich. »Ich bin zweiundzwanzig. Und ich kann morgen nicht sterben. Ich *weigere* mich, morgen zu sterben. Willst du wissen, warum? Ich war noch nie verliebt. In meinem ersten Jahr auf dem College hatte ich einen Freund. Er hat sich für Comics interessiert und Klavier gespielt, er war groß und süß. Aber er hat mir immer gesagt, ich soll mehr Sport treiben, und ich habe angefangen, ihn zu hassen. Und als wir dann endlich Sex hatten, war es … so langweilig. Ich erinnere mich, wie ich die Buchrücken in seinem Regal gelesen und darauf gewartet habe, dass es zu Ende geht. Ich erinnere mich, dass mich eine Mücke in die Pobacke gestochen hat. Dann hat er mit mir wegen eines Mädchens aus seiner Stadt Schluss gemacht und das war's. Das war meine einzige Beziehung.«

Meine Gedanken rasten. Ich hatte das noch nie jemandem erzählt und es fühlte sich gut an, es loszuwerden. Außerdem war es mir komplett egal, was dieser Fremde dachte, also war er die perfekte Person, um mich anzuvertrauen.

Es war *befreiend.*

»Ich glaube, wir müssen über Jack reden«, fuhr ich fort. »Du bist ein guter Zuhörer, weißt du das?«

Ich begann eine Tirade über Jack in der Highschool, den Spitznamen *Home Run Rowan* und darüber, dass Jared Halverson meine irritierten Nachrichten in der Nacht, in der er mich versetzt hatte, in den sozialen Medien veröffentlicht hatte. Dann redete ich über jede Indiskretion, jede peinliche oder schreckliche Sache, die ich je getan hatte. Einmal hatte ich einer Freundin eine fiese E-Mail über die Schweißflecken meines Mathelehrers geschrieben und sie versehentlich an ihn geschickt. Mein seltsamer Snack aus Tortillas mit Zucker und Butter aus der Mikrowelle. Das eine Mal, als ich mich nach zu viel Tequila wiederholt in einen Mülleimer in der Harvard Square Station übergeben hatte. Der Taxifahrer mit den Hammelkoteletts, den ich in Cambridge anzumachen versucht hatte. Wie ich vor einem Dunkin' Donuts gepinkelt hatte, weil man mich nicht auf die Toilette lassen wollte. Dass ich noch nie einen Orgasmus gehabt hatte und auch nicht davon überzeugt war, dass es ihn wirklich gab – die Idee kam mir wie ein ausgeklügelter Schwindel vor. Ich erklärte, dass ich Männer aufgegeben hatte und nur noch Oma-Schlüpfer trug, denn was machte das schon für einen Unterschied?

Mindestens eine Stunde lang ließ ich alle peinlichen oder egoistischen Dinge raus, die ich je gedacht oder getan hatte.

»… und kannst du mir erklären, warum der *einzige* Kerl, der so aussieht, als könnte er mich sexuell befriedigen, ein Dämon ist und mich außerdem entführt und in ein Gefängnis geworfen hat? Daher weiß ich, dass es keinen Gott gibt. Das ist zu grausam. Der sexieste Mann, den ich je gesehen habe, der Typ, der mich dazu bringen könnte, Spitzenunterwäsche zu tragen – er ist der verdammte Hannibal Lecter der übernatürlichen Welt. Wenn es einen Gott gibt, macht er sich doch über mich lustig.«

Stille erfüllte den Kerker und ich merkte, wie meine Augen schwer wurden.

Eine Männerstimme kam aus der nächsten Zelle, kaum ein Flüstern: »Bist du fertig?«

Ich seufzte und merkte erst jetzt, dass mir ziemlich der Stoff ausgegangen war. »Ja, ich glaube, damit ist mein Leben so ziemlich abgedeckt«, sagte ich und ließ meinen Kopf erschöpft in die Hände fallen.

Es gab nur eine Sache, die ich nicht erwähnt hatte – den Tod meiner Mutter. Denn ich war immer noch fest dazu entschlossen, einen Ausweg aus dieser Situation zu finden und meine Mutter zu rächen. Und bei der Suche nach dem Täter würde ich niemanden ausschließen. Nicht den Herrn des Chaos und auch nicht meinen stillen Gefängnisfreund.

Jeder Dämon könnte schuldig sein.

Während ich auf dem kalten Boden saß, war ich mir bei drei Dingen sicher.

Erstens: Ich würde einen Weg hier raus finden.

Zweitens: Ich würde eine Möglichkeit finden, in der City of Thorns zu bleiben.

Und drittens würde ich mich an dem Dämon rächen, der meine Mutter getötet hatte.

Kapitel 7

Normalerweise konnte ich nicht schlafen, wenn ich wegen irgendetwas Angst hatte. Und in der Nacht vor meiner geplanten Hinrichtung in einem Dämonengefängnis zu liegen, *hätte* mich eigentlich ängstlich machen müssen.

Aber seltsamerweise schloss ich meine Augen mit einem Gefühl des Friedens.

Vielleicht war es die Gewissheit, dass ich es schaffen konnte. Oder vielleicht war es die Freiheit, die ich fühlte, nachdem ich endlich meine Geheimnisse vor dem Dämon nebenan preisgegeben hatte. Was auch immer der Grund war, ich wachte auf und stützte meinen Kopf auf meine Arme. Ich stank nach Schweiß und Schimmel, und ich musste dringend pinkeln. Aber ich hatte geschlafen.

Ein paar Lichtflecken strömten durch Risse in der Decke herein. Ich setzte mich aufrecht hin und schlang die Arme um mich.

»Bist du noch da?«, fragte ich.

Stille begrüßte mich.

Abgesehen von dem wenigen Sonnenlicht war es hier drinnen immer noch dunkel wie die Nacht. Und kalt. Ich drückte meine Knie an die Brust. Meine Zähne klapperten. Als ich die dunkle Zelle um mich herum betrachtete, fiel mein Blick auf einen Punkt an einer der Wände, genau zwischen den Ranken. Ein dünner Lichtstrahl beleuchtete eine Stelle, die hinter den Blättern versteckt war, wo etwas in Stein gemeißelt war.

Ich rutschte hinüber und begann an den Pflanzensträngen zu ziehen, aber in der Dunkelheit war es immer noch schwer zu lesen. Also zeichnete ich die Buchstaben mit meinen Fingern nach und fühlte ihre Konturen.

L ... U ... C ... I ... F ... E ... R ...

Schaudernd machte ich weiter. Ich brauchte eine Minute, weil die gemeißelten Worte alt und uneben waren, aber schließlich hatte mir ich einen Satz im Kopf zusammengebastelt.

Lucifer urbem spinarum libarab ...

Der Rest war nicht mehr zu ertasten. Aber wenn meine Lateinübersetzung aus der Schule richtig war, stand dort so etwas wie: »*Luzifer wird die City of Thorns befreien.*«

Interessant. Aber nicht hilfreich in meiner aktuellen Situation, oder?

Ich schob mich von der Wand weg und umarmte wieder meine Knie.

In der Stille konnte ich mich auf meinen Plan konzentrieren, wie ich aus dieser Situation herauskommen würde. Es ging darum, den Herrn des Chaos davon zu überzeugen, dass ich nicht diejenige war, für die er mich hielt. Alles, was ich tun musste, war, Zweifel in ihm zu säen. Sobald ich mir etwas Zeit verschafft hatte und die Hinrichtung hinauszögern konnte, würde ich ihn davon überzeugen, dass ich nicht Mortana war. Was auch immer er vorhatte, ich war mir sicher, dass er keinen Krieg anzetteln wollte, indem er eine Sterbliche tötete. Unsere beiden Spezies hatten es geschafft, den Frieden für Hunderte von Jahren zu bewahren.

Als ich die Schritte hörte, die durch die Gefängniszellen hallten, wurde mein Körper hellwach und mein Puls begann zu rasen. Ich schoss auf die Beine, bereit, ihn zu überzeugen. Als der Besucher näher kam, wurden die Fackeln wieder zum Leben erweckt, und warmes Licht tanzte über die Steinmauer.

Der Herr des Chaos ging langsam an meiner Zelle vorbei, mit eisblauen Augen. Er trug ein weißes Button-Down-Hemd, dessen Ärmel bis zu den Ellbogen hochgekrempelt waren und eine verstörende Tätowierung in Form einer Schlange enthüllten.

Die warme Kraft, die von ihm ausging, ließ meinen Atem schneller werden. Ich war noch nie einem Dämon so nahe gewesen. Alles an ihm war beunruhigend. Er sah einem Menschen ähnlich, aber er war zu groß, zu perfekt und zu unheimlich still.

Und jetzt musste ich ihm wieder erklären, dass ich nicht Mortana war.

»Ich nehme nicht an, dass ich eine Probezeit bekomme?«, fragte ich.

Er schüttelte langsam den Kopf.

»Du hast erwähnt, dass sie seit hunderten von Jahren nicht gealtert ist«, begann ich. »Wie lange ist es her, dass du Mortana gesehen hast?«

Neugierde funkelte in seinen Augen auf. »Ist das deine Verteidigung?«

Bring ihn dazu, selbst zu dem Schluss zu kommen. Das Problem war, dass das schwer war, wenn er kaum etwas sagte. Ich musste seine eigenen Worte benutzen. »Wofür willst du dich rächen? Warum hat Mortana den Tod verdient? Und wie kannst du sicher sein, dass deine Erinnerung nach all der Zeit nicht falsch ist?«

Er starrte mich einen Moment lang nur an. Ich war mir nicht sicher, ob das alles gut ausgehen würde.

Dann antwortete er: »Wenn ich sage, du siehst aus wie sie, dann meine ich, dass du *genauso* aussiehst wie sie. Mein Gedächtnis macht keine Fehler. Ich habe nicht eine einzige Kontur ihres Gesichts vergessen. Ich vergesse nichts«, sagte er knapp.

Mein Herz begann zu klopfen, aber vor Hoffnung. Er bezog sich jetzt auf sie als eine andere Person. »Du hast nicht eine Kontur *ihres* Gesichts vergessen. Hast du bemerkt, wie du von ihr in der dritten Person gesprochen hast?«

Ohne ein weiteres Wort zog er einen Schlüssel aus seiner Tasche und schloss meine Zelle auf. Mit einem Zauber, der über meine Haut strich, trat er ein.

Ich ertappte mich dabei, wie ich mich wegbewegte und mir ein kalter Schauder über den Rücken lief. In den Zeiten, bevor die Sterblichen Waffen hatten, um sich zu wehren, waren wir einfach die Beute der Dämonen gewesen. Wenn sie nicht gerade Sterbliche verführten, tranken sie unser Blut. Zehntausende von Jahren der Evolution sagten mir, dass ich mich verdammt noch mal von ihm fernhalten sollte.

Eine Million schrecklicher Gedanken schossen mir durch den Kopf, und ich stand mit dem Rücken an die Wand gepresst. »Die Polizei in Osborne ist sehr gut«, log ich. »Wenn du mich umbringst, werden sie es herausfinden.«

Er legte den Kopf schief. Seine nächsten Worte waren ein samtenes Gemurmel. »Oh, das bezweifle ich sehr.«

KAPITEL 8

Mein Atem blieb mir in der Kehle stecken. »Hältst du mich immer noch für Mortana?«

Er musterte mich so intensiv, dass ich das Gefühl hatte, er würde mir direkt in die Seele starren. »Ich habe alles gehört, was du gestern Abend gesagt hast.«

Ich starrte ihn an. Gott, was hatte ich ihm erzählt? »Das warst du in der Zelle nebenan?«

»Du hast es geschafft, Zweifel in mir zu säen. Mortana hat viel zu viel Würde, um sich auf so eine Scharade einzulassen. Die Situation beim Abschlussball. Nachts allein in deiner Kellerwohnung zu weinen. Die Angst vor Marienkäfern. Einen Glücksstift zu haben, den man in der Hand hält, um sich sicher zu fühlen.«

»Ich möchte bitte meinen Stift zurück«, flüsterte ich.

»Allein in deinem Zimmer Karaoke-Lieder zu singen. Ich habe den Wunsch mancher Sterblicher, ihr Leben zu beenden, nie verstanden, bis ich dich gestern Abend reden gehört habe.«

Ich verengte meine Augen. »Ich bin vielleicht ein bisschen verrückt, aber ich wollte noch nie mein Leben beenden.«

»Nicht du. Ich meine mich. Ich habe Dunkelheit gesehen, die du dir nicht vorstellen kannst, Schrecken, die deine Seele sterben lassen würden. Und doch war ich in den mehreren hundert Jahren meines Lebens noch nie so bereit, mich von dieser sterblichen Hülle zu lösen, wie beim Zuhören deines traurigen Monologs.« Er presste einen Finger an seine Lippen. »Ich glaube, es war der Teil über die Mini-

Joghurtbecher, die du in deiner Handtasche aufbewahrst, weil du niemanden hast, mit dem du zu Mittag essen kannst. Joghurtbecher, die eigentlich für Kleinkinder gedacht sind.«

Das war einfach beleidigend. »Wenigstens entführe ich keine Leute wie ein Psychopath. Ich würde sagen, das ist schlimmer als Joghurt. Übrigens, die haben Probiotika, also ist mein Mikrobiom verdammt gut.«

Er starrte mich an und die Schatten um ihn herum verdichteten sich.

»Ich will damit sagen, dass du auch nicht perfekt bist«, fügte ich hinzu. »Und du bist von Mortana besessen.«

Ein unbarmherziges Funkeln glitt durch seine Augen. »Ich habe nie gesagt, dass ich perfekt bin. Ehrlich gesagt bin ich ein Bösewicht mit einer ungesunden Rachebesessenheit. Aber ich bin nicht *deprimierend*, und ich habe mein Hemd noch nie als eine Schüssel für trockene Cornflakes benutzt, um Samstagabend allein zu Hause im Stehen zu essen.«

Rache. Ich hatte es geschafft, ihn zum Reden zu bringen, und er hatte mich auf das gebracht, was er wollte. Und wie es der Zufall wollte, war eine ungesunde Rachebesessenheit etwas, das ich sehr gut verstand. Es schien, als hätten dieser *Bösewicht* und ich etwas gemeinsam.

Ich spielte Dr. Omers Lehrsätze in meinem Kopf ab. *Bau eine Beziehung auf, indem du die Worte deines Klienten an ihn zurückgibst.*

»Okay, du zweifelst also ein bisschen daran, dass ich Mortana bin«, begann ich. Was würde Dr. Omer dazu sagen? »Lass uns das untersuchen.«

Er schüttelte langsam den Kopf. »Ich gebe zu, dass du dich nicht wie ein Dämon verhältst. Aber du siehst genauso aus wie sie. Das ist verwirrend.«

»Vielleicht ist sie eine entfernte Vorfahrin.«

Er schüttelte den Kopf. »Dämonen pflanzen sich selten fort. Und wenn wir es tun, zeugen wir nur andere Dämonen. Du kannst keine Sterbliche und eine Nachfahrin von Mortana sein.«

Ich biss mir auf die Lippe. »Zufall?«

Er dachte über die Möglichkeit nach. »Ab und zu hat ein Dämon einen sterblichen Doppelgänger. Das ist selten, aber möglich.«

Ich seufzte und die Erleichterung löste etwas in meiner Brust. »Gut. Ja. Das muss es sein.«

»Aber um das zu glauben, brauche ich zwei Beweise.«

Ein kleiner Funke der Hoffnung. »Was immer du brauchst.«

Sein Blick wanderte an meinem Körper hinunter. »Zunächst einmal hatte Mortana eine kleine Narbe am Oberschenkel. Ich werde mir deine Beine ansehen müssen.«

»Du willst, dass ich mein Kleid hochhebe?«

»Ja.«

»Gut.«

Aber in diesem Moment erinnerte ich mich genau an das, was ich ihm gestern Abend gesagt hatte – dass er der einzige Mann war, den ich je gesehen hatte, der mir Lust auf Spitzenunterwäsche machte. Dass er der Einzige war, bei dem ich mir vorstellen konnte, dass er mir einen Orgasmus verschaffen könnte. Beschämt spürte ich, wie mir die Hitze über die Wangen kroch.

»Mach«, sagte er leise.

Meine Nasenflügel blähten sich auf und ich starrte ihn an, während ich den Saum meines Kleides bis knapp unter meine Unterwäsche hochzog.

Der Herr des Chaos legte den Kopf schief. Er starrte auf meine Oberschenkel, während die kalte Kerkerluft eine Gänsehaut auf meiner Haut verursachte. Wie gefesselt betrachtete er mich. Seine Augen wurden immer heller. Dann kam er näher und hob mein rechtes Bein unterhalb des Knies an. Er zog es an seinem Oberschenkel hoch, als würden wir eine Art Kerkertango tanzen. Nur noch wenige Zentimeter von meiner Hüfte entfernt begutachtete er meine Haut. Mit seiner freien Hand strich er mit der Fingerspitze über die Oberseite meines Oberschenkels. Mir wurde heiß.

Mein Gott, lenkte mich das ab. Der magische Puls, der von ihm ausging, war verführerisch, berauschend. Wärme strahlte von der Stelle, an der er mich berührte. Ich hatte noch nie jemanden gesehen, der von einem kleinen Stück Haut so fasziniert war wie er, und ich hatte auch noch nie erlebt, dass eine einzige Berührung so mächtig sein konnte.

»Siehst du?« Meine Stimme war ein Flüstern. »Keine Narbe.«

Er ließ meinen Oberschenkel fallen. Als er zurücktrat, fühlte ich mich wieder kalt.

Er runzelte die Stirn. »Interessant.«

Ich atmete aus. »Und was ist der zweite Beweis?«

Er kräuselte seine Lippen und entblößte zwei scharfe, weiße Reißzähne, dann leckte er über einen.

Ich zitterte. »Was?«

»Sterbliches Blut schmeckt anders als Dämonenblut.«

Uralte Angst glitt durch meine Knochen. »Du willst mein Blut trinken? Wie in alten Zeiten?«

»Alles, was ich brauche, ist eine kleine Kostprobe.«

Mein Herz pochte heftig. »Dir ist klar, dass das erschreckend klingt. Gibt es keine moderne Methode, um das zu tun? Mit einer Spritze vielleicht?«

»Ich habe keine Spritze. Aber du wirst sehen, dass es nicht so schlimm ist, wie du es dir vorstellst. Sterbliche Frauen sind einst in Scharen zu uns gekommen, um ihre Hälse den Dämonenmännern anzubieten«, murmelte er. »Sie haben es geliebt.«

»Klar.«

Er zuckte langsam und ärgerlich mit den Schultern. »Ich habe dir doch gesagt, dass ich ein Bösewicht bin, oder? Es ist mir also egal, wenn ich eine unschuldige Person einsperre, und ehrlich gesagt glaube ich nicht, dass dein Leben hier viel schlimmer wäre als im Keller in Osborne. Ich werde kein schlechtes Gewissen haben, wenn ich dich hier einsperre. Du kannst dich also von mir in den Hals beißen lassen oder für immer hier im Kerker bleiben. Das sind deine Optionen.«

Vielleicht war es an der Zeit, zu verhandeln. »Okay. Ich lasse dich mein Blut kosten. Aber wenn du damit fertig bist, gehe ich nicht zurück nach Osborne. Ich will in der City of Thorns bleiben.«

Er runzelte die Stirn. »Das kannst du nicht. Wenn du sterblich bist, dann gehörst du nicht hierher. Die einzigen Sterblichen, die bleiben dürfen, sind Schüler und Diener, die die Rolle geerbt haben.«

Ich verschränkte meine Arme. »Ich bin sicher, dass jemand, der sich Herr des *Chaos* nennt, einen Weg findet, die Regeln zu umgehen.«

Er schenkte mir ein schiefes Lächeln. »Was genau lässt dich glauben, dass du ein Druckmittel hast, um irgendwelche Forderungen zu stellen?«

Ich kannte jetzt seine Schwäche – seine Rachebesessenheit. Das verstand ich sofort. Und die Sache mit einem so brennenden Rachegefühl wie seinem war, dass es sich wie ein Lauffeuer verbreiten konnte. Man wollte dann nicht nur das Leben einer Person beenden – man wollte jeden töten, der ihr geholfen hatte, jeden, der es zugelassen hatte. Man wollte die Erde verbrennen, auf der sie gegangen waren.

»Du willst Rache, ja?«, fragte ich. »Du hast gesagt, Mortana verfolgt dich in deinen Albträumen. Das ist eine ziemlich starke … Abneigung. Ist sie die Einzige, oder gibt es noch jemanden, den du tot sehen willst?«

Seine Augen leuchteten heller, und ich hatte das Gefühl, dass er verstand, worauf ich hinauswollte. »Sie hat nicht allein gearbeitet.«

Ich trat einen Schritt näher und neigte meinen Kopf zurück, um zu ihm aufzuschauen. »Ich könnte vorgeben, sie zu sein. Informationen von den anderen Leuten bekommen, die du hasst. Ich könnte deine Spionin sein.«

Sein Körper war so still geworden wie die Steine um uns herum, und mir lief ein kalter Schauder über den Rücken. Schließlich sagte er: »Angenommen, das ist nicht alles nur gespielt, dann glaube ich nicht, dass du einen überzeugenden Sukkubus abgeben würdest. Du bist nicht verführerisch.«

Ich zuckte zusammen. *Autsch.* »Man kann alles lernen. Sogar verführerisch zu sein wie ein Sukkubus.« Was auch immer das war.

Er schaute wie gebannt zu mir herab. »Ich werde es mir überlegen, wenn ich dein Blut gekostet habe. Ich muss sicher sein, dass du sterblich bist, bevor wir weitermachen.«

Ich öffnete meine Arme. »Okay. Los. *Beiß mich.*«

Sofort glitt seine warme Magie wie eine verbotene Liebkosung um mich und erhitzte mein Blut. Sein durchdringender Blick ließ mich nicht mehr los und ich spürte, wie meine Brustspitzen unter meinem Kleid hart wurden. Zu meinem Entsetzen stellte ich fest, dass er Recht hatte. Ich *wollte,* dass er mich biss. Ich wollte, dass er mich packte, mich gegen die Wand drückte und seine Zähne in meinen Hals stieß. Eigentlich wollte ich, dass er alle möglichen schmutzigen Dinge mit mir machte.

Er starrte mir in die Augen, und Dominanz ging von ihm aus. Sein verführerischer Duft umhüllte mich, erdig wie brennendes Zedernholz. Etwas Stärkeres als die Angst schlängelte sich um meine Rippen: der Instinkt, sich zu unterwerfen. Dieser Instinkt, der durch Tausende von Jahren der Evolution geformt worden war, sagte mir, dass ich ihm nachgeben sollte, wenn ich leben wollte.

Er griff nach meiner Taille und zog mich näher heran. Das Nächste, was ich wusste, war, dass ich gegen seinen Körper gepresst wurde. Seine Muskeln waren so unnachgiebig wie die Steinmauern um uns herum. Dann überkam mich Ehrfurcht, als ich sah, wie seine blassen Augen dunkel wurden. Er bewegte sich so geschmeidig, dass ich fast nicht mitbekam, wie er mich gegen die Wand drückte. Ich spürte den kalten Stein an meiner Wirbelsäule und wie meine Haut durch mein Kleid hindurch kühl wurde. Sein Knie schob sich zwischen meine Beine.

Es war schwer zu ignorieren, wie gefährlich er war, wie unheimlich. Wie er mein Leben in einem einzigen Herzschlag beenden und zu seinem nächsten Opfer weiterziehen konnte.

»Neig deinen Kopf«, sagte er mit samtener Stimme.

Ich konnte dem Drang nicht widerstehen, mich seinem Befehl zu unterwerfen. Mit geschlossenen Augen neigte ich den Kopf, um ihm Zugang zu meinem Hals zu gewähren. Ich spürte seinen Atem und eine pochende Hitze strömte durch meinen Körper. Ich wollte nicht von meinem höchst arroganten, dämonischen Entführer erregt werden, und doch passierte es. *Das Herz will, was es will.*

Als ich seine Eckzähne an meiner Kehle spürte, stockte mir der Atem. Flüssiges Verlangen glitt zwischen meine Schenkel. Gegen meinen Willen schlangen sich meine Arme um seinen Hals. Sie hießen ihn in meinem Körper willkommen. Er fühlte sich so fest an wie die Wand hinter mir. Mein Puls pochte und ich wartete auf das scharfe Stechen seiner Zähne. Stattdessen spürte ich nur einen warmen Kuss.

Oh Gott, war das ein gutes Gefühl.

Eine pulsierende, sinnliche Hitze breitete sich an der Stelle aus, an der sein Mund auf meine Kehle traf, und seine Zunge leckte über meinen Hals. Dann durchfuhr mich ein scharfer Schmerz und ließ mein Herz gegen meine Rippen schlagen. Seine Finger krallten sich in meine Taille, als seine Reißzähne in mich eindrangen und mich eroberten. Der Schmerz wurde von der Lust überlagert, bis ich nur noch die sexuelle Erregung in mir spürte.

Ich neigte meinen Kopf nur noch mehr zurück. Mein Verlangen überwältigte mich und ich kämpfte gegen den Drang an, den Saum meines Kleides wieder hochzuziehen.

Nach einem Moment zog er seine Eckzähne aus meinem Hals und ich ließ mich gegen seine Brust fallen, die Arme immer noch um seinen Nacken geschlungen. Ich hatte noch nie in meinem Leben jemanden so sehr begehrt. Offensichtlich hatte mein Körper einen schrecklichen Geschmack bei Männern. Wirklich, einfach den *schrecklichsten* Geschmack. Er war arrogant, beleidigend, ein selbsternannter Bösewicht, der mich buchstäblich in einen Kerker gesperrt hatte. Oh, und er war ein jahrhundertealter, bluttrinkender Dämon.

»Also doch«, flüsterte er und strich mit einer Hand über mein Haar. »Sterblich.«

Ich lehnte mich an die harte, muskulöse Wand seiner Brust und als ich zu ihm aufblickte, sah er fast genauso benommen aus, wie ich mich fühlte.

»Das war schrecklich«, log ich.

Er beugte sich herunter und flüsterte: »Ich glaube dir nicht. Aber eventuell tut mir die Entführung leid.«

Ich blickte auf den kräftigen Arm, der sich um meine Taille gelegt hatte, auf das unheimliche Schlangentattoo. Dann stieß ich ihn weg. »Okay. Lass uns darüber reden, wie ich als deine Spionin in der City of Thorns bleiben kann.«

»Meine Spionin? Ich verabscheue Sterbliche fast so sehr wie Mortana.« Er legte den Kopf schief. »Aber du schmeckst verdammt gut, das mildert den Hass ein wenig.«

Ich berührte meinen Hals und stellte überrascht fest, dass die Bisswunde bereits verheilt war. Nur ein feiner Tropfen Blut blieb an meinen Fingerspitzen zurück.

»Aber mein Plan reizt dich, nicht wahr?« Ich lächelte ihn an. »Weil du der Herr des Chaos bist und weißt, dass der sterbliche Zwilling eines Sukkubus diese Stadt auf den Kopf stellen kann.«

»Und warum willst du unbedingt hierbleiben?«

Ich zuckte mit den Schultern. »Du hast es selbst gut zusammengefasst. Mein Leben ist traurig. Die Mini-Joghurtbecher, der Spinnenkeller. Ich kann nicht dahin zurück.«

»Du musst Folgendes verstehen. Es gibt tatsächlich einen Fall, in dem es Dämonen erlaubt ist, Sterbliche zu töten. Und zwar, wenn sie die City of Thorns ohne Erlaubnis betreten. Wenn der König oder seine Soldaten feststellen, dass du sterblich bist, werden sie dich zum Tode verurteilen, und wahrscheinlich auf qualvolle Art und Weise. Bist du dir wirklich sicher?«

Ganz und gar nicht. »Ja.«

Er zog eine Augenbraue hoch. »Und wenn ich dich erst einmal in die Geheimnisse der City of Thorns eingeweiht habe, wenn ich dir sage, was ich will, gibt es kein Zurück mehr. Ich werde nicht zulassen, dass du die Stadt mit meinen Geheimnissen verlässt und herumläufst und anderen davon erzählst. Ich müsste dich vorher töten.«

Ich biss mir auf die Lippe. »Willst du damit sagen, dass ich die City nie wieder verlassen kann?«

»Du kannst sie jedenfalls nicht verlassen, bevor du mir geholfen hast, meine Mission zu erfüllen.«

»Und die wäre?«

Er schüttelte langsam den Kopf. »Das kann ich dir noch nicht sagen. Du bist entweder dabei oder nicht. Und du musst deine Entscheidung jetzt treffen. Wenn ich dich zu mir nach Hause mitnehme und dir erzähle, was ich vorhabe, gibt es kein Zurück mehr.«

Die Angst kroch mir in den Nacken. Aber ich wusste, dass es schon jetzt kein Zurück mehr gab. Denn ich musste wissen, was mit Mom passiert war, und ich würde keine weitere Chance mehr bekommen.

Jetzt oder nie.

Und die Wahrheit war, dass ich nicht nur Rache wollte. Ich wollte auch den Verdacht loswerden, der die ganze Zeit über mir schwebte: dass ich etwas mit ihrem Mord zu tun haben könnte.

Angespannt nickte ich. »Ich bin dabei. Aber da ich mein Leben für dich riskiere, musst du meine Studienkredite abbezahlen. Und ich würde gern auf die Belial Universität wechseln.«

Er zuckte mit den Schultern. »Ich kann deine Kredite leicht bezahlen. Ich kann dir einen Abschluss kaufen, wenn du willst. Aber du kannst nicht an der Belial Universität studieren, weil *Mortana* nicht an der Universität studieren würde.«

Meine Augenbrauen schossen hoch. »Du kannst nicht einfach einen Abschluss *kaufen*.«

Er sah mich an, als wäre ich verrückt. »Natürlich kannst du das. Du kannst alles kaufen.«

Ich musste mir eingestehen, dass er wahrscheinlich Recht hatte. Mein Magen verdrehte sich, als mir klar wurde, dass ich im Begriff war, etwas extrem Gefährliches zu tun. »Okay. Lass uns gehen.« Ich klatschte die Hände zusammen. »Und jetzt musst du mir zeigen, wo die Toilette ist, bevor deine Meinung über meine Würde noch weiter sinkt.«

KAPITEL 9

Mit verbundenen Augen lief ich durch etwas, von dem ich annahm, dass es eine Reihe von Tunneln war. Der Herr des Chaos hielt meine Hand, um mich zu führen, und es fühlte sich an, als wären wir auf dem merkwürdigsten Date der Welt.

Nach einer Minute des Gehens flüsterte ich: »Wie heißt du eigentlich?«

»Orion«, sagte er leise.

Ich fand den Klang seines Namens dunkel und berauschend.

Während wir schweigend weitergingen, spürte ich nur ein wildes Hochgefühl. Ich bekam tatsächlich, was ich wollte. *Vergiss das Geldsparen. Vergiss den Einbruch.*

Jetzt konnte ich in der City of Thorns bleiben.

Nachdem wir ein paar Minuten in der kühlen Luft gelaufen waren, erreichten wir Stufen. Mit meiner Hand in seiner führte mich Orion die Treppe hinauf, bis ich das Knarren einer Tür hörte.

Als er mir die Augenbinde abnahm, stand ich in einem säulenreichen, mediterranen Palast. Alles schien aus blassem, goldenem Marmor zu sein. In einer elfenbeinfarbenen Vase an einem der offenen Fenster blühten blutrote Mohnblumen. Als ich einen Blick auf die Decke warf, sah ich, dass sie in einem dunklen Blau gestrichen und mit Sternen übersät war, die in einem magischen Licht leuchteten. Auf zwei Seiten des Raumes blickten Fenster auf ein Meer, das wie blauer Topas glitzerte. Dieser Ort sah nicht aus wie der düstere Atlantik. Dieser Ort war das *Paradies*.

Auf der letzten Seite war der Raum offen und ein überdachter Balkon bot einen Blick auf das Meer. Dort beschattete ein Baldachin ein weißes Bett. Auf der anderen Seite des Balkons standen ein Tisch und zwei Stühle. Eine warme, salzige Brise strömte in den Raum.

Wow, er wohnte unglaublich.

Ich schaffte es, meinen offenen Mund zu schließen, und drehte mich zu Orion um. Er war gerade am Telefonieren. »Morgan? Bring bitte Frühstück und Kaffee für zwei.« Er legte auf und wies dann auf den Balkon. »Lass uns meinen Vorschlag hier draußen besprechen.«

Bevor ich ihm in das butterweiche Morgenlicht folgte, verweilte ich noch einen Moment, um den Rest des Raumes zu begutachten – die Bücher an den Wänden, die cremefarbenen Sofas. Würde ich hier bleiben können?

Ich folgte ihm auf den Balkon und ein zarter Wind strich durch mein Haar. Hier draußen glitzerte die Sonne auf dem Meer.

Als ich am Tisch Platz nahm, erschien ein Mann mit einem Bart und einem weißen Hemd. Er sah aus, als wäre er um die fünfzig, in bester Form und mit perfekt aufgetragenem Eyeliner.

Orion lächelte. »Morgan.«

»Orion, mein Schatz! Du bist schon früh auf.« Er sprach mit einem melodischen walisischen Akzent.

Ich lächelte ihn an, als er ein Tablett mit Obst, Joghurt und Kaffee auf den Balkontisch schob. Doch bevor ich den Mund aufmachen konnte, stellte Orion mich vor.

»Ich habe Lady Mortana bei mir. Eine ehemalige Beraterin von König Nergal. Sie hat in der City of Serpents gelebt und ist nach langer Abwesenheit hierher zurückgekehrt.«

Morgan lächelte mich an. »Willkommen, mein Schatz. Ich kann verstehen, warum du in die schönste Stadt der Welt zurückkehrst. Keine Frage.« Morgan schob Orion eine Schale mit Obst vor die Nase. »Du bekommst heute keine Donuts. Du kannst nicht ewig Junkfood essen und gut aussehen, selbst wenn du ein alter und mächtiger Dämon bist.«

Orion legte seine Arme über die Rückenlehne seines Stuhls. »Ich mag Donuts. Sie sind die Krönung der menschlichen Zivilisation. Besonders die mit Himbeermarmelade in der Mitte.«

»Das ist *nicht* die Krönung der menschlichen Zivilisation.« Morgan sah mich an und schüttelte den Kopf. »Er kann manchmal so herablassend sein. Die Menschheit hat großartige Errungenschaften. Die Große Bibliothek von Alexandria fällt mir da ein.«

Orion pflückte eine Erdbeere aus der Schale. »Und weißt du, was mit der Großen Bibliothek von Alexandria passiert ist? Ein sterblicher Mob hat sie niedergebrannt, ihren Inhalt zerstört und dann die Gelehrte Hypatia bei lebendigem Leib gehäutet, weil Frauen, die etwas wussten, angeblich Hexen waren. Ja, das ist ein großartiges Beispiel für die sterbliche Zivilisation, würde ich sagen.«

Wenn ich genug Zeit mit Orion verbringen würde, befürchtete ich, dass ich die Sterblichen auch irgendwann hassen würde. Er hatte wirklich ein Händchen dafür, uns schrecklich klingen zu lassen.

Morgan hielt seine Digitaluhr hoch. »Okay, lassen wir die Antike beiseite. Seitdem haben wir uns gebessert. Wir haben jetzt Apple-Uhren. Ich weiß genau, wie viele Schritte ich heute gegangen bin und dass ich bisher zwölfmal aufgestanden bin.«

Orion schwieg und starrte Morgan einfach nur an. *Das* war die Dr.-Omer-Technik.

Morgan sah zunehmend unbehaglich aus und rückte seine Hemdsärmel zurecht. »Hör zu, ich muss mich auf eine bessere Antwort vorbereiten, nachdem ich ein bisschen recherchiert habe. Den Höhepunkt der menschlichen Zivilisation kann man nicht einfach so aus dem Hut zaubern. Da gibt es eine Menge zur Auswahl. Eine *ganze* Menge.«

»Während du darüber nachdenkst, muss ich dich um einen anderen Gefallen bitten.« Orion sah mich an. »Ich bin mir sicher, dass unser neuer König Lady Mortana bald sehen will, aber sie kann ihn natürlich nicht als Bäuerin verkleidet treffen.«

Ich trug das beste Outfit, das ich besaß.

Morgan nickte mir besorgt zu. »Dolce e Malvagia macht um zehn Uhr auf. Wunderschöne Kleider. Soll ich ein paar Sachen aussuchen und sie hochschicken?«

Er nickte. »Such ein paar Kleider für Mortana aus, die sie anprobieren kann, Bademäntel, Pyjamas, alles, was sie brauchen könnte. Du kannst es auf mein Konto setzen.«

»Genau.« Er sah mich von oben bis unten an. »Hübsche Sanduhrfigur. Lieblingsfarbe?«

Ich hatte keine Ahnung, was Mortanas Lieblingsfarbe war. Aber wenn sie schon mehrere hundert Jahre nicht mehr in der City gewesen war, wie groß war dann die Chance, dass es jemand anderes wusste? »Schwarz.« Für einen Dämon schien das eine sichere Antwort zu sein.

Orion verschränkte seine Finger und schaute zwischen uns beiden hin und her. »Morgan, es gibt noch etwas Wichtiges, das ich dir über Mortana sagen sollte. Sie ist ein Sukkubus. Du kannst die anderen warnen.«

Ich sah, wie die Farbe aus Morgans Gesicht wich. »Ein Sukkubus?«

An seiner Reaktion erkannte ich, dass es eine große Sache war. Ich lächelte ihn an und zuckte mit den Schultern. Ich beschloss, dass es wahrscheinlich das Beste war, so wenig wie möglich zu sagen – vor allem, weil ich keine Ahnung hatte, was los war.

»Der letzte verbliebene Sukkubus«, fügte Orion hinzu. »Sie wird sich im Asmodean Bezirk niederlassen, nachdem sie den König getroffen hat.«

Morgans Blick huschte nervös zwischen uns beiden hin und her. »Kann sie mich töten?«

»Sie wird dich nicht töten«, sagte Orion in einem beruhigenden Ton. »Das ist doch gegen die Regeln, oder?«

Morgan sah immer noch entsetzt aus. »Aber der ganze Asmodean Bezirk ist verlassen. Ich dachte, die Lilu wären ausgerottet. Mir wurde gesagt, dass sie sehr gefährlich sind.«

Orion hob die Kaffeekanne und goss zwei dampfende Tassen ein. Eine Strähne seines silbernen Haares fiel ihm vor die Augen. »*Beinahe* ausgerottet.«

Morgan nickte und wich zurück, dann eilte er aus dem Zimmer, als wäre ihm ein Gespenst auf den Fersen. Die Tür knallte hinter ihm zu.

Ich starrte ihm nach. »Ein sterblicher Diener, nehme ich an?«

»Ja, und er hat den falschen Eindruck, dass ich mich für seine Ansichten über Ernährung interessiere. Aber ich schätze seine Hilfe sehr.« Orion nippte an seinem Kaffee. »Ich muss dich über ein paar Dinge aufklären.«

»Stimmt. Was hat es damit auf sich, der *letzte* Sukkubus zu sein? Was ist mit den anderen passiert?«

Er schüttete ein wenig Sahne in seinen Kaffee. »Die Lilu wurden vor Hunderten von Jahren bis zur Ausrottung gejagt.«

Ich löffelte ein paar Beeren in eine Schüssel mit Joghurt. »Warum?«

Jedes Mal, wenn seine Augen meine trafen, spürte ich einen nervösen Ruck, wie einen elektrischen Impuls in meiner Brust. Ich hoffte, dass er keine Ahnung hatte, welche Wirkung er auf mich hatte – er war so schon arrogant genug.

»Die Lilu wurden aus zwei Gründen getötet«, sagte er. »Du hast von dem Krieg zwischen den Dämonen und den Puritanern gehört?«

Ich nickte. »Der Krieg von 1680, ja.« So waren die Dämonen überhaupt erst in diese Stadt gekommen.

»Als Teil ihrer Kapitulationsbedingungen«, sagte Orion, »stimmte König Nergal zu, die Lilu zu töten. Die Puritaner hassten alle Dämonen, aber die Lilu hassten sie besonders. Mehr als vor allem anderen fürchteten sie sich davor, von einem Dämon verführt zu werden.« Er starrte auf das glitzernde Meer hinaus. »Und Nergal stimmte zu, weil auch andere Dämonen die Lilu hassten. Die Lilu hatten eine Macht, die alle anderen bedrohte – die Fähigkeit, andere durch Verführung zu kontrollieren. Außerdem sind sie die einzigen Dämonen mit Flügeln. Sie waren einfach zu mächtig.«

Ich blinzelte in das Sonnenlicht. »Und wie hat Mortana es geschafft, zu überleben?«

»Indem sie gerissen, berechnend und böse wie die Sünde ist. König Nergal war ein langweiliger, langweiliger Mann, und Mortana war das genaue Gegenteil. Sie war witzig und fesselnd, und fast jeder hat sich in sie verliebt. Auch der König. Sie hat einen Pakt mit ihm geschlossen – sie würde ihm helfen, alle Lilu zusammenzutreiben und abzuschlachten, und im Gegenzug würde er sie am Leben lassen. Er hat sie in einem Zimmer im Turm von Baal gefangen gehalten, und sie wurde zur Seneschallin ernannt, ein Amt am Hof des Königs.«

Ich fragte mich, was sie Orion angetan hatte. »Der König war also in sie verliebt.«

»Ja. Wie viele andere auch.« Er starrte mich über seine Kaffeetasse hinweg an. »Ich gebe zu, ich wundere mich über das schlechte Urteilsvermögen all der menschlichen Männer, die deine Schönheit nicht sehen. Dämonen haben da einen besseren Geschmack.«

KAPITEL 10

War das ein Kompliment? Ich spürte, wie ich rot wurde, aber ich hatte keine Ahnung, wie ich darauf reagieren sollte.

»Mortana verlangte«, fuhr er fort, »dass der König einen Blutschwur leistete. Sie ließ ihn versprechen, dass die Krone sie immer beschützen würde.«

»Was ist ein Blutschwur?«, fragte ich.

»Es ist ein Schwur, der durch die Vermischung des Blutes zweier Dämonen besiegelt wird. Wenn jemand einen Blutschwur bricht, führt das zu einem qualvollen Tod, der auf der Magie eines Fluches beruht. Das Problem ist, dass nur der Monarch diesen Schwur geleistet hat. Der Rest der Dämonen in dieser Stadt wird dich wahrscheinlich trotzdem umbringen wollen, weil du ein Sukkubus bist.«

Mir verging der Appetit auf die Beeren und den Joghurt und ich hatte das Gefühl, dass mir das Ganze etwas über den Kopf wuchs. Es schien, als gäbe es hier in der City of Thorns so viele Möglichkeiten zu sterben. Aber ich hatte meine Wahl getroffen, und wie Orion gesagt hatte, es gab jetzt kein Zurück mehr. »Wie groß ist die Gefahr, in der ich mich befinde?«

»Sie wäre deutlich größer, wenn du nicht bei mir wärst. Wir werden sehr viel Zeit miteinander verbringen.« Ein Lächeln umspielte seinen sinnlichen Mund, aber es erreichte nicht seine Augen. »Ich werde dich gut bewachen müssen.«

Ich schluckte schwer. »Wen soll ich denn ausspionieren?«

»König Cambriel.«

Oh, gut. Ich würde einen mörderischen König ausspionieren. Mein Magen zog sich zusammen, aber es war ja schließlich meine Idee gewesen. »Cambriel hat seinem Vater den Kopf abgeschlagen und ihn auf ein Tor gesteckt, richtig?« Ich hielt mit meinem Löffel in der Luft inne. »Du willst, dass ich ihn ausspioniere?«

Der Dampf des Kaffees kräuselte sich vor Orions Gesicht. »Er sucht eine Frau. Wenn die echte Mortana hier wäre, wäre sie eine gute Kandidatin. Sie ist die Herzogin von einem der Bezirke. Manche meinen, sie hätte Anspruch auf den Thron. Immerhin war sie die Mätresse seines Vaters. Es gibt auch das Gerücht, dass sie seine Mutter, Königin Adele, vor Jahrhunderten getötet hat, aber ich bin mir nicht sicher, ob er ihr das übel nimmt.«

Ich starrte ihn an. »Okay, mach mal langsam. Mortana hat wahrscheinlich die Mutter des Königs getötet, und ich soll ihn überzeugen, mich zu heiraten?«

Orion zuckte mit den Schultern. »Es wurde nie bewiesen. Nur Gerüchte. Es heißt, Mortana hat gehofft, den Platz der Königin einzunehmen, und eines Tages hat man die Leiche von Königin Adele mit herausgeschnittenem Herzen in einem Fass Wein gefunden.«

Ich runzelte die Stirn. »Glaubst du, es war Mortana?«

»Wahrscheinlich. Das war ihr Stil. Königin Adele trank keinen Alkohol, und das hat Mortana geärgert, also war der Wein ein nettes Detail. Wie auch immer, das ist jetzt sicher Schnee von gestern. Bezauber den König, flirte, komm in seine Nähe. Wenn ich dir beibringen kann, dich wie Mortana zu verhalten, hast du die Chance, ihm seine Geheimnisse zu entlocken.«

Meine Brust fühlte sich eng an. »Wonach genau suchst du?«

»Ich möchte, dass du herausfindest, was ihn schwach macht.« Das Sonnenlicht glitzerte in seinen blassen Augen. »Denn jeder hat eine Schwäche.«

Es war, als hätte er den Satz aus meinen eigenen Gedanken geklaut.

Ich hob die Augenbrauen. »Willst du mir sagen, dass du den König töten willst? Ich dachte, dass nur ein Erbe des Throns den König töten kann. Wenn Cambriel also kein Kind hat, das seinen Tod will, kann er nicht getötet werden, richtig?«

»Hat dir das deine Freundin Shai erzählt?«

Meine Kehle schnürte sich zu. Ich wollte Shai nicht in die Sache hineinziehen. »Was meinst du? Nein.«

Er blickte auf das glitzernde Meer hinaus. »Ich habe sie mit dir in der Bar gesehen und das Abzeichen der Belial Universität auf ihrer Handtasche bemerkt. Während du in der Gefängniszelle geschlafen hast, habe ich sie in Osborne gefunden und befragt.«

Oh, verdammt. Ich schlug eine Hand auf den Tisch und lehnte mich vor. »Du hast Shai verhört?«

»Befragt. Ich wollte hören, was sie über dich weiß.« Er nippte an seinem Kaffee. »Und was den König und seine Schwäche angeht: Es stimmt, dass nur ein Erbe den Monarchen töten kann, aber der König kann auch gefangen genommen werden. Es gibt mehr als einen Weg, sich zu rächen.«

Der Kaffee fing an, mir einen Energieschub zu geben. »Okay. Du willst den König loswerden. Und ich nehme an, das erfordert ein hohes Maß an Geheimhaltung, damit dein Kopf nicht neben dem seines Vaters auf dem Tor landet.«

Sein eisiger Blick durchbohrte mich. »Ganz genau. Ein hohes Maß an Geheimhaltung. Du bist die Einzige, die weiß, was ich vorhabe.« Er lehnte sich über den Tisch. »Und jetzt weißt du, warum es kein Zurück mehr gibt. Ich kann dir nicht erlauben, von hier wegzugehen, bevor ich mein Ziel erreicht habe. Denn wenn dieses Geheimnis herauskäme, wäre es für mich vorbei. Solange ich den König nicht los bin, gehörst du mir. Und wenn du mir in die Quere kommst und jemandem von meinen Plänen erzählst, werde ich deine liebe Freundin Shai ermorden.«

Eis glitt durch mein Blut. In Gedanken versuchte ich, das Moralische in dieser Situation zu entwirren. Ich wollte einem Dämon helfen, einen König gefangen zu nehmen, aber er würde ihn nicht töten können. Und der König hatte seinen eigenen Vater ermordet … Man könnte wirklich sagen, dass ich das Richtige tat. Das Einzige, was ich zu diesem Zeitpunkt sehr bedauerte, war, dass diese Situation Shais Leben in Gefahr brachte.

Ich trank meinen Kaffee aus. »Ich glaube, ich bin ziemlich gut darin, die Schwächen von jemandem zu finden.«

»Das glaube ich.« Er verengte die Augen über seinem Kaffee und ich spürte, wie die Luft um uns herum heißer wurde. »Weißt du, es ist zermürbend, in das Gesicht meiner schlimmsten Feindin zu schauen, auch wenn du nur eine Doppelgängerin bist. Es ist schwer, nicht über den Tisch zu greifen, dir das Herz aus der Brust zu reißen und es ins Meer zu werfen.«

Igitt. Jetzt war mir definitiv der Appetit vergangen. »Bitte versuche, das nicht zu tun.«

»Ich werde mein Bestes geben.«

Ich biss mir auf die Lippe. »Wirst du mir erzählen, was sie dir angetan hat?«

»Ich glaube nicht, dass das nötig ist.« Einen Moment lang sah ich einen Hauch von Verletzlichkeit in seinen blassen Augen. »Aber ich werde alles tun, um mich zu rächen. Ich werde töten, wen auch immer ich töten muss, um das zu erreichen. Ich habe keinen Moralkodex, nur diese brennende Lust auf Rache. Verstehst du das?« Seine Worte ließen mein Herz einen Schlag aussetzen und die Luft wurde heißer.

Ich hatte es verstanden. Kein Moralkodex. Er war ein Psychopath.

Er stützte seine Arme auf dem Tisch ab. »Wenn das funktionieren soll, musst du etwas über Dämonen und die City of Thorns wissen. Du musst ein bisschen darüber wissen, wie Mortana war, als sie hier lebte, aber nicht, was sie in den letzten zweihundert Jahren getan hat. Es ist uns untersagt, Informationen zwischen Dämonenstädten auszutauschen. Und wenn dieser Plan funktionieren soll, ist deine Freundin Shai ein Problem. Sie könnte dich identifizieren.«

Ich holte tief Luft. Er würde doch nicht vorschlagen, sie zu töten, oder? »Ich bin sicher, dass sie damit einverstanden ist, ein Geheimnis zu bewahren.«

»Das reicht mir nicht, fürchte ich. Ich werde einen Blutschwur von ihr brauchen.«

Ich schenkte mir noch eine Tasse Kaffee aus der Karaffe ein. »Das scheint ihr gegenüber nicht wirklich fair zu sein, oder? Du bekommst Informationen von uns. Ich darf in der City of Thorns leben und habe dadurch ein weniger erbärmliches Leben. Was bekommt Shai für das Risiko, das sie mit einem Blutschwur eingeht?«

Er zuckte langsam mit den Schultern. »Man kann alles kaufen. Ich bin sicher, sie hat einen Preis.«

»Hast du einfach unbegrenzt Geld?«, fragte ich.

»So ziemlich.«

»Kann ich dann ein neues Handy haben? Meins wurde mir gestern Abend von den Jungs aus der Hand geschlagen.« Ich hob einen Finger. »Oh! Und ich hätte gern meinen Glücksstift zurück.«

Ein Lächeln spielte um seine Lippen. »Ich habe dir gerade gesagt, dass ich unbegrenzt Geld habe, und das ist alles, was du verlangst?«

»Ich möchte, dass meine Studienkredite abbezahlt werden, wie wir es besprochen haben. Und ich will meinen Bachelor-Abschluss machen. Und wenn ich schon dabei bin, hunderttausend Dollar.« Warum nicht?

»Ah, so ist es schon besser.«

Ich rührte Sahne in meinen Kaffee. »Aber wirst du einen Blutschwur von mir brauchen?«

Er zuckte mit den Schultern. »Ja. Ich brauche einen Blutschwur, dass du mein Geheimnis wahrst.«

Ich blies einen langen Atemzug aus. »Okay.«

»Aber nur für den Fall, dass du dein eigenes Leben nicht ausreichend schätzt – und ehrlich gesagt, warum solltest du? Wenn man bedenkt, wie traurig dein Leben ist …«

»Kannst du auf den Punkt kommen?«

Er schenkte mir ein böses Lächeln. »Bitte denke auch an Shais Leben. Ich möchte, dass du alles für mich gibst. Für Shai.«

Ich stützte meinen Kopf in die Hände und mir wurde schwindelig. »Müssen wir Shai da wirklich mit reinziehen? Ich will sie nicht in Gefahr bringen.«

Er sah mich wieder an, als wäre ich eine Idiotin. »Dann vermassel es nicht. Es ist wirklich so einfach.«

Ich nahm meine Hände vom Gesicht. »Und wenn das hier vorbei ist, gibt es keinerlei Gefahr mehr für Shai?«

»Ja. Aber du solltest so schnell wie möglich versuchen, die Schwäche des Königs zu erfahren. Das ist der beste Weg, um Shai zu beschützen und sicherzustellen, dass dich keiner der Dämonen tötet. Wenn du zu lange hier bleibst, wirst du einen Fehler begehen und auffliegen, und dann wirst du getötet.«

Meine Brust zog sich zusammen. Das war's mit meiner Hoffnung, in einer Wohnung wie dieser zu bleiben. Aber was noch wichtiger war: Wenn ich hier nicht lange bleiben konnte, musste ich mich von der Hoffnung verabschieden, den Mörder meiner Mutter zu finden. Das würde ich nicht von einem Tag auf den anderen schaffen.

Ich seufzte. Ich musste so viel wie möglich herausfinden. »Ich werde mich anstrengen.«

Er strich sich mit der Hand über den Kiefer. »Wenn du zurückkehrst, willst du vielleicht nicht in Osborne bleiben. Es ist zu nah an der City of Thorns und du könntest dort wiedererkannt werden.«

Meine Gedanken wirbelten durcheinander. »Nun, es gibt nicht wirklich viel, was mich dort hält.«

»Ja, diesen Eindruck hatte ich auch.«

Ich warf ihm einen scharfen Blick zu. »Aber woher weiß ich, dass du deinen Teil der Abmachung einhältst und meine Kredite und meinen Abschluss bezahlst?«

»Ich würde nicht erwarten, dass du dich auf mein Wort verlässt. Du kannst die Kreditgesellschaft heute anrufen, um es zu bestätigen, nachdem ich die Zahlung getätigt habe.«

Oh Gott. Das Aufregendste von allem, was hier passierte, war die Vorstellung, dass fünfundsiebzigtausend Dollar Schulden auf einen Schlag getilgt sein könnten. Keine monatlichen Zahlungen mehr. Keine Zinsen mehr. Keine lebenslangen Schulden mehr.

Wilde Euphorie durchströmte mich und ich grinste. »Ich will dabei sein, wenn du bei dem Kreditinstitut anrufst. Ich will mithören. Ich will *alles* hören.«

Ich merkte, dass ich seinen Arm umklammert hatte, und ich musste wohl ein bisschen wahnsinnig ausgesehen haben, denn er starrte mich an, als hätte ich den Verstand verloren. Offensichtlich hatte Orion keinen blassen Schimmer vom Terror von Studienkreditzinsen, sonst hätte er dieses Hochgefühl sofort verstanden.

Ich löste meinen Griff um seinen Arm, immer noch unfähig zu glauben, dass all das wirklich geschah. »Bevor ich vor Freude durchdrehte, kannst du mir grob erklären, was genau passiert, wenn König Cambriel herausfindet, dass ich eine Betrügerin bin?«

Seine Augenbrauen hoben sich. »Nun, sagen wir einfach, es wäre nicht sehr angenehm. Es wäre sogar noch schlimmer als dein Leben in Osborne, wenn du dir so etwas vorstellen kannst. Folter, ein langsamer Tod im Feuer und dann wird deine Asche ins Meer geworfen. Lass uns versuchen, das zu vermeiden.«

Ein Schauder lief mir über den Rücken. Aber nachdem ich vier Jahre lang davon geträumt hatte, durch die Tore der City of Thorns zu treten, war dies meine einzige Chance, *irgendetwas* über Moms Tod herauszufinden

Orion stand auf und zog einen Dolch aus einer Scheide. Mit funkelnden Augen streckte er seine Hand nach meiner aus. Ich erhob mich vom Tisch und hielt ihm meine Hand hin. Als er das Messer ergriff, sah er mir in die Augen. »Du musst mir nachsprechen. Bei Todesstrafe schwöre ich einen heiligen Bluteid, meine Mission vor anderen Dämonen geheim zu halten.«

Ich atmete tief ein und wiederholte dann den Schwur. Sobald ich das letzte Wort des Schwurs gesprochen hatte, verstärkte Orion seinen Griff um meine Hand. Er zog die Klinge über meine Handfläche, und der scharfe Schnitt ließ mich zusammenzucken. Eine rote Linie schimmerte auf meiner Haut, und mein Blut tropfte auf den Tisch.

Dann schnitt er in seine eigene Handfläche und drückte unsere Hände zusammen.

Ich war mir nicht sicher, ob es der Anblick des Blutes oder die Magie des Schwurs war, aber als sich unsere Hände berührten, schwirrte mein Kopf. Vor meinem geistigen Auge sah ich eine kristallklare Vision: Steinmauern, durch deren Risse die Sterne zu sehen waren. Dann glitt ein Schatten über die Steinmauern – die blutverschmierten, schwankenden Füße eines erhängten Körpers. Das Holz darüber knarrte und ein Schmerz durchbohrte mein Herz bis ins Innerste.

Geschockt zog ich meine Hand wieder weg, und meine Sicht wurde wieder klar. Ich starrte Orion an. Mein Blut tropfte immer noch auf den Tisch.

Er runzelte die Stirn. »Was?«

Ich schüttelte den Kopf. »Nichts. Ich habe nur … Schmerz gespürt.«

Er streckte erneut seine Hand aus. »Lass mich dich heilen.«

Als ich ihn wieder berührte, spürte ich sofort seine Magie auf meiner Haut, ein warmes und angenehmes Kribbeln.

Aber ich hatte nicht von den Schmerzen durch das Messer gesprochen. Ich hatte die absolut herzzerreißende Traurigkeit der Vision gemeint – die Füße, die in der Luft schwangen.

Hatte ich irgendwie in Orions Geist gesehen? Er hatte eine unergründliche Dunkelheit in sich. Aber im Moment war er mein Verbündeter. Und wie Orion würde ich alles tun, um meine Rache zu bekommen.

Kapitel 11

Orions Badewanne befand sich auf einem zweiten Balkon ein Stockwerk höher, eingebettet in goldverzierten Marmorboden. Die Decke wurde von Säulen getragen, und die Sonne schien auf meinen nackten Körper.

Es fühlte sich total seltsam an, hier draußen im Licht nackt zu sein. Ich konnte mit einiger Sicherheit sagen, dass noch nie Sonnenstrahlen meine Brustspitzen getroffen hatten. Aber als ich auf das Meer hinausschaute, konnte ich keine einzige Person sehen, die schwamm oder surfte. Es gab nur mich, das sanft sprudelnde Badewasser und die Sonne.

Ich liebte es hier draußen, aber ich konnte nicht allzu lange bleiben. Ich schätzte, dass Sukkubi keinen Sonnenbrand bekamen, und ich hatte etwa zehn Minuten Zeit, bevor meine blasse Haut unweigerlich verbrennen würde.

Der Plan für heute war, dass ich mir neue Kleidung besorgte und Orion mich dann über Mortana und die City of Thorns unterrichtete.

Ich schnappte mir die Seife vom Badewannenrand und strich damit über meine Beine, um den Schmutz aus der schrecklichen Gefängniszelle zu entfernen. In gewisser Weise konnte ich mein Glück kaum fassen. Was ich für die schlimmste Nacht meines Lebens gehalten hatte, entpuppte sich jetzt als die Antwort auf viele meiner Probleme – vorausgesetzt, ich schaffte das, was Orion von mir wollte. Ohne Shai in Todesgefahr zu bringen. Und natürlich mich selbst.

Bevor ich nach oben ins Bad gegangen war, hatten wir gemeinsam bei dem Kreditinstitut angerufen, um meine Schulden abzubezahlen. Das war wirklich einer der besten Momente meines Lebens gewesen. Ich hatte meine Kontodaten und meine PIN eingegeben und dann Orion das Telefon gereicht, damit er seine Bankdaten eingeben konnte. Dann hatte er den Hörer an mich zurückgegeben, damit ich erklären konnte, wie viel ich abzahlen wollte – alles. Der Mann am anderen Ende der Leitung hatte noch nie einen solchen Anruf entgegengenommen, was mich nur noch mehr freute.

Aber nun konnte ich meine volle Aufmerksamkeit auf die City of Thorns richten. Bis jetzt hatte ich noch nicht gesehen, wie die Stadt aussah, nur den hellblauen Ozean. Nachdem ich so viele Jahre von diesem Ort besessen gewesen war, würde ich nun endlich seine Geheimnisse kennenlernen. Sobald wir die Wohnung verlassen hatten, wollte ich so viele Informationen wie möglich über jeden Dämon in der Stadt sammeln und den Ort nach jemandem mit einem fünfzackigen Stern auf der Stirn absuchen.

Als ich mich vollständig gewaschen hatte, stieg ich aus dem Bad und nahm ein weiches weißes Handtuch vom Regal. Ich trocknete mich ab und zog mir dann einen Bademantel an. Er gehörte eindeutig nicht Orion, denn er war aus schwarzer Seide mit durchsichtigen Spitzenärmeln und einem Schlitz an den Oberschenkeln. Das Etikett war sogar noch dran. Er war von *La Perla* – fünfzehnhundert Dollar.

Morgan hatte einen teuren Geschmack. Ich riss das Etikett ab, während ich den Bademantel zurechtzog. Die Seide fühlte sich herrlich auf meiner nackten Haut an, und ich band den Gürtel um meine Taille.

Ich war so überwältigt von dem Luxus, dass mir plötzlich auffiel, dass ich den Bademantel zuvor nicht gesehen hatte. Meine Haut prickelte vor Hitze, als ich mich fragte, ob Orion mich beim Baden gesehen hatte, und ich fegte durch sein Gästezimmer ins Marmortreppenhaus. Zurück in seinem Wohnzimmer fand ich Shai, die sich die Handfläche verband. Sie sah in ihrer Latzhose und den Zöpfen so erfrischend normal aus, dass ich erleichtert aufatmete.

Orion starrte einfach auf seine eigene Hand, die vor meinen Augen heilte.

Ich grinste. »Shai!«

Sie strahlte mich an. »Weißt du was?«

In den seidigen Bademantel gehüllt, ließ ich mich in einen cremefarbenen Sessel fallen. »Bitte sag mir, dass du etwas Gutes ausgehandelt hast, denn er hat fast unbegrenzt Geld.«

»Alle meine Kosten bei Belial sind gedeckt, solange ich studieren will, und das könnte für den Rest meines Lebens sein.«

Sie *war* gut im Verhandeln.

Orion begegnete ihrem Blick. »Und dir ist klar, dass der Blutschwur bedeutet, dass du einen schrecklichen Tod durch Magie sterben wirst, wenn du mit jemandem über Rowans wahre Identität sprichst?«

Sie rümpfte die Nase. »Ja. Verstehe. Ich werde niemandem verraten, dass sie ein Mensch ist oder dass ich sie kenne. Und ehrlich gesagt habe ich keine Ahnung, worum es hier geht, also könnte ich keine anderen Geheimnisse ausplaudern, selbst wenn ich es wollte.«

»Am besten, du weißt so wenig wie möglich.« Seine Augen funkelten. »Um deiner selbst willen.«

Sie schenkte mir ein zaghaftes Lächeln. »Ich muss jetzt zu meinem Katzenheilkurs. Aber schreib mir, wenn du kannst, okay? Ich will wissen, dass alles in Ordnung ist mit … was auch immer du hier tust.«

»Ich komme schon klar«, sagte ich mit viel mehr Selbstvertrauen, als ich verspürte.

Als sie aus der Tür eilte, lehnte sich Orion auf dem Sofa zurück. Er war ein Mistkerl, aber in seinem Kaschmirpullover war es schwer, nicht zu bemerken, wie herrlich stark er aussah.

»Wir haben eine Woche Zeit«, begann er, »um dich auf deine Vorstellung beim König vorzubereiten. Dann wirst du in den Asmodean Bezirk umziehen.«

Ich holte tief Luft. »Nur eine Woche? Reicht das?«

»Die Stadt ist bereits in heller Aufregung wegen der Nachricht über den einzigen verbliebenen Sukkubus. Der König hat heute Abend eine

Vorstellung verlangt. Ich musste verhandeln.« Er runzelte die Stirn. »Aber wir haben eine Menge Arbeit vor uns, wenn du sie täuschen willst.«

Als ich meine Beine übereinander schlug, kam ein nackter Oberschenkel zum Vorschein, und Orions Blick glitt dorthin. Das Gefühl, dass meine Schenkel aneinander rieben, erinnerte mich auch daran, dass ich immer noch keine Unterwäsche trug, was mich daran erinnerte, dass Orion mich vielleicht schon nackt gesehen hatte. Und *das* erinnerte mich an das beunruhigend angenehme Gefühl von Orions Mund an meinem Hals. Und daran, wie mein Körper darauf reagiert hatte, von ihm beherrscht zu werden. Während diese Gedanken in meinem Kopf herumschwirrten, raste mein Puls. Ich zog den seidigen Bademantel über meinen Oberschenkel und hoffte, dass er meinen pochenden Puls nicht hören konnte.

Er hob eine Augenbraue. »Warum rast dein Herz, als würdest du gleich sterben?«

So viel zu meiner Hoffnung.

Ich zog den Bademantel fest zu. »Hast du mich nackt in der Badewanne gesehen?«

Sein Körper war so ruhig, dass ich spürte, wie sich die Haare in meinem Nacken aufstellten. So schön er auch war, diese unheimlichen Unterschiede zwischen unserer Körpersprache wiesen ihn als Raubtier aus. »Dein Herz rast, wenn du daran denkst, dass ich dich nackt gesehen haben könnte?«

Damit lag er richtig, aber ich verdrehte trotzdem die Augen. »Du musst es nicht so ausdrücken. Ich war nur verärgert, das ist alles. Wusstest du, dass dein Herz auch rasen kann, wenn du verärgert bist? Das ist der erhöhte Cortisolspiegel. Wut.«

Erinner dich daran, Rowan: Er ist eine andere Spezies mit Reißzähnen, tödlicher Magie und Augen, die schwarz werden. Vergiss das nicht.

»Nun, du brauchst dich nicht zu ärgern«, sagte er leise. »Morgan hat den Bademantel und mehrere Taschen mit Kleidung im Gästezimmer für dich deponiert. Ich weiß sehr wohl, wie verklemmt die Sterblichen mit ihrem Körper sind. Ich habe zu Zeiten der Puritaner gelebt. Aber da Morgan sich nicht für Frauen interessiert, fand ich es in Ordnung, dass er das Bad betritt.«

Ich widerstand der Versuchung, zu behaupten, dass ich nicht verklemmt war, denn ehrlich gesagt war ich es. Vor allem bei Orion war ich verklemmt, denn er brachte mich dazu, dass ich meinen Bademantel vor ihm öffnen wollte.

Ich runzelte die Stirn und versuchte das Thema zu wechseln. »Du hast zur Zeit der Puritaner gelebt? Ich dachte, du stammst nicht aus dieser Gegend.«

Er schenkte mir ein schiefes Lächeln. »In England gab es auch Puritaner. Ich kannte einen namens Praisegod Barebones, der ihr Parlament geleitet hat. Bei unserer ersten Begegnung hat mich dein Outfit tatsächlich an seine Kleidung erinnert.«

»Goth-Puritaner ist mein Look«, sagte ich abwehrend und hielt die Robe immer noch geschlossen.

»Du bist sehr rot.«

Ich räusperte mich. »Es ist heiß hier drin.«

»Morgan wird bald mit dem Rest deiner neuen Kleidung zurückkommen. Mortana hat sich immer exquisit gekleidet.«

Ich hielt immer noch meinen Bademantel zusammen, als würde ich in Flammen aufgehen, wenn Orion auch nur einen Zentimeter mehr von meiner Haut sah. »Okay. Ich schätze, ich muss anfangen, so viel wie möglich über Mortana und diese Welt zu lernen.«

»Du musst lernen, weniger verklemmt aufzutreten, sonst wirst du ins Feuer geworfen. Sie ist ein *Sukkubus*.«

Ich hob mein Kinn. »Ich schaffe das schon.« Das musste ich schließlich. »Werde ich heute die Stadt besichtigen können?«

»Sobald du angezogen bist. Aber jetzt fange ich erst einmal mit dem Hintergrund der City of Thorns an. Was weißt du?«

Ich schloss meine Augen und versuchte, mich an meinen Geschichtsunterricht zu erinnern. »Die Stadttore wurden nach dem Höllenkrieg von 1680 errichtet, als die Puritaner und die Dämonen versucht haben, sich in den Wäldern von Massachusetts gegenseitig umzubringen. Ich dachte immer, der Sinn der Tore sei es, die Dämonen drinnen zu halten, aber anscheinend kann man die Stadt auch wieder verlassen.«

Eine heiße Brise strömte vom offenen Balkon in den Raum. Orion funkelte mich an. »Das stimmt. König Nergal hat die Bedingungen ausgehandelt, nachdem er den Krieg verloren hat. Dämonen können die Stadt kurzzeitig verlassen, aber unsere Magie schwindet nach ein paar Tagen. Wir werden verwundbar, wenn wir außerhalb der Stadt leben. Schwach, langsam und träge. Nicht besser als Sterbliche, wirklich.« Ein scharfer, kleiner Widerhaken war in seinem samtigen Ton.

Meine Lippen kräuselten sich. »Müssen diese ständigen Spitzen sein? Das könnte unserer professionellen Beziehung in die Quere kommen.«

»Du musst verstehen, wie wir denken. Wir betrachten uns als den Sterblichen überlegen, weil …« Er hob einen Finger an die Lippen, als ob er nachdenken würde. »Oh, weil wir es sind. Dämonen sind schlauer, schneller und anmutiger. Jahrtausendelang habt ihr uns wie Götter verehrt. Ihr habt uns Opfer dargebracht. Vieh, manchmal sogar eure Kinder. Wir sind im Grunde göttlich. Selbst die langweiligen amerikanischen Dämonen sind den Sterblichen überlegen.«

Ich legte den Kopf schief. »Und doch seid ihr alle hier, eingesperrt hinter Stadtmauern, weil ihr einen Krieg gegen uns verloren habt. Seltsam.«

Seine Mundwinkel zuckten. »Ich gebe zu, dass die Sterblichen über eine beeindruckende Militärtechnologie verfügen. Sie haben Waffen entwickelt und Magie gelernt, mit der sie uns hier binden können. Aber vor allem gibt es einfach mehr von euch, weil ihr euch wie Moskitos vermehrt.« Er schenkte mir ein charmantes Lächeln. »Ihr bevölkert den Planeten mit eurem kreischenden, joghurtfressenden Nachwuchs, nehmt jedes Jahr mehr Platz ein und vertreibt alle anderen Arten wie eine Heuschreckenplage.«

Ich verengte die Augen. »Ich bin fasziniert, dass ihr einen Krieg gegen uns verlieren, euch vollständig ergeben und immer noch von eurer Überlegenheit überzeugt sein könnt.« Ich lächelte ihn an. »Hast du schon mal den Begriff ›kognitive Dissonanz‹ gehört?«

»In einem Einer-gegen-Einen-Kampf ohne Waffen würde ein Dämon jedes Mal gegen einen Sterblichen gewinnen. Hast du eine Ahnung, wie leicht es für mich wäre, dich zu töten?«

Mein Lächeln verblasste. »Nun, wir haben jetzt Waffen«, sagte ich schroff.

Er zog eine Augenbraue hoch und lehnte sich näher vor. »Aber du spürst es auch. Kein sterblicher Mann hat dich jemals sexuell befriedigt. Wann immer ich in deiner Nähe bin, spürst du meine Überlegenheit gegenüber deinen Männern. Du hast gesagt, ich sei der einzige Mann, von dem du glaubst, dass er dieser Aufgabe gewachsen ist.«

Seine seidige Stimme war wie eine sündige Liebkosung auf meiner Haut. Jetzt war er so nah an mich herangekommen, dass sein Mund direkt an meinem Ohr war. »Und ich glaube, du hast Recht, Rowan.«

Eine verbotene Hitze durchzitterte meinen Körper und meine Schenkel spannten sich unter dem Bademantel an.

Oh Gott.

Solange ich in der Nähe von Orion war, steckte ich in Schwierigkeiten.

KAPITEL 12

Ich konnte nicht sagen, ob er mich anbaggerte oder versuchte, mich zu provozieren. Aber falls er flirtete, war er sich offenbar nicht bewusst, wie herablassend er klang. Das Überlegenheitsgefühl dieses Mannes brannte so heiß, dass es den Sauerstoff aus dem Raum saugte.

»Kennst du den sterblichen Ausdruck ›Bierbrille‹? Die hatte ich auf, als ich dich das erste Mal sah, nur mit Mojitos.« Ich fragte mich, ob er merken würde, dass ich log. »Ich fühle mich nicht wirklich von dir angezogen. Jetzt, wo ich nüchtern bin, betrachte ich dich einfach als eine andere, groteske Spezies.«

Er lehnte sich zurück, wurde dann wieder ganz still und starrte mich an, und ich hatte das Gefühl, dass er einen von Dr. Omers Tricks anwandte – er wartete darauf, dass ich zugab, etwas Dummes gesagt zu haben. Sein Gesicht war eine Maske der Gleichgültigkeit.

Nun, er konnte den ganzen Tag warten, denn ich konnte mit meinen offensichtlichen Lügen leben. Ich hob die Augenbrauen. »Wolltest du mir nicht Sachen beibringen? Bisher hast du mir nur die schwindelerregenden Dimensionen deines Egos gezeigt.«

Er breitete seine Arme über die Rückenlehne des Sofas aus und ignorierte meinen Tiefschlag. »Fangen wir mit den Lilu an, den Inkubi und Sukkubi. Sie sind die Lustdämonen, die Verführer unserer Welt. Sie ernähren sich von der Lust. Bevor die Dämonen hier in der City of Thorns eingesperrt wurden, streiften die Lilu frei durch die puritanischen Städte und verführten verklemmte Sterbliche. Sie haben auch Dämonen verführt. Aber für einen Sterblichen bedeutet der Sex mit einer Lilu den Tod. Das war einer der Hauptgründe für den Krieg 1680, denn die lüsternen Puritaner starben vor Lust in ihren Betten.«

Was für eine Art zu sterben. »Mortana würde also bei jeder Gelegenheit versuchen, Sterbliche zu verführen?«

Er schüttelte den Kopf. »Es ist uns nicht mehr erlaubt, Sterbliche zu töten, ohne dass das Konsequenzen hat. Sie kann genauso gut Macht von Dämonen beziehen, ohne einen Krieg zu beginnen.«

Ich umklammerte meinen Bademantel immer noch wie einen Keuschheitsgürtel. »Ich muss also verführerisch wirken.«

»Flirten. Sinnlich sein. Verlocken. Als ob du dich in deinem eigenen Körper wohlfühlst.« Er fixierte mich mit seinem Blick. »An diesen Dingen müssen wir eindeutig arbeiten.«

»Wann wurden die Lilu hingerichtet? Nach dem Krieg?«

Er schüttelte den Kopf. »Nicht sofort. Etwa zehn Jahre lang lebten sie im Asmodean Bezirk. Jeder Bezirk verehrt einen dämonischen Gott, und für die Lilu war es Asmodeus, der Gott der Lust.«

»In welchem Bezirk sind wir jetzt?«

»Dem Luziferischen. Er ist der Gott des Stolzes.«

Orion lebte also im Bezirk für die arrogantesten Dämonen. »Ja, das passt.«

»In einer dicht besiedelten Stadt war es für die anderen Dämonen schwieriger, die Lilu zu tolerieren. Sie ruinierten Ehen und manipulierten Leute. Andere Dämonenfrauen verabscheuten die Sukkubi und Dämonenmänner hassten die Inkubi. Ihre Gedankenkontrollkräfte waren verboten, aber sie nutzten sie trotzdem. Und das war eine Bedrohung für die Herrschaft von König Nergal. Was, wenn sie seine Gedanken kontrollierten? Als Cotton Mather 1690 Opfer aus der City of Thorns einforderte, kam König Nergal dem gern nach. Die anderen Dämonen waren froh, die Stadt von den Lilu zu befreien, und Nergal opferte sie in den Kerkern. Sie wurden gehängt und ihre Herzen herausgeschnitten.«

Ein Schauder überlief mich. Ich war gerade in diesem Kerker *gewesen*, ohne zu wissen, dass es ein Ort unvorstellbaren Grauens gewesen war. »Und Mortana konnte wegen ihres Blutschwurs überleben.«

»Genau. Sie war schon immer beeindruckend gerissen. Aber sie ist vor ein paar hundert Jahren verschwunden, und seitdem hat sie niemand mehr gesehen.«

Ich biss mir auf die Lippe. »Ist es eigentlich ein Problem, dass ich keine Magie habe? Ich kann die Gedanken von niemandem kontrollieren.«

Er schüttelte den Kopf. »Nein, du wirst den Leuten nur sagen, dass du im Laufe der Jahrhunderte deine Meinung geändert hast. Du wirst nichts tun, was von König Cambriel verboten wurde. Aber die sexuelle Magie … du musst die Leute glauben lassen, dass du dich von Lust ernährst.«

Ich schloss meine Augen und schüttelte den Kopf. »Entschuldigung, wie genau soll ich das machen?«

»Das ist ganz einfach, Rowan.« In seiner tiefen, heiseren Stimme lag ein verführerisches Versprechen. »Du und ich werden unsere Körpersprache so einsetzen, dass die Leute denken, wir würden miteinander schlafen.« Er schenkte mir ein Lächeln. »Vorausgesetzt, du kannst so tun, als würdest du dich zu einer grotesken Spezies hingezogen fühlen.«

Ich verschränkte die Arme vor der Brust. »Ich werde mein Bestes tun, um es vorzutäuschen, aber wenn ich mich dem König nähern soll, ist es dann nicht ein Problem, wenn er denkt, dass ich mit dir zusammen bin?«

Er schüttelte den Kopf. »Ganz und gar nicht. Cambriel will immer das, was jemand anderes hat.«

»Ich nehme an, deshalb hat er seinen eigenen Vater umgebracht.«

»Er stammt aus der Beelzebub-Linie. Neid. Er beneidet mich bereits um die Aufmerksamkeit, die mir zuteil wurde, weil ich so viele in der Höllenprüfung getötet habe. Und wenn du mich zu wollen scheinst, wird er seine Position als König nutzen, um dich zu erobern. Wir müssen es nur echt aussehen lassen.«

Eine heiße elektrische Spannung schwirrte in der Luft. »Du spielst also auch bei dieser Scharade mit. Du tust so, als würdest du mich wollen.«

Er zuckte mit den Schultern. »Ich werde mein Bestes tun, um es vorzutäuschen.«

»Gibt es hier jemanden, der Mortana gut kennt?«

Ein verschmitztes Lächeln. »Alle haben Mortana *gehasst.* Sie haben sie die Hure des Königs genannt. Ihr einziger Verbündeter war Nergal selbst. Ich vermute, dass sie von hier weggegangen ist, weil er sich schließlich gelangweilt und geweigert hat, sie zu heiraten, und sie gemerkt hat, dass sie keinen Beschützer mehr hatte.«

»Verspürst du kein Mitleid mit ihr? Vielleicht hat sie nur versucht zu überleben, während ihre Artgenossen abgeschlachtet wurden.«

Er zog die Augenbrauen zusammen, als hätte ich gerade etwas Verrücktes gesagt. »Nein. Ich habe kein Mitgefühl. Und wenn ich welches hätte, dann sicher nicht mit Mortana.«

»Richtig.«

Die Tür öffnete sich und ich drehte mich um. Morgan rauschte mit prall gefüllten Taschen voller Kleidung in den Raum. Er schaute nervös zwischen uns beiden hin und her und ließ die Beute fallen. »Alles, was du brauchst, ist hier drin. Ich muss leider los.« Er wich zurück und starrte mich an. »Bitte sei vorsichtig. Nichts für ungut, aber ich will nicht, dass du Orion den Kopf verdrehst.«

Noch nie hatte jemand Angst vor mir gehabt. War es ... war es schlecht, dass ich das mochte?

Ich ließ meinen Bademantel los und zeigte ich ihm ein selbstgefälliges Lächeln – das Lächeln, das ich mir bei Orion abgeschaut hatte. »Ich werde versuchen, sanft mit ihm umzugehen, Morgan, aber ich verspreche nichts.« Meine Stimme klang grausam.

Sein Gesicht wurde blass und er zeigte auf mich, als wollte er sagen: *Ich beobachte dich.* Damit verschwand er durch die Tür und ließ sie hinter sich zuschlagen.

Ich drehte mich um und sah, wie Orion mich anstarrte. Seine Augen waren blass und himmelblau. »Das war beunruhigend überzeugend. Es war, als würde die echte Mortana vor mir zum Leben erwachen.«

Es war für mich einfach, mich so zu verhalten, wie es von mir erwartet wurde. Wenn die Leute mich für verrückt hielten wie während meiner Präsentation, wurde ich nervös und verzweifelt – und begann mich tatsächlich verrückt zu verhalten. Als ich an der Osborne High wie eine Außenseiterin behandelt worden war, hatte ich nicht anders gekonnt, als mich seltsam zu benehmen.

Und wenn die Leute dachten, ich wäre furchteinflößend – nun, dann fiel es mir offenbar leicht, auch diese Erwartung zu erfüllen.

Aber anstatt all das zu erklären, zuckte ich nur mit den Schultern und sagte: »Ich kann eine Menge.«

Sein Blick durchbohrte mich und er wartete darauf, dass ich eine bessere Erklärung abgeben würde.

Ich seufzte und wurde akademisch, wie so oft, wenn ich entnervt war. »In der Welt der Sozialpsychologie gibt es etwas, das man selbsterfüllende Prophezeiung oder Verhaltensbestätigung nennt. Das bedeutet, dass sich das Verhalten der Menschen ändert, je nachdem, was von ihnen erwartet wird. Die Erwartungen an eine Person führen tatsächlich zu bestimmten Verhaltensweisen.«

»Richtig ...« Er fuhr sich mit dem Finger über die Unterlippe und musterte mich. »Du bist ein ziemlicher Nerd, weißt du das?«

Ich nickte. »Oh, glaub mir, das ist mir bewusst.«

»Heißt das, wenn ich dich so behandle, als wärst du verführerisch, kannst du dich plötzlich wie ein Sukkubus verhalten?«

Ich schluckte schwer. »Nun, wir können es auf jeden Fall versuchen.«

Kapitel 13

Ich lag nackt auf dem Bett in Orions Gästezimmer. Obwohl ich eigentlich üben sollte, mich *nicht* zu schämen, auch nicht allein, fühlte ich mich zutiefst unwohl, als der Wind über meine nackte Haut strich. Die Tatsache, dass es draußen dunkel war und ich unter einer Deckenlampe lag, die wie ein Scheinwerfer leuchtete, trug nicht zu meiner Entspannung bei.

Ich würde noch eine Woche hier bleiben, in einem Gästezimmer mit Blick auf das Meer. Das Zimmer war zwar wunderschön, aber zwischen dem bodentiefen Fenster und der *fehlenden* Wand daneben – die zwar durch einen Balkon vor Regen geschützt war, aber trotzdem eine unangenehme Stolperfalle darstellte – fehlte mir ein gewisses Maß an Privatsphäre. Ich sah zwar niemanden auf dem Meer, aber ich hatte trotzdem das Gefühl, nackt vor der Welt zu stehen.

Außerdem konnte ich nicht aufhören mich zu fragen, ob Orion mich vorhin nackt gesehen hatte. Wir hatten den ganzen Tag damit verbracht, an meinen Verführungskünsten zu arbeiten – an meinem Gang, meinem Augenaufschlag, meinen Flirtkünsten.

Ich war in allem mies. Das Problem war, dass Orion verdammt heiß war. Wenn ich mich in seinen verführerischen Bann ziehen ließ, würde ich verbrennen. Als seine Finger beim Frühstück meine berührt hatten, da wir gleichzeitig nach der Sahne gegriffen hatten, war ein Ruck der Erregung durch meinen Körper gegangen. Leider war ich jemand, der leicht errötete, weshalb Orion zu dem Schluss gekommen war, dass ich verkrampft war und mich in meinem Körper unwohl fühlte. Deshalb lag ich hier und versuchte, es mir nackt bequem zu machen.

Und es stimmte, dass ich angespannt war, aber in seiner Nähe war mein Unbehagen noch viel größer. Er war so gefährlich wie ein Waldbrand.

Als ich meine Augen schloss, konnte ich seine sinnlichen, geschwungenen Lippen sehen.

Ich schaute auf das Meer im Mondlicht, zog die Decke über mich und fragte mich, ob ich tatsächlich als Sukkubus durchgehen würde.

Mit einem tiefen Atemzug durchsuchte ich den Raum und versuchte, mich zu erden. Ich musste aus meinem eigenen Kopf rauskommen.

Die Einrichtung hier war einfach – ein weißes Bett, ein nackter Hartholzboden. Die Schönheit des Ortes lag nicht in der Einrichtung, sondern eher im Blau des Meeres und des Himmels, im Glitzern der Sterne. Eine warme, salzige Brise wehte durch den Raum. Mit der Schönheit der Natur um mich herum fühlte ich mich etwas weniger unsicher, ließ die Decke fallen und kniete mich hin.

Aber ich konnte Orions tiefe, verführerische Worte in meinem Kopf hören. *Du hast gesagt, ich sei der einzige Mann, dem du je zugetraut hättest, der Aufgabe gewachsen zu sein. Und ich glaube, damit hast du recht, Rowan.*

Meine Augen gingen wieder auf und ich rannte zum Lichtschalter, um das Licht zu löschen. In der Dunkelheit kroch ich ins Bett und zog die Decke über mich.

Vielleicht konnte ich nicht nackt herumliegen, aber ich konnte nackt schlafen.

»Wie hast du geschlafen?«, fragte mich Orion beim Kaffee am nächsten Morgen.

Er hatte ein Buch vor sich geöffnet, und seine Augen waren auf die Seiten gerichtet.

Ich räusperte mich. Ich wollte ihm nicht von dem heißen Traum erzählen, in dem er mich als Gefangene an sein Bett gefesselt hatte … »Gut. Ich habe gut geschlafen.«

Sein Blick hob sich und traf meinen. »Warum hast du das so gesagt?«

»Was meinst du?«

Ein Lächeln umspielte seine Mundwinkel. »Als wolltest du über den Tisch klettern und mich erdrosseln.«

Verdammt noch mal. Er durchschaute mich. Ich spürte, wie ich schon wieder rot wurde, und schüttelte den Kopf. »Es ist alles in Ordnung. Ich habe gut geschlafen, hatte nur ein paar seltsame Träume.«

»Worüber?«

Über dich, wie du mich überall küsst. »Nur, ähm, Monster. Was liest du gerade?« Ich nahm einen Schluck von meinem Kaffee.

Orions Augen leuchteten und er hob das Buch hoch, damit ich den Einband sehen konnte.

Fifty Shades of Grey.

Ich verschluckte mich und spuckte meinen Kaffee aus, dann wischte ich mir mit dem Handrücken über den Mund.

Er saß mir in seinem Wohnzimmer gegenüber, die Arme verschränkt. Ich hatte den Eindruck, dass er langsam die Geduld verlor. »Du triffst morgen den König, und deine Körperhaltung ist immer noch voller Anspannung und Nervosität. Merkst du, wie du Grimassen schneidest, wenn du nervös bist? Wie verkrampft deine Nackenmuskeln sind?«

Ich seufzte und versuchte mich darauf zu konzentrieren, die Muskeln um meinen Mund zu entspannen. Langsam nahm ich einen tiefen Atemzug. Ich konnte nicht anders, als mich zu fragen, wo Orion die letzten beiden Nächte verbracht hatte und wo er beim Abendessen gewesen war.

»Zeig mir mal den Mortana-Gang, den du geübt hast«, sagte er.

Ich erhob mich von meinem Stuhl.

Es ging mich nichts an, wo er hinging, wenn er nicht hier war. Aber ich kannte seine Gewohnheiten. Bisher war er jeden Tag früh aufgestanden, sobald der Morgen graute. Dann frühstückte er Kaffee und

Obst. Manchmal sprang er von seinem Balkon direkt ins Meer, um ein Morgenbad zu nehmen. Er verbrachte den halben Tag damit, mir beizubringen, mich wie Mortana zu verhalten – wie sie zu sprechen, wie sie zu lachen, wie sie Witze zu machen. Eines Nachmittags sagte er mir, ich sollte allein nackt schwimmen und darüber nachdenken, wie es sich anfühlte, durch das Wasser zu gleiten und zu wissen, wie schön ich war.

Die andere Hälfte der Zeit ließ er mich allein. Ich aß alle meine Mahlzeiten, die von Morgan geliefert wurden, allein auf dem Balkon. Nachdem ich gegessen hatte, holte ich Orions Liebesromane hervor. Die Bücher in seinen Regalen reichten von literarischen Klassikern und griechischen Epen bis hin zu modernen Romanen über Fetischpartys mit Peitschen und Spanking und jeder Menge atemberaubender Orgasmen. Die, seien wir ehrlich, im echten Leben nicht so gut sein *konnten*. Um etwas zu lernen, wählte ich die Fetischparty-Bücher, um sie bei meinem Abendessen mit Jakobsmuscheln oder Lachs zu lesen. Und sie waren sehr lehrreich.

Ich fragte mich allerdings, mit wem Orion aß, wenn er nicht bei mir war. Und wo er schlief.

Nicht, dass es mich etwas anging.

Er beäugte mich vom Sofa aus. »Du siehst nicht so aus, als ob du dich konzentrieren würdest.«

Ich richtete mich auf, wie er es mir beigebracht hatte, und strich mir die Haare über die Schulter. Dann verzog ich meine Lippen zu einem selbstgefälligen Lächeln.

Er legte den Kopf schief. »Gut. Du hast den richtigen Gesichtsausdruck.«

»Ich ahme den selbstgefälligen ›Ich glaube, ich bin besser als alle‹-Gesichtsausdruck nach, den du immer machst.«

Er zuckte mit den Schultern. »Und jetzt musst du es auch glauben. Du musst daran glauben, dass du die schönste Person in der Stadt bist und dass es für andere ein Privileg ist, in deiner Nähe zu sein. Das würde Mortana auch denken – dass sie andere mit ihrer Anwesenheit segnet. Dass sie ein Geschenk für die Welt ist.«

Ich hob mein Kinn ein wenig höher, genau wie Mortana es tun würde. *Ein Geschenk für die Welt.*

»Lass mich sehen, wie du gehst. Versuch diesmal, deine Schritte in einer Linie zu halten, wie eine Katze. Schultern zurück, Hüfte nach vorne.«

Ich richtete meinen Rücken auf und verlängerte meinen Nacken. Dann begann ich mich so zu bewegen, wie er befohlen hatte, einen Fuß direkt vor den anderen. Ich merkte, dass meine Hüften beim Gehen wippten, und stolzierte in meinem neuen kleinen schwarzen Sommerkleid durch den Raum. Ich spürte seinen abschätzenden Blick darauf, wie ich mich bewegte – oder besser gesagt, wie Mortana sich bewegte.

»Die Schultern nach hinten«, sagte er leise. »Du musst so aussehen und dich so verhalten, als würdest du die ganze Zeit an Sex denken.«

Ich drehte mich um und ging wieder durch den Raum.

Auf seine Anweisungen hin lief ich wie eine Sexbombe – die Brüste nach vorne gestreckt, die Hüften hin und her schwingend. Vielleicht fühlte ich mich unwohl in meinem Körper, aber Mortana nicht. Mortana hatte all die Dinge getan, von denen ich in den Büchern gelesen hatte – Männer gegen die Wand gedrückt, ihre Fingernägel über ihren Rücken gezogen, in das Kopfteil des Bettes gebissen, während jemand sie von hinten nahm.

Ich wirbelte herum und stellte mir vor, wie Mortana sich fühlen würde, wenn sie nackt im Meer schwamm, oder wenn Orion sie beobachtete. Mortana würde wollen, dass seine Augen auf ihrem nackten Körper ruhten. Sie würde erregt sein und sie würde wollen, dass er genau wusste, wie erregt sie war. Sie würde ihn quälen, ihn necken.

Ich drehte mich wieder und entschied, dass Mortana auf Orions Schoß sitzen wollte. Also tat ich das und schlang meine Beine um seine Taille, wobei der Saum meines Kleides bis zu meinen Hüften hochrutschte. Augenblicklich wurden seine Augen dunkel wie die Nacht. Mit einem leisen, anerkennenden Knurren wanderte seine Hand von meinem unteren Rücken bis hinauf zu meinen Haaren. Er fuhr mit den Fingern in meine Locken und zog meinen Kopf ein wenig zurück.

»Braves Mädchen«, sagte er leise. »Sehr gut.« Seine tiefe Stimme grollte über meine Haut.

Das ging zu weit.

Ich räusperte mich und sprang von seinem Schoß auf, glättete mein Kleid und zog den Saum herunter. »So.« Ich atmete langsam aus. »Siehst du? Ich kann Mortana sein.«

Orions Augen waren immer noch auf mich gerichtet. Ein Schatten hatte sich darüber gelegt, der eine Urangst in mir weckte. »Natürlich.«

Morgen Abend würde ich den König treffen, und das sollte im Moment das Beängstigendste in meinem Leben sein. Aber in Wahrheit war es Orion, der mir am meisten Angst machte.

Kapitel 14

Heute war der große Tag.

Heute würde ich zum ersten Mal öffentlich in der City of Thorns in Erscheinung treten und die Sicherheit von Orions Wohnung verlassen. Und ich würde den Dämonenkönig treffen, der den Kopf seines Vaters abgeschlagen und auf ein Tor gesteckt hatte.

Was für ein Outfit trug man, wenn man einen vatermordenden Dämonenkönig verführen wollte?

Ich runzelte die Stirn über meine neue Unterwäsche, die kaum groß genug aussah, um meine Brustspitzen und meinen Hintern zu bedecken. Aber schließlich war ich ja jetzt ein Sukkubus. Da konnte Kleidung nicht knapp genug sitzen. Und mit einem kleinen Ruck der Befriedigung stellte ich fest, dass ich mich inzwischen eigentlich ganz wohl fühlte, wenn ich splitternackt in diesem gläsernen Raum stand.

Zwischen den Abendkleidern gab es auch lässige Kleidung. Schwarze Lederleggings, schlichte Hosenanzüge, kleine Röcke und Tops. Aber Orion hatte gesagt, dass ich bei meinem großen Auftritt heute in der Stadt die Leute blenden sollte. Offenbar würden alle Augen auf mich gerichtet sein.

Ich nahm ein Mieder vom Bett, eines mit schwarzer Spitze und aufgestickten Schlangen. Der Ausschnitt reichte in der Mitte bis unter die Brüste. Dunkel, sexy, dämonisch. Ich zog es an und wie erwartet bedeckte es kaum meine Brüste.

Ich nahm das winzige passende Höschen und schlüpfte hinein.

Dann ging ich die Kleider durch. Viel Schwarz, Grau und Gold. Alle waren auf irgendeine Weise freizügig – enge Mieder, Schlitze bis zur Hüfte, tiefe Rückenausschnitte, kurze Saumabschlüsse. Als Erstes nahm ich ein hellsilbernes Kleid im griechischen Stil, mit hoher Taille und zarten, sich kreuzenden Seilen drum herum. Aber der Ausschnitt ging bis zum Bauchnabel, und ich war mir nicht sicher, ob ich dazu bereit war.

Stattdessen wählte ich ein kurzes, rotes Seidenkleid mit tailliertem Oberteil und langen Ärmeln, das ich mir nur mit Mühe über die Hüften ziehen konnte. Es hatte einen lockeren Rock, aber die Tatsache, dass der Saum knapp unter meinem Hintern endete, war definitiv neu für mich. Dann schlüpfte ich in ein Paar oberschenkelhohe Stiefel, die bequeme Absätze hatten, sodass ich darin einigermaßen elegant laufen konnte.

Als ich mich umdrehte und mich ansah, musste ich zugeben, dass ich verdammt heiß aussah. Mit den Stiefeln zeigte ich nur wenig Haut – die Oberseiten meiner Oberschenkel und mein Dekolleté. Und doch war dieser Anblick viel sexier, als ich es gewohnt war. Meine Haare hingen in Wellen über meine Schultern, orange auf rot. Es war kein *schlechter* Look, dachte ich.

So hergerichtet ging ich ins Wohnzimmer. Orion saß immer noch auf dem Sofa und lehnte sich zurück, die Arme über der Lehne. Und er war still wie der Tod. Seine Augen brannten, als er mich ansah.

Mit einem tiefen Atemzug ging ich zu ihm hinüber. Er stand langsam auf und sein Blick bohrte sich in mich. Dunkle Magie peitschte die Luft um ihn herum, und ein leises Knurren erklang aus seiner Kehle und glitt über meinen Körper. Ich fragte mich, ob er daran dachte, wie ich gestern rittlings auf ihm gesessen hatte.

Dann geisterte ein verruchtes Lächeln über seine Lippen. »Gut. Du siehst aus wie ein Sukkubus. Lass mich noch ein letztes Mal sehen, wie du dich wie Mortana bewegst. Ich weiß, dass du in gewisser Weise Vertrauen in deinen Körper hast. Du kannst zuschlagen – ich habe gesehen, wie du es mit diesen sterblichen Mistkerlen aufgenommen hast.« Seine Augen hatten einen überirdischen Silberglanz. »Der Mann, der dich vor der Brauerei in die Enge getrieben hat, hieß der Jack Corwin?«

Ich hatte vergessen, wie viel er über mich wusste. Schmerzlich rief ich mir in Erinnerung, was ich ihm alles im Kerker erzählt hatte. »Ja, das war Jack.«

»Warum hast du mir nach allem, was er dir angetan hat, gesagt, ich soll aufhören, ihm wehzutun?«

Er starrte mich mit diesem dominanten Dämonenblick an, der mich dazu brachte, meinen Blick unterwürfig zu senken. Aber im nächsten Moment blickte ich wieder auf, weil Mortana aufblicken würde. »Ich bin ein normaler Mensch, der nicht zusehen will, wie jemandes Gehirn auf der Straße schmilzt. Das ist, was man Empathie nennt. Selbst wenn man jemanden hasst, sieht man nicht gern zu, wie er gefoltert wird.«

»Empathie?« Seine Augen blickten eisig, grausam. »Klingt nutzlos. Ich bin froh, dass ich nicht damit verflucht wurde.«

»Wie viele Leute genau hast du getötet?«

Er begann mich zu umrunden. »Ich würde dir gern von jedem einzelnen erzählen, nur um das Entsetzen in deinem hübschen Gesicht zu sehen, aber wir haben nur noch ein paar Stunden Zeit, um an deiner buckligen Haltung zu arbeiten.«

Ich runzelte die Stirn. »Hast du *bucklig* gesagt?«

»Wir werden noch eine letzte Sache versuchen. Ich fahre mit meinem Finger deine Wirbelsäule hinauf und ich möchte, dass du dabei deinen Rücken aufrichtest. Lehne dich hinein und zieh deine Schultern runter.«

Ich spürte bereits, wie die Macht seiner Magie auf meiner Haut kribbelte. Als er meinen unteren Rücken berührte, schnappte ich fast nach Luft bei dem angenehmen Gefühl. Allein seine Fingerspitze auf meinem Rücken löste eine heiße, elektrische Vibration in meinem Körper aus.

»Schließ deine Augen. Entspann deine Schultern und lass sie nach hinten fallen. Stell dir einen Faden vor, der deinen Kopf zur Decke zieht.« Mit erlesener Langsamkeit strich er nach oben. Mein Körper reagierte auf seine Berührung. Meine Wirbelsäule richtete sich auf, mein Puls beschleunigte sich und meine Haut brannte.

Heiliger Strohsack, Rowan. Vergiss nicht, dass ihr zusammenarbeitet. Und dass er ein Dämon ist. Und auch, dass er gedroht hat, Shai zu ermorden.

Als sein Finger über meinen Nacken strich, verlängerte sich mein Hals. Dann strich sein Finger mit einer federleichten Berührung wieder nach unten, und von jedem Berührungspunkt strahlte Wärme aus. Er ließ seinen Finger zwischen meinen Schulterblättern ruhen. »Heb deine Brust. Heb dein Kinn. Du bist stolz auf deine Schönheit. Sie ist ein Teil deiner Kraft.«

Mein Atem beschleunigte sich und ich spürte, wie er sich hinter mir bewegte und seine Hände an meine Hüften legte. Ich kämpfte gegen den verrückten Impuls an, mich an seinen starken Körper zurückzulehnen.

»Beweg deine Hüften ein wenig nach vorne«, sagte er leise. »Öffne jetzt deine Augen.«

Ich öffnete die Augen und fühlte mich in meiner neuen Haltung schon ganz anders.

»Perfekt.«

Er stellte sich vor mich. Gott, er war so attraktiv. Sein Blick glitt zu meinem Mund und mit Verlegenheit stellte ich fest, dass ich mir die Lippen geleckt hatte. Schamesröte kroch über meine Wangen.

Er legte den Kopf schief und ein verschmitztes Lächeln kräuselte seine Lippen.

Zum ersten Mal fühlte ich mich wirklich *sexy*. Und jetzt gefiel mir der Gedanke, dass seine Augen auf mich gerichtet waren, auf die nackte Haut meiner Schenkel … Tatsächlich hatte ich das Verlangen, ihm meinen ganzen Körper zu zeigen.

Ich stolzierte durch den Raum, wie er es mir schon eine Million Mal gezeigt hatte, einen Fuß vor den anderen setzend.

»Gut«, murmelte er. »Jetzt dreh dich zu mir um.«

Ich drehte mich um und meine Locken hüpften. Seine Haltung war lässig, die Hände in den Taschen, die Schultern entspannt. Aber das Brennen in seinen Augen und sein angespannter Kiefer verrieten mir, dass er nicht wirklich ruhig war. Was verbarg sich hinter dieser gelassenen Fassade? Wut? Lust? Versuchte er immer noch, sich davon abzuhalten, mir das Herz herauszureißen?

Und wo hatte er letzte Nacht geschlafen?

»Was nun?«, fragte ich.

»Wenn du jetzt zu mir zurückkommst, stell dir vor, dass ein Wassertropfen langsam von deinem Hals zwischen deinen Brüsten nach unten läuft. Zeichne ihn mit deiner Fingerspitze nach.«

Ich fing wieder an zu laufen, wie eine Katze, und ich bewegte meine Fingerspitze von meiner Kehle hinunter zu meiner Brust. Es war wie beim Kampfsport: Ich fand heraus, wie ich meinen Körper auf die richtige Weise bewegen musste, um die Schwäche meines Gegners auszunutzen.

Ich hörte auf, als ich spürte, wie seine heiße Magie über mich glitt. Näher zu kommen, ihm in die Augen zu schauen, würde sich zu intensiv anfühlen.

Er hob die Augenbrauen. »Sehr gut«, meinte er. »Du musst immer durch deine Körpersprache kommunizieren, dass du jemanden flachlegen willst. Du machst es durch Anspielungen, Augenkontakt und Berührungen deutlich.«

Ich warf meine Haare über meine Schulter.

»Das war niedlich, aber für den Anfang musst du näher als einen Meter herankommen. Du weißt schon, so wie gestern.«

Ich schluckte schwer und ging dann näher zu ihm hin. Ich starrte zu ihm hoch und stellte mir vor, wie es sich anfühlen würde, wenn seine Hände meinen ganzen Körper berührten. *Ihr arbeitet zusammen, Rowan. Mehr ist es nicht.*

Belustigung glitzerte in seinen Augen. »Jetzt musst du nur noch daran arbeiten, nicht mehr wie ein Reh im Scheinwerferlicht aussehen. Versuch es mit einem halben Lächeln.«

Ich verzog mein Gesicht auf einer Seite.

Er machte eine Grimasse. »Oh, nein. Tu das nicht. Denk daran, dass du ein Geschenk bist.«

Ich entspannte mein Gesicht und versuchte es dann mit einem selbstgefälligen Ausdruck.

Sein Blick wanderte meinen Körper hinunter. »Näher. Zeig deine Verletzlichkeit. Neig deinen Kopf zurück und zeig mir deinen Hals, als würdest du mir erlauben, dich wieder zu beißen. Als würdest du es *wollen.*«

So nah bei ihm wurde ich von seiner sinnlichen Kraft wie von einer Welle überrollt. Ich ertappte mich dabei, wie ich in seine endlosen Augen starrte und mein Puls raste. Was ich wirklich wollte, war, dass er sich über mich beugte, mein Höschen herunterzog und mich streichelte.

Hör auf, Rowan. Er ist nicht einmal ein Mensch.

Ich wusste, was passiert war. Mein Es übernahm die Kontrolle – der dumme, animalische Teil meines Gehirns, der mir alles vermasseln würde, wenn ich ihn ließ. Aber vielleicht war es mein Es, das ich hier brauchte.

»Gut«, sagte er leise. »Du hast den Augenkontakt drauf, jetzt versuch Berührungen einzusetzen, während du mit mir sprichst.«

Ich streckte die Hand aus und berührte seine Brust. Ich biss mir auf die Lippe, als ich mit den Fingerspitzen über den weichen Stoff fuhr und die harten Muskeln darunter spürte.

»Du hast vergessen zu reden«, sagte er leise.

Ah. Das lag daran, dass mein Kopf völlig leer war.

Er war *sehr* überzeugend darin, mich anzusehen, als ob er mir das Kleid vom Leib reißen wollte. Aber schließlich hatte er gesagt, dass er so *tun* würde, als wäre ich sexy.

Er griff nach meinen Armen, hob sie hoch und schlang sie um seinen Hals, sodass mein Körper an seinen gedrückt wurde. Dadurch rutschte mein Kleid hoch und die warme Brise strich über meine Oberschenkel und meinen Hintern.

Hitze schoss durch meinen Körper. Das war noch Flirten? Das fühlte sich geradezu unanständig an, und ein heißer Puls schlug durch mein Inneres. Als ich ihm in die Augen sah, hatte ich das Gefühl, in einen gefährlichen Abgrund zu stürzen.

Meine Muskeln verkrampften sich.

Er ist ein Dämon. Zieh dich zurück, Rowan.

Ich nahm meine Arme von seinem Hals. Mein Kiefer krampfte sich zusammen und ich sah weg. Mein Herz klopfte unkontrolliert, was schade war, denn jetzt wusste ich, dass er es hören konnte.

»Okay.« Ich schluckte schwer. »Ich glaube, ich habe bewiesen, dass ich die Mortana-Nummer durchziehen kann.« Ich zwang mir ein Lächeln auf das Gesicht. »Warum zeigst du mir nicht die Stadt?«

»Du musst erst mal aufhören, rot zu werden.«

Ich strich mir die Haare glatt. »Gut.«

»Hast du dir die Karte eingeprägt?«

Ich nickte. »Ich glaube schon.«

»Denk daran, wenn du auffliegst«, warnte er, »landest du in einer Feuergrube.«

»Eine tolle Art, mich zu beruhigen.«

Aber trotz der Nervosität und der Angst war ich eigentlich positiv aufgeregt. Heute würde ich zum ersten Mal die City of Thorns sehen.

Den Ort, an dem sich vermutlich irgendwo der Mörder meiner Mutter herumtrieb.

KAPITEL 15

Orion hatte mich in einen Raum geführt, den ich für einen Schrank gehalten hatte, der aber in Wirklichkeit ein Aufzug war. Während wir nach unten fuhren, studierte ich die Karte weiter.

»Du musst die weglegen, wenn wir unten ankommen.«

»Ich weiß.« Ich hatte die Tore der Stadt schon so oft gezeichnet, aber ich hatte mir nie vorgestellt, was sich dahinter befand. Das war eine verbotene Information und sehr faszinierend.

Die Karte zeigte, dass die Stadt in sieben Bezirke unterteilt war – acht, wenn man die elysische Wildnis südlich des Flusses Acheron mitzählte.

Der Luziferische Bezirk und das Leviathan-Hotel, in dem Orion lebte, befanden sich auf der Ostseite mit Blick auf den Ozean. Südlich von Luziferian befand sich der königliche Beelzebub Bezirk und der große Baal-Turm, in dem der König lebte. Sobald ich die Zustimmung des Königs hatte, würde ich im Asmodean Bezirk wohnen – westlich von hier, am Fluss. Es war der kleinste Bezirk und ich vermutete, dass er im Laufe der Jahre immer kleiner geworden war, weil die benachbarten Bezirke ihn immer mehr einnahmen.

Die Neugierde brannte hell in mir. Ich wollte alles sehen – das alte Gefängnis, die alten Dämonentempel, die Dämonenbank. Nicht nur, um den Mörder meiner Mutter zu finden, sondern auch, weil die Magie mich faszinierte.

Als wir das Erdgeschoss erreichten, öffnete sich der Aufzug in eine Lobby und ich steckte die Karte in meine neue rote Handtasche, neben mein neues Handy.

Ich trat in das helle Sonnenlicht der Lobby. Von oben strömte Licht durch eine Fensterkuppel wie in einem viktorianischen Gewächshaus. Die Böden waren aus elfenbeinfarbenem Marmor und schwarzen

Fliesen im Art-déco-Stil. Eine geschwungene Treppe führte zu einem Zwischengeschoss mit einem schwarzen Geländer, das irgendwie wie sexy Spitze aussah.

Ich war noch nie an einem Ort wie diesem gewesen und musste mich daran erinnern, meinen Mund geschlossen zu halten und nicht ehrfürchtig vor der Pracht zu stehen. Mortana würde von diesem Ort nicht beeindruckt sein. Sie würde sich bei all dem hier langweilen. Also lenkte ich meinen Blick von der Schönheit des Gebäudes ab und konzentrierte mich auf meinen katzenhaften Gang, auf meine schwingenden Hüften.

Auf dem Weg zur Tür kamen wir an einer Handvoll Leuten vorbei, die mich anstarrten. Zwei wunderschöne Dämonenfrauen mit roten Augen und geschwungenen elfenbeinfarbenen Hörnern – eine blond, die andere mit rabenschwarzem Haar – steckten die Köpfe zusammen und flüsterten, als ich zur Tür ging. Ich hatte das Gefühl, dass meine Ankunft sich bereits herumgesprochen hatte, und schenkte ihnen ein zuversichtliches Lächeln.

Ganz richtig. Die Sukkubus-Tussi ist zurück.

Orion schob die große Glastür auf und hielt sie dann für mich auf. Mit schwingenden Hüften trat ich hinaus in eine Stadt aus goldenem Stein. In der Sonne schimmerte die Welt um mich herum, und mir stockte der Atem angesichts ihrer Schönheit.

Mit ihren engen Straßen, die eindeutig aus der Zeit vor dem Auto stammen, sah die Stadt mittelalterlich aus. Das Hotel öffnete sich zu einer Art Piazza, wo Cafés und Geschäfte einen großen steinernen Innenhof säumten. Gewölbte Durchgänge zweigten vom Platz ab. In der Mitte des Platzes bildeten die Steine eine geometrische Form, die an ein auf dem Kopf stehendes Dreieck erinnerte, mit geschwungenen Linien und einem *V* am unteren Rand.

Orion zeigte auf das Symbol. »Wie du siehst, Mortana, sind der Luziferische Schutzwall und das große Symbol Luzifers unverändert.«

Ich seufzte. »Entzückend.« Als ich den Platz überblickte, bemerkte ich, dass alle Augen in meine Richtung gingen. Ein Schauer überkam mich, aber Mortana sah nicht überwältigt aus. Mortana legte ihren Arm um Orion und lächelte süffisant.

Mit seinem Körper dicht an meinem strahlte seine warme Magie auf mich aus, beruhigend und verführerisch zugleich.

Arm in Arm gingen wir in einen der gewölbten Gänge. Hier, wo es leer war, lehnte sich Orion herunter und flüsterte: »Ich glaube nicht, dass die Leute von deiner Rückkehr begeistert sind.«

»Liegt das daran, dass ich ein Sukkubus bin?«, flüsterte ich zurück.

»Teilweise. Außerdem bist du mit mir zusammen. Der König und ich sind jetzt die beiden reichsten Junggesellen der Stadt, und die unverheirateten Dämonenfrauen sind es gewohnt, um unsere Aufmerksamkeit zu wetteifern. Debütantinnen präsentieren sich bei Hofe in einer Reihe von Bällen und Soirées, jede von ihnen in der Hoffnung, eine Königin oder Herzogin zu werden. Dämonenfrauen warten Jahre, ja sogar Jahrhunderte, in der Hoffnung, die vorteilhafteste Partie zu machen.«

Ich sah zu ihm auf. »Warum bist du nicht verheiratet?«

»Ich sehe keinen Grund zu heiraten.«

»Und der König?«, fragte ich. »Er ist Jahrhunderte alt. Warum jetzt heiraten?«

Orion zuckte mit den Schultern. »Früher konnte er jede Frau in der Stadt haben, und das hatte er wahrscheinlich auch. Niemand hatte einen Anspruch auf ihn. Aber von einem König wird erwartet, dass er heiratet, also muss er sich eine Frau suchen.«

Wir gingen durch eine Reihe von engen Straßen und Steintreppen, vorbei an Geschäften und Hotels. Wir kamen an einer runden Bibliothek vorbei, die zur Belial Universität gehörte.

Orion erklärte mir leise, dass Luzifer, der Leuchtende, in alten Zeiten der oberste Dämonengott gewesen war. Auch jetzt noch durchdrang Luzifers Macht die Stadt. Die Tempel waren größtenteils verlassen, aber einige Dämonen brachten den alten Göttern immer noch Opfergaben dar.

»Glaubst du an sie?«, flüsterte ich.

Er schaute mich an. »Ich weiß nicht, ob es Götter gibt. Aber es ist mir auch komplett egal.«

Ah, natürlich. Seine Arroganz kannte keine Grenzen – nicht einmal, wenn es um seine Götter ging.

Im Mammon Bezirk hielten wir zum Mittagessen in einem Restaurant an einem der Nebenflüsse des Erebus. Er plätscherte an uns vorbei und glänzte in der Sonne. Wir saßen an einer Fußgängerzone aus bernsteinfarbenem Marmor. Ich beobachtete die Dämonen, die in ihren eleganten Kleidern vorbeischritten, einige von ihnen mit metallischen glänzenden Hörnern, die in der Nachmittagssonne funkelten.

Auf der anderen Seite des Platzes erhob sich die Bank of Thorns mit ihren hohen Säulen, die sie wie einen alten Tempel aussehen ließen. Schwarze Brombeerranken wuchsen über den Stein.

Ein paar Sterbliche liefen vorbei, lässig gekleidet in Sweatshirts und Leggings der Belial Universität. Sie bewegten sich anders als die Dämonen und ihr Gesichtsausdruck war sorglos, in Ehrfurcht vor der schönen Welt um sie herum. Im Gegensatz dazu kam mir jeder Dämon wie ein Raubtier vor. Die Dämonen hielten ihre Gesichtszüge stets ruhig.

Keiner von ihnen trug den Stern, den ich suchte.

Ich lehnte mich in meinem Stuhl zurück und nippte an dem Rotwein, den Orion für uns bestellt hatte. Ich war keine Weinexpertin, aber dieser Wein war *unglaublich.* Ich ließ den trockenen Geschmack über meine Zunge laufen. »Köstlich.«

Er erwiderte mein Lächeln. »Claret von den Trauben auf den Feldern von Elysium. Einer meiner Lieblingsweine.«

Die Kellnerin kam zurück und starrte fast ausschließlich Orion an. Und wer konnte es ihr verdenken? Die Frau hatte funktionierende Augen, und er sah aus wie ein Gott. Ihre Wangen erröteten, als sie seine Bestellung aufnahm und dabei ihr langes braunes Haar über die Schulter warf.

Mit einem Grinsen sagte er: »Ich nehme die Entenbrust.«

Ich war mir ziemlich sicher, dass sie bei dem Wort *Brust* zusammenzuckte. Sie biss sich auf die Lippe und legte den Kopf schief, als hätte er gerade vorgeschlagen, ihr den Hintern zu versohlen. »Ja?«, sagte sie. »Noch ein Wunsch?«

Orion hatte gesagt, beim Flirten ging es darum, deutlich zu machen, dass man jemanden wollte, und diese Kellnerin ließ daran keinen Zweifel. Ehrlich gesagt wäre sie in der Rolle des Sukkubus viel besser als ich.

Ich musste zugeben, dass ich das ein bisschen irritierend fand. Zum einen war ich am Verhungern, und sie hatte meine Bestellung noch nicht aufgenommen. Zum anderen, was wäre, wenn das hier ein richtiges Date wäre? Das war es natürlich nicht. Ich hatte keinen Grund, eifersüchtig zu sein, also war ich es auch nicht.

Aber das wusste *sie* nicht.

Die eigentliche Frage war, wie Mortana mit dieser Situation umgehen würde. Ich persönlich dachte, dass sie stinksauer sein würde. Mortana mochte es, im Mittelpunkt der Aufmerksamkeit zu stehen, und die bekam sie im Moment nicht. Ich glaube auch nicht, dass sie diese Art von Respektlosigkeit tolerieren würde.

Ich räusperte mich. Als die Kellnerin sich schließlich zu mir umdrehte, kniff ich die Augen zusammen und machte meinen Körper so ruhig wie möglich. Da ich das schon ein paar Mal bei Orion erlebt hatte, wusste ich, wie nervenaufreibend das war. Außerdem war das im Grunde eine noch fiesere Version von Dr. Omers *›Ich werde schweigen, bis du merkst, was du getan hast‹*-Technik.

Ich beobachtete, wie ihre rosigen Wangen blass wurden, und trommelte dann langsam mit den Fingernägeln auf den Tisch. »Bist du jetzt fertig mit deiner kleinen Vorführung?« Meine Stimme hörte sich kalt und distanziert an.

»Tut mir leid«, stammelte sie. »Ich habe nur seine Bestellung aufgenommen.«

»Oh, das glaube ich nicht, Sterbliche.« Ich gluckste. »Aber weißt du, dein Wunsch gibt mir Kraft.« Noch nie in meinem Leben hatte ich so gebieterisch geklungen. Um die Wahrheit zu sagen, war ich mir nicht ganz sicher, woher das kam. »Deine Lust macht mich regelrecht hungrig.«

Ich beobachtete, wie sie schluckte. »Darf es etwas zum Mittagessen sein?«

Orion bezahlte die Rechnung, also konnte ich auch etwas Teures bestellen. »Hummer Fra Diavolo.« Ein passender Name, wenn ich darüber nachdachte. »Ich fühle mich ein bisschen … teuflisch.« Ich fletschte meine Zähne. »Wenn das nicht reicht, muss ich etwas Frischeres essen, also sag dem Koch, er soll dafür sorgen, dass es gut ist.«

Sie stolperte vor mir zurück und drehte sich dann um, um in die Küche zu eilen.

Mist! War es das, was mein Ich unter all meiner Verdrängung war? Hatte ich eine böse Seite?

Als ich mich wieder zu Orion umdrehte, musterte er mich genau. »Mortana, du hast dich wirklich nicht verändert.«

Ich lehnte mich näher zu ihm und flüsterte ihm ins Ohr: »Ich bin gern zurück.«

Er hob seinen Wein zu einem Toast auf mich. »Auf die bösartigste, übelste Dämonin, die diese Stadt je beehrt hat.«

Jedes Mal, wenn ich mich umsah, bemerkte ich, dass die Leute ihre Hälse reckten und versuchten, uns zu belauschen.

Ich seufzte und blickte über den Fluss Acheron zum Südufer. »Die elysischen Felder. Ich erinnere mich gern an sie. Stimmt es, dass du während deines Höllenrituals fünfzig Dämonen getötet hast?«

Er drehte den Stiel seines Weinglases zwischen den Fingerspitzen, und die purpurne Flüssigkeit glitzerte im Sonnenlicht. »Nun, ich gebe nicht gern an …«

»Lügner.«

Belustigung kräuselte seine Lippen. »Gut. Ich liebe es zu prahlen. Ja, ich habe fünfzig Dämonen getötet. Und ja, ich glaube, die anderen finden mich schrecklich.«

Fand der König ihn auch so schrecklich?

Ich seufzte und versuchte in meiner Rolle zu bleiben. »Es ist schon so lange her, dass ich König Nergal gesehen habe.«

»Mach dir keine Sorgen.« Er schenkte mir ein strahlendes Lächeln. »Du wirst seinen *Kopf* bald sehen. Aber jetzt bist du unerschütterlich loyal gegenüber dem neuen König, nicht wahr? Du weißt, wie es hier ist. *Vae Victis*.«

Wehe dem, der besiegt wird. Erwarte eine brutale Behandlung durch die Sieger. Eine weitere Erinnerung, dass ich hier nicht in die Hände des Feindes fallen durfte.

Ich hob mein Weinglas, lächelte und wiederholte: »*Vae Victis*.«

KAPITEL 16

Als wir mit dem Essen fertig waren, ging die Tour weiter – ein Bezirk nach dem anderen aus honigfarbenem Stein. Die Mauern zogen sich um die Grenzen der Stadt und wurden von Türmen unterbrochen, die über Osborne hinausblickten.

Ich war froh, dass ich in weiser Voraussicht die bequemsten Stiefel gewählt hatte, denn wir liefen kilometerweit – durch den Belphagor Bezirk mit der Halle der Zünfte und das alte Parlament am Fluss. Wir sahen die Spukgefängnisse im Sathanas Bezirk und den Galgen, an dem Hinrichtungen stattfanden. Ein dreiköpfiger Wachhund knurrte uns vor den Eisentoren an. Die Stadt war viel größer, als sie von außen aussah.

Mir fiel auf, dass die Mode in jedem Bezirk etwas anders aussah. Im Luziferischen Bezirk gab es viele Seidenkleider und große Gürtel mit tiefen Ausschnitten. In Sathanas sah ich Bustiers und Männer in Anzügen mit dünnen Krawatten.

Aber der Asmodean Bezirk war etwas ganz anderes. Hier gab es keine Straßen, sondern Kanäle, die durch die Stadt führten, und verlassene Boote schwammen im türkisfarbenen Wasser. Die Straßen waren eng und leer und öffneten sich gelegentlich zu Plätzen von verfallender Pracht. Die klassischen Gebäude waren mit Säulen und hohen Fenstern geschmückt, und der verblasste Stein sah aus, als wäre er einst in leuchtenden Farben gestrichen gewesen. Viele der Fassaden bröckelten, die Fenster waren mit Brettern vernagelt. In der Mitte stand ein leerer Brunnen mit Statuen, deren Gesichter zertrümmert worden waren.

Mein Herz krampfte sich zusammen. Traurigkeit durchdrang die Luft hier wie ein dunkler Gestank. Ich spürte den Verlust dieses Ortes förmlich.

Gegenüber von uns stand ein palastartiges Gebäude mit gewölbten Sprossenfenstern. An einer Seite floss ein Kanal entlang. Arbeiter eilten umher, trugen Möbel hinein und ersetzten zerbrochene Fensterscheiben.

Orion zeigte darauf. »Da. Das ist vorerst dein Zuhause. Seit Jahrhunderten hat niemand mehr im Asmodean Bezirk gelebt, aber sie stellen sicher, dass es für Mortana geeignet ist.«

Ich drehte mich um und sah entsetzt, dass uns drei weibliche Dämonen in den verlassenen Bezirk gefolgt waren. Hier gab es nichts für sie – keine Restaurants, keine Geschäfte. Niemand lebte hier. Sie beobachteten uns einfach und schienen nicht darauf bedacht zu sein, dabei subtil vorzugehen.

Eine große, brünette Dämonin mit saphirblauen Augen und schwarzen Hörnern starrte mich mit verschränkten Armen an. Der Blick in ihren Augen war purer Zorn, der mir einen Schauder über den Rücken jagte. In ihren Ledershorts und ihrem Korsett sah sie ebenso sexy wie furchterregend aus. Zwei Blondinen flankierten die Gehörnte, und sie alle waren statuenhaft. Aber das Interessanteste an diesem Trio war, dass die Gehörnte Tätowierungen in Form von Flammen auf ihren Armen hatte. Besaß sie Feuermagie?

Ich musste herausfinden, wie verbreitet Feuermagie unter Dämonen war.

Ich rückte näher an Orion heran, schlang meine Arme um seinen Hals und schenkte dem Trio ein Lächeln. Im Gegenzug schlang Orion seine Hände um meine Taille. Seine intensive Magie zischte über meinen Körper und erhitzte mich.

Ich griff nach oben und zog seinen Kopf näher an meinen Mund heran. »Orion«, flüsterte ich, »ich sehe schon, dass die Leute mich töten wollen. Ich muss wissen, was für Kräfte sie haben.«

»Was willst du wissen, Schatz?«

»Haben sie Feuermagie?«, flüsterte ich.

Sein Arm strich über meinen Rücken und er schaute mir über die Schulter. Dann griff er nach meiner Hand und führte mich zu einem Gebäude, das wie eine verlassene Backsteinvilla aussah, deren Fenster mit Holz vernagelt waren. Er trat durch die alten Holztüren in eine staubige Halle.

Ich hustete in der abgestandenen Luft. Dieser Ort musste einst wirklich atemberaubend gewesen sein. Büsten in Nischen säumten die Halle, geschnitzt mit wallendem Haar und Kronen. Aber auch ihre Gesichter waren zertrümmert. Ein paar der Statuen waren zu Boden gestoßen worden und lagen zerbrochen auf dem Marmor. Ein altes, verstaubtes Tagebuch war auf dem Boden vergessen worden, ebenso wie ein mottenzerfressener Umhang. Zwei Kristallgläser und eine Karaffe standen auf einem Tisch. Ein Fleck verdunkelte einen Teil des Fußbodens, der die Farbe von getrocknetem Blut hatte.

Es war schwer, nicht neugierig auf eine verlassene Dämonenvilla zu sein, also spähte ich durch eine der Türen und sah etwas, das wie ein Ballsaal aussah, bedeckt mit Staub und Spinnweben. In einer Ecke stand ein Cembalo, und auf den Tischen waren noch mehr Kristallgläser und Teller. Es sah so aus, als hätten die Lilu, die einst hier gelebt hatten, ihr Ende nicht kommen sehen. Als wären sie während des

Essens überrascht worden. Bei diesem Anblick drehte sich mein Magen um.

»Warum ist niemand in den Bezirk gezogen, nachdem die Lilu … verschwunden sind?«, fragte ich.

Orion drehte sich zu einer der zertrümmerten Büsten um und fuhr mit den Fingerspitzen über die rauen Konturen, wo früher ein Gesicht gewesen war. »Dämonen sind abergläubisch. Wenn etwas Schreckliches passiert, wird ein Ort als verflucht angesehen. Es spukt.«

»Glaubst du das?«

Er schüttelte den Kopf. »Nein. Zum Spuken braucht man eine Seele, und ich glaube nicht, dass wir eine haben.«

Aber aus irgendeinem Grund schienen sich die Schatten zu verdichten, seit wir hier hereingekommen waren, als ob dieser Ort ihn erschrecken würde. Heiße Magie erwärmte die Luft um ihn herum.

»Glaubst du, dass Sterbliche Seelen haben?«, fragte ich.

Seine Augen glitten zu mir, sein Ausdruck war distanziert. »Ich habe mir noch nie Gedanken über Sterbliche gemacht. Vielleicht habt ihr ja Seelen. Es ist ehrlich gesagt schwierig, sich für zerbrechliche kleine Kreaturen zu interessieren, die nur ein paar Jahre leben.«

Ich würde mich einfach an seine Herablassung gewöhnen müssen. »Richtig. Okay. Ich nehme an, das ist im Moment nicht wichtig.«

»Du wolltest mehr über Feuermagie wissen. Warum gerade Feuermagie?«

Ich zuckte mit den Schultern. »Draußen war eine Dämonin mit Feuer-Tattoos. Ich habe das Gerücht gehört, dass Dämonen Menschen anzünden können, und ich habe mehr als nur ein bisschen Angst davor.«

»Das ist Lydia – Herzogin des Luziferischen Bezirks, Haus Shalem. Feuermagie ist selten. Die meisten von uns besitzen nur Stärke und Geschwindigkeit im Vergleich zu Sterblichen. Einige wenige haben Eismagie. Die Fähigkeit, Wasser zu beschwören oder einen Sturm heraufzubeschwören – das sind einige Beispiele für Elementarmagie. Aber Feuer … nur die Mächtigsten können Feuer beschwören. Diejenigen, die aus einem Zweig der königlichen Familie stammen. Manche sagen, es bedeutet, dass du von Luzifer selbst berührt wurdest.«

Das war das Wichtigste, was ich seit meiner Ankunft erfahren hatte. »Also, wer steht auf dieser exklusiven Liste?«

»Der König, Lydia und Mortana.«

Und jetzt hatte ich drei Verdächtige.

Orion hob seine Hand, und Flammen züngelten aus seinen Fingerspitzen wie Kerzen. Das Feuer tanzte in seinen Augen. »Und ich.«

Mit klopfendem Herzen trat ich von ihm zurück, und die Flammen verschwanden.

Er sah mich neugierig an. »Du hast wirklich Angst vor Feuer.«

Ich atmete langsam aus. »Ja. Das tue ich.«

Er trat einen Schritt näher. »Du bist hier bei mir und arbeitest mit mir. Ich werde dafür sorgen, dass dir niemand wehtut. Verstanden?«

Entweder sagte er die Wahrheit oder er war ein sehr überzeugender Lügner.

Er drehte sich um und ging zurück zur Tür. »Lass uns gehen. Mir gefällt es hier drin nicht.«

Das setzte Orion auf die Liste der Verdächtigen.

Verdammt.

KAPITEL 17

Wir erreichten unser Ziel im Beelzebub Bezirk, wo wir in einem Restaurant am Flussufer namens Valacs zu Abend aßen. Die untergehende Sonne warf leuchtend rote und orangefarbene Strahlen auf den Fluss.

Im königlichen Beelzebub Bezirk, wo der Neid regierte, sah alles aus, als wäre es vergoldet. Straßen aus Sandstein, Bäume, die mit gelben Blumen blühten, Frauen in metallisch glänzenden Kleidern, deren Wangenknochen mit Goldstaub hervorgehoben waren. Die untergehende Sonne tauchte alles in Bernstein.

Orion hatte mich zum Abendessen allein gelassen. Er meinte, er wollte vor meiner Ankunft mit dem König sprechen. Und da er immer noch die Rechnung bezahlte, bestellte ich Krabben mit Butter und den teuersten Rotwein auf der Speisekarte. Ich fragte mich, welchen Wein Mortana ausgewählt hatte, um die Königin zu ertränken, und ehrlich gesagt schien mir das eine echte Verschwendung zu sein.

Bei der Aufgabe, die heute Abend vor mir lag, drehte sich mir der Magen um: einen König davon überzeugen, dass ich ein Sukkubus war. Wenn ich versagte, würde meine beste Freundin ermordet werden. Und ich würde buchstäblich in einem Feuer sterben.

Ich atmete tief durch und schaute mich um. Von hier aus konnte ich die Brücke sehen, die den Fluss Acheron überspannte – die Brücke der Qualen, wie es auf der Karte hieß. Auf der anderen Seite des Flusses verdichteten sich die Schatten in den dunkler werdenden Wäldern. Eine warme Brise wehte heran und trug den moosigen Duft der wilden Wälder mit sich.

Nirgendwo hatte ich den Stern gesehen, den ich suchte, und ich wollte unbedingt danach fragen. Aber ich konnte ihn nicht einfach so erwähnen. Nicht, wenn Orion selbst ein Verdächtiger war.

In der City of Thorns war ich eine verdeckte Ermittlerin.

Ich hatte mal einen alten Film von Keanu Reeves mit dem Titel *Point Break* gesehen, in dem er einen Polizisten spielte, der eine Bande von Surfer-Bankräubern infiltrierte. In dem Film hatte er sich unter sie gemischt, ihre Kultur kennengelernt und darauf gewartet, dass er Informationen erhielt. Er hatte nicht einfach damit angefangen, die anderen Surfer zu verhören. Erst als er sie dazu gebracht hatte, ihm zu vertrauen, gaben sie ihre Geheimnisse preis.

Während ich an meinem Wein nippte und auf den Acheron starrte, dachte ich über die schreckliche, aber reale Möglichkeit nach, dass Orion der Mörder war. Was, wenn er genau wusste, wer ich war, als er mich im Cirque de la Mer gefunden hatte? Was wäre, wenn er mich unter falschem Vorwand hierhergeschleppt hätte, um *mich* auszuspionieren, nachdem er vor vier Jahren meine Mutter umgebracht hatte?

Aber die Theorie war nicht wirklich stichhaltig. Warum sollte er mir nachspionieren? Er verfügte über tödliche Magie und hatte keinerlei Empathie. Er konnte Antworten aus mir herausfoltern, wenn ihm danach war.

Mein Herz schlug schneller, als ich bemerkte, dass Lydia, die tätowierte Frau, an dem Tisch gegenüber saß. Ihre Lippen kräuselten sich, während sie mich anstarrte, und mein Blut wurde zu Eis.

Ich konnte ihr nicht zeigen, dass ich nervös war, also blieb ich ausdruckslos und starrte auf den fließenden Fluss.

»Mortana?« Orions tiefe Stimme riss mich aus meinen Grübeleien, und ich drehte mich zu ihm um. Im Sonnenuntergang war sein schönes Gesicht in rosige Töne getaucht. »Es ist Zeit, dich für dein Treffen mit dem König vorzubereiten. Und ich fürchte, heute Abend könnte es schwieriger werden, als ich es mir vorgestellt habe.«

Mein Magen sank.

Orion und ich näherten uns Arm in Arm den äußeren Toren des Turms von Baal. Der Palast sah uralt aus. Ein Sandsteinpfad führte zu einem gewölbten Eingangstor. Von hier aus konnte ich gerade noch den Kopf des ehemaligen Königs sehen, der auf dem äußeren Tor über dem ersten Eingang aufgespießt war. Mein Blut wurde kalt, als meine Absätze auf dem Stein widerhallten.

In der letzten Stunde waren wir mit dem Taxi zu Orions Wohnung im Luziferischen Bezirk gefahren, und ich hatte mich fertig gemacht. Ich hatte mir ein wunderschönes schwarzes Spitzenkleid mit einem Schlitz an den Oberschenkeln und einem so tiefen Ausschnitt ausgesucht, dass ein BH nicht in Frage kam. Ich würde so etwas nie tragen, aber Mortana schon. Und Mortana sah verdammt heiß aus.

Während ich mir die Haare machte, ließ Orion die Bombe platzen. Es gab so viele Kontroversen über die Rückkehr des Sukkubus, dass ich den König nicht allein treffen würde. Vielmehr würde ich einen ganzen Rat von Dämonen treffen, der über mein Schicksal entscheiden würde. Das gesamte Infernal Quorum würde anwesend sein – ein Rat aus den Herzögen oder Herzoginnen aus jedem Bezirk der Stadt.

Auch Lydia.

Und wenn einer von ihnen wüsste, dass ich eine Hochstaplerin war, würde er mich gleich im Turm von Baal in eine Feuergrube werfen.

Als wir uns dem äußersten Tor näherten, überlegte ich, warum der König die Hilfe eines Quorums brauchte. Er hatte hier die ultimative Macht. Ich vermutete, er wollte anderen die Schuld geben können, wenn Mortana sich als königliches Desaster entpuppte. Denn dann wäre es auch ihre Entscheidung gewesen.

Mächtige Personen – selbst wenn sie die totale Kontrolle hatten – waren gut darin, anderen die Schuld zu geben.

Meine Absätze klapperten über die Steine und ich versuchte nicht an Feuergruben zu denken. Von allen Hinrichtungsmethoden war *das* die, die mir am meisten Angst einjagte. Aber ich tat das für Mom und jetzt für Shai. Ich durfte nicht versagen.

Als wir näherkamen, konnte ich sehen, dass der Kopf des alten Königs bemerkenswert gut erhalten war, mit vollem schwarzen Haar und glatter Haut. Aber seine Augen waren geschlossen und seine Gesichtsmuskeln wirkten schlaff. Die Fackeln, die an den Wänden befestigt waren, warfen ein schwankendes Licht auf die Sandsteinwände. Die tanzenden Schatten ließen König Nergals Kopf fast so aussehen, als würde er sich bewegen und auf den toten Lippen kauen. Ich stieß einen langen, langsamen Atemzug aus.

Ich legte meinen Arm um Orion und flüsterte ihm zu: »Ist das normal für Dämonen? Einen abgetrennten Kopf zur Schau zu stellen?«

Er sah mich verwirrt an. »Natürlich nicht.«

Gott sei Dank. Sie waren also nicht alle Soziopathen.

Dann fügte er hinzu: »Es gäbe keinen Grund für andere Dämonen, einen abgetrennten Kopf über ihrem Tor zu behalten. Dieser hier soll aber die Welt daran erinnern, dass König Nergal von jemand Stärkerem besiegt wurde und dass Cambriel der rechtmäßige König ist. *Vae Victis*, erinnerst du dich?«

»Stört der abgetrennte Kopf nicht die Leute, die hier wohnen?«, flüsterte ich. »Es ist ein bisschen … makaber.«

Er zuckte mit den Schultern. »Der alte König war nicht sehr beliebt.«

Ich starrte Orion an und versuchte ihn zu verstehen. Der Kopf machte ihm offensichtlich nichts aus. Ich fragte mich, ob es allen Dämonen an Empathie mangelte.

Jemand, der kein Einfühlungsvermögen hatte, wurde im Volksmund als Psychopath bezeichnet. Soweit ich wusste, hatten Psychopathen eine verminderte Aktivität in ihrer Amygdala, dem Teil des Gehirns, der Angst erzeugte. Psychopathen empfanden also keine Angst oder andere Emotionen so intensiv wie der Rest von uns. Das bedeutete, dass sie manchmal beunruhigende Dinge taten, um etwas zu fühlen. Wenn sie in der Mittelschicht aufwuchsen, konnten sie mit dem Kauf und Verkauf von Aktien ein Vermögen machen oder in die Politik gehen. Wenn sie in einer gewalttätigen Umgebung aufwuchsen, trennten sie vielleicht den Kopf ihres Vaters ab und hingen ihn an ein Tor.

Wir durchquerten einen steinernen Innenhof und ich bemerkte, dass es noch eine weitere Mauer gab, die den Turm umschloss. Offenbar war nicht an Sicherheitsvorkehrungen gespart worden.

»Orion«, flüsterte ich, »hast du jemals Angst?«

Er runzelte die Stirn. »Wovor sollte ich Angst haben? Ich könnte fast jeden töten.«

Oh je. »Hast du jemals Mitleid mit jemandem? Ich versuche nur zu verstehen, wie jemand tickt, der einen enthaupteten Kopf für eine gute Idee hält.«

Seine Lippen kräuselten sich zu einem spöttischen Lächeln. »Wenn du das verstehen willst, kannst du über die Geschichte der Sterblichen lesen. Von euch haben wir den Brauch nämlich übernommen. Die Sterblichen haben genau dasselbe getan, als wir im 17. Jahrhundert die Stadttore schlossen. In den Jahren um 1670 ragten die Köpfe der besiegten Feinde aus dem Boston Common.« Er zuckte mit den Schultern. »Die Dämonenkultur verändert sich einfach langsamer.«

Er hatte nicht ganz Unrecht. Sowohl Dämonen als auch Sterbliche waren manchmal ziemlich schrecklich.

Auf der anderen Seite des Hofes standen zwei große, muskulöse Dämonen vor einer Tür, in die ein Siegel eingeritzt war. Es sah fast aus wie ein Insekt mit langen Beinen und musste das Symbol des Beelzebub sein.

Die elfenbeinfarbenen Hörner der Wachen krümmten sich auf ihren Köpfen. Die Farbe passte zu ihrer blassen, wächsernen Haut. Sie starrten uns an und umklammerten ihre Speere. Silberne Magie floss von ihren Körpern herab und ein leises Knurren grollte über die Steine unter unseren Füßen. Das Geräusch steigerte sich zu einer Art tiefem, düsterem Gesang, der die Luft erfüllte.

Ein Schauder kroch mir in den Nacken. Aber ich schaffte es, meinen sexy, katzenhaften Gang beizubehalten. Es war schon seltsam, denn ich hatte Mortana noch nie getroffen. Ich wusste kaum etwas über sie. Und doch hatte ich das Gefühl, dass ich intuitiv wusste, wie sie dachte. Ihr Selbstvertrauen, ihre Verachtung für andere, ihre Fähigkeit, eine Situation zu kontrollieren. Sie war wie mein rücksichtsloses Schattenselbst, das an die Oberfläche kam. Mein Es. Sie war der ursprüngliche Teil des Gehirns, unbelastet von Selbstwertkomplexen oder Ängsten. Das Es war voller Begierde und Aggression, und vielleicht machte es auch ein wenig Spaß, es an die Oberfläche kommen zu lassen.

Als wir am Tor ankamen, wichen die beiden Wachen aus dem Weg. Jetzt öffnete sich das Tor zu einem Feld mit Wildblumen in prächtigen, feurigen Tönen – bernsteinfarben, kürbisfarben und kirschrot.

Ein steinerner Weg schlängelte sich durch das Feld und führte zu einem vergoldeten Turm mit kreisförmigen Etagen, die sich nach oben hin verengten. In der Nähe des Turms war ein roter Teppich für unsere Ankunft ausgelegt worden.

Es war das Prunkvollste, was ich je gesehen hatte, und es diente eindeutig der Einschüchterung. Um den Turm herum tummelten sich Dämonen in prächtigen Ballkleidern und Anzügen. Es gab rote Kleider mit langen Schleppen, die über das Gras schleiften, Männer in Nadelstreifenanzügen oder Uniformen aus Samt mit riesigen Schärpen. Das Ganze hätte auch eine royale Hochzeit sein können, wenn nicht die Hälfte der Anwesenden Hörner gehabt hätte.

Der heutige Abend war offenbar ein großes Ereignis. Alle wollten hier sein, um vielleicht einen Sukkubus im Feuer braten zu sehen.

Ich warf einen Blick auf Orion und achtete darauf, meine ruhige Miene beizubehalten. Sein silbernes Haar schimmerte im Mondlicht, und als er sich zu mir umdrehte, spürte ich ein Flattern in meinem Herzen. Verdammt. Ich begann mich bei ihm sicher zu fühlen, als ob er mein Beschützer wäre. Und das war absolut dumm, wenn man bedachte, dass er einer meiner Verdächtigen war.

Als wir uns dem roten Teppich näherten, spürte ich die Augen aller Dämonen auf mir. Die Menge rückte immer näher. Ich tat mein Bestes, um gelangweilt auszusehen, auch wenn ich alles andere als das war.

Mit meinem schwarzen Kleid war ich hier geradezu unscheinbar angezogen, aber das passte vielleicht. Mortana war ein knallhartes Miststück und hatte das Selbstvertrauen, sich nicht durch ein Kleid in den Vordergrund zu rücken.

Spürte ich ihr Selbstvertrauen? Ganz bestimmt nicht. Aber ich würde mein Bestes tun, um es vorzutäuschen.

Die Dämonen starrten uns an, als wir die Stufen zum Turm hinaufstiegen. Oben an der Treppe standen zwei weitere Wachen, die die Türen aufrissen.

Das Erste, was mir auffiel, war die Feuergrube, über der Flammen tanzten wie ein Portal zur Hölle.

Kapitel 18

Die Feuerstelle befand sich in der Mitte der Halle. Übelkeit stieg in meiner Kehle auf und mein Atem wurde flacher.

Bleib ruhig. Bleib ruhig. Bleib ruhig.

Das wäre ein guter Zeitpunkt für meine feuerhemmende Kleidung, meine Löschdecken und Gels, aber selbst diese Dinge würden nur eine gewisse Zeit lang halten. Die Panik grub ihre Krallen tiefer in mein Herz. Ich durfte mir das bloß nicht anmerken lassen.

Ich musste meine Atmung kontrollieren, damit mein Körper nicht in Panik geriet. Ich hatte die Kontrolle über das, was passierte – solange ich überzeugend vortäuschen konnte, Mortana zu sein, würde ich hier mit meiner Haut am Körper rauskommen. Und auch Shai würde am Leben bleiben.

Langsam wurde ich ruhiger und nahm den Raum um mich herum in Augenschein. Ich hatte nicht erwartet, dass der Ort so elegant und modern aussehen würde. Er glänzte mit poliertem sandfarbenem Marmor. Über uns reichten Bögen bis zu einem Rundfenster, durch das ich den Mond sehen konnte. In der Mitte befand sich eine Feuerstelle, aber zu meiner Rechten war ein Bankett mit zivilisierten Canapés und Häppchen aufgebaut. Hinter dem Bankett gab es Fenster mit Blick auf einen Garten, der in Mondlicht getaucht war. Auf der linken Seite befand sich ein geschwungener Pool mit einer Swim-up-Cocktailbar. Sterbliche Kellnerinnen in kurzen Kleidern glitten mit Tabletts mit Getränken herum. *Alles ganz zivilisiert.*

Fünf Dämonen standen um die Feuergrube herum und tranken Champagner und Cocktails – Lydia mit den Feuertätowierungen und vier Männer. Jeder von ihnen repräsentierte einen Bezirk, und der König repräsentierte den sechsten.

Nach Shais Beschreibung erkannte ich Legion – langes schwarzes Haar, goldbraune Haut, die Ärmel hochgekrempelt, sodass bösartige schwarze Tattoos zum Vorschein kamen. Der Anführer des Sathanas Bezirks, Legion. Shai hatte recht. Er war heiß, aber auch furchterregend.

Vielleicht aber nicht ganz so furchterregend wie Lydia, deren Augen glühten, als sie mich anstarrte. Das Feuerlicht warf tanzende Schatten auf ihre Gesichtszüge und ein bedrohliches Lächeln umspielte ihre Lippen. Wie eine Katze, die eine Maus fangen wollte.

Als eine menschliche Frau mit einem Tablett mit knallroten Cocktails an mir vorbeiging, nahm ich mir einen und trank hastig einen Schluck. Der Alkohol würde mir helfen, mich zu beruhigen. Hoffentlich.

Der König selbst saß auf einem vergoldeten Thron gegenüber der Feuerstelle. Sein langes blondes Haar hing ihm über die breiten Schultern. Silberne Hörner ragten aus seinem Kopf, und seine Augen waren dunkel wie die Nacht. Der Schein des Feuers flackerte über ihm und verstärkte sein jenseitiges Aussehen noch. Sein Gesichtsausdruck war unleserlich, sein Körper so still wie die Steinmauern um uns herum. Wie Orion strahlte er pure Kraft aus.

»Mortana, Dame des Hauses Lilitu.« Seine tiefe Stimme dröhnte durch die Halle. »Der letzte Sukkubus. Du kehrst zu uns zurück.«

Irgendwie half es mir, Orion an meiner Seite zu haben. Ich hatte ihn genau beobachtet, sodass ich ein gutes Gespür dafür entwickelt hatte, wie ich sein überwältigendes Selbstvertrauen nachahmen konnte.

Ich lächelte und zuckte dann mit den Schultern, als ob ich mich völlig wohlfühlen würde. »Die City of Serpents begann mich zu langweilen.« Ich nahm einen Schluck von meinem roten Cocktail, aus dem ich Granatapfelsaft und Wodka herausschmeckte. »Und dann dachte ich an die City of Thorns. Ich hatte so viel Spaß hier.« Ich hob mein Kinn, wie Orion es mir gesagt hatte, und leerte die Hälfte meines Granatapfel-Martinis. Es war mir völlig *egal.*

Die dunklen Augen des Königs richteten sich auf Orion. »Weißt du, warum sie die City of Serpents verlassen hat?« Seine Ringe glitzerten im warmen Licht.

»Aber, aber, König Cambriel«, sagte Orion in einem leicht spöttischen Ton, »du weißt, dass ich nicht sagen kann, was dort passiert ist. Unsere Städte sind in Geheimnisse gehüllt.«

Wollte er wirklich so mit dem Dämonenkönig umgehen? Ich hatte Respekt erwartet, aber das war wohl zu viel verlangt von jemandem mit seinem Ego.

»In der Tat«, sagte der König in einem kalten Ton. »Deshalb wissen wir auch immer noch nicht, warum du deinen Bezirk in der City of Serpents zurückgelassen hast, obwohl ich mir sicher bin, dass es einen

Skandal gab. Und ich frage mich, ob dieser Skandal etwas mit diesem Sukkubus zu tun hat. Aber ich nehme an, du hast Recht. Diese Dinge können nicht besprochen werden.« Der König richtete seinen dunklen Blick wieder auf mich. »Mein Vater mochte dich sehr, Lady Mortana.«

Der abgetrennte Kopf da draußen hatte mich sehr gemocht. Ich klimperte mit den Wimpern und nahm einen weiteren langen Schluck von meinem Getränk. Irgendwie fühlte es sich wie ein Test an. Ich spürte, dass ich versagen würde, wenn ich dem toten König gegenüber Loyalität zeigte.

»Wie du auf deinem Weg hierher gesehen hast«, fuhr der König fort, »ist der frühere König besiegt worden. *Vae Victis*. Betrauerst du seinen Tod, Mortana?«

Dies war definitiv ein Test. Wie konnte ich so antworten, dass es König Cambriel schmeichelte? Orion hatte gesagt, König Nergal wäre langweilig gewesen.

Ich riss die Augen auf und schlug mir vor Schreck die Hand vor die Brust. »Ist König Nergal tot? Ehrlich gesagt, bei seiner Persönlichkeit wundert es mich, dass das überhaupt jemand mitbekommen hat.«

Leider lächelte König Cambriel kein bisschen, was meinen Magen nur noch fester verdrehte. Ich hatte meinen Cocktail bereits geleert, und der Alkohol stieg mir langsam zu Kopf. Ich ließ mein Glas auf das Tablett einer vorbeigehenden Kellnerin fallen.

Noch immer herrschte eine drückende Stille im Raum und mein Puls raste. Nach endlosen Momenten brach endlich ein Kichern aus, und ich entspannte mich ein wenig.

War ich zu weit gegangen?

Die Sache war die, dass ich das Gefühl hatte, Mortana würde zu weit gehen. Das war ein Teil dessen, was sie interessant machte. Sie hätte sich nicht so viele Feinde gemacht, wenn sie die Leute nicht schockiert und beleidigt hätte. Sie wusste, wie man Aufmerksamkeit erregte und sie behielt.

Die Lippen des Königs kräuselten sich ein wenig. Er mochte Mortanas Grausamkeit. »Du betrauerst also nicht seinen Tod? Er hat dir einmal sehr gefallen.«

»Nun, mir gefiel ein Teil von ihm, aber dieser Teil scheint jetzt weg zu sein, denn es ist nur noch der Kopf übrig.«

Wow. Es machte Spaß, böse zu sein. Wurde ich zu Orion? *Empathie? Klingt anstrengend.*

Als Orions blasse Augen zu mir glitten, konnte ich die Belustigung in ihnen sehen.

Der König tippte mit einem Finger auf die Armlehne. Die Flammen des Feuers schimmerten auf seiner goldenen Krone. Während Orions Schönheit sinnlich war, hatte der König eine Art von strenger Eleganz. Feine, maskuline Züge und gerade schwarze Augenbrauen.

»Was willst du hier in der City of Thorns?« Die Stimme des Königs dröhnte durch die Halle.

Eine Frage, bei der ich nicht wusste, wie ich sie beantworten sollte. Ein Hauch von Angst durchzuckte meine Nervenenden und ich spürte, wie sich meine Finger an Orions Bizeps zusammenzogen. Vielleicht hätten wir uns auf diese Frage vorbereiten sollen.

Als Antwort darauf griff Orion langsam nach mir und strich mit seinen Fingerspitzen über mein Handgelenk. Seine warme Magie pulsierte in mir und sofort spürte ich, wie sich meine Muskeln entspannten. Das konnte er einfach so *tun*? Die Sterblichen verbrachten Jahre damit, in der Hochschule Beratungstechniken zu erlernen, die den Menschen halfen, mit ihren Ängsten umzugehen, und Orion brauchte einen nur zu berühren. Schon waren die Ängste weg.

Ich musste mir aber immer noch eine Antwort überlegen. Bis jetzt sah es so aus, als würden Dämonen hauptsächlich in schicke Restaurants gehen und Kleider kaufen. Was würde mein Es sagen? Was wollte ich?

Ich klimperte mit den Wimpern, während die Flammen zwischen uns tanzten. »Nun, ich habe vor, Eure Poolbar zu benutzen, wenn Ihr mich lasst. Und vielleicht kann Orion sich mir anschließen.« Ich wandte mich Orion zu und streichelte seinen großen Bizeps. Der Blick, den er mir zuwarf, war zutiefst lüstern, was gut war, denn ich sollte den König vor Neid erblassen lassen. »Oh, wisst Ihr, was ich noch gern tun würde? Ich möchte, dass Orion mich hart gegen eine Steinmauer nimmt, denn das haben wir noch nicht gemacht.«

Zu viel Es. Zu viel Es.

Mit einem leisen Knurren verfinsterten sich Orions Augen zu Schatten und sein hitziger Gesichtsausdruck versengte mich.

War das eine Warnung, dass ich meinen Mund halten sollte?

In diesem Moment stiegen die Flammen in der Feuergrube höher und versengten fast meine Haut. War das die Feuermagie von Orion oder die des Königs?

»Du hast meine volle Aufmerksamkeit, Mortana«, sagte der König scharf. »Und was genau ist deine Beziehung zu Orion?«

Eine Sache, die ich von Dr. Omer gelernt hatte, war, dass man, wenn man eine Frage über sich selbst nicht beantworten wollte, die Frage auf die andere Person umlenkte. *Mach die Frage zu einer über ihn selbst.*

Ich wippte mit einer Hüfte und lächelte kokett. »Eure Majestät, ich bin erfreut über Euer Interesse an meinem Liebesleben. Ich frage mich, was Euch daran so interessiert? Ist das etwas, das wir vielleicht erforschen sollten?«

Erforschen. Das war Dr. Omers Wort, aber er hatte es noch nie so anzüglich benutzt.

Der König schenkte mir ein schwaches Lächeln. »Du bist die Letzte deiner Art, Mortana. Eine Kuriosität. Das ist alles.« Aber jetzt warf er mir den gleichen Blick zu wie Orion, als ob er mich von Kopf bis Fuß ablecken wollte. Wenn man bedachte, dass es schöne Frauen in der City of Thorns zu Dutzenden gab, war es klar, dass Orion Recht hatte, was die Aufmerksamkeit des Königs auf sich zog. Eifersucht war der Schlüssel zu seinem Herzen. Er wollte mich, weil Orion mich hatte.

Ich drehte mich zu Orion um, sodass er einen vollen Blick auf mein Dekolleté hatte, und berührte mit meinem Finger seine Lippen, dann fuhr ich seinen Körper hinunter. Ich spürte, wie seine Muskeln unter meiner Berührung zuckten.

»Die Stadt könnte mal wieder einen Sukkubus gebrauchen, denke ich«, sagte ich laut. »Findet Ihr nicht?«

Der Blick in Orions mitternächtlichen Augen ließ mein Herz rasen. Es war schwer, nicht daran zu denken, wie ich mich gefühlt hatte, als er mich an die Wand gedrückt hatte, mit seinen Zähnen in meinem Hals.

Ich atmete tief ein und drehte mich dann zum König um. Er hielt sich an den Armlehnen fest und lehnte sich auf seinem Thron nach vorne. Er sah fast so aus, als wollte er über die Feuergrube springen und mich packen.

Zum ersten Mal stand der König auf, und ich sah genau, wie groß er war – ungefähr so groß wie Orion. Die beiden Männer überragten die anderen Dämonen. Er öffnete seine Arme. »Die Herzöge und die Herzogin werden mich beraten, ob du hier in der City of Thorns bleiben darfst. Aber natürlich werde ich die letzte Entscheidung treffen. Und ich denke, du solltest bleiben.«

Ich atmete langsam aus. Das schien ein Sieg zu sein, oder? Egal, was das Quorum sagte, der König würde mich hierbehalten.

»Eure Majestät.« Eine heisere, weibliche Stimme erklang hinter uns.

Lydia, die Herzogin von Shalem, war nach vorne getreten. Sie war atemberaubend in einem goldenen Kleid, das ihre feurigen Tattoos enthüllte. Ihre Beine waren lang und athletisch, und ihr dunkles Haar fiel in glänzenden Wellen über ihre nackten Schultern. Einen Moment lang warf sie mir einen vernichtenden Blick zu, dann straffte sie ihre Miene und schaute den König wieder an. »Eure Majestät, Ihr wisst, dass ich als einzige weibliche Anführerin in der Stadt die kleinlichen und trivialen Sorgen der anderen Frauen nicht teile.«

Schön. Wollte sie ihre Rede wirklich damit beginnen, zu erklären, dass sie nicht wie andere Frauen war?

Sie hob ihr Kinn an. »Viele Frauen in unserer Stadt mögen Mortanas Anwesenheit ablehnen, weil sie sie als Rivalin betrachten. Es geht ihnen nur um ihre Heiratsaussichten, den Wunsch nach Reichtum und andere oberflächliche Dinge. Sie sehen sie als Bedrohung für die Aufmerksamkeit, die sie von Herzog Orion oder von Euch erhalten könnten. Offen gesagt, ihre Fixierung auf Berühmtheit und Reichtum ist ein Zeichen für den Niedergang unserer Gesellschaft.«

Orion verdrehte die Augen. »Kommst du heute Abend irgendwann mal zum Punkt?«

Sie kräuselte ihre Lippen. »Aber wie Ihr wisst, sehe ich über diese frivolen weiblichen Sorgen hinaus, und ich bin nicht wie andere Frauen. Meine Sorgen sind tiefgründiger. Darf ich darauf hinweisen, dass die Lilu wegen der Gefahr, die sie für andere Dämonen darstellen, vertrieben wurden? Die City of Thorns hat einst beschlossen, ihre Straßen von ihnen zu säubern, weil sie durch Gedankenkontrolle andere manipulierten, um ihre eigenen verdorbenen Bedürfnisse zu befriedigen. Sie sind eine Abscheulichkeit unter den Dämonen.«

Nun, die Krallen waren auf jeden Fall ausgefahren, aber die eigentliche Frage war, wie *Mortana* sich bei dieser Bemerkung fühlen würde.

Ich glaubte nicht, dass ihr das gefallen würde. Sie würde bereit sein, sich zu wehren.

Kapitel 19

Ich drehte mich zu Lydia um, knurrte und fletschte meine Zähne. Das Geräusch kam tief aus meiner Brust und dröhnte durch die Halle.

Hallo, Mortanas Aggression. Ich hatte mich gerade mit meiner animalischen Seite vertraut gemacht.

Als ich den König wieder ansah, lächelte ich erneut. »Ich denke, Ihr werdet feststellen, dass ich keine Gedankenkontrolle brauche, um meine *verdorbenen* Bedürfnisse zu befriedigen.«

Der Kiefer des Königs krampfte sich zusammen und ein dunkles Lächeln kräuselte seine Lippen. Seine Knöchel wurden weiß, als er die Armlehnen umklammerte.

Ein Herzog trat vor – ein Mann mit dunklem Haar, kupferfarbener Haut und tiefbraunen Augen. »Wir alle wissen, wie die Lilu in der Vergangenheit waren. Sie haben uns mit ihrer Verführungskunst um unser Geld betrogen. Einige von uns sind alt genug, um sich daran zu erinnern.« Er starrte mich an. »Mortana hat meinen Bruder vor Jahrhunderten weggelockt, und ich habe ihn seitdem nicht mehr gesehen. Unmittelbar nach seinem Verschwinden verschwand sein Gold mit ihm.«

Okay, Mortana war ätzend. Aber ich musste trotzdem in meiner Rolle bleiben, denn nur so würde ich hier lebend rauskommen.

Ein anderer Herzog verschränkte seine Arme. Er war groß und schlank und hatte dunkle Locken, die ihm vor die Augen fielen. »Wenn es sonst niemand sagen will, dann werde ich es wohl tun. Jeder weiß, dass *sie* Königin Adele getötet hat.«

Ich hob einen Finger. »Das weiß *nicht* jeder, denn ich habe die Königin nicht getötet.« Ich konnte das sagen, ohne mir Sorgen zu machen, dass es so aussah, als würde ich lügen, denn zum ersten Mal an diesem Abend sagte ich die Wahrheit. Vielleicht hatte Mortana einmal eine Königin getötet, aber ich nicht. »Das waren nur Gerüchte. Nichts wurde je bewiesen.«

Das Gesicht von Orion war eine Maske der Ruhe. »Warum solltet ihr euch von Gerüchten von vor vierhundert Jahren beeinflussen lassen?« Er zuckte mit den Schultern. »Mir ist Geschwätz von gestern egal. Aber es hat mir Spaß gemacht, sie zu nehmen, und ich würde es hassen, mein Lieblingsspielzeug zu verlieren.« Er zog eine Augenbraue hoch und seine blassen Augen funkelten verrucht. »Ich hatte schon von den Gerüchten über Sukkubi gehört, wie sie auf Knien betteln, aber noch nie habe ich die wilde Verzweiflung der Lilu erlebt.«

Ein schockiertes Gemurmel ging durch den Raum und eine heiße Ranke der Wut kroch durch mich hindurch. Musste er es wirklich *so* ausdrücken? Ein absoluter Mistkerl. Es sollte mir egal sein, was die Dämonen dachten, und ich spielte nur eine Rolle. Trotzdem war ich mir nicht sicher, wie viel Demütigung ich an diesem Ort ertragen konnte.

Und doch …

Ich konnte sehen, dass es funktionierte, denn jetzt blickte der König gierig zu mir.

Lydia verschränkte die Arme vor der Brust. »Du dreckiger Schuft. Herr des Chaos, du warst damals noch nicht hier. Du weißt nicht, wie sie war. Und sie hatte das beste Motiv: Sie wollte unbedingt Königin werden. Nur Mortana wäre so grausam, die Gemahlin des Königs in einem Bottich mit Wein liegen zu lassen. Ich interessiere mich auch nicht für triviale Eheprobleme, aber woher wissen wir, dass Mortana nicht auch den Rest von uns für mehr Macht umbringen wird?«

Ich seufzte. »Du kannst doch nicht glauben, dass ich die einzige grausame Dämonin in der City of Thorns bin. Es hätte jede sein können.«

Ein hagerer Herzog mit üppigen braunen Locken legte seine knochigen Finger um sein Weinglas, während er mich anstarrte. Das Feuerlicht schimmerte auf seinen elfenbeinfarbenen Hörnern. »Du erinnerst dich vielleicht nicht an mich, Mortana. Ich war kein Herzog, als du weggegangen bist, aber jetzt bin ich einer.« Er schnitt eine Grimasse. »Damals hast du mich kaum beachtet. Ein Sukkubus wie du war zu gut für einen … gefräßigen Dämon.«

Nach einem Moment merkte ich, dass sein Getränk gar kein Wein war. Es sah aus wie *Blut.* Er war gefräßig … nach menschlichem Blut.

Sehr beruhigend.

Ich blinzelte ihn an. »Oh, ich denke immer noch, dass ich zu gut für dich bin. Das hat sich nicht geändert.«

Ich versuchte, in meiner Rolle zu bleiben. Das Problem war nur, dass ich die Leute verärgern musste, wenn ich in meiner Rolle blieb. Und wie sehr musste ich sie dazu bringen, mich zu mögen, um die Zustimmung des Quorums zu bekommen?

Mit einem wütenden Gesichtsausdruck trank er den Rest des Blutes aus. »Lass mich das klarstellen. Wenn du Herzogin des Asmodean Bezirks wirst, bedeutet das weniger Steuereinnahmen für den Rest von uns.«

Herzogin ... *richtig*. Als die letzte Lilu wäre ich automatisch die Anführerin. Sie würden ihre Macht mit mir teilen müssen. Natürlich wollte das keiner von ihnen.

Aber der König traf die letzte Entscheidung. Wenn er etwas genug wollte, war ich mir sicher, dass er einen Weg finden würde, es zu bekommen. Mein Ziel musste es sein, ihn so weit wie möglich ins Boot zu holen, und Eifersucht war der Schlüssel zu seinem Herzen.

Ich drehte mich zu Orion und strich mit den Fingerspitzen über seinen Bauch. Dabei spürte ich, wie sich seine Muskeln anspannten, was ein seltsam köstliches Gefühl war. Meine Wangen wurden noch heißer.

»Wenn ihr mich hier nicht haben wollt, kann ich natürlich gehen. Ich kann überall leben. Und vielleicht kann ich Orion überreden, mit mir zu kommen. Ich glaube, er hat etwas an sich, etwas sehr Großes, an dem ich wirklich sehr hänge. Ich kann mir keinen anderen Mann vorstellen, der an ihn heran kommt.«

Orion riss mich von den Füßen. Er bewegte sich schnell, aber anmutig, und das nächste, was ich wusste, war, dass er mich gegen eine Säule hob. Ich starrte in seine hypnotisierenden blauen Augen und schlang meine Beine um seine Taille. Mit einem verruchten, verführerischen Lächeln drückte er mich gegen den Stein.

Als Luft meine Oberschenkel berührte, merkte ich, dass er mein Kleid fast bis zu meinen Hüften hochgezogen hatte.

Whoa. Hallo.

Ich starrte ihm in die Augen. In diesem Moment war ich froh über den Wein *und* den Cocktail, den ich getrunken hatte, denn im normalen Leben war ich nie so ungehemmt. Wie Orion schon gesagt hatte, war ich ein bisschen verkrampft. Aber das lag nicht nur am Alkohol. Orion hatte seine eigene Art von berauschender Kraft. Seine verführerische, samtene Magie streichelte meinen Körper. Als er mich gegen den Stein drückte, sahen seine Augen dunkel und gefährlich aus. Ich starrte in seine perfekten, männlichen Züge, und die Welt um mich herum schien sich zu verdunkeln. Ich wollte, dass er seinen Mund auf meinen drückte und mich tief küsste.

Verdammt noch mal. Schrecklicher Männergeschmack, Rowan. Der absolut schrecklichste.

Ein Windhauch rauschte durch den Flur und strich über meine nackte Haut. Der Träger meines Kleides war heruntergefallen und entblößte fast meine gesamte Brust. Sogar die Hälfte meiner Brustspitze war zu sehen und drückte empfindlich gegen den seidigen Stoff.

In jeder normalen Situation hätte ich nach Luft geschnappt und mich eilig bedeckt. Aber in einer normalen Situation würde ich nicht in eine Feuergrube geworfen werden, weil ich mich unwohl fühlte, also holte ich tief Luft und ließ den Träger noch weiter fallen.

Ich beobachtete Orions Blick, der über meine Brust strich, und hörte, wie er scharf einatmete. Er drängte sich fester zwischen meine Beine. Ich biss mir auf die Lippe. So wie er sich anfühlte, täuschte er sein Verlangen nicht nur vor. Und was ich vorher gesagt hatte, dass ich mir keinen anderen Mann vorstellen konnte, der an ihn heran kam? Heiliger Strohsack, ich hatte mich nicht geirrt.

Orion senkte seinen Mund auf meinen. Seine Augen waren schwarz wie die Nacht.

»Das ist genug!« Die Stimme des Königs dröhnte durch die Halle.

Ich war entsetzt, wie enttäuscht ich über die Unterbrechung war.

Orion ließ mich herunter, und der Saum meines Kleides fiel wieder über meine Schenkel.

Ich wusste, dass meine Wangen gerötet waren, und meine Brust hob sich, als ich meinen Träger wieder hochzog. Es war schwer für mich, mich zu konzentrieren. Nur der Anblick der aufsteigenden Flammen, die sich jetzt mehrere Meter über uns erhoben, schärfte meine Sinne wieder. Als die Flammen erloschen, konnte ich den König auf der anderen Seite sehen, mit zusammengepresstem Kiefer und angespannten Muskeln.

Wir hatten auf jeden Fall seine Aufmerksamkeit erregt. Das Feuerlicht tanzte über seine gebräunte Haut und sein blondes Haar und ließ ihn wie eine vergoldete Statue aussehen, die aus den Flammen geschmiedet worden war.

Adrenalin raste durch meinen Körper. Hatten wir diese Nummer gerade tatsächlich durchgezogen?

Der König wandte seinen Blick von mir ab und betrachtete das Quorum. Dann umspielte ein Lächeln seine Lippen. »Ich glaube, die City of Thorns könnte wirklich einen Sukkubus gebrauchen.«

Stille senkte sich über den Raum. Genau wie ich vermutet hatte, würde der König die Entscheidung treffen, egal was die anderen dachten. Ihre Gesichter waren grimmig.

Einer der Herzöge, mit platinblondem Haar und goldenen Ringen an den Fingern, trat vor. »Wir können Eurer Weisheit natürlich nicht widersprechen.« Er sah wütend aus. Und als ich ihn anstarrte, begann ein goldenes Symbol auf seiner Stirn zu strahlen – eine Mondsichel.

Mein Herz schlug mir bis zum Hals. *Das* war es, woran ich mich aus der Nacht erinnerte, in der Mom getötet worden war. Es war genau so ein Symbol gewesen, das auf der Stirn des Dämons geleuchtet hatte. Nur war es ein Stern statt eines Mondes gewesen.

Mein Blut pulsierte jetzt so stark in meinen Adern, dass ich *fast* aus der Rolle fiel. Ich hatte tatsächlich Fortschritte gemacht.

Aber als Lydia mich anstarrte, sorgte ich dafür, dass mein Gesichtsausdruck gelassen wirkte. Mortana war von nichts hier überrascht.

Der König verschränkte die Finger und starrte auf sein Quorum. »Meint ihr nicht auch, dass die Stadt einen Sukkubus gebrauchen könnte?« Seine Stimme dröhnte auf dem Marmor. »Eine Herzogin für den Asmodean Bezirk?«

Er wollte, dass sie ihm zustimmen. Er *wusste,* dass sie es nicht taten – sie hatten es gerade gesagt –, aber sie würden nicht mit ihrem König streiten. Und solange sie laut zustimmten, hatte er jemanden, dem er die Schuld geben konnte, wenn sich der Sukkubus als totale Katastrophe herausstellte. *Warum habt ihr mir geraten, sie reinzulassen?*

Die fünf Dämonen murmelten und nickten dann.

Nur Lydia machte ein versteinertes Gesicht. »Wir könnten einen Sukkubus gebrauchen. Der König in seiner unendlichen Weisheit kann das sehen. Aber jeder Dämon, der die Stadt betritt, muss in der Höllenprüfung getestet werden, nicht wahr? So wissen wir, dass die Götter die Anwesenheit von jemandem segnen.« Ihre Augen glühten vor Zorn, als sie sich an uns wandte. »Orion, du erinnerst dich an deine Prüfung. Du hast einige gute Freunde von mir getötet. Jetzt ist Mortana an der Reihe.«

»Das ist nur für neue Dämonen«, antwortete er. »Mortana hat hier schon einmal gelebt. Sie kehrt in ihr altes Zuhause zurück.« Er versuchte, lässig zu wirken, aber ich merkte schon an seiner etwas zu schnellen Antwort, dass es *schlimm* war.

Lydia lächelte erfreut. »Ja, aber sie hat die Prüfung nie bestanden, weil sie zur Zeit der Stadtgründung in der Stadt lebte. 1680 gab es noch keine Prüfungen. Das Gesetz besagt, dass jeder Dämon, der die Stadt betritt, die Höllenprüfung bestehen muss, es sei denn, er hat sie schon einmal bestanden. Ich denke, du wirst feststellen, dass es keine Ausnahmen für diejenigen gibt, die schon bei der Gründung der Stadt hier gelebt haben.« Ihr Lächeln vertiefte sich, als sie mich ansah. »Du bist doch in der City of Serpents nicht etwa weich geworden, oder, Mortana?«

Angst machte sich in meinem Bauch breit.

Der König stand auf, und warmes Licht tanzte über seine scharfe Kieferpartie. »Es ist also abgemacht. Mortana wird der City of Thorns beitreten, wenn sie unsere Aufnahmeprüfung besteht. Dann werden wir wissen, ob auch die Götter ihre Anwesenheit hier gutheißen.« Er drehte sich zu mir um und sah mich an. Seine Krone glänzte. »Deine Prüfung beginnt heute um Mitternacht. Du wurdest formell vorgeladen.«

Ich konnte nicht wirklich nein sagen, oder? Mortana würde ja sagen. Sie wäre hundertprozentig zuversichtlich, dass sie das schaffen würde.

Ich konnte entweder aus der Rolle fallen oder mich auf eine lebensbedrohliche Prüfung einlassen.

Also ertappte ich mich dabei, wie ich den Mund aufmachte und sagte: »Ich kann eine Höllenprüfung leicht bestehen. *Natürlich* wollen die Götter mich hier haben.« Ich gluckste leise. »Ich glaube, das wissen wir alle.«

Lydia warf mir einen wütenden Blick zu. »Aber was ist, wenn Herzog Orion versucht, ihr zu helfen? Es ist klar, dass sie eine Beziehung haben. Wir alle wissen, wie geschickt er im Töten ist. Was, wenn sie *betrügen*?«

Der König warf Orion einen scharfen Blick zu. »Nun, der Herzog wird mit mir auf der anderen Seite des Flusses Acheron bleiben, direkt vor meinem Turm. Wir werden darauf warten, dass du den Fluss überquerst, oder auf den Siegesschrei lauschen, der deinen Tod verkündet. Wir werden Cocktails trinken.«

»Und nicht fliegen«, sagte Lydia. »Du kannst deine Flügel nicht benutzen.«

Jetzt gab es eine Regel, an die ich mich problemlos halten konnte. Ich hatte keine Flügel, keine Magie und auch sonst keine Chance, den Rest der Nacht zu überleben. Außer, ich würde mir *schnell* einen Plan ausdenken. Vielleicht eine heimliche Flucht aus der Stadt, bevor es jemand bemerkte.

Aber der König entließ uns nicht. Nein, er zog einen Dolch aus seinem Gürtel. In meiner Brust machte sich Angst breit, als ich begriff, was jetzt passierte.

Der König streckte seine Handfläche aus und zog den Dolch darüber. Karmesinrotes Blut floss von seiner Hand auf den Marmorsockel unter ihm. »Gut. Wir werden diese heilige Verpflichtung mit einem Blutschwur besiegeln.«

Mist. Es sah so aus, als bräuchte ich dringend einen Plan B.

Kapitel 20

Ich lief in Orions Wohnung auf und ab und hielt den Verband um meine Hand fest.

Wir hatten es geschafft, aus dem Turm von Baal zu flüchten, bevor jemand merkte, dass ich nicht wie ein Dämon mit unmenschlicher Geschwindigkeit heilte. Ich umklammerte noch immer meine Hand und ging nervös hin und her. Im Gegensatz dazu bewegte sich Orion kaum, während er mich beobachtete. Dann lehnte er sich zurück und breitete seine Arme auf dem Sofa aus. »Ich glaube langsam, dass das alles ein Fehler war.«

Das war nicht gerade das, was ich hören wollte.

»Was ich getan hätte«, fuhr er fort, »wenn du dem Blutschwur nicht zugestimmt hättest, wäre dich aus der Stadt zu schleusen. Dann hätte ich dafür gesorgt, dass du versteckt bleibst. Aber du hast dem Blutschwur zugestimmt.« Er beugte sich vor und fixierte mich mit seinem Blick. »Warum genau hast du das getan? Du hast gerade dein eigenes Todesurteil unterschrieben.«

»Ich bin in meiner Rolle geblieben«, schoss ich verärgert zurück. »Wenn ich aus der Rolle gefallen wäre, wäre ich jetzt schon tot, oder? Du erinnerst dich vielleicht an die Sache mit dem Feuer? Mortana würde niemals vor einer Herausforderung zurückschrecken. Bei der Prüfung habe ich immerhin eine Chance, egal wie klein, anders als in einer Feuergrube.«

»Mortana würde die Prüfung sofort machen«, bestätigte er, und seine Augen funkelten im schummrigen Licht kalt und unbarmherzig. »Warum sprichst du über sie, als ob du sie kennen würdest?«

Das war eine gute Frage. Warum *hatte* ich das Gefühl, sie zu kennen?

Ich drückte meine verletzte Hand. »Ich weiß es nicht. Sie ist wie mein Es.«

»Hmm.« Orions Augen verengten sich. »Die Sache ist die, Rowan, Lydia wird dich wahrscheinlich mit ihrer Feuermagie töten. Und ich soll im Turm bleiben. Selbst wenn du es schaffst, die Prüfung zu überleben, indem du dich versteckst, werden die anderen Dämonen schnell merken, dass du keine Kräfte hast. *Dann* wirst du in einer Feuergrube sterben. Und wenn du nicht auftauchst, wirst du durch den Blutschwur sterben.«

Ich hörte auf zu laufen und starrte ihn an. »Willst du mir helfen?«

Er stand auf und griff nach meiner verletzten Hand. »Ich werde dich heilen. Ich hatte ganz vergessen, wie lange es dauert, bis ein Mensch heilt. Lächerlich.« Er zog mich näher zu sich und setzte sich wieder, und ich ließ mich neben ihn auf die Couch plumpsen. Er wickelte meine bandagierte Handfläche aus. Unsere Köpfe berührten sich, während wir die tiefe Wunde betrachteten. Er strich mit den Fingerspitzen darüber. Dabei strömte warme, heilende Magie über meine Hand. Gebannt sah ich zu, wie sich meine Haut schloss.

»Heilst du mich, weil du Mitgefühl hast, Orion?«, fragte ich.

»Ich will kein Blut auf meinem Boden«, murmelte er.

Als die Haut so gut wie neu aussah, zog ich meine Hand weg. »Was kannst du mir darüber sagen, wie die Prüfung sein wird? Ich muss mir einen guten Plan zurechtlegen.«

Unsere Gesichter waren jetzt nah beieinander, und zwischen seinen Augenbrauen bildete sich eine Linie. »Einen guten Plan«, wiederholte er und sein Tonfall ließ vermuten, dass es das Absurdeste war, was er je gehört hatte.

Orion musste wahrscheinlich nie etwas planen. Er konnte einfach auftauchen und Leute töten.

»Sag mir einfach, wie die Nacht deiner Meinung nach verlaufen wird«, forderte ich ihn auf.

»Die Prüfung beginnt in einem alten Eichenhain in der elysischen Wildnis. Die anderen Dämonen werden sich an verschiedenen Stellen im Wald aufhalten. Sie werden nicht wissen, in welche Richtung du dich bewegst, aber sie werden versuchen, dich anhand deiner Fährte zu jagen. Wenn du dich zu lange an einem Ort aufhältst oder versuchst, dich zu verstecken, werden sie sich zusammenschließen und dich töten. Wenn du versuchst zu fliehen, riechen sie dich und töten dich. Sie sind viel, *viel* schneller als du. Und es sind nicht nur die fünf Dämonen aus dem Quorum, wohlgemerkt. Es könnten hundert Dämonen sein – jeder, der mitmachen will. Um die Prüfung zu bestehen, musst du eine ganze Stunde lang überleben.«

Trotz des Schreckens über das, was er mir erzählte, begann sich in meinem Kopf eine Idee zu formen. »Lydia hat Feuermagie. Die anderen nicht. Kann Feuer die anderen also verletzen?«

»Ja. Manche haben nur Kraft und Geschwindigkeit, andere haben Formen der Elementarmagie. Du könntest zu Tode gefroren werden, obwohl Nama nicht gut darin ist, ein bewegliches Ziel zu treffen. Wahrscheinlicher ist es, dass sie dich in einer Eiswand oder etwas anderem einschließt, dich dann zu Tode prügelt und dir mit ihren Klauen das Herz herausschneidet.«

Meine Kehle wurde trocken. »Wie dick ist das Eis?«

»Es ist nicht unglaublich dick. Ich könnte mich wahrscheinlich hindurch schlagen. Es ist wie Glas.«

Mein Herz klopfte in meiner Brust. »Okay. Ich habe einen Plan. Können wir Shai losschicken, um ein paar Sachen aus meiner Wohnung zu holen?«

Er runzelte die Stirn. »Du kannst keine Waffe benutzen, falls du das denkst.«

Ich schüttelte den Kopf. »Nein. Das ist eine Spezialausrüstung. Oh, und denkst du, Morgan wird mir seine Uhr leihen?«

»Ja. Aber was genau brauchst du?«

Ich schloss die Augen und ging die Dinge durch, die ich im Kopf hatte. »Meine feuerhemmenden Gele, Kleidung, eine Gasmaske und eine Löschdecke. Außerdem habe ich ein Messer, mit dem man Glas zerbrechen kann. Oh, und ich werde Benzin oder einen anderen flüssigen Brandbeschleuniger brauchen, aber das wird sie in meiner Wohnung nicht finden. Ich bin nicht wahnsinnig.«

Er starrte mich an. »Darf ich fragen, warum du diese Dinge hast?«

»Nun, du hast Magie, und ich habe meine eigene Superkraft. Sie heißt Angst. Sie ist zwar nervig, aber ich bin auf jedes Brandszenario vorbereitet, das du dir vorstellen kannst. Und Facebooks Algorithmen haben mich als ängstlich identifiziert, also haben sie angefangen, für Dinge wie ein Messer zu werben, das Glas durchschneiden kann, wenn du mit deinem Auto von einer Brücke in einen Fluss fällst.« Ich runzelte die Stirn. »Ich habe nicht mal ein Auto, aber das Messer habe ich.«

Er schaute mich wie gebannt an. »Richtig.«

»Ich brauche auch Bleichmittel und Ammoniak. Und einen Werkzeuggürtel.«

Sein Körper war völlig ruhig. »Ist das eine willkürliche Liste von Dingen? Verlierst du wie manche Sterbliche vor lauter Stress den Verstand?«

»Oh! Und das ist ganz wichtig: Wir müssen ihr sagen, dass sie den Fuchsurin unter meinem Bett holen soll«, fügte ich hinzu, ohne auf ihn einzugehen. »Und einen Super Soaker.«

»Ah.« Seine Gesichtszüge wurden weicher. »Du *hast* den Verstand verloren.«

Ich streckte die Hand aus, um seinen Arm zu berühren. »Das habe ich nicht. Vertrau mir. Ich habe einen Plan.«

»Gehört zu diesem Plan auch, Dämonen mit Fuchsurin anzugreifen?«

Ich schüttelte den Kopf. »Nein. Ich habe einen besseren Plan.«

Er hatte sich immer noch keinen Zentimeter bewegt. »Es macht mir Sorgen, was du zu Hause hortest.«

»Ich will nur auf die Apokalypse vorbereitet sein, Orion. Das ist alles. Und diese Apokalypse ist gekommen, wenn auch nur für mich.«

»Das ist nicht das, was *Apokalypse* bedeutet.«

Ich hob einen Finger. »Lass uns bei der Sache bleiben. Fuchsurin, Bleiche …«

»Das klingt verrückt«, unterbrach er mich und fuhr sich mit der Hand über den Kiefer. »Ich blühe im Chaos auf. Ich mag es, Dinge brennen zu sehen. Aber in dieser Situation fühle ich etwas anderes, Unbekanntes. Das gefällt mir nicht«, sagte er in einem knappen Ton.

»Das lässt mein Herz schneller schlagen, fast wie eine … wie eine *Warnung*. Als ob etwas Schlimmes passieren würde.«

Meine Augen weiteten sich. »Ja. Das nennt man Angst. Bist du um meine Sicherheit besorgt oder hast du Angst, dass du erwischt wirst?«

Sein Blick verfinsterte sich. »Mach dich nicht lächerlich. Ich bin ein tödlicher, vierhundert Jahre alter Dämon des Chaos, der mit gottgleichen Kräften ausgestattet ist. Ich fürchte nichts.«

»Ich weiß nicht, ob ich dir noch glaube, Orion.«

Ich wusste vielleicht nichts über Magie, aber ich wusste, wie sich Angst anfühlte.

Kapitel 21

Dunkelheit umgab mich in dem Eichenhain. Die Luft roch nach Moos und Erde und leicht nach Benzin. Und Fuchspisse.

Seit Jahren hatte ich auf die Dämonenapokalypse gewartet, und jetzt war sie da. Zumindest für mich.

Meine Knie zitterten, während ich darauf wartete, dass das Horn ertönte, das den Beginn der Prüfung ankündigte.

Es gab nur eine Regel: kein Fliegen. Da die Lilu die einzige Dämonenart mit Flügeln waren, hätte ich, wenn ich sie wirklich benutzen könnte, die ganze Zeit über den Bäumen herumflattern können.

Ich schaute zum Himmel auf. Die Wolken verdeckten den Mond, was sowohl gut als auch schlecht war. Der schlechte Teil war, dass ich auf die Nachtsichtbrille angewiesen war, die ich letztes Jahr bei Amazon gekauft hatte (für den Fall der Apokalypse), und die war nicht besonders gut. Aber die Dunkelheit hatte auch etwas Nützliches. Sie gab mir ein wenig Deckung für den lächerlichen Anzug, den ich trug – einen marineblauen, feuerhemmenden Anzug, bei dem die Sicherheitsstreifen verdeckt waren. Die Dämonen würden die Nachtsichtbrille, die Sicherheitshandschuhe oder den Rucksack mit den Vorräten, die ich bei mir trug, nicht bemerken. Sie würden den Glanz des feuerhemmenden Gels auf meinen Wangen und meinem Kinn nicht sehen.

Und wenn das hier zu Ende war, musste ich das Zeug schnell loswerden, bevor jemand es sehen konnte.

Der Schweiß rann mir unter dem Anzug den Körper hinunter. Heute Nacht war die Luft im Wald heiß und feucht und schwer vor Anspannung.

Dämonen dachten nie daran, Werkzeuge oder Waffen zu benutzen. Durch die Evolution zu perfekten Waffen gemacht, brauchten sie keine Technologie. Aber ich? Ich konnte nur hoffen, dass mein kleines Arsenal mir helfen würde. Und ich betete, dass die Fuchspisse meinen Geruch verdecken würde.

Mein Herz klopfte gegen meine Rippen. Jeden Moment würde die Prüfung beginnen.

Mit meiner Schutzbrille suchte ich die Bäume nach Bewegungen ab. Meine Sicht war schwarzweiß, und ich konnte nur die Stämme um mich herum sehen.

Mein Plan war es, so schnell wie möglich an den Fluss zu kommen. Vorhin hatte ich eine Kompass-App auf Morgans Apple Watch installiert, damit ich genau wusste, in welcher Richtung Norden lag, und dass der Fluss etwa vier Meilen entfernt war. Wenn ich dort ankam, würde ich den Rest der Zeit damit verbringen, Angreifer abzuwehren.

Mit klopfendem Herzen schaute ich auf meine geliehene Uhr – zwei Minuten bis Mitternacht.

In der Highschool hatte ich Leichtathletik und Crosslauf gemacht. Ich hatte es sogar bis zu den nationalen Meisterschaften geschafft. Das hier fühlte sich an wie der Start einer dieser Wettkämpfe: Ich war voller Adrenalin und wartete auf den Startschuss … nur dass ich in diesem Rennen von einer wütenden Meute von Dämonen getötet werden konnte, also stand ein *bisschen* mehr auf dem Spiel als nur der zweite Platz.

Ich beobachtete den Countdown auf meiner Uhr ein paar Sekunden lang und zog dann meine erste Waffe – die Super Soaker.

Als das Horn ertönte, begann ich zu rennen.

Anders als bei den Leichtathletikwettkämpfen in der Highschool trug ich etwa zehn Pfund Gewicht auf dem Rücken, war in einen Metallanzug gehüllt und trug eine Schutzbrille. Ich schwitzte schon in dem Anzug, also war die Geschwindigkeit heute nicht auf meiner

Seite. Während ich rannte, atmete ich den beißenden Moschusgeruch der Fuchspisse ein, und meine Augen tränten.

Mit meiner Nachtsichtbrille suchte ich die Bäume nach Anzeichen von Bewegung ab. Ich rannte etwa zehn Minuten lang und sog scharf den Atem ein, ohne einen einzigen Dämon zu sehen. Ich schätzte, dass ich etwa eineinhalb Kilometer geschafft hatte.

Nur noch fünfzig Minuten.

Als mein Fuß lautstark einen Zweig knacken ließ, wurde mir zum ersten Mal bewusst, dass Geschwindigkeit vielleicht *nicht* das Wichtigste war. Wenn sie mich nicht leicht sehen oder riechen konnten, verließen sie sich auf Geräusche. Das knackende Geräusch, das die Stille durchbrach, hätte genauso gut eine Kanone sein können, die abgefeuert wurde.

Ich erstarrte, sah mich im Wald um und atmete schwer.

Mein Herz setzte einen Schlag aus, als ich einen Dämon auf mich zukommen sah. Im Gegensatz zu mir bewegte er sich mit schockierender Geschwindigkeit, sein Körper wie Wind in den Bäumen. Aber er war noch in einiger Entfernung.

Bevor er mich erreichen konnte, benutzte ich den Super Soaker, um Benzin auf den Boden zwischen uns zu sprühen. Ich schlug einen weiten Bogen, mindestens drei Meter weit, ließ dann die Waffe fallen und schnappte mir das Deo aus meinem Werkzeuggürtel. Ich hatte ein Feuerzeug mit einer Plastikklammer an der Dose befestigt, sodass es genau im richtigen Winkel aufragte und eine Art Flammenwerfer bildete. Das Feuerzeug selbst war mit einem Gummiband versehen, um die Flamme zu halten, wenn ich es herunterdrückte.

Mein Körper zitterte, als ich das Feuerzeug anknipste und die Flamme zum Leben erwachte. Dann drückte ich auf die Spitze des Deodorants. Drei Meter hohe Flammen schossen in die Luft, und ich stürzte nach vorne, um das Feuer auf das Benzin zu richten. Die Reaktion kam sofort – eine riesige Feuerwand umgab mich.

Jetzt war der Dämon genau auf der anderen Seite der Flammen – und an seinen üppigen Locken und elfenbeinfarbenen Hörnern erkannte ich ihn als einen Herzog. Der bluttrinkende, gefräßige Dämon brüllte vor Wut, und sein Heulen fuhr mir in die Knochen. Es war nicht nur das Geräusch selbst, das meine Angst auslöste – er hatte gerade die gesamte Dämonenarmee auf meinen Standort aufmerksam gemacht.

Ich schnappte mir die Super Soaker vom Boden und spritzte Benzin durch die Flammen in die Richtung des Dämons. Das Feuer breitete sich aus. Er wich zurück, starrte in die Flammen und brüllte.

Ich drehte mich um und rannte los, bevor noch mehr von ihnen mich finden konnten. Ich musste so viel Abstand wie möglich zwischen den brüllenden Dämon und mich bringen.

Normalerweise joggte ich fünf Tage die Woche, oft sechs bis sieben Meilen, vielleicht auch bis zu zehn, und selbst mit meinem Rucksack auf dem Rücken gab mir das Adrenalin zusätzliche Kraft. Ich pumpte kräftig mit den Armen und rannte schneller durch die Bäume. Doch als ich einen Blick hinter mich warf, sah ich in der Ferne eine Bewegung. Ein Dämon kam auf mich zu. Nein, nicht nur ein Dämon. Mit meiner Nachtsichtbrille sah ich zwei … drei … sechs?

Verdammt. Sie waren überall, und ich hatte noch eine Meile bis zum Fluss vor mir.

Neue Taktik.

Meine Hände zitterten, als ich die Nachtsichtbrille abnahm, und ich fühlte mich ohne sie blind. Verwundbar. Aber für das, was ich als Nächstes tun musste, konnte ich sie nicht aufbehalten.

Ich öffnete den Reißverschluss meines Rucksacks und fand die Gasmaske. Als ich sie über mein Gesicht stülpte, wurde mein Gefühl der Verwundbarkeit nur noch größer. Ich riss mir die Kapuze über den Kopf und zog sie so schnell wie möglich fest. Die Gläser der Gasmaske beschlugen ein wenig.

Genau wie beim Mischen von Chemikalien musste ich zuerst den Filter testen. Ich deckte ihn ab und vergewisserte mich, dass keine Luft aus anderen Lücken in die Maske entwich. Mit abgedecktem Filter konnte ich überhaupt nicht atmen, was sowohl erschreckend als auch wünschenswert war.

Jetzt war ich bereit.

Ich kniete mich wieder hin und griff in den Rucksack nach meinen Gläsern. Ich fing an, sie gegen die Baumstämme zu schleudern, eins nach dem anderen. Innerhalb weniger Augenblicke husteten die Dämonen, dann schrien sie.

Durch die Dunkelheit und die Schutzbrille konnte ich nicht viel sehen, aber ich glaubte nicht, dass sie noch näher kamen.

Ich hatte keine Ahnung, ob weitere Dämonen von Norden her auf mich zustürmten, aber ich schleuderte vorsichtshalber noch ein Glas in diese Richtung, bis ich von allen Seiten von einer Wolke aus selbstgemachtem Senfgas umgeben war.

In diesem Moment würde die Mischung aus Bleiche und Ammoniak ihre Lungen versengen, ihnen den Atem rauben und ihre Haut und Augen verbrennen.

War dies durch die Genfer Konvention verboten? Okay, *technisch gesehen* ja, aber diese Gesetze waren für Sterbliche geschrieben worden. Die Dämonen würden sich erholen, auch wenn die nächsten zwanzig Minuten sehr unangenehm sein würden.

Ich schnappte mir meinen Rucksack und setzte mich wieder in Bewegung.

Mit der Gasmaske auf dem Kopf konnte ich nicht mehr rennen. Zum einen konnte ich nicht mehr sehen, wohin ich lief, und zum anderen war es unglaublich schwer, in dem Ding zu atmen. Ich konnte nur hoffen, dass das Senfgas alle Dämonen um mich herum ausgeschaltet hatte.

Ich schaute auf die Uhr und vergewisserte mich, dass ich immer noch Richtung Norden rannte.

Einundzwanzig Minuten. Ich musste nur noch einundzwanzig Minuten überleben, dann war ich frei. Oh Gott, es hatte tatsächlich funktioniert.

Als ich genug Abstand zum Senfgas hatte, zog ich meine Handschuhe aus und atmete ein, um die Luft zu testen. Meine Haut brannte nicht und meine Lunge fühlte sich gut an. Ich zog die Handschuhe wieder an und versuchte, meine Gasmaske zu lockern. Meine Lunge schien in Ordnung zu sein …

Ich nahm einen tiefen Atemzug. Meine Augen brannten ein wenig, aber das war alles.

Ich zog die Gasmaske ganz ab und atmete ein paar Mal durch, dann setzte ich schnell mein Nachtsichtgerät wieder auf. Mit dem Rucksack im Gepäck begann ich zu rennen. Ich kam immer näher, es war nur noch eine halbe Meile bis zum Fluss.

Als ich zwischen den Stämmen hindurch sauste, rauschte ein Schauer durch die Luft, und die Bäume verschwammen durch meine Nachtsichtbrille. Bevor ich herausfinden konnte, was passiert war, prallte ich gegen eine Wand aus Eis. Ein stechender Schmerz schoss durch meinen Schädel, als die Wucht des Aufpralls meine Brille zerbrach. Ich riss sie ab und starrte um mich herum auf eine große Eiskugel.

Nama hatte mich gefangen und ich wusste nicht, wie weit sie entfernt war. Aber genau wie Orion gesagt hatte, war das Eis dünn wie Glas.

So schnell ich konnte, bespritzte ich den Boden um mich herum mit Benzin und griff dann nach dem glasbrechenden Messer in meiner Tasche. Es sah nicht nach viel mehr aus als ein Stück Plastik, aber in dem Plastik war eine Klinge versteckt, die beim Aufprall heraussprang. Ich schlug es mit voller Wucht auf das Eis und es zersprang um mich herum.

Mit klopfendem Herzen schnappte ich mir meinen Flammenwerfer. Ich schaltete das Feuerzeug ein, drückte auf das Deo und ließ die Flammen auf den Boden schießen. Das Feuer brach um mich herum aus, und die Angst drehte mir das Herz um. Ich *hasste* Feuer.

Dann sah ich Nama. Sie rannte auf mich zu. Ich schoss mit dem Super Soaker und dem selbstgebauten Flammenwerfer Feuer in ihre Richtung. Aus der Ferne sah ich mit Entsetzen, wie ihr Haar und ihre Kleidung durch die Flammen auf dem Boden Feuer fingen. Sie schrie auf. Der Klang ließ mein Blut gerinnen.

Mein Puls geriet außer Kontrolle. *Sie ist ein Dämon*, erinnerte ich mich. *Sie wird sich heilen können.*

Ich hatte nur noch eine halbe Meile vor mir und schaute auf meine Uhr.

Zehn Minuten.

Ich musste nur noch zehn Minuten überleben.

Ich begann wieder zu laufen, aber dieses Mal konnte ich die Bäume nicht sehen. Ich schaltete ein Licht auf der Apple Watch ein – was nicht ideal war, da es von anderen gesehen werden konnte. Aber es war die einzige Möglichkeit, die ich hatte, um nicht gegen einen unnachgiebigen Baumstamm zu laufen. Ich rannte mit dem Flammenwerfer in einer Hand und pumpte kräftig mit den Armen, während ich auf den Fluss zusteuerte. Der Rucksack hüpfte auf meinem Rücken, und ich sprang über Wurzeln und Steine. Ich schwitzte wie wahnsinnig in meinem Anzug.

Als ich mich der Stadt näherte, konnte ich das Licht auf meiner Uhr ausschalten, da die Lichter des Stadtplatzes den Wald beleuchteten.

Plötzlich hörte ich Lydias heisere Stimme durch den Wald dringen. »Dämonen, hört her! Folgt ihrer Spur! Sie ist am Fluss!«

So hatten sie mich also gefunden, sogar durch den Gestank von Fuchspisse. Sie verfolgten mich durch die Wälder und suchten nach den abgebrochenen Ästen, die ich zurückgelassen hatte. Und auch nach verletzten Dämonen.

Und jetzt versuchte Lydia, alle Dämonen zu beschwören, um mich auf einmal anzugreifen.

Noch vier Minuten.

Durch den Wald hörte ich das Brüllen dämonischer Kriegsschreie – ein tiefer, bösartiger Klang, der durch meine Knochen glitt und mein Herz außer Kontrolle geraten ließ. Der uralte Teil meines Gehirns sagte mir, dass ich in Panik geraten sollte, dass Raubtiere hinter mir her waren. Und ausnahmsweise hatte dieser ängstliche Teil meines Gehirns verdammt recht.

Lauf zum Fluss, Rowan. Sofort.

Die Dämonen folgten Lydias Ruf. Sie brüllten nach meinem Blut. Ohne Zweifel waren jetzt alle auf dem Weg zum Fluss und kamen immer näher. Ihre Schreie ließen mein Blut zu Eis erstarren und Panik kroch mir den Rücken hinauf. Aber ich konnte den Fluss jetzt durch die Baumstämme sehen, die im Licht des Baalsturms schimmerten.

Noch drei Minuten.

Außerdem konnte ich den Geruch des Benzins riechen, das ich vor zwei Stunden ausgegossen hatte.

Es war an der Zeit für den Höhepunkt – mein letztes Kunstwerk für wahren Horror.

Als ich das Flussufer erreichte, zog ich den Flammenwerfer heraus und zündete das Feuerzeug an. Kaum berührten die Flammen den Boden, schoss zu beiden Seiten eine Wand aus purem Feuer hervor. Ich hatte einen Schlund zur Hölle geschaffen.

Ich sprang durch das Feuer in den eiskalten Acheron-Fluss und schwamm bis auf den Grund, tief in die Dunkelheit. Dann schwamm ich einen Moment lang nach Osten, bevor ich meinen Feueranzug auszog. Meine Lungen begannen zu brennen, als ich den Atem anhielt und den Anzug und die Werkzeuge in den Rucksack stopfte. Ich schloss den Reißverschluss, ließ ihn auf den Grund sinken und schwamm dann, mein Geheimnis verborgen, zum Nordufer.

Und als ich mich herauszog, hörte ich das Horn ertönen. Da waren sie – der König stand an Orions Seite und wartete auf mich. Meine kleine Siegesfeier. Eine kleine Menge stand hinter ihnen und starrte mich an.

Verdammt!

Verdammt, ich hatte es wirklich geschafft!

Freude durchströmte mich. Ich hatte *überlebt*. Vielleicht würde doch noch alles gut werden. Hatte ich das wirklich getan?

Klatschnass hievte ich mich ans Ufer und versuchte zu verbergen, wie erschöpft ich war.

Ich sah, wie der König sein Cocktailglas erhob, um auf mich anzustoßen, und Orions blasse Augen leuchteten hell in der Dunkelheit.

Unter meinem Feueranzug trug ich ein elegantes schwarzes Outfit – eine schwarze Hose und ein Korsett. Wäre ich nicht vom Flusswasser durchnässt gewesen, könnte ich jetzt *eigentlich* ganz gut aussehen.

Als ich die steinerne Esplanade vor dem Turm von Baal betrat, hob ich meine Arme zum Sieg und betrachtete die Dämonen um mich herum. Niemand jubelte mir zu, weil ich überlebt hatte, was mir ein bisschen unhöflich vorkam. Sie sahen sogar ein wenig verärgert aus.

Und als das Horn weiter schrillte, spürte ich ein scharfes Reißen an meinen nassen Haaren, das mich zurück auf die Steine zog. Ich knallte hart auf den Boden. Das nächste, was ich wusste, war, dass Lydia auf mir lag. Sie schlang ihre Hände um meine Kehle und drückte zu, mit gefletschten Reißzähnen und einem wahnsinnigen Blick in ihren Augen. Dann hob sie ihre Hand und es kamen glänzende Krallen zum Vorschein.

Sie wollte mir das Herz herausschneiden. So brachten sich Dämonen gegenseitig um.

»Es ist nur Platz für eine Königin«, zischte sie leise.

Ich konnte nicht atmen. Oh Gott, ich konnte nicht atmen …

KAPITEL 22

Hypervigilanz: ein erhöhter Zustand von Angst und Wachsamkeit, eine Tendenz, die Umgebung nach Bedrohungen abzusuchen.

In meinem täglichen Leben war sie dysfunktional. In der Welt der Dämonen schadete es nicht, den Regler hochzudrehen, denn irgendwie hatte ich übersehen, dass Lydia sich von hinten angeschlichen hatte und mir jetzt an die Gurgel ging.

Als sich meine Sicht zu verdunkeln begann, griffen riesige Hände nach unten und rissen Lydia von mir herunter.

Das Geräusch des Horns verstummte endlich.

Ich sog die Luft ein und versuchte zu verbergen, wie zerbrechlich ich war. Ich wollte tief und hörbar keuchen, aber ich hatte Angst, dass ich dann zu sterblich aussehen würde. Alle Augen waren jetzt auf mich gerichtet. Hatten sie bemerkt, wie leicht sie mich zu Fall gebracht hatte? Wussten sie, dass ich sterblich war?

Da ich nicht vor den anderen schwach aussehen wollte, zwang ich mich aufzustehen.

Doch als ich meine Atmung beruhigt hatte, wurde ich von einer schnellen Bewegung aufgeschreckt. Ich drehte mich um und sah, wie der blutrünstige Dämon von der Brücke auf mich zu rannte und der Wind an seinen üppigen Locken peitschte. Mit einem brüllenden Kriegsschrei stürmte er mit beängstigender Geschwindigkeit auf mich zu. Das Mondlicht glitzerte auf seinen elfenbeinfarbenen Hörnern und aus seinen Fingern schossen lange silberne Klauen. Wenn ich versuchte zu fliehen, würden alle sehen, wie langsam ich war.

»Es ist vorbei!«, rief der König. »Die Prüfung ist beendet.«

Aber der Herzog ignorierte ihn und war schon fast bei mir. Drei Meter entfernt … zwei Meter entfernt …

Ich erstarrte auf der Stelle. Der blutrünstige Herzog holte mit seinem Arm aus, bereit, seine Klauen in meine Brust zu schlagen.

Blitzschnell schob sich Orion vor mich und blockte den Schlag mit seinem riesigen Körper ab. Ich hörte das Geräusch von Klauen, die sich in sein Fleisch bohrten, und mein Magen zog sich zusammen.

Entsetzt schlang ich meinen Arm um seinen Rücken, um ihn aufrecht zu halten, und reckte meinen Hals, um den Schaden zu sehen. Die einzige Art, wie ein Dämon sterben konnte, war, indem man ihm das Herz herausschnitt.

Die Augen des Herzogs wurden groß, als er seine blutverschmierten Klauen aus Orions Brust riss.

»Was hast du getan?«, rief jemand. »Hast du den Herrn des Chaos getötet?«

Mein Herz klopfte gegen meine Rippen. Orion umklammerte seine Brust. Blut tropfte auf die Steine.

Die Welt war furchtbar still geworden und Panik schnürte mir die Kehle zu. »Geht es dir gut?«, flüsterte ich.

Vor uns zogen sich die Krallen des Herzogs zurück und seine Hand flog zu seinem Mund. »Oh, Luzifer, rette mich, das wollte ich nicht tun. Ich hatte es auf den Sukkubus abgesehen. Warum hast du dich vor sie gestellt, du Idiot? Du weißt, was es bedeutet, wenn sie überlebt.«

Orion hob eine blutige Hand. »Mir geht es gut«, sagte er schließlich, stürmte vor und packte den Herzog am Hals. Die Augen des Herzogs traten hervor, als Orion ihn an der Kehle hochhob und ihn würgte. Silberne Krallen schossen aus Orions Fingerspitzen.

Oh, *Gott.* Er hatte doch nicht vor …

Orions Klauen schnitten in die Brust des Dämons, und ein scharfer, unbarmherziger Hieb riss ihm das Herz heraus. Der knochige Leichnam des gefräßigen Dämons fiel zu Boden. Seine Brusthöhle klaffte auf und sein Körper zuckte noch immer.

Magensäure stieg meine Kehle hoch, aber ich konnte mich nicht übergeben. Ich musste so aussehen, als ob das normal wäre. Alles ganz normal. Oh, *Gott*, wie es glitzerte …

Orion zuckte mit den Schultern. »Was? Er hat mich angegriffen. Es war mein gutes Recht, sein Leben zu beenden, wie ihr sicher alle zugeben werdet.«

Die Menge murmelte. Die schockierte Aufregung in ihren Augen erinnerte mich ein wenig an die Freude in den Gesichtern meiner Kommilitonen, als ich meinen Nervenzusammenbruch gehabt hatte.

Orion drehte sich um und sah mich mit gerunzelter Stirn an. War das ein Aufflackern von Sorge in seinen blassen Augen?

»Geht es dir gut?«, fragte ich erneut. »Ich glaube, wir sollten dich nach Hause bringen.« Und ich musste hier weg, bevor sich die blauen Flecken an meinem Hals ausbreiteten.

Aber der König schlich näher heran, gekleidet in einen fein geschnittenen Mitternachtsanzug. Seine dunklen Augen waren auf mich gerichtet, und ein Lächeln umspielte seine Lippen. »Gut. Alle haben also überlebt, wie es scheint. Lady Mortana, Haus Lilitu. Herzogin des Asmodeus Bezirks. Nach heute Abend wird der verlassene Bezirk nicht mehr verlassen sein.« Er hob seine Hände in den dunklen Himmel. »Der Rat der Sieben ist wiedervereint!«

Statt Beifall gab es nur Stille nach seinen Worten. Dann durchbrach ein Räuspern die Stille. Der König senkte seine Hände und blickte auf den zuckenden Leichnam am Boden hinunter.

»Oder, fast wieder vereint. Wir müssen uns wohl jemand neues besorgen.« Er hob seine Hände wieder in den Himmel. »Wie auch immer, die Feierlichkeiten beginnen sofort im Ishtar-Tempel!«

Orion war gerade fast erstochen worden, ein anderer Herzog war gestorben, und sie wollten eine Party feiern? Ich war so verstört davon, dass ich fast den Teil über die Herzogin vergessen hätte. Denn das war ich jetzt: eine dämonische Herzogin.

Ein paar Leute klatschten, aber es klang nicht begeistert. Orion stand jetzt aufrechter, und ich ließ meinen Arm von seinem Rücken fallen.

Mein Blick wanderte zu Lydia, die immer noch wütend schien. Die Dunkelheit schlängelte sich um sie herum und kräuselte sich wie Rauch in den Nachthimmel.

Wenn ich nicht fast erwürgt worden wäre, würde ich jetzt wahrscheinlich eine große, großspurige Rede halten, so wie Mortana es tun würde. Aber mein Kehlkopf war fast zerquetscht worden, und ich glaubte nicht, dass ich normal klingen würde, wenn ich versuchte zu sprechen.

Es war spätestens jetzt klar, dass ich aufpassen musste. Lydia würde mir bei der ersten Gelegenheit das Herz herausreißen.

Bis jetzt hatte ich nicht wirklich darüber nachgedacht, was es bedeutete, aber als einzige Person im Asmodean Bezirk würde ich automatisch dessen Anführerin sein. Lydia war nicht mehr die einzige Frau im Rat, und das gefiel ihr überhaupt nicht. Ich würde jetzt Teil des Quorums sein. In der Nähe des Königs. Eine Rivalin für die Rolle der Königin.

Sie hatte nur keine Ahnung, dass ich nicht lange hier sein würde.

Ich warf einen Blick zurück auf die Brücke des Grauens und sah, dass einige der anderen Dämonen aus dem Wald herausstolperten und wie Zombies aussahen – versengte Körper, versengte Kleidung. Einige hatten Blasen auf der Haut und tränende Augen.

Diese Nacht war für viele von uns brutal gewesen, aber ich nahm an, dass nur ein einziger Tod ein erfreuliches Ergebnis war.

Orion zog mich fast schützend an sich heran. »Meine Herrin wird sich abtrocknen wollen, und ich brauche nach diesem unglücklichen

Vorfall einen Kleiderwechsel. Wir werden bald zu Euch in den Tempel kommen.«

Er nahm mich an der Hand und führte mich auf die Straße auf der anderen Seite der Esplanade. Wenige Augenblicke später hielt ein elegantes schwarzes Auto an und Orion öffnete mir die Tür. Ich schlüpfte hinein und schnallte mich an, während Orion dem sterblichen Taxifahrer sagte, er sollte uns zurück zu seiner Wohnung im Leviathan Hotel bringen.

Jetzt spürte ich zum ersten Mal an diesem Abend das volle Gewicht meiner Erschöpfung. Meine Muskeln brannten vor Müdigkeit, und meine Kehle fühlte sich rau an. Auch ohne die anderen Klamotten roch ich immer noch leicht nach Fuchspisse.

Noch nie in meinem Leben hatte ich mich so sehr nach einem Bad gesehnt.

Als das Auto losfuhr, drehte sich Orion um und sah mich an. »Herzlichen Glückwunsch«, sagte er leise. »Herzogin Mortana von Lilitu.«

Als wir in Orions Wohnung zurückkamen, rannte ich als Erstes nach oben zur Badewanne auf dem ausladenden Balkon. Als ich sie mit heißem Wasser gefüllt hatte, zog ich mich aus. Dann lehnte ich mich mit dem Rücken in die sprudelnde Wanne, während der Dampf mich einhüllte. Ich ließ meine Muskeln schmelzen und schrubbte meinen Körper sauber.

Während ich in der Hitze schwitzte, schaute ich zu den Sternen auf. Ich konnte gerade noch den Nordstern am Ende des Kleinen Wagens erkennen. Mom hatte mir beigebracht, ihn zu finden, eine weitere Überlebenstechnik. Ich suchte ihn manchmal nachts, um mich zu orientieren. Aber die Kompass-App war viel einfacher und funktionierte auch, wenn es bewölkt war.

Ich stieß einen langen, zittrigen Atem aus. Ich musste immer wieder an den Dämon denken, den ich mit Feuer getroffen hatte. Brennende Haare, brennende Kleidung … *Schrecklich.*

Ich erschauderte und hatte plötzlich das Gefühl, dass ich nicht allein sein wollte.

Ein Teil von mir wollte nach Orion rufen, während ich badete, um mir Gesellschaft zu leisten. Aber wie bei dem brutalen Kriegsgeschrei der Dämonen in der Wildnis spürte ich instinktiv, dass es nicht gut ausgehen würde.

Ich stieg aus dem Bad. Das Wasser tropfte in der kühlen Nachtluft von meiner nackten Haut und ich begann mich abzutrocknen.

Auf keinen Fall durfte ich mit Orion schlafen. Zum einen hatte er gedroht, Shai zu töten, und ich hatte gerade gesehen, wie effizient er beim Töten war. Außerdem war er ein Verdächtiger. Ich war mir sicher, dass es bei der Polizei Regeln gab, die besagten, dass man nicht mit jemandem schlafen durfte, gegen den ein Ermittlungsverfahren lief.

Seine Anziehungskraft auf mich war wahrscheinlich sowieso nur vorgetäuscht.

Auch wenn es sich anders anfühlte. Als ich meine Beine im Turm von Baal um ihn geschlungen hatte, war ich mir sicher gewesen, dass er sein Verlangen nicht vortäuschte. Der erhitzte Blick in seinen Augen, das überaus sinnliche Streicheln seiner Magie über mich, das Gefühl seiner Härte zwischen meinen Schenkeln …

Ich fing an, mein Haar mit dem Handtuch zu trocknen. Wie auch immer, er sorgte nur für Ärger.

Sobald ich trocken war, schlüpfte ich in die Kleidung, die ich für mich bereitgelegt hatte – winzige, seidige Unterwäsche in einem tiefen Blau und einen passenden Spitzen-BH. Ich schlüpfte in die Unterwäsche, wobei ich mir Mühe gab, nicht an Orion zu denken, und zog dann ein weiches schwarzes Kleid an. Es war eine Art süßer 1960er-Jahre-Look – verdammt kurz, aber mit langen Ärmeln und einem Rollkragen, und verdammt heiß, wenn man es mit schenkelhohen Stiefeln im Sukkubus-Stil kombinierte.

Als ich wieder nach unten kam, fand ich Orion mit einem Glas Whiskey auf seinem cremefarbenen Sofa sitzen. Er hatte sich ein weißes Button-Down-Hemd angezogen, dessen Ärmel bis zu den Ellenbogen hochgekrempelt waren, sodass sein gruseliges Schlangentattoo zu sehen war. Er trug eine waldgrüne Hose, die wie Rohseide aussah und wahrscheinlich zehntausend Dollar kostete.

»Die Herzogin kehrt zurück«, sagte er, als ich mich neben ihn setzte. »Weißt du, Liebes, ich hätte nicht gedacht, dass ein Sterblicher das tun kann, was du getan hast. Es scheint, du bist zu großen Überraschungen fähig.« Seine Stimme war eine samtene Liebkosung. »Die anderen Dämonen werden auf dich warten. Mortana wird nicht müde, fürchte ich.«

»Wie geht es deiner Brust?«

»So wie immer.« Ein verschmitztes Lächeln. »Äußerlich gut, innerlich tot. Zum Glück nur metaphorisch.«

Ich schlug meine Beine übereinander und sein Blick glitt kurz zu meinen nackten Schenkeln, bevor er sich erhob. »Steh auf. Lass mich deine Blutergüsse heilen.«

Ich zog den hohen Halsausschnitt meines Kleides herunter. Er runzelte die Stirn, dann berührte er mich leicht, direkt unter meinem Kinn. Ich schloss meine Augen, als mich das sinnliche Gefühl seiner Magie überflutete. Simmernde Wellen schlängelten sich um meine Kehle und ließen meine Muskeln entspannen.

Er zog seine Hand weg. »So. So gut wie neu.«

Seufzend setzte ich mich wieder. »Willst du nicht alles wissen, was passiert ist?«

Er nahm gegenüber von mir Platz. »Ich habe die zerlumpten Überreste deiner Feinde gesehen. Habe ich schon erwähnt, dass du etwas Furchteinflößendes an dir hast?«

»Du hast fünfzig Dämonen getötet, stimmt's? Das heißt, du hast fünfzig Dämonenherzen im Wald herausgerissen. Ich glaube, du bist viel furchteinflößender.«

Er zuckte leicht mit den Schultern. »Aber ich bin offensichtlich gefährlich. Das merkt man sofort, wenn man mich trifft. Du versteckst es. Du bist ein Wolf im Schafspelz.« Er runzelte die Stirn. »Und dann noch in einer zweiten Wolfsverkleidung, weil du ja auch Mortana sein sollst.«

»Ich bin vielschichtig.« Ich hob meine Augenbrauen. »Und vielleicht habe ich eine dunkle Seite.«

»Genau das.« Er beugte sich vor, seine blauen Augen durchbohrten mich. »Du hast deine Geheimnisse in der Gefängniszelle verraten, Rowan. Aber du hast mir nicht alle verraten, oder? Es gab etwas, das du mir vorenthalten hast.«

Sogar vor mir selbst. Dieser Gedanke ertönte in meinem Kopf – eine Stimme, die nicht ganz meine eigene war.

Ich versteckte etwas vor mir selbst.

Was sollte der Mist?

Ich schenkte Orion ein müdes Lächeln. »Nein, ich verrate meine dunkelsten Geheimnisse nicht. Die Leute fühlen sich dann unwohl.«

»Ich bezweifle, dass das bei mir der Fall ist.«

Das bezweifelte ich auch. Meine Dunkelheit würde ihm nichts ausmachen. Er trug eine Welt voller Schatten in sich.

Aber ich hatte nicht vor, einem meiner Verdächtigen mein Herz auszuschütten, und ich hatte eine sehr wichtige Frage an ihn. Eine, die mit *meinen* Ermittlungen zu tun hatte. »Orion, als wir im Turm von Baal waren, hatte einer der männlichen Dämonen ein Symbol über dem Kopf. Es sah aus wie eine Mondsichel. Was ist das?«

Er breitete wieder seine Arme über die Rückenlehne des Sofas aus. Wenn Menschen sich so ausbreiteten, war das eine Verteidigungshaltung. War das bei Dämonen auch so?

»Manchmal nehmen wir eine bestialischere, dunklere Form an. Schwarze Augen. Manchmal tauchen Schuppen auf. Und wir haben ein Dämonenmal. Wenn wir uns verwandeln, kann es erscheinen.«

»Was bringt einen Dämon dazu, sich zu verwandeln?«

»Wir empfinden Emotionen sehr, sehr intensiv. Und wenn das passiert, kann das unser wahres Ich offenbaren.«

Faszinierend. »Aber du fühlst keine Empathie.«

»Das tue ich nicht. Manche von uns schalten Dinge ab. Das macht es einfacher, im Dunst der Gefühle logisch zu denken.«

»Okay.« Ich biss mir auf die Lippe. »Aber zurück zum Thema …«

Seine Augen wurden immer dunkler. Dieses Thema ließ ihn ein wenig unsicher werden. Seltsam.

»Hat jeder Dämon sein eigenes, einzigartiges Mal?«, fragte ich.

»Ja.«

Ich trommelte mit den Fingerspitzen auf meine Knie. Ich musste mich wie eine verdeckte Ermittlerin verhalten, aber die Neugier war zu stark. »Weißt du, was die Male von allen sind? Hast du sie alle gesehen?«

»Nein, die meisten Dämonen halten sie versteckt. Manchmal verraten die Male Dinge über Leute, die sie lieber geheim halten würden. Ihre Kräfte oder die Wahrheit über ihre Abstammung …«

»Wie wäre es mit einem Stern?«, fragte ich und hielt mich an den Armlehnen fest.

Sobald die Schatten durch seine Augen glitten, war mir klar, dass ich einen Nerv getroffen hatte. Er hatte sich verändert. Und es waren nicht nur seine Augen, die sich veränderten. Der Raum um uns herum wurde dunkler, und seine Stimmung verschlang das Licht.

»Warum genau fragst du danach?« Seine Stimme war eine tiefe, leise Warnung.

Was soll's ... Vielleicht war die Psychologie der Dämonen anders als die der Menschen, aber er war definitiv defensiv. Ich war in ein gefährliches Gebiet gestolpert.

Ich atmete scharf ein. »Ich dachte nur, wenn es einen Mond gibt, muss es auch einen Stern geben.«

Er holte tief Luft. »Ein Stern kennzeichnet den Lichtbringer, unseren designierten Anführer. Dieses Mal hat schon lange niemand mehr gesehen.«

Ein eiskalter Schauer lief mir über den Rücken. »Also hat der König es auch nicht?«

»Ich habe sein Mal noch nie gesehen. Niemand hat das.« Die Schatten um ihn herum schienen sich zu Klingen zu schärfen und wurden dunkler.

Und all das war eine *fantastische* Erinnerung daran, warum ich mich nicht von seiner Schönheit verführen lassen konnte. Sah er perfekt aus? Ja. War er verdammt unberechenbar und möglicherweise ein Mörder? Auch ja.

»Es scheint, als hättest du den Herzog sehr leicht getötet«, sagte ich. »War das wirklich nötig?«

»Er wollte dich so sehr töten, dass er sich nicht an die Regeln gehalten hat. Das Risiko, ihn am Leben zu lassen, wollte ich nicht eingehen.«

Ich runzelte die Stirn. »Wenn du eine schwierige zwischenmenschliche, oder von mir aus auch ›zwischendämonische‹ Situation hast, bringst du die Person dann oft einfach um?«

Seine Augenbrauen hoben sich. »Schwierige zwischenmenschliche Situation? So nennst du es also, wenn jemand versucht, dich umzubringen?«

»Okay. Ich hab's verstanden.« In meinem Kopf drehte sich alles und ich war mir nicht sicher, ob ich mit dem Gefahrengrad in dieser Welt Schritt halten konnte.

Ich warf einen Blick auf die makabre Schlangentätowierung auf seinem Arm. »Wenn du mir schon nichts über dein Mal erzählst, wie wäre es dann damit: Warum hast du dir das Tattoo stechen lassen?«

Ein Muskel in seinem Kiefer spannte sich an, und er erhob sich. Ich hatte vergessen, wie groß er war, bis er über mir aufragte. »Wir sollten zu deiner Siegesfeier gehen.«

Wow! Wieder ein Thema, das nicht erlaubt war. »Gib mir eine Sekunde, um meine Haare und mein Make-up zu richten.«

Ich könnte mit meinem schlimmsten Feind verbündet sein. Aber wenigstens hatte ich etwas Neues gelernt. Wenn ich den Mörder meiner Mutter finden wollte, musste ich versuchen, bei jedem Dämon starke Reaktionen hervorzurufen. Ich musste ihre Male sehen.

Leider musste ich dabei eine *Menge* Dämonen verärgern.

KAPITEL 23

Als unser Taxi am Ishtar-Tempel ankam, wurde ein weiterer roter Teppich ausgerollt, um uns zu begrüßen.

Der Tempel befand sich nördlich des Baalsturms und südlich von Orions Wohnung. Auf beiden Seiten standen Gruppen von Dämonen, die mit ihren Handys Fotos schossen. Es war schon nach ein Uhr nachts, und ich bekam langsam den Eindruck, dass hier niemand schlief. Als ich aus dem Auto stieg, fühlte ich mich für diese Menge an Schaulustigen nicht gut genug angezogen. Aber Mortana würde sich nicht schämen, also schenkte ich allen ein selbstgefälliges Dämonengrinsen. Mit Orion an meiner Seite stolzierte ich über den roten Teppich.

Eine feuchte Meeresbrise strich durch mein Haar, und ich leckte mir das Salz von den Lippen. Der Ishtar-Tempel war jetzt eigentlich eine Bar, aber er sah immer noch wie ein Tempel aus, mit dorischen Säulen und der Schnitzerei einer schönen, geflügelten Frau, die aus dem Dach ragte.

Mit Orion stieg ich die Stufen hinauf und ging durch die hohen, offenen Türen. Dort fand ich mich in einer riesigen Halle aus goldenem Stein wieder. Dämonen in Roben und Anzügen standen auf einem Boden aus blauen und goldenen Fliesen. An den Wänden rechts und links formten Mosaike Bilder von goldenen Löwen. Direkt gegenüber von uns waren die Säulen zum Meer hin offen, und eine milde Brise wehte herein. Funkelnde Phosphoreszenz ließ die Wellen unter dem Nachthimmel glitzern.

Ich warf einen Blick auf die Cocktailbar aus goldenem Backstein zu meiner Rechten, wo reihenweise Schnapsflaschen vor dem Spiegel standen. Gott, dieser Ort war fantastisch. Schade, dass ich nicht wirklich ein Sukkubus war.

Als ich Orion ansah, durchfuhr mich ein Schauder des Unbehagens. Aus mehreren Gründen wollte ich nicht, dass er mein Feind war. Aber so wie er auf die Frage nach dem Stern reagiert hatte, musste ich diese Möglichkeit in Betracht ziehen.

Ich beobachtete, wie er zur Bar ging und sich mit dem Barkeeper unterhielt. Ging er mir aus dem Weg?

Nach dem heutigen Tag war ich mit den Nerven völlig am Ende. Aber Mortana, mein Schatten-Ich, wollte einen Drink. Als ein Kellner ein Tablett mit sprudelnden Cocktails in Sektflöten brachte, nahm ich einen Schluck und schmeckte Gin und Zitrone heraus.

Der Raum wurde still. Ich drehte mich um und sah, wie König Cambriel eintraf, dessen goldenes Haar über einen prächtigen Samtanzug fiel. Er ging Arm in Arm mit Lydia, die eine schwarze Lederjacke über einem Seidenkleid mit Schlitzen an strategischen Stellen trug. Das Kleid gab einen kleinen Blick auf ihre Taille, ihre Rippen und einen Teil ihrer Oberschenkel frei. Sie sah verdammt cool aus.

Was *nicht* so cool war, war die Art, wie sie mich anknurrte, als ihr Blick meinen traf.

Sie wusste es nicht, aber ich war wahrscheinlich die einzige Person in dieser Bar, der es egal war, dass sie am Arm des Königs hier hereinspazierte.

Ich hatte heute Abend zwei Ziele. Das eine war, die Aufmerksamkeit des Königs zu gewinnen, damit ich seine Schwächen kennenlernen konnte. Aber das andere war mein eigenes Ziel. Konnte ich die Menge so aufrütteln, dass ich einige ihrer Dämonenmale sah? Konnte ich so viele Emotionen wecken, dass sich einige von ihnen verwandelten?

Orion hatte gesagt, dass er, der König, Lydia und Mortana über Feuermagie verfügten. Das waren drei Male, die ich sehen musste, um sie auszuschließen.

Im Moment hatte Lydia die Aufmerksamkeit des Königs. Ich ahnte, wie ich sie wütend machen und gleichzeitig die Gefühle des Königs wecken könnte. Aus den Augenwinkeln beobachtete ich, wie Lydia sich eine Champagnerflöte schnappte, sich dann zum König beugte und ihm verschwörerisch etwas zuflüsterte.

Es war an der Zeit, seine Aufmerksamkeit auf mich zu lenken, und das bedeutete, *Orions* Aufmerksamkeit auf mich zu lenken. Eifersucht würde heute Abend mein Freund sein.

Doch bevor ich Orion finden konnte, fiel mir ein weiblicher Dämon mit einem Heiligenschein aus weißen Locken ins Auge. Ihre Wangenknochen schimmerten in blassem Glitzer. Mit einem breiten Lächeln schlenderte sie zu mir herüber. »Nun, Mortana. Glückwünsche sind angebracht.« Sie fasste sich an die Kehle und schluckte mit einer Grimasse. »Ich habe noch nie einen Dämon mit deinen Giftkräften getroffen. Ziemlich faszinierend. Gestank-Magie.«

Ich schenkte ihr ein falsches Lächeln und zuckte mit den Schultern. »Ich habe nicht oft einen Grund, Leute zu vergiften.«

»Ich bin Nama.«

Ah ... die mit den Eiskräften.

Als ihr Blick über meine Schulter huschte, veränderte sich ihr Gesichtsausdruck. Sie leckte sich über die Lippen und ihre Pupillen weiteten sich. Ich warf einen kurzen Blick hinter mich, um Orion zu sehen.

Deshalb hatte sie sich an mich gewandt. Ihre grauen Augen trafen wieder auf meine und der Blick, den sie mir zuwarf, jagte einen Schauder durch meinen Körper.

»Es ist interessant zu sehen, wie schnell du den Herrn des Chaos in deinen Bann gezogen hast. Bevor du kamst, waren er und ich ziemlich gute Freunde.« Sie strich sich ihr weißes Haar über die Schulter. »Ich gebe zu, wir hatten noch keine Gelegenheit, uns richtig kennenzulernen, aber ich glaube, ich gelte als eine der besten Heiratskandidatinnen für ihn.«

»Ach, ja?« Ich nahm einen Schluck von meinem Cocktail und versuchte, mich in die zickige Mortana-Mentalität zu versetzen. »Und wessen Meinung ist das genau?«

Ihre Lippen wurden schmaler. »Die Meinung von vielen. Er und ich kommen beide aus reichem Hause. Weißt du, wir haben eine Menge gemeinsam. Wir lieben beide das Meer.«

Mein Schatten-Ich fand sie irritierend, also hob ich mein Cocktailglas und starrte hinein. Ich schwenkte meinen Drink und schaute sie desinteressiert an. »Alle lieben das Meer. Das ist ungefähr so einzigartig, wie Sonnenlicht zu mögen. Wie kommst du darauf, dass du deshalb gut geeignet bist?«

»Er mag Gebäck, und ich bin eine ausgezeichnete Bäckerin«, sagte sie scharf. »Und als ich mich in einer Seehöhle am Oberschenkel verletzt habe, hat er mich geheilt. Hör mal, Mortana, hast du zufällig viel Zeit mit Sterblichen verbracht? Du scheinst genauso stumpfsinnig und ungebildet zu sein wie sie. Irgendetwas stimmt wirklich nicht mit dir.«

Ich schenkte ihr ein herablassendes Lächeln. Langsam fiel es mir gar nicht mehr so schwer, mir vorzustellen, was Mortana sagen würde. »Vielleicht bin ich unbedarft, aber ich vermute, dass du dich absichtlich am Oberschenkel verletzt hast und dann schreiend zu Orion gerannt bist, um seine Hilfe zu erbeten. Glaubst du nicht, dass er deine Verzweiflung riechen konnte?« Ich nippte an meinem Cocktail und sah zu, wie ihre Wangen rot wurden. »Verwechsle Mitleid nicht mit Zuneigung, meine Liebe.«

Wow. Mortana war ein Miststück. Und es machte verdammt Spaß, sie zu sein.

Namas Augen verdunkelten sich und ihr Kiefer wurde hart. Sie beugte sich vor und flüsterte mir ins Ohr: »Du bist älter als ich, Mortana. Aber man hat mir gesagt, warum der König so weise war, die Stadt von deiner Sorte zu befreien. Sukkubi-Huren wie du haben unsere Stadt in Verruf gebracht, weil sie um Schwänze gebettelt haben, wie du es getan hast. Ekelhaft. Dreckig. Ich habe gehört, was er über dich gesagt hat. Wie du auf Händen und Knien um ihn bettelst. Du magst Orion eine Woche lang mit allen möglichen Tricks bezaubern, aber er wird schnell merken, dass du verdorben bist. Nicht besser als eine sterbliche Hure. Er wird jemand Jüngeres wollen. Sauberer. Das tun sie immer. Weißt du nicht, was mit dem Sukkubus Isebel in der Antike passiert ist?«

Ich behielt ein gelassenes Lächeln auf dem Gesicht, aber ich hatte keine Ahnung. »Natürlich.«

»Vielleicht wirst du aus einem Palastfenster geworfen, von Pferden zertrampelt und dann von streunenden Hunden gefressen«, zischte sie. »Genau wie Isebel.«

Ah. Ich lernte jeden Tag etwas Neues.

Kapitel 24

Ich zwang mein Gesicht dazu, ruhig zu bleiben. »Ist das eine Drohung, Nama?«

»Keiner der Dämonenmänner ist eingeschritten, um deine Art zu beschützen. Sie haben euch genommen und euch dann zum Sterben zurückgelassen. Ein Blick auf dein feuerrotes Haar und deine abstoßenden Bewegungen genügt, um zu wissen, dass du nicht zur Ehefrau taugst. Du bist nur ein einfaches, verfügbares Loch.« Sie wich zurück und klimperte mir mit den Wimpern zu. »War nett, mit dir zu reden, Herzogin.« Dann drehte sie sich auf dem Absatz um und ging davon.

Ihre Worte richteten sich an Mortana, aber es war genug Persönliches dabei, dass sich mein Magen trotzdem vor Wut zusammenzog.

Und als ich mich umdrehte und sah, dass sie zu Orion hinübergeschlendert war und ihn angrinste, spürte ich eine winzig kleine Glut Eifersucht aufflammen. Aber das war absurd. Orion und ich hatten keine Beziehung. Er hatte mir einen Auftrag gegeben, ich sah ihn als Verdächtigen, und das war's. Aber als Nama ihn bewundernd ansah und leicht über seinen tätowierten Arm strich, wollte ich ihr die Augen auskratzen.

Ich schaute hinter mich und stellte fest, dass die Aufmerksamkeit des Königs ganz auf Lydia lag.

Es war an der Zeit, diesen ganzen nervigen Mist zu meinem Vorteil zu nutzen, und zwar *jetzt*.

Ich drehte mich wieder zu Orion und Nama um. Orion schaute mich an und sein Mundwinkel verzog sich zu einem halben Lächeln, als wüsste er, dass ich eifersüchtig war. Aber das konnte er auf keinen Fall spüren, also war ich wahrscheinlich paranoid.

Mit einem verführerischen Lächeln, das Mortana würdig war, winkte ich Orion zu mir.

Wenn ich behauptet hätte, dass es nicht befriedigend war, wie er Nama abwimmelte und auf mich zuging, würde ich lügen. Sie schaute mich an, als würde sie mir den Kopf abreißen wollen. Das Schlimme daran war, dass sie das wahrscheinlich auch könnte.

Orion schlenderte heran. Als er nur noch wenige Zentimeter von mir entfernt war, griff ich nach ihm und zog ihn näher an mich heran, wobei ich flüsterte: »Lass uns den König eifersüchtig machen.«

»Hallo, Liebes.« Sein Flüstern strich verführerisch über meine Wirbelsäule. Mein Puls begann zu rasen. »Bist du bereit, deine Hemmungen fallen zu lassen?«

Allein die Nähe zu ihm und das Gefühl, dass seine Magie über meinen Körper strömte, ließen meinen Atem stocken, auch wenn das alles nur Show war. »Ja.« *Muss ... daran denken ... er ist mein Verdächtiger ...*

Orion nahm mich bei der Hand und führte mich zu einem Stuhl neben dem König. Im nächsten Moment zog er mich auf seinen Schoß. Ich spürte, dass alle Augen auf uns gerichtet waren, aber meine Aufmerksamkeit lag auf Orion. Seine exquisite Schönheit war immer noch schockierend. Seine Lider wirkten schwer, als sich seine Augen verdunkelten. Ich spürte, wie die Röte über meine Wangen kroch.

»Deine Freundin Nama scheint zu denken, dass ich ihr etwas wegnehme, das ihr gehört«, sagte ich leise.

Seine Fingerspitzen strichen über mein Bein kurz oberhalb des Knies und Hitze schoss durch meinen Körper. »Ich gehöre niemandem.« Mit quälender Langsamkeit wanderte seine Hand weiter meinen Oberschenkel hinauf und glitt dann unter den Saum meines Kleides, wobei seine Berührung brennend heiß wurde. Er beugte sich vor und seine Lippen streiften leicht über meine. Der Herr des Chaos hatte eine unerträgliche Fähigkeit, sich zurückzuhalten. Die Berührung seiner Lippen mit meinen ließ meine Brustspitzen in meinem seidigen BH hart werden. Seine Hand wanderte höher und zog meinen Saum mit sich. Seine Fingerspitzen strichen langsam auf meiner Haut auf und ab ...

Gott, ich wollte ihn irgendwo hinbringen, wo wir alleine sein konnten.

Er tut nur so, als ob ...

Ich fragte mich, ob er hören konnte, wie schnell mein Herz jetzt schlug. War ihm klar, dass ich komplett gelogen hatte, als ich behauptet hatte, ich fände ihn nicht attraktiv?

Seine Muskeln waren fest angespannt. Vielleicht fiel ihm die Zurückhaltung doch nicht so leicht.

Ich konnte mich nicht mehr zurückhalten und presste meine Lippen auf seine. Unter dem Saum meines Kleides krallten sich seine Finger in meine Schenkel. Er erwiderte den Kuss langsam und genüsslich, wobei seine Zunge über meine strich. Als er sich von dem Kuss löste, raste mein Herz außer Kontrolle. Ich sehnte mich nach ihm. Und wenn das alles vor anderen Leuten passierte, war das nicht meine Schuld. Das war *Mortanas* Schuld.

Ich spürte, dass uns jetzt alle beobachteten, aber zu meinem Schock stellte ich fest, dass es mir eigentlich egal war.

Er bewegte seinen Mund nahe an mein Ohr. »Warum habe ich das Gefühl, dass du mehr willst?« Sein tiefes Schnurren ließ mich mit ihm verschmelzen.

Ich spürte, wie meine Wangen heiß wurden. »Ich erfülle nur meinen Auftrag«, flüsterte ich zurück.

Die Berührungen seiner Fingerspitzen waren langsam und verführerisch und hinterließen eine Hitzespur in der Nähe meines Höschens. Ich hatte das Gefühl, dass sie etwas Ehrfurchtgebietendes an sich hatten, und mein Inneres pulsierte, weil es nach ihm verlangte. Langsam bewegte er seine Hände über mein Höschen und strich mit der Fingerspitze über die Vorderseite. Ich keuchte. Ich war mir sicher, dass er *genau* durch die Seide spüren konnte, wie erregt ich war, und ich spürte, wie meine Wangen noch röter wurden. Von ihm hörte ich ein leises Knurren. Wahrscheinlich sollte ich jetzt aufhören. Sukkubus hin oder her, ich hatte nicht vor, hier vor einer Menschenmenge mit ihm zu schlafen.

»Ich glaube, das ist genug«, flüsterte ich.

Als er seine Hand von mir wegzog, erhob ich mich von seinem Schoß. Ich spürte, wie meine Wangen und meine Brust vor Hitze erröteten, als ich mich umsah und die verurteilenden Blicke auf mir bemerkte. Nama sah aus, als wollte sie das Glas, das sie in der Hand hielt, zerbrechen.

Aber da war ihr Dämonenmal – ein byzantinisches goldenes Symbol, das von ihrer Stirn strahlte.

Mehrere weibliche Wesen starrten mich an, ihre Male lodernd. Eine hatte das Mal einer Schlange, die andere eine dreieckige Form. Es schien, dass Nama nicht die Einzige war, die es auf Orion abgesehen hatte.

Aber Lydia und der König? Die, deren Male ich eigentlich zu sehen hoffte? Sie blieben geheim.

Ich war noch dabei, zu Atem zu kommen, als ich den Blick des Königs auffing. Ich hatte bekommen, was ich wollte – seine Aufmerksamkeit.

Er kam schnell zu mir herüber. Seine Augen waren dunkel wie die Nacht, sein blasses Haar hing über seinem Samtanzug. Sein Kiefer war fest verschlossen und er drückte mich mit dem Rücken an eine Säule. Er presste seine Hände an beiden Seiten gegen meinen Kopf. Sein Scheitel schimmerte im Licht der Bar.

Mein Herz setzte einen Schlag aus. Ich hatte *definitiv* seine Aufmerksamkeit erregt.

Seine Haltung war besitzergreifend und beherrschend. Und da ich ein uralter und mächtiger Dämon sein sollte, konnte ich nicht davor zurückschrecken.

»Ich hoffe, dass dir deine neue Unterkunft im Asmodean Bezirk gefallen wird. Ich habe meine sterblichen Diener Tag und Nacht arbeiten lassen, um sie in einen guten Zustand zu bringen. Auch meine besten Magier haben daran gearbeitet. Ich kann dir *alles* geben, was du dir wünschst.«

Ich lächelte heiter. »Ich hatte noch keine Gelegenheit, mein neues Heim zu sehen. Ich war bisher nur bei Orion.«

Seine Muskeln spannten sich sichtlich an. »Warum mit einem Herzog zusammen sein, wenn du mit einem König zusammen sein kannst?« Er klang fast flehend. Es machte ihn wahnsinnig. »Ich verstehe das nicht.«

Ich schaute in seine gemeißelten Züge. »Ich könnte mit einem König zusammen sein?«

»Erinnerst du dich nicht mehr daran, als du mit meinem Vater zusammen warst?«, sagte er mit zusammengebissenen Zähnen. »Weißt du nicht mehr, wie sehr ich dich wollte?«

Ja, *natürlich.* Aus Eifersucht wollte der kleine Prinz, was sein Vater hatte. Die Sukkubus-Geliebte.

»Wolltest du das?«, fragte ich mit einem Lächeln. »Es scheint so lange her zu sein. Es ist nur so, dass ich Orion mehr wahrnehme. Er schenkt mir so viel Aufmerksamkeit. Er erzählt mir alles über sich. Du hast mir nicht wirklich etwas über dich erzählt. Es ist schwer für mich, jemanden zu begehren, wenn ich nicht weiß, was ihn verletzlich macht.«

Über seine Schulter konnte ich Lydias wütendes Gesicht sehen. Leider kam ihr Mal aber nicht zu Tage.

»Morgen«, antwortete er. »Ich gebe eine Party in meiner Penthouse-Suite im Turm von Baal. Du musst dort sein. Ich akzeptiere kein Nein als Antwort. Komm allein. Es gibt keinen Grund, den Herzog mitzubringen.«

Aber der Herzog war paradoxerweise der Schlüssel zu seiner Zuneigung. Meine ganze Macht über den König hing von seiner Eifersucht ab.

»Ich würde gern mitkommen, aber Orion wird mich begleiten. Und wer weiß, vielleicht können du und ich uns zurückziehen, um ein wenig unter vier Augen zu plaudern.«

Er nickte knapp und ließ dann die Hände sinken. So wie er mich ansah, hatte ich das Gefühl, dass er nicht oft ein »Nein« hörte.

»Gut. Bring den Herzog mit«, murmelte er. »Er ist keine Bedrohung für mich.«

Gute Nachrichten für Orions Spionagemission: Der König war kein besonders guter Lügner.

KAPITEL 25

Es dämmerte schon fast, als wir mein neues Zuhause im Asmodean Bezirk erreichten. Orion und ich stiegen in ein Taxi, ohne ein einziges Wort über unseren öffentlichen Kuss zu verlieren. Ich erzählte ihm nur, dass wir für den nächsten Abend Partypläne hatten, und er schien sich über meine Fortschritte zu freuen.

Als wir bei meinem neuen Haus ankamen, öffnete mir ein Mann in schwarzem Anzug und Hut die Taxitür. Ein zweiter Pförtner öffnete die Eingangstür des Gebäudes und führte uns in eine Halle mit hellblauen und goldenen Fliesen. Hoch oben über uns zogen sich Bögen aus einem blassen, butterigen Stein. Geschwungene Treppen führten hinauf zu einem Zwischengeschoss.

In der Mitte war die Decke mit dem Bild einer nackten Frau bemalt, um deren Körper sich eine Schlange wickelte. Lilith. Während der größte Teil der Halle glänzte und durch Magie restauriert worden war, war die Decke im Laufe der Zeit verblasst und abgeplatzt.

Zu meiner Überraschung starrte Orion lange Zeit auf das Fresko. Normalerweise wirkte er von diesen Dingen nur gelangweilt, aber entweder die nackte Frau oder die Schlange hatten seine Aufmerksamkeit geweckt. Tatsächlich spürte ich, wie er sich ein wenig bewegte und die Schatten um ihn herum in die Luft bluteten.

Während er Lilith studierte, ging ich auf die andere Seite der Halle, wo sich Bögen zu einem Hof mit einem riesigen Becken öffneten. Jenseits des Beckens konnte ich durch eine Reihe von Säulen den Fluss sehen, dessen dunkles Wasser in einem Hauch von Morgenlicht glitzerte. Und auf der anderen Seite des Flusses lag die elysische Wildnis. Ich zitterte und wollte mich nicht an die Stunde erinnern, die ich dort um mein Leben gekämpft hatte.

Orion hatte gesagt, die Puritaner hätten die Natur für gefährlich und feindselig gehalten. In diesem Moment konnte ich sie gut nachvollziehen. Ich verstand, warum der Teufel ihnen eine Heidenangst einjagte. Die ursprüngliche Kraft der Dämonen, ihre bestialische Seite – sie war erschreckend.

»Du brauchst Schlaf.« Orions tiefe Stimme riss mich aus meinen Sorgen.

»Das kann ich nicht bestreiten.« Mein Körper war zu diesem Zeitpunkt erschöpft und ich brauchte dringend Ruhe. Ich folgte Orion eine Treppe hinauf und wir blieben vor einer Tür stehen, die früher einmal tief kastanienbraun gestrichen gewesen war und deren Farbe mit der Zeit verblasst war. Er steckte einen Hauptschlüssel in das Schloss, öffnete die Tür, reichte mir den Schlüssel und schaltete das Licht ein. Ich ertappte mich dabei, wie ich den Schlüssel in meiner Handfläche anstarrte und dann seine Form nachzeichnete.

Ich besaß auch so einen Schlüssel. Er war eines der wenigen Dinge, die ich immer bei mir gehabt hatte, bis zu der Nacht, in der Orion mich entführt hatte. Mein Herz raste, als ich den Schlüssel anstarrte, dann schob ich ihn in meine Tasche und folgte Orion.

Die Mauern waren aus Stein wie bei einer mittelalterlichen Burg, nur dass sie glatt und glänzend waren. Riesige Fenster gaben den Blick auf den Pool frei, dessen Wasser ein wenig pfirsichfarben zu glitzern begann, als die ersten Sonnenstrahlen den Himmel golden färbten. Eine Treppe führte zu einem Dachboden, auf dem sich wohl das Bett befand. Von der Decke hing ein Kronleuchter, ein Kreis aus Holz, der aussah, als hätte er früher Kerzen getragen, jetzt aber mit elektrischem Licht ausgestattet war.

»Der König muss diesen Ort heute verkabelt haben«, sagte Orion. »Er versucht verzweifelt, dich zu beeindrucken, glaube ich.«

»Er hat mir erzählt, dass er hinter Mortana her war, als sie mit seinem Vater zusammen war.« Meine Lippen kräuselte sich. »Er hat wirklich einen Ödipus-Komplex.«

»Natürlich wollte er die Geliebte seines Vaters.« Orion ging zu einem offenen Torbogen und spähte hinein. »Er hat alles modern gemacht. *Geradezu lächerlich.* Er hat eine Cappuccino-Maschine in die Küche gestellt, und nicht einmal ich habe so eine. Ich frage mich, ob ich den König jetzt verführen muss.«

Ich ging zur Treppe und drehte mich dann zu ihm um. »Bleibst du hier? Du hast doch gesagt, ich könnte in Gefahr sein.«

Belustigung glänzte in seinen blassen Augen, und er ließ sich auf eines der Ledersofas fallen. Er breitete die Arme über die Rückenlehne aus, und ich hatte das Gefühl, dass er sich bewusst war, wie heiß er aussah. »Ich werde hier sein.«

Irgendwie ließ er diesen Satz wie eine unanständige Einladung klingen.

»Der Kuss in der Bar war natürlich nur zur Show.« Warum hatte ich das gesagt? Ich klang verzweifelt defensiv.

»Natürlich. Ich bin froh, dass wir uns einig sind.« Ein Lächeln umspielte seine Lippen. »Geh schlafen, Rowan. Ich werde hier sein.«

Selbst als die Sonne durch die gewölbten Fenster in den Raum fiel, schlief ich weiter in dem weichsten Bett, das ich je berührt hatte. Als ich schließlich aufwachte, stand die Nachmittagssonne schon hoch am Himmel. Ich hatte in meiner Unterwäsche geschlafen und die Laken fühlten sich seidig auf meiner nackten Haut an.

Ich setzte mich auf, rieb mir die Augen und nahm den sonnendurchfluteten Raum um mich herum in Augenschein. Das Loft über der Suite bestand aus einem großen Schlafzimmer mit einem Geländer auf der einen Seite und einem Marmorbad mit Badewanne auf der anderen Seite. Ich erhob mich vom Bett und ging zum Bad, um mir

Wasser ins Gesicht zu spritzen. In Gedanken versuchte ich, mich neu zu orientieren. Nacht und Tag schienen hier durcheinander zu sein.

Ich zog meine Unterwäsche aus und stellte die Dusche an. Dampf waberte über die Kacheln, und ich nahm die Seife und wusch mich.

Mein Puls raste, wenn ich daran dachte, wie Orions Lippen über meine gestrichen waren. Wenn ich daran dachte, wie er ohne sein Hemd aussehen würde …

Ich wollte ihn unbedingt hier bei mir haben.

Alles an ihm lenkte mich ab. Ich drehte die Temperatur der Dusche herunter, bis ein kalter Wasserstrahl meinen Kopf klärte und meine Sinne schärfte.

Heute Abend sollte ich zu einer Party im Penthouse des Königs gehen. Ich war *ziemlich* zufrieden damit, wie gut es mir gelungen war, die Aufmerksamkeit des Königs zu gewinnen. Aber was, wenn ich seine Schwäche erfahren würde, bevor ich den Mord an meiner Mutter aufgeklärt hatte? Ich hatte noch keinen einzigen Stern gesehen, und ich würde eine Weile hierbleiben müssen, um den Mörder zu finden.

Könnte ich Orion einfach anlügen, bis ich bekam, was ich brauchte?

Verdammt! Nein. Nicht wenn er Shais Leben bedrohte.

Gänsehaut überzog jeden Zentimeter meines Körpers in der eiskalten Dusche. Mit klappernden Zähnen schaltete ich die Dusche aus.

Ich schnappte mir ein Handtuch und begann mich abzutrocknen, nur um mich daran zu erinnern, dass ich oben keine sauberen Klamotten hatte.

Fröstelnd ging ich auf den Balkon. Als ich über den Rand spähte, sah ich, dass jemand alle meine neuen Kleider aus Orions Wohnung geliefert hatte.

Ich schlang das Handtuch um mich und ging die Treppe hinunter. Ein Klopfen hallte im Zimmer wider und ich beobachtete, wie Orion die Tür öffnete.

Was ich nicht erwartet hatte – und was ich wirklich nicht sehen *wollte* – war Nama, die mit einem Korb voller frischer Backwaren in den Raum schlenderte.

Sie war gekommen, um sich mit Croissants vor ihm zu beweisen.

Kapitel 26

Ihr helles Haar fiel in Kaskaden über ein dünnes weißes Kleid. Einerseits sah es aus wie ein unschuldiges Sommerkleid. Andererseits glaube ich nicht, dass es ein Zufall war, dass der Stoff im Licht der Nachmittagssonne fast durchsichtig wurde. Ich konnte die Form ihrer Brüste durch den Stoff hindurch sehen, die Brustspitzen standen stramm, und durch den Winkel, in dem das Licht auf die Türöffnung fiel, leuchtete sie förmlich.

Sie warf mir einen Todesblick zu, dann lächelte sie Orion wieder an. »Ich wollte dir im Leviathan Hotel ein paar Schokocroissants bringen, aber dort hat man mir gesagt, dass du hier bist. Ich muss sagen, ich fand das ein bisschen schockierend. Ich wollte sichergehen, dass dir nichts passiert ist, bei dem, was wir über ihre Art wissen.«

Mit hoch erhobenem Kinn, stolz wie ein Dämon, stieg ich die Treppe hinunter. »Wie du sehen kannst, geht es ihm gut.«

Orion schnappte sich eines der Croissants und ließ sich auf einen Stuhl zurückfallen. Er begegnete meinem Blick und schenkte mir ein verruchtes Lächeln, wobei seine Augen funkelten. »Sie hat keine Spuren hinterlassen, die für immer bleiben werden.«

Ich biss mir auf die Lippe und beobachtete Namas Reaktion. Ihr Dämonenmal leuchtete auf ihrer Stirn. Wenn alle Dämonen so leicht zu provozieren wären, würde ich den Mörder im Handumdrehen finden.

Ich umklammerte mein Handtuch mit einer Hand und nahm mir ein warmes Croissant aus dem Korb. »Danke für das Frühstück. Du kannst jetzt gehen.« Ahhh … mein Es war ein verdammtes Miststück, aber definitiv lustig. »Du kannst gern morgen früh wieder vorbeikommen, Nama. Vielleicht haben wir dann wieder Appetit.«

Das Mal loderte auf ihrer Haut. Sie presste ihre Lippen zu einem schmalen Strich zusammen und drehte sich um. Doch bevor sie ging, fuhr sie wieder herum und packte mich fest im Nacken. Ich ließ mein Handtuch fallen, als sie mich dicht an ihre Lippen zog und flüsterte: »Mit dir stimmt etwas nicht. Nicht nur, dass du eine Hure bist. Ich habe dich im Wald gesehen, in diesem seltsamen Anzug. Ich habe diesen fauligen Geruch gerochen. Du hast nach Tierpisse gestunken. Niemand glaubt mir, weil sie denken, dass ich verrückt bin, aber ich habe vor, herauszufinden, was für ein Spiel du spielst.«

»Nimm deine Hände von ihr, Nama«, knurrte Orion von hinten.

Sie ließ meinen Hals los und zischte mich an. Ein richtiges Zischen, wie von einer Schlange.

Röte kroch mir über die Wangen und ich hob verkrampft mein Handtuch vom Boden auf. Ich wusste nicht, was mir mehr Angst machte: die Tatsache, dass ich vor diesen beiden Dämonen völlig entblößt war, oder die Tatsache, dass Nama wissen könnte, dass ich sterblich war.

Die Tür schlug hinter ihr zu und ich wickelte das Handtuch eilig um mich. Als ich mich zu Orion umdrehte, spürte ich, dass meine Wangen rot waren.

Er sah verdammt erfreut aus. Unendlich amüsiert.

»Was?«, schnauzte ich.

Er zuckte nur mit den Schultern. »Das war ein wunderschöner Anblick, den ich gern wiedersehen würde. Das ist alles.«

Ich biss die Zähne zusammen. »Wir haben ein Problem.«

»Das haben wir«, stimmte er zu und sein Lächeln verblasste. »Sie beobachtet dich zu genau, weil sie sich bedroht fühlt. Aber ich glaube nicht, dass du dir wegen ihr Sorgen machen musst. Jeder weiß, dass sie aus dem Gleichgewicht geraten ist. Sie hat nie gelernt, ihre Gefühle zu kontrollieren.« Sein Blick verweilte auf meinen nackten Schultern. »Ohne das Handtuch hast du mir besser gefallen.«

»Kannst du dich umdrehen, damit ich mich anziehen kann?«, fragte ich.

Mit einem Seufzer drehte er sich in die andere Richtung. »Wenn wir heute Abend im Penthouse des Königs sind, möchte er dich vielleicht allein sehen, aber ich möchte in deiner Nähe bleiben. Wie du vielleicht schon gemerkt hast, kann der König gefährlich sein.«

Als Orion mir den Rücken zuwandte, ließ ich das Handtuch auf den Boden fallen. Als es auf den Fliesen aufschlug, hörte ich ein leises Knurren in seiner Brust, fast unmerklich. Er wollte mich.

Was müsste ich tun, damit *sein* dämonisches Mal zum Vorschein kam?

Splitternackt ging ich zu den Kleidersäcken auf dem Sofa und schaute ihn dann von hinten an. »Was soll ich anziehen? Den schwarzen Slip oder den weißen mit den Bändern und Strapsen?«

Ein scharfes Einatmen. »Reines Schwarz.« Seine Stimme klang tief und heiser. Die Hand an seiner Seite war jetzt zu einer Faust geballt.

»Du bleibst heute Abend bei mir auf der Party«, sagte ich und schlüpfte in die durchsichtige schwarze Unterwäsche. »Also *bist* du mein Beschützer.« Ich zog mir das Höschen über die Hüften, dann griff ich nach dem passenden BH. »Solange ich dich nicht verrate oder irgendetwas versaue, denn dann würdest du meine beste Freundin ermorden.«

»Das ist eine gute Zusammenfassung.«

Ich suchte wieder in den Taschen, bis ich ein rotes, seidiges Sommerkleid fand. Ich zog es an. Es reichte mir bis zu den Oberschenkeln, knapp unter den Po. »Du kannst dich jetzt umdrehen.«

Als er sich umdrehte, schimmerten seine tiefgrauen Augen wie Sterne, aber zum ersten Mal sah ich so etwas wie Traurigkeit in ihnen. »Du siehst ihr wirklich so ähnlich. Das ist beunruhigend.«

»Nun, ich bin nicht sie.« Seltsamerweise schien das nicht ganz zu stimmen. Gestern Abend hatte ich so leicht in ihre Rolle schlüpfen können, dass sie sich wie ein Teil von mir angefühlt hatte. Und schlimmer noch, ich war gern sie. Es war seltsam befreiend. »Du hast aber noch nichts über dich selbst verraten. Du hast mir nicht gesagt, was Mortana getan hat oder warum du so verzweifelt auf Rache aus bist.«

Stille breitete sich zwischen uns aus. Schließlich sagte er: »Mortana hatte etwas mit dem Tod meiner Mutter zu tun. Als sie starb, schwor ich einen Blutschwur, dass ich Mortana umbringe, wenn ich sie wiederfinden würde.«

Etwas Scharfes durchbohrte mein Herz. Er und ich hatten viel mehr gemeinsam, als ich erwartet hatte.

»Und ihre nahen Blutsverwandten«, fügte er hinzu. »Um ihre Familienlinie für immer auszulöschen. Ich glaube aber, dass alle in ihrer Familie bereits tot sind außer ihr.«

Panik durchzuckte meine Brust. »Ich sehe *genauso* aus wie sie. Bist du sicher, dass ich nicht von ihr abstamme?«

Er seufzte. »Wenn du sterblich bist, bist du nicht ihr Nachkomme. Wir bringen keine sterblichen Nachkommen hervor. Wir pflanzen uns kaum fort, deshalb ist es unwahrscheinlich, dass es eine Familienlinie gibt, die man zerstören könnte. Sie hat alle ihre eigenen Verwandten getötet, als sie König Nergal bei den Lilu-Säuberungen geholfen hat.«

Meine Brust entspannte sich ein wenig. »Es tut mir leid, was mit deiner Mutter passiert ist.«

Er runzelte die Stirn. »Nun, es war nicht deine Schuld. Du bist nicht Mortana.«

»Nein, das ist nur etwas, was Sterbliche sagen.« Ich holte tief Luft. »Jemand hat auch meine Mutter getötet.« Kaum waren die Worte aus meinem Mund, war ich überrascht, dass ich sie ausgesprochen hatte.

»Ah.« Er legte den Kopf schief und wurde ganz still. »Das ist es, was du mir nicht gesagt hast. Deine Mutter wurde ermordet.«

»Jemand hat sie in den Osborne-Wäldern verbrannt. Ich war dort ...« Meine Brust wurde eng und das Atmen fiel mir schwer. »Ich war bei ihr, aber an das meiste erinnere ich mich nicht mehr. Nur an den Geruch von verbranntem Fleisch und ...« Die Emotionen schnürten mir die Kehle zu und ich brach ab. Ich sollte nicht so viel vor einem meiner Verdächtigen preisgeben. So viel dazu, eine verdeckte Ermittlerin zu sein.

Er wischte eine Träne von meiner Wange. »Was?«

»Ein paar Gedanken, die ein bisschen zu dunkel sind, als dass andere sie hören sollten«, sagte ich.

»Nichts ist zu dunkel für mich.« Seine Augen waren von einem endlosen Blau. »Ich denke, du wirst feststellen, dass ich in dieser Hinsicht keine Grenzen kenne.«

Die Schuldgefühle fraßen mich von innen heraus auf. »Okay, dann habe ich eine Frage an dich. Warum bin ich noch am Leben, obwohl sie verbrannt ist? Warum bin ich einfach weggelaufen?«

Seine Augen verdunkelten sich zu Schatten. »Wir sind gezwungen, uns am Leben zu erhalten. Das ist das Gesetz der Natur. Und als deine Mutter war sie gezwungen, dich am Leben zu erhalten. Auch das ist ein Naturgesetz.«

»Du fühlst dich also nicht schuldig, weil du überlebt hast, obwohl deine Mutter gestorben ist?«

Die Luft um uns herum wurde immer heißer, fast sengend. »Das habe ich nicht gesagt.« Seine Stimme war kaum mehr als ein Flüstern.

Ich nickte. »Deshalb willst du dich auch so verzweifelt rächen. Stimmt's? Um es wiedergutzumachen.«

»Oder vielleicht treibt mich meine Wut an, weil sie alles ist, was ich habe. Sie definiert mich und brennt die Schuld weg. In mir ist nichts anderes übrig als Zorn.«

Ich hatte das Gefühl, meine Brust würde aufbrechen. Würde ich in meinem Hunger nach Rache so werden wie er? »Fühlst du dich für irgendetwas schuldig?«, wagte ich zu fragen. »Oder hast du einen Weg gefunden, das abzustellen?«

Die Schatten um Orion verdunkelten sich. »Ich habe es dir gesagt.« Die verführerische Stimme hatte einen schroffen Unterton. »Außer dem Wunsch nach Rache empfinde ich fast gar nichts.«

Mein Puls beschleunigte sich, als ich spürte, dass sich etwas um mich herum veränderte. Wenn Psychologen nach Anzeichen für Lügen bei Sterblichen suchten, prüften sie, ob sie Angst hatten. Die meisten Menschen – die keine Psychopathen waren – wurden beim Lügen nervös. Deshalb zeigten Lügendetektoren erhöhte Herzfrequenzen an. Wer log, zappelte herum oder schaute weg.

Dämonen zeigten ihre Gefühle nicht auf dieselbe Weise. Sie zappelten nicht und senkten nicht den Blick. Aber sie konnten sich verwandeln, und ihre Körper schienen die Luft um sie herum zu verändern, sie wärmer oder kälter zu machen.

Ich war näher gekommen, nur noch wenige Zentimeter von ihm entfernt. »Ich bin mir nicht sicher, ob ich dir glaube. Aber ich denke, du solltest wissen, dass es etwas gibt, wofür ich mich rächen möchte. Wenn du Shai auch nur ein Haar krümmst, werde ich einen Weg finden, dich zu töten.«

Dämonische Stille, Augen dunkel wie die Nacht.

Er ist nicht mein Beschützer. Nicht wirklich.

Ein dunkles Glucksen. »Glaubst du immer noch, dass es klug ist, mir zu drohen? So zerbrechlich wie du bist?«

»Du vergisst, Orion, dass ich die Prüfung ganz allein bestanden habe. So leicht lasse ich mich nicht unterkriegen.« Ich sagte diesen Satz viel mutiger, als ich mich tatsächlich fühlte.

Ein dunkles Lächeln kräuselte seine Lippen. »Nein, ich glaube nicht, dass du das tust. Ich nehme an, ich spüre doch noch etwas anderes als den Wunsch nach Rache, und das ist eine Überraschung.«

War das fast ein Kompliment von Orion?

Aber seine Augen waren immer noch dunkel wie die Nacht, als er begann, sich zu verändern. Die schwarzen Augen eines Dämons vermittelten den Sterblichen eine Botschaft: *Wenn du schlau wärst, würdest du weglaufen.*

Und vielleicht war das etwas, das ich in der Nähe dieses Raubtiers im Hinterkopf behalten sollte. »Kann ich ein paar Stunden für mich haben? Ich muss meinen Kopf frei bekommen.« *Und du machst das sehr schwierig.*

KAPITEL 27

Mit einer Margarita in der Hand tauchte ich meine Beine in den Pool vor meinem Zimmer. Da ich den größten Teil des Tages verschlafen hatte, breitete die Dämmerung bereits ihren korallenroten Mantel über den Himmel aus und die Schatten wurden länger. Die untergehende Sonne tauchte die goldenen Steine in blutrotes Licht und ließ den Fluss Acheron orange schimmern. Am anderen Ufer sammelten sich die Schatten in der Wildnis.

Wie gewünscht, hatte Orion mich allein gelassen und seine Nummer auf mein neues Handy gespeichert. Wenn Nama oder Lydia oder irgendjemand anderes auftauchte und Ärger wollte, sollte ich *Stern Sieben* drücken und mein Beschützer würde in einem Wirbel aus Schatten erscheinen.

Außerdem hatten der Portier und die sterblichen Diener sich um mich gekümmert, indem sie mir einen Krug Margaritas und vegane Tacos brachten. Und das Wichtigste: Shai war auf dem Weg zu mir, um mit mir im Pool zu schwimmen.

Es wäre *mein* Pool, wenn ich hier nicht wegmüsste und wenn Shais Leben nicht in Gefahr wäre. Dieser Ort war auf eine Weise berauschend, dass ich mich fragte, ob ich hier den Verstand verlieren würde. Ich wollte meine Klauen in dieser Stadt versenken. Ich wollte sie erobern. Als ich an Nama dachte, stieg in mir ein Gefühl von Konkurrenzdenken auf.

Ich hatte den wahnsinnigen Drang, meinen Anspruch auf diese Stadt zu erheben – und zwar dauerhaft. Ich wollte *tatsächlich* die Dämonenherzogin sein, die den Asmodean Bezirk wieder zum Leben erweckte. Die Inkubi und Sukkubi hatten ihr Schicksal nicht verdient. Wer auch immer Isebel war, die Frau hatte es wahrscheinlich auch nicht verdient, aus ihrem Palastfenster geworfen und von Hunden gefressen zu werden. Ich wollte hier meine Wurzeln als Sukkubus schlagen, nur um den anderen Mistkerlen voller Vorurteilen eins auszuwischen.

Offensichtlich hatten mich die berauschenden Kräfte dieser Stadt in den Wahnsinn getrieben, denn nichts von alledem konnte passieren. Ich hatte hier nur sehr wenig Zeit.

Und warum begann ich mich um das Schicksal der Lilu zu sorgen? Ich nippte an meinem herben Cocktail und ließ den Geschmack der Limette über meine Zunge rollen.

Zum einen dachten die Leute, ich wäre eine Lilu, also fing ich an, mich auch so zu fühlen. Eine Verhaltensbestätigung. Zum anderen war es einfach die Ungerechtigkeit des Ganzen. Es schien, als ob die Lilu wegen der rasenden Eifersucht und Unsicherheit der anderen ermordet worden waren.

»Mortana!« Shai winkte mir zu, als sie durch einen der Bogengänge kam. Sie trug ein gelbes Sonnenkleid und ihr Haar war zu einem Lockenkranz gebunden. »Nette Location.«

Ich grinste sie an. »Komm mit mir in den Pool.«

»Solange ich Tacos im Pool essen kann.«

»Natürlich.« Ich zeigte auf ihre Margarita, die am Rand des Pools stand. »Und du hast einen Drink.«

Shai zog ihr Kleid aus, enthüllte einen knallroten Badeanzug und schlüpfte ins Wasser.

In der City of Thorns schien es, als ob das Wetter ständig tropisch wäre. Ein weiterer Grund, warum es großartig wäre, hier meine Wurzeln zu schlagen.

Ich stieß einen langen Seufzer aus.

»Was? Warum hörst du dich so an, als ob du dieses Paradies nicht genießen würdest?« Shai nahm einen Bissen von ihrem Taco.

»Ich habe ein schlechtes Gewissen, dass ich dich da mitreingezogen habe.«

»Mich in was reingezogen? Tacos und Margaritas in einem Pool? Es ist nicht deine Schuld, dass du aussiehst wie ein Sukkubus.«

»Ich weiß«, flüsterte ich. »Aber wenn ich irgendetwas vermassle, sagt Orion, dass er dich umbringen wird. Dein Leben ist in Gefahr, Shai.«

Sie schnaubte. »Hältst du mich für eine Idiotin? Ich habe ihn einen Bluteid schwören lassen, mich zu beschützen.«

Ich starrte sie an. Ich hatte nie daran gedacht, ihm einfach so Versprechen zu entlocken. »Warte, *was*?«

Sie nahm einen Schluck von ihrer Margarita. »Es geht nur um Druckmittel, Schatz. Meine Mutter hat mir das während der Scheidung beigebracht. Du findest heraus, was sie wollen, und drohst damit, es zu zerstören, wenn sie deine Bedingungen nicht erfüllen.«

Mir fiel die Kinnlade herunter. Ihr Leben war also nicht in Gefahr … »Entschuldige, was hast du gedroht zu zerstören?«

Sie blinzelte in die Sonne. »Versteh mich nicht falsch, aber ich wusste, dass er dich für seinen Plan braucht. Also habe ich gedroht, dich loszuwerden, wenn er nicht zustimmt.« Noch ein Bissen vom Taco.

»*Was*?« Shai war einmal sauer auf mich gewesen, weil ich eine Ameise getötet hatte. »Du hast gedroht, mich zu töten? Du bist Veganerin!«

»Nun, das weiß er ja nicht«, flüsterte sie. »Und du redest immer von Psychopathen. Ich habe das Gefühl, ich habe ein paar Dinge von dir gelernt. Ich weiß, du hast gesagt, dass Psychopathen nicht nervös werden, aber ich glaube, das ist ihm auch nicht klar. Denn meine Handflächen haben geschwitzt wie sonst was und mein Herz hat geschlagen, als würde es mir aus der Brust springen wollen. Aber ich habe meine Stimme ganz ruhig gehalten und es hat funktioniert.« Sie lächelte mich an. »Ich habe mich wirklich beängstigend angehört, glaube ich.«

»Was hast du gesagt?«

Sie zuckte mit den Schultern. »Ich habe mal eine Serie über einen Psychopathen gesehen, der seine Mutter ermordet hat, indem er ihr den Kopf abschlagen hat. Also habe ich gesagt, wenn er nicht tut, was ich will, schlage ich dir den Kopf ab.«

»Woher weiß er, dass du mich jetzt nicht umbringen wirst?«

Sie winkte mit der Hand. »Es war das totale Theater. Er hat mich im Gegenzug dafür einen Blutschwur leisten lassen, dich nicht zu verletzen und niemandem zu sagen, was du wirklich bist. Er hatte das Gefühl, dass er damit ein gutes Geschäft gemacht hat. Da ich nicht vorhabe, jemanden zu ermorden, habe ich in meinem Leben noch nie einen so guten Deal gemacht. Ich habe meine Studiengebühren bezahlt und eine viel bessere Wohnung bekommen als die, die ich vorher hatte. Und er muss für meine Sicherheit sorgen. Und ich habe eine wirklich tolle Cappuccinomaschine bekommen. Das ist alles sehr gut für mich gelaufen. Du brauchst dich wirklich nicht schlecht zu fühlen.«

»Verdammt, Shai. Davon hat er mir nie etwas erzählt.«

Sie zuckte mit den Schultern. »Natürlich hat er das nicht. Ich bin sein Druckmittel. Er kann dich dazu bringen, zu tun, was er will, solange du denkst, dass mein Leben in Gefahr ist. Er hätte mich bitten sollen, während des Blutschwurs zu schweigen, aber du bist ins Zimmer gekommen und hast ihn unterbrochen, und dann war er wohl ein wenig abgelenkt.«

Ich biss mir auf die Lippe. »Nun, das ist sehr … interessant. Ich kann also so lange hierbleiben, wie ich will.«

Sie sah mich stirnrunzelnd an. »Ich bin mir nicht sicher, ob mir dein Gesichtsausdruck gefällt. Was heckst du jetzt wieder aus?«

»Ich will nicht gehen.«

Sie schüttelte den Kopf. »Aber du kannst diese Lüge nicht ewig aufrechterhalten, oder? Was würde passieren, wenn der König herausfindet, dass du lügst?«

Ich räusperte mich. »Nun, das *ist* ein kleiner Haken in meinem Plan.«

»Nein, wirklich – was passiert, wenn der König erfährt, dass du lügst? Dämonenkerker?«

»Feuergrube.«

Ihre Augen weiteten sich. »Verdammt, Rowan. Es ist total offensichtlich, dass du nicht bleiben kannst!«

Ich hob einen Finger an meine Lippen. Sie durfte meinen richtigen Namen nicht so laut sagen.

Sie hatte recht, aber ich glaubte, ich hatte so viel Angst vor der Feuergrube, dass mein Gehirn sich weigerte, sie als echte Möglichkeit in Betracht zu ziehen. Ich befand mich in einer Art fortgeschrittenem Stadium der Verleugnung. »Aber was ist, wenn ich die Täuschung aufrechterhalten kann? Orion wird mich beschützen, bis ich die Informationen gefunden habe, die er will.«

Sie stützte sich mit den Ellbogen auf dem Beckenrand ab. »Ich meine, ich kann verstehen, warum du hierbleiben willst. Du lebst wie eine Königin, und das hier ist der Himmel. Aber ist es wirklich das Risiko einer *Feuergrube* wert?«

»Es geht nicht nur um den Pool und den Luxus. Shai – ich bin mir fast sicher, dass ein Dämon meine Mutter getötet hat. Einer mit Feuermagie. Und ich will herausfinden, wer es war.« Den Teil über die Rache für die Lilu und das Gefühl, dass mein Schattenselbst immer mächtiger wurde, ließ ich weg, weil sie sonst denken würde, ich hätte den Verstand verloren.

Sie runzelte die Stirn. Ihre dunklen Augen durchbohrten mich. »Ich kann die Verlockung verstehen. Aber was dann? Was bringt es dir?«

»Ich will die Wahrheit wissen.« Und ich wollte den Mistkerl vielleicht umbringen.

»Hast du schon etwas herausgefunden?«

Ich holte tief Luft. »Ich habe eine kurze Liste von Verdächtigen. Orion ist einer von ihnen.«

Ihre Augen weiteten sich. »Verdammt. Warum sollte er deine Mutter getötet haben?«

Ich schüttelte den Kopf. »Ich weiß nicht, warum *irgendjemand* das tun sollte. Ich weiß nur zwei Dinge – ich glaube, es war jemand mit Feuermagie, und ich glaube, es war jemand mit einem Dämonenmal in Form eines Sterns. Du weißt schon, diese glänzenden Dinger auf der Stirn?«

»Ich habe einmal eines gesehen. Keinen Stern.«

»Ich habe dieses besondere Mal auch noch nicht gesehen, aber ich suche weiter. Das ist alles, woran ich mich aus dieser Nacht erinnere. Und Orion ist einer von nur einer Handvoll Dämonen mit Feuermagie – neben Lydia, dem König und Mortana selbst. Orion sagt, das Sternmal bedeutet, dass derjenige dazu bestimmt ist, der von Luzifer gesegnete Dämonenanführer zu sein. Ich vermute also, dass der König der Hauptverdächtige ist. Aber niemand weiß, wie das Mal des Königs aussieht, also bin ich mir nicht sicher.«

Shai rührte ihr Getränk mit ihrem Strohhalm um. »Wenn du den Mörder finden willst, musst du vielleicht mehr über deine Mutter erfahren, anstatt mehr über Dämonen zu lernen. Was war ihre Verbindung zu dieser Welt?«

»Ich habe nach ihrem Tod alle ihre Sachen durchsucht und nach Hinweisen gesucht. Ich konnte nichts finden.« Ich schloss meine Augen und ging meine Erinnerungen durch, bis mir etwas in den Sinn kam – etwas, das ich vor kurzem gesehen hatte. »Außer einem Schlüssel.« Ich riss die Augen auf. »Es war ein Hauptschlüssel, wie die, die sie hier benutzen. Wie der, den Orion benutzt hat, um meine Haustür aufzuschließen. Ich habe ihn in einer Schublade versteckt gefunden, aber ich wusste nie, wozu der Schlüssel gehört.«

»Hast du ihn noch?«, fragte sie.

Ich nickte. »Sie hat nicht viel zurückgelassen. Nur den Schlüssel, ein paar Klamotten, alte Bücher und genug Geld für ein paar Monatsmieten. Also habe ich den Schlüssel behalten.« Als die Dunkelheit hereinbrach, war es schwer, keine Traurigkeit zu empfinden. Mom hatte ein ganzes Leben gehabt, von dem sie mir nie erzählt hatte.

»Ich kann in die Stadt hinein und aus ihr heraus«, sagte Shai. »Ich kann mir den Schlüssel schnappen. Wenn du herausfinden kannst, wo er hingehört, wäre das vielleicht ein Hinweis.«

Ich lächelte sie an. »Danke, Shai.«

Sie schnappte sich ihren Cocktail von der Seite des Pools. »Was hast du heute Abend vor?«

Ich holte tief Luft. »Für Orion spionieren, natürlich. Im Penthouse des Königs.«

Ihre Augenbrauen hoben sich. »Aber du wirst bei all dem vorsichtig sein, oder? Denn alles, was du mir erzählst, klingt verdammt gefährlich. Du kannst dem König nicht über den Weg trauen.«

»Ja. Und Orion auch nicht.«

»Ist das so?« Orion trat aus dem Schatten. Seine blassen Augen brannten wie Sterne. Er trug einen teuren, anthrazitfarbenen Anzug. »Und ich dachte schon, wir könnten Freunde sein.«

Mein Magen drehte sich um.

Er legte den Kopf schief. »Wir müssen uns für eine Party vorbereiten, oder?«

Kapitel 28

Im Turm von Baal stiegen wir in den Aufzug, um in die Penthouse-Etage zu fahren. Ich trug ein Kleid aus einem durchsichtigen Stoff, der meine Beine zeigte, aber mit strategisch platzierten blauen Bändern, die mich etwas anständiger wirken ließen.

Sobald der Aufzug losfuhr, richtete Orion seine stechend blauen Augen auf mich. »Ich bin neugierig, worüber du und Shai gesprochen habt. Du hast gesagt, dass du mir nicht vertraust. Aber es geht um mehr als das, nicht wahr? Da gibt es etwas Bestimmtes.«

Ich verschränkte die Arme. »Gut. Du willst Rache, und ich auch. Ich will den Mörder meiner Mutter finden. Jemand hat sie im Osborne-Wald mit Feuermagie getötet und ich will wissen, wer das war.«

Seine Augen wurden groß. »Ah.« Er drehte sich um und drückte den Notfallknopf, der den Aufzug anhielt. »Da haben wir's. Du denkst, ich könnte deine Mutter getötet haben.«

Ich warf einen nervösen Blick in Richtung Tür. »Müssen wir dieses Gespräch in einem Aufzug führen?«

»Ich fürchte, ja.«

Ich schaute ungeduldig auf die Tür. »Du hast Feuermagie, also ja, du stehst auf meiner kurzen Liste von Verdächtigen.«

Er steckte die Hände in die Taschen, zuckte mit den Schultern und schaute an die Decke. »Ich bin rücksichtslos, tödlich und habe kein Mitgefühl. Ich verstecke meine Schwächen nicht und lüge auch nicht, das ist also kein Geheimnis. Ich würde eine sterbliche Frau ermorden, wenn ich dadurch bekäme, was ich will.« Er begegnete meinem Blick. »Aber ich habe keine sterbliche Frau in den Osborne-Wäldern verbrannt. Ich war es nicht.«

Entweder war er wirklich gut im Lügen oder er sagte die Wahrheit. Als ich ihn anstarrte, spürte ich, wie sich meine Brust entkrampfte. »Okay.«

Seine Augenbrauen hoben sich. »Ich nehme an, Shai hat dir gesagt, dass ich sie nicht töten kann.«

»Das kam zur Sprache. Sie ist übrigens eigentlich keine Psychopathin. Sie wollte dich nur dazu bringen, dem Blutschwur zuzustimmen.«

Seine Augen verengten sich. »Hmm. Eine andere Person zu finden, die dir etwas bedeutet und die ich töten könnte, wäre der einfachste Weg, um zu verhandeln …«

»Das ist nicht wirklich eine Verhandlung. Das ist eine Drohung, Orion.«

Er zuckte mit den Schultern. Sein Blick war kalt. »Das wäre natürlich die einfachste Lösung, aber es wird nicht funktionieren. Soweit ich weiß, sind dir andere Menschen völlig egal. Shai ist deine einzige Freundin, und deine Familie ist tot.«

Ich schluckte schwer. »Das ist eine deprimierende Zusammenfassung«, murmelte ich.

»Wie wäre es dann mit einer neuen Abmachung? Du gibst mir, was ich will – die Wahrheit darüber, was den König schwach macht – und ich helfe dir, den Mörder deiner Mutter zu finden. Wenn ich bekomme, was ich brauche, bekommst du, was du brauchst.«

Ich biss mir auf die Lippe und starrte ihn an. Das alles lief auf eine einzige Frage hinaus: Glaubte ich ihm? Das war schwer zu sagen. Aber da es hier in der City of Thorns nicht viele Angebote für Hilfe gab, blieb mir keine Wahl. »Gut. Ich nehme das Angebot an, bevor du mit etwas Schlimmerem kommst.«

»Und dann musst du die City of Thorns verlassen, sobald wir fertig sind. Jede Stunde, die du hier bleibst, ist eine weitere Stunde Risiko, in der Feuergrube zu landen.« Er drehte sich um und drückte einen Knopf, damit sich der Aufzug wieder bewegte. Wir fuhren nach oben und innerhalb weniger Augenblicke öffneten sich die Aufzugstüren in die Penthouse-Wohnung.

Wow ... So etwas hatte ich noch nie gesehen. Ein in einen Marmorboden eingelassener Pool und riesige Glasfenster, die auf einen Balkon führten. Jenseits des Balkons glitzerte das Meer unter den Sternen. Eine laue Brise wehte in die Wohnung und spielte mit den langen, seidigen Kleidern der Dämonen.

Der König stand auf der anderen Seite des Pools, einen Martini in der Hand. Die Leute umschwärmten ihn wie Motten das Licht, ihre Augen huschten zu ihm, ihre Finger streckten sich aus, um seinen Arm zu berühren. Aber seine Aufmerksamkeit war auf Lydia und einen der Herzöge gerichtet.

Als meine Augen die von Nama trafen, begann mein Puls zu rasen. Sie trug ein langes weißes Kleid, das zu ihrem gewellten Haar passte, und Ohrringe, die wie tropfende Eiszapfen aussahen. Doch trotz der zarten Schönheit ihres Outfits waren ihre Lippen gekräuselt und entblößten ihre Zähne wie ein Tier, das kurz vor dem Angriff stand. Sie riss ihren Blick von mir los und lächelte Orion an. Als er sie nicht zu bemerken schien, stolzierte sie zu ihm hinüber.

»Hallo, mein Herzog.« Ihre Stimme klang zittrig und wütend.

Orion schien direkt an ihr vorbeizuschauen. »Du schon wieder, was?«

Als ein Kellner mit einem Tablett trüber lila Cocktails zu uns herüberkam, nahm ich mir einen davon und trank einen Schluck. Dieser Cocktail bestand aus Gin, Zitrone und einem leichten Hauch von Veilchen.

Als ich mich wieder im Raum umsah und versuchte, die Blicke der anderen zu erhaschen, bekam ich langsam den Eindruck, dass die Leute mich absichtlich ignorierten. Das war eine dämonische kalte Schulter.

Niemand wollte hier eine Sukkubus-Herzogin. Die Dämonen hatten versucht, mich in den Wäldern zu töten, und da das nicht geklappt hatte, versuchten sie mich eben sozial hinzurichten.

Ich tat so, als würde ich nicht zuhören, als Nama wieder mit Orion sprach, aber spitzte die Ohren.

»Deine neue Sukkubus-Freundin erinnert mich manchmal an eine Sterbliche«, sagte sie, als ob ich nicht direkt vor ihr stehen würde. »Die Art, wie sie sich bewegt. Ihre Langsamkeit.« Ihr Kiefer straffte sich. »Du kennst doch die Angst der Sterblichen, weil sie solange unsere Beute waren? Ich spüre das bei ihr. Sie hatte im Wald etwas Seltsames an und roch nach Tierpisse. Wovor hat sie solche Angst?«

Nama war ein Miststück, aber sie war ein scharfsinniges Miststück.

Orion warf ihr ein spöttisches Lächeln zu. »Sie hat Angst vor mir, denke ich. Und du solltest das auch haben.«

Nama schmollte ihn an und hob dann ihr Kinn. »Aber wir werden gute Freunde sein, du und ich. Wir sind uns ähnlich. Glaubst du an Seelenverwandtschaft?«

»Ich fürchte, ich habe keine Seele, Nama«, sagte Orion. »Äußerlich bin ich göttlich, ich weiß. Aber innen bin ich absolut leer.«

Ich fing an zu glauben, dass dies die Maske war, die er trug – kalt und ohne jegliche Gefühle. Unter seinem Sarkasmus, unter dem sinnlichen Lächeln, lag eine Quelle des Schmerzes verborgen.

Namas Lächeln wirkte bei seinen Bemerkungen verzerrt und angestrengt. »Das glaube ich keinen Moment lang. Es ist unser Schicksal, zu heiraten. Du kannst so tun, als würdest du es leugnen, aber ich habe es vorausgesehen.« Erst jetzt warf sie mir einen vernichtenden Blick zu, um meine Anwesenheit anzuerkennen. »Und wenn du die Wahrheit über sie nicht herausfinden willst, dann werde ich es tun. Sie sieht … zappelig aus. Ängstlich. *Sterblich.*«

Mein Magen krampfte sich zusammen. Was, wenn sie sich in Osborne nach mir erkundigte?

Darüber konnte ich mir jetzt keine Gedanken machen, während Nama mich auf Anzeichen von Angst untersuchte, also versuchte ich, meine dunkle Seite zu beschwören – was bedeutete, den Cocktail schnell zu Ende zu trinken.

Ich schloss die Augen, als ich ihn hinunterschüttete.

Ich bin nicht Rowan. Ich bin Mortana, ein Sukkubus, eine Verführerin, eine Seelenfresserin. Ich esse die Schwachen zum Frühstück.

Als ich den Drink ausgetrunken hatte, war ich ganz schön angeheitert. Trotz meiner neuen Ängste musste ich die verführerische Scharade aufrechterhalten, solange ich hier vor der Dämonenmenge war. Mit einem kleinen Lächeln im Gesicht ging ich auf den König zu und um den Pool herum. Ich stellte mir vor, wie Rinnsale aus Wasser an meinem Körper herunterliefen, während meine Augen auf ihn gerichtet waren. Die warmen Lichter des Raumes warfen ein schmeichelhaftes Licht auf seine maskulinen Züge und sein scharfes Kinn.

Er warf mir einen neugierigen Blick zu, als ich näherkam, und ich konnte sehen, wie sich Lydia anspannte und ihre Augen dunkel wurden.

Ich wollte ihn allein haben. Wenn ich seine Schwäche herausfinden wollte, musste ich ihn unter vier Augen sprechen.

Als ich neben ihm stand, lehnte ich mich zu ihm und flüsterte: »Es gibt nur eine Sache, die du tun kannst, um meine Aufmerksamkeit von Orion auf dich zu lenken.«

Dann, mit diesem katzenhaften Gang, ging ich auf den Balkon. Draußen umwehte mich die salzige Seeluft, und ich starrte auf das glitzernde Meer hinaus. Ich würde mir ziemlich blöd vorkommen, wenn der König jetzt nicht kam, aber ich musste mit dem Selbstvertrauen meines Schattenselbst dort stehen.

Und als ich mich umdrehte, sah ich, dass der König mit einem Cocktail in der Hand nach draußen schlenderte. Die salzige Luft umspielte sein blondes Haar.

»Wie immer«, sagte er leise, »faszinierst du mich, Mortana.«

Ich lehnte mich über das Geländer und lächelte ihn an. Ich war versucht, mich umzusehen, was Orion machte, aber das war nicht meine Aufgabe. Eifersucht war ein Spiel, das ich mit dem König spielte; ich selbst durfte mich darauf nicht einlassen.

Ich nippte an meinem Getränk. »Diese Stadt ist noch schöner, als ich sie in Erinnerung habe. Man sagt, dass ein König an sein Land gebunden ist, also bin ich sicher, dass du ihre Anziehungskraft noch verstärkt hast.«

»Ich glaube, die City of Thorns hat ihre letzte Lilu vermisst. Ohne deine Art sind wir nicht vollständig. Wir sind eine Stadt mit sieben Bezirken, sieben Göttern. Wir haben den Sterblichen ein Versprechen gegeben, und du bist die einzige lebende Ausnahme.« Er hob sein Glas. »Wie genau hast du meinem Vater ein solches Versprechen abgerungen?«

Ich zuckte mit den Schultern und ließ den Träger meines Kleides ein wenig fallen. »Ich habe ihn glücklich gemacht. Weißt du, ich dachte immer, ich sollte Königin werden.«

»Das dachte ich auch.« In seiner Stimme lag etwas Heftiges, etwas Verzweifeltes. »Vielleicht denke ich es immer noch.«

»Nun, es ist noch nicht zu spät.« Ich nippte an meinem Drink. »Aber wenn unsere Beziehung weitergehen soll, muss ich dein wahres Ich kennen.«

Er stellte sein Getränk ab, rückte dann näher und legte seine Hände auf beide Seiten von mir auf das Geländer. Der Wind peitschte durch sein blasses Haar. »Auf welche Weise willst du mich kennenlernen?«

Ich streckte die Hand aus, um seine Kieferpartie zu streicheln. »Die Sache ist die, Majestät, jeder hat eine Schwäche. Sogar ein König wie du.«

»Ich glaube nicht, dass das stimmt, Mortana.«

»*Alle*«, wiederholte ich. »Wenn wir uns wirklich kennen wollen, dann muss ich wissen, was dich verwundbar macht. Wenn man nur jemandes starke Seite kennt, kennt man ihn nicht richtig.«

»Und was macht dich verwundbar, Herzogin? Gibt es etwas, das du fürchtest?«

Verdammt. Eine Ablenkung. Es war, als hätte er selbst bei Dr. Omer gelernt.

Vielleicht konnte ich ihm eine Antwort geben. Warum fühlte sich mein Schattenselbst verletzlich? Ich schloss die Augen und versuchte, mich auf das einzustimmen, was Mortana fühlen würde. Wenn ich die Frage für mich selbst beantworten würde, gäbe es eine ganze Reihe von Ängsten, die von *wahrscheinlich* bis *fast unmöglich* reichten: Feuer, allein sterben, eine Geburt, Gefangenschaft in Nordkorea, an Müsli ersticken, Insektenbefall, selbstsüchtige Entscheidungen treffen, von einem Elch zertrampelt werden … die Liste war schier endlos. Aber Mortana? Sie war anders. Sie war eine Überlebenskünstlerin. Sie störte es nicht, egoistisch zu sein oder Fehler zu begehen – sie überlebte einfach.

»Gejagt und gefangen werden.« Ich öffnete meine Augen. »Aus offensichtlichen Gründen. Ich bin die Einzige, die noch übrig ist. Und du?«

»Ich fürchte nichts, denn ich bin von Luzifer als sein wahrer Anführer gesegnet worden.« Sein Ton war seidig und tief.

In meinem Kopf läuteten die Alarmglocken. Hatte *er* also den fünfzackigen Stern?

Er trat von mir zurück und zog ein Messer aus seiner Tasche. Die Klinge glitzerte im Mondlicht, und er zog sie über seine Handfläche. Einen Moment lang leuchtete seine Haut hellrot auf, aber dann war der Schnitt im Nu wieder verschwunden. Dämonen heilten schnell, aber das war anders, fast sofort. Wie ein Pfeil, der von der Haut eines Drachen abprallte.

Er hielt seine Handfläche hoch. »Ich muss dich leider enttäuschen, Mortana, aber nichts an mir ist verletzlich. Das ist es, was es bedeutet, von Luzifer gesegnet zu sein.«

Mist. War das wirklich wahr? Wenn ja, warum war Orion so sehr vom Gegenteil überzeugt?

»Nun, das ist enttäuschend«, sagte ich. »Ich mag es, meine Spuren bei einem Mann zu hinterlassen. Ich ziehe gern meine Krallen über seinen Rücken.« Ich fletschte meine Zähne. »Oder ich markiere ihn mit meinen Reißzähnen als mein Eigentum. Ich mag es, Schmerz mit

Vergnügen zu verbinden. Wenn du nicht verletzt werden kannst, bin ich mir nicht sicher, ob wir gut zueinander passen.«

Er kam wieder näher und legte seine Hände auf meine Hüften. »Vielleicht können wir einen Weg finden, das zu überwinden.«

Ich zog eine Augenbraue hoch. »Aber wie?«

Der Seewind peitschte über uns hinweg, und mein rotes Haar verhedderte sich in seinem. Über seine Schulter sah ich Orion in der Tür stehen. Seine Augen sahen dunkel aus und die Luft um ihn herum schien von Dunkelheit gefärbt zu sein. So sah er aus, wenn er verärgert war.

Warum war er jetzt verärgert? Ich hatte doch genau das getan, was er wollte. Ich glaubte sogar, dass der König mir gerade etwas sagen wollte.

Ich wandte meine Aufmerksamkeit wieder dem König zu und leckte mir über die Lippen. »Wie könnten wir das arrangieren? Wenn Luzifer dich die ganze Zeit beschützt, wie kann ich dann meine Kratzspuren an dir hinterlassen, wie ich es beim Herzog getan habe?«

Die Augen des Königs fuhren an meinem Körper hinunter. »Nein. Du wirst ihn nicht mehr sehen.« Seine Stimme hatte einen verzweifelten Unterton. »Ich habe zu lange gewartet, um dich noch einmal zu einem anderen Mann gehen zu lassen. Als du mit meinem Vater zusammen warst, hat mich die Eifersucht aufgefressen. Du warst die Göttin der Eifersucht und hast sie wie keine andere entfacht. Ich habe mir geschworen, dich eines Tages nur für mich zu haben.« Er richtete seine Augen wieder auf meine. »Aber ich vertraue dir nicht.«

Verdammt! Ich musste mit seiner Verzweiflung spielen, um seine vernünftige Seite zu unterdrücken. Ich zuckte mit den Schultern. »Nun, vielleicht passen wir nicht zueinander. Ich bin sicher, es gibt eine andere Dämonin, die eine wunderbare Königin für dich wäre. Und was mich angeht? Orion kann mich so befriedigen, wie es kein anderer Mann je konnte. Du siehst doch, wie alle Frauen ihn anstarren, oder? Alle wollen ihn.«

Er griff nach oben und packte mich am Hals. »Nein.« Eiskalte Wut durchzog seinen Tonfall und sein Zorn ließ seinen Kiefer hart werden. »Ich *werde* haben, was er hat. Ich bin der König, und ich bekomme, was ich will.«

Die Angst kletterte mir langsam die Kehle hinauf. In meinem Kopf herrschte Panik, geschärft durch die Jahrtausende, die meine Spezies als Beute verbracht hatte. Meine Amygdala sagte mir, dass ich sofort abhauen sollte – dass ein sehr, *sehr* mächtiger Dämon kurz davor war, mir die Kehle herauszureißen oder sich zu nehmen, was er von mir wollte. Aber ich merkte auch, dass ich kurz davor war, die Informationen zu bekommen, die ich brauchte. Er schien außer Kontrolle zu sein, bereit, alles zu tun, um mich zu bekommen.

»Du weißt, was ich will«, flüsterte ich. »Ich will dich kennen, wie du wirklich bist. Nicht nur deine mächtige Seite.«

»Ich will dich jetzt.« Seine Augen funkelten, mitternachtsdunkel, und er packte meine Taille, als wollte er den Stoff zerreißen. »Es gibt nur einen Weg …«

»König Cambriel.« Orions Stimme schnitt wie ein Messer durch die Spannung. »Rühr nicht an, was mir gehört.«

Zu meiner Überraschung ließ der König mich einfach los. Seine Augen funkelten dunkel, als er langsam wegging.

Ich schaute über den König hinweg und sah, wie Lydia neben Orion ins Freie trat. Der König drehte sich um und sah die beiden hinter sich stehen.

Lydias Augen brannten vor Zorn. Wurde der König auch von der Eifersucht der anderen angezogen? Wenn ja, dann hatte er hier ein Festessen.

Ich atmete aus und versuchte meine Frustration zu verbergen. Ich war so nah dran zu erfahren, was Orion wollte. Aber der König hatte sich nicht mehr unter Kontrolle. Und vielleicht – nur vielleicht – hatte Orion tatsächlich etwas für mich übrig.

Meine einzige brennende Frage war, warum zum Teufel der König so viel Angst vor Orion hatte.

Kapitel 29

Ich begegnete Orions Blick, als er zu mir hinüberschlenderte. Seine Schultern wirkten entspannt, aber seine Augen waren dunkel wie die Nacht. Die Raserei des Königs hatte ihn aus der Fassung gebracht.

»Man kann ihr nicht trauen«, zischte Lydia. »Siehst du das nicht? Nama glaubt, dass sie lügt, was ihre Identität angeht.«

König Cambriel schaute mich an, sein Kiefer war angespannt, dann richtete er seinen Blick wieder auf Lydia. »Hältst du mich für einen Idioten?« Seine Stimme dröhnte über die Party, und die Gäste wurden still, als sie sich umdrehten. »Glaubt ihr, dass ich eine Bedrohung nicht erkennen kann? Oder dass ich nicht auf mich selbst aufpassen kann? Ich bin Cambriel, der Erbe des gefallenen Seraphim Beelzebub. Als rechtmäßiger Thronfolger werde ich von den Göttern selbst beschützt. Natürlich brauche ich keine Gerüchte, die von Verrückten wie Nama verbreitet werden, um mich zu schützen. Ich dachte, du stehst über Klatsch und Tratsch, Lydia. Nicht so wie die anderen Frauen?«

Er schlenderte hinein, während er seine Anzugsjacke glattstrich.

Wow, das war heftig. Lydia starrte ihm einen Moment lang hinterher und drehte sich dann zu mir um. Sie hielt ihr Cocktailglas in der Hand und der Wind zerrte an ihrem dunklen Haar. Der König hatte sie gerade gedemütigt, und sie sah aus, als wollte sie ihre Wut an mir auslassen. Ihre Augen wurden dunkel wie die Nacht, und aus ihren Fingerspitzen loderte Feuer, das ihr Glas zum Schmelzen brachte. Geschmolzenes Glas sammelte sich zu ihren Füßen, und mir wurde flau im Magen.

»Du machst alles kaputt«, schimpfte sie. »Ich bin dazu bestimmt, Königin der City of Thorns zu sein, und du machst meine Pläne zunichte. Hast du gehört, wie er gerade mit mir gesprochen hat?«

Von der anderen Seite des Balkons stürzte sie sich auf mich, und mein Herz machte einen Sprung. Doch bevor sie mich erreichen konnte, schoss Orion aus den Schatten und packte Lydia am Arm, um ihren Angriff zu stoppen.

Wut verzerrte ihre Züge, und sie drehte sich zu ihm um. »Und wo kommst du her, Orion? Wer bist du wirklich? Du hast es noch nie geschafft, jemandem zu erklären, warum du hier bist.«

Ein Muskel krampfte sich in seinem Kiefer zusammen. »Ich muss nicht erklären, warum ich hier bin. Das darf ich auch gar nicht. Dafür ist die Prüfung da. Ich habe bestanden, und das bedeutet, dass die Götter mich hier haben wollen. Du zweifelst doch nicht an ihrem Urteil, oder?«

»Natürlich nicht«, räumte sie ein.

»Genau wie Mortana die Prüfung bestanden hat. Du weißt, dass der König keine Blasphemie zulässt. Ich bin sicher, du willst ihn nicht noch wütender machen.«

Sie warf mir einen letzten stechenden Blick zu, dann drehte sie sich um und eilte zurück ins Penthouse.

Ich atmete langsam aus. Es hatte sich angefühlt, als wäre der König kurz davor gewesen, mir seine Schwäche zu gestehen, und ich fragte mich, ob ich noch einmal die Gelegenheit dazu bekommen würde. Von nun an würden Lydia und Nama es sich zur Aufgabe machen, die Wahrheit über mich herauszufinden.

Wie lange würde es dauern, bis sie die Wahrheit aufdeckten?

Orion trat näher an mich heran, seine Augen immer noch schwarz. Er beugte sich zu meinem Ohr hinunter, und die Hitze seines Körpers wärmte mich. Immer wenn er in meiner Nähe war, spürte ich seine Kraft über meine Haut strömen, eine Welle sinnlicher Magie. Er strich mir die Haare hinters Ohr und flüsterte: »Ich musste ihn aufhalten. Er sah aus, als hätte er dich verletzen können.«

Ich bin mir nicht sicher, woher der Impuls kam – ob er von mir kam oder Teil der Scharade war – aber ich griff nach oben und berührte seine Brust. Als ich das tat, hörte ich ein scharfes Einatmen.

»Er hat mir fast die Wahrheit gestanden«, flüsterte ich. »Zuerst hat er gesagt, dass Luzifer ihn als König beschützt …«

»Das ist eine Lüge«, flüsterte er. »Er benutzt irgendeine Art von Magie, um sich unverwundbar zu machen.«

Ich trat ein wenig zurück, um Orion in die Augen zu sehen, und wollte mehr wissen. Warum war er so besessen von dieser Sache? Und was hatte es mit Mortana zu tun?

Aber auch wenn der König leicht zu manipulieren war, Orion war es nicht. Er würde es mir nicht so einfach sagen. Ich drückte mich an ihn und flüsterte: »Ich war nah dran. Er ist unglaublich eifersüchtig auf dich, und ich glaube, er war kurz davor, mir zu sagen, wie ich Kratzspuren an ihm hinterlassen kann …«

Orion gab ein leises Knurren von sich und bewegte sich dann, bis sich unsere Stirn berührte. Er legte seine Hand in meinen Nacken. »Hast du ihm die Wahrheit gesagt? Als du gesagt hast, dass ich der erste Mann bin, dem du zutraust, dich wirklich so befriedigen zu können, wie du es brauchst?«

Mein Herz raste schneller. »Habe ich das gesagt?«

Sein Blick ließ mir den Atem stocken. »Lass uns ihn noch eifersüchtiger machen, ja?« Er fuhr mit einem Finger leicht über mein Kinn. »Du warst kurz davor, die Wahrheit zu erfahren. Vielleicht können wir ihn zum Äußersten treiben. Ich will dem König genau zeigen, wie sehr du mich willst.«

Ging es hier wirklich nur darum, Informationen vom König zu bekommen, oder wollte Orion etwas beweisen?

Er nahm mich bei der Hand und führte mich zurück auf die Party. Die Lichter im Inneren waren jetzt gedämpft, flackerten wie Kerzen und spiegelten sich im Pool. Alle Augen waren auf mich gerichtet, als wir hineingingen – die Sukkubus-Hure. Ich versuchte zu ignorieren, dass ich mich unwohl fühlte.

In der Nähe einer der Wände nahm Orion in einem Ledersessel Platz und zog mich dann auf seinen Schoß. Nur seine schockierende Schönheit konnte mich das unangenehme Gefühl, angestarrt zu werden, vergessen lassen. Orions Blick glitt durch den Raum – er vergewisserte sich wohl, dass der König zusah –, dann strich er mit seiner Hand über meine Wirbelsäule. Heiße, sinnliche Magie folgte der Spur seiner Berührung.

Als seine Augen wieder meine trafen, bewegte sich seine Hand nach oben und umfasste meinen Nacken. Ich beugte mich vor und meine Lippen trafen auf seine. Mein Mund öffnete sich und Hitze durchströmte meinen Körper, als seine Zunge meine berührte. Ich strich mit meiner Hand über seine Brust und spürte, wie sich seine Bauchmuskeln unter der Berührung anspannten. Jeder Gedanke, den ich über die Menge um uns herum hatte, schien zu verschwinden, und es gab nur noch das tiefe, sinnliche Vergnügen seines Kusses.

Als er den Kuss mit einem Biss in meine Unterlippe beendete, sah er aus, als würde er mir gleich das Kleid vom Leib reißen, mich gegen die Wand drücken und genau hier nehmen.

Oder war das nur mein Wunschdenken?

Sein Atem beschleunigte sich, als er den Träger meines Kleides herunterzog, gerade so weit, dass er einen guten Blick auf meine harten Brustspitzen hatte. Ein Knurren entrang sich seiner Kehle und ich sah, wie sich seine Reißzähne in die Länge zogen, als wollte er mich verschlingen.

Ich konnte und wollte ihn nicht aufhalten, als er nach dem Saum meines Kleides griff und seine Hand darunter schob. Mein Kleid wurde nach oben gezogen, als er seine Hand weiter nach oben führte und noch mehr von meiner Haut enthüllte. »Willst du etwa übermütig werden, weil sich die beiden mächtigsten Männer der Stadt um dich streiten?«

»Übermütig *werden*?«, sagte ich, weil ich Mortana war. »Ich kenne meinen Wert.«

Er drückte mich an sich und meine Hüften bewegten sich in seinem Schoß. Eine seiner Hände strich langsam über meine Rippen auf und ab. Ich konnte seine Magie, seine Hitze durch den dünnen Stoff hindurch spüren. Mein Atem ging stoßweise, mein Puls raste, als seine andere Hand über meinen Oberschenkel glitt. Er berührte mich, als würde ich ihm gehören, aber in seinem Gesichtsausdruck lag eine gewisse Ehrfurcht, die ich bisher nicht von ihm kannte. Der verführerische Duft von brennendem Zedernholz umwehte uns und Verlangen stieg in mir auf.

Seine Augen verfinsterten sich und ich spürte, dass er wusste, wie sehr ich ihn wollte. Er reagierte auf mich genauso wie ich auf ihn. Mit seinen Fingerknöcheln strich er über meinen Oberschenkel und das Gefühl war so überwältigend, dass ich nicht mehr klar denken konnte.

Ich sollte jetzt wohl damit aufhören.

Schließlich waren wir in einem Raum mit anderen Leuten, verdammt noch mal … aber meine Brüste sehnten sich nach seiner Berührung.

Hinter mir hörte ich ein Räuspern und Orions Hand legte sich auf meinen Hintern, als wollte er mich für sich beanspruchen. Er flüsterte mir ins Ohr: »Wir haben die Aufmerksamkeit des Königs.«

Eine kalte Ranke der Enttäuschung kroch durch mich hindurch. War es ihm doch nur darum gegangen?

Mit knallroten Wangen drehte ich mich ein wenig um und sah König Cambriel über uns stehen. »Mortana und ich waren noch nicht fertig mit unserem Gespräch.«

»Die Sache ist die, Eure Majestät«, sagte Orion scharf. »Es ist mir völlig egal.«

Ich keuchte. Würde der König ihn für diese Frechheit töten?

Mit mir in seinen Armen, wie eine unanständige Braut, erhob sich Orion. Ich hatte das Gefühl, dass der Rest des Raumes verschwunden war. Es gab nur noch mich und Orion, dessen dunkle Augen vor Verlangen leuchteten.

Ohne ein weiteres Wort trug er mich nach draußen. Der Seewind kühlte meine Haut und zerzauste mein Haar, als Orion mit mir im Arm auf den Balkon ging. Die Wolken hatten sich über den Mond geschoben und der Nachthimmel um uns herum war von Schatten verschluckt. Das einzige Licht kam von der Party und dem glitzernden Widerschein auf dem Meer.

Meine Gefühle übertönten mein rationales Denken völlig. »Wohin gehen wir?«, brachte ich gerade noch hervor.

»Ich dachte, ich sollte dich da rausholen.«

»Auf den Balkon?«

»Ich will dich nicht dem König ausliefern. Ich will dich in meinem Bett, nackt und meinen Namen stöhnend.«

»Okay«, hauchte ich. »Lass uns das tun.« Ich sah ihn stirnrunzelnd an, mein Herz raste immer noch, während ich mich an seinen Hals klammerte. »Warum sind wir auf dem Balkon? Wie kommen wir von hier runter?«

»Du wirst schon sehen, Liebes.« Mit mir in den Armen kletterte er auf das Geländer, und mein Herz stotterte in meiner Brust. Jetzt peitschte die Meeresbrise um uns herum.

»Bist du verrückt?«

Seine dunklen Augen fixierten mich und er drückte mich fest an seine starke Brust. »Vertraust du mir, Liebes?«

»Nein.«

Sein schöner Mund verzog sich zu einem dunklen Lächeln. »In dieser Hinsicht bist du sehr weise. Aber vertraust du mir wenigstens, dass ich dich nicht töte, bis ich dich an einen Ort bringe, wo ich dich kommen lassen kann?«

»Ich schätze ja?« Ich riss meinen Blick von ihm los und schaute auf das glitzernde Meer weit unter uns hinunter. Hatte er nicht gesagt, dass nur die Lilu fliegen konnten? Er war kein Lilu. »Warte …«

Bevor ich zu Ende sprechen konnte, sprang er vom Balkon und wir stürzten durch die Luft.

Kapitel 30

Seewind peitschte über uns hinweg, als wir in die Dunkelheit fielen. Orion drückte mich immer noch fest an seine starke Brust, aber wir fielen auf das Meer zu.

Was zum Teufel, Orion?

Dann, mit einem Geräusch wie ein brechender Knochen, stoppte unser Fall abrupt. Mit klopfendem Herzen umklammerte ich Orions Hals und schnappte nach Luft, während ich auf die dunklen Flügel starrte, die sich hinter ihm ausbreiteten. Seine Federn waren an den Spitzen tiefsilbern gefärbt und schienen zu leuchten wie Mondlicht.

»Was bist du?«, hauchte ich.

»Großartig«, murmelte er.

Fassungslos starrte ich ihn an. »Nein, wirklich. Ich dachte, außer Mortana wären alle Lilu tot. Und dass nur die Lilu Flügel haben.« Ich starrte ihn nur an und versuchte zu begreifen, was gerade passiert war. »Die weiblichen Lilu waren Sukkubi. Also bist du … ein Inkubus? Du bist ein Inkubus. Kannst du mich zu Tode vögeln?«

Bösartigkeit schimmerte in seinen Augen. »Ist das eine Bitte?«

»Nein, eine berechtigte Sorge.«

»Ich verspreche, dich am Leben zu halten.« Er schenkte mir ein herzzerreißend schönes Lächeln. »Jetzt hast du mein wahres Ich gesehen. Und du bist so ziemlich die Einzige.«

»Ein bisschen mehr Warnung wäre super gewesen«, keuchte ich.

Seine muskulösen Arme waren fest um mich geschlungen, einer um meine Taille und einer unter meinem Hintern.

»Ich konnte nicht riskieren, dass uns jemand belauscht«, sagte er. »Sie müssen denken, dass du diejenige bist, die fliegt, nicht ich. Du sollst die Lilu sein.«

In der Dunkelheit schienen seine blassblauen Augen zu leuchten.

Ich holte scharf Luft. »Also … warte mal, du bist insgeheim ein Lilu? Und niemand sonst weiß es?«

»Niemand außer dir weiß, dass ich ein Inkubus bin. Und wenn die anderen Dämonen das wüssten, würden sie versuchen, mich zu töten.« Ein schwaches Lächeln. »Sie würden scheitern, aber sie würden es versuchen, und es wäre chaotisch und würde meine Pläne durchkreuzen.«

Mein Verstand konnte mit dieser neuen Information kaum Schritt halten. »Ich bin also die einzige Person, die weiß, was du wirklich bist?«

Seine Mundwinkel zuckten. »Entweder ich vertraue dir, oder ich treffe dumme Entscheidungen, weil du mir die Fähigkeit geraubt hast klar zu denken, als du auf meinem Schoß gesessen hast. Als ich gehört habe, wie dein Herz schneller geschlagen und dein Atem sich beschleunigt hat, war es schwer, bei Verstand zu bleiben.«

Mit einem Ruck wurde mir klar, dass er mich wissen ließ, was ihn verwundbar machte. »Wenn du ein Inkubus bist, wieso lebst du dann noch?«

Seine Flügel schlugen in der Luft. Ich hatte noch nie erlebt, dass er unsicher aussah, aber jetzt wirkte er genau so. »Ich war die ganze Zeit in der City of Thorns«, sagte er schließlich. »Ich lebe schon seit Jahrhunderten hier. Ich war in dem unterirdischen Gefängnis eingesperrt. Das gleiche Gefängnis, in dem ich dich in der Nacht eingesperrt habe. Dort habe ich Hunderte von Jahren gelebt, und die meiste Zeit habe ich niemanden außer Mortana gesehen. Bis sie verschwand.«

»Was?« Mein Herz zog sich zusammen. »Ist sie nicht schon vor zweihundert Jahren gegangen?«

Er blickte auf das Meer hinaus, während er flog. Sein Gesicht war jetzt eine Maske der Gleichgültigkeit. »Ja.«

»Du warst also jahrhundertelang allein in einem Kerker.« Ich hatte so viele Fragen, die ich stellen wollte, dass ich gar nicht wusste, wo ich anfangen sollte. »Warum denken alle, du wärst ein Herzog? Wenn du so lange ein Gefangener warst, wie kannst du dann so unglaublich reich sein?«

Sein Blick war kalt geworden. »Das Geld gehört mir nicht. Ich bekomme es vom König.«

Jede Antwort lud nur zu weiteren Fragen ein. »Und warum gibt er es dir? Warum hat er Angst vor dir?«

Ein bitteres Glucksen. »Er hat guten Grund, mich zu fürchten.«

Vage. Okay. »Und weiß der König, dass du im Gefängnis warst? Weiß er, dass du ein Inkubus bist?«

»Nein. Er weiß nur, dass ich eins seiner Geheimnisse erfahren habe, und er wird alles tun, um es vor dem Rest der Stadt geheim zu halten.«

Es fiel mir schwer, mir diese mächtige, dunkle Naturgewalt vorzustellen, die in einer Gefängniszelle fristete. Es war wirklich traurig. Als wir flogen, fegte der Wind über uns hinweg und peitschte durch mein Haar. »War deine Mutter bei dir, als du ein Kind warst? In den Gefängnissen?«

»Ja. Aber es hat nicht lange gedauert, bis sie hingerichtet wurde. Mortana hat dazu beigetragen, dass das alles passiert ist. Sie hat dabei geholfen, alle Lilu zusammenzutreiben, im Austausch für ihren eigenen Schutz.«

»Aber wie hast du überlebt?«

Ich spürte, wie sich seine Finger fast unmerklich fester um mich legten. »Mortana hat gern mit mir gespielt. Und als sie ging, wurde ich einfach vergessen. Keiner wusste, dass ich da war. Dämonen müssen nicht essen. Wir spüren zwar Hunger, aber wir brauchen keine Nahrung zum Leben. Also blieb ich einfach dort.« Seine Augen hatten sich verfinstert, und sein Blick wirkte gequält. »Bis ich endlich einen Weg gefunden habe, zu entkommen.«

Ich atmete tief ein und beobachtete seine Flügel, wie sie sich langsam unter dem dunklen Nachthimmel bewegten. »Was meinst du damit, dass sie mit dir gespielt hat?«

Dunkelheit glitt durch seine Augen, und der Wind schien noch stärker zu werden. »Ich meine, sie hat sich einen Spaß daraus gemacht, mich auf ihre Art zu quälen.«

Verdammt. Kein Wunder, dass er verzweifelt auf Rache aus war. »Und du hast keine Ahnung, was mit ihr passiert ist?«

»Nein«, sagte er leise. »Ich weiß nicht einmal, ob *sie* sich daran erinnert, was mit ihr passiert ist. Ich weiß nicht, ob sie überhaupt weiß, wer sie ist.«

»Was meinst du?«

Er nahm einen tiefen Atemzug. »Sie hat mir einmal von einem Zauberspruch erzählt. Es ist einer, den wir benutzen, um zu vergessen, was wir getan haben, um uns von Schuld zu befreien. Ein Zauberspruch zum Vergessen. Sie hat ihn mir angeboten, aber ich habe abgelehnt.« Der Wind zerrte an seinem silbernen Haar und seine Augen leuchteten in der Nacht. »Deshalb war ich, als ich dich traf, so überzeugt, dass du Mortana bist. Ich dachte, sie hätte den Zauber bei sich selbst angewendet. Du warst gar nicht wie sie, aber ich dachte, sie könnte alles vergessen haben. Ich war mir sicher, bis ich dein Blut gekostet habe.«

Ich wurde an seine Brust gepresst, als ob er sich zur Rettung an mich klammern würde. So nah an ihm konnte ich spüren, wie sich seine Brustmuskeln im Takt mit seinen Flügeln leicht bewegten. »Müssen wir jetzt über sie reden?«, murmelte er. »Ich fürchte, das verdirbt die Stimmung.«

Aber es war schwer, ihn in Ruhe zu lassen, wenn er ein Geheimnis war, das ich lösen wollte. »Warum hat sie dir einen Zauberspruch angeboten, um deine Vergangenheit zu vergessen? Was war es, das du vergessen solltest?«

»Dass ich im Grunde meines Herzens böse bin, Rowan.« Sein Blick durchbohrte mich, das Blau in seinen Augen war von Schatten durchzogen. »Und manchmal würde ich das wirklich gern vergessen.«

Es war schwer, den Hauch von Schmerz in seiner Stimme zu hören. Ich wollte sein Gesicht berühren, um ihm zu sagen, dass er gar nicht so schlimm war. Aber was wusste ich schon? Er hatte mir seine Geschichte nicht erzählt.

Der unerbittliche Wind schärfte meine Sinne, während wir flogen. Jetzt war die dringlichste Frage, warum ich irgendwo hinging, um mit einem *Inkubus* allein zu sein – einer Kreatur, die Sterbliche mit Sex tötete.

»Orion«, begann ich, »wir hatten eine Abmachung: Wenn ich dir helfe herauszufinden, was die Schwäche des Königs ist, hilfst du mir, den Mörder meiner Mutter zu finden. Aber ich habe nichts von dem König erfahren …«

»Ich werde dir trotzdem helfen.«

Ich starrte auf den schwachen Silberschimmer in seinen Flügeln. »Okay, aber … das hier … scheint immer noch eine schlechte Idee zu sein. Wirst du mich als Inkubus nicht töten? Das ist es, was Inkubi tun. Sie verführen sterbliche Frauen und töten sie.«

Ein Lächeln umspielte seine Lippen. »Ich mag böse sein, aber ich muss dich beschützen, und das werde ich auch. Ich werde nichts tun, was dir wehtut.«

»Warum bist du gezwungen, mich zu beschützen?«

Er fegte tiefer hinunter, bis ich die Gischt des Meeres auf meiner Haut spüren konnte. »Ich weiß es nicht, aber es ist sehr unangenehm.

Du sollst meine Spionin sein. Das bedeutet, dass du dein Leben aufs Spiel setzt. Wie kannst du für mich arbeiten, wenn ich keine Risiken für deine Sicherheit ertrage?«

»Wenn du die ganze Zeit im Gefängnis warst«, fragte ich, »hast du dann jemals einen Sterblichen getötet?«

»Noch nicht, fürchte ich«, sagte er düster. »Ich war nur ein paar Jahrhunderte lang besessen davon.«

»Warte, *was*?«

Er nahm einen tiefen Atemzug. »Nicht vom Tod, sondern von Sex. Davon ernähren wir uns und werden stark – von der Lust. Also träumte ich Tag für Tag und Nacht für Nacht davon, mich an Sterblichen zu nähren und von ihrer Lust zu trinken. Auch von Dämonen.« Er schlug mit den Flügeln. »Ich will den Typen, der dich angegriffen hat, töten, aber nicht so, dass es ihm Spaß macht.«

Ich drehte meinen Kopf und sah, dass wir uns der gähnenden Öffnung einer Meereshöhle näherten. Als Orion seine Flügel ausbreitete, stürzte er hinein, und die Dunkelheit verschluckte uns.

KAPITEL 31

Er landete in den Schatten und ließ mich auf den Boden sinken. Als er ein Wort in einer dämonischen Sprache sprach, leuchtete ein Kronleuchter über uns auf. Die Flammen warfen einen warmen Schein auf die bernsteinfarbenen Steinwände, und in den Nischen loderten Fackeln auf.

Ich drehte mich zu Orion um, dessen Flügel immer noch weit hinter ihm ausgebreitet waren. Im Licht konnte ich sehen, wie wunderschön sie aussahen, gesprenkelt mit perlweißen Sternbildern.

»Schöne Flügel.«

Mit einem Wirbel aus rauchiger, dunkler Magie verschwanden seine Flügel wieder. »Sie sind in Ordnung.« Ein verführerisches Lächeln umspielte seine Lippen. »Du bist die erste Person, die ich in meine Grotte bringe.«

Als ich mich umdrehte, stellte ich fest, dass es nicht einfach eine Höhle war. Die Wände waren zum Teil vergoldet, und kühles, blaues Wasser floss in ein Becken. An der Seite stand ein Bett aus flachem Fels, das mit einer Matratze und türkisfarbenen Kissen bedeckt war.

»Was ist das für ein Ort?«, fragte ich.

»Als ich aus dem Kerker kam, musste ich einen ruhigeren Unterschlupf finden. In meiner Zelle sehnte ich mich nach anderen Wesen. Aber jetzt will ich manchmal dem Trubel der Stadt entkommen.« Der Blick in seinen Augen war unendlich traurig. »Also fliehe ich manchmal hierher. Aber im Moment will ich bei dir sein.« Er trat ein paar Schritte näher an mich heran.

Ich streckte die Hand aus, um seine Brust zu berühren, den Stahl unter dem weichen Hemd, und er erschauderte. »Aber es muss schwer sein, mich anzusehen, wenn ich ihr so ähnlich sehe.«

Seine Augen funkelten im warmen Licht. »Es ist auch für mich verwirrend. Aber du bist nicht sie. Abgesehen davon, wie du aussiehst, bist du ihr überhaupt nicht ähnlich.«

»Weil ich nicht sexy bin?«

Sein Blick wurde grimmig. »Weil du bereit bist, dein eigenes Leben zu riskieren. Weil dir die Erinnerung an deine Mutter wichtiger ist als deine eigene Sicherheit. Und weil du keine Angst hast, Fehler zuzugeben. Ich schätze, in diesen Punkten sind wir uns ähnlich.«

»Und wir haben beide viel Zeit allein verbracht.« Mein Puls raste, als ich zu ihm aufsah, immer noch überwältigt von seiner schockierenden Schönheit. Das Kerzenlicht wogte über seine hohen Wangenknochen und fuhr die göttlichen Formen seines Gesichts nach. Ein gefährlicher Puls schlug durch meinen Körper und machte es mir schwer, klar zu denken.

Ich griff nach dem unteren Teil seines Hemdes und schob meine Hände unter den weichen Stoff. Sein Körper war von dicken Muskeln durchzogen, seine Bauchmuskeln wie gemeißelt. Er war ein in Gold getauchter Krieger.

Ein Kribbeln durchfuhr mich, und ich wollte ihn kosten. Ich griff nach den Trägern meines Kleides und ließ es auf den Boden fallen. Ich hörte, wie er scharf einatmete, und seine Miene war ehrfürchtig, als sein Blick über meine durchsichtige schwarze Unterwäsche glitt. Als er mich so ansah, stieg Verlangen in mir auf.

Er bewegte sich auf mich zu und hob mich gegen die Wand, seine Hände unter meinem Hintern. Ich hörte ihn leise stöhnen, als sein Mund meine Kehle traf. Seine Reißzähne streiften wieder über meine Haut. Wollte er mich beißen? Ich ertappte mich dabei, wie ich meinen Hals neigte, um ihm mehr Zugang zu gewähren.

Aber statt des scharfen Bisses spürte ich die Wärme seiner Zunge, die über meine Haut fuhr. Meine Finger krallten sich in sein Haar und ich schloss meine Augen. Seine sinnliche Magie strich jetzt über meinen Körper, eine heiße und gefährliche Liebkosung. Meine Beine waren um ihn geschlungen und meine Hüften drängten ihm entgegen.

Als ich in sein Haar griff, beschleunigte sich mein Atem. »Aber wie ist es möglich, dass du mich nicht tötest? Ist das nicht das ganze Problem mit Inkubi?«

Ein dunkles Lachen. »Es ist ein Makel, ja. Aber ich kann dich vor Lust schreien lassen, auch wenn ich dich nicht nehme. Ich muss mich zwar extrem zurückhalten, aber du wirst es überleben.«

Mein Innerstes krampfte sich bei seinen Worten zusammen vor Verlangen. »Du bist ziemlich selbstbewusst, was deine Fähigkeiten angeht.« Die Wahrheit war, dass ich das auch war.

Er schaute mich mit einem verführerischen Lächeln an. »Ich bin ein Inkubus. Neben dem Töten ist das die einzige Sache, in der ich gut bin.«

Ich zog eine Augenbraue hoch. »Habe ich schon erwähnt, dass ich noch nie einen Orgasmus hatte?«

»Das hast du.« Er strich mit seinen Händen über meine Rippen, seine Daumen glitten unter meinen BH. »Das wird sich ändern.«

Er streichelte mich direkt unter meinen Brustspitzen, und Hitze durchflutete mich. Mit gesenkten Lidern streifte sein Blick meinen Körper. »Du bist perfekt, Rowan.« Er beugte sich hinunter, um mich zu küssen und mich mit seinem Mund zu erobern.

Als sich sein kräftiger Körper gegen meinen presste, öffneten sich meine Lippen für ihn. Der Kuss vertiefte sich, als seine Zunge meine liebkoste. Seine Daumen glitten jetzt höher und strichen über meine Brüste – seine Berührung war so leicht, dass ich erschauderte. Inkubi tranken Lust, und ich bereitete ihm gerade ein Festmahl. Meine Knie wurden schwach. Wieder strichen seine Finger über meine Brüste, und ich verkrampfte mich vor Verlangen.

Mit einem Biss in meine Unterlippe löste er sich von dem Kuss. Ich fühlte mich benommen.

»Ich will dich ganz sehen, Rowan«, sagte er, und es klang wie ein Flehen. »Ich will dich nackt auf meinem Bett liegen haben.«

Sein Blick glitt hinunter, wo mein durchsichtiges Höschen fast nichts verbarg. Dunkle Schatten schlängelten sich wie Rauch von seinem Körper weg, und er stieß einen Fluch in einer anderen Sprache aus. Ich spürte, dass seine Beherrschung nachließ. Ich spürte, wie sein prächtiges, hartes Glied gegen seine Hose drückte.

Er küsste mich wieder tief. Als meine Zunge seine berührte, wimmelte es in meinem Kopf von Bildern des glitzernden Meeres. Ich fühlte mich, als würde ich über ihm schweben, immer noch fliegen.

Als er sich zurückzog, glitten seine mitternächtlichen Augen an meinem Körper hinunter, über meine Brüste und auf dem kleinen Stofffetzen zwischen meinen Schenkeln. Er hob mich von der Wand, trug mich hinüber zu seinem Bett und legte mich auf die weichen Kissen. Ich fühlte mich, als würde ich zerfließen, und sehnte mich nach ihm, obwohl er direkt neben mir war.

Ich dachte, er würde sich zu mir herunterbeugen und mich küssen, aber stattdessen kniete er sich über mich. Dämonische Magie schlängelte sich in der Luft um ihn herum, und seine Augen waren endlose Dunkelheit. »Zieh alles aus. Ich möchte, dass du dich mir zeigst.«

Mein Herz raste und mein Gesicht errötete. Ich wusste, wie dumm es war, überhaupt mit ihm hierher zu kommen, und doch brauchte ich ihn so sehr, dass ich alles tun wollte, was er verlangte. Ich würde alles für das Vergnügen tun, das er mir versprach.

Ein verführerisches Lächeln geisterte über seine Lippen. »Zieh alles aus. Jetzt.«

Ich griff hinter meinen Rücken und öffnete meinen BH. Als ich ihn auszog, strich die Meeresbrise über meine Brustspitzen.

Ein tiefes, hungriges Knurren stieg aus seiner Brust. »Jetzt zieh den Rest aus.«

Ich schob meine Fingerspitzen in die Seite meines Slips. Er schien von meinem Körper fasziniert zu sein, und die Macht, die ich über ihn hatte, erregte mich. Denn Orion war ein mächtiger, alter Dämon, den sogar der König fürchtete. Und so wie er meinen Körper betrachtete, schien er mich anzubeten.

Ich genoss die Aufmerksamkeit und bewegte mich langsam, zog mein Höschen Millimeter für Millimeter herunter. Ein Teil von mir wollte es herunterreißen und meine Beine für ihn spreizen, aber ich genoss es zu sehr, ihn zu quälen.

Als mein Slip endlich tief genug war, um ihm alles zu zeigen, sah ich, wie sich jeder seiner Muskeln anspannte und seine Finger sich in die Kissen krallten. Sein dunkler, intensiver Blick war ein Nervenkitzel, wie ich ihn noch nie erlebt hatte, und ich wollte, dass er genau sah, wie erregt ich war. Trotzdem bewegte sich mein Höschen nur langsam über meine Hüften.

Sein Atem wurde flacher und er stützte seine Hände auf beiden Seiten meines Kopfes ab. »Warum so langsam, Rowan?«

»Einfach so.« Mit einem verschmitzten Lächeln schob ich das Stück Stoff noch ein bisschen weiter hinab. »Mir gefällt einfach, wie du mich ansiehst.«

Er wich zurück, griff dann nach meiner Taille und hob mich hoch. Er drehte mich um, bis ich auf Händen und Knien war und er sich über mich beugte. Er bedeckte meine Hände mit seinen und flüsterte mir ins Ohr: »Wie wäre es, wenn wir in meinem Tempo weitermachen, Liebes?«

Als er mich das erste Mal *Liebes* genannt hatte, hatte ich es gehasst. Aber in diesem Moment machte es mich noch feuchter.

Er bewegte sich von mir weg und strich mit seiner Hand langsam meine Wirbelsäule hinunter. Als er mich berührte, wölbte sich mein Rücken und mein Hintern hob sich, um seiner Berührung zu begegnen. Er fuhr mit seiner Hand weiter nach unten, über meinen Hintern und dann zwischen meine Schenkel. Eine unerträglich leichte Berührung, die mich erschaudern ließ. Ich wollte meine Hüften gegen ihn drängen …

Ich keuchte und hob meine Hüften noch mehr an. In mir pochte es vor Verlangen nach ihm. Was ich wirklich wollte, war, dass er mein Höschen beiseite zog und mich dort ausfüllte, wo ich nass war. Vor Verlangen nach ihm stöhnte ich auf.

In dem Moment zog er seine Hand weg.

»Jetzt«, sagte er mit leiser Stimme. »Zieh diesen lästigen Stoff endlich ganz für mich aus und ich gebe dir, was du brauchst.«

KAPITEL 32

Ich schlängelte mich schnell aus meinem Höschen heraus und hörte sein scharfes Einatmen, dann ein leises Knurren.

Von hinten beugte er sich wieder über mich und seine Hände bedeckten meine für einen Moment. Dann bewegte sich eine seiner Hände langsam nach unten, fuhr über meine Brust und ließ mich keuchen. Nachlässig fuhr er tiefer hinab.

Oh Gott, er hatte mich noch nicht einmal zwischen meinen Beinen berührt, und ich war schon wahnsinnig erregt. »Sag mir«, flüsterte er in mein Ohr, »dass du willst, dass ich dir gebe, was du brauchst.«

Ich drehte den Kopf, mein Mund war nur noch wenige Zentimeter von seinen perfekten Lippen entfernt. »Ich will, dass du mir gibst, was ich brauche«, flüsterte ich.

Dann, *endlich*, bewegte er seine Hand tiefer. Es genügte eine leichte Berührung zwischen meinen Schenkeln, um mich zum Stöhnen zu bringen.

Doch dann zog er seine Hand wieder weg.

»Orion!« Ich hatte noch nie jemanden so gewollt wie ihn.

»Ich höre dich nur gern fragen«, sagte er mit heiserer Stimme.

Langsam und leicht bewegte er seinen Mittelfinger in einem Kreis, genau dort, wo ich ihn brauchte. Ich stöhnte wieder auf und spürte, wie sich meine Beine weiter spreizten und mein Hintern sich gegen seine beachtliche Länge drückte. Mein Körper spannte sich vor Verlangen an, meine Zehen krümmten sich. Ich wollte mehr von ihm – ich wollte, dass er seine Hose auszog und mich ausfüllte. Meine Hüften bewegten sich von selbst, mein Körper bettelte um mehr. Ich wollte seine Hände überall auf mir spüren, und ich war nur noch animalisches Verlangen.

»Orion, ich brauche mehr«, flüsterte ich.

Schließlich schob er einen Finger in mich, dann noch einen, und ich hörte ihn meinen Namen stöhnen. Die Lust stieg in mir, während er die Finger hinein und dann wieder hinausbewegte, während mein Körper sich um ihn herum zusammenzog. Ich bewegte mich gegen ihn, gegen seine Hand. Schließlich war ich zum ersten Mal kurz davor, zu kommen.

»Rowan.« Die Ehrfurcht in seinem Tonfall, die wie ein verzweifeltes Gebet zum Himmel klang, brachte mich zum Überkochen. Ich krümmte mich unter ihm und gab mich der Lust hin, die er mir bereitete.

Würde das *wirklich* passieren? Würde ich zum ersten Mal diese Befreiung spüren?

Meine Hüften bewegten sich gegen ihn, als er in mich eindrang und wieder aus mir herauskam, und meine Sicht verschwamm mit Bildern des mitternächtlichen Meeres draußen. Mein Körper erbebte.

Mein Verstand verdunkelte sich, als sich mein Körper um ihn herum zusammenzog.

Als ich endlich zum Höhepunkt kam, rief ich seinen Namen.

Meine Muskeln waren völlig schlaff geworden und ich zog das Laken um mich herum, um wieder zu Atem zu kommen.

Als Orion sich hinter mich legte, spürte ich, dass er immer noch steif war, seine Muskeln angespannt. Ich drehte mich um und küsste ihn tief. Irgendwie wollte ich immer noch mehr, aber das konnte nicht passieren. Er verschränkte seine Finger in meinem Haar und küsste mich hart und verzweifelt.

Dann zog er sich mit einem Stöhnen zurück. »Dir zu widerstehen ist schwieriger, als ich es mir vorgestellt habe.« Seine Augen waren dunkel wie die Nacht. »Rowan, wir müssen jetzt aufhören. Ich kann nur eine bestimmte Menge an Folter in einer Nacht ertragen.«

Ich berührte seine Wange, mein Herz schmerzte angesichts seiner Schönheit. »Okay. Du hast es übrigens geschafft.«

Ein amüsiertes Lächeln. »Ich weiß.«

Als ich mich von ihm abwandte und die Laken um mich herumzog, klopfte mein Herz immer noch heftig. Orions starke Arme lagen um mich, und ich hielt mich an einem von ihnen fest. »Kein Wunder, dass Orgasmen so ein großes Thema sind. Ich hatte ja keine Ahnung. Und kein Wunder, dass sich Sterbliche von Inkubi umbringen lassen. Das wäre es wert.«

Ein dunkles Lachen hinter mir. »Für die meisten Sterblichen war es das vielleicht wert, denn ihr Leben war sowieso wertlos. Aber bei dir wäre das etwas anderes.«

Das Geräusch des Wassers plätscherte sanft gegen die Felsen. »Das ist … süß. Denke ich.«

»Rowan?«, sagte er leise. »Ich glaube nicht, dass du noch länger in der City of Thorns bleiben solltest.«

Enttäuschung machte sich in mir breit. »Du wirfst mich jetzt raus? Ich dachte, du wolltest mir helfen.«

Er strich mir die Haare aus dem Gesicht. »Ich schmeiße dich nicht raus, aber ich will nicht, dass du in der Feuergrube des Königs stirbst. Und ich kann nicht für deine Sicherheit garantieren, bis ich weiß, wie ich ihn töten kann.«

Ich holte tief Luft. »Du hast also vor, ihn zu töten. Obwohl er der König ist und du nicht sein Erbe bist.«

»Nun, ja. Ich denke auch darüber nach, Lydia und Nama zu töten, denn sie werden dich am ehesten als Sterbliche erkennen. Und ich könnte jeden töten, der …«

»Können wir uns die Diskussion über eine Mordserie für später aufheben?« Ich seufzte. »Ich genieße gerade das Nachglühen.«

Er zog eine zweite seidige Decke um mich und ich rollte mich darin ein.

»Wie oft schläfst du hier?«, fragte ich leise.

»Oft. Hier fühle ich mich am wohlsten.«

Meine Augenlider wurden schwer. Die Kerzen im Kronleuchter begannen zu flackern und zu verlöschen. Ich schloss meine Augen. »Orion? Wie bist du aus dem Gefängnis entkommen?«

Er strich mir die Haare aus dem Gesicht und küsste mich auf die Stirn. »Ich habe einen Fluchtweg gegraben. Es hat sehr, sehr lange gedauert.«

Als er den Arm um mich legte, fuhr ich mit den Fingern über sein seltsames Tattoo – eine Schlange, die zu einer Schlinge geformt war. »Und niemand hat sich daran erinnert, dass du da unten warst?«

»Eine Person schon.« Seine Stimme klang distanziert. »Aber die ist jetzt tot.«

Die Kerzen wurden immer dunkler. Orions Brust bewegte sich langsam hinter mir im Rhythmus mit seinem Atem und lullte mich in den Schlaf.

»Der König?«, fragte ich. »War er der Einzige?«

»Du solltest schlafen, Rowan.«

Ich spürte schon, wie ich zum sanften Geräusch der plätschernden Wellen wegdriftete. Es würde weh tun, wegzugehen. Dieser Ort war *magisch.*

Aber der Schlaf holte mich ein und ich träumte von einem glitzernden Ozean und Zitronenbäumen an einer Küste. Bis die Träume immer dunkler wurden – ein dunkler Berg, der Höllenfeuer spuckte. Eine Grube voller sich windender Schlangen.

Schlangen, die sich zu Schlingen gewunden hatten.

Ich erwachte mit einem Keuchen und blinzelte in das schummrige Licht. Jetzt flackerte nur noch eine einzige Kerze in der Grotte. Ich drehte mich um und sah, dass Orion neben mir schlief. Seine Brust hob und senkte sich sanft. Seine dunklen Wimpern standen im Kontrast zu seinem blassen Haar.

Im Schlaf sah der Herr des Chaos seltsam verletzlich aus. Meine Kehle schnürte sich zu, als ich an ihn im Gefängnis dachte. Die ganze Zeit über war er allein gewesen, nachdem seine Mutter getötet worden war. Er war noch ein kleiner Junge gewesen, als sie verhaftet wurden.

Unfähig, wieder zu schlafen, begann ich, über das Rätsel von Mortana nachzudenken.

Nach dem, was Orion mir erzählt hatte, hatte sie andere Lilu geopfert, um sich selbst zu retten. Das war ihre Art zu handeln. Ich hielt Orion nicht länger für einen Psychopathen. Er gab zwar vor, einer zu sein, aber ich vermutete, dass hinter seiner Racheaktion die Liebe zu seiner Mutter steckte.

Aber Mortana? Sie klang wie eine echte Psychopathin. Jemand, der nur ein einziges Ziel verfolgte – sicherzustellen, dass sie bekam, was sie wollte. Vielleicht sogar eine Sadistin? Er hatte gesagt, sie hätte ihn in den Gefängnissen gefoltert.

Ich ballte meine Fäuste so fest, dass sich meine Nägel in meine Handflächen bohrten. Bei dem Gedanken durchströmte mich glühende Wut.

Mein Körper fühlte sich vor Wut wie elektrisiert an. Seltsam stark sogar. Ich wollte Mortana den Kopf von ihrem Doppelgänger-Körper reißen, aber das *Seltsamste* war, dass ich das Gefühl hatte, ich könnte es tatsächlich tun.

Warte … was war mit mir passiert?

Ein Blitz sengender Hitze verbrannte mein Handgelenk und ich schaute nach unten, um etwas wie eine Tätowierung auf meiner Haut flackern zu sehen, schwarz und rot – brennend wie Glut in einem Feuer. Ich starrte fasziniert darauf, wie etwas vor meinen Augen Gestalt annahm. Ein Schlüssel glühte auf meinem Handgelenk.

Was in aller Welt ...

Ein goldenes Licht strahlte darüber. Mit klopfendem Herzen begann ich zu erkennen, woher das Licht kam.

Ich berührte meine Stirn.

Oh, verdammt! Oh, *verdammt!*

Starke Gefühle können die wahre Natur eines Dämons enthüllen ...

Aber ich konnte unmöglich ein Dämon sein. Orion hatte mein Blut gekostet. Er war sich sicher, dass ich sterblich war. Das musste ein Albtraum sein.

Endlich verblasste der Schlüssel an meinem Handgelenk. Erst dann konnte ich wieder atmen, keuchte und starrte auf die blasse Haut an meinem Arm, wo der Schlüssel aufgeleuchtet hatte. »Verdammt!«

Orions Augen öffneten sich und er sah mich stirnrunzelnd an. »Was ist los?«

Ich berührte wieder meine Stirn, aber das Licht schien jetzt verschwunden zu sein. Nur Orions Augen leuchteten blassblau in der Dunkelheit.

»Ich, ähm … ich glaube, ich habe mir nur etwas eingebildet«, sagte ich.

Er griff wieder nach mir, zog mich dicht an sich heran und umschloss mich mit seinen Armen. »Du musstest dich in der City of Thorns an vieles gewöhnen.«

Meine Muskeln begannen sich in seinen Armen wieder zu entspannen und ich starrte in die dunkle Grotte hinaus.

Diagnosetheorien: *vorübergehender psychotischer Ausbruch mit visuellen Halluzinationen* oder *Albträume durch Schlaflähmung.*

Zumindest hoffte ich, dass eine dieser Theorien richtig war.

Ich legte mich wieder hin und schmiegte mich in seine starken Arme. Ich versuchte, mich zu zwingen, mich zu entspannen und diese schreckliche Vision loszulassen. Ein Albtraum. Das war alles.

Ich drehte mich noch einmal zu Orion um und ertappte ihn dabei, wie er mich mit halbgeschlossenen Augen ansah.

»Orion«, flüsterte ich, »hilfst du mir morgen, etwas über meine Mutter herauszufinden?«

Er nickte und murmelte im Halbschlaf: »Ja. Und dann müssen wir dich von hier wegbringen.«

»Was ist mit der Schwäche des Königs?«, fragte ich.

»Ich werde es schon selbst herausfinden.«

Ein Albtraum. Das war buchstäblich das, was Orion war.

Albtraum: von dem Altdeutschen *Alben* – ein Inkubus. Eine Kreatur, die einem in der Nacht den Atem raubte und sich von einem ernährte. Die Monster, die aus den Schatten krochen, um einen ins Jenseits zu zerren. Aber trotz allem, was er mir immer wieder erzählte, glaubte ich nicht, dass er wirklich ein Monster war. So sehr es ihn auch ärgerte und Schwierigkeiten für ihn bedeutete, stellte er meine Sicherheit über seine eigenen Ziele. Es war ihm nicht egal, was mit mir geschah.

Als ich meine Augen wieder schloss, blitzte in meinem Kopf das Bild des brennenden Schlüssels auf. Warum war es für mich so einfach gewesen, mein Schattenselbst hier in der City of Thorns zu beschwören?

Grauen floss durch mein Blut.

Warum hatte ich das Gefühl, Mortana zu kennen?

Ein schrecklicher Gedanke traf mich wie ein Blitz – das Geheimnis, vor dem ich mich innerlich gedrückt hatte. Die Sache, vor der ich weggelaufen war.

Was, wenn ich diejenige war, die Mom getötet hatte? Was, wenn ich eine dunkle Seite hatte, die ich mir selbst nicht eingestehen wollte? Diese Nacht war so chaotisch gewesen und ich erinnerte mich, dass ich wütend auf sie gewesen war, weil sie mir gesagt hatte, ich sollte rennen. Weil sie mir nicht erklärte, was los war. Ich wusste noch, dass ich dachte, sie wäre verrückt.

Ich schloss meine Augen und spürte, wie ich zitterte.

Was, wenn ich der wahre Albtraum war?

»Rowan«, flüsterte Orion, »ich kann spüren, dass du wegen irgendetwas in Panik bist. Was ist los?«

Mein Magen zog sich zusammen. »Genau das, was du erwähnt hast. Die Gefahr in der City of Thorns.«

»Ich kann dir beim Schlafen helfen, wenn du willst«, sagte er leise. »Das ist so ein Inkubus-Ding.«

Ich wollte mehr als alles andere von meinen eigenen schrecklichen Gedanken wegkommen. »Ja, bitte.«

Mich überkam ein beruhigender Zauber, der meine Muskeln entspannte. Mein Atem und mein Herzschlag wurden langsamer. Verwirrte Gedanken wirbelten in meinem Kopf herum – das Bild eines leuchtenden Sterns, der auf meinen Arm tätowierte Schlüssel, die sich windenden Schlangen. Aber nichts davon schien jetzt so schrecklich zu sein.

In einer Welt voller Dämonen und Magie wurde es langsam schwierig zu wissen, was real war und was nicht.

Kapitel 33

Die Dämonenstadt war eine verkehrte Welt. Den ganzen Tag schlief ich und stand erst auf, wenn die Sonne unterging.

Vielleicht lag es daran, dass ich zum ersten Mal in meinem Leben einen Orgasmus gehabt hatte oder vielleicht war es Orions Inkubus-Schlafzauber, aber ich schlief lange und tief. Als ich in seiner Grotte aufwachte, stand die Sonne am späten Nachmittag schräg über dem Meer und strömte in korallenfarbenen Strahlen in die Höhle.

Es war das Sonnenlicht, das mich an eine schmerzhafte Realität erinnerte: So sexy Orion auch war, *technisch gesehen* war er immer noch einer meiner Verdächtigen.

Ich rieb mir die Augen, und der Geruch von Kaffee begrüßte mich. Als ich spürte, wie der Wind über mich strich, fiel mir ein, dass ich immer noch nackt war, und ich zog die Laken um mich herum hoch.

Ich lächelte, als ich Orion an einem Tisch am Rande des Pools sitzen sah, den Kaffee in einer Hand. »Ich habe den ganzen Tag darauf gewartet, dass du aufwachst. Ich war sogar in deiner Wohnung und habe ein paar Klamotten für dich geholt.«

»Danke. Ich nehme an, die Grotte hat keine Dusche?«

Er nickte in Richtung des Pools. »Ich habe ein Naturbad. Es ist wärmer, als du denkst.«

Es war magisches Dämonenwasser, das ehrlich gesagt viel schöner war als das Wasser zu Hause. Es war eine verdammte Schande, dass die Dämonen so lange versucht hatten, uns zu fressen oder zu Tode zu vögeln, sonst hätten wir zusammen eine tolle Welt entwerfen können.

Orion hatte schon *alles* von mir gesehen, aber aus irgendeinem Grund hatte ich immer noch ein Laken um mich gewickelt, als ich zum Pool ging. Ich ließ es erst fallen, als ich hineinsprang.

Das warme Wasser umschloss mich. Nach Luft schnappend tauchte ich wieder auf. Dann verschränkte ich meine Arme über dem Rand des Beckens und sah zu Orion auf.

Er schenkte mir ein amüsiertes Lächeln. »Immer noch schüchtern vor mir?«

»Vielleicht ein bisschen.« Ich seufzte. »Ich liebe es hier.«

»Du bist die einzige Person, die von diesem Ort weiß. Außer mir, natürlich.«

Das warme Wasser umspülte meinen Rücken und meine Brüste. Ich dachte mir, dass es gar nicht so schlecht wäre, eine Weile heimlich hier zu bleiben, vorausgesetzt, ich konnte Orion von meiner Liste der Verdächtigen streichen. Aber vielleicht war das Verstecken in der Meereshöhle eines Dämons kein realistischer Lebensplan. Und vielleicht war es ein bisschen viel, nach einer einzigen Nacht mit jemandem zusammenzuziehen.

Orion griff nach etwas auf dem Tisch, dann hob er einen Umschlag hoch. »Als ich deine Sachen abgeholt habe, bin ich Shai begegnet. Sie bat mich, dir das hier zu geben. Und wie es der Zufall will, ist darin der Hauptschlüssel, den du gesucht hast.«

Ich stützte mein Kinn auf meine Arme, als ich ihn ansah. »Das hat sie dir einfach so *gegeben*?« Sie wusste nicht, dass er mir helfen würde. Warum also?

»Nun, nicht freiwillig. Sie hat vor deiner Wohnung gestanden und nach dir gesucht.« Er zuckte mit den Schultern. »Also habe ich sie gezwungen, mir zu sagen, was sie von dir will.«

Meine Hände ballten sich zu Fäusten. »Was meinst du damit, du hast sie gezwungen? Hast du sie etwa bedroht?«

Seine Augenbrauen hoben sich. »Nein, natürlich nicht. Ich kann ihr nicht drohen, wenn sie weiß, dass ich ihr nicht wehtun kann.« Er ließ den Umschlag auf den Tisch fallen. »Also habe ich einfach ihren Geist mit Magie kontrolliert.«

Ich starrte ihn an. »Du kannst nicht einfach die Gedanken der Leute kontrollieren, Orion.«

Eine Linie bildete sich zwischen seinen Brauen. »Ja, das kann ich. So bin ich an den Schlüssel gekommen. Das habe ich dir doch gerade gesagt.«

Ich schüttelte den Kopf und begann die Geduld zu verlieren. »Ich weiß, dass du körperlich dazu in der Lage bist. Ich meine, es ist … unmoralisch.«

»Ich bin ein Dämon«, sagte er langsam, als wäre ich eine Idiotin.

Ich ließ meinen Kopf in meine Hände fallen. »Okay. Aber du fühlst dich für etwas in der Vergangenheit schuldig.« Ich sah wieder zu ihm auf. Wie sollte ich das erklären? »Schuldgefühle sind die Erkenntnis, dass du etwas falsch gemacht hast. Zum Beispiel, dass du einer anderen Person etwas angetan hast, was du dir selbst nicht antun würdest. Und das gibt dir ein schlechtes Gefühl. Das ist Schuld.«

Er starrte mich an, als ob ich eine fremde Sprache sprechen würde. »Aber ich fühle mich nicht schuldig, weil ich Shais Gedanken kontrolliert habe. Du hast mich gebeten, dir zu helfen, den Mörder deiner Mutter zu finden. Dieser Schlüssel schien einer deiner einzigen Anhaltspunkte zu sein, und ich habe ihn für dich besorgt.« Er öffnete den Umschlag und zog den Schlüssel an einem langen, schwarzen Band heraus. »Siehst du?«

Vielleicht war es zu viel verlangt, dass ein Dämon die moralischen Probleme der Gedankenkontrolle verstand. Ein Schritt nach dem anderen.

Aber viel wichtiger war, dass der Schlüssel jetzt meine Aufmerksamkeit hatte, denn aus irgendeinem Grund hatte meine Mutter einen Schlüssel zu einem Zimmer in der City of Thorns. Und er erinnerte mich sehr an den, den ich an meinem Arm gesehen hatte. »Meinst du, er könnte zu einem Zimmer im Asmodean Bezirk passen?«

»Er sieht aus wie die Schlüssel in den Gebäuden von Asmodean. Die Schlösser sind seit Hunderten von Jahren nicht mehr erneuert worden.« Er strich mit der Fingerspitze darüber. »Und auf diesem hier ist ein Totenkopf eingemeißelt. Das ist eines der wenigen Dinge, an die ich mich aus der Zeit vor meiner Gefangenschaft erinnere. Schlüssel wie dieser …« Er starrte ihn an, verloren in seinen Erinnerungen. »Ich glaube, ich hatte Angst vor ihnen, wenn du dir so etwas vorstellen kannst.«

In meinem Kopf schimmerte die Erinnerung an den Schlüssel, den ich auf meinem Arm hatte aufflackern sehen. War dort auch ein Schädel gewesen?

Ich hievte mich aus dem Pool. Mein Herz schlug wie wild. Aufgewühlt wickelte ich sein Laken wie ein Handtuch um mich.

Sein Blick glitt auf das Laken hinunter. »Weißt du noch, wie du über Schuldgefühle gesprochen hast? Fühlst du dich schuldig, weil du mein Laken in Meerwasser getränkt hast?«

Ich schaute nach unten. »Tut mir leid, ich war abgelenkt. Orion, wie zum Teufel ist meine sterbliche Mutter an einen Schlüssel zu einem Gebäude im verlassenen Asmodean Bezirk gekommen?«

Nachdenklich drehte er den Schlüssel. »Wenn wir das richtige Gebäude finden, werden wir es vielleicht rausfinden.«

KAPITEL 34

Wir brachen erst auf, als die Nacht hereingebrochen war und das Mondlicht den Asmodean Bezirk in gespenstisches Silber tauchte. Ausnahmsweise trug ich kein sexy Kleid, sondern nur schwarze Lederleggings und einen dunklen Pullover.

Heute Abend war die Luft in der City of Thorns ein wenig kühler als sonst, ein Hauch von Meeresbrise lag in der Luft. Der Wind rauschte durch meine roten Locken, als wir durch die leeren Straßen gingen.

Seite an Seite folgten wir den dunklen Kanälen. Um uns herum tauchten schweigende Gebäude auf, deren Farbe verblasst und abgeplatzt war. In den einstmals großartigen Häusern und Hallen fanden wir Porträts mit durchgestrichenen Augen und verunstaltete Statuen. Wir probierten den Schlüssel in jedem Schloss aus, das wir finden konnten – an den Haustüren, in den Schlafzimmern, an Schränken und Schubladen.

Eine düstere Atmosphäre drückte auf jedes Haus, und Traurigkeit lag schwer in der Luft. Als wir das Gebäude betraten, in dem wir zuvor gewesen waren – das Herrenhaus mit den zertrümmerten Büsten und den Kristallkaraffen –, blieb Orion stehen und sah zur Decke hinauf, zu dem Bild der nackten Frau mit der Schlange, die sich um sie gewickelt hatte. Ich hatte es vorher nicht bemerkt, aber die Vorhänge und Möbel sahen an vielen Stellen verbrannt aus, und das Glas eines Spiegels war geschwärzt.

In Gedanken versunken war Orion so still wie die zerbrochenen Statuen. Die Luft schien um ihn herum dunkler zu werden, der Raum heißer.

»Erinnerst du dich an diesen Ort?«, fragte ich leise.

Er stieß einen langen Seufzer aus. »Ich habe sie immer angestarrt. Ich weiß noch, wie ich auf dem Sofa lag und dachte, ich würde sie eines Tages heiraten und sie vor der Schlange retten, die sich um ihren Körper gewickelt hat. Jetzt sehe ich, dass ihr die Schlange eigentlich nichts ausmacht. Ich wusste nicht, dass sie die Mutter unserer Götter ist. Ich dachte, sie würde zu uns gehören und bräuchte mich.« Er drehte sich um und sah sich in der verlassenen Halle um. »Ich erinnere mich an den Tag, als die Soldaten gekommen sind.«

»Die Soldaten des Königs?«

»Ich hatte keine Angst vor den Soldaten unseres Königs. Ich habe mich vor den Sterblichen gefürchtet. Sie hatten Gewehre dabei. Aber was mir Angst gemacht hat, waren ihre Gesichtsausdrucke. Ich hatte noch nie zuvor so reine Abscheu gesehen.«

Ich starrte ihn an. »Es waren Sterbliche hier?«

»Der König hat vor ihnen kapituliert und zugestimmt, dass sie die Lilu zusammentreiben. Es war das letzte Mal, dass er sterbliche Soldaten in die Stadt gelassen hat.« Er atmete tief ein. »Ich kann nicht sagen, dass sie das Gewissen hatten, von dem du immer redest. Ich glaube, sie dachten, wir wären wie Tiere.«

»Es tut mir leid.« Mein Herz schmerzte für ihn.

»Es ist nicht deine Schuld«, murmelte er.

»Aber das muss schrecklich für dich gewesen sein.«

»Seit Hunderten von Jahren habe ich jeden Tag an diesen Tag gedacht.« Er ging durch das Wohnzimmer zu einem Stück Holzboden, das dunkler gefärbt war als der Rest. »Hier haben sie meinem Bruder das Herz herausgeschnitten. Er hat sich gewehrt, weil er unsere Mutter retten wollte.« Er fuhr mit den Fingern über den fleckigen Boden. »Er war derjenige, der …« Er stand wieder auf, drehte sich um und deutete auf den Flur. »Und dort haben sie meinem Vater das Herz herausgeschnitten.«

Ich konnte kaum atmen. »Das beantwortet wohl meine Frage, warum du die Sterblichen so verachtest.«

Seine Augen funkelten. »Es ist verwirrend für mich, dass ich dich so sehr schätze. Aber du bist nicht so, wie ich erwartet habe.«

Der Boden knarrte, als ich den Raum zum Spiegel durchquerte, und ich starrte in seine geschwärzte Oberfläche. »Was sind das für Brandspuren? Haben sie angefangen, das Haus zu verbrennen?«

»Das war von mir. Ich konnte mein Feuer damals noch nicht kontrollieren, aber wenn ich es gekonnt hätte, hätte ich die ganze Armee niedergebrannt. Und die meisten Dämonen gleich mit, weil sie sich gegen uns gestellt haben.«

»Wie alt warst du?«, fragte ich.

»Fünf.«

»Sie haben dich ins Gefängnis gesteckt, als du *fünf* warst?«, fragte ich etwas lauter als beabsichtigt.

Ich durchquerte den Raum und schaute in einen anderen der verbrannten Spiegel, wobei die Hälfte meines Gesichts vom Rauch verdeckt wurde. Aber ich konnte meine Augen und meine Wangenknochen sehen. Der Mondschein strömte durch die alten, verzogenen Fenster und tauchte mein Gesicht in ein geisterhaftes Licht, während ich mich betrachtete. »Was ist mit den anderen Lilu passiert? Wurden sie sofort getötet, oder waren noch andere mit dir im Gefängnis?«

»Das wäre eine gute Frage für Mortana.«

Ich spürte sie wieder – diese aufsteigende Wut. Er war nur ein kleiner Junge gewesen und hatte zugesehen, wie Sterbliche seinem Bruder das Herz mitten im Wohnzimmer herausgeschnitten hatten. Ich hatte das Gefühl, meine Brust würde in zwei Teile zerspringen.

Meine Wut stieg auf wie Magma. Wenn ich an den kleinen Orion dachte, der nach seinem Vater schrie, wollte ich genau diese Sterblichen finden und ihnen das Herz aus der Brust reißen. Macht durchflutete mich und ich wünschte, ich könnte diese puritanischen Mistkerle aus ihren Gräbern ziehen und sie ein zweites Mal töten.

Ich klammerte mich so fest an die Tischkante, dass ich das Holz zerbrach. Ich blickte auf meinen Arm, wo das Bild des Schlüssels flackerte – mit einem Totenkopf, der wie Glut brannte.

Es passierte wieder.

Wenn ein Dämon starke Emotionen verspürt ...

Als ich in den Spiegel schaute, ging ein schwacher Hauch von goldenem Licht von meiner Stirn aus, aber die Form war von den Brandflecken verdeckt. Ich legte die Hand darüber.

Verdammt. *Verdammt.*

»Rowan?«, fragte Orion. »Warum höre ich dein Herz schlagen, als würdest du gleich verschlungen werden? Du weckst noch die halbe Stadt auf.«

Orion hatte gesagt, dass Dämonen all ihre Erinnerungen auslöschen konnten ... Was, wenn ich meine eigenen Erinnerungen gelöscht hätte?

Aber wovor hatte ich solche Angst – dass ich Mortana *war*? Orion hatte gesagt, ich wäre ein Mensch.

Zitternd zog ich meine Hand weg und bewegte mich so, dass ich meine Stirn sehen konnte. Da war nichts. Kein Dämonenmal, kein goldenes Licht.

»Orion? Ich glaube, ich habe Halluzinationen.«

»Ah«, sagte er. »Das liegt daran, dass du hier bist. Ich sehe sie auch, die Geister meiner Vergangenheit. Hier drinnen fühlen sie sich lebendiger an als anderswo.«

Ich atmete zittrig aus und drehte mich zu ihm um. »Eine Sekunde lang dachte ich, ich würde mich in einen Dämon verwandeln.«

Er schenkte mir ein trauriges Lächeln. »Du kannst dich nicht in einen Dämon verwandeln. Du bist sterblich.«

Vielleicht hatte mich die Tragödie dieses Ortes einfach überwältigt. Ich griff in meine Tasche nach dem Schlüssel und hielt ihn hoch. »Sollen wir weitersuchen?«

Wir näherten uns einem steinernen Herrenhaus in einem Teil des Bezirks, den ich noch nie zuvor gesehen hatte. Auf beiden Seiten des Gebäudes verliefen Kanäle, die sanft nach Süden zum Fluss Acheron führten. Vor dem Haus erstreckte sich ein überwucherter Garten und steinerne Wege schlängelten sich durch Sträucher.

Das dreistöckige Haus verfügte über prächtige Säulen und kunstvolle Wasserspeier. Die Balkone im zweiten und dritten Stockwerk boten einen Blick auf die Kanäle und den Garten.

»Was ist das für ein Ort?«, fragte ich.

»Dies war einst das Haus des Herzogs des Asmodean Bezirks.«

»Warum haben sie mich nicht hierher gebracht, wenn ich die Herzogin sein soll?«

»Als Mortana die Einzige war, die noch übrig war, wohnte sie in dem Gebäude, in dem du jetzt bist. Es wurde die neue Residenz des Vertreters der Lilu.« Er schaute mich an, seine Augen leuchteten in der Dunkelheit. »Wahrscheinlich wollte sie nicht von der Erinnerung verfolgt werden, dass sie am Tod ihres eigenen Vaters beteiligt war.«

Ich starrte auf das Herrenhaus und mein Blut wurde kälter. Wenn Tragödien an einem Ort haften können, dann triefte dieser Palast davon. Die schlimme Vergangenheit lag förmlich in der Luft. »Der Herzog, der hier lebte, war Mortanas Vater? Wie war sein Name?«

»Moloch.«

Orion begann mich durch den weitläufigen Garten zur Haustür zu führen. Über uns schlug ein hölzerner Fensterladen gegen den Fensterrahmen.

»Die City of Thorns ist nicht wie deine Welt«, fuhr Orion fort. »Hier ist die Luft von Magie durchdrungen. Erinnerungen verweilen an Orten. Die Tragödie kann sich um die Wände, die Böden, den Stein und das Holz wickeln. Sie bleibt dort wie ein lebendiges und atmendes Wesen. Wenn du also Dinge siehst, wundert mich das nicht. Diese Welt war nie für Sterbliche gedacht, und selbst Dämonen sehen hier manchmal Dinge.«

Als wir die Tür erreichten, schob ich den Schlüssel ins Schloss. Mein Herz setzte einen Schlag aus. Das Schloss *drehte* sich.

Ich hielt den Atem an, als die Tür aufschwang und das Innere eines mit Spinnweben bedeckten Palastes enthüllte. Ein Schauder lief mir über den Rücken, als ich die gespenstische Schönheit betrachtete. Dünne Strahlen Mondlicht fielen in eine Halle mit hohen Decken. In eine Wand war ein weißer Marmorkamin eingelassen, auf dem ein verblichenes Wandgemälde mit Löwen und Eulen zu sehen war. Statuen auf Säulen standen in der Halle, ihre Gesichter waren zertrümmert. Der Boden war ein Mosaik aus tiefem Blau und Gold mit Mustern aus zarten Rosetten, das an vielen Stellen Risse aufwies.

Früher hätte dieser Ort vor Reichtum und Eleganz geglänzt, aber auch jetzt hatte er eine andere Art von Schönheit.

Mein Puls raste. »Orion?«, fragte ich leise. »Warum würde meine Mutter einen Schlüssel zu diesem Ort haben? Meine sterbliche Mutter? Meinst du, sie könnte hier einmal eine Dienerin gewesen sein?«

»Das Haus ist seit Hunderten von Jahren nicht mehr bewohnt worden«, antwortete er.

Ich schüttelte den Kopf und versuchte den Nebel aus meinem Kopf zu vertreiben. »Richtig. Ja, natürlich.«

»Alle dachten immer, der Herzog sei während der Säuberungen verschwunden.« Seine leise Stimme hallte gespenstisch wider, als er durch die Halle ging.

»Und das war das Letzte, was man von ihm gehört hat?«, fragte ich.

»Vielleicht. Vor etwa zwanzig Jahren wurde draußen in den Gärten eine Leiche gefunden. Das Herz war herausgeschnitten und der Leichnam bis zur Unkenntlichkeit verbrannt worden. Die Gerüchte besagten, dass es sich um Herzog Moloch selbst handelte, aber niemand hatte eine Erklärung, wie er hergekommen sein sollte. Es könnte Lilu geben, die entkommen sind und ohne ihre Kräfte außerhalb der City of Thorns leben.«

Ein kühler Wind strömte in den Raum und strich über meine Haut. Eine Gänsehaut bildete sich auf meinen Armen. »Vielleicht kannte meine Mutter ihn.«

Ein beunruhigender Gedanke kam mir in den Sinn. Meine Mutter hatte mir nie erzählt, wer mein Vater war.

»Und wenn er noch leben würde«, sagte Orion, »hätte Cambriel ihn vielleicht als Rivalen um den Thron angesehen.«

Ich hörte ein Knarren über mir. Als ich nach oben schaute, entdeckte ich nichts, nur eine mit Ranken und Früchten bemalte, verblichene Decke. »Warum sollte Moloch ein Rivale um den Thron sein?«

»Vor langer Zeit wurden die Dämonen von einem verrückten König namens Azriel regiert. Er war besessen von der Idee, in den Himmel zurückzukehren und die Verluste in den himmlischen Kriegen rückgängig zu machen. Er nannte sich selbst einen Gott. Er begann seine eigenen Untertanen zu töten, sie in den Wäldern zu verbrennen und ihnen das Herz herauszureißen. Wäre er König geblieben, hätte er alle seine Untertanen abgeschlachtet. Er hätte die Arbeit der Sterblichen für sie erledigt.«

»Klingt schrecklich.«

»Es war Cambriels Vater, König Nergal, der ihn zu einem Kampf herausgefordert hat. Durch die Abstammung seiner Familie hatte Nergal keinen großen Anspruch auf den Thron. Aber nur der rechtmäßige Erbe kann einen König töten, und Nergal hat es geschafft.

Wenn es wirklich Götter gibt, wollten sie nicht, dass der verrückte König auf dem Thron bleibt.«

Ich drehte mich um und runzelte die Stirn. »Und der Herzog, dem dieser Ort gehörte – war er mit dem verrückten König verwandt?«

Orion nickte. »Moloch war sein unehelicher Sohn.«

Ich schloss meine Augen und rieb sie dann. »Ich versuche nur, das zu verarbeiten. Meine Mutter – die normale, sterbliche Mutter, die ich kannte, die mir Makkaroni mit Käse gemacht und zu viele Pizzabrötchen gegessen hat –, sie könnte den Bastardsohn eines verrückten Dämonenkönigs gekannt haben.«

»Das scheint eine gute Zusammenfassung zu sein.«

Was. Zur. Hölle? Warum hatte sie mir nie etwas davon erzählt? Ich hatte meine Teenagerjahre damit verbracht zu denken, dass meine Mutter süß, aber langweilig war.

Wie sehr hatte ich mich geirrt?

KAPITEL 35

Ich ging weiter und erkundete das Haus. In mir brannte der Wunsch, mehr zu erfahren. Ich ging hinüber zu einer alten Holztür, die sich zu einem Innenhof öffnete. Dort umgaben Steinbögen einen wilden Garten, und dornige Pflanzen kletterten über Säulen und bröckelnde Statuen. Eine Brise wehte durch mein Haar.

War Mom jemals hier gewesen?

Als ich auf den Garten blickte, fügten sich die Puzzleteile in meinem Kopf zusammen.

Ich drehte mich um und sah Orion an. Mein Herz schlug schneller. »Mortana wurde hier geboren, richtig? Sie war die Enkelin des verrückten Königs. *Sie* hatte einen Anspruch auf den Thron. Vielleicht erklärt das ein wenig Cambriels Interesse an ihr. Es gibt zwei Möglichkeiten, einen Rivalen um den Thron auszustechen. Entweder man tötet ihn oder man heiratet ihn.«

Orion nickte. »Das und dass er sie unbedingt nehmen will. Aber ja, du hast Recht. Mortana hat einen Anspruch auf den Thron.«

Er war wieder ganz still geworden. Mich machte das immer nervös. Die Luft schien heißer zu werden, die Schatten um ihn herum wurden dichter. Seine blassen Augen bohrten sich in meine.

»Was?«, fragte ich. »Ich sehe doch, dass du wegen irgendetwas aufgebracht bist.«

»Womit ich mich schwertue«, sagte er leise, »ist die Anzahl der Zufälle. Wie ich bei unserem ersten Treffen sagte, haben Dämonen manchmal sterbliche Doppelgänger. Aber wie groß ist die Wahrscheinlichkeit, dass ein sterblicher Doppelgänger auch den Schlüssel zum Haus des Dämons besitzt?«

Eis glitt durch meine Knochen. Das war ein sehr gutes Argument. Und doch hatte ich keine Ahnung.

Ich räusperte mich. »Ich weiß es nicht. Aber du hast gesagt, ich sei definitiv sterblich.« Ich klammerte mich jetzt verzweifelt daran. »Du hast gesagt, Dämonen können keine Nachkommen mit Sterblichen hervorbringen. Und offensichtlich habe ich keine Magie. Nicht einmal in der City of Thorns.«

Er starrte mich lange an. »Du hast sterblich geschmeckt, ja.«

Ich holte tief Luft. »Ich werde mich umsehen und schauen, was ich finden kann, okay?« Furcht stieg in mir auf, dunkle, namenlose Furcht, der ich mich nicht stellen wollte.

Und aus irgendeinem Grund fühlte ich mich in der Nähe von Orion nicht mehr wohl. Wenn ich an diesem Ort etwas über meine Mutter erfuhr, war ich mir nicht sicher, ob ich ihn dabeihaben wollte.

Ich durchquerte den Flur, plötzlich beseelt von dem Wunsch, von ihm wegzukommen, und fand meinen Weg zu einer breiten, hölzernen Treppe, die in die oberen Stockwerke führte. Ich eilte die Treppe hinauf. Im Mondlicht betrachtete ich die verunstalteten Porträts, die verstreuten Kleidungsstücke und die durchwühlten Räume. Mit einem zunehmenden Gefühl der Verzweiflung bewegte ich mich durch die Zimmer und hoffte irgendetwas zu entdecken, einen Hinweis auf die Wahrheit.

Ich ging auf den Balkon, von dem aus ich den verwinkelten Garten überblickte. Ein Schwarm Krähen erhob sich aus einem der knorrigen Bäume und erschreckte mich. Mein Herz bebte, als ich sie in den dunklen Himmel fliegen sah.

Als ich einatmete, zog sich mein Innerstes zusammen. Ich konnte Mom hier riechen. Ein schwacher, blumiger Geruch, samtig und mit einem Hauch von Jasmin. Ich vermisste sie in diesem Moment mehr als je zuvor.

Wenn ich die Augen schloss, konnte ich sie fast spüren, und mein Herz tat weh. Ich sah sie vor mir, wie sie nach der Arbeit erschöpft in ihrem Sessel vor dem Fernseher döste. Sie hatte immer schlecht geschlafen, jedes kleine Geräusch hatte sie aufgeweckt. Aber es war eine andere Mutter, die ich hier spürte – nicht die sterbliche, die ich kannte, die Naturdokus schaute und Weinschorlen trank. Die Mutter hier trug ihr Haar hochgesteckt und eine Krone auf dem Kopf und ließ sich von Dienern Obst bringen. Sie war voller Selbstvertrauen und strahlte.

Das hatte den Leuten Angst gemacht.

Meine Hände zitterten, als ich mich wieder in Bewegung setzte und ein Zimmer nach dem anderen durchsuchte. Schließlich erreichte ich das Hauptschlafzimmer mit einem Himmelbett aus dunklem Holz und einer hohen Decke, die mit einem Sternbild bemalt war. Aber was mein Herz zum Stillstand brachte, war das Porträt an der Wand – eine Frau, deren dunkles Haar auf ihrem Kopf aufgetürmt war. Es war genau so, wie ich sie mir vorgestellt hatte. Die Augen des Porträts waren übermalt worden, aber den Rest ihres Gesichts hätte ich überall erkannt. Ihre gerade Nase, die hohen Wangenknochen, die dunklen Augenbrauen …

Ich hatte das Gefühl, die Welt würde unter mir verschwinden, als ich zu Moms Porträt hinaufstarrte. Was zum *Teufel?*

Ich konnte nicht atmen, als die Möglichkeiten in meinem Kopf herumwirbelten. Hatte Mom eine Doppelgängerin gehabt oder …

Ich musste es herausfinden, bevor Orion hochkam.

Ich drehte mich um und suchte den Raum ab, wobei mein Herz gegen meine Rippen schlug. In einer Ecke des Raumes stand ein altertümlich aussehender Holztisch und ich eilte zu ihm hin. Ich zog die Schubladen auf, bis ich ein Buch fand, dessen schwarzer Einband mit goldenen Dornen geprägt war, und einen Totenkopf-Schlüssel wie den, den ich an meinem Arm gesehen hatte. Ich konnte kaum atmen, als ich die Seiten umblätterte und den alten handgeschriebenen Text las.

Auf der ersten Seite stand mit schwarzer Tinte eine Art Kinderreim.

Die Maere der Nacht
jagte den Mädchen Angst ein,
aber eine Königin liebte ihn sehr.
Er verlor seinen Thron
aber die Saat wurde gesät
im Garten von Adele.
Ein Schwindlerkönig,
ein goldener Ring,
um sein Herz am Leben zu erhalten.
Nimm den Ring,
der König ist gefallen,
die Stadt wird dennoch gedeihen.

Was war das? Ein Kinderreim? Eine Prophezeiung?

Mit einem Blick über die Schulter vergewisserte ich mich, dass ich noch allein war. Ich war mir nicht sicher, ob der Text etwas zu bedeuten hatte oder ob es sich nur um ein Lied handelte, aber ich zückte mein Handy, um trotzdem ein Foto zu machen.

Als ich die Seite umblätterte, fand ich ein Inhaltsverzeichnis. Dies war ein Buch mit Zaubersprüchen. Neben einem der Zaubersprüche war das Bild eines Skelettschlüssels abgebildet.

Bannzauber

Meine Hände zitterten, als ich die Seite umblätterte. Oben war ein Schlüssel, der wie der an meinem Arm aussah … und mit ihm die Erklärung, vor der ich mich gefürchtet hatte.

Zauberspruch zum Bannen von Dämonenmagie

Wird verwendet, um Dämonenkräfte während der Säuberung durch Sterbliche zu bannen. Dieser Zauber verwandelt einen Dämon vorübergehend in einen Sterblichen.

Meine Hände zitterten so sehr, dass ich das Buch kaum halten konnte.

Aber ich konnte doch nicht Mortana sein, oder? Ich wusste, dass Orion etwas von einem Zauberspruch gesagt hatte, der einen alles vergessen ließ, aber …

Ich würde es doch wissen. Wenn ich böse wäre, würde ich es wissen. Ich fühlte mich nicht böse. Hatte sich je irgendjemand böse gefühlt?

»Rowan?« Orions Stimme ließ mich fast vor Schreck aufschreien.

Wenn er sehen würde, was ich gerade gefunden hatte – wenn er wüsste, dass das ein Porträt meiner Mutter war –, würde er mich umbringen. Die Hinrichtung, die er ursprünglich für mich geplant hatte, könnte tatsächlich stattfinden. Entweder war ich Mortana, oder ich war eine nahe Verwandte. Er hatte geschworen, sie *und* ihre Familie zu töten. Nicht nur ein Schwur, sondern ein verdammter Blutschwur.

Ich drehte mich um und schob das Buch zurück in die Schublade. »Ich habe nichts gefunden«, sagte ich und versuchte, meine Stimme natürlich klingen zu lassen.

»Was ist los?« Er bewegte sich auf den Schreibtisch zu. Seine Augen leuchteten hell in der Dunkelheit.

Ich konnte ihm nichts vormachen. Er konnte mein verdammtes Herz klopfen hören.

Ich eilte an ihm vorbei in den Korridor. »Ich habe gerade wieder Dinge gesehen. Wie du gesagt hast, es scheint hier zu spuken. Lass uns gehen.«

»Es interessiert dich nicht mehr, was mit deiner Mutter passiert ist?«, rief er mir nach.

»Ich habe mich nur erschrocken, Orion.« Ich ging schnell die Treppe hinunter. Inzwischen war ich mir nicht mehr sicher, was ich da tat. Ich hoffte, dass er mit mir nach draußen kommen und diesen gespenstischen Ort vergessen würde – und das Zauberbuch nie, niemals fand.

Draußen eilte ich in den Garten. Adrenalin durchflutete mich, als ich daran dachte, was er mir erzählt hatte – die Leiche, die hier gefunden worden war, bis zur Unkenntlichkeit verbrannt.

Als ich den wilden Garten um mich herum betrachtete, wollte ich plötzlich unbedingt aus der City of Thorns verschwinden. Ja, ich mochte die Pools und den Luxus. Ich mochte Orion *sehr*. Aber eine schreckliche Vergangenheit lebte hier, und langsam wurde mir klar, dass ein Teil davon zu mir gehören könnte.

Sah sich Orion dort oben weiter um? Wenn er das Zauberbuch gefunden hatte …

Ich lief weiter durch den Garten. Meine Nerven waren wie elektrisiert. Blind stolperte ich durch die wilden Dornen. Dann ließ das Geräusch von Schritten mein Herz erstarren. Aber als ich mich umdrehen wollte, presste sich eine Hand fest um meine Nase und meinen Mund.

Orion? Ich zerrte an der Hand, aber sie war viel zu stark für mich.

Meine Lunge brannte, als mir die Luft ausging. Wie wild versuchte ich, gegen die Schienbeine des Unbekannten zu treten. Dann wurde mir schwarz vor Augen.

KAPITEL 36

Ich wachte in Dunkelheit auf, gefesselt an einen Stuhl. Schmerz pochte durch meinen Kopf, und mein Mund war trocken.

Ich roch leicht nach Urin, aber ich wollte mich nicht damit beschäftigen. Ich musste darüber nachdenken, wie ich mich aus dieser Situation befreien konnte. Abgesehen vom Urin roch die Luft nach verbranntem Zedernholz und nach Eisen.

Verbranntes Zedernholz … das war Orions Duft.

»Orion?« Ich räusperte mich. »Ich kann es erklären.« Das konnte ich wirklich nicht, aber es schien ein guter Anfang zu sein.

Ich versuchte meine Hände zu bewegen. Die Seile scheuerten an meinen Gelenken.

Schritte hallten von den Steinen wider, und als ich den Kopf drehte, sah ich ein Licht, das aus einem Tunnel schien. Ich erkannte die Umrisse eines kleinen Gewölbes.

»Rowan.« Die rasselnde Stimme kam aus der gegenüberliegenden Ecke und ich drehte mich um. Orion stand in den Schatten. Offenbar war er nicht derjenige, der mich gefesselt hatte, denn er war selbst in Ketten gelegt. Blut floss aus seinen Schultern und seiner Brust, und um ihn herum lag ein Haufen Asche.

»Orion!«, rief ich. »Was ist mit dir passiert?«

Seine Augen fielen zu, als hätte er Schwierigkeiten, bei Bewusstsein zu bleiben. »Irgendein bescheuerter Sterblicher hat Nama eine Pistole gegeben.«

»*Was*?«

»Sie hat auf mich geschossen und mich angekettet. Ich habe versucht, mich durch die Ketten zu brennen, aber … ich habe nur den

Stuhl verbrannt. Ich kann jetzt keine Magie mehr beschwören, nicht wenn ich von Kugeln durchlöchert bin. Es fällt mir schwer …«

Seine hellblauen Augen schlossen sich und Panik kroch mir in den Nacken.

Das Geräusch von Schritten wurde lauter und Nama betrat den Raum mit einer Laterne in der einen und einer Pistole in der anderen Hand. Ihr weißes Haar fiel in perfekten Wellen über ein scharlachrotes Kleid. »Hallo, Freunde.« Sie hob die Waffe. »Das macht Spaß!«

Ich warf einen Blick auf Orion, aber seine Augen waren wieder geschlossen. Er konnte eigentlich nicht sterben, es sei denn, jemand schnitt ihm das Herz heraus. Aber es tat weh, ihn so schlimm zugerichtet zu sehen.

Bei dem ganzen Mist, der hier passierte, hätte ich fast vergessen, dass ich eigentlich Mortana sein sollte. Zeit, ihre herrische Haltung zu zeigen.

Ich warf mein Haar über meine Schulter. »Was tust du da, du Idiotin? Binde mich sofort los!«

Namas Augen weiteten sich, und ihre Hand flog zum Mund. »Oder was? Was wirst du tun, wenn ich dich nicht losbinde?«

Hatte sie meinen Bluff durchschaut?

Sie hob die Laterne hoch. »Andras! Gamigan! Lydia!«, brüllte sie. »Sie ist aufgewacht. Bring den Sterblichen mit.«

»Was tust du da?«, knurrte ich. »Du bist verrückt.«

»Oh, meine versaute kleine Freundin«, gurrte sie. »Das Verrücktsein liegt dir im Blut, nicht mir. Es gab einen Grund, warum wir deinen Großvater töten mussten. Die Lilu sind abscheulich.«

Zwei der Herzöge betraten den Raum – der platinhaarige Gierdämon, der den Mammon Bezirk anführte, und ein Faulheitsdämon aus Abadon mit schweren grünen Augen. Und hinter ihnen schlenderte Lydia herein – direkt neben Jack Corwin.

Jack? Jack war der idiotische Sterbliche, der Nama die Pistole gegeben hatte. Mit seinem Alpha-Kappa-Sweatshirt und seiner alten Baseballkappe wirkte er hier völlig fehl am Platz.

Mein Blut wurde zu Eis. Meine beiden Welten kollidierten jetzt auf die schrecklichste Art und Weise, die möglich war.

Natürlich war Jack der bescheuerte Sterbliche. In diesem Moment sah er ziemlich verängstigt aus, seine Augen wanderten von einem Dämon zum anderen. Und als ich genau hinsah, konnte ich sehen, dass sein Gesicht von neuen blauen Flecken gezeichnet war. Seine Lippe war aufgeplatzt und seine Wangenknochen und sein Kiefer waren violett verfärbt.

Nama reichte die Laterne an Lydia weiter.

»Was ist hier los?«, wollte ich mit zusammengebissenen Zähnen wissen. Ich konnte nicht länger so tun, als wäre ich ruhig und gelassen. Im Moment war mein Schattenselbst nirgends zu finden.

Mit einem selbstgefälligen Lächeln verschränkte Nama die Arme. Als sie das tat, ging die Pistole los und sie schrie auf. Gesteinsbrocken und Sand spritzten durch den Raum.

Jack hielt seine Hände hoch. »Sei vorsichtig damit!«

Nama schaute stirnrunzelnd auf die Waffe. »Diese Dinger sind verwirrend.« Sie schüttelte den Kopf. »Jedenfalls hatte ich den Verdacht, dass du zu viel Zeit unter Sterblichen verbracht hast, Mortana. Du sahst irgendwie grotesk aus, so wie sie. Du weißt schon, wie ein Tier. Ein dreckiges, brünstiges Tier.«

Ich verzog meine Lippen zu einem Knurren. »Hast du den Verstand verloren?«

Sie zuckte mit den Schultern. »Also habe ich ein bisschen nachgeforscht. Ich habe mich heute in Osborne umgesehen, bis ich in einem Trophäenschrank ein Bild von deinem Gesicht gesehen habe. Du warst in einem Leichtathletik-Team.« Sie rümpfte die Nase und wandte sich an die Herzöge. »Menschen treten in Laufwettbewerben gegeneinander an, auch wenn sie verdammt langsam sind. Aber findet ihr es wirklich fair, dass ein Dämon in einem Leichtathletikteam der Sterblichen mitmacht?«

Mir wurde flau im Magen und ich sah zu, wie sie zu Jack hinüberging. Sie packte ihn an den Haaren, zog seinen Kopf zurück und richtete dann die Waffe auf sein Kinn. »Dann wurde es ein bisschen interessanter. Dieser kleine Wichser hat versucht, mich zu erschießen. Anscheinend hält er sich für einen Dämonenjäger.«

Jack zitterte heftig. *Verdammt.* War ich jetzt auf der gleichen Seite wie Jack? Das gefiel mir ganz und gar nicht.

Nama schlug ihm mit ihrer freien Hand ins Gesicht. »Ich habe ihn geschlagen, bis er mir von Mortana erzählt hat. Aber er sagte, ihr Name sei nicht Mortana. Ihr Name sei Rowan Morgenstern. Und er ist sich ganz sicher, dass sie sterblich ist.« Sie ließ ihn los und wirbelte herum, um mich anzusehen. »*Anscheinend* kann er Dämonen riechen.«

Ich schüttelte den Kopf, vollends verwirrt. »Was?«

Nama richtete die Waffe auf seinen Anhänger – den silbernen mit dem Hammer. »Die Corwins sind Hexenfinder und Dämonenjäger.«

Jack nickte, Verzweiflung in seinen Augen. »Ich kann Dämonen riechen. Ich könnte sie jagen, wenn ich wollte.« Er hielt seine Hände hoch. Sein Gesicht war blass. »Aber das tue ich nicht! Ich habe noch nie einen Dämon gejagt. Ich trage die Waffe nur zu meinem Schutz. Ich dachte, du wärst eine Bedrohung. Ich dachte, dass du wegen der Taten meiner Familie hinter mir her sein könntest. Deshalb habe ich versucht, dich zu erschießen. Es war reine Selbstverteidigung. Ich schwöre …«

»Sei still, du verdammter Sterblicher!«, rief einer der Herzöge, ein Mann mit langen schwarzen Haaren. »Wir sind nicht hier, um dich anzuklagen. Wir sind hier, um den *Sukkubus* anzuklagen. Nama behauptet, dass sie eigentlich kein Sukkubus ist. Du bist als Zeuge hier. Das ist deine Rolle.«

Ich spannte meine Handgelenke an. »Und ihr alle seid die Richter?«

Nama gestikulierte mit der Waffe auf mich. »Der König scheint von dir angetan zu sein, und er wird mir nicht zuhören, wenn ich keine Zeugen habe.« Sie richtete die Pistole auf die anderen Dämonen. »Das sind meine Zeugen. Was ich *wirklich* will, ist ein Barbecue im Turm von Baal, mit einer sterblichen Hure als Hauptgericht. Ich habe schon lange keinen gebratenen Sterblichen mehr gegessen.«

Oh Gott.

»Pass auf mit der Waffe!«, sagte Jack und hob die Hände. »Ich habe getan, was du wolltest. Kann ich jetzt gehen? Wir hatten eine Abmachung. Ich habe dir gesagt, dass sie sterblich ist. Sie riecht wie eine Sterbliche, ich schwöre es. Verbrennt sie, habt euren Spaß, aber lasst mich gehen.«

»Gut«, sagte Nama. »Ich kann dich nicht töten, weil ich dich vielleicht später noch brauche. Aber wenn ich dich bei der Dämonenjagd erwische, werde ich dir die Eingeweide durch dein Maul rausreißen.«

Jack drehte sich um und sprintete durch den Tunnel hinaus.

Ich zappelte und versuchte an den Seilen zu ziehen, aber es hatte keinen Sinn. Da ich keine dämonische Kraft besaß, schürfte ich mir nur die Haut auf. Mit klopfendem Herzen drehte ich mich um und sah Orion an. Seine Augen begannen sich wieder zu öffnen, und er begegnete meinem Blick.

»Warum ist er hier, Nama?«, fragte ich.

Sie zog eine Grimasse. »Ich will, dass er sieht, dass du ihn angelogen hast. Du bist nichts weiter als eine dreckige kleine Doppelgängerin, nicht wahr? Ich will, dass er erkennt, dass ich die ganze Zeit recht hatte. Ich bin die richtige Person für ihn. Und wenn du *wirklich* ein Dämon wärst, würdest du dich leicht aus den Fesseln befreien können. Es ist nur ein *Seil.* Jeder Dämon könnte es zerreißen.«

»Vor dir muss ich mich nicht beweisen«, fauchte ich. »Vielleicht will ich nicht Teil deines dummen kleinen Spiels sein.«

Das war der Inbegriff der Zwickmühle, in der ich steckte. Wenn ich ihnen von dem Bannzauber erzählte, würde ich durch Orions Hand sterben. Wäre ich eine Sterbliche, würde ich durch ihre Hand sterben.

Mein Körper zitterte. »Glaubst du, er wird dich lieben, nachdem du ihn angeschossen hast?«, fragte ich. »Du bist wahnsinnig.«

Sie schielte zu mir herüber, ihre Augen wild und fanatisch. »Er wird sehen, dass ich es getan habe, weil ich ihn liebe. Alles, was ich hier tue, ist für ihn. Für uns. Wir sind füreinander bestimmt.«

Lydia verschränkte die Arme. »Können wir weitermachen, Nama? Deine Besessenheit von ihm ist ehrlich gesagt deprimierend, und ich schäme mich langsam, dasselbe Geschlecht zu haben wie du. Ich hätte auf Legion hören sollen. Der Herzog des Sathanas Bezirks hat gesagt, du wärst verrückt.«

»Womit genau machen wir weiter?« Meine Stimme zitterte so stark, dass sie inzwischen wissen mussten, dass ich nicht Mortana war. Ich klang *verängstigt.* »Ich habe euch gesagt, dass ich nicht mitmache.«

Orions Augen öffneten sich noch ein wenig weiter. Sie waren jetzt ganz schwarz. Ich konnte spüren, wie der Raum heißer wurde.

»Vielleicht brauchst du ein kleines bisschen Motivation.« Nama richtete ihre Waffe auf Orion. »Der Prozess wird folgendermaßen ablaufen. Ich werde weiter auf Orion schießen. Auf seine Knie, seine Hand. Vielleicht auch auf sein hübsches Gesicht.«

»Du hast gerade gesagt, dass du ihn liebst!«, rief ich und klang verzweifelt. Ich konnte das Schauspiel nicht mehr aufrechterhalten.

Ihr Gesicht strahlte. »Ja, Mortana. Und wenn ich ihn nicht haben kann, wird ihn niemand anderes haben. So sehr liebe ich ihn.«

Lydia kniff sich in die Nase. »Oh mein Gott, Nama.«

»So funktioniert die erste Prüfung«, fuhr Nama fort. »Du beweist, dass du ein Dämon bist, und rettest ihn. Oder du bleibst an deinen

Stuhl gefesselt wie eine schwache kleine Sterbliche und zeigst ihm, dass du ein Tier bist.«

Ich biss die Zähne zusammen. Mein ganzer Körper zitterte. »Was ist, wenn es mir egal ist, was mit ihm passiert?«

Nama grinste, ihre Augen waren jetzt wahnsinnig. Sie wandte sich an Orion. »Dann beweist du, dass du ihn nicht verdienst! Du interessierst dich nicht einmal genug für ihn, um aufzustehen und ihm zu helfen. Und mir ist er wichtig genug, um das alles zu tun.«

»Entschuldigung«, unterbrach sie der Herzog von Mammon. »Wir stellen sie nicht vor Gericht, um zu sehen, ob sie sich für Orion interessiert. Ich möchte nur sicherstellen, dass wir unsere hart verdienten Steuergelder nicht an eine Sterbliche geben. Wenn sie ein Dämon ist, ist es mir völlig egal, ob Orion ihr etwas bedeutet.«

»*Mir nicht!*«, brüllte Nama. Dann wirbelte sie herum, richtete die Waffe auf mich und drückte ab.

Kapitel 37

Schmerz schoss durch mein Bein und schockte mich derart, dass ich nicht mehr klar denken konnte. Mein Verstand verdunkelte sich für eine Sekunde, und als sich meine Sicht wieder klärte, sah ich, dass sie die Waffe wieder auf Orion gerichtet hatte.

Namas Lachen hallte von den Steinmauern wider. »Jetzt lass es uns bei Orion ausprobieren. Zeig uns, wie stark du bist, Mortana. Zeig uns, dass du deine Feuermagie einsetzen kannst.«

Sie drückte ab und schoss Orion in die Kniescheibe. Ich sah, wie sich seine Augen verdunkelten und ein Hitzeschwall durch den Raum schoss.

Ich konnte sie wieder spüren – die aufsteigende Wut. Pure Kraft strömte durch meinen Körper und ein uralter Hass, der Felsen und Stein schmelzen konnte. Die Dunkelheit floss wie Tinte durch mein Blut. Mein Schattenselbst stieg wie Lava an die Oberfläche und ich konnte den Schmerz der Kugel in meinem Bein nicht mehr spüren.

Sterbliche und skrupellose Dämonen hatten Orions Familie vor seinen Augen ermordet, als er noch ein kleiner Junge gewesen war. Sie hatten ihn mit seinen quälenden Erinnerungen in einen Kerker gesperrt. Die meisten wären daran zerbrochen. Und jetzt hatten sie ihn hierher in einen Tunnel geschleppt, um ihn noch mehr zu quälen.

Wut flammte in meinem Blut auf und ich konnte spüren, wie die Seile an meinen Handgelenken zerrten. Ein Licht leuchtete an meiner Stirn auf, meine Brust wurde heißer. Heller. Tief in meinem Inneren lag die Wahrheit verborgen, die ich vor mir selbst versteckt hatte: Ich war stärker als all diese Mistkerle.

Und ich würde töten, um die zu schützen, die ich liebte.

Ich würde dafür sorgen, dass sie es bereuten, geboren worden zu sein.

Nama richtete die Waffe auf Orions Gesicht. »Du bist so schön, Orion. Weißt du, ich glaube, das ist dein Problem. Dein Gesicht ist zu hübsch, und ich muss dich fühlen lassen, wie –«

Ich würde meine Feinde in Flammen baden. Ich würde erst ruhen, wenn sie nur noch ein Haufen Asche waren.

Das Seil zerriss hinter mir, und heißer Zorn brach aus.

Ich wusste nicht, dass das Feuer aus meinem Körper strömte, bis ich das brennende Fleisch roch. Erst dann sah ich die Flammen, die das Gewölbe ausfüllten, ein reines Inferno des Todes. Ein Strudel aus geschmolzener Hitze.

Sie wollten mich vor Gericht stellen?

Ich war die Hölle selbst. Ich würde das Böse von dieser Erde verbrennen. Ich war geboren worden, um zu herrschen.

Die Flammen schlugen zurück in meinen Körper, und ich keuchte und sah an mir herunter. Pure Kraft durchflutete mich und meine Beine begannen zu zittern.

Magie. Mächtige, erschreckende Magie.

Der Bannzauber war aufgehoben worden. Ich fühlte mich unsicher auf den Beinen und war geschockt von dem, was gerade passiert war.

Ich befand mich in einem Albtraum.

Meine Kleidung war versengt und teilweise verbrannt, und meine Beine waren von den Oberschenkeln abwärts nackt. Aschehaufen lagen auf dem Boden, wo drei der Dämonen gestanden hatten, und Qualm waberte in der Luft. Lydia stand noch neben mir, rußgeschwärzt.

Sie starrte auf die Stelle, an der die anderen Dämonen gestanden hatten. »Ich schätze, Nama hat sich geirrt«, sagte sie leise. Dann rannte sie durch den Tunnel davon.

Ich schaute auf meine Hände hinunter, auf meine glühenden Finger. Flammen züngelten aus ihnen hervor. Ich spürte, wie ein magischer Strom durch meine Arme floss und mich bis in die Fingerspitzen elektrisierte.

Als ich mich umdrehte und Orion ansah, durchfuhr mich erneut Schrecken. Die Ketten waren geschmolzen und er erhob sich auf seine Füße, seine Augen schwarz wie die Nacht. Anscheinend hatte er doch noch Kraft in sich. Seine Kleidung war an einigen Stellen verbrannt, so dass Arme und Oberschenkel zum Vorschein gekommen waren.

Der pure Hass in seinen Zügen ließ mein Herz stillstehen. Die Zeit schien sich zu verlangsamen, und ein Windhauch spielte mit seinem silbernen Haar.

Aber es war das Mal auf seiner Stirn, das mich dazu brachte, ihn umbringen zu wollen.

Ein fünfzackiger Stern.

Da war er, der verdammte Lichtbringer. Der Herrscher der Dämonen.

Kampfeswut durchströmte meinen Körper und ich spürte, wie sich die Luft um uns herum erhitzte. Ich hatte keine Ahnung, ob die Quelle Orion oder ich war. Ich wusste nur, dass die Steine unter uns zu glühen begannen, rot und heiß. Die Stille drückte auf uns, schwer wie die Erde in einem Grab.

In meinen Schulterblättern kribbelte ein uralter Instinkt, meine Flügel zu entfalten.

Orions Lippen kräuselten sich, und Schatten schlängelten sich um ihn wie Rauch. »Mortana«, knurrte er. Seine Stimme war eine eiskalte Klinge, die mich bis ins Mark traf. »Da bist du ja.«

»Da ist der Lichtbringer«, zischte ich. »Du hast dich bemerkenswert gut erholt.«

»Ich war nicht so verletzt. Ich wollte die Wahrheit über dich genauso sehr erfahren wie die anderen. Und jetzt weiß ich es. Du hast es geschafft, dich als Sterbliche zu tarnen.«

Ich zeigte auf ihn. »Ich weiß jetzt, was passiert ist. Du hast meine Mutter getötet. Du hast einen Blutschwur geleistet, jeden in Mortanas Familie zu töten, auch meine Mutter. Die ganze Zeit über hast du so getan, als würdest du mir helfen, ihren Mörder zu finden, und du wusstest, dass du es warst.«

Er schüttelte langsam den Kopf, und ich war mir nicht sicher, was das bedeutete. Ich wusste nur, dass er aussah, als wollte er mir den Kopf vom Körper reißen.

Ich war mir nicht sicher, wer von uns beiden sich zuerst bewegte, aber im nächsten Moment drückte er mich gegen die Wand, und meine Füße hoben vom Boden ab. Seine Hand schloss sich um meine Kehle und er presste mich hart gegen den Stein. Unendliche Dunkelheit brannte in seinen Augen.

»Mortana«, knurrte er. »Es ist sehr bedauerlich, dass die schönste Person, die ich je gesehen habe, auch meine schlimmste Feindin ist.«

Aber ich war keine schwache Sterbliche mehr und konnte mich wehren. Ich hob meine Arme und schlug meine Hände gegen seine Handgelenke. Gleichzeitig rammte ich mein Knie hart in seine Leistengegend.

Er ließ mich los. Ich stürzte mich auf ihn. Mit meiner Faust zielte ich auf sein Gesicht. Aber er packte meine Hand und drehte sie hinter meinen Rücken. Als er mich mit knochenbrechender Kraft gegen die Wand stieß, stöhnte ich auf.

»Wusstest du es?« Seine leise Stimme war wie ein alter Fluch. »Wusstest du, wie ich mich fühlen würde, wenn ich die Wahrheit erfahre? Hast du es deshalb getan?«

»Ich weiß gar nichts.« Ich trat ihm wieder gegen das Schienbein, so fest, dass ich ein Knacken hörte. »Ich habe keine verdammte Ahnung, was hier passiert, Orion.«

Ich wirbelte herum und wollte nach ihm schlagen, aber er hob mich in die Luft. Er schleuderte mich quer durch den Raum, und ich schlug hart auf dem Boden auf. Als Sterbliche wäre ich tot gewesen. Als Dämon war es nur ein Stolpern.

Kein Wunder, dass Dämonen dachten, Sterbliche seien schwach. Ich fühlte mich unbesiegbar.

Von oben schaute Orion auf mich herab wie ein erobernder Gott, der auf ein Opfer wartete. »Ich weiß genau, wer du bist. Du bist meine schlimmste Feindin. Du warst nie etwas anderes.«

Ich stieß meine Hüfte nach oben und schlug die Rückseite meines Absatzes in sein Knie, wo Nama ihn getroffen hatte – einmal, zweimal. Mit einem Knurren stolperte er zurück. Vom Boden aus trat ich gegen seine Waden und riss ihm die Beine unter den Füßen weg. Als er nach hinten fiel, sprang ich auf ihn. Ich schlang meine Hände um seinen Hals und meine Schenkel um seine Taille. Dann ließ ich mir Zeit. Leicht drückte ich zu, damit er wusste, was kommen würde. Ich spürte, wie meine Klauen hervortraten, bereit, ihm das Herz herauszureißen, und ich drückte sie gegen seine Brust.

»Ich weiß nicht, ob ich Mortana bin!«, schrie ich ihn an. »Wenn ich einmal Mortana war, ist sie mir so fremd wie irgendeine Unbekannte. Ich bin nicht das, wofür du mich hältst. Du hast gesagt, dass Mortana sich nur um sich selbst kümmert. Und du hast gesagt, dass Gefühle einen Dämon dazu bringen, ihr wahres Ich zu offenbaren. Aber es war nicht bloß Selbsterhaltung, die meine dämonische Seite zum Vorschein gebracht hat. Jedes Mal, wenn ich gespürt habe, dass sie aufgestiegen ist, wollte ich dich beschützen. Es war der Gedanke an dich als kleinen Jungen in diesem Kerker.« Meine Brust schmerzte von meinen eigenen Worten. »Meine dämonische Seite ist zum Vorschein gekommen, weil ich dich beschützen wollte. Ich habe den Bannzauber zerbrochen, weil ich dich in Sicherheit bringen wollte. Ich weiß also nicht, wer ich bin, aber ich weiß, dass ich nicht das Monster bin, nach dem du suchst. Aber du? Du bist derjenige, der *mich* verraten hat, Orion. Du hast so getan, als würdest du mir helfen, den Mörder meiner Mutter zu finden, dabei warst du es die ganze Zeit«, knurrte ich.

Er starrte wie gebannt zu mir hoch. »Wie kommst du darauf, dass ich es war?«

»Ich kenne dich noch von damals.«

»Nein, tust du nicht. Ich habe dich nie angelogen. Ich verschweige nicht, was ich getan habe. Wenn ich deine Mutter getötet hätte, hätte ich es dir sofort gesagt, als ich dich getroffen habe. Aber jetzt habe ich einen neuen Fehler gemacht, und zwar meinen schlimmsten.«

»Welchen?«

»Ich hätte dich in den letzten zwei Minuten schon fünfmal töten können. Ich könnte dich auch jetzt töten. Und irgendetwas verdammt Idiotisches hält mich davon ab.« Sein Kiefer straffte sich. »Ich habe mich noch nie so sehr verabscheut wie in diesem Moment, und glaub mir, das will etwas heißen, denn ich habe schon *erstaunliche* Tiefen des Selbsthasses ausgelotet.«

»Hör auf, das Thema zu wechseln.« Tränen liefen über mein Gesicht. »Dein Mal ist der fünfzackige Stern. Ich erinnere mich an die

Nacht, in der meine Mutter im Wald mit Feuermagie ermordet wurde. Das warst du.«

»Du solltest vielleicht mal in den Spiegel schauen, Mortana. Ich bin nicht der Einzige mit Feuermagie, und es scheint, dass Luzifer uns beide gesegnet hat. Du und ich sind beide als Lichtbringer gekennzeichnet. Aber wenn du glaubst, dass du mir den Thron wegnehmen kannst, irrst du dich.«

In meiner Brust blühte das Grauen auf. Entsetzt stand ich auf und stolperte von Orion weg. Mit tränenüberströmtem Gesicht griff ich in meiner Jeanstasche nach meinem Handy. Es war halb geschmolzen und funktionierte nicht mehr, aber in dem schwarzen Schimmer konnte ich eine Spiegelung erkennen – von dem, was auf meiner Stirn leuchtete.

Ein fünfzackiger Stern.

Ohne ein weiteres Wort zu Orion zu sagen, rannte ich durch die Tunnel davon.

Aber ich floh nicht vor Orion. Ich rannte vor der Erinnerung davon, vor der ich die ganze Zeit geflohen war. Vor dem Grund, warum ich so besessen davon war, den Mörder meiner Mutter zu finden. Das war meine schlimmste Angst gewesen – die dunkelste Wahrheit, die in den Tiefen meines Geistes vergraben war und die ich so verzweifelt widerlegen wollte.

Und wenn ich Mom getötet hatte?

In der Nacht hatten wir uns gestritten. Sie wollte immer wieder umziehen. Sie wirkte paranoid, wahnhaft. Sie glaubte, dass jemand hinter uns her war, wollte mir aber nicht sagen, wer, und ich wollte nicht mehr umziehen.

Orion hatte gesagt, dass er sein Feuer nicht hatte kontrollieren können, als er jünger gewesen war …

Ich hatte geglaubt, sie hätte ihren Verstand verloren. Ich war so wütend gewesen.

Übelkeit stieg in meinem Bauch auf und ich wusste kaum, wohin ich rannte. Ich hatte das Gefühl, als würden die Wände um mich herum einstürzen.

War ich Mortana?

War ich tief in meinem Inneren, unter den Lügen, die ich mir einredete, wirklich böse?

Ich rannte und rannte, bis ich das Mondlicht in Osborne sah. Ich schlüpfte in die Schatten. So verborgen lief ich die Uferpromenade entlang. Ich sprintete an der Brauerei und dem Cirque de la Mer vorbei. Ich wusste nicht, wohin ich wollte, nur, dass ich mich bewegen musste.

Aber ich konnte nicht dem entkommen, wovor ich wirklich fliehen wollte.

KAPITEL 38

Ich lehnte mich auf meinem Bett in meiner Kellerwohnung zurück und starrte die Wand an. Dann schenkte ich mir einen weiteren Pappbecher billigen Rotwein ein und kümmerte mich nicht mehr darum, dass die Spinnen auf meiner Bettdecke herumkrabbelten.

Lass sie krabbeln.

Ich war schon fast einen Tag hier unten und hatte schon meine zweite Flasche intus.

Wenn Orion mich finden und wieder in den Kerker werfen wollte, wäre das nicht schwer. Ich hatte mir nicht die Mühe gemacht, mich zu verstecken. Ich war einfach dorthin zurückgekehrt, wo ich angefangen hatte – in den schimmeligen Keller, den ich mit sechs anderen Menschen teilte. Jetzt hatte ich weniger Angst, aber viel mehr Selbsthass. Wenn Orion mich zurückschleppte, würde ich in alten Leggings und einem David Bowie T-Shirt mit Weinflecken gehen. Und ich war mir nicht sicher, ob ich mich wehren würde.

Mein Blick wanderte im Zimmer umher und landete dann auf dem Feuerlöscher. Ich brach in eine Art hysterisches, dunkles Lachen aus und verschüttete etwas von meinem Wein auf der Bettdecke.

Ich schätze, ich kann jetzt die ganze Feuerschutzausrüstung loswerden.

Mein Telefon surrte – eine weitere Nachricht von Shai, die verzweifelt wissen wollte, was los war. Ich antwortete nicht, weil ich ehrlich gesagt keine Ahnung hatte, was ich sagen sollte.

Ich war ein Dämon, ja. Aber ich hatte nicht vor, ihr das per Telefon mitzuteilen. Trotzdem sollte ich sie wissen lassen, dass ich noch am Leben war.

Ich klappte mein neues, extrem billiges Handy auf. Da mir nichts Besseres einfiel, schickte ich ihr einen Smiley und ein Weinflaschen-Emoji.

Das sollte genügen.

Mir schwirrte der Kopf. Langsam wurde mir übel. Wann hatte ich zuletzt etwas gegessen?

Der Raum schien zu wackeln. Anscheinend machte einen das Dämonendasein schneller und stärker, aber es erhöhte nicht die Alkoholtoleranz.

Ich wollte nicht, dass mein Kopf frei wurde. Ich konnte mich nicht mit der Möglichkeit abfinden, dass meine eigene Feuermagie Mom getötet hatte.

Als mein Telefon wieder summte, fand ich eine verzweifelte Nachricht von Shai in Großbuchstaben:

GEHT ES DIR GUT?! WAS IST LOS? ZWEI WEITERE HERZÖGE SIND TOT?? Ich habe Legion im Sathanas Bezirk gesehen. Ich habe den Mut aufgebracht, ihn zu fragen, wo Mortana ist. Er hat gesagt, niemand hätte dich gesehen und es gäbe Gerüchte, dass du zwei Herzöge verbrannt hättest. IST ALLES IN ORDNUNG?

Ich stellte meine Tasse Wein auf den Nachttisch und fing an, ihr zu schreiben.

Mir geht's gut.

Aber wozu? Ich war immer so besorgt darüber, was die Leute denken würden oder dass ich sie mit der Dunkelheit, die ich in mir trug, in Verlegenheit bringen könnte. Ich wollte niemanden mit meinen verstörenden Gedanken belasten. Vielleicht konnte ich tatsächlich ein oder zwei Dinge von Orion lernen. Vielleicht konnte ich versuchen … einfach Klartext zu reden und Dinge zu sagen.

Mit einem seltsamen Gefühl von Schwindel tippte ich: *Es hat sich herausgestellt, dass ich ein Dämon bin. Ich habe Feuermagie. Und ein Sternenmal. Was, wenn ich diejenige bin, die Mom getötet hat? Was ist, wenn ich böse bin?*

Ich beobachtete, wie sich die Punkte auf dem Bildschirm bewegten, während sie mir zurückschrieb, und mein Herz pochte, als ob mich das Urteil des Heiligen Petrus erwartete.

Böse Menschen machen sich keine Gedanken darüber, dass sie böse sind, Rowan. Es ist ihnen egal.

Meine Brust krampfte sich zusammen und ich ließ das Telefon fallen. Verdammt. Natürlich hatte sie recht.

Warum war ich nicht in der Lage gewesen, klar genug zu denken, um das zu berücksichtigen? Eine Psychopathin fürchtete nicht, dass sie böse war. Sie verspürte nicht einmal Angst. Und ich? Selbst als Dämon hatte ich reichlich Angst gehabt.

Ich stand von meinem Bett auf und riss meine Kellertür auf. Orion hatte Mortana als jemanden beschrieben, der sich in seinem Innersten nicht um andere kümmerte. Und es stimmte, was ich ihm gesagt hatte – meine Gefühle kamen dann an die Oberfläche, wenn ich das Gefühl hatte, ihn unbedingt beschützen zu wollen.

Und ich konnte nicht Mortana sein.

Schließlich erinnerte ich mich daran, ein Kind gewesen zu sein. Ich hatte im Bällebad geweint und mir in der zweiten Klasse in die Hose gepinkelt. Meine Mutter hatte mich ein Jahr lang mit Waffeln zur Schule geschickt, weil ich mich weigerte, etwas anderes zu essen, und die anderen Kinder hatten über meine knochigen Knie gelacht. Die Nächte, in denen Mom meinen Kopf gestreichelt hatte, weil ich Albträume gehabt hatte und ständig nach Wasser gefragt hatte.

Ich erinnerte mich daran, dass ich das schnellste Kind in meiner Sportklasse gewesen war, aber nie die Seile hochklettern konnte, und dass ich in Matt Logan verknallt gewesen war, selbst nachdem er mir gesagt hatte, dass ich nervig wäre. Ich wusste noch, wie ich mit meiner Mutter in der Mittagspause *Der Preis ist heiß* geschaut und mich über die Preise gefreut hatte.

Ich erinnerte mich an die Kommunion meiner Freundin Amy, mit der ich in die Kirche gegangen war, obwohl ich nicht katholisch war. Ich hatte Abscheu vor der Statue von Sankt Luzia empfunden.

Und jetzt verstand ich, warum.

Magie konnte vielleicht Erinnerungen unterdrücken, aber konnte sie wirklich eine Kindheit vortäuschen? Und zwar so genau? Ich war kein fünfhundert Jahre alter Dämon. Ich war Rowan Morgenstern, und das wusste ich.

Und vor allem erinnerte ich mich daran, wie sehr ich meine Mutter geliebt hatte. Egal, wie wütend ich auf sie gewesen war, ich hätte sie auf keinen Fall umgebracht. Zumindest nicht mit Absicht.

Als ich nach draußen ging, stellte ich zu meiner Überraschung fest, dass es Nacht war – ich hatte das Zeitgefühl völlig verloren. Ich blinzelte in den Mond über Osborne und fühlte mich in seinem Licht seltsam wohl.

Verdammt.

Ich war Rowan Morgenstern, aber ich war auch ein Sukkubus. Irgendwie.

Ein Geschöpf der Nacht.

Ich schaute wieder auf das Schlüsseltattoo auf meinem Arm, das jetzt dauerhaft war. Ich wusste immer noch nicht, was passiert war, aber ich konnte nur vermuten, dass Mom einen Zauber gewirkt hatte, um sicherzustellen, dass ich immer beschützt sein würde. Dass mein Blut sterblich schmeckte, nur für den Fall.

Ich begann in Richtung Hafenviertel zu laufen. Hier war es kälter als in der City of Thorns und eine Gänsehaut überzog meine Haut. Die Luft schmeckte nach Salz und roch nach Seegras. Am kalten Meer ließ ich mich von den Schatten verschlingen. Ich brauchte keine Angst mehr zu haben, nachts draußen zu sein. Die Sterblichen konnten mir nichts anhaben. Die Dämonen würden es nicht wagen.

Die Sache war die: Wenn ich ein Dämon war, gehörte ich nicht wirklich nach Osborne. Wenn ich es nicht wieder in die Sicherheit der Stadtmauern schaffte, hatte ich nur noch ein oder zwei Tage Zeit, bevor meine Magie erlosch.

Ich war nicht sterblich. Mom war es auch nicht gewesen. Sie musste eine Lilu gewesen sein – eine der Verbannten. Sie hatte hier draußen im Verborgenen gelebt und immer über ihre Schulter geschaut, voller Angst. Sie war verbannt worden, nur weil sie ein Sukkubus war.

Und mein Vater? Wenn er tatsächlich Herzog Moloch war, war er kurz nach meiner Geburt getötet worden. Vor etwa zwanzig Jahren. Vielleicht war er zurückgekehrt, um mich zu retten.

Ich dachte an den Kinderreim, den ich in dem Buch gefunden hatte. Hatte das etwas zu bedeuten?

Die Maere der Nacht
jagte den Mädchen einen Schrecken ein,
aber eine Königin liebte ihn sehr.
Er verlor seinen Thron,
aber die Saat wurde gesät
im Garten von Adele.

Ein Schwindlerkönig,
ein goldener Ring,
um sein Herz am Leben zu erhalten.
Nimm den Ring,
der König ist gefallen,
die Stadt wird dennoch gedeihen.

Es klang wie ein Kinderlied, aber ich war mir sicher, dass in diesem Gedicht etwas Wichtiges verborgen lag. Ein Geheimnis, das ich lüften musste.

Aus den Tiefen meines Gehirns stieg ein uralter Instinkt an die Oberfläche, und Magie kribbelte in meinen Schulterblättern.

Ich musste mich in die Lüfte erheben. Ich musste frei sein.

Mein Rücken wölbte sich, dann brachen die Flügel aus meiner Haut. Als ich über meine Schulter blickte, sah ich sie, schwarz und gefiedert, mit goldenen Sprenkeln. *Wunderschön.*

Das war eine Befreiung – die Enthüllung meines wahren Selbst. Meine Flügel begannen in der Luft zu schlagen und mein Instinkt trug mich immer höher in den salzigen Wind.

Orion hasste mich jetzt. Er war davon überzeugt, dass ich Mortana war.

Aber ich wollte die Wahrheit herausfinden. Ich wollte genau erfahren, was mit Mom passiert war und wer ich war.

Was machte eine Person zu dem, was sie war? War es eine Seele? Oder ihre Erinnerungen? Ich wusste es nicht. Ich wusste nur, dass ich nicht das Monster war, für das Orion mich hielt.

Ich atmete tief ein und starrte auf die verschlossenen Tore der City of Thorns.

Tief in meinen Knochen wusste ich, dass ich dort hingehörte. Ich hatte es immer gewusst.

Ich war eine Lichtbringerin, gesegnet von Luzifer. Und ob es Orion gefiel oder nicht, ich würde mit ihm um meinen Platz in der Stadt kämpfen.

Denn ich war dazu bestimmt, sie zu regieren.

LORD OF EMBERS

KÖNIGIN DER DÄMONEN

BUCH II

KAPITEL 1

– ROWAN –

Ich drückte die Plastiktüte an meine Brust, um sie vor dem Regen zu schützen. Ein schiefergrauer Himmel breitete sich über mir aus.

Meine Socken wurden durch das Loch in meinem Schuh nass, als ich in eine kalte Pfütze trat.

So sah mein Leben jetzt aus – verbannt aus der City of Thorns, zurück in meiner alten Wohngegend. Nachdem Orion das Zeichen Luzifers auf meiner Stirn entdeckt hatte, hatte er beschlossen, dass ich seine schlimmste Feindin war. Der Blutschwur, den er geschworen hatte, hielt mich von der Dämonenstadt fern. Dabei gehörte ich dorthin. Doch wenn er mich noch einmal sehen würde, wäre er gezwungen, mich zu töten.

Fröstelnd blickte ich zu dem hellblauen Haus auf der anderen Straßenseite, in dem ich aufgewachsen war, und zu den schiefen Marienstatuen, die der jetzige Besitzer auf dem kleinen Rasenstück vor dem Haus aufgestellt hatte.

Dahinter erstreckte sich das dunkle Reservat des Osborne-Waldes über Tausende von Hektar. Für einen Moment blitzte eine Erinnerung in meinem Kopf auf – wie ich vor Jahren bei solchem Regen durch diese Wälder gelaufen war. Ich erschauderte und ließ meine Hand in meine Tasche gleiten, um mich an meinen Schlüsseln festzuhalten.

Nicht weit entfernt eilte eine Frau mit einem Kinderwagen den Bürgersteig hinunter, um dem Regen zu entkommen. Meine Kehle schnürte sich zu. Meine Mutter hatte mich am Wochenende morgens immer zu Dunkin' Donuts auf der anderen Straßenseite geschickt. Gott, ich vermisste sie. In dieser Gegend zu sein war nicht gerade hilfreich.

Witchcraft Point *klang* nach einem magischen Viertel mit Kuriositätenläden und kleinen Gässchen mit Kopfsteinpflaster. In Wirklichkeit handelte es sich aber um den alten Industrieteil der Stadt, eine Ansammlung von halbverlassenen Gerbereien, zerbrochenen Fenstern und schäbigen Mietshäusern. Fast-Food-Restaurants vervollständigten das trostlose Vorstadtbild.

Ich drehte mich um und blickte hinter mich auf die Dämonenstadt – hoch aufragende Mauern aus goldenem Stein und schimmernde Türme auf Osbornes höchstem Hügel im Osten. Ich wusste nun, dass es in der City of Thorns wärmer war als hier, und die bernsteinfarbenen Mauern leuchteten in einem unheimlichen Licht wie ein altes Mittelmeerparadies. Hinter den Toren entsprang der Fluss Acheron und floss in das bonbonblaue Meer hinaus.

Ich musste irgendwie dorthin zurückkommen. Nicht nur war es dort viel schöner, sondern ich musste dort auch den Dämon finden, der Mom in den Osborne-Wäldern verbrannt hatte.

Ich werde ihn finden.

Ich wandte mich wieder von der City ab.

Nach ein paar Tagen außerhalb der City of Thorns spürte ich, wie meine Magie und meine Kraft aus meinem Körper sickerten. Es war ein unangenehmes Gefühl, als ob ich krank werden würde.

Ich warf einen Blick nach links. Auf einem zerklüfteten Hügel hinter dem Parkplatz von Dunkin' Donuts hatte einst der Galgen von Osborne gestanden. Heute war es kaum mehr vorstellbar, aber auf dem Hang hinter dem Müllcontainer hatte einst der Wind die Leichen hin und her schwingen lassen.

Ich drückte die Plastiktüte mit den Jogginghosen fester an mich. Hoffentlich waren sie nicht durchnässt, bis ich bei Mr. Esposito ankam, einem nicht mehr ganz jungen Freund meiner Mutter. Heute Morgen hatte ich aus meinem schmuddeligen Kellerfenster gesehen, wie er im strömenden Regen zur Bushaltestelle gegangen war. Seine Hose war ihm bis zu den Knien heruntergerutscht und er war zu einer Bank geschlurft, um sie hochzuziehen.

Ich hatte unschlüssig am Fenster gestanden. Sollte ich ihm zu Hilfe eilen oder würde ihn das in Verlegenheit bringen? War es besser, so zu tun, als hätte ich es nicht gesehen? Während ich zu keiner Entscheidung gekommen war, hatte er die Bank erreicht und seine Würde selbst wiederhergestellt. Aber mir war klar, was er brauchte – eine Jogginghose, die nicht herunterrutschte.

Bei einem billigen Textilgeschäft hatte ich zwölf Dollar für drei Jogginghosen ausgegeben, zwei für Mr. Esposito und eine für mich.

Ich holte mein Handy heraus und hoffte, eine Nachricht von Shai zu sehen, aber mein Akku war leer. Regentropfen glitten über das dunkle Display und ich schob das Telefon zurück in meine Tasche. Diese billigen Jogginghosen waren bequem und hatten Taschen. Vermutlich würde ich nie wieder etwas anderes tragen.

Mortana mochte Glamour. Ich dagegen wollte den ganzen Tag Pyjamas tragen. Vielleicht kein toller Lebensplan, aber im Moment hatte ich keinen besseren.

Nachdem ich die Jogginghosen abgegeben hatte, wollte ich mit dem Bus in meinen Lieblingsteil der Stadt fahren, das historische Viertel um die Osborne-Allmende. Dort würde ich mir eine heiße Schokolade im *Ye Olde Osborne Café* gönnen. Das historische Viertel lag nordöstlich von hier, und ich liebte die Häuser im georgischen Stil, die malerischen Bürgersteige und mit Kopfstein gepflasterten Straßen und die Schilder mit makellosen goldenen Buchstaben. Und dort würde ich mich aufwärmen, meinen kleinen Notizblock hervorholen und einen Masterplan schmieden.

Wer nur ein paar Dollar und eine halbe Schachtel Müsli übrig hatte, brauchte wirklich einen Masterplan.

Ich bog in die Galgenbergstraße ein und ging schnell weiter. Bunte Fahnen flatterten im Wind und schmückten einen zugewachsenen Parkplatz, der früher einmal einem Gebrauchtwagenhändler gehört hatte. Der Himmel verdunkelte sich jetzt immer mehr. Auf der anderen Straßenseite waren die zerbrochenen Fenster eines mintgrünen Betongebäudes mit Sperrholzplatten vernagelt worden. Gleich dahinter befand sich das baufällige Haus von Mr. Esposito – mit abgeplatzter weißer Farbe, einem Garten voller Unkraut und hohem Gras und einem Vorhang, der bis zur Hälfte des Fensters herunterhing. Ich sollte wirklich öfter vorbeikommen und ein bisschen im Haushalt helfen. Niemand sonst lebte hier in der Nähe oder hatte ein Auge auf ihn, und er hatte keine Familie.

Das Tor im Maschendrahtzaun war offen. Ich ging hindurch und stieg die Stufen zur vorderen Veranda hinauf, wo Mr. Esposito seine

Dosen und Zeitungen aufbewahrte. Wasser tropfte durch den Überhang auf das verrottende Holz.

Bibbernd klopfte ich an und wartete, bis ich ein Schlurfen hinter der Tür hörte, begleitet von dem Geräusch einer Gehhilfe, die auf den Holzboden schlug.

Auch wenn meine Magie in der Welt der Sterblichen schwand, konnte ich immer noch hören wie eine Dämonin. War das der Grund, warum meine Mutter immer genau gewusst hatte, was ich vorgehabt hatte? Ich hatte nachts nicht aufstehen können, um zu schauen, ob ich neue Nachrichten auf dem Handy hatte, ohne dass sie es mitbekommen hatte.

Nach ein paar Augenblicken öffnete Mr. Esposito die Tür. Seine dicken weißen Augenbrauen hoben sich fragend und er schaute mich durch seine Brille an. »Rowan!«

Ich hielt die Tüte mit den Jogginghosen hoch. »Ich habe Ihnen etwas mitgebracht, Mr. Esposito. Ich habe aus Versehen ein paar Männer-Jogginghosen bestellt, die mir nicht passen. Ich dachte, vielleicht passen sie ja Ihnen. Ich bin zu faul, sie zurückzuschicken.«

»Oh.« Er lächelte. »Das ist nett, dass du an mich denkst.«

Mr. Esposito und ich waren uns sehr ähnlich. Keiner von uns beiden hatte noch Freunde in Osborne und wir schafften es kaum, ein normales Leben ohne eine Reihe von Katastrophen zu führen. Wenn wir nichts zu tun hatten, trafen wir uns manchmal in einem Café zum Schachspielen. Er spielte langsam und bedächtig und war eine Million Mal besser als ich.

Mit zitternder Hand nahm er mir die Tüte ab und schenkte mir ein schwaches Lächeln. »Willst du auf einen Tee reinkommen?« Es klang gut, endlich ins Warme zu kommen, aber er sah erschöpft aus.

»Ich muss los, aber danke. Spielen wir bald wieder Schach?«

Er nickte. »Das wäre schön, Rowan.«

Er verknotete die Plastiktüte oben um seinen Rollator. »Du solltest aus dem Regen kommen. Es wird bald dunkel.« Er runzelte die Stirn. »Ich glaube nicht, dass du heute Nacht draußen sein solltest.« Seine Augen wurden unscharf. »Rowan, ich glaube … etwas stimmt nicht.«

Vielleicht war ihm aufgefallen, dass ich jetzt eine Dämonin war. »Ja. Das Wetter ist furchtbar, nicht wahr? Wir sehen uns bald wieder, Mr. Esposito.«

Als er sich zurückzog, um die Tür zu schließen, winkte ich zum Abschied.

Im selben Moment spürte ich, wie sich die Haare in meinem Nacken aufstellten. Meine dämonischen Instinkte schrien, dass ich beobachtet wurde.

Orion?

KAPITEL 2

– ROWAN –

Einen Moment lang dachte – nein, *hoffte* – ich, dass es mein Inkubus-Ex-Freund war. Vielleicht hatte er seinen Fehler erkannt. Vielleicht würde ich bald wieder in der City of Thorns sein und auf den Atlantik hinausschauen.

Aber als ich mich umdrehte, sah ich etwas viel Schlimmeres als Orion. Fünf Dämonenjäger kamen auf mich zu. Jeder von ihnen trug das kleine Hammerabzeichen des *Malleus Daemoniorum* – Dämonenjäger.

Sie blieben am geöffneten Tor im Zaun stehen und versperrten mir den Weg. Jack war unter ihnen, zusammen mit seinem Vater – eine ältere, weißhaarige Version von ihm, die ich schon in politischen Werbespots gesehen hatte. Ich war mir ziemlich sicher, dass ich zwei der anderen Jungs aus Jacks Studentenverbindung kannte – große, rotbäckige Männer mit weißen Basecaps, Patriots-Sweatshirts und Perlenketten. Im Grunde sahen sie alle gleich aus, nur dass einer von ihnen ein Bier trank. Sie wirkten nicht bedrohlich, und doch …

»Ist sie das?«, fragte Jacks Vater leise. Seine Stimme jagte mir einen Schauder den Rücken hinunter. Er trat einen Schritt näher. »Ist das die, die du in der City of Thorns gesehen hast?«

»Abgeordneter Corwin.« Ich räusperte mich. »Freut mich, Sie kennenzulernen.« Aus den Augenwinkeln musterte ich den Zaun und überlegte, ob ich darüber klettern konnte, bevor die Männer mich festhalten würden.

Der Kongressabgeordnete trug einen marineblauen Blazer mit einer leuchtend roten Krawatte und eine Ledertasche. Sein gepflegtes Haar war zurückgekämmt. Der Regen schien ihm nichts auszumachen.

Hinter ihm nickte Jack. »Das ist sie. Sie hat die anderen Dämonen gekannt. Sie haben sie für eine von ihnen gehalten. Aber ich habe gesagt, dass das nicht stimmt.«

Der Abgeordnete kam einen weiteren Schritt auf mich zu. Ich erwog, um Hilfe zu rufen, aber die einzige Hilfe in der Nähe waren Mr. Esposito und sein Rollator. Und wenn ich zurücklaufen und versuchen würde, mich in seinem Haus zu verstecken, war die Wahrscheinlichkeit zu groß, dass die Typen sich gewaltsam Zugang verschaffen würden.

Außerdem war mein Telefon-Akku tot. Mir blieben nicht viele Möglichkeiten.

Die Nasenflügel des Abgeordneten blähten sich, als er die Luft einsog. Er legte den Kopf schief und sein Kiefer spannte sich an.

Blitze durchzuckten den dunklen Himmel, und mein Magen krampfte sich zusammen.

»Schön, Sie kennenzulernen, aber ich muss gehen, also …« Ohne Vorwarnung sprang ich die Stufen hinunter und rannte auf den Zaun zu. Die gezackten Metallspitzen schnitten in meine Handflächen, als ich darüber sprang. Ich landete hart auf dem Betonboden der Einfahrt und stolperte. Doch als ich weiterlaufen wollte, versperrte mir einer der Studenten den Weg. Er schubste mich so hart, dass ich auf den nassen Bürgersteig fiel. Als ich mich wieder aufrappelte, umringten mich die anderen Jungs.

Der Abgeordnete trat gelassen vor. Ein Lächeln umspielte seine Lippen. Er packte mich fest an der Schulter. Wieder schnupperte er an der Luft und seine Augen funkelten vor Wut. »Jack? Ich dachte, du hättest gesagt, sie sei sterblich.«

Adrenalin begann durch meine Adern zu pumpen. *Mist!* Ich fragte mich, wie viel Magie ich im Moment noch in meinem Körper hatte. Drei Tage außerhalb der City of Thorns – war ich überhaupt noch stärker als eine Sterbliche?

Ich lächelte unschuldig und blinzelte dann. »Natürlich bin ich sterblich. Es ist nicht meine Schuld, dass die Dämonen mich entführt haben. Fragen Sie Ihren Sohn. Er war dabei. Er hat den Dämonen gesagt, dass ich sterblich bin, und so bin ich wieder hier in Osborne gelandet, wo ich hingehöre.«

Jack kniff die Augen zusammen und rückte näher. Er atmete tief ein und sein Gesicht wurde rot. »Sie riecht jetzt anders, Dad. Sie war vorher sterblich, aber sie hat sich verändert. Woher sollte ich denn wissen, dass Dämonen sich … verändern können?«

Ich schluckte schwer. »Könnten Sie beide aufhören, an mir zu schnüffeln? Außerdem …« Ich hielt inne und überlegte, wie ich höflich »Verpisst euch« sagen konnte. »Verpisst euch«, platzte ich heraus. »Bitte.«

Der Abgeordnete ließ mich los und öffnete seine kleine Ledertasche. »Bist du dir sicher, dass sie vorher sterblich war, Jack?«

»Ich bin mir sicher«, antwortete er.

»Das Problem ist, mein Sohn, dass du die Dinge normalerweise völlig falsch einschätzt«, schoss sein Vater zurück. Wenigstens darin waren wir uns einig. »Ich will sie für ein Verhör mitnehmen. Lebendig.«

Mein Herz klopfte wie wild. Ich wusste nicht genau, wie Dämonenjäger Dämonen verhörten, aber ich hatte den starken Verdacht, dass dabei eine ganze Menge Folter eine Rolle spielte. »Diese Einladung muss ich leider ablehnen, Abgeordneter Corwin. Ich versuche inzwischen, weniger Zeit damit zu verbringen, gekidnappt und mit Messern gefoltert zu werden.«

»Das ist keine Bitte.« Er griff in seine Tasche und zog einen Metallhaken heraus. Es dauerte einen Moment, bis ich begriff, was das war. Sterbliche hatten keine Klauen wie Dämonen, um Herzen herauszuschneiden, also benutzen sie stattdessen Werkzeuge. Der Anblick des Instruments, das wie eine kleine metallene Sense aussah, jagte mir einen eisigen Schauder über den Rücken.

Ich hatte noch nicht wirklich versucht, meine Klauen zu kontrollieren. In diesem Moment wünschte ich mir, ich hätte es in den letzten Tagen geübt, anstatt in meinem Keller Wein aus einem Tetrapack zu trinken.

Ich machte einen Schritt nach links und versuchte so, den Jägern auszuweichen, aber der Abgeordnete stieß mich zurück. Ich stürzte. Mein Kopf schlug auf dem Bürgersteig auf. Schmerz schoss durch meinen Schädel, und mit ihm die Wut. Ich fasste mir an den Kopf. Diese Dämonenjäger könnten genau die Leute sein, die Mom ermordet hatten.

Jetzt kam meine dämonische Seite zum Vorschein.

Ich blendete den Schmerz in meinem Kopf aus, sprang auf die Füße und stürzte mich nach vorne. Mein Schlag landete genau dort, wo er sollte, aber er richtete nicht viel Schaden an. Der Abgeordnete schlug mir mit seiner Faust gegen die Schläfe, sodass ich zurücktaumelte und benommen zusammensackte.

Die Schläge vernebelten meine Gedanken. Ich konnte nirgendwohin. Orion dachte, ich wäre Mortana, und wollte mich tot sehen. Die Dämonenjäger wollten mich tot sehen.

Selbst ein Leben in stiller Verzweiflung kam im Moment nicht in Frage, um mit Mr. Esposito im *Ye Olde Osborne Café* Schach zu spielen.

Eine wilde, wütende Panik erfasste mich. Ich stürzte nach vorne und schubste Jacks Vater hart in die Jungs hinter ihm. Er stolperte rückwärts. Wieder wollte ich mich aus dem Staub machen, aber Jack schlug von der Seite zu und traf mich am Kopf. Ich taumelte. Dann stieß ich ihm meinen Ellbogen in die Rippen. Überrascht stöhnte er auf.

Im Moment hatte ich vielleicht noch etwas Dämonenstärke und Magie, aber nicht mehr viel. Wäre ich voll leistungsfähig gewesen, wäre dieser Kampf schon vorbei gewesen.

Einer der Jäger stürzte sich auf mich und schwang eine Glasflasche nach meinem Kopf. Meine Hände schossen vor und wehrten seinen Arm ab, sodass er die Flasche gegen seine eigene Stirn schlug. Glassplitter flogen in alle Richtungen.

Er ging zu Boden, aber die anderen Jungs kamen einer nach dem anderen auf mich zu.

Jack war wieder bei Bewusstsein. Er griff nach meiner Kehle, aber ich wich aus und sprang zur Seite. Meine schnelle Bewegung brachte ihn aus dem Gleichgewicht. Ich packte ihn von hinten und knallte seinen Kopf auf die Spitze des Zauns.

»Dämon!«, zischte Jacks Vater. »Wir werden die Welt von deiner Art befreien!«

Ich entdeckte eine Lücke zwischen dem Abgeordneten und den anderen. Das war meine Chance.

Doch als ich an ihm vorbeirennen wollte, traf mich sein Metallhaken in die Seite und riss meine Haut auf. Schmerz durchfuhr mich. Panik grub ihre Krallen in mein Herz.

Oh, verdammt, verdammt.

Ich griff mir an die Seite und befreite mich mit einem kräftigen Ruck von dem Haken. Mit schmerzverzerrtem Gesicht kämpfte ich darum, meine Gedanken zu ordnen. Ich durfte hier nicht sterben –

Eine Stimme ertönte in meinem Kopf, als käme sie von irgendwo in der Ferne. *Du musst um die Krone kämpfen. Chaos. Chaos. Chaos.*

Hatte ich Halluzinationen?

Ich stolperte gegen Mülltonnen, während Blut aus meiner Wunde floss.

Ich würde inmitten von Feinden sterben und Mr. Espositos Mülleimer vollbluten.

KAPITEL 3

– ROWAN –

Taumelnd kämpfte ich gegen den Schmerz an. Vielleicht hatten sie Mom auf dem Gewissen, und ich konnte nicht sterben, bevor ich es nicht sicher wusste.

Es war, als hätte ein Teil von mir den Wald nie verlassen. Ein Teil von mir war immer noch dort und rannte zwischen den Bäumen hindurch, besinnungslos vor Angst. Eine andere Version von mir selbst, die für immer in der Vergangenheit gefangen war. Und nur dieser Teil von mir konnte sich genau daran erinnern, was passiert war.

In jener Nacht hatte ich mich in zwei Teile aufgespalten. Ein Teil von mir würde sie immer schreien hören.

»Wart ihr es?«, brüllte ich.

Ich bekam keine Antwort. Der Abgeordnete trat einen Schritt näher und packte mich an der Kehle. Er hob mich in die Luft, während er mir die Luftröhre zudrückte.

»Was denkt ihr, Jungs?« Er grinste. »Wollen wir sie noch immer lebend fangen?«

Ich versuchte meine Kraft zu beschwören, und ich spürte, wie sie in mir darum kämpfte, sich zu entzünden. Dann erlosch sie wieder wie Holzkohle, die mit Wasser übergossen wurde.

»Ja, lebend«, sagte einer der Jungs aus der Verbindung.

Der Abgeordnete ließ mich fallen, und ich schnappte nach Luft. »Hast du meine Mutter getötet?«, röchelte ich.

Er schwang den Haken. »Vielleicht habe ich das.«

Ein Hauch von Dämonenmagie knisterte zwischen meinen Rippen, dann begann sie sich zu erhitzen und strömte durch meinen Arm. Mit einem elektrisierenden Energieschub wirbelte ich herum und versetzte ihm einen harten Schlag ins Gesicht.

Er stolperte zurück, aber erholte sich schnell und zielte erneut mit dem Haken auf mich. Diesmal gelang es mir, ihn abzuwehren und sein Handgelenk zu packen, bevor er mich verletzen konnte.

Ich knurrte ihn an. Die Wut brodelte in mir.

Er fletschte seine Zähne. »Du und deinesgleichen sind seit Jahrhunderten eine Plage für unsere große Nation.«

Blut floss aus meiner Seite, und mir wurde schwindelig. Ich erinnerte mich an das, was Orion mir erzählt hatte. Er verabscheute die Sterblichen mehr als alles andere und glaubte, sie hätten keine Gnade, wenn es um Dämonen ging.

Meine Kraft sickerte aus mir heraus, und mein Verstand wurde dunkel. Als ich schwankte, trat mir der Abgeordnete in den Magen. Der Schlag riss meine Wunde mehr auf und ich stolperte zurück, geschockt von dem Schmerz.

»Was willst du von mir?«, stöhnte ich.

Ein grausames Lächeln umspielte seine Lippen. »Dämonen wie du sind wilde Tiere. Raubtiere. Und weißt du, was wir mit gefährlichen Tieren machen? Wir sperren sie ein, damit sie niemandem etwas antun können. Manchmal hängen wir Trophäen von euren Köpfen an unsere Wände. Eine Botschaft an die anderen.« Er legte den Kopf schief. »Ich bin mir aber nicht sicher, ob du so lange durchhältst. Tiere ziehen sich zum Sterben in eine dunkle Ecke zurück. Willst du das gerade auch tun, Dämonin?«

Das wollte ich. Mein stärkster Instinkt war, mich hinter Mr. Espositos Mülltonnen zusammenzurollen wie eine kranke Katze, die sich verkroch, um allein zu sterben. Mit wachsendem Schrecken fasste ich mir an die Taille und starrte auf das Blut, das auf den Boden tropfte.

In meinem Kopf flackerten Erinnerungen an Moms Gesicht auf, und ich wollte sie jetzt mehr denn je sehen. Ich wich zurück, aber mein Angreifer schlug erneut zu. Beißende Schmerzen durchfuhren mich, als der Haken die Haut auf meiner anderen Seite aufriss. Die Schreie in meinem Kopf wurden leiser. Ich sah zu dem Abgeordneten auf und bemerkte, wie seine Lippen sich selbstgefällig zu einem Grinsen verzogen. Er genoss es. Blut tropfte von seinem Haken auf den Bürgersteig in eine glitzernde, purpurne Lache.

Etwas in mir zerbrach, und ein Ausbruch feuriger Magie brannte in mir auf.

»Sie haben Recht, Mr. Corwin«, knurrte ich. »Ich bin ein Raubtier.«

Hitze sammelte sich in meiner Brust und loderte durch meine Arme bis in meine Fingerspitzen hinunter. Ich packte das Handgelenk des Jägers, als er wieder nach mir schlug, und der letzte Rest meiner Magie entzündete sich in einer heißen blauen Flamme auf seinem Arm.

Er schrie auf, als seine marineblaue Jacke Feuer fing. Die Flammen leckten an seinem Gesicht. Sein Metallhaken fiel klirrend auf den Bürgersteig. Der Geruch von verbrannter Haut und versengten Haaren ließ Übelkeit in mir aufsteigen. Aber so sehr ich mich auch hatte wehren wollen, ich wollte nicht zusehen, wie jemand in Flammen starb.

Ich schnappte mir den Haken und schlitzte dem Abgeordneten mit letzter Kraft die Kehle auf. Ein schneller Hieb in die Halsschlagader und seine Qualen waren vorbei, seine Schreie verstummt. Er fiel zu Boden. Sein Körper brannte, die Flammen loderten immer höher. Die anderen Dämonenjäger schrien und stolperten übereinander, um von mir wegzukommen. Dann rannten sie die Galgenbergstraße hinunter.

Der letzte Rest meiner Magie wich aus meinem Körper. Meine Beine fühlten sich schwach an. Während mir die Galle hochkam, ging ich an dem brennenden Körper vorbei. Hoffentlich würde der Regen das Feuer bald löschen.

Mit trockenem Mund und kaltem Körper überkam mich ein schrecklicher Gedanke. Ich hatte gerade einen Abgeordneten getötet. Ihn angezündet und seine Kehle aufgeschlitzt. Genau hier, in Mr. Espositos Einfahrt.

Verdammter Mist. Ich wollte mich auf den Boden legen, aber wenn ich hierblieb, würde ich verhaftet werden. Und wenn ich ins Krankenhaus ging oder einen Krankenwagen rief, würde ich auch verhaftet werden.

Benommen wankte ich in Richtung Straße. Ohne medizinische Hilfe würde ich nicht überleben.

Eine Stimme rief etwas hinter mir. Als ich mich umdrehte, sah ich Mr. Esposito in der Tür stehen, seine Gestalt durch den schwarzen Rauch verschwommen, der vom Körper des Abgeordneten aufstieg.

»Es tut mir leid!«, rief ich, unfähig, irgendetwas zu erklären.

Husten quälte ihn einen Moment lang, dann rief er: »Rowan! Geh in die City of Thorns!«

Ein weiterer Hustenanfall schüttelte seinen gebrechlichen Körper.

»Moment. Was?« Er hatte recht, allerdings hatte ich keine Ahnung, woher er das wusste. Sobald ich die Stadttore erreichte, würde mein Körper anfangen zu heilen.

»Bring dich in Sicherheit, Rowan«, sagte er. Dann schloss er die Tür.

Ich konnte es jetzt auch spüren – einen Instinkt, ein Ziehen zwischen meinen Rippen, das mich nach Osten zog, in Richtung des Hügels. Mein Körper hatte auf Überlebensmodus geschaltet und schleppte sich in Richtung City, während ich kaum noch bei Bewusstsein war. Ein uralter Instinkt drängte mich dazu, in die City of Thorns zu gehen.

Ich bewegte mich schneller. Meine Beine trugen mich wie von selbst durch die schattigen Straßen. Aber in Gedanken wurde ich langsam wahnsinnig. Trotz meiner Verletzungen schossen mir Erinnerungen an Orions Schönheit durch den Kopf – seine blassen Augen, seine hohen Wangenknochen und seine sinnlichen Lippen.

Warum im Namen von allem, was heilig war, dachte ich gerade jetzt daran?

Ich lag im Sterben und alles, woran ich denken konnte, war, wie sehr ich auf seinem Schoß sitzen wollte. Wie es sich anfühlte, wenn seine Lippen über meine streiften und seine Daumen über meine Brüste fuhren. Um Himmels willen, ich wollte ihm die Kleider vom Leib reißen und mit meiner Zunge über seine Haut fahren. Es fühlte sich an, als wäre er in diesem Moment hier, als könnte ich ihn berühren.

Was passierte gerade mit mir?

Zieh dich aus. Jetzt. Die Erinnerung an seine Worte in der Grotte ließ einen bittersüßen Schmerz in mir aufsteigen, der nichts mit meinen Wunden zu tun hatte.

Ich wollte, dass es wieder passierte. War das eine letzte verzweifelte Sehnsucht nach Leben, während ich im Begriff war, zu sterben?

Ich schaute auf die Blutspur auf dem Bürgersteig und verstand. *Ja, natürlich.*

Ich war jetzt ein Sukkubus. Für eine Lilu war Sex nicht einfach nur Sex. Sex war Leben. Er war Heilung und Kraft.

Sex würde mein Leben retten.

Ich bog in die Walcott Street ein. Ich hatte jetzt zwei Möglichkeiten – einen beliebigen Kerl zu finden und ihn dazu zu bringen, mich zu küssen, oder mich den Rest des Weges den Hügel hinaufzuschleppen.

Da ich wusste, wie die Männer in dieser Gegend waren, beschloss ich den Hügel zu erklimmen.

Aber wenn ich erst einmal in der Stadt war, was dann? Orion hielt mich immer noch für Mortana, seine schlimmste Feindin, und das war ein großes Problem. Ich wusste, dass er versuchen würde mich zu töten, wenn ich in seine Nähe kam. Zwar hatte ihn schon einmal etwas davon abgehalten, aber er hatte einen Blutschwur geleistet.

Und nicht nur mich. Orion war verpflichtet, alle Mitglieder von Mortanas Familie zu töten.

Ich glaubte nicht, dass ich Mortana war, aber wer auch immer ich war, ich war wahrscheinlich mit ihr verwandt. Schließlich sah sie genauso aus wie ich.

Während mir diese Gedanken durch den Kopf schwirrten, merkte ich, dass ich fast die Hälfte des Hügels geschafft hatte. Mein Blut vermischte sich mit dem Regenwasser, das bergab floss. Das orangefarbene Licht der Straßenlaternen glitzerte in den dunklen Pfützen.

Meine Gedanken verfinsterten sich und ich überlegte, ob ich mich im Gras neben dem Gehweg ausruhen sollte. Aber die Sirenen, die in der Ferne heulten, ließen meine Füße weiterlaufen. Ich fasste mir an den Bauch und versuchte die Wunde zuzudrücken. Vergeblich. Heißes Blut sickerte zwischen meinen Fingern hindurch. Auf der anderen Seite einer breiten Straße leuchteten die schmiedeeisernen Tore der Dämonenstadt in einem warmen Licht und zogen mich an. Sie hatten die Form von Dornen und Ranken, mit einem goldenen Totenkopf in der Mitte.

Hinter mir heulten die Sirenen lauter. Rote und blaue Lichter blinkten auf.

Ich schleppte mich weiter, so schnell ich konnte. Was nicht besonders schnell war.

Polizeilichter blitzten auf und ich sackte gegen das Tor.

Verdammt. Wie sollte ich es öffnen?

Ein Polizist brüllte hinter mir, dass ich stehen bleiben sollte.

Mit Tränen in den Augen drückte ich eine blutige Hand gegen den goldenen Schädel.

Ein Schuss ertönte, und eine Kugel durchbohrte meinen Oberschenkel. In diesem Moment begann das Schlüsselsymbol auf meinem Arm zu brennen. Es strahlte goldenes Licht aus und vermischte sich mit dem Licht des Tores. Der Schmerz ließ nach, und das Tor öffnete sich. Ich stürzte hinein. Dann schwang es hinter mir zu.

Noch vor ein paar Wochen hätte ich es mir nicht vorstellen können, aber jetzt fühlte sich die City of Thorns wie ein Zuhause an.

KAPITEL 4

– ROWAN –

Es war, als wäre ich am Ertrinken gewesen und könnte jetzt endlich nach Luft schnappen. Sobald ich die Schwelle zur City of Thorns überquert hatte, spürte ich, wie Heilung durch meine Glieder pulsierte.

Ich lag auf dem Pflasterstein. Die Magie begann bereits in meinen Körper zurückzukehren. Auch die Wunden schlossen sich, und die Kugel arbeitete sich aus meinem Oberschenkel heraus. Trotzdem, ich konnte nicht ewig hier liegen bleiben. Es schien niemand hier zu sein, aber ich konnte ein paar Dämonen nicht weit entfernt reden hören. Wenn ich gesehen wurde, würde sich das schnell herumsprechen.

Ich stand auf und versuchte mich zu orientieren. Ich war noch nie durch das Haupttor in die Stadt gekommen. Als ich sie davor betreten hatte, war ich bewusstlos gewesen, und ich hatte sie halb im Delirium durch ein Tunnelsystem verlassen.

Zum ersten Mal betrachtete ich den Eingang der Stadt, einen kleinen steinernen Innenhof. Der ganze Ort – die Straßen, die Plätze, die verzierten Türme – war aus demselben honigfarbenen Stein gebaut wie die Außenmauern. Auf der anderen Seite des Platzes erhob sich ein Schloss. Eine Löwenstatue überragte die riesigen Holztüren, die mit Eisen und Nieten beschlagen waren.

Von den anderen Gebäuden um mich herum blickten gewölbte Fenster auf den Platz. Schmale Gassen zweigten ab und einige Treppen führten weiter den Hügel hinauf. Zu meinem Glück regnete es stark und fast niemand war heute Abend draußen.

Ich stolperte in die engste Gasse und fand sie dunkel und verlassen vor. Der Regen prasselte auf mich herunter. Donner dröhnte durch die feuchte Luft.

Während ich ging, fuhr ich mit dem Finger über die tiefe, frische Narbe in meiner Seite. Die Wunde tat nicht weh, aber sie war noch nicht so gut verheilt, wie ich erwartet hatte.

Ich ging weiter, bis ich einen kleinen, dunklen Garten mit einem Springbrunnen fand, der mich an einen öffentlichen Park erinnerte. Das Wasser floss aus steinernen Schlangenmäulern, und an der Seite des Brunnens waren antik aussehende Runen eingraviert. Um den Brunnen herum wuchsen zartrosa Rosen, die die Luft mit ihrem süßen Duft erfüllten.

Ich suchte mir die trockenste Stelle und rollte mich im Gras unter einer Bank zusammen. Während ich meine Arme um mich schlang, stellte ich mir ein warmes Bett vor und lauschte dem sanften Geräusch von fließendem Wasser.

Meine Augenlider wurden schwer. Zurück in meinem wahren Zuhause. Eine Decke aus Schlaf legte sich über mich.

Ich wachte in dem kleinen Rosengarten auf. Meine Kleidung war durchnässt. Soweit ich es beurteilen konnte, hatte ich ein oder zwei Stunden geschlafen, und die Ruhe hatte mir gutgetan. Ich fühlte mich besser als je zuvor, voller Energie und bereit, es mit der Welt aufzunehmen. Gefiel es mir, Dämonenmagie zu haben? *Verdammt, ja.* Ich wollte diesen Ort nie wieder verlassen.

Ich verließ den Garten und irrte durch die Gassen bis zum Fluss. Wie immer war die Luft in der Stadt warm und feucht, aber der Regen hatte dafür gesorgt, dass die Straßen leer waren. Trotzdem hielt ich mich in den Schatten, um nicht bemerkt zu werden, als ich mich auf den Weg zurück zu meinem Elternhaus machte.

Ich folgte dem Fluss nach Osten durch den Sathanas Bezirk, dessen Gebäude mit Schnitzereien monströser Köpfe und leeren Tempeln für den Dämon des Zorns geschmückt waren. Ich sah ein fensterloses Gefängnis mit einer riesigen Eisentür und einem Schafott für Hinrichtungen. Dahinter erreichte ich bald den Asmodean Bezirk, das Viertel, das einst von den Lilu bewohnt worden war. Am östlichsten Rand des Bezirks lichteten sich die Gebäude, und der Fluss verzweigte sich in Nebenflüsse. Dort lief ich zu dem dunklen Herrenhaus meiner Eltern. Es stand direkt am Fluss, umgeben von gotischen Gärten. Nebel schlängelte sich um die bröckelnde Steinmauer, die das Grundstück einst vor neugierigen Blicken geschützt hatte.

Ich schluckte schwer, als ich einen Kiesweg zwischen zerbrochenen Statuen und dornigen Pflanzen betrat. Der Wind heulte durch die knorrigen Äste auf beiden Seiten des Weges, und der Geruch des nahen Meeres hing schwer in der warmen Luft.

Meine Schritte knirschten über die nassen Kieselsteine. Ich blickte zu den Wasserspeiern hinauf, die aus dem Nebel hervortraten. Alles, was ich über diesen Ort wusste, war, dass Mom hier gelebt hatte und Mortana vor langer Zeit auch.

Und dass Moms Mann genau dort verbrannt worden war, wo ich gerade entlanglief. Mein Vater … zumindest nahm ich das an.

Die Tragödie, die sich hier abgespielt hatte, schien noch in der Luft zu hängen. Ich schauderte, als ich zu der Stelle zurückblickte, an der eine verbrannte Leiche gefunden worden war. Ein weiteres Indiz, dachte ich, dass nicht ich Mom getötet hatte. Vielleicht waren es aber auch nicht die Dämonenjäger gewesen, da sie die Stadt nicht betreten konnten.

Eine vergrabene, heiße Wut stieg an die Oberfläche, eine sengende Hitze, die meine Stirn verbrannte. Vor mir färbten Lichtstrahlen den Nebel mit Gold. Ein Windstoß blies den Dunst weg, und in der Spiegelung einer Pfütze sah ich das Symbol, das mich jahrelang in meinen Albträumen heimgesucht hatte – den fünfzackigen Stern.

Mein Herz schlug schneller. Eine Erinnerung, die in den Tiefen meines Geistes vergraben war, regte sich, aber ich wollte sie nicht sehen.

Ein unheimlicher Wind rauschte über mich hinweg, als ich die Stufen zum Haus hinaufstieg. Ich ging zwischen den Säulen entlang und hielt vor der Haustür inne. Als ich mit Orion hier gewesen war, hatte er gesagt, dass die City of Thorns nicht wie die Welt der Sterblichen war. Hier war alles von Magie durchdrungen, und Erinnerungen blieben spürbar an Orten haften. Die Tragödie umhüllte das Holz und den Marmor und hing wie ein bitterer, schwerer Geruch in der Luft. Meine Nackenhaare stellten auf.

Die Tür war noch einen Spalt offen von dem Tag, als ich aus dem Gebäude geflohen war. Ich stieß sie weiter auf und trat ein. Wieder stand ich zwischen den Spinnweben und zerschlagenen Büsten meiner Vorfahren. Seufzend blickte ich zu der hohen Decke auf, die mit verblichenen Gemälden von Weinreben und reifen Früchten geschmückt war.

Es war unheimlich, ja, aber ich war froh, hier allein zu sein. Diesmal konnte ich das Haus erkunden, ohne dass Orion mich bewachte.

Einsamkeit umhüllte den blau goldenen Mosaikboden und die Wandmalereien. Vor Traurigkeit zog sich meine Brust zusammen und ich beeilte mich, die knarrende Treppe hinaufzugehen.

Als ich den zweiten Stock erreichte, ging ich langsam durch die Flure und blieb stehen, um einen Blick in ein Schlafzimmer mit tiefgrüner Farbe zu werfen, die im Lauf der Jahre abgeplatzt war. Ein Himmelbett aus verblichenem rotem Stoff stand darin, das muffig und abgestanden roch. Mondlicht strömte durch hohe Balkontüren in das Zimmer.

Mein Blick fiel auf etwas, das ich vorher nicht gesehen hatte – ein Porträt an der Wand. Ich hatte das Gesicht auf dem Gemälde noch nie gesehen, aber die Erkenntnis traf mich wie ein Schlag. Ich eilte hin und war wie gebannt von dem Bild, das einen Mann mit hohen Wangenknochen, dunklen Augen und schockierend rotem, fast unnatürlich wirkendem Haar zeigte – rotes Haar wie meins, das in den Spitzen blond wurde. Das Bild füllte alle Unterschiede zwischen Mom und mir auf. Für mich gab es keinen Zweifel, dass der abgebildete Mann mein Vater war. Ich spürte einen Kloß im Hals, als ich den Namen unter dem Porträt las: *Herzog Moloch.*

Ich fuhr mit den Fingerspitzen über den eingravierten Namen auf dem Goldrahmen und wünschte mir, ich hätte ihn einmal getroffen.

Als ich seinen Namen berührte, gingen mir die Worte des Kinderliedes durch den Kopf, das ich hier gefunden hatte:

Die Maere der Nacht erschreckte die Mädchen,
aber eine Königin liebte ihn sehr.

Er verlor den Thron,

aber die Samen wurden im Garten von Adele gesät.

Ging es um Orion? Wer auch immer dieses Gedicht geschrieben hatte, hatte die wahre Bedeutung absichtlich verschleiert. Warum war mir dieses Gedicht gerade jetzt in den Sinn gekommen? Ich starrte zu meinem Vater auf. Als die Worte in meinem Kopf wieder und wieder erklangen, setzte sich ein Gedanke fest.

Das war ein Gedicht über einen Lilu-Mann, eine *Maere der Nacht*. Natürlich war mein Vater einer gewesen.

Mein Blick verweilte auf seinem feurigen Haar und ich fragte mich, ob ich meine Feuermagie von ihm bekommen hatte.

Er verlor den Thron ...

Mein Vater war der wahre Sohn des verrückten Königs Azriel aus den alten Tagen. Er hätte der Erbe sein können, aber Azriel hatte sein Leben im Kampf gegen Nergal verloren.

Die Saat wurde im Garten von Adele gesät ...

Adele war König Cambriels Mutter, Nergals Frau.

Und die Saat? Ich wollte nicht genauer darüber nachdenken, aber ich schätzte, ich wusste, was das bedeutete.

Ich erschauderte, als ich an König Cambriels kalte Schönheit dachte, sein langes, blasses Haar, seine hohen Wangenknochen …

Wie die von meinem Vater.

Dunkle Augen wie unsere. Wenn ich mir Herzog Moloch mit blondem Haar vorstellte …

Ja, er würde König Cambriel sehr ähnlich sehen. Hatte mein Vater Cambriels Mutter geschwängert?

Ich fing an, im Zimmer auf- und abzugehen. Die alten Dielen knarrten unter meinen Füßen.

Wenn das alles stimmte, dann war Cambriel gar nicht der wahre König. Er war mein Halbbruder. Meine Lippen zuckten. War ihm das bei unserer letzten Begegnung bewusst gewesen?

Er war jemand mit seltener Feuermagie wie ich. Jemand, der Moloch in Brand hätte setzen können. Jemand, der Mom zu Tode hätte verbrennen können, weil sie sein Geheimnis kannte.

Ich schluckte schwer. Orion hatte auch Feuermagie. Ich betete, dass er nicht ebenfalls ein Verwandter war.

Ich holte tief Luft. Dann drehte ich mich um und begann wieder zu laufen, die Hände tief in die Taschen meiner feuchten Jogginghose gesteckt.

Orion trug das Zeichen Luzifers. Anders als Cambriel war er dazu bestimmt, zu herrschen – und nur jemand wie er konnte einen König ermorden.

Der Wind heulte durch die Ritzen der alten Fenster und ich drehte mich langsam im Kreis. Die Teile des Puzzles fügten sich in meinem Kopf zusammen.

Orion wollte, dass ich mehr über Cambriels magischen Schutz herausfand – das, was ihn am Leben hielt. Aber ein wahrer König brauchte keinen solchen Schutz. Ein wahrer König konnte nur von seinem Erben getötet werden.

Das war doch Orions Plan, oder? Orion hatte gesagt, dass er Cambriel erpresst hatte. Jetzt wusste ich, warum. Er wusste, dass der König gar kein König war.

Orion wusste, dass er selbst das Zeichen Luzifers besaß. Und sobald er herausgefunden hatte, was den König beschützte, würde er ihn töten und den Thron übernehmen.

Ich verschränkte die Arme, während ich auf und ab ging, und versuchte mich an den Rest des Kinderliedes zu erinnern. Ich hatte ein Foto davon in meinem Handy, aber der Akku war noch immer leer, also schloss ich die Augen und sah die Worte vor meinem geistigen Auge.

Ein Schwindlerkönig,
ein goldener Ring,
um sein Herz am Leben zu erhalten.
Nimm den Ring,
bring den König zu Fall,
die Stadt wird dennoch gedeihen.

Ich riss die Augen auf. Das war ziemlich eindeutig, oder? *Ein goldener Ring.*

Ich ließ mir die Worte immer wieder durch den Kopf gehen und war mir sicher, dass meine Eltern mir das Geheimnis verraten hatten, wie ich den König töten konnte.

Nur wenn der König seine Ringe abnahm, konnte ich ihn umbringen.

Ich biss mir auf die Lippe und fragte mich, ob das der Grund für den Tod meiner Eltern war.

Sie hatten gewusst, wie sie Cambriels Leben beenden konnten.

Kapitel 5

– Rowan –

Ich verließ das grüne Zimmer und ging in den Raum mit dem Porträt meiner Mutter. Mondlicht fiel durch die hohen Fenster und tauchte alles in geisterhaftes Silber. Meine Kleidung war immer noch feucht und blutverschmiert. Also ging ich zu einem Kleiderschrank an einer Seite ihres Bettes, öffnete die Türen und starrte auf ihre Kleider. Sie waren ein wenig fadenscheinig, aber größtenteils hatten sie die Zeit gut überstanden – Seidenkleider mit Puffärmeln, einige mit schöner Spitze, andere mit Rüschenkragen. Keines von ihnen sah bequem aus. Mein Blick fiel auf ein kurzes weißes Kleid mit langen Ärmeln und einem runden Kragen. Es musste ein Unterkleid sein, vielleicht auch ein Kittel, mit zart bestickten Verzierungen.

Ich zog meine nassen Klamotten aus und schlüpfte in das weiße Kleid. Dabei versuchte ich mir Mom in diesem Kleidungsstück vorzustellen. Einen Moment lang glaubte ich, ihren blumigen Duft zu riechen.

Ein Kloß hatte sich in meinem Hals gebildet, und ich schluckte schwer. Ich schloss den Kleiderschrank und betrachtete den Raum. Vielleicht konnte ich eine Weile hierbleiben, bis ich mir einen besseren Plan überlegt hatte. Ich würde Mortanas altes Haus meiden, denn dort könnte Orion nach mir suchen.

Meine Neugierde war geweckt. Ich ließ meinen Blick über das dunkle Holz und die mit der Zeit verblassten Farben an den Wänden schweifen. Es war hier so ruhig wie in einer Gruft. So anders als das Chaos, vor dem ich in Osborne geflohen war.

Ich ging zurück in den Flur und betrat ein altes Badezimmer mit einer kupfernen Klauenfußwanne und einem rissigen, mit Gold gesprenkelten Mosaikboden.

Hier drinnen konnte ich definitiv Moms süßen, samtigen Jasminduft riechen. Der Schmerz über ihren Verlust blühte in meiner Brust auf. Ihre Anwesenheit war an diesem Ort so stark, dass ich mir fast vorstellen konnte, wie sie sich von Raum zu Raum bewegte …

Mom hatte immer Sachen versteckt.

Wichtige Dinge. Ihr Bargeld, einen Diamantring, das Scheckbuch. Sie hatte ihre Wertsachen in der Küche in einer Schublade mit doppeltem Boden verborgen.

Ich ging zu einer Kerze in einem Wandleuchter hinüber und beschwor ein wenig Feuermagie, aber ich konnte sie nicht zum Lodern bringen. Ich starrte auf meine Hände und versuchte mir die Flammen vorzustellen. Wie benutzte man seine Magie?

Ich biss die Zähne zusammen und versuchte das Feuer zu erzwingen, aber nichts geschah.

Wie war es beim letzten Mal passiert? Ich erinnerte mich nur an eine tiefe Verzweiflung.

Meine Brust wurde heiß und die Wärme floss über meinen Arm und mein Handgelenk bis in meine Fingerspitzen – es fühlte sich berauschend an. Aber es war nur ein winziger Funke, wie das Feuer eines Streichholzes auf meiner Fingerspitze. Ich zündete eine der Kerzen an, bevor die Flamme auf meiner Fingerspitze flackerte und erlosch.

Warmes orangefarbenes Licht breitete sich im Raum aus und ich fühlte mich gleich viel wohler.

Wo würde Mom hier etwas Wichtiges verstecken? Ein Schreibtisch stand unter einem Fenster – derselbe, in dem ich das Buch mit dem Kinderreim gefunden hatte. Ich ging hinüber und zog die Schublade auf. Mit klopfendem Herzen fuhr ich über das Holz und schob dann meine Fingernägel hinein. Ich zog die Platte hoch – ein falscher Boden – und starrte auf ein einzelnes Stück Papier.

Darauf stand immer wieder ein einziger Satz.

Lang lebe König Nergal.

Ich zog das Papier heraus.

Aber warum sollte jemand das verstecken – eine einfache Loyalitätsbekundung gegenüber dem ehemaligen König?

Mein Herz zog sich vor Enttäuschung zusammen. Ich fuhr mit meinen Fingern über die Handschrift. Es war nicht die elegante Handschrift meiner Mutter, sondern eine blockhafte, männliche Schrift. War das die Schrift meines Vaters? Herzog Moloch – der seltsame und unbekannte Name eines Mannes, der genauso aussah wie ich.

Manchmal hatte Mr. Esposito gesagt: »Wenn du keine Familie hast, hast du kein Leben«, was ein bisschen deprimierend war, wenn man bedachte, dass keiner von uns beiden eine Familie hatte.

Ich wollte etwas, das meinem Vater gehört hatte. Also faltete ich den Zettel zusammen und steckte ihn in meinen BH.

Ich wandte mich wieder dem Schreibtisch zu und zog eine weitere Schublade auf. Eine heiße, trockene Brise wehte über mich hinweg, die nach verbranntem Zedernholz roch.

Oh Mist. Er war hier.

Schock fuhr mir in die Knochen, als ich spürte, wie seine heiße Magie meine Wirbelsäule hinaufkroch.

Ich wirbelte herum und sah den Herrn des Chaos in der Tür stehen.

Der Mann, der ebenfalls das Zeichen Luzifers trug. Mein schöner Erzfeind. Vielleicht hätte ich die verdammte Kerze nicht anzünden sollen.

Das bernsteinfarbene Kerzenlicht tanzte auf seiner Haut und ließ seine Wangenknochen hervortreten. Er fixierte mich, ein leichtes Lächeln auf den Lippen, als ob er sich darauf freute, eine Beute zu fangen

Der Schock über seine maskuline Schönheit raubte mir den Atem. Eine Strähne seines silbernen Haares hing vor seinen blassen Augen, und mein Herz krampfte sich zusammen. Warum war er nur so verdammt attraktiv? Es lenkte mich leider von der Tatsache ab, dass er mein Feind war.

»Mortana«, sagte er und trat einen Schritt näher. Der blanke Hass in seinem Ton ließ mir das Blut in den Adern gefrieren. »Ich hatte gehofft, dich nie wiederzusehen. Warum bist du hierher zurückgekommen, wo du doch weißt, dass ich dich töten werde?«

Ich verschränkte die Arme. »Was kann ich tun, um dich zu überzeugen, dass ich nicht Mortana bin?«

Er schüttelte langsam den Kopf. »Diesmal werden deine Tricks nicht funktionieren. Ich habe dein Dämonenmal gesehen.«

Ich machte einen Schritt zurück und stieß gegen die Wand. »Hast du etwa vor dem Haus auf mich gewartet?«

Das Mondlicht umspielte seinen breiten, muskulösen Oberkörper im schwarzen Shirt. Mein Blick wanderte über seine Arme und sein Tattoo – eine Schlange, die sich zu einer Schlinge formte. Er liebte es, mich einzuschüchtern. Das war genau sein Ding.

Das bittere Lächeln auf seinen Lippen verschwand, und in seinen Augen leuchtete Bosheit. »Ich habe nicht auf dich gewartet. Ich bin mit hämmerndem Herzen und einem beklemmenden Gefühl des

Grauens aufgewacht. Einen Moment lang habe ich mich gefragt, ob ich in der Hölle bin. Aber dann habe ich gewusst, was mich aus dem Schlaf gerüttelt und mit diesem überwältigenden Gefühl der Abscheu erfüllt hat. Deine verdorbene Anwesenheit. Du bist zurück in der City of Thorns, gegen jede Vernunft. Du hättest dir ein paar Tage mehr Lebenszeit verschaffen können, Mortana, wenn du einfach in Osborne geblieben wärst. Du hättest vielleicht sogar weglaufen können. Aber deine Arroganz kennt keine Grenzen. Ist dir nicht klar, dass ich einen heiligen Schwur geleistet habe, dich zu töten?«

Ich starrte ihn an, mein Körper steif vor Wut. »*Meine* Arroganz? Du bist derjenige, der sich so sicher ist, dass er recht hat. Und das, obwohl du völlig falsch liegst.«

Eine dornige Stille breitete sich zwischen uns aus. »Wenn du wirklich glaubst, dass du nicht Mortana bist, dann nur, weil du dein Gedächtnis gelöscht hast. Du hast mir einmal von einem Zauber erzählt, mit dem das möglich ist. Du hast ihn mir sogar angeboten.«

Mist. Frustration flammte in mir auf. »Nein. Ich erinnere mich an meine Kindheit. Ich weiß noch, wie ich mit meinem Stofflöwen Leroy auf dem Schoß meiner Mutter gesessen habe.«

»Wie bezaubernd. Schade, dass diese Erinnerungen nicht echt sind.«

Die Welt um mich herum wurde dunkel. »Nein. Das ist nicht möglich.« Die Vorstellung, dass mein ganzes Leben eine Lüge gewesen sein könnte, war zu schlimm. Ich schob den Gedanken beiseite. »Hör zu, ich weiß nicht genau, wer ich bin, aber deshalb bin ich hier in diesem Haus. Ich bin auf der Suche nach Antworten. Vielleicht bin ich Mortanas Schwester, aber einige hundert Jahre jünger.«

Er war still wie Stein und sein Körper strahlte dunkle Hitze aus. Mit zusammengezogenen Augenbrauen presste er einen Finger auf die Lippen. »Ich nehme an, du denkst auch, dass ihr beide Lichtbringer mit dem gleichen Lichtbringer-Zeichen seid und beide Feuermagie habt. Identisch. Interessante Theorie. Aber so ähnlich sind sich Schwestern nicht, oder?«

»Ich bin nicht sie!« Meine Stimme wurde lauter

»Und wenn du ihr eineiiger Zwilling wärst«, fuhr er fort und ignorierte mich, »dann wärst du auch vierhundert Jahre alt. Aber du sagst, dass du das nicht bist. Und eine sterbliche Doppelgängerin bist du auch nicht, ganz klar.« Er trat näher und ich spürte seine unheimliche

Macht auf meiner Haut. »Tut mir leid, Liebes. Ich glaube dir nicht, und ich fürchte, der Schwur zwingt mich dazu, dein Leben zu beenden.«

In meinem Kopf drehte sich alles. Ich stand mit Orion wieder am Anfang. Nur war er sich jetzt sicher, dass ich diejenige war, die ihn gefoltert und seine Familie getötet hatte.

Und – er hatte recht. Schwestern sahen nicht gleich aus. Aber meine Erinnerungen waren so real, so konkret. Die Nächte, in denen ich im Bett gelegen und Mom mir den Rücken massiert hatte, wenn ich Albträume hatte. Als ich mich auf Nina McCarthys Geburtstag vollgepinkelt hatte und früher nach Hause gehen musste. Als ich im Unterricht auf der Rückseite eines Stifts herumgekaut hatte und dieser in meinem Mund explodiert war. Ein schrecklicher Kuss in der zweiten Klasse mit einem Jungen namens Jeff, der Fagott spielte.

Das konnte keine Magie sein – welcher verdammte Zauberspruch würde sich das alles ausdenken?

Ich schluckte schwer. Meine Gefühle wurden zu einer Welle, die mich überrollte.

»Es gibt zwei von uns mit Luzifers Zeichen«, sagte ich verzweifelt. »Warum können es also nicht drei sein? Irgendetwas daran ist doch seltsam, oder nicht? Es sollte immer nur einen Auserwählten geben. Sonst ergibt es keinen Sinn.«

Er reagierte nicht auf meine Worte, sondern kam nur einen Schritt näher.

Dunkelheit glitt durch meine Knochen und ich konnte meinen eigenen Herzschlag hören. Ich musste mich gegen diese Wand aus Muskeln wehren, sonst wäre ich tot. Ich musste meine Raubtierseite nutzen, wie ich es bei den Dämonenjägern getan hatte.

Abgesehen von meinem langsamen und gleichmäßigen Atem war mein Körper völlig still. Ein Windhauch wehte durch die Ritzen des Fensters und spielte mit meinen Haaren. »Es gibt also nichts, was ich sagen kann, um dich zu überzeugen.« Mein Blick schweifte über sein brutales Schlangentattoo. Die dunklen, gewundenen Linien schlängelten sich über seine Muskeln. Schatten schienen von ihm auszugehen, als er sich über mich beugte.

»Warum gestehst du nicht alles?«, murmelte er. »Sag mir einfach die Wahrheit, Mortana.«

Mein Herz schlug schneller. Sein intensiver Blick durchdrang mich, als wollte er sich jeden meiner Gesichtszüge einprägen.

»Na, na, na«, sagte er mit seidiger Stimme, »ich sehe es in deinen Augen. Selbst du bist nicht überzeugt. Ich kann die Zweifel darin lesen. Du fragst dich, ob du böse bist. Du fragst dich, ob du Mortana bist, und du kannst dich einfach nicht erinnern.«

Meine Hände ballten sich zu Fäusten. »Du fängst wirklich an, mich zu nerven, weißt du das? Du bist dir so *sicher,* dass du recht hast.«

Er machte einen weiteren langsamen Schritt auf mich zu. »Aber weißt du, was ich liebe?«

»Lass mich raten«, schoss ich zurück. »Dich selbst? Erotikromane lesen? Ein großer, furchterregender Inkubus mit Schlangentattoos zu sein?«

Bevor ich noch mehr sagen konnte, packte er mich an der Kehle und presste mich mit dem Rücken gegen die Wand. Seine Finger legten sich um meinen Hals, aber sie drückten nicht zu. Sein Knie rutschte zwischen meine Schenkel und hielt mich fest.

Sein Körper war fest wie die Wand hinter mir. »Schlangentattoos …« Er stieß ein leises Kichern aus, aber ich sah keine Belustigung in seinen Augen. »Ah, schöne Mortana. Du bist heute viel leichter in die Enge zu treiben, als du es früher gewesen wärst. Zerbrechlich fast. Zerbrechlich, langsam und schwach. Du hast deinen Kampfgeist verloren. Aber es scheint, dass du dich an etwas aus der Vergangenheit erinnerst. Lass uns doch darüber reden, warum ich das Schlangentattoo habe, ja?«

Wovon zum Teufel redete er? An was erinnern? Ich versuchte vergeblich, seine Hand von meinem Hals wegzuzerren. »Ich weiß nicht, wovon du redest. Ich kann das Tattoo selbst sehen, deshalb habe ich es ja erwähnt. Du magst es, mich einzuschüchtern, nicht wahr? Großer, furchterregender Dämon.«

Sein Knie glitt weiter zwischen meine Schenkel und er strich mit seinem Daumen über den Puls in meinem Hals, eine träge, warme Bewegung, die einen seltsamen, verbotenen Schauder durch meinen Körper jagte. *Was zur Hölle passierte hier?*

Seine blassen Augen waren halb geschlossen und er sah aus, als wäre er in Trance, als er auf mich herunterblickte.

Er senkte seinen Mund zu meinem Ohr und flüsterte: »Gib's zu, Liebes. Lass alles raus. Hast du deinen Gedächtnisverlust nur vorgetäuscht? Kannst du dich an alles erinnern? Erinnerst du dich an die Schlangen?« Er zog sich wieder zurück und betrachtete mein Gesicht, um meinen Ausdruck zu lesen. Seine Augen flackerten, dunkel und heiß.

Ich hielt seinem Blick stand. »Nein.«

Langsam strich seine Hand meinen Hals hinunter zu meiner Brust. Hitze strahlte von seinem Körper aus und wärmte meine Haut. Sein Gesicht war ganz nah an meinem, sein Atem streifte meine Lippen. Ich spürte, wie meine Wangen rot wurden.

Lange silberne Krallen schossen aus seinen Fingerspitzen heraus. Mein Herz setzte einen Schlag aus. Die Spitzen seiner Krallen durchbohrten bereits den dünnen Stoff meines Kleides. Alle seine Muskeln waren angespannt.

Ich konnte nicht sagen, ob er seine ganze Kraft aufbringen musste, um sich davon abzuhalten, mich zu töten, oder um sich selbst davon zu überzeugen, dass er es tun musste. Doch die Bedrohung durch den nahen Tod schärfte meine Sinne.

Ich war nicht mehr nur Rowan, die Sterbliche. Ich war auch nicht Mortana – aber ich war ein verdammter Sukkubus. Ich hatte jetzt Macht.

Ich berührte seine Wange. »Orion«, murmelte ich. »Warum tust du so, als würdest du mich hassen?«

Beinahe unmerklich wurden seine Gesichtszüge weicher. Seine Augen wurden mit einem Mal dunkel und seine Lippen öffneten sich. Seine Krallen zogen sich zurück, aber sein Knie blieb fest zwischen meinen Beinen.

Ich strich mit dem Daumen über seine Unterlippe. Als er scharf einatmete, spannten sich meine Muskeln an und meine Schenkel schlossen sich um sein Knie. Seine mitternächtlichen Augen wanderten meinen Körper hinunter und verweilten auf meinen Brüsten. Ich war mir sicher, dass er sich daran erinnerte, wie ich unter dem Kleid aussah. Einen Moment lang hatte ich das Gefühl, völlig nackt vor ihm zu stehen. Ich bewegte meine Hüften ein wenig nach vorne.

Um uns herum wurde die Luft feucht und schwül, und ich ließ meinen Kopf zurück gegen die Wand sinken.

Erstaunt ließ Orion seine Hand wieder höher gleiten, um meinen Hals zu umfassen – dieses Mal sanft, direkt unter meinem Kiefer. Sanft, beinah ehrfürchtig strich sein Daumen über meine Lippen, so wie ich es bei ihm getan hatte. Ich nahm seinen Finger in den Mund und saugte einen Moment lang daran. Wieder atmete er scharf ein.

Der eiskalte Ausdruck war aus seinen Augen gewichen und eine schwelende Besessenheit wurde nun sichtbar.

Das war der richtige Moment, um zu handeln.

Ich schlug meine Stirn gegen seine Nase. Erschrocken lockerte er seinen Griff um mich und taumelte zurück. Dann rammte ich meinen Absatz hart in seine Kniescheibe. Es verschaffte mir zumindest etwas Zeit.

Lauf, Rowan. Das ist es, was du am besten kannst.

Gerade als ich die Tür erreichte, spürte ich, wie sich seine starken Arme um mich legten – eine Hand um meine Kehle, die andere drückte meine Arme an meine Seiten. *Mist!*

Seine Klauen waren weg, aber sein eiserner Körper hielt mich in einem festen Griff. Irgendetwas, das ich vorhin gesagt hatte, hatte in ihm einen Schalter umgelegt – die Sache mit dem Tattoo. Oder etwas über Schlangen. Was auch immer es war, es war genau das Falsche gewesen.

»Du könntest so mächtig sein, Mortana«, sagte er leise. »Aber ich glaube, du hast vergessen, wie man wie ein Dämon kämpft. Und für den Fall, dass deine Frage echt war: Ich weiß nicht, ob ich dich noch hasse. Ich glaube, ich empfinde gar nichts mehr für dich. Es ist schwer, jemanden zu hassen, den man nicht respektiert.«

Seine Worte trafen mich hart und raubten mir den Atem. Mir wurde erst jetzt bewusst, wie sehr ich mir wünschte, dass zwischen uns alles in Ordnung war. Denn die traurige Wahrheit war, dass ich kaum noch jemanden hatte.

»Ist das so?« Ich versuchte meine Stimme ruhig zu halten.

»Diese neue Version von dir ist nichts weiter als eine lästige Unannehmlichkeit. Du bist neurotisch, stumpfsinnig und in allem ungeschickt.«

Wut kochte in mir hoch. Ich rammte meine Ferse hart in seine Wade – einmal, zweimal. Aber dieses Mal hatte ich keine Wirkung auf ihn. Es war, als ob ich mit dem Fuß gegen eine Steinmauer treten würde.

Verdammt! Dieser Trick hatte meine Gegner in meinem Selbstverteidigungskurs immer von den Füßen gefegt.

Ich mochte stark wie ein Dämon sein, aber Orion war eine Naturgewalt, ein dämonischer Gott aus Stein und Wut.

Mein Herz klopfte gegen meine Rippen. Ich bewegte meinen Körper und versuchte mich aus seinem Griff zu befreien, aber sein Arm legte sich nur noch fester um mich.

Seine Wange berührte meine. »Es ist nicht nur der Schwur oder die Tatsache, dass du meine Familie ermordet hast. Es ist nicht nur dein Sadismus. Nein, obendrein bist du meine Rivalin um den Thron. Du bist der andere Dämon mit dem Zeichen des Lichtbringers. Du wusstest immer, dass ich es auch trage, nicht wahr? Und genau deshalb hast du es genossen, mich in den Kerkern zu quälen.«

Ich wehrte mich weiter gegen seinen Griff. Es war nutzlos.

»Du hast König Nergal getötet, nicht wahr?«, sagte ich. »Nur ein Erbe kann das. Und ich weiß, dass ich es nicht war. So hast du also Cambriel erpresst.«

»Gute Zusammenfassung.« Seine tiefe, träge Stimme verriet keinen Hauch von Anstrengung. »Und wenn ich erst einmal herausgefunden habe, was Cambriel am Leben hält, werden alle wissen, dass ich für den Thron bestimmt bin. Dass ich dazu bestimmt bin, König zu sein.«

Wenn ich ihn zum Reden bringen konnte … vielleicht gab es dann einen Weg, um am Leben zu bleiben.

Ich drehte meinen Kopf und meine Wange berührte wieder seine. »Aber bist du dazu bestimmt, zu herrschen? Oder bin ich es? Du musst dir die Frage auch schon gestellt haben, gib es zu.«

Sein Körper wurde immer heißer. »Du wurdest vor mir geboren. Ich habe immer angenommen, dass ich die Korrektur einer schrecklichen Abscheulichkeit bin.«

Wenn jemand Wahnvorstellungen hatte oder psychotisch war, konnte man sich nicht in der Wirklichkeit mit ihm streiten. Man musste innerhalb der Grenzen seines Glaubenssystems arbeiten. »Gut. Ich wurde zuerst geboren.« Ich griff nach hinten, schob meine Hand unter den Saum seines schwarzen T-Shirts und streichelte seine Bauchmuskeln, direkt über seinem Gürtel. Seinem Seufzer nach zu urteilen, funktionierte es. »Die Sache ist die, Orion, als ich dich in der Bar in Osborne gesehen habe, wolltest du unbedingt etwas.« Ich bewegte meine Hüften sanft gegen ihn und hörte sein Einatmen. »Du wolltest wissen, wie du den König töten kannst, denn nur so wird die Stadt dich als ihr Herrscher akzeptieren. Nur so aus Neugier: Hast du schon einmal versucht, ihn zu töten?«

»Er kommt immer wieder zurück.« Seine Stimme klang heiser. »Deshalb weiß ich, dass er irgendwie beschützt wird.«

Ich bewegte wieder meine Hüften. »Ich weiß jetzt, wie ich ihn töten kann. Wenn du mich umbringst, wirst du nie wissen, wie du ihn aus dem Weg schaffen kannst. Du wirst die City of Thorns nie davon überzeugen können, dass du der wahre König bist. Er wurde nun einmal gekrönt, ob das richtig war oder nicht. Du kannst das nicht rückgängig machen. Solange er am Leben ist, wird dich niemand als König anerkennen. Keiner weiß, dass du der Erbe bist. Du brauchst mich.«

Ein leises Lachen ertönte. »Oh, plötzlich kennst du seine Schwäche, was? Warum sollte ich dir glauben?«

Ich strich mit den Fingerspitzen über die Haut unter seinem Hemd. Mein Atem war flach, mein Herz raste. Seine Magie legte sich um mich und streichelte mich. »Ich werde einen Blutschwur leisten. Ich sage dir, wie du den König töten kannst, wenn du mich am Leben lässt. Jeder in der City of Thorns wird wissen, dass du der wahre und rechtmäßige Erbe bist, wenn du ihn tötest. So gewinnen wir beide.«

»Du hast etwas vergessen«, flüsterte er und strich mit einer seiner Fingerspitzen über den Puls an meinem Hals. Seltsamerweise ließ mich das erschaudern – aber nicht vor Angst. »Zum einen glaube ich nicht, dass du den Thron freiwillig aufgeben würdest. Und dann ist da noch mein Schwur. Wenn ich mein Versprechen nicht erfülle, sterbe ich.«

KAPITEL 6

– ROWAN –

Ich weiß, dass etwas in deiner Seele dir sagt, dass ich vielleicht nicht Mortana bin.«

Die Stille, die darauf folgte, verriet mir, dass ich recht hatte. Vielleicht war das sogar der einzige Grund, warum ich noch lebte.

»Du hast sicher nicht den Killerinstinkt, den sie hatte«, sagte er schließlich. »Die Sache ist die, Liebes, ich habe versprochen, ihre ganze Familie zu töten. Ich weiß, dass du mit ihr verwandt bist. Wie du es auch drehst und wendest, ich bin gezwungen, dich zu töten. Mein Herz zieht sich zusammen, wenn ich nur hier stehe und dich berühre. Mit jedem Moment, den ich dich leben lasse, fühle ich mich dem Tod ein bisschen näher.«

Verzweiflung machte sich in meiner Brust breit. »Es muss einen Weg geben, den Schwur rückgängig zu machen.«

Eine weitere lange Stille breitete sich zwischen uns aus.

»Es gibt einen Weg«, sagte ich, und meine Finger hielten ihn fest. »Ich weiß, dass es einen gibt. Brich den Schwur, und dann sage ich dir, was du wissen musst.«

»Das Einfachste wäre, dein Leben zu beenden.«

Aber wenn er wirklich so wild entschlossen war, mich zu töten, warum hatte er es nicht schon längst getan?

»Es hört sich an, als würdest nur du versuchen, dich selbst zu überzeugen. Du willst mich nicht umbringen.« Eine Mischung aus Angst und Hoffnung ließ mich zittern. »Irgendetwas hält dich davon ab. Warum fängst du nicht damit an, dir selbst die Wahrheit einzugestehen? Ein Teil von dir mag mich tatsächlich.«

Er senkte seine Hände und ließ mich los. »Jeder Teil von mir verabscheut, was du warst. Aber du scheinst nicht mehr dieselbe zu sein.«

Ich drehte mich zu ihm um und kam langsam wieder zu Atem. »Ich habe Informationen, die du brauchst. Wenn ich tot bin, musst du akzeptieren, dass Cambriel für Generationen auf dem Thron sitzen könnte. Meine Eltern wurden aus einem bestimmten Grund umgebracht, und zwar weil sie Cambriels Schwäche kannten.«

Schatten färbten die Luft um ihn herum wie Tinte, und eine warme Brise strich über meine Haut. Ich fragte mich, ob meine Worte zu ihm durchdrangen.

Er schien nachzudenken. »Warum sagst du mir nicht, wie man den König tötet. Und dann überlegen wir uns, wie wir den Blutschwur brechen können.«

»Warum denkst du, dass ich dir jetzt vertraue, nachdem du mir zehn Minuten lang damit gedroht hast, mich zu töten?«

Seine Augen wurden dunkel und er steckte die Hände in die Taschen. Seine Körpersprache wirkte entspannt und lässig, aber in seinem mitternächtlichen Blick lag echte Intensität. »Ich möchte, dass du einen Blutschwur leistest.«

Ich schaute auf meine Hand. »Was soll ich versprechen?«

»Zwei Dinge«, sagte er. »Erstens: Du musst schwören, dass du weißt, wie man Cambriel tötet. Wenn du lügst, wirst du sterben. Zweitens: Schwöre, dass du mir das Geheimnis verrätst, sobald ich den Schwur breche. Wenn du den Bedingungen nicht zustimmst, verlierst du dein Leben.«

Ich atmete tief ein. »Ich kann nicht versprechen, dass ich weiß, wie du den König töten kannst, denn nichts im Leben ist sicher«, sagte ich. »Ich kann dir aber versprechen, dass ich eine solide Theorie habe, von der ich glaube, dass sie wahr ist und die ich mit dir teilen werde, nachdem du deinen Schwur gebrochen hast.«

»Gut. Schneid deine Handfläche auf.«

Heiliger Mist. Er wollte es wirklich versuchen. Tief im Inneren wollte er mich wirklich nicht töten. Ich streckte meine Hand aus. »Hast du ein Messer?«

Er runzelte die Stirn und seine Krallen schossen hervor. »Nimm einfach deine.« Dann strich er mit einer langen silbernen Klaue über seine Handfläche, und purpurnes Blut tropfte auf den Boden.

Ich schaute auf meine Hände hinunter und wünschte mir, dass meine eigenen Krallen erscheinen würden. Vergeblich versuchte ich mir vorzustellen, wie sie aus meinen Fingerspitzen wuchsen.

Nach ein paar unbehaglichen Momenten sah ich auf und begegnete Orions Blick. »Wie funktioniert das mit den Krallen?«

Er trat einen Schritt näher. »Du erinnerst dich wirklich an nichts.«

»Nein, an nichts darüber, wie man ein Dämon ist.« Ich schüttelte den Kopf. »Meine Klauen und mein Feuer sind erst vor Kurzem zum Vorschein gekommen, aber das ist irgendwie von selbst passiert.«

»War dein Leben zu der Zeit in Gefahr?«

Beunruhigende Erinnerungen von jener Nacht flackerten auf. Ich, umzingelt von Feinden und blutend bei den Mülltonnen »Oh, ja. Eine Gruppe Sterblicher hat versucht, mich zu töten.«

Seine Lippen zuckten. »Hast du ihr Leben beendet?«

»Von einem von ihnen, ja.«

»Wenn dein Leben in Gefahr ist, ist es wie eine Abkürzung zu deiner ursprünglichen Seite. Als Dämonin«, sagte er, »bist du zum Teil eine Bestie. Ein Killer unter all den Beutetieren. Du musst dich daran erinnern, wie du dich mit dieser Seite von dir verbinden kannst, mit allem, was du vergessen hast. Mit deinem reinen, tierischen Instinkt.«

Mein *Es*.

Ich schloss meine Augen und versuchte die animalische Seite in mir hervorzubringen. Wieder sah ich den Abgeordneten in der Einfahrt verbrennen und hörte seine Schreie. Mir wurde schlecht von dem Rauch, den ich mit einem Mal wieder roch.

Meine Augen flogen wieder auf. »Es funktioniert nicht.«

»Versuch es noch einmal, Mortana.«

Ich verengte meine Augen. »Rowan. Mein Name ist Rowan.«

Ein halbes Lächeln. »Versuch es noch einmal. Ich will dein Blut nicht an meinen Krallen, es sei denn, weil ich dein Leben beendet habe.«

Mit einem tiefen Atemzug schloss ich noch einmal die Augen und versuchte meine Raubtier-Seite zu beschwören. Flammen tanzten in den dunklen Nischen meines Geistes. Schreie durchdrangen die Stille.

Ich stieß einen langsamen Atemzug aus. »Ich hole ein Messer«, sagte ich leise. »Ich habe deine Psychospielchen langsam satt.«

Aber bevor ich einen Schritt von Orion weggehen konnte, packte er mich und drückte mich gegen die Wand. Ich war seiner Kraft nicht gewachsen, und das ließ er mich wissen.

»Weißt du, Orion«, sagte ich mit angehaltenem Atem, »ich glaube, ich hasse dich jetzt mehr denn je.«

Anstatt zu reagieren, senkte er seinen Kopf und drückte mir seine scharfen Reißzähne an die Kehle.

»Kannst du nicht einfach mit mir sprechen?!«, rief ich. »Zum Teufel …« Ich brach schockiert ab, als seine Reißzähne meine Haut durchbohrten und Blut austrat. Der Schmerz raubte mir für einen Moment den Verstand und betäubte meine Fähigkeit zu sprechen. Ich knurrte und stieß meinen Ellbogen so fest ich konnte in seine Rippen. Wut brannte in mir, rauschte durch meine Nervenenden und verbrannte meine Sorgen.

Er löste seinen Griff um mich, seine Augen waren dunkel. »Wenn du dich verwandelst«, sagte er, »denkst du nicht in Worten.«

Ich schaute nach unten. Meine Krallen glänzten im Mondlicht und das goldene Licht meines Dämonenmals leuchtete. Schnell fuhr mir mit einer meiner Krallen über die Handfläche. Blut spritzte über meine blasse Haut und tropfte auf den Boden.

Orion packte meine blutende Hand und starrte mir in die Augen. »Gut. Jetzt sprich mir nach. Bei Todesstrafe schwöre ich einen heiligen Eid, dass ich eine starke Theorie habe, wie man König Cambriel töten kann …«

Ich wiederholte es Wort für Wort. Dann sprach ich den Teil, dass ich die Schwäche des Königs wie versprochen verraten würde. Ich spürte, wie die Magie des Schwurs meine Wirbelsäule hinaufkroch. Als der Schwur beendet war, drückte ich meine blutende Handfläche gegen seine. Er hielt meine Hand in einem festen Griff. Als sich unser Blut vermischte, begann ein Bild in meinem Kopf zu brennen.

Ich war nicht mehr im Haus meiner Eltern, sondern in einem Kerker mit fünf großen Schlangen …

Die Angst ließ mich einen Schritt zurückmachen.

Die Vision änderte sich, und ein Körper schwang lautlos an einem Galgen über mir. Der Schatten bewegte sich über einer stillen Grube hin und her. Das Genick der Frau war gebrochen, und ich konnte sehen, dass ihre Augen noch offen waren – blaue Augen, die um Gnade flehten. Sie war noch am Leben. Der Schrecken würgte mich, als würde sich meine Seele in zwei Teile spalten.

Keuchend zog ich meine Hand von seiner weg. Ich zitterte. »Was zum Teufel war das?«, flüsterte ich und starrte Orion an.

Ich war nicht mehr im Gefängnis, sondern zurück in der Villa. Erleichtert stieß ich einen langsamen, zitternden Atemzug aus.

Er sah mich stirnrunzelnd an. »Was?«

Ich schüttelte den Kopf und versuchte die schreckliche Vision aus meinem Kopf zu bekommen. Eigentlich hatte ich keine Angst vor Schlangen, aber diese hatten mich fast zu Tode erschreckt.

Seine Augen funkelten. »Du gehörst mir für die nächsten paar Tage. Mehr Zeit bleibt mir nicht, bevor der Blutschwur mich tötet.«

»Es gibt etwas, das du vielleicht wissen solltest. Die gesamte Polizei von Osborne ist auf der Suche nach mir, und sie könnten mich dem König melden. Ich habe den Vertrag zwischen Sterblichen und Dämonen gebrochen, als ich jemanden getötet habe.«

»Der König wird wahrscheinlich einen Weg finden, die Sache unter den Teppich zu kehren. Und wenn er das nicht tut … machen wir uns erst Sorgen, wenn das Problem tatsächlich da ist. Morgen brechen wir auf, um den Sterbenden Gott zu finden.«

»Entschuldigung, was?«

Er zog eine Augenbraue hoch. »Wir reisen in die Hölle.«

Ich starrte ihn an. »Hölle.«

»Bis wir gehen, werde ich dich nicht aus den Augen lassen. Du wirst jeden einzelnen Moment in meiner Nähe sein, bis ich das Geheimnis von dir erfahren habe. Und sobald ich das Geheimnis kenne, wirst du die City of Thorns für immer verlassen. Sobald es mein ist, wirst du nicht mehr in diesem Reich geduldet.«

Ich starrte ihn an. *Das werden wir ja sehen, Mistkerl.*

Vielleicht wollte ich mein Leben nicht mehr in einem Keller verbringen und mich von Ramen-Nudeln ernähren. Ganz zu schweigen davon, dass ich eine gesuchte Frau in der Welt der Sterblichen war. Dies hier war mein Zuhause.

Ich sah auf meine Handfläche hinunter und beobachtete, wie sie heilte. Als ich Orions Blick wieder begegnete, richtete ich mich auf.

In einer Sache hatte er recht. Ich musste wirklich lernen, eine Dämonin zu sein. Und alles, was er heute Abend zu mir gesagt hatte, erfüllte mich mit Wut.

Es ist einfach schwer, jemanden zu hassen, den du nicht mehr respektierst.

Fahr zur Hölle, Orion.

»Wo schlafen wir denn?«, fragte ich in einem scharfen Ton. »Bei dir oder bei mir?«

Sein Blick war kalt, fast gelangweilt. »Bei dir. Ich möchte lieber nicht mehr mit dir gesehen werden. Es war schon beim ersten Mal peinlich genug.«

Alles in mir wollte schreien. »Weißt du was, Orion? Du bist nicht der Einzige, der eine tote Familie hat! Aber du bist der Einzige, der das als Freibrief benutzt, um ein absoluter Mistkerl zu sein.«

Er stieß ein kurzes Lachen aus. »Die Sache ist die«, sagte er sanft, »es ist mir eigentlich egal, was du denkst. Abgesehen von unserem kleinen Flirt finde ich dich ermüdend und erbärmlich. Und die Wahrheit ist, dass ich nur von deiner rasenden Lust getrunken habe, weil das meine Art ist, mich zu ernähren. Das ist alles. Ich will, dass du aus meinem Leben verschwindest.«

Ich war jetzt so wütend, dass mein ganzer Körper vor Anspannung zitterte. »Und diese Lust? Die wurde nur von deiner Inkubusmagie hervorgerufen. Denn es gibt absolut nichts Anziehendes an einem griesgrämigen Mistkerl, der die Feinfühligkeit einer Fliege hat. Weißt du, was ich denke?«, fuhr ich fort. »Die Welt wäre besser dran, wenn du den Kerker nie verlassen hättest.«

Mit steinerner Miene ging er an mir vorbei. Die pure Bosheit seiner Worte hatte mir die Brust zerrissen. Ich konnte kaum atmen.

KAPITEL 7

– ROWAN –

Was. Für. Ein. Dreckskerl.

Ich war also nur so lange interessant, wie ich seine Inkubus-Lust auf Sex erfüllte? Natürlich gab es keinen Grund, ihn zu langweilen, indem ich jemals wieder mit ihm sprach. Der elende Mistkerl konnte seine Stille haben.

Ich presste meinen Kiefer zusammen und versuchte meine Wut in den Griff zu bekommen, während wir durch die dunklen Straßen der Stadt liefen.

Als wir endlich in Mortanas altem Wohnhaus ankamen, wurde ich von einem menschlichen Mann begrüßt, der mir die Tür öffnete. Er grinste mich an. Seine Haare waren so rot wie meine und er hatte ein paar Sommersprossen auf der Nase.

Ich betrat die Halle und ließ meinen Blick über die Pracht der Eingangshalle schweifen. Sie sah aus wie ein altes, luxuriöses Hotel. Die Böden waren blau und bernsteinfarben gefliest. Goldene Steinbögen spannten sich über uns und eine Treppe führte hinauf zum Zwischengeschoss, wo sich meine Wohnung befand. Mein Blick schweifte nach oben und ich starrte auf das verführerische Bild von Lilith und der Schlange, die sich um ihren Körper wandte.

Ich seufzte und wandte mich an den Diener. »Es ist schön, wieder zu Hause zu sein.«

Er strahlte mich an. »Lady Mortana. Ich war mir nicht sicher, ob Ihr zurückkommen würdet. Aber ich hatte gehofft, dass ich meiner Freundin sagen kann, dass ich Euch getroffen habe.« Er räusperte sich. »Ich habe gerade mein Praktikum hier begonnen.« Dann blickte er auf den Boden. »Tut mir leid, ich darf eigentlich nicht mit Euch sprechen.«

Praktikum. Mit anderen Worten: Die Dämonen hatten ihn dazu gebracht, umsonst zu arbeiten. Wenn ich auch nur ein Wort dazu sagte, würde mich Orion wahrscheinlich wieder darauf hinweisen, dass die Dämonen die übelsten Sachen bloß von den Sterblichen gelernt hatten.

Ich strich mir die Haare über die Schulter, wie Mortana es tun würde. »Ich nehme an, dass du sprechen darfst, Sterblicher, denn dieser seltsame Stalker hinter mir ist es nicht wert, mit ihm zu reden.«

Sein Blick huschte zwischen uns hin und her und er stieß ein nervöses Lachen aus. »Okay, also …«

Wahrscheinlich kam ihm in den Sinn, dass er als Pförtner den Stalker abweisen sollte, aber der Stalker war über zwei Meter groß, muskulös und brutal.

»Pförtner«, sagte ich gebieterisch, »mach dir keine Sorgen um diesen Idioten. Ich möchte Kaffee für morgen früh.« Ich starrte über seine Schulter auf einen Feuerlöscher an der Wand. »Hast du den hierher gebracht?«

Der Sterbliche warf einen Blick darauf. »Ich versuche nur, mich um dieses schöne alte Gebäude zu kümmern. Wegen, Ihr wisst schon …« Er gestikulierte in meine Richtung und meinte damit wahrscheinlich meine Feuermagie. Ich könnte das ganze Haus jeden Moment in Flammen aufgehen lassen.

»Aha.« Ich zog eine Augenbraue hoch. »Du bist also nervös wegen des Feuers.«

Er nickte energisch. »Ja. Sterbliche können tatsächlich daran sterben. Es gibt keinen Feueralarm und das Gebäude entspricht definitiv nicht den Vorschriften.« Seine Stimme brach und er blickte wieder zu Boden. »Braucht Ihr sonst noch etwas, Lady Mortana?«

Ich legte meinen Kopf schief und musterte ihn. Sein Anzug sah teuer aus, aber er hatte es nicht geschafft, seine Kleidung richtig zu bügeln, denn sein weißes Hemd war zerknittert. Offensichtlich war er es nicht gewohnt, sich schick zu machen. Hatte ich als Sterbliche auch so unordentlich ausgesehen? *Ach, Mist.* Natürlich hatte ich das.

Und das war noch nicht lange her.

Plötzlich überkam mich der Drang, ihn unter meine Fittiche zu nehmen und dafür zu sorgen, dass er für seine Arbeit bezahlt wurde. Nur um sicherzugehen, dass niemand ihn ausnutzte.

»Wie ist dein Name, Sterblicher?«

Seine Wangen wurden rot. »Carl.«

Orion trat vor und überragte uns beide. »Nun, das war verdammt ermüdend, also gehen wir jetzt.«

Meine Augenbraue hob sich wieder. »Du magst das Wort ›ermüdend‹ wirklich, oder? Hast du es gerade erst gelernt?«

Er wirkte in diesem Moment definitiv genervt. Und wenn man bedachte, was ich jetzt für ihn empfand, wollte ich das natürlich ausnutzen.

Ich rückte näher an Carl heran und lehnte mich gegen den Schreibtisch. »Ich war gerade dabei, Carl hier besser kennenzulernen. Ich glaube, wir könnten Freunde werden. Er ist interessant. In unserer Welt ist es ein Novum, wenn jemand keine schlechte Person ist. Hast du dir das mal überlegt?«

Ein Muskel in Orions Kiefer zuckte.

»Also, Carl«, hauchte ich. »Tut mir leid, dass mein Stalker es so eilig hat. Er versteht wirklich überhaupt keinen Spaß. Nicht so wie wir. Sag mal, Carl, was interessiert dich außer Rauchmeldern und Feuerlöschern?«

Er schluckte schwer. »Wollt Ihr das wirklich wissen?«

Ich zuckte mit den Schultern. »Ob du es glaubst oder nicht, ich finde Brandschutz faszinierend. Das ist schon mal ein guter Anfang. Es ist schon eine Weile her, dass ich jemanden getroffen habe, mit dem ich etwas gemeinsam hatte.«

Das Knurren, das aus Orions Brust drang, war so leise, dass Carls sterbliche Ohren es vermutlich nicht hören konnten. Vielleicht war er einfach nur ungeduldig, aber ich merkte, dass er es hasste, wie ich einem Pförtner Aufmerksamkeit schenkte.

Carl wippte von einem Fuß auf den anderen. »Ich … ich habe Hobbys. Ich bereite gerne Tacos zu. Und ich bin ein Künstler, ich zeichne meistens mit Tusche auf Papier. Und ich interessiere mich für Geschichte, wie zum Beispiel über die Hexenprozesse. Und schöne alte Gebäude wie dieses.«

Wow, er war eine männliche Version von mir.

»Ich habe mich schon immer für die Geschichte des Großen Krieges der Dämonen interessiert …«

»Der Große Krieg der Sterblichen«, sagte Orion. »Die Sterblichen waren der Feind.«

Carls Augen huschten nervös zwischen uns hin und her. »Aber das ist schon lange her. Es ist gut, dass wir jetzt in Frieden leben. Wir haben so viel voneinander zu lernen, Dämonen und Sterbliche.«

Orion steckte die Hände in die Taschen und kniff die Augen zusammen. »Oh, das bezweifle ich sehr, Carl.«

Carl schien ihn nicht zu hören, denn er starrte jetzt nur noch mich an. »Ihr seid die Letzte, Herzogin. Die letzte der Lilu. Ich habe gelesen, was mit Eurer Art passiert ist.« Er räusperte sich. »Das muss schrecklich für Euch gewesen sein.«

Ich spürte, wie sich die Luft erwärmte und die elektrischen Lichter flackerten. War das Orions Magie?

»Wenn du nicht aufhörst, mit diesem Schwachkopf zu reden«, sagte Orion lässig, »reiße ich ihm die Rippen heraus.«

Jetzt richtete Carl seine Aufmerksamkeit auf Orion. Er stieß ein Wimmern aus und trat mit sichtlichem Zittern hinter den Schreibtisch zurück. Die Lippen fest aufeinander gepresst schaute er mich an und schüttelte den Kopf. Ich verstand, was er meinte – er wollte, konnte den Mund nicht mehr aufmachen.

»Orion.« Ich seufzte. »Du solltest wirklich zum Wohle der restlichen Stadt eingesperrt werden.«

Ich brachte meine Miene unter Kontrolle, winkte und verabschiedete mich von Carl.

Während ich zur Treppe ging, atmete ich langsam aus, ohne Orion in die Augen zu sehen. Er war eine viel schlimmere Person, als ich gedacht hatte – und das wollte etwas heißen, schließlich hatten wir uns kennengelernt, als er mich entführt und in einen Kerker geworfen hatte.

Meine Absätze klapperten auf dem Mosaikboden, als ich auf die geschwungene Treppe zuging.

Ich hatte früher einmal gedacht, Orion und ich wären uns ähnlich, weil wir beide Rache wollten. Aber ich wollte nur eine Person töten.

Orion? Er wollte die ganze Welt niederbrennen.

KAPITEL 8

– ORION –

Ich lag auf Mortanas Sofa und starrte nach oben. Natürlich hatte ich keine Decke, weil man nicht um eine Kuscheldecke bitten konnte, nachdem man jemandem gesagt hatte, wie sehr man sie hasste und dass man sie tot sehen wollte.

Ich drehte mich auf die Seite und starrte aus den hohen Fenstern. Der Baldachin der Nacht breitete sich über dem Pool draußen aus. Das Fenster war einen Spalt geöffnet und ich hörte in der Ferne eine Sperbereule zwitschern. Auf der anderen Seite des Pools rauschte der Fluss Acheron vorbei.

Selbst in den besten Nächten fiel es mir schwer zu schlafen. Und heute Nacht durfte ich auf keinen Fall einschlafen.

Wenn ich an Mortana dachte, war es, als würde ich Tod ein- und Asche ausatmen.

Rowan war anders. Auch wenn ich wusste, dass sie dieselbe Person waren, fiel es mir schwer, sie als dieselbe zu betrachten. Wenn sie in der Nähe war, glühte das Feuer in meiner Brust zum ersten Mal seit Jahrhunderten wieder auf, und ich fühlte mich lebendig.

Im Gegensatz zu dem, was ich vorher behauptet hatte, war ich nicht mit einem Gefühl des Grauens aufgewacht und hatte dadurch gewusst, dass sie in der City of Thorns war. Stattdessen hatte ein anderes Gefühl meine Brust gewärmt, wie tote Holzkohle, die plötzlich wieder Funken sprühte. Ohne Rowan war meine Welt kalt und still.

Leider war alles, was ich über sie wusste, eine Lüge. Und das lag daran, dass alles an Mortana schon immer eine Lüge gewesen war, eine Täuschung, die nur dazu dienen sollte, meine Seele zu zerstören.

Es war mir bewusst geworden, als ich den Stern Luzifers auf ihrer Stirn hatte aufleuchten sehen. Es war alles eine Lüge gewesen – ein weiterer von Mortanas sadistischen Tricks.

Ein feuchter Wind pfiff durch den Spalt im Fenster. Aber das war es nicht, was mich wach hielt.

Ich traute ihr nicht, nicht genug, um zu glauben, dass sie mir Cambriels Geheimnis tatsächlich verraten würde – selbst mit dem Blutschwur. Tief im Inneren war sie Mortana, und Mortana fand immer einen Ausweg. Ich würde sie leben lassen, aber nur, weil ich zu schwach war, um sie zu töten.

Es war schwer, nicht an die Art und Weise zu denken, wie Rowan sich bewegte … wie sie mich berührt hatte.

Wer war sie wirklich?

Sie sah Mortana so ähnlich. Und doch hatte sie versucht, mich in dem unterirdischen Tunnel vor den Kugeln zu retten. Mortana hätte das nie getan.

Einen Moment lang war ich in der verlassenen Villa sicher gewesen, dass es sich um einen weiteren ihrer Tricks gehandelt hatte. Ich war mir sicher gewesen, dass sie sich an alles erinnerte, als sie die Schlange erwähnt hatte. Als würde sie mich für meine Taten verspotten wollen. Genau wie Mortana. Wie sonst hätte sie es wissen können, wenn sie nicht dort, an jenem Ort gewesen war?

Ich rollte mich auf den Rücken und starrte wieder an die Decke.

Sie nahm jeden meiner Gedanken in Beschlag. Sie war wie ein Lauffeuer, das durch meinen Schädel brannte, bis ich kaum noch in meinen eigenen Worten denken konnte.

Jetzt konnte ich nur noch die Dinge hören, die sie gesagt hatte. *Warum fängst du nicht damit an, dir selbst die Wahrheit einzugestehen? Ein Teil von dir mag mich tatsächlich …*

Sie am Leben zu lassen, war ein Verrat an all den Lilu, die sie getötet hatte. Wegen ihr waren sie einer nach dem anderen in einen stillen Tod unter der Erde geführt worden.

Ich weiß, dass etwas in deiner Seele dir sagt, dass ich vielleicht nicht Mortana bin.

Verdammt.

Alles, was ich hätte tun müssen, war, ihr Leben zu beenden. Stattdessen ließ ich zu, dass sie in der gleichen Wohnung wie ich schlief. Trotz meines Schwurs gegenüber den Toten hatte ich mich auf ihren Plan eingelassen. Als ich sie das erste Mal geküsst hatte – damals im Ishtar-Tempel, als wir nur so getan hatten, als ob –, hatte sie sich in meine Gedanken geschlichen. Und jetzt gehörten meine Gedanken nicht mehr mir. Ich war von ihr besessen.

Da ich mich nicht dazu durchringen konnte, sie zu töten, war das Nächstbeste, alles zu zerstören, was zwischen uns war.

Meine brutalen Beleidigungen hatten alles zwischen uns verbrannt – ein Opfer auf dem Altar der Toten. Vielleicht würde dieses Opfer die Toten ja dafür entschädigen, dass ich die Mission, die sie mir aufgetragen hatten, nicht erfüllen konnte. Ich hatte ihnen versprochen, dass ich sie töten würde. Ich hatte es Ashur versprochen.

Ich finde dich ermüdend und erbärmlich.

Ich streckte meine Arme über den Kopf und lauschte dem Geräusch von Mortana, die sich im Bett oben wälzte. Konnte sie auch nicht schlafen?

Immer wieder musste ich an die perfekten Kurven ihres Hinterns in dem durchsichtigen weißen Kleid denken und daran, wie ihre Hüften beim Gehen schwangen.

Als Dämonin bewegte sie sich anders als früher, geschmeidiger und eleganter.

Bei den Göttern, ich wollte sie nackt in meinem Bett haben. Aber diese Gedanken waren ein Verrat an den Toten, und ich würde mir nicht länger erlauben, mich ihnen hinzugeben.

Ich ballte meine Finger zu einer Faust und ließ meine Krallen in meine Handfläche eindringen, um mich durch Schmerzen abzulenken. Ich dachte an den Thron, an die Krone, an nichts anderes als an die Rache, die mein Lebenselixier war. Auf keinen Fall würde ich an sie denken. Wie es sich anfühlte, wenn ihre vollen roten Lippen meinen Schwanz umschlossen.

Ich schloss meine Augen.

Erinner dich an die Vergangenheit. Erinner dich daran, warum du am Leben bist.

Jeden Morgen, wenn ich im Kerker aufgewacht war, hatte ich mir die vier Wände meiner Zelle angeschaut. Bevor die Sterblichen gekommen waren, um uns alle zu verhaften, hatte mein Vater mir ein Messer gegeben und mir das Schnitzen beigebracht. Damals war ich noch klein gewesen, aber er hatte mir ein Taschenmesser gegeben. Ich war sehr vorsichtig damit umgegangen, denn es war mein wertvollster Besitz gewesen, und ich hatte es benutzt, um Stöcke zu schärfen. Mehr hatte ich nicht damit anfangen können.

Ich hatte mein Taschenmesser bei mir gehabt, als wir verhaftet worden waren, und gedacht, sie würden es mir abnehmen. Vielleicht hatten die Wachen mein kleines Schnitzmesser nur übersehen. Es hatte eine Weile gedauert, bis ich die Wahrheit erkannte – sie hatten mich oder meine Mutter einfach nicht als Bedrohung wahrgenommen, nicht ohne unsere Magie.

Bevor meine Mutter ermordet wurde, hatte ich ihr ein Geburtstagsgeschenk aus einem Zweig geschnitzt: das Abbild einer Königin mit einer Kugel als Kopf und Furchen als Krone. Ich war begeistert von der Idee, dass sie ihren Geburtstag feiern würde, selbst in einer Zelle. Jeden Tag fragte ich sie, ob sie bald Geburtstag hatte, und sie verneinte. Ich vermutete, sie sah, wie ich das Geschenk schnitzte, und wusste, wie sehr ich mich darauf freute, es ihr zu überreichen. Indem sie ihren Geburtstag hinausgezögerte, gab sie mir etwas, auf das ich mich freuen konnte.

»Bald, Kleines«, sagte sie immer. »Bald.«

Sie brachten sie um, bevor ich die Chance hatte, es ihr zu geben. Als ich zwölf war, nahmen sie mir dann auch das Messer weg.

Nach Jahrhunderten dort unten hatte ich mich kaum noch an meinen richtigen Namen erinnern können. Aber das machte nichts. Ich musste mich nur an Rache erinnern, und so konzentrierte ich mich auf diesen einen Moment, auf diesen seelenerschütternden Albtraum, der das, was ich einmal gewesen war, zerstört und mich zu einer Kreatur der Rache gemacht hatte.

Ich wurde jemand Neues – Orion, geboren in den Kerkern. Ich hatte mich nach den Sternen benannt, die ich durch einen Riss im Stein sehen konnte – ein Sternbild, auf das mich meine Mutter einmal hingewiesen hatte. Mein altes Ich war gestorben.

Und das, all das, war das Vermächtnis von Mortana.

In den ersten Tagen waren wir mehr gewesen. Ich war damals noch ein Junge gewesen und hatte ihnen zugehört. Balthasar, Malphas, Saleos, Azazel, Marduk … jeder ihrer Namen hatte sich wie ein Tattoo in mein Herz gebrannt. Ashur lebte in der Zelle neben mir und sang die alten Lilu-Lieder. Von meiner Zelle aus konnte ich ihn nicht sehen, aber ich erinnerte mich an ihn aus der City of Thorns: eine hoch aufragende, muskulöse Gestalt mit goldenen Hörnern und langem, schwarzem Haar. Er hatte goldene Umhänge getragen und an seinen Fingern hatten Juwelen geglitzert.

Er sagte immer, dass wir die Lilu rächen würden, dass wir eines Tages lernen würden, uns zu wehren. Wir hielten die Erinnerung an unsere Familien wach, indem wir uns gegenseitig Geschichten über jeden einzelnen von ihnen erzählten. Und eines Tages würden wir unsere Feinde bezahlen lassen, indem wir den Toten mit ihrem Blut ein Denkmal setzten. Wir würden Mortana das Herz herausreißen und ihren Kopf an die Tore hängen. Wir würden Statuen für die Toten errichten.

Wir sprachen von Flammen, die die City bis auf den Grund niederbrennen würden.

Wir beteten dort unten nicht die Götter an, sondern knieten vor dem Altar der Täuschung.

Und wir hörten, wie die anderen weggeführt wurden und nie wiederkamen. Einer nach dem anderen ging, ihre Stimmen verstummten, bis nur noch Ashur und ich übrig waren.

Mit der Zeit wurde Ashurs Angeberei leiser. Sein Trotz begann aus ihm herauszubluten.

Jahrzehntelang vergaßen sie uns völlig. Keiner brachte uns Essen. Nachts quälten uns Träume von Festmahlen. Nicht einmal in unseren Träumen konnten wir essen. Dann wachten wir auf, immer noch hungrig, und erinnerten uns daran, wo wir waren. Ich dachte, der Hunger würde ewig andauern.

Wir verwandelten uns in lebende Skelette. Unsere Eingeweide verfaulten in uns. Ich hätte Ashur gegessen, wenn ich die Kraft dazu gehabt hätte, in seine Zelle einzubrechen.

Ashur verlor langsam den Verstand.

Er vergaß die Texte seiner Lieder. Ein paar Mal bat er mich, ihn an seinen Namen zu erinnern. Er vergaß seine Frau, seine Kinder und alle Verwandten, die er rächen wollte. Selbst als die Wachen sich wieder an unsere Existenz erinnerten und uns Essen brachten, war sein Verstand schon längst verloren.

Ashur war nicht mehr da. Der zurückgelassene Mann sprach nur noch schreiend und weigerte sich zu essen. Der König sah keinen Grund, einen Wahnsinnigen am Leben zu lassen. An diesem Punkt würde der Tod eine reine Gnade sein.

So tötete man, ohne ein schlechtes Gewissen zu haben. Man brach sie zuerst, bis sie es nicht mehr wert waren, am Leben zu bleiben.

Als sie ihn abführten, streckte ich meinen Kopf durch die Gitterstäbe, um zu sehen, wie er zum Galgen eskortiert wurde. Ashur sah aus wie ein Phantom aus einer anderen Welt, aus Knochen und mit grauer

Haut und Zähnen, die in seinem ausgemergelten Gesicht seltsam lang erschienen.

Unsere Blicke trafen sich, und für einen Moment sah ich irgendwo hinter dem Wahnsinn den Befehl, ihn zu rächen. Dann war er nur noch ein Name unter den Toten, einer, an den nur ich mich erinnern würde.

Es war meine Aufgabe, uns zu rächen. Nur ich blieb – der wahre Erbe.

Aber warum überlebten immer die, die es am wenigstens verdienten? Warum war Ashur gegangen, und meine Mutter, und der schöne Sukkubus, der mir immer Äpfel geschenkt hatte – warum waren sie alle weg und ich war noch hier?

Ich wusste, warum. Nur ich war mit der natürlichen Fähigkeit gesegnet, schnell und einfach zu töten. *Ich* war derjenige, der die Gräber der Lilu mit dem Blut ihrer Mörder füllen würde.

Draußen kreiste ein Schwarm Krähen über dem Pool.

Mortana-Rowan-wer-auch-immer schien mich jetzt zu hassen. *Gut.*

Aber ich fühlte mich immer noch wie ihr Gefangener, dank dieser einen winzigen Glut des Zweifels. Dieser eine Funke von rotem Licht in der Dunkelheit – diese Frage.

War sie es wirklich?

KAPITEL 9

– ROWAN –

Ich hörte, wie Orion die Stufen hinaufstieg, und mein Puls begann zu rasen. Ohne Hemd stand er auf der Dachbodentreppe.

»Was machst du hier?«

Er ging auf das Bett zu, bis er über mir stand. »Ich konnte nicht aufhören, an dich zu denken.«

Orions harter, fordernder Körper drückte mich in die Matratze.

Ich starrte in sein wunderschön gemeißeltes Gesicht und hoffte, dass er mir nicht ansah, wie ich schmolz. Er war, wie er mir immer gesagt hatte, die schlimmste Person der Welt. Es war unmöglich, an einen gütigen Gott zu glauben, wenn jemand, der so heiß war, auch so schrecklich war. Also blieben nur die Dämonengötter, die ihn erschaffen hatten.

Mein Blick wanderte zu seinen sinnlichen Lippen, und meine Wangen erröteten. Er gab einen Laut von sich, ein dunkles Schnurren, das meine Haut zum Glühen brachte. In diesem Moment schien es, als gäbe es nichts auf der Welt außer uns, und ich hatte seine volle Aufmerksamkeit. Jetzt fand er mich ganz und gar nicht ermüdend.

Sein glühender Blick glitt an meinem Körper hinunter und seine Magie strich über meine Haut. »Du gehörst jetzt mir«, sagte er mit heiserer Stimme. Seine Lippen streichelten über seine Kehle und jagten ein verbotenes Kribbeln durch meinen Körper. »Weißt du, wie oft ich mir vorgestellt habe, dich ganz zu besitzen?«, murmelte er an meinem Hals.

Hitze glitt durch meinen Körper. Jede Stelle, an der sein Körper meinen berührte, ließ Schauer der Lust durch mein Blut rasen.

»Das ist mir egal«, zischte ich. »Ich denke, du solltest wissen, dass ich dich ermüdend und erbärmlich finde.«

Sein Bein schob sich zwischen meine Schenkel und spreizte sie.

Ein Alarm ertönte in meinem Kopf.

Nein, nicht in meinem Kopf. Mein Telefon klingelte. Nun, das war gut. Ich war mir nicht sicher gewesen, ob das Ladegerät, das ich gestern Abend gefunden hatte, wirklich funktionieren würde.

Aber wer rief an? Wer hatte überhaupt meine Nummer?

Orion war nicht hier. Ich lag verheddert in den Laken in Mortanas Loftwohnung. Allein – was gut war. Die ersten Sonnenstrahlen durchdrangen den Morgenhimmel und strömten in den Raum. Was für ein Soziopath rief denn um diese Zeit an?

Mit den Fingerspitzen strich ich über die Narbe auf meinem Bauch, enttäuscht darüber, dass sie noch da war.

Ich nahm mein Handy und sah einen verpassten Anruf von Shai. Sie wusste, dass ich es hasste, am Telefon zu reden.

Ich ließ mich zurück in die Kissen sinken. Ich brauchte Kaffee. Carl hatte mir doch Kaffee versprochen, oder nicht? Ob er ihn schon so früh bringen würde?

Ich rieb mir die Augen. Orion mochte der grausamste Dämon sein, aber selbst er würde mich nicht im Morgengrauen mit einem Telefonanruf wecken.

»Mortana!«, kam Orions Stimme von unten.

»Ich reagiere nicht auf diesen Namen«, rief ich zurück.

»*Rowan*. Ich konnte nicht schlafen. Und während ich wach war und mich gefragt habe, ob ich gerade einen schrecklichen Fehler begehe, habe ich einen der Spione des Königs draußen herumschleichen sehen. Er hat versucht, sich hinter einer Zypresse auf der anderen Seite des Pools zu verstecken. Weiß jemand, dass wir hier sind?«

Er stand am oberen Ende der Dachbodentreppe, mit offenem Hemd und zerzaustem Haar. Es erinnerte mich an den Traum, aus dem ich gerade aufgewacht war – nur dass das hier viel weniger Spaß machte.

»Ob jemand weiß, dass wir hier sind?«, wiederholte ich. Endlich lichtete sich der Nebel des Schlafes in meinem Kopf. »Nur Carl. Warum?«

»Ich frage mich nur, warum der König dir nachspioniert und ob jemand Cambriel bereits alarmiert hat.« Seine Augenbrauen hoben sich. »Warte mal. Wen hast du getötet?«

»Einen Abgeordneten.«

Er runzelte die Stirn. »Ich glaube nicht, dass sich der König für die Politik der Sterblichen interessiert.«

»Er ist auch das Oberhaupt der Dämonenjäger. Der Malleus Daemoniorum.«

»Ah.« Seine Augen funkelten im Morgenlicht. »Die Dämonenjäger sind der Grund, warum wir überhaupt erst in dieser Stadt eingesperrt sind. Sie haben weiterhin Macht über dieses Reich. Rowan, du hast dir einen unbequemen Sterblichen zum Töten ausgesucht.«

Ich zog das Laken über mein Tanktop hoch. »Ich habe ihn mir nicht ausgesucht. Er hat zuerst versucht, mich umzubringen.« Ich schaute zum Fenster. »Warum ist der König nicht hierhergekommen?«

»Er wird auf dem Weg vom Turm von Baal sein. Wir haben nur ein paar Minuten, um von hier zu verschwinden.« Er drehte sich um und lief die Treppe hinunter. »Ich muss mich noch um etwas kümmern, bevor wir in die Hölle aufbrechen.«

»Was?«

Die Tür schlug hinter ihm zu.

Mein Herz pochte. Mit meinem Handy in der Hand sprang ich aus dem Bett und eilte die Treppe hinunter, um mir frische Kleidung anzuziehen.

An der Garderobe zog ich mir ein langärmeliges schwarzes Kleid und ein Paar Stiefel an. Nachdem ich den Reißverschluss zugezogen hatte, ging ich zum Fenster. Während ich nach draußen spähte, versuchte ich, so weit wie möglich in Deckung zu bleiben. Waren da wirklich Spione? Zypressen säumten das Flussufer, aber hinter ihren Stämmen glaubte ich, Gestalten zu sehen, die sich bewegten …

Was hatte Orion vor? Adrenalin schoss durch meine Adern.

Ich eilte zur Kommode hinüber und packte schnell einen kleinen Lederrucksack. Was nahm man auf eine Reise in die Hölle mit? Hoffentlich würde die Tatsache, dass ich nicht verbrennen konnte, mir dort gute Dienste leisten.

Hatte Orion etwas über einen *Sterbenden* Gott gesagt?

Ich steckte eine Zahnbürste und saubere Kleidung in die Tasche. Was, wenn meine magischen Kräfte in der Hölle nicht funktionierten? Was, wenn ich im Höllenfeuer verbrennen würde?

Mein Puls geriet außer Kontrolle.

Ich schnappte mir meine Löschdecke, einen kleinen Feuerlöscher und meine Gasmaske und ließ sie in den Lederbeutel fallen. Den Zettel von meinem Vater hatte ich auf dem Küchentisch liegen lassen. Ich steckte ihn vorsichtig in eine der Innentaschen des Rucksacks, als eine Art Glücksbringer.

Jetzt war ich bereit zu gehen, aber ich wusste nicht, wie ich ohne Orion von hier wegkommen sollte.

Mein Handy surrte und ich sah mehrere SMS von Shai. Aber es war die letzte Nachricht, die mein Herz schneller schlagen ließ.

Hast du eine Ahnung, warum ich gerade eine Vorladung zum König bekommen habe?

Deshalb hatte sie also angerufen. Mein Herz klopfte und mein Verstand ging die Möglichkeiten durch.

Ja, natürlich. Jack wusste, dass ich mit Shai befreundet war. Jack hatte dem König bestimmt gesagt, dass er sich meine Freundin vornehmen sollte.

Die Corwins hatten den König wahrscheinlich gebeten, meinen Kopf auf einem Tablett zu servieren.

Verzweifelt tippte ich ihr zurück.

Shai. Du musst die City of Thorns verlassen.

Ich beobachtete die drei Punkte, die sich auf dem Bildschirm bewegten, mit einem wachsenden Gefühl des Grauens.

Machst du Witze? Ich kann nicht einfach abhauen, wenn der König mich gerufen hat. Jemand wird mich zu ihm begleiten.

Meine Hände zitterten. Wenn der König Shai gefangen nahm, würde er sie benutzen, um mich hier zu halten. Sie war die einzige Person, die mir etwas bedeutete. Das ideale Druckmittel.

Versteck dich, schrieb ich zurück. *Bis ich dir sage, wo wir uns treffen können. Orion wird uns beide hier rausholen.*

Orion knallte die Tür auf, Blutspritzer auf seiner Haut. Ich starrte ihn an. »Wen hast du umgebracht?«

Ohne ein Wort zu sagen, schritt er auf mich zu und nahm mir den Lederrucksack aus der Hand. Dann er öffnete die Tasche und holte den Feuerlöscher und die andere Feuerschutzausrüstung heraus.

»Was machst du da?«, fragte ich.

»Wohin wir gehen, werden wir andere Probleme als Feuer haben.«

Er eilte in die Küche und riss die Kühlschranktür auf. Dann lud er meine Tasche mit Snacks voll – Käse, Obst und etwas Brot von der Theke.

»Weintrauben und Schweizer Käse? Das ist wichtiger, als einem Feuertod in der Hölle zu entgehen?«, wollte ich wissen.

»Schweizer? Comté ist eigentlich französisch, aber das ist ein verbreiteter Irrtum unter den Ungebildeten.« Er fixierte mich mit seinem Blick und zog eine Augenbraue hoch. »Und du wirst noch früh genug herausfinden, warum wir all das brauchen.«

Ich starrte wieder auf die Blutspritzer an seinem Hals. »Sagst du mir, wen du getötet hast?«

»Keinen, der von Interesse ist.« Er ließ eine Flasche Wasser in die Tasche fallen. »Nur Carl.«

Mir fiel die Kinnlade runter. »Von all den Leuten, die du in dieser Situation hättest töten können, suchst du dir ausgerechnet den sterblichen Nerd aus? Die einzige harmlose Person in diesem Szenario?«

»Carl war nicht nur ein Praktikant. Er hat für den König spioniert. Auf seinem Handy habe ich eine Textnachricht an die Spionageabteilung des Königs gefunden, in der stand, dass du hier bist. Aber betrachte es als einen Unfall, wenn du dich dadurch besser fühlst. Mir sind die Hände ausgerutscht, und ich habe Carl versehentlich den Kopf abgerissen und seine Überreste unter den Schreibtisch geschoben.« Er hob die Augenbrauen mit gespielter Ernsthaftigkeit. »Sei mal nicht so. Das kann jedem passieren.«

»Du hast ihm den Kopf abgerissen«, wiederholte ich.

»Das Gute daran ist, dass er niemandem gesagt hat, dass ich hier war, und jetzt wird er es auch nicht mehr können. Haben dich gestern Abend andere Dämonen gesehen?«

Ich hatte Mühe, mitzukommen. »Das glaube ich nicht. Durch den Regen war niemand unterwegs. Aber die sterbliche Polizei hat gesehen, wie ich die Stadt betreten habe.«

»Mist. Okay. Ich kann schon die Armee kommen hören. Wir müssen gehen, bevor dich das gleiche Schicksal ereilt wie Carl.«

Mein Körper kribbelte vor Nervosität, als ich mir den Rucksack aufsetzte. »Wie kommen wir am besten nach draußen?«

»Wie gut kannst du fliegen?«

Ich konnte fliegen … sozusagen, aber Shai konnte es nicht. Ich musste sicherstellen, dass sie uns einholen konnte. »Nicht wirklich. Gibt es einen anderen Weg?«

»Ich werde mit dir in meinen Armen fliegen.«

»Du wirst mich nicht anfassen«, sagte ich giftig.

Ein Klopfen ertönte an der Tür, und Orion wurde still.

Ich spürte, wie sich die Luft um mich herum wie durch einen trockenen Wind erhitzte. Orion ging zum Fenster und schob es ganz auf. Er kletterte auf die Brüstung. Sein riesiger Körper füllte den Rahmen aus – halb draußen und halb drinnen. Das Licht der aufgehenden Sonne schimmerte auf dem Swimmingpool, so hell, dass es fast blendete.

Ich starrte ihn an, als er durch das offene Fenster hindurchkletterte. Dann schien er zu fallen.

Kapitel 10

– Orion –

Ich landete und drehte mich um, um zu ihr aufzuschauen, meiner schönen Erzfeindin.

Hatte sie überhaupt Kontrolle über ihre Flügel? Sie schien vollkommen vergessen zu haben, was es hieß, eine Dämonin zu sein – wie man sich verwandelte, wie man kämpfte, wie man jemandem Angst einflößte. Tatsächlich schien sie eher Angst vor sich selbst zu haben.

Ihr rotes Haar fing sich im Wind und im Morgenlicht, als würden Flammen um sie herum tanzen. Würde sie springen, oder sollte ich hinauffliegen und sie holen?

Zypressen umgaben den Pool auf drei Seiten und gaben uns etwas Privatsphäre, aber wenn jemand durch die Stämme und Äste spähte, würde er uns hier sehen. Und die Wachen würden jeden Moment die Tür aufbrechen.

Endlich sprang sie von der Fensterbank … und fiel wie ein Stein. Ihre roten Haare wehten hinter ihr her. Sie hatte ihre Flügel nicht entfaltet und fiel mir direkt in die Arme.

Instinktiv hielt ich sie fest, während ihr Herzschlag gegen meine Brust pochte. Einen Moment lang starrte ich auf ihren perfekten Mund. In meinem Kopf tauchte die Erinnerung auf, wie sich ihre Lippen gegen meine öffneten. Sie roch nach reifen Kirschen und der fruchtbaren Erde nach dem Regen. Hitze erwachte in meiner Brust, ein glühend rotes Feuer. Sie war verdammt sexy, egal was sie tat oder wie sehr ich sie hasste. Und für einen Inkubus wie mich war eine Frau wie sie mein Lebenselixier.

Sie funkelte mich an. »Du kannst mich jetzt runterlassen, Schwachkopf.«

Ah, gut. Sie hasste mich immer noch.

Ich ließ sie herunter und machte mich auf den Weg zum Fluss. »Folg mir.«

Andere Dämonen in der City of Thorns hatten im Gegensatz zu mir nicht ein Jahrhundert damit verbracht, einen Tunnel unter der Stadt zu graben. Sie hatten keine Ahnung, was unter unseren Füßen lag. Ich hatte lange gebraucht, um vom Kerker zu den alten Gewölben zu gelangen, aber als ich es geschafft hatte, hatte ich eine ganze Welt unter der Erde entdeckt – steinerne Tunnel, die in der Zeit vor Kühlschränken zur Lagerung von Wein und Lebensmitteln genutzt worden waren.

Ich drehte mich um und sah, wie Rowan auf ihr Telefon schaute. Sie schien sich nicht darum zu sorgen, dass der König sie ihren Henkern ausliefern würde. Dann blickte sie mich an und schob das Telefon in ihre Tasche.

Als wir am Ende der Baumreihe ankamen, schaute ich in beide Richtungen und vergewisserte mich, dass niemand in der Nähe war. Die Sonne stand schräg über dem Fluss, und auf der gegenüberliegenden Seite schälte sich langsam der dunkle Wald von Acheron aus der Dunkelheit. Cambriels Armee war bereits hier vorbeigezogen. Auf dem Pflaster unter mir konnte ich die Vibrationen ihrer Schritte spüren, die in die andere Richtung marschierten. Doch schon bald würden die Soldaten in die ganze City ausschwärmen und jede Gasse und jede Nische durchsuchen.

Ich fand die Abdeckung des Gewölbes, eine runde, mit Schlangen verzierte Einkerbung im Pflaster, und hob sie an. Dann kletterte ich in die Dunkelheit hinunter – es war nicht weit bis auf den Steinboden darunter – und schaute durch die Öffnung, um auf Rowan zu warten. Sie ließ sich herab, und ich griff nach oben, um sie an der Taille zu packen und sie neben mir herunterzulassen. Als sie sicher neben mir stand, schob ich den Deckel zurück über das Gewölbe.

»Dieser Weg wird uns aus der City bringen«, flüsterte ich. »Fast keiner der anderen Dämonen kennt den Weg durch die Gewölbe.«

Sie sprach immer noch nicht mit mir. Die Kälte und Nässe hier unten rochen nach Kerker. In der Dunkelheit glitten meine Gedanken wieder in die Vergangenheit zurück.

König Nergal hatte vor den Sterblichen kapituliert, und er hatte seine schlimmsten Grausamkeiten von ihnen gelernt, vor allem von den Puritanern. Sie brachten ihm bei, wie man Leute in Angst und Schrecken versetzte. Wer gebrochen war, wehrte sich nicht.

Als sie uns in die Kerker führten – die Frauen, die Kinder, die Verletzten – kamen wir an den abgeschlagenen Köpfen der Getöteten vorbei. Ich sah den Kopf meines Bruders, der blutend auf einem Spieß steckte, und den meines Vaters. Die Sterblichen hatten das getan.

Das war das erste Mal, dass ich spürte, wie etwas in mir zerbrach. Als ich ihre Köpfe sah, wusste ich plötzlich nicht mehr, wer ich war, denn nichts war mehr real. Die Welt war zu einem Albtraum geworden.

Den meisten Menschen – und Dämonen – fiel es nicht leicht, jemanden zu töten. Wenn man sich in jemandem wiedererkannte, war es schwer, dessen Leben zu beenden. Dieser Funke der Ähnlichkeit war ein Schutz, und Nergal wollte nicht *wirklich* alle Frauen, Kinder und Kriegsgefangenen töten. Das wäre unmoralisch gewesen.

Deshalb mussten uns die Soldaten des Königs erst verändern.

Auch das hatte Nergal von den Sterblichen gelernt.

In Salem sperrten sie die Menschen in Gefängnisse. Die meisten, die ihr Leben hinter Gittern fristeten, starben dort einfach. Ihre Körper waren übersät von Läusen und Wunden, angeknabbert von Ratten. Diejenigen, die überlebten, wurden halb wahnsinnig. Und als es an der Zeit war, sie zu töten, wirkten sie kaum noch menschlich.

Die Puritaner hatten uns mit ihren schmutzigen Gefängnissen beigebracht, wie man Leute kontrollierte. Sie lehrten uns, wie man seine Empathie überlisten konnte, um die gewünschten Ergebnisse zu erzielen. Rowan dachte gerne, dass Empathie eine besonders menschliche Eigenschaft war, aber sie irrte sich. Menschen konnten sie besser als wir einfach abschalten.

Die Puritaner hatten die Menschen dazu gebracht, sich gegeneinander zu wenden und ihre eigenen Familienmitglieder zu beschuldigen. Mortana hatte das von ihnen gelernt, und sie hatte all das dem König vorgeschlagen – die Kerker, die Psychospielchen. Und nichts brach jemanden mehr, als seine eigene Familie zu töten.

In den Hexenprozessen beschuldigten die Puritaner ein kleines Mädchen der Hexerei und jagten ihr so lange Angst ein, bis sie ihre eigene Mutter beschuldigte. Die Mutter starb auf dem Galgenhügel, und das kleine Mädchen wurde verrückt.

Um ohne Schuldgefühle zu töten, musste man sein Opfer in einen wimmernden Wurm verwandeln. Man zog eine Frau bis zur Taille aus, band sie an einen Karren und fuhr sie durch die Straßen, um sie auspeitschen zu lassen. Man sperrte sie mit Schlamm und Typhus und mit einem Kind ein, das sie nicht ernähren konnte. Wenn das Licht in ihren Augen erloschen war, löschte man nur noch den Rest aus, den Sack aus Fleisch und Knochen und Selbsthass, der übrig geblieben war.

Das war Zivilisation – eine menschliche Erfindung.

Aber ich war immer noch hier. Ich war als Lichtbringer gekennzeichnet worden, und obwohl ich fast in der Dunkelheit ertrunken wäre, glühte meine Seele in mir – rotes Feuer in einem Meer von Dunkelheit.

Ich würde die Dinge richten.

Kapitel 11

– Rowan –

Ich folgte Orion durch die Tunnel unter der Stadt und merkte mir jede Abzweigung. Wasser tropfte von den gewölbten Steinen auf meinen Kopf und meinen Rucksack.

Während Orion vorausging, holte ich mein Handy heraus und begann Shai eine Nachricht zu schreiben. Ich hatte gerade mal einen Balken Empfang und musste ihr alles mitteilen, bevor er ganz verschwand. Also schrieb ich ihr schnell, wie sie den Weg in den Untergrund fand, und dass sie so schnell wie möglich laufen sollte.

Shai war alles, was ich noch hatte. Sie war jetzt meine Familie, und ich würde sie bis zu meinem letzten Atemzug beschützen. Und im Gegensatz zu Orion würde Shai sich nicht gegen mich wenden, nur weil ich eine Dämonin war.

Vor mir öffnete Orion die Tür zu einem größeren Tunnel, in den Licht strömte. Ich kannte diesen Tunnel. Dorthin war ich gerannt, halb benommen, nachdem ich erfahren hatte, was ich war. Nachdem meine Feuermagie zum ersten Mal aus mir herausgeflossen war.

Ich schrieb noch eine schnelle Nachricht an Shai.

Der Tunnel öffnete sich unter einer steinernen Unterführung, die verlassen aussah und mit Zeitungen, alten Dosen und einem kaputten Kühlschrank übersät war. Ein riesiger Müllcontainer verdeckte die schmale Öffnung in die Dämonenwelt. Die schmutzige Umgebung würde jeden davon abhalten, sich hier näher umzusehen.

Als wir unter der alten Eisenbahnbrücke hervortraten, war die Schönheit Neuenglands in ihrer vollen Pracht zu sehen. Blätter wirbelten um uns herum, weinrot und kürbisorange, die ersten Anzeichen des Herbstes. Viktorianische Backsteingebäude standen auf beiden Seiten der kurvigen Straße, die auf der einen Seite von Autos gesäumt war.

Orion schaute in beide Richtungen und ging dann zu einem eleganten, stahlblauen BMW, der am Fuße eines sanften Hügels geparkt war.

Wie aus dem Nichts tauchte eine seltsame Angst in mir auf. Was, wenn er seinen Schlüssel vergessen hatte?

Wir haben den Schlüssel vergessen, und es ist meine Schuld, weil ich ihn abgelenkt habe.

Ich spürte, wie mir das Blut in den Adern gefror, doch dann zog er die Schlüssel aus seiner Tasche.

Ich ging zum Auto und warf einen Blick zurück zur Müllhalde. Shai musste *jetzt* auftauchen. Ich wischte über den Bildschirm meines Handys und sah nur zwei Buchstaben: *Ok.*

Orion entriegelte das Auto und setzte sich hinters Steuer. »Steig ein.«

Wir würden mit einem hunderttausend Dollar teuren Auto in die Hölle fahren. Offensichtlich war es lukrativ, den König zu erpressen.

Aber Shai war noch nicht bei uns. Ich betete innerlich, dass sie gleich auftauchen würde.

Orion warf mir einen scharfen Blick zu. »Rowan. Steig ein.«

Ich ließ mich auf den Beifahrersitz fallen. Der Saum meines Kleides rutschte hoch, sodass er mir nur noch bis zu den Oberschenkeln reichte. Orions Blick blieb an meinen Beinen hängen und seine Augen wurden dunkler. Die Luft um uns herum wurde heiß. »Schließ die Türen.« Seine tiefe, maskuline Stimme strich wie eine Liebkosung über meine Haut.

Hitze fuhr mir in die Wangen, und ich zerrte den Saum meines Kleides herunter.

Er sah mir in die Augen, aber dann richtete sich sein Blick auf etwas hinter mir.

Ich drehte mich um und sah Shai hinter dem Müllcontainer hervorkommen. Sie sprintete zum Auto und riss die Hintertür auf. Ihre braune Haut war mit Schweißtropfen übersät.

Orion starrte sie an. »Auf keinen Fall.«

Ich schloss meine Tür. »Sie weiß, dass ich in der City war. Wolltest du nicht unsere Spuren verwischen? Du kannst sie nicht auch umbringen. Selbst wenn du es willst.«

Sie lehnte sich vor. »Wohin fahren wir?«

»In die Hölle«, sagte er schnell. »Vermutlich wird es dir dort nicht gefallen.«

Sie zuckte mit den Schultern. »Schlimmer als meine Heimatstadt kann es nicht sein, und ich wäre dort fast aufs College gegangen.« Sie zog einen Apfel aus ihrer Tasche und biss hinein. »Apropos, können wir darüber reden, wie ich nach all dem wieder auf die Belial Universität gehen kann? Es sieht nämlich so aus, als würde ich rausgeschmissen werden.«

Ich schnallte mich an, während meine Gedanken herumwirbelten. War die Hölle wirklich real oder war das eine Metapher?

Aber wir hatten uns noch nicht in Bewegung gesetzt, und Orions Blick huschte wieder hinter mich. Er fluchte leise vor sich hin, bevor er aus dem Auto sprang. Ich sah drei Dämonensoldaten auf uns zu rennen, deren Körper blau und silbern vor Magie flackerten.

Aber sie kamen nicht weit. Ein großer Feuerbogen schoss aus Orions Hand. Die Flammen verschlangen die Soldaten. Sie taumelten schreiend zurück, während Rauch von ihren Körpern aufstieg.

»Rowan.« Shais Stimme schien aus weiter Ferne zu kommen. Sie sprach mit mir, aber ich konnte ihre Worte kaum verstehen. Ich konnte meinen Blick nicht abwenden. Galle stieg in meiner Kehle auf.

»Rowan!«, rief sie und stieß gegen die Lehne meines Sitzes. »Sieh nicht hin. Mach die Augen zu und halt dir die Ohren zu.«

Sie hatte natürlich recht. Ich beugte mich vor und hielt mir die Hände über die Ohren. Ich blieb so sitzen, bis Orion wieder ins Auto stieg und ich spürte, wie der Wagen anrollte.

Langsam öffnete ich meine Augen und setzte mich auf. Orion raste durch die Straßen von Osborne.

»Okay, was ist los?«, rief Shai. »Warum hat Orion diese Leute getötet?«

Orion packte das Lenkrad fester, als er eine scharfe Kurve nahm. »Ist sie der Grund, warum du gesagt hast, dass du nicht fliegen kannst? Wolltest du, dass sie uns folgt?«

Nun, das hatte er schnell herausgefunden. »Du hättest niemals zugestimmt, sie zu retten. Du kannst sie nicht töten, aber du bist auch nicht verpflichtet, ihr zu helfen.«

»Ah«, sagte er leise. »Natürlich. Alles an dir ist eine Täuschung.«

Ich stieß einen verzweifelten Seufzer aus. »Können wir bitte einfach in Ruhe zur Hölle fahren?«

Shai lehnte sich wieder nach vorne. »Kann mich jemand aufklären? Warum fliehen wir vor dem König?«

Ich atmete tief ein, bevor ich über die Schulter zu meiner besten Freundin blickte. »Sterbliche Dämonenjäger haben versucht, mich zu töten. Und Jack war dabei. Ich habe seinen Vater in Notwehr getötet, und jetzt will mich der König ausliefern, weil die Sterblichen unsere Stadt irgendwie kontrollieren.«

»Scheiße.«

»Genau. Scheiße.«

Orion bog in die Walcott Street ein, meine alte Straße. Er schaute mich an. »Warum siehst du so aus, als würdest du gleich mein schönes Auto vollkotzen?« Er raste über eine rote Ampel an einer Kreuzung und ich hielt mich am Griff in der Autotür fest.

Mein Mund war voller Speichel, und ich schluckte. »Ich schätze, ich habe ein Problem damit, Leute verbrennen zu sehen. Du weißt schon, diese ganze Empathie-Sache. Und wie du fährst, macht nichts besser.«

»Ich bin mir nicht sicher, ob du tatsächlich Empathie empfindest.« Er warf mir einen gereizten Blick zu. »Und ich habe sie verbrannt, weil das der schnellste Weg war, sie zu töten. Jetzt werden sie weder Cambriel noch den Sterblichen etwas berichten. Gern geschehen.« Er bog an einer Kreuzung nach links ab. »Erinner mich noch einmal daran, warum ich dich nicht getötet habe.«

»Weil ich das bin, was für dich einer Freundin am nächsten kommt? Selbst wenn du mich hasst?«

Shai lehnte sich vor. »Kann bitte jemand meine Erinnerung an diese brennenden Dämonen löschen? Nehmt mir einfach diesen Teil des Gehirns raus.«

»Frag Mortana«, sagte Orion düster. »Sie ist die Expertin im Löschen von Erinnerungen.«

»Sie ist nicht Montana«, sagte Shai. »*Mortana.* Wie auch immer. Ich kenne sie, seit wir siebzehn Jahre alt sind.«

»Du weißt nicht, dass sie tatsächlich siebzehn war«, sagte Orion. »Oder?«

Ich kämpfte immer noch gegen die Übelkeit an. »Nun, Orion, wenn ich meine eigenen Erinnerungen gelöscht hätte, könnte ich mich nicht mehr an den Zauberspruch erinnern, oder?« Hoffentlich spürte er den Stachel meiner Erwiderung.

In einer scharfen Kurve bog Orion auf den Highway und fuhr Richtung Norden. Während er fuhr, verband er sein Telefon mit dem Radio.

»Willst du mir die Musik überlassen, damit du keinen Unfall baust?«, fragte ich.

»Nein.« Er drückte auf »Play«, und aus den Lautsprechern dröhnte energisches Jodeln über Musik aus einem tiefen Horn.

Yodelieyoidieohwapidilieayeooo–

Ich stieß einen langen Atemzug aus. »Ist es das?«, fragte ich. »Ist das die Hölle?«

Orion starrte geradeaus. »Natürlich weißt du ein gekonntes Alphornsolo nicht zu schätzen, wenn du es hörst. Spießerin.«

»Wo fahren wir eigentlich hin?«, fragte Shai. »Es sieht nämlich so aus, als würden wir nach Lawrence fahren. Werden wir in Lawrence auf ewig gequält werden?«

»Die Hölle ist nicht so quälend, wie du es dir vorstellst«, sagte er. »Sie ist langweiliger, als du denkst. Es ist wie … Vermont.«

Meine Augenbrauen hoben sich. »Was ist so schlimm an Vermont?«

»Warst du schon mal in Vermont?«, fragte er. Seine Stimme triefte vor Verachtung.

»Ja. Es ist wirklich schön dort. Ich habe eine Ahornsirupfabrik besucht«, sagte ich. »Warst du schon mal dort?«

»Nein.«

»Es ist nicht höllisch. Es ist wunderschön. Die Blätter in Herbst sind einfach prächtig. Es gibt fantastischen Käse und Eiscreme. Jede Menge Bäume. Ahornsirup. Unmengen von Kühen. Ehrlich gesagt, ist es ziemlich idyllisch. Inwiefern soll das höllisch sein?«

»Es gibt dort nichts«, sagte Shai auf dem Rücksitz. »Der ganze Staat ist leer. Ich meine, abgesehen vom Käse.«

»Genau«, sagte Orion. »Ich habe mal ein Geschichtsbuch gelesen, in dem alles stand, was im Staat Vermont passiert ist. Weißt du, was da drin stand? Zwei Kapitel waren einem viktorianischen Preisschaf namens Gold Drop gewidmet. Ein Kapitel hat von Bauern gehandelt, die im achtzehnten Jahrhundert ihre Truthähne nach Boston gebracht haben. Und dann war da noch das größte Ereignis in der Geschichte von Vermont, das übrigens nicht in Vermont stattgefunden hat. Ethan Allen, der große Held von Vermont, hat Fort Ticonderoga erobert, das nicht in Vermont liegt. Als er dort angekommen ist, war es praktisch leer, abgesehen von zwei betrunkenen Kerlen.«

Mein Hirn kämpfte darum, mitzuhalten. »Okay. Es klingt friedlich. Wie kann das die Hölle sein?«

»Wie kann das nicht die Hölle sein?«, fragte er verblüfft. »Allein, mit nichts als deinen eigenen Erinnerungen. Du musst mit dir selbst und allem leben, was du getan hast, ohne Ablenkung. Das ist die reinste Folter, Liebes, das kannst du mir glauben. Ich weiß das besser als jeder sonst.«

Ich starrte ihn an und versuchte zu verstehen. »Dahin fahren wir also? Nach Vermont?«

Er schüttelte den Kopf. »Nein. Nicht nach Vermont.«

Shai warf ihr Apfelkerngehäuse aus dem Fenster. »Im Moment leiste ich zwei Kriminellen Beihilfe. Die Polizei könnte hinter mir her sein. Ich werde langsam panisch. Rowan, du bist zweifelsohne der ängstlichste Mensch, den ich je getroffen habe. Kannst du mir erklären, warum ich panischer bin als du?«

»Angst bedeutet, dass du dir ständig schreckliche Situationen ausmalst, die eintreten könnten«, antwortete ich. »Was auch immer jetzt passiert, ist nicht viel anders als die apokalyptischen Szenarien, die ich mir normalerweise ausmale. Jeden Abend schlafe ich mit dem Gedanken ein, dass morgen die Sonne explodieren könnte, weil sich die Wissenschaftler bei ihren Berechnungen geirrt haben. Das hier ist also nicht so schlimm.«

»Ich verstehe. Und was, wenn ich von der sterblichen Polizei oder von den Dämonen verhaftet werde?«

»Mach dir keine Sorgen um die Sterblichen«, sagte Orion düster. »Jedenfalls muss ich dich bald absetzen, Shai. Wo wir hinfahren, kannst du nicht mitkommen. Wir müssen durch die Zollschranke.«

»Die Massachusetts-Zollschranke?«, fragte ich verblüfft.

»Nein. Die Schleier-Zollschranke. Wir fahren jetzt in die Unterwelt. Sie liegt jenseits des Schleiers.«

KAPITEL 12

– ROWAN –

Was soll das heißen?«, fragte ich. Wir rasten über die Autobahn. »Die *Schleier*-Zollschranke?«

»Nun, da du dich nicht erinnerst, erklärte ich es dir eben«, murmelte er. »Vor dem Großen Krieg der Sterblichen, bevor ich geboren wurde, lebten die Dämonen in der Wildnis. Manchmal haben die Sterblichen sie aufgesucht, und die Dämonen betranken sich oder hatten Sex mit ihnen. Manchmal tranken die Dämonen auch ihr Blut. Aber es hat sich in jedem Fall für die Sterblichen gelohnt, wenn man bedenkt, wie langweilig ihr Leben war.«

Über uns verdunkelte sich der Himmel und ein kalter Schauder durchzog das Auto.

»Aber es hat einige der Puritaner nervös gemacht. Also haben sie Reihen von Speeren aufgestellt, die damals zwei Zwecke erfüllt haben. Erstens um eine Grenze zu schaffen, und zweitens um die abgeschlagenen Köpfe von Dämonen und anderen Feinden zur Schau zu stellen. Sie wollten auf diese Weise Warnungen aussprechen. Aber manchmal konnte man an einer Zollschranke eine Gebühr bezahlen, um durchzukommen. Für den richtigen Preis haben sie dir das Tor geöffnet. Und wo wir hingehen, Liebes, werden wir einen Preis zahlen.«

Ein unheimliches Frösteln überkam mich und ich blickte zum Himmel hinauf. Er verdunkelte sich schnell, und die Wolken begannen sich zu bewegen. Ein Sturm zog auf, und es sah seltsam unnatürlich aus.

Orion schaute zu mir rüber. »Öffne das Handschuhfach. Ich habe da Gold- und Silbermünzen drin. Wir brauchen sie dort, wo wir hinfahren.«

Als ich tat, was er verlangte, ergossen sich die Münzen praktisch auf den Boden. Ich fing an sie aufzusammeln und ließ sie in meine Ledertasche fallen. »Die Goldmünzen sind für den Wegzoll, nehme ich an?«

»Oh, nein. Es ist nicht diese Art von Wegzoll, Liebes.«

»Wie kommt es, dass du so viel reden und dabei so wenig erklären kannst? Das ist wie die beschissenste Superkraft der Welt.«

Blitze durchzuckten den sich verdunkelnden Himmel, und Orion fluchte leise vor sich hin.

»Herr des Chaos«, sagte Shai vom Rücksitz aus.

»Ja?«

»Wolltest du mich nicht zuerst rauslassen? Ich habe das Gefühl, dass gleich etwas Magisches passiert.«

Orion schüttelte den Kopf. »Sie haben den Ort gewechselt.«

»Und was wird jetzt mit mir passieren?« Die Stimme von Shai klang weit weg, als würde sie aus der Ferne schreien.

Ich drehte mich zu ihr um, aber sie sah unscharf aus, als würde ich sie durch trübes Wasser betrachten.

Angst kroch meine Wirbelsäule hinauf. Das Auto schien sich mit einer beängstigenden Geschwindigkeit zu bewegen und die Welt draußen zog verschwommen vorbei. Ich saß in einem Auto, das neunzig Meilen pro Stunde fuhr, gesteuert von einem Verrückten. Ich konnte bei einem Autounfall nicht sterben, aber Shai schon.

Der Regen hämmerte gegen die Windschutzscheibe. Grüne Flecken rauschten an uns vorbei, als wir von der Straße abkamen und plötzlich auf einer Wiese fuhren.

»Kannst du langsamer fahren?«, fragte ich.

»Nein.«

Phantome stürmten mit offenen Mündern und weit aufgerissenen Augen am Fenster vorbei. Eine körperlose Stimme flüsterte mir ins Ohr: »Reist Ihr mit dem Dunklen? Kommt Ihr, um den Teufel selbst zu sehen?«

Unmenschliche Schreie stiegen um mich herum auf und fuhren durch meine Knochen.

Du verdorbenes Geschöpf. Du Unglückswurm! Du hast uns an Leib und Seele zerstört. Wir dulden nicht, dass ein Dämon unter uns wandelt!

Die Stimmen wurden lauter, ein ganzer Chor.

Dunkle Äste wuchsen um das Auto und umgaben uns wie Finger, die an den Scheiben kratzten. Hinter mir schrie Shai auf.

Du hast deine Sippe geopfert! Wehe denen, die Verdorbenheit in ihren Adern haben!

»Ich habe meine Sippe nicht geopfert!«, rief ich.

Der Sicherheitsgurt schnürte sich um mich und würgte mich. Ich schaute nach unten. Er hatte sich in ein Seil verwandelt, das sich um meinen Hals gelegt hatte. Mein Herz schlug schneller.

Benommen schloss ich die Augen und versuchte mich zu beherrschen. Ich zog die Ledertasche an mich und hielt sie fest, als könnte sie mich beschützen.

Vor meinem geistigen Auge flackerte das Bild eines schönen Mannes mit bronzefarbener Haut auf. Schwarzes Haar, Wangenknochen scharf wie Klingen, Augen wie blasses Gold …

Mein Herz stockte bei seinem Anblick.

Wenn du die Wahrheit bekennst, wirst du frei sein. Mehr verlangen wir nicht. Du sollst deine Schuld nicht verbergen. Begehrst du, die Königin der Hölle zu sein? Bekenne! Eine Krone nur für dich, ein verdorbener Stern auf deinem Haupt ... nur ein Bekenntnis kann dich vor den ewigen Flammen retten ...

Meine Haut wurde heißer und mein Puls raste.

Bekenne. Bekenne. Bekenne!

Ich öffnete meine Augen. Ich spürte immer noch das Gefühl eines rasenden Autos, aber vor mir war ein Raum aus rohem Holz und Männer hinter einer Bank, schwarz gekleidet und mit hohen Hüten.

Das schimmernde Bild verschwand, aber eine Urangst stieg in mir auf. Durch die Unschärfe der Windschutzscheibe sah ich, wie Orion versuchte den BMW zwischen den Bäumen am Straßenrand hindurchzusteuern. Er schien das Auto nicht mehr unter Kontrolle zu haben.

Bekenne!

»Ich weiß nicht, ob ich Mortana bin!« Das Geständnis überraschte mich selbst. »Ich weiß nicht mehr, was mit Mom passiert ist. Ein Teil von mir hat es gemocht, den Dämonenjäger zu töten. Er hatte es verdient. Ich hatte keine Kontrolle über das Ganze.« Die Geständnisse sprudelten nur so heraus. »Einmal habe ich vergessen, einen Kaffee bei Starbucks zu bezahlen, und bin nicht zurückgegangen. Es war ein Milchkaffee. Wenn ich allein bin, sage ich Wörter wie ›Maismuffin‹ und ›Austerncracker‹ mit einem lächerlichen Akzent. Ich habe Fantasien über Priester. Als ich in der High School deprimiert war, habe ich einen Monat lang nichts anderes getan, als Love Island zu gucken, und ich habe angefangen, mit einem englischen Akzent zu sprechen. Vor zwei Tagen hatte ich einen Sextraum über Orion, aber dann hat er sich in eine Spinne verwandelt, und es war trotzdem irgendwie heiß? In der High School habe ich einmal den Feueralarm ausgelöst, als ich eine Prüfung hatte ...«

Mein Magen sank und ich schwebte für einen Augenblick in der Luft, bevor ich fiel.

Dann schlug ich auf weichem Gras auf. Ich starrte nach oben. Mein Kopf schwirrte. Wolken zogen über den Himmel, der die Farbe des leblosen Graus der Erde im Winter hatte. Ich starrte hinauf, benommen und erschöpft. Krähen schwebten über mir und krächzten. Ich umklammerte den Lederrucksack immer noch wie eine Rettungsleine.

Langsam schaute mich um, um mich zu orientieren. Wo war Shai?

Die Luft hatte den scharfen Biss des Winters, selbst Anfang September. Eine eisige Böe fegte durch die Bäume und wirbelte die bunten Blätter auf.

Langsam betrachtete ich die Welt um mich herum. Ich lag auf halber Höhe eines steilen, felsigen Hügels, von dem aus ich ein Tal überblickte. Auf der einen Seite fiel das Gelände zu einem dunklen Wald mit hoch aufragenden Eichen ab. Auf der anderen Seite führte ein Hügel hinauf zu alten Mauern mit Türmchen. Moos wuchs auf den abgenutzten Steinen. Am Fuß der Festung befand sich eine Reihe dunkler, unförmiger Höhlen. Orion stand in der Nähe von einer von ihnen und klopfte sich den Staub ab.

Leise hörte ich Schreie, die aus den Höhlen kamen. Angst kribbelte auf meiner Haut.

Fröstelnd stand ich auf und schob mir den Rucksack über die Schultern. Hier war es etwa zwanzig Grad kälter als in der Welt, die wir gerade verlassen hatten, und meine Zähne klapperten.

In diesem Moment bemerkte ich, dass sich meine Kleidung komplett verändert hatte. Ich trug ein langes schwarzes Kleid mit einem extravaganten Spitzenkragen und langen Ärmeln. Meine Haare waren in eine Art Haube gesteckt. Soweit ich das an dem eiskalten Windstoß erkennen konnte, der über meine Beine und meinen Hintern strich, trug ich immer noch die gleiche Unterwäsche wie vorher. Aber alles andere hatte sich verändert.

Das trieb meinen puritanischer Grufti-Look auf die Spitze.

Ich setzte den Rucksack ab und durchsuchte ihn. Alles schien noch da zu sein – das Geld, die Wasserflaschen und die Snacks.

Orion schlenderte heran, auch seine Kleidung hatte sich verändert. Er trug einen langen, schwarzen Mantel und ein böses Lächeln auf den Lippen. »Ich habe mich in eine Spinne verwandelt? Ich würde zu gerne wissen, was in deinem Sextraum davor passiert ist. Kannst du das vielleicht etwas näher erläutern?«

»Oh, gut. Du hast das alles gehört.«

Er rückte seinen dunklen Mantel zurecht. »Sag mir, sehe ich darin wie ein Priester aus?« Ein tiefes, samtenes Lachen. »Das magst du doch, oder? Priester und mich?«

»Oh mein Gott.«

»Das waren wirklich deine schlimmsten Geständnisse?« Er trat näher und sah auf mich herab. »Du hast vergessen, einen Milchkaffee zu bezahlen?«

»Soll ich mich etwa schlecht fühlen, weil ich keine Serienmörderin bin?« Ich schaute den zerklüfteten Hang hinunter. »Wo ist Shai?«

»Sie ist sterblich, also kann sie nicht in diese Welt übertreten. Sie ist an einem viel sichereren Ort als wir. Immer noch in Massachusetts.«

Ich strich über meine raue Kleidung. »Das ist also die Hölle.«

»Noch nicht ganz.« Er nickte zu den Höhlen oben auf dem Hügel. »Wir werden die Unterwelt durch sie betreten. Und zuerst gehen wir durch das Fegefeuer.«

Ein gequälter Schrei hallte aus den Höhlen wider.

»Cool«, sagte ich. »Kannst du mir sagen, was mich in den Folterhöhlen erwartet?«

»Du kannst natürlich damit rechnen, dass dich Dämonen quälen werden. Aber du brauchst dir keine Sorgen zu machen. Es ist nur eine mentale Folter. Es sind nur Belphegor-Dämonen, die dich wahnsinnig machen wollen. Sie nennen es Läuterung, aber frag mich nicht warum. Du wirst körperlich unversehrt wieder herauskommen. Und als zusätzlicher Silberstreif am Horizont kann ich die Macht des Schwurs hier nicht mehr spüren, also werde ich dich nicht umbringen. Wahrscheinlich.«

Körperlich unversehrt, aber vielleicht nicht emotional. »Wie lange wird es dauern?«

»Oh, vier oder fünf Tage.«

»Ernsthaft?«

»Die Zeit hier vergeht anders. Aber wenn du damit durch bist, wirst du riesengroßen Hunger und Durst verspüren.«

Ich berührte meinen Rucksack. »Das erklärt die Snacks. Und kannst du mir sagen, was dahinter ist? Was genau ist die Hölle?«

»Es gibt viele Höllen. Es sind Orte, die in der Zeit eingefroren sind, an denen die Menschen ihre langweiligen und tragischen Lebensereignisse wieder und wieder durchspielen. Wir werden dort wie die anderen Sterblichen sein. Sobald wir aus den Höhlen herauskommen, wird unsere Magie nicht mehr funktionieren. Und selbst wenn sie funktionieren würde, würden wir sie wahrscheinlich nicht benutzen wollen.«

»Warum?«

»Weil diese Unterwelt 1692 in Salem entstanden ist. Sie mögen dort keine Magie.«

Ich starrte ihn an. Osborne war wie seine Nachbarstadt Salem im siebzehnten Jahrhundert von der Hysterie um die Hexenprozesse erfasst worden. In Osborne waren zweiunddreißig Männer und Frauen gehängt worden, aber viele weitere waren in den Kerkern gestorben. »Sie stecken in der Vergangenheit fest.« Ich spürte, wie mich das Grauen packte.

»Dämonen werden von Emotionen und Sünde angezogen. Und so ist der Teufel nach Salem gekommen. Das Elend dort war stark genug, um einige der Belphegor-Dämonen anzulocken, und zwar wegen des unsinnigen Geschwafels eines Haufens aufmerksamkeitssüchtiger Teenager. Die Dämonen haben von der Tragödie getrunken, von der Traurigkeit. Sie sind wegen des erdrückenden emotionalen Schmerzes gekommen, und die Puritaner haben ihn ihnen serviert. Dann sind die Dämonen hierher gekrochen, in den Untergrund. Sie haben sich vom Elend des Typhus ernährt, und des Hungers, und von den Wunden in den Gefängnissen, von all den Läusen …«

»Das scheint mir sehr spezifisch zu sein.«

»Ob du es glaubst oder nicht, Liebes, ich war nicht immer die göttliche Schönheit, die du vor dir siehst. Wie auch immer, die Belphegor-Dämonen haben sich an den rasselnden Atemzügen von Giles Corey erfreut, und an dem verzweifelten Strampeln der Beine, wenn die Sterblichen gehängt wurden. Und so wurde diese Unterwelt erschaffen.«

Ich schluckte schwer. »Sind alle Menschen aus dieser Zeit zu einem elenden Leben nach dem Tod verdammt? Einige von ihnen waren Opfer.«

»Nicht so viele, wie du vielleicht denkst, Liebes. Sie waren mehr als froh zu sehen, wie die anderen gehängt wurden.«

»Natürlich. Und Dämonen? Bei denen ist es in Ordnung. Dämonen lieben das Böse auf eine ganz normale und moralisch überlegene Art und Weise.«

»Genau.« Er legte den Kopf schief. »Wir sehen uns in der Hölle, Liebes.«

Kapitel 13

– Rowan –

Er wandte sich ab, aber ich packte seinen Arm. Ich wollte die nächste Etappe unserer Reise so lange wie möglich hinauszögern.

»Warte. Der Sterbende Gott?«, fragte ich leise. »Wer ist er?«

»Sein Name ist Tammuz, ein urzeitlicher Dämon von unvergleichlicher Macht. Er kannte meine Mutter.«

Ein Schauder lief mir über den Rücken. »Hast du ihn jemals getroffen?«, fragte ich.

»Ich habe ihn einmal besucht. Nachdem ich geflohen war. Hör auf, das Unvermeidliche hinauszuzögern. Wenn wir den Schwur brechen wollen, führt kein Weg am Fegefeuer vorbei.« Er drehte sich um und ging los, und ich folgte ihm zögernd in Richtung der hohen Steinmauern. »Ich weiß nicht genau, ob er den Blutschwur brechen wird«, sagte Orion, »aber er ist der Einzige, der es kann.« Er fuhr sich mit den Fingern durch sein silbriges Haar. »Tammuz ist einer der ältesten Dämonen. Vielleicht macht ihn das zu einem Gott. Manche sagen, er sei Luzifers dunkler Zwilling, ein Gott der Dunkelheit. Einen Teil des Jahres verbringt er in der Unterwelt. Für den Rest des Jahres ersteht er von den Toten auf. Deshalb ist er der *Sterbende* Gott.«

Der Wind trug den Geruch des Todes mit sich, und die Schreie wurden lauter.

Der gefrorene Boden war hart unter meinen dünnen Lederstiefeln. Meine Zähne klapperten. Der Wind stach mir in die Finger und in die Wangen, während vom Himmel langsam ein wenig Schnee fiel.

»Wissen die Leute in der Unterwelt, dass sie tot sind?«, fragte ich.

»Nein.«

»Du hast gesagt, dass die Menschen dort in ihren Tragödien gefangen sind.« In meinem Kopf blitzten Erinnerungsfragmente aus der Nacht auf, in der Mom getötet wurde, aber sie waren gleich wieder verschwunden. Ein Teil von mir erinnerte sich an diese Nacht. Ein Teil von mir war immer noch dort. »Empfindest du so deine Zeit im Kerker? Auch wenn du frei bist, erlebst du sie immer wieder?«

Er drehte sich um und sah mich an. Für einen Moment fiel seine Maske des Selbstbewusstseins, und ich sah, was unter der schönen Oberfläche lag. Schmerz, unermesslicher Schmerz. Dann verfinsterte sich sein Blick wieder, und er wandte sich ab. »Versuchst du etwa, meine Therapeutin zu sein, Rowan? Das ist ein sehr sterbliches Konzept, und du bist nicht einmal qualifiziert.«

»Nein. Ich versuche herauszufinden, was dich zu so einem Mistkerl gemacht hat.«

Als wir uns den Höhlen näherten, schenkte er mir ein halbes Lächeln. »Ich habe mal versucht, nett zu sein. Es war langweilig und wird überbewertet.«

Er hatte die ganze Zeit gesagt, was er war: rücksichtslos, tödlich, ohne Empathie. *Ich verstecke meine Schwächen nicht und erzähle keine Lügen darüber, wer ich bin.*

Aber war das die ganze Geschichte, oder hatte ausgerechnet Liebe ihn verändert? Er hatte seine Familie geliebt, und sie war ihm genommen worden. Vielleicht hatte er vor nichts mehr Angst, als diesen Schmerz wieder zu spüren.

Oder vielleicht war ich, wie er angedeutet hatte, hoffnungslos naiv.

Ein Sonnenstrahl drangen durch die Wolken und beleuchtete die vereisten Steine um uns herum wie ein gefrorenes Diamantenmeer. Mein Atem bildete Wölkchen vor meinem Mund. Ein Hauch von Schnee bedeckte die graue Erde vor den Höhlen. In der Nähe des Eingangs rutschte ich auf einem eisigen Felsen aus und schaffte es nur mit einer ungeschickten Drehung meiner Arme, mich zu fangen.

Orion warf mir einen letzten Blick zu, bevor er eine der Höhlen betrat. Ich folgte ihm. Drinnen hatte die Dunkelheit ein Gewicht und Stille umgab uns. Eingehüllt in Schatten tastete ich mich an einer Felswand entlang, bis Orion ein Feuer in seiner Handfläche entfachte. Licht und Schatten tanzten über die sandfarbenen Wände, flackerten über raumhohe Stalaktiten und Felssäulen.

Brüchiges Eis knackte unter meinen Füßen. Ich fühlte mich nervös, ein Gefühl der Unruhe, das sich noch verstärkte, als ein eisiger Wind das Licht in Orions Hand erlöschen ließ.

Um mich herum schnitten Linien aus rotem Licht durch die Dunkelheit und bildeten Buchstaben eines seltsamen Alphabets.

»So fängt es an«, sagte Orion. »Kennst du den Ausdruck ›drohende Vorzeichen‹? Angeblich das göttliche Urteil. *Deine Seele wurde ge-*

wogen und für unzureichend befunden. Hier, im Fegefeuer, werden wir gezwungen, uns dem zu stellen, was wir getan haben. Und für eine Weile wird es schwer sein zu wissen, was real und was eine Vision ist.«

Ich holte tief Luft. »Wie weiß ich, wann es vorbei ist?«

»Die Schrift wird verschwinden.« Seine Stimme klang jetzt weiter entfernt, wie ein Echo aus einer anderen Welt. »Wir sehen uns auf der anderen Seite.«

Ich versuchte mein eigenes Feuer zu beschwören. Nach ein paar Augenblicken konnte ich zwar das Rauschen und den Funken der Magie und die Wärme in meiner Handfläche spüren, aber ich konnte immer noch nichts sehen. Flüstern hallte um mich herum. Einige der Stimmen sagten meinen Namen, andere spöttisch den Namen Mortana. *Mortaaaaaana* – ein Chor aus gesungenem Geflüster.

»Orion?« Meine Stimme ging in dem Chor unter. Wie konnte Geflüster so laut sein?

Um mich herum erschienen Symbole, blutrote Schrägstriche in der Dunkelheit – eine Sprache, die ich nicht lesen konnte.

Hinter mir ertönte ein gequälter Schrei in der Höhle.

Ich wirbelte herum und sah fahles Licht, das eine Gestalt auf dem Boden beleuchtete – eine Frau, die herumkroch, aber irgendetwas stimmte nicht mit ihr. Ihre Arme und Beine standen in einem seltsamen Winkel ab, ihr Kopf war an die Brust gepresst. Ein Schauder durchfuhr mich beim Anblick ihrer verkrümmten Gliedmaßen.

Eine Dämonin? Ihre Haut sah verkohlt und rissig aus.

Ich trat einen Schritt zurück. »Brauchst du Hilfe?«

Aber das war nicht real, oder? Orion hatte mich gewarnt, dass die Dämonen Spielchen mit meinem Verstand treiben würden. Ich schloss meine Augen und hoffte, dass das schreckliche Bild verschwinden würde, wenn ich sie wieder öffnete. Doch die Kreatur war immer noch da und kroch auf verdrehten Gliedmaßen näher an mich heran.

Warmes Licht flimmerte wieder über die Wände. Ein knarrendes Geräusch erfüllte die Höhle.

Willst du wissen, wie du sterben wirst?, dröhnte eine Stimme durch die Höhle.

»Verdammt, nein. Habe ich denn eine Wahl?«

Ich starrte auf eine der Wände, wo sich Schatten hypnotisch hin und her bewegten, hin und her – bis schließlich die Konturen klar wurden. Eine Frau hing an einer Schlinge. Ihr Genick war gebrochen und ihr Haar hing herunter. Langsam schwang sie im Wind.

Hellrote Haare, blasse Haut. Das schwarze Kleid, das ich jetzt trug.

Ich war nicht mehr in der Höhle. Ich war am Fuß des Galgenhügels. Eine hoch aufragende Ulme wuchs auf einem Felsvorsprung auf halber Höhe des Hügels und ich starrte hinauf zu meiner Doppelgängerin, die am Ende eines Stricks baumelte. Die knorrigen Äste des Baumes waren ausgebreitet, zackige schwarze Linien gegen einen grauen Himmel.

Vom Fuß des Hügels aus beobachtete ich, wie die Beine meiner Doppelgängerin zuckten, während ihre Füße über die Felsen tanzten. Ihr Körper schwang hin und her, und der Ast knarrte unter dem Gewicht. Hinter meiner Doppelgängerin hingen vier weitere Leichen an Schlingen – Frauen mit violetter Haut und steifen Gliedmaßen.

Ich konnte mich nicht bewegen.

Sie schrien, dass ich »meine Sippe« geopfert hätte, und auch ich wollte schreien. Wie lange würde diese Vision andauern?

Die kalte Winterluft stach mir in die Wangen und roch nach Zedernholzrauch und Tod. Eine johlende Menge stand herum und brüllte Beleidigungen.

Der Ast ächzte unter dem Gewicht meiner Doppelgängerin, und ihr Körper drehte sich zu mir. Ich erhaschte einen Blick auf ihre Augen – meine Augen –, die sich weit öffneten. Ihre Finger zuckten nicht mehr, aber ihr Körper warf einen dunklen Schatten auf die winterliche Erde.

Schrecken durchfuhr mich.

Warum hatte ich das Gefühl, dass all das schon einmal passiert war? Weil es schon einmal passiert *war*. Ich war seit zwei Tage hier und spielte alles noch einmal durch.

Mein Atem stockte. Die leuchtend roten Buchstaben schimmerten noch immer um mich herum. Ich wusste, dass es nicht real war. Das war eine Vision, nur …

Es *würde* passieren. Das war meine Zukunft.

Es war schon einmal passiert und es würde wieder passieren.

Wir waren alle gefangen und wiederholten unsere eigenen Tragödien.

Die Luft verließ meine Lungen und ich wollte nur von hier weg.

Ein Vorhang aus Dunkelheit senkte sich über mich und bewahrte mich endlich vor der schrecklichen Vision. Zitternd stand ich allein in der Höhle. Aber es war noch nicht vorbei. An den Wänden der Höhle leuchteten die roten Striche. Auch die verbrannte Frau war noch immer da und schlurfte über den Höhlenboden.

Ich wollte ihre Augen nicht sehen.

Aber als sie zu mir aufsah, durchbohrte mich das tiefe Blau bis ins Mark. Ich spürte etwas in meiner Hand, kalt und metallisch.

»Es tut mir so leid«, murmelte ich und sah auf den Schlüsselbund in meiner Handfläche hinunter, der so schwer war, dass ich ihn kaum halten konnte.

Schuldgefühle durchfuhren mich. Ich hatte etwas Schreckliches getan, und die Schlüssel waren der Beweis. Die Schlüssel waren wie ein Buchstabe, der in meine Wange gebrannt war – M für Mörder. Ich wollte ihn nicht mehr in meiner Nähe haben.

Flammen schlugen aus dem Körper der Frau. Sie schrie.

Ich konnte mich nicht erinnern, aber die Schlüssel erfüllten mich mit einem erdrückenden Schuldgefühl. Mit Grauen. Wenn ich die Schlüssel loswürde, würde ich mich vielleicht besser fühlen. Vielleicht wäre ich dann frei von der Last der Schuld. Das Tattoo eines goldenen Skelettschlüssels leuchtete auf meinem Arm auf. Die Flammen aus dem Körper der Frau stiegen höher.

Ich warf die Schlüssel in die Dunkelheit, und sie klirrten gegen Stein. Für einen Moment spürte ich Erleichterung und meine Brust füllte sich mit Luft. Im nächsten Moment hatte ich einen weiteren Schlüsselbund in der Hand, kalt und schwer. Meine Hände zitterten und ich hatte das Gefühl, als würden Steine auf meine Brust drücken.

Ich warf sie erneut weg, diesmal fester. Doch die Schlüssel kamen wieder zurück. Ich würde mich nie von ihrem erdrückenden Gewicht befreien können.

Wieder und wieder versuchte ich es. Ich murmelte, dass es mir leidtat und ich es nicht so gemeint hatte. Dabei wusste ich nicht einmal, wofür ich mich entschuldigte, und ich konnte meine eigene Stimme kaum hören. So verging eine lange Zeit. Stunden. Vielleicht Tage. Dann, endlich verschwand die Frau und die Schlüssel mit ihr.

Ich atmete langsam ein. Das einzige Licht im Raum kam jetzt von der bösartigen Schrift.

Deine Seele wurde gewogen und für unzureichend befunden.

Endlich begannen die Buchstaben in der Dunkelheit zu verschwinden. Ich stieß einen langsamen Atemzug aus, und ein Gefühl der Erleichterung überkam mich. Tränen liefen mir über die Wangen und ich zitterte.

Jetzt war alles vorbei. *Verdammter Mist, das war brutal.* Und ich verstand nicht einmal, was passiert war.

»Orion?«, flüsterte ich und wischte mir die Tränen von den Wangen. Ich wollte nicht, dass er mich weinen sah, aber ich wollte auch nicht allein sein.

Genau in diesem Moment setzten der Hunger und der Durst ein.

Ich versuchte zu schlucken, aber meine Kehle brannte. Wilder Hunger zerrte an meinem Magen. Meine Muskeln schmerzten und ich dachte an einen eiskalten Schokoladenmilchshake. Ich sackte gegen die Wand, weil meine Beine mir bis auf die Knochen wehtaten. Verzweifelt ließ ich den Rucksack auf meinen Schoß gleiten und riss ihn auf. Ich holte eine der Wasserflaschen heraus und dachte dabei, dass es nicht reichen würde. Ich würde auch Orions Wasser trinken müssen. Aber als ich das Wasser geleert hatte, konnte ich mich schließlich doch zurückhalten.

Er hatte Äpfel eingepackt, und ich aß zwei davon. Das waren keine gewöhnlichen Äpfel. Diese Äpfel waren im Garten der Götter gewachsen, handverlesen von einem himmlischen Geschöpf. Noch nie in der Geschichte des Essens hatte etwas so süß und saftig geschmeckt, mit einem Hauch von Säuerlichkeit, der meine Nerven überflutete.

»Orion?«, fragte ich leise. Keine Antwort.

Ich zog ein Challah-Brötchen heraus. Vielleicht war es inzwischen schimmelig, aber das war mir egal. Es war immer noch weich, süß und buttrig. Der Käse war Comté, der Geschmack reichhaltig und nussig. Wenn ich hier raus war, schwor ich mir, jeden Tag Fondue zu essen.

Mein Magen begann sich zu verkrampfen und ich merkte, dass ich zu schnell zu viel gegessen hatte. Wahrscheinlich hatte ich in der Zeit ohne Essen angefangen, meine eigenen Organe zu verdauen. Zusammengekrümmt hielt ich mir den Bauch. Dann stopfte ich den Rest des Essens in die Tasche, warf sie mir über die Schulter und ging auf die Knie.

»Orion?«

Ich kroch auf allen Vieren über den Höhlenboden, wie die Dämonin, die ich gesehen hatte. Nach ein paar Minuten verging die Übelkeit. Das Wasser und das Essen fingen an, mich ein wenig zu stärken.

»Orion?«

Ich zwang mich aufzustehen, musste mich aber noch immer an der Wand abstützen.

Sobald ich aufrecht stand, streckte ich meine Handfläche aus und beschwor meine Magie. Wärme kribbelte meinen Arm hinunter und Feuer erwachte in meiner Hand zum Leben. Licht – glorreiches Licht.

Noch nie zuvor hatte ich Feuer als tröstlich empfunden, doch da war es und tauchte die Höhle in Wärme.

Aber ich sah sonst niemanden. Vielleicht hatte Orion die Höhlen schon verlassen.

»Orion?« Ich bewegte mich schneller, bis endlich das fahle Sonnenlicht die Dunkelheit am Höhleneingang durchdrang.

Dann sah ich ihn, wie er an der Wand lehnte.

Das Sonnenlicht beschien seinen muskulösen Körper. Er war in sich zusammengesackt und hatte ein Messer in der Brust. *Was zum Teufel war hier los?* Er hatte gesagt, dass die Belphegor-Dämonen uns nicht wirklich etwas antun würden.

Entsetzt stürzte ich nach vorne.

Kapitel 14

– Rowan –

Ich eilte zu ihm hinüber und kniete mich hin. Sein silbernes Haar hing ihm vor die Augen, und sein Mantel war offen. Ein Messergriff ragte aus seinem schwarzen Hemd heraus. Ich berührte seine Wange, und seine Haut fühlte sich beunruhigend kalt an.

Angst kroch durch mich hindurch. Er blutete nicht. Seine Augen waren zwar offen, aber sie sahen leblos aus.

Einen Moment lang war ich mir sicher, dass er tot war. Die Furcht höhlte mich aus.

Dann flackerte der kleinste Funke in seinen Augen auf.

»Orion«, flüsterte ich. »Ich ziehe jetzt das Messer raus, okay?«

Was zum Teufel war passiert?

Ich griff nach dem Messer. Ich durfte jetzt keinen Fehler machen, sonst würde ich ihm einen Teil seines Herzens herausschneiden – der einzige Weg für einen Dämon zu sterben. Ich wusste nicht, wie viel Spielraum ich dabei hatte.

Mit einer Hand am Griff drückte ich die andere auf seine Brust, neben der Klinge. Langsam und vorsichtig zog ich sie aus seiner Brust heraus. Als die Spitze seine Haut verließ, flatterten seine Augenlider. Er atmete ein, aber er blutete immer noch nicht. Ich starrte in sein herzzerreißend schönes Gesicht und wollte, dass er wieder lebendig wurde.

»Orion!« Die Panik in meiner Stimme hallte von den Felsen wider.

Seine Haut fühlte sich eiskalt an, die Muskeln waren schlaff. »Orion, wach auf.«

Wenn er nicht wieder lebendig wurde, dann waren die letzten Worte, die er gehört hatte: »Ich versuche herauszufinden, was dich zu so einem Mistkerl gemacht hat.«

Sein Herz war so stark beschädigt, dass es kein Blut mehr pumpte.

Kalte Panik kroch über meine Haut. Wie konnte ich ihn retten? Ich besaß keine Heilmagie.

Ich erstarrte. *Das stimmte nicht.*

Ein Inkubus heilte durch Sex. Ich hatte es gespürt, als ich auf dem Weg zur City of Thorns fast gestorben wäre und nur noch an Sex hatte denken können.

Ich hob sein Kinn an, um ihm in die Augen zu sehen. Er lebte noch, aber nur knapp. »Ich werde dich heilen.«

Seine Pupillen weiteten sich, sein Mund öffnete sich. Ich konnte bereits die seidige Wärme der Magie spüren, die uns umschmeichelte und immer heißer wurde. Seine Augen verdunkelten sich, und der Blick in ihnen war gierig. Ich musste ihn noch nicht einmal küssen, damit die Magie zu wirken begann. Ich spürte, wie Elektrizität zwischen uns knisterte. Alles, was ich tun musste, war ihn zu wollen, was nicht schwer war.

Mein Herz schlug schneller und ich rutschte auf seinen Schoß. Seine schattenhaften Augen suchten meine.

Ich beugte mich vor und presste meine Lippen auf seine. Sofort schien er Kraft aus mir zu schöpfen. Seine Finger krallten sich in meine Taille. Seine Lippen öffneten sich, und er küsste mich tief und verzweifelt. Wärme breitete sich in meinem Körper aus.

Während Orion heilte, wanderte eine seiner Hände meine Wirbelsäule hinauf. Er fuhr mit seinen Fingern durch mein Haar. Ich konnte seinen Puls spüren, als sein Herz wieder zu schlagen begann. Dann löste er sich von dem Kuss und zog meinen Kopf zurück.

Sein Atem war flach, und seine heiße Magie glitt über meine Haut. Träge küsste er meinen Hals. Als er über meine Haut leckte, ballte ich meine Hand in seinem Haar. Mein Puls raste.

»Ich kann dich nicht ausstehen«, sagte ich mit angehaltenem Atem. Mein Stolz zwang mich, es zu sagen, denn ich wusste, was er für mich empfand.

»Das Gefühl beruht auf Gegenseitigkeit«, flüsterte er gegen meinen Hals, »aber ich werde sterben, wenn ich dich nicht küsse.«

Für einen kurzen Moment klang es verzweifelt romantisch – bis ich merkte, dass er es wörtlich meinte. Er würde tatsächlich sterben, wenn er mich nicht küsste.

Doch das vergaß ich, als er mir wieder in die Augen schaute und mit dem Daumen über meine Unterlippe strich. Er sah mich an, als wäre ich das Schönste, was er je gesehen hatte, und ich spürte, wie meine Wangen warm wurden. Er küsste mich wieder, hungrig. So wie er mich küsste, hatte ich wirklich nicht das Gefühl, dass er mich langweilig fand. Mit einer Hand öffnete er die Knöpfe an meinem Kleid, dann löste er sich aus dem Kuss und knabberte an meiner Unterlippe. Heiße Lust pulsierte in mir und sorgte dafür, dass sich meine Schenkel anspannten.

Aber ich wollte nicht zulassen, dass es weiter als unbedingt nötig ging – nicht nach dem, was er zu mir gesagt hatte. Ich musste ihn nur heilen.

Mit eisernem Willen hielt ich ihn davon ab, sich vorzubeugen und mich erneut zu küssen. Er sah mich an. Seine Augen waren ein Abgrund.

Mein Mund war nur Zentimeter von seinem entfernt. »Ich glaube, wir sind fertig. Du scheinst dich besser zu fühlen. Und wie wir beide vorhin gestanden haben, mögen wir uns eigentlich nicht.«

Er schloss seinen Mund und sein Kiefer krampfte sich zusammen. Dann drückte er mich fest an sich. »Ich könnte jeden Moment sterben. Und warum solltest du dir dieses Vergnügen versagen?«

Niemals in einer Million Jahren hätte ich vor ihm zugegeben, wie sehr ich ihn begehrte. Ich strich mit meiner Hand über die Mitte seiner Brust und spürte die glatte, vollständig verheilte Haut unter seinem Hemd. »Welches Vergnügen? Ich habe nur getan, was ich tun musste, damit du nicht stirbst. Mir war langweilig.«

»Du tust bloß, was du tun musst? Mit mir? Das kann ich nur schwer glauben.«

»Sieht aus, als hätte das Fegefeuer dein Ego intakt gelassen.« Mit einer gewaltigen Willensanstrengung rutschte ich von seinem Schoß auf den felsigen Boden. »Wie kommt es, dass du ein Messer in der Brust hattest?«

Zum ersten Mal, seit ich Orion kennengelernt hatte, sah ich, wie seine ständige Selbstsicherheit ins Wanken geriet. Er schnappte nach Luft. »Eine Schlange.«

Ich stand auf und knöpfte mein Kleid wieder zu. »Eine Schlange hat dich erstochen?«

»Nein, eine Schlange ist in meinen Mantel gekrochen und ich habe sie erstochen. Aber das war nur eine Halluzination.« Er griff nach meinem Rucksack und holte eine Flasche Wasser heraus.

»Orion … hast du Angst vor Schlangen?«

Er schraubte den Deckel ab. »Die Belphegor-Dämonen haben mit meinem Verstand gespielt. Das ist alles.«

Unter normalen Umständen hatte ich auch keine Angst vor Schlüsseln. Vielleicht wurden wir von unseren Tattoos verfolgt.

Er trank sein Wasser schnell aus und lehnte sich dann zurück an die Wand. Seine Augen waren wieder blass geworden. »Und was haben sie dir gezeigt? Haben sie dich daran erinnert, wie du vor langer Zeit alle deine Verwandten zum Tode verurteilt hast?«

Du hast deine Sippe geopfert … »Es ist sehr aufmerksam von dir, mich daran zu erinnern, warum ich unbedingt aufhören musste, dich zu küssen.«

»Ich dachte, dir wäre bloß langweilig gewesen und du hättest lediglich getan, was du tun musstest.«

Ich griff in die Tasche und holte einen Apfel für ihn heraus. »Hier, ein Snack. Vielleicht bist du dann weniger anstrengend.«

Er biss hinein und wartete darauf, dass ich ihm erzählte, was ich gesehen hatte.

Ich seufzte. »Ich habe einen Dämon gesehen, der auf mich zugekrochen ist, und anscheinend meinen eigenen Tod. Erhängt.« Ich starrte aus der Höhle auf einen Wald vor uns. »Es hat so ausgesehen, als hätte ich die Kleidung angehabt, die ich jetzt trage. Können wir hier in der Unterwelt sterben?«

»Ja. Aber ich werde es nicht zulassen. Die Dämonen haben nur mit deinem Verstand gespielt, das ist alles.«

»Du wirst es nicht zulassen?« Ich schob den Rucksack auf. »Das klingt, als wolltest du mich beschützen.«

Er schenkte mir ein schwaches Lächeln. »Lange genug, um das Geheimnis aus dir herauszuholen.«

Er stand auf und strich die Vorderseite seines Hemdes glatt. Dann knöpfte er seinen Mantel zu und ging aus der Höhle ins blendende Wintersonnenlicht.

Ich folgte ihm. Es war so hell, sodass ich mir den Arm vor das Gesicht halten musste. Als sich meine Augen nach der tagelangen Dunkelheit ans Licht gewöhnt hatten, nahm ich die Szene vor mir wahr. In der Ferne ragten eine Reihe von Pfählen wie knochige Finger aus der Erde. Auf zweien der Pfähle steckten menschliche Köpfe, die mit der Zeit mumifiziert waren. Dahinter erstreckte sich kilometerweit ein dunkler Wald, auf dessen Ästen und Blättern Eis glitzerte wie Diamanten.

Der Boden unter mir fühlte sich hart an, gefroren.

Orion aß den Apfel und warf das Kerngehäuse beiseite. »Rowan, warum hast du mich geheilt? Du hättest alle deine Probleme lösen können, wenn du einfach das Messer umgedreht hättest. Dann wäre ich tot. Du müsstest dich nicht um den Schwur kümmern. Du könntest den Thron für dich beanspruchen.«

»Ich habe Empathie, Orion. Wir haben dieses Konzept schon einmal besprochen.«

Er drehte sich zu mir um. Sein Blick war bereits gelangweilt. »Ah. In mir ist Empathie vor langer Zeit im Kerker gestorben.« Er zog eine Augenbraue hoch. »Aber ich denke, ich bin dir zu Dank verpflichtet, oder?«

»Gern geschehen.«

»Hast du etwas aus deiner Vergangenheit gesehen, Rowan?«

Ich atmete scharf ein und musste an die schreckliche Erinnerung an diese Schlüssel denken. »Ich habe einen Schlüsselbund in der Hand gehalten und konnte ihn nicht loswerden. Es hat sich angefühlt wie … Verdammnis.« Ich hob meinen Arm und zog den Ärmel hoch. »Glaubst du, es hatte etwas damit zu tun? Damit, dass ich eine Dämonin bin?«

Wir kamen an den grausigen Pfählen vorbei. Wind spielte mit Orions silbernem Haar. »Ich bin mir sicher, dass es Dinge gibt, für die du dich schuldig fühlst, Rowan, aber eine Dämonin zu sein, gehört nicht dazu. Wir sind stark, schnell und schön. Wir sind wie Götter. Und das Wichtigste ist, dass wir uns nicht wegen etwas schlecht fühlen sollten, das wir nicht kontrollieren können.«

»Die Schlüssel hatten etwas mit Mom zu tun.« Als wir in den Wald traten, zitterten die Äste im Wind und bestäubten mein schwarzes Kleid mit einem leichten Schneefall. »Ich kannte meine Mutter nicht als Dämonin, selbst wenn sie eine war. Ich kannte sie als Sterbliche. Sie war weder perfekt noch gottgleich oder mächtig. Sie war frustriert und fluchte und brauchte ewig, um aufzuwachen. Aber sie war die Person, die mich aufgemuntert hat, wenn ich traurig war. Wusstest du, dass ich manchmal ängstlich bin?«

»Oh? Das ist mir gar nicht aufgefallen«, sagte er trocken.

Ich ignorierte seinen Sarkasmus und fuhr fort. »Wenn ich nachts unruhig war und nicht schlafen konnte, hat sie mir Karamelltee gebracht. Auf ihrem iPod haben wir diese Meditationsgeschichte über einen ängstlichen Raben gehört, und wir haben uns alle zusammen entspannt, ich, meine Mutter und der Rabe namens Lenore. Sie war keine Göttin, sondern die Person, die mich immer aufgemuntert hat. Und ich habe das Gefühl, dass ich etwas getan habe, das sie in Gefahr gebracht hat.«

Ich dachte, er würde wieder eine sarkastische Bemerkung machen oder mir sagen, dass ich dummes Zeug redete. Aber stattdessen wurde er still, als wir tiefer in den Wald gingen. Ein Gewölbe aus eisigen Ästen krümmte sich über uns. Nach einer Minute murmelte Orion so leise, dass ich ihn kaum hören konnte: »Meine Mutter hat mir immer ein Schlaflied vorgesungen, wenn ich Albträume hatte.«

Er drehte sich zu mir um, und einen Moment lang las ich den tiefen Schmerz in seinen Augen.

»Wie auch immer.« Seine Miene hellte sich auf. »Das ist schon lange her.«

»Was tust du jetzt, wenn du Albträume hast?«

»Jetzt, Liebes, *bin* ich der Albtraum.«

Ich verdrehte die Augen. Aber Unrecht hatte er nicht.

KAPITEL 15

– ROWAN –

Wir verließen den Wald. Vor uns breitete sich ein Dorfplatz aus, der durch Zäune abgetrennt war. Kühe und Ziegen liefen herum und kauten träge Gras. Hügel säumten den Platz, auf denen Fachwerkhäuser standen. Als ich sah, wie sich die Straßen um die Gemeinde schlängelten, erkannte ich die Konturen wieder.

»Ich glaube, das ist das Dorf Salem. Es heißt jetzt Danvers.« Ich suchte den Horizont ab und zeigte auf einen sanft geschwungenen Hügel. »Das ist der Hathorne Hill, benannt nach einem der Hexenrichter. Später wurde dort das Danvers Stadtkrankenhaus gebaut – eine psychiatrische Anstalt, in der es zu Misshandlungen gekommen ist. Heute sind dort Wohnungen. Aber ich habe mir immer vorgestellt, dass der böse Geist von Hathorne dort spukt.«

Seine Augenbrauen hoben sich. »Woher weißt du das alles?«

»In Osborne gibt es nicht viel zu tun, außer mehr über die düstere Geschichte zu lesen.« Ich warf einen Blick auf ein großes schwarzes Haus, das das Dorf überblickte – ein einsam wirkendes Gebäude mit einem Giebeldach und einem knorrigen Baum dahinter. »Dieser Ort ist verdammt gruselig.«

»Rowan«, flüsterte Orion. »Sprich hier nicht so viel. Dein Akzent wird sonst auffallen.«

Von mir aus. Dann behielt ich meine Fakten eben für mich.

Als wir uns einem Feldweg näherten, ritt ein Mann auf einem Pferd vorbei. Er trug einen hohen, spitz zulaufenden Hut und einen breitkrempigen weißen Kragen. Er wurde langsamer und starrte uns misstrauisch an. Mein Herz schlug schneller.

Mich starrte ein Mann an, der mehrere hundert Jahre alt war.

Es sah nicht nach Hölle aus, aber ich wusste über die Dunkelheit Bescheid, die in den Schatten lauerte. Wie Orion es so anschaulich beschrieben hatte, hatten sich die Nachbarn hier gegeneinander gewandt. Sie hatten sich gegenseitig in Gefängnisse geworfen und einander zum Tode verurteilt.

Ein kalter Wind strich über mich hinweg, als wir der Straße folgten, vorbei an schiefen Hütten und einem hohen weißen Versammlungshaus mit Sprossenfenstern. Ich schaute sehnsüchtig in das warme Licht und wünschte mir, ich könnte irgendwo drinnen sein.

Ein paar Frauen zogen an uns vorbei, mit warmen Schals und Mützen bekleidet, Körbe unter dem Arm. Sie beäugten uns misstrauisch.

Rechts von uns schlängelte sich ein Fluss Richtung Süden.

Als wir allein waren, flüsterte ich: »Wo finden wir ihn?«

»Im alten Osborne-Wald«, sagte er leise.

Ich schluckte schwer. Dort war Mom gestorben.

Während wir liefen, biss die Kälte in meine Zehen. Meine Zähne klapperten laut. »Wir haben Münzen. Vielleicht brauchen wir unterwegs eine warme Suppe oder so.«

»Ich kenne einen Ort. Denk daran, leise zu sprechen.«

Ich war schon wieder am Verhungern und mein Magen knurrte.

Wir liefen eine gefühlte Ewigkeit in der Kälte – vorbei an Bauernhöfen, einer Kirche, einem Friedhof mit moosbewachsenen Steinen und hohläugigen Totenköpfen, die uns anglotzten, vorbei an Pferdewagen. Ein paar Leute nickten uns zu und sagten: »Grüßt Gott.«

Als wir einen felsigen Hügel erreichten, wusste ich, dass wir Salem erreicht hatten. Dort war der Galgenhügel, an dem neunzehn Menschen auf einem Felsvorsprung gehängt worden waren. Jetzt, im modernen Salem, überblickt er einen Parkplatz hinter einer Apotheke.

Aber ich war im düsteren Salem, wo eine der Leichen immer noch am Ende eines Stricks hing, eine makabre Warnung für andere.

Die langen grauen Haare der Frau hingen ihr ins Gesicht, und ihre Füße schwangen über der Erde. Ihr Körper sah steif und grau aus, ihre Finger waren knochig. Ihre Haut war mit Schürfwunden übersät, wahrscheinlich von ihrer Zeit im Gefängnis.

Bei ihrem Anblick schnürte sich meine Kehle zu und Trauer stieg auf, die mich erstickte. Ihre Familie musste ihr beim Sterben zugesehen haben.

Noch nie hatte ich mir so sehr gewünscht, von einem Ort wegzukommen. Orion ging weiter. Der Wind fing sich in seinem silbernen Haar und seinem langen Mantel. Ich war mir nicht sicher, ob er sich beeilte, um von der Leiche wegzukommen, oder ob es ihn einfach nicht interessierte.

Ich rieb meine Hände aneinander und hauchte hinein, um sie zu wärmen. Mein Atem wurde zu Nebel und ich ging schneller, um mit Orion Schritt zu halten. Die gefrorene Erde ließ meine Füße durch die Sohlen meiner dünnen Lederstiefel auskühlen.

Als wir das berühmte Haus der Sieben Giebel erreichten, war mein Körper schon halb taub. Das tiefbraune, fast schwarze Gebäude im gotischen Stil erhob sich über dem Atlantik. Die mehrfach verglasten Fenster und die scharfen Spitzen verliehen ihm ein hexenhaftes Aussehen. Auf der anderen Seite glitzerte das eisengraue Meer. Kleinere Häuser umgaben einen Platz. Hier standen Händler an Marktständen und verkauften Gemüse und Backwaren.

Direkt vor dem Herrenhaus hingen ein Mann und eine Frau am Pranger, ihre Köpfe und Arme in hölzernen Öffnungen gefangen. Ihre Hälse waren gekrümmt, ihre Rücken gebeugt. Ein Schild am Fuß des Prangers wies sie als *Unzüchtige* aus.

Schlamm klebte in ihren Haaren und Händen. »Hure!«, rief jemand aus einem Fenster.

Die Frau zuckte zusammen, als ob sie von einem Stein getroffen worden wäre.

Natürlich hatte es die Jack Corwins dieser Welt schon immer gegeben.

Ich versuchte sie nicht anzustarren, aber die Frau blickte mich unter einem Vorhang aus schmutzigen Haaren an. Ihr Gesicht war von Elend gezeichnet.

Konnte Unzucht eine solche Strafe verdienen?

Es kam auf den Kerl an.

Als wir hinter ihnen vorbeiliefen, zog ich eine Grimasse beim Anblick ihrer nackten Rücken. Blut war darauf in Streifen getrocknet, wo sie ausgepeitscht worden waren.

Orion drehte sich zu mir um. Er sah gelangweilt aus. »Wir können dort essen.«

»Was?« Seine Bemerkung war angesichts der grausamen Szene vor uns einfach nur schockierend. »Orion«, flüsterte ich, »stört es dich nicht, was hier passiert?«

Er schaute das ausgepeitschte Paar an, als hätte er sie gerade erst bemerkt. »Ich dachte, du hättest Hunger. Komm mit.« Er führte mich zu einem Holzgebäude. Über der Tür hing ein graues Schild mit dem Bild eines Kessels. Sobald wir eintraten, ließ mir der Geruch von Essen das Wasser im Mund zusammenlaufen. Ich blickte in eine Halle aus dunklem Holz, deren Decke von Balken durchzogen war. Ein großer Eisentopf blubberte auf dem Herd, und ein paar Leute saßen an Holztischen und tranken Bier. Andere hatten sich an einer Bar in der Mitte des Raumes versammelt. Die Wärme war herrlich.

Stille senkte sich über die Taverne und alle drehten sich um, um uns anzusehen – Männer, Frauen, Kinder. Sogar die Katze auf der Theke starrte uns an. Aber die gemütliche Atmosphäre zog mich an, mit dem Feuerschein, der im Raum hin und her tanzte, und dem Rauch, der von der Feuerstelle aufstieg. Nach ein paar Atemzügen widmeten sich alle wieder ihrem Essen und ihren Getränken.

Orion ging zu einem Tisch am Fenster. Feuchtigkeit trübte das Glas, und ich wischte mit der Hand darüber, um nach draußen zu schauen. Von hier aus hatten wir einen Blick auf den Platz. Es war schwer, nicht auf die beiden Menschen am Pranger zu starren. *Aber darum ging es ja, nicht wahr?* Die Menschen zu kontrollieren, indem man ihre Strafen öffentlich machte. Das war nicht nur besonders demütigend, sondern hielt auch alle anderen in Schach. Keiner wollte in ihrer Situation sein.

Es dauerte einen Moment, bis ich merkte, dass Orion mit jemandem sprach. Ich riss mich aus meinem dunklen Tagtraum und sah eine junge Frau an unserem Tisch stehen. Ihr Haar war mit einer weißen Haube bedeckt. Sie starrte Orion aus großen blauen Augen an. »Und warum wollt Ihr nach Osborne, Goodman Ashur? Ich habe noch nie einen Fuß in diesen Ort gesetzt.« Sie klimperte mit den Wimpern. »Osborne ist voll von böser Magie und Unzucht Treibenden. Die Dämonenstadt ist dort, und ich bete, dass die Dämonen dort bleiben. Aber man sagt, dass ein Teufel in den Wäldern lauert. Es heißt, dass er im Großen Krieg entkommen ist und dass die Bannzauber ihn nicht binden. Ihr solltet Euch nicht in die Nähe dieses Ortes begeben, ich bitte Euch, damit Ihr nicht sterbt.«

Goodman Ashur?

»Das hört sich furchtbar an«, sagte Orion mit einem Hauch von Sarkasmus. Ich konnte nur hoffen, dass die Frau es nicht bemerkte. »Unzucht Treibende? So etwas Abscheuliches.«

Sie beugte sich vor und flüsterte: »Abscheuliche Monster. Wenn Ihr in Osborne ankommt, berichtet ihnen, dass Goody Putnam gesagt hat, dass sich der Teufel selbst wegen ihrer Verdorbenheit in ihren Wäldern eingenistet hat. Ihr dunkler Wald verwandelt die Menschen in Tiere, nackt und vor Blut triefend. Die Frauen treiben es mit dem Schattenmann in den Wäldern wie wilde Bestien, auf Händen und Knien, und kreischen vor bestialischer Lust.« Sie sah absolut begeistert aus, ihre Augen funkelten, ihre Wangen waren rosa. »Sie haben einen teuflischen Pakt mit ihm geschlossen. Ich habe es mit eigenen Augen gesehen.«

Ich wollte sagen: »Ich dachte, du warst nie in Osborne«, aber es war besser, den Mund zu halten. Wenn es stimmte, was sie sagte, und Frauen nackt durch die Wälder rannten und es mit einem Dämon trieben, erklärte das vielleicht, warum der Sterbende Gott die Hälfte des Jahres hier herumhing. Wer auch immer er war, er war wahrscheinlich interessanter als die mürrischen, sterblichen Männer, die in dieser Taverne ihre Suppe schlürften. Kein Wunder, dass er eine Anhängerschaft hatte. Und kein Wunder, dass Goody Putnam nach ihm gesucht hatte.

Orion richtete sich auf, und seine blassen Augen funkelten im warmen Kerzenlicht. »Wehe dem, der einen bösen Mann begehrt. Wir versuchen, den Teufel aus diesen guten Städten zu vertreiben. Das ist unsere heilige Mission, so gefährlich sie auch sein mag. Es ist mein sehnlichster Wunsch, diese Bestie ins Höllenfeuer zu treiben und sein Teufelsbuch zu verbrennen, damit keine unschuldigen Frauen mehr von seiner Bösartigkeit verdorben werden.«

»Natürlich.« Ihre Wangen röteten sich, und sie lächelte ihn an. »Ihr seid ein gottesfürchtiger Dämonenjäger.« Sie starrte ihn weiter wie gebannt an. »Aye, der *Malleus Daemoniorum*. Wir haben gehört, dass Ihr kommen würdet, um diese Gestade zu säubern. Wir haben auf Euch gewartet.« Sie lehnte sich näher an ihn heran. »Wir fühlen uns geehrt, einen so mutigen und starken Mann wie Euch hier zu haben, der uns beschützt.«

Das sollte wohl ein Scherz sein. Selbst hier flirteten die Frauen mit ihm?

Orion verschränkte seine Finger. »Und dieser Teufel. Glaubt Ihr, er ist immer noch in den Wäldern von Osborne?«

»Oh, ja. Es ist ein verfluchter Wald. Ich habe ihn dort ein paar Mal selbst gesehen, umgeben von nackten Frauen, die sich in einem schändlichen Tanz winden, wild vor fleischlicher Lust. Der Wald lässt sie böse Dinge fühlen. Aber wisst Ihr, der Teufel sah mich einen Moment lang an und konnte die Güte in mir spüren. Das machte ihn wütend. Er heulte wie ein wildes Tier, um mich in die Nacht zu vertreiben.« Ihre Hand wanderte zu ihrer Brust und ihr Gesicht glühte bei der Erinnerung auf.

Es hörte sich irgendwie so an, als wäre Goody Putnam im Sexwald herumgewandert und hätte auf eine interessante Nacht mit dem Teufel gehofft, aber sie war selbst für ihn zu merkwürdig.

»Sehr beeindruckend, Goody Putnam«, sagte Orion mit todernster Miene. »Ihr seid eine gesegnete Frau.«

Sie kicherte. »Wie groß seid Ihr? Ich habe noch nie einen so großen Mann gesehen. Ihr seid größer als ein Hengst.«

Ich öffnete den Mund, um nach dem Essen zu fragen, aber Orion berührte meinen Arm. »Meine Frau hat ein Schweigegelübde abgelegt, um für ihre Sünden zu büßen.«

Ich musste hier wohl seine Frau sein, sonst würden wir wie das Paar draußen am Pranger enden.

Moment – Sünden?

Die Frau drehte sich zum ersten Mal zu mir um. »Oh, Sünden?« Sie runzelte die Stirn. »Irgendetwas kommt mir an ihrem lüsternen Gesicht bekannt vor. Vielleicht ein schrecklicher Traum. Aber was für Sünden? Sie muss in der Öffentlichkeit beichten.«

Ich konnte nur mit den Schultern zucken.

Ein schwaches Lächeln kräuselte Orions Lippen. »Um für ihre bösen Versuchungen zu büßen, für ihre verdorbene Fleischeslust, die nie befriedigt werden kann. Aber sie tut nun Buße.«

»Oh.« Ekel lief über das Gesicht der Frau. »Ja, ich kann es in ihren Augen sehen.« Sie erschauderte dramatisch. »Haltet sie von diesem Wald fern.«

Ich trat Orion unter dem Tisch.

»Und dieser Teufel«, fuhr Orion fort. »Wo im Wald habt Ihr ihn gesehen, als Ihr nachts unterwegs wart und der Versuchung so tapfer aus dem Weg gegangen seid?«

»Oben auf der felsigen Hügelkuppe, im Mondschein.« Ich konnte die Freude in ihren Augen sehen. »Ich bringe Euch Hummer, damit Ihr Kraft schöpfen könnt für Euren Kampf gegen die Dunkelheit.« Sie warf mir einen scharfen Blick zu, in dem Verurteilung brannte.

Sieh mich nicht so an, Goody Putnam. Ich weiß, was du in diesen Wäldern getan hast.

KAPITEL 16

– ROWAN –

Weil Goody Putnam eindeutig auf Orion stand, gab sie uns zwei Zinnflaschen mit fruchtigem, heißem Bier mit, das sie »Chowder« nannte. Ihre Eifersucht war deutlich spürbar. Es würde mich nicht wundern, wenn sie sich später in den bösen Wald verirrte, um Goodman Ashur zu helfen.

Sie mochte nervig sein, aber das Chowder ließ mich sie ein wenig schätzen. Der Dampf des Biers wärmte meine Wangen, als wir auf Osborne zugingen, und das heiße Metall hielt meine Finger warm.

Eine kurvenreiche Straße führte an wackeligen Gebäuden vorbei von Salem nach Osborne, über die wir uns vom Meer entfernten. Wir kamen an sanft gewelltem Ackerland vorbei. Kühe standen auf den Feldern und kauten Gras, und Dampfschwaden stiegen von ihren Körpern in die kalte Luft auf. Die Bauernhäuser waren in gedämpften Farben gestrichen – hellgelb, cremefarben und dunkelbraun. Ein Feldweg schlängelte sich zwischen ihnen hindurch. Blätter zitterten an den Ästen, leuchtend orange wie flackernde Flammen.

»Orion, was hast du als Nächstes vor?«, fragte ich leise, als niemand in der Nähe war. »Wenn du Cambriel getötet und die Stadt übernommen hast, was hast du dann mit deiner Macht vor? Das hast du mir noch nicht gesagt.«

»Ich denke, ich fange damit an, alles zurückzufordern, was sie uns weggenommen haben.«

Ich hob meine Augenbrauen. »Wenn du fertig bist, wird es dann noch jemanden in der City of Thorns geben, über den du herrschen kannst?«

»Ich gehe davon aus, dass einige von ihnen schlau genug sind, mir nicht in die Quere zu kommen.«

Je näher wir der Stadt kamen, desto dichter wurden die Gebäude. Häuser aus dunklem Holz lehnten sich über die Straße, sodass ich den Strand nicht mehr sehen konnte. Inzwischen verdunkelte sich der Himmel über dem Meer, durchzogen von violetten und purpurnen Streifen.

Von hier aus konnten wir die City of Thorns in der Ferne sehen. Ich hatte fast vergessen, dass sie auch hier sein würde, aber da war sie, auf dem höchsten Hügel von Osborne. Ihre goldenen Mauern waren in Nebel gehüllt.

Ich starrte sie an. War da irgendwo ein kleiner Orion, gefangen in den Kerkern? Konnten wir ihn befreien und ihn davor retten, so zu werden, wie er jetzt war?

Ich packte ihn am Arm und nickte in Richtung Osten. »Was passiert, wenn du in die City gehst?«

Er lehnte sich zu mir, bis seine Lippen nahe an meinem Ohr waren. »Ich habe es versucht. Es funktioniert nicht. Ich bin nicht an den Mauern vorbeigekommen. Und der Sterbende Gott hat mir gesagt, dass sich hier alle Tragödien wiederholen. Sie können nicht aufgehalten werden.«

Ich nickte und wir gingen weiter, bis wir uns dem dunklen Wald näherten.

In der Straße, in der ich gewohnt hatte – jetzt Walcott Street, mit einem Ramschladen und Dunkin Donuts – standen nur vereinzelte Gebäude. Das war Witchcraft Point.

Der Galgenhügel, dieser zerklüftete Abhang, erhob sich zu unserer Linken. Die Leichen von vier Frauen baumelten auf dem Felsvorsprung unter dem Ast einer Ulme.

Die Äste knarrten und ächzten unter ihrem Gewicht. Das gespenstische Geräusch wurde vom Wind zu uns herübergetragen. Das war der Ort, an dem ich in meiner Vision aufgehängt worden war. Grauen durchfuhr mich. Von hier aus konnte ich ihre Gesichter nicht sehen, aber ich konnte erkennen, dass ihre Haare noch nicht grau waren. Sie waren jung, so wie ich. In einer Männerwelt wie dieser konnte es schon Ärger bedeuten, wenn eine Frau alt und hässlich war und ihre besten Jahre hinter sich hatte. Oder es bedeutete Ärger, wenn eine Frau jung und verführerisch war. Frauen wie diese brachten einen Mann dazu, zu sündigen. Und das war natürlich auch ihre Schuld.

Wir gingen an den vier Leichen vorbei. Ihre Körper waren steif und grau.

Ich warf einen kurzen Blick zu Orion. Wenn Macht in den falschen Händen lag, war sie verdammt gefährlich. Orion durfte auf keinen Fall die absolute Macht über ein Königreich haben. Er war beschädigt, gebrochen und besessen von Rache. Ein absoluter Albtraum. Exekutionen, Säuberungen, Folter – und wahrscheinlich ein langsamer und schmerzhafter Tod für mich, wenn er immer noch dachte, ich wäre Mortana.

»Warum habe ich das Gefühl, dass du etwas vorhast?«, schnurrte Orion in einem samtenen Ton.

Ich blinzelte unschuldig. »Weil du wahnhaft und zutiefst paranoid bist?«

Ein leises, freudloses Lachen entwich ihm, und seine blassen Augen leuchteten in der Dämmerung. »Ränke schmieden und Antworten ausweichen. Das erinnert doch sehr an Mortana.«

Vielleicht hatte sich Mortana nur Sorgen um sich selbst gemacht, als sie ihre Taten begangen hatte, weil sie keine andere Wahl hatte?

Wir liefen nach Norden in den Wald. Mein altes Haus wäre hier irgendwo in der Nähe und kurz wünschte ich mir, ich könnte in eine andere Zeit reisen.

Der Wind heulte durch die Bäume vor uns und ließ die Blätter rascheln, als wir uns dem Waldrand näherten. Hier waren viele der Bäume mit Schnee und Eis bedeckt. Wächserne orangefarbene Pilze säumten einige der Stämme.

Nimm den Ring,
bring den König zu Fall.
Die Stadt wird dennoch gedeihen.

Es fühlte sich wie eine Anleitung an – eine, die meine Eltern für *mich* hinterlassen hatten. Nicht für jemanden wie Orion.

Die Frage war nur, wie ich ihn besiegen konnte. Ganz offensichtlich verstand er mehr vom Töten als ich. Außerdem hatte ich einen Schwur geleistet, ihm von Cambriels Ring zu erzählen.

Als wir uns durch die Bäume bewegten, sank die Sonne tiefer und färbte die Baumkronen blutrot. Unter dem Blätterdach des Waldes breiteten sich die Schatten aus. Eine Krähe krächzte irgendwo. Die Luft roch nach Moos und Erde, und es begann wieder zu schneien.

Ich spürte die kalte Umarmung von etwas Mächtigem, Elektrisierendem in diesen Wäldern. Eine Magie, die mich unaufhaltsam näher an sich zog und mich zu sich winkte. Ich wollte tiefer in den Wald eindringen, die Gefahr spüren.

Das ferne Heulen eines Wolfes verursachte eine Gänsehaut auf meiner Haut. Unsere Schritte knirschten auf den frostigen Blättern. Ahorn- und Hickorybäume wuchsen hoch um uns herum.

Orions Augen strahlten aus den Schatten, leuchtend und dämonisch. »Rowan, spüre ich da etwa Angst? Hast du Angst vor dem Wald?«

»Vielleicht nicht Angst. Traurigkeit.« Ich blies eine Atemwolke aus und musste an die schlimmste Nacht meines Lebens denken, als ich durch den Wald gerannt war, um dem Mörder meiner Mutter zu entkommen. Normalerweise würde ich an dieser Stelle lügen, oder zumindest die Wahrheit für mich behalten. Niemand wollte wirklich so etwas Schreckliches hören. Aber Orion? Die Dunkelheit schreckte ihn nicht ab. »Meine Mutter ist in diesen Wäldern verbrannt.«

Er blieb stehen, sein Blick traf meinen. »Und was macht dir daran Angst?«

Ich blies eine weitere Atemwolke aus und dachte über seine Frage nach. »Ich habe Angst, dass ich mich daran erinnere, was in dieser Nacht passiert ist.«

Eine Falte bildete sich zwischen seinen Augenbrauen. »Bist du besorgt, dass du es warst?«

Ich spürte, wie der Atem meine Lunge verließ. »Nein. Aber es gibt immer noch Dinge, an die ich mich nicht erinnern kann.«

»Du fühlst dich für etwas schuldig.«

Das war eine Tatsache, und sie war hundertprozentig richtig. Ich war mir nicht sicher, ob ich das zugeben wollte. »Ich habe keine Ahnung, wofür.«

»Vielleicht, weil du lebst und sie nicht. Und alles, woran du dich erinnert könntest, ist ein Grund, warum du es nicht verdient hast, zu leben.«

»Danke«, sagte ich schroff.

»Nicht, weil die Dinge die Wahrheit sind, sondern weil das eben passiert, wenn du diejenige bist, die überlebt. Es fühlt sich an, als hätten die Götter die falsche Wahl getroffen. Wenn dich jemand jagt, wie er es mit dir und deiner Mutter getan hat – wenn jemand, der mächtiger ist als du, versucht dich zu töten – triffst du Entscheidungen in Sekundenbruchteilen. Und manchmal gehen diese Entscheidungen auf Kosten eines anderen. Wenn jemand am Verhungern ist, teilt er vielleicht nicht sein ganzes Essen. Wenn jemand friert, nimmt er vielleicht einer sterbenden Person den Mantel weg. Und wenn du vor einem Mörder im Wald wegläufst, hast du vielleicht die richtige Entscheidung getroffen, deine Mutter aber nicht. Vielleicht bist du einfach weitergerannt und hast so überlebt. Vielleicht hast du deshalb das Gefühl, dass du es nicht verdienst.«

Mondlicht durchdrang das Blätterdach. Als Orion mich ansah, konnte ich in seinen Augen eine tiefe, schneidende Trauer lesen. »Dämonen und Sterbliche haben beide einen starken Selbsterhaltungstrieb. So sind wir nun mal gemacht. Wir alle sind egoistisch, wenn der Tod uns ins Gesicht starrt. Es hat keinen Sinn, so zu tun, als ob es nicht so wäre, und es gibt keinen Grund, sich deswegen schlecht zu fühlen.«

Vielleicht hatte er recht. »Okay.«

»Vertrau mir, Liebes«, sagte er leise. »Wenn du versuchst, gegen deine wahre Natur anzukämpfen, wirst du verlieren und an dem Kampf zerbrechen. Akzeptiere, was du bist, und es wird weniger schmerzhaft sein.«

Ein eisiger Wind rauschte über mich hinweg. Was genau war meine wahre Natur? Vielleicht änderte sich unsere Natur mit der Zeit, denn ich war nicht mehr die gleiche Person wie noch vor ein paar Monaten.

Die Waldluft fühlte sich jetzt wärmer an. Ich fühlte mich auch leichter. Vielleicht gab es etwas in mir, das Orions Worte zu schätzen wusste.

Nebel schlängelte sich zwischen den Bäumen hindurch und schien sich um Orion zu winden. Das Mondlicht färbte den Schleier silbern. Ich hatte keine Ahnung, warum es nachts wärmer wurde, aber es störte mich nicht.

Ich atmete ein und meine Muskeln entspannten sich. Die Luft roch stark nach Moos und Salz, erdig und reichhaltig.

Ich schaute zu Orion. Wie immer bewegte er sich mit einer trägen, katzenhaften Leichtigkeit. Als er merkte, dass ich ihn ansah, schenkte er mir ein schwaches Lächeln. Zum ersten Mal bemerkte ich, dass er ein kleines Grübchen in der Wange hatte, und ich spürte eine seltsame Hitze. Die männliche Kraft, die von ihm ausging, brachte etwas in mir zum Zittern.

Ich schnappte nach Luft, wandte meinen Blick von ihm ab und ging schneller. Er war ein Inkubus, und ich war wieder seiner Anziehungskraft erlegen. Das war alles. Ich umklammerte die Riemen meines Rucksacks, während ich mich beeilte. *Vergiss nicht, Rowan, er will nicht mit dir hier sein. Er kann dich nicht ausstehen.*

Mit diesem unangenehmen Gedanken beschleunigte ich, um aus der Reichweite seiner Inkubusmagie zu kommen. Wir mussten diese Reise hinter uns bringen und aus dem Leben des jeweils anderen verschwinden.

Wir konnten nicht weit von Tammuz entfernt sein, denn ich hörte, wie das Meer gegen die Küste brandete. Mein Körper bewegte sich wiegend im Takt des Geräuschs. In der Ferne hörte ich das Schlagen einer Trommel, und mein Herz pochte in ihrem verführerischen Rhythmus.

Es waren nicht nur Orions Worte. Etwas geschah mit mir.

KAPITEL 17

– ORION –

Goody Putnam hatte mit einer Sache verdammt recht: Diese Wälder weckten eine verruchte Lust. Und weil ich bei Rowan war, wurde die Musik des Waldes lebendig – das Rascheln der Blätter, der Gesang der Eulen und Drosseln. Die Eiszapfen an den Bäumen leuchteten in einem unheimlichen Licht.

Alles, woran ich denken konnte, war, sie gegen einen Baum zu nehmen.

Sie sah mich an und ich erkannte ein Aufflackern von Traurigkeit in ihren dunklen Augen. Mein Herz krampfte sich zusammen.

Ein Teil von mir wollte sie genau hier küssen. Vielleicht war sie nicht die bösartige Mortana, die ich kennengelernt hatte. Das konnte sie nicht sein. Aber nichts war gefährlicher als Hoffnung. Mortana hatte mich das vor langer Zeit gelehrt.

Manchmal hatte sie Ashur und mir gesagt, dass wir in ein paar Wochen freikommen würden. Ich erinnerte mich an die unbeschreibliche Freude, die ich gefühlt hatte, wenn ich darüber nachgedacht hatte, was wir tun würden. An das Sonnenlicht auf unseren Gesichtern. Wir hatten die Tage gezählt und durch die Ritzen in der Wand geschaut, um zu sehen, wann die Sonne aufging.

Und wenn die paar Wochen um gewesen waren, hatte sie einen Schmollmund gemacht und gesagt: »Tut mir leid, Schatz. Ich kann es nicht ertragen, dich zu verlieren.«

Es war immer wieder passiert, bis ich es endlich gelernt hatte. Ich war ihr Rivale um den Thron, und sie hatte mich völlig vernichten wollen.

Das war es vermutlich gewesen, was Ashur am Ende umgebracht hatte: die Enttäuschung darüber, sich der Freiheit so nahe zu sehen und diese Hoffnung dann zerstört zu bekommen. Nach einem von Mortanas Besuchen hatte er aufgehört zu essen.

Als ich Rowan ansah, spürte ich, wie die Glut wieder aufloderte. Vielleicht war sie anders …

Aber ich hatte meine Lektion bereits gelernt. Im letzten Moment würde sie wahrscheinlich einen Weg finden, mich zu täuschen und mir das Geheimnis vorzuenthalten, nach dem ich mich sehnte. Daran muss ich denken. Wahrscheinlich würde sie jeden Funken Hoffnung, den ich noch hatte, auslöschen.

»Spürst du das?«, fragte Rowan. »Die Magie des Sterbenden Gottes ist überall um uns herum.«

Sie hatte recht. Hier war Tammuz' Magie stark. Was auch immer es war, eine ursprüngliche Magie verzauberte jeden Zweig, jeden Felsen und den moosigen Teppich unter unseren Füßen.

Rowan ging vor mir her und zitterte, was dazu führte, dass ich sie an mich ziehen wollte. Ich hatte einen Mantel an, sie nicht. Aber ich spürte die Kälte nicht mehr. Die Kerker waren nicht beheizt gewesen und im Januar und Februar hatte Eis die Wände und den kalten Steinboden überzogen. Hundertfünfzig Jahre lang hatte ich keine Decke gehabt. Ich hatte gelernt, auf Eis zu schlafen.

Einen Moment lang überlegte ich, ihr meinen Mantel zu geben, aber das wäre verrückt gewesen. Wenn sie Mortana war, würde ich sie töten müssen. Und wie sollte ich das tun, wenn ich ihr kaum beim Zähneklappern zusehen konnte?

In der Ferne erblickte ich zwischen den Bäumen eine Steinhütte, und ich verspürte einen überwältigenden Drang, Rowan dorthin zu bringen, damit sie sich an einem Feuer wärmen konnte.

Ich hatte nur ein Ziel auf dieser Welt, und das war nicht, es meiner schlimmsten Feindin bequem zu machen. Was sie meiner Mutter und Ashur und all den anderen angetan hatte – es hätte ausreichen müssen, um das schwelende Feuer meiner Lust zu löschen. Ihre Hüften schwankten beim Gehen und luden mich ein, näher zu kommen.

Selbst in ihrem lächerlichen Wollkleid machte sie mich hart. Es war ihr Sukkubus-Duft, wie köstlich reifes Obst, und die Tatsache, dass ich genau wusste, wie herrlich sie nackt aussah. Alabasterfarbene Haut, rosa Brustspitzen …

Verdammter Mist. Alles wäre viel einfacher, wenn sich diese Erinnerung nicht in mein Gedächtnis eingebrannt hätte – Rowans Hüften vor mir und ihr Körper, der sich nach meinem sehnte …

Ich ballte meine Hände zu Fäusten. Ich konnte mir einreden, dass sie meine Feindin war, meine Rivalin, aber mein Körper hatte andere Pläne. Mein Körper hatte entschieden, dass sie mir gehörte.

Da es mir an Selbstbeherrschung mangelte, musste ich sie von mir fernhalten, indem ich sie beleidigte. Das war das einzig Vernünftige, was ich getan hatte, seit sie zurückgekommen war.

Mein Blick wanderte langsam ihren Rücken hinunter zu ihrer schmalen Taille. Mein Durst nach ihr war unerträglich, meine Inkubus-Seite hungerte nach ihrer Berührung, nach der Wärme, die sie in mir auslöste.

Sie schaute mich fragend an. Allem Anschein nach verstand sie diese Welt nicht mehr, was es mir noch schwerer machte, mich daran zu erinnern, wer sie war.

Auch sie warf mir einen schmachtenden Blick zu. Die Magie des Waldes wirkte auf uns beide.

Ich betrachtete ihr herzzerreißend schönes Gesicht, ihre vollen Lippen.

»Dieser Wald ist verwunschen«, murmelte sie. »Ich fange an, mich … ein bisschen mehr wie eine Dämonin zu fühlen.«

Ein bisschen mehr wie ein Sukkubus.

Ich wollte meine gelangweilte Maske aufrechterhalten und etwas Beleidigendes sagen, aber stattdessen rückte ich näher. Sie drückte ihre Hand gegen meine Brust. Vielleicht, um mich auf Abstand zu halten, aber ihre Berührung ließ mein Herz schneller schlagen.

Ich konnte hören, wie ihr Herz im Takt mit meinem schlug und wie ihr Atem flacher wurde.

»Da ist eine Hütte.« Ich nickte in die Richtung. »Dort kannst du dich aufwärmen, bevor wir weitergehen.«

Mortana. Sie war Mortana.

Sie hielt meinem Blick stand, während ihr Atem im Wölkchen aufstieg. In ihren Augen blitzte etwas Schelmisches auf. »Findest du mich eigentlich wirklich langweilig? Als wir uns das erste Mal getroffen haben, hast du mir gesagt, dass du nicht lügst. Und dass das den Unterschied zwischen Menschen und Dämonen ausmacht. Aber ich bin mir nicht sicher, ob du die Wahrheit gesagt hast.« Sie zog die Augenbrauen zusammen und ihre Wangen erröteten. »Warum hast du mich wirklich am Leben gelassen?«

Natürlich hatte sie verdammt noch mal recht. Sie faszinierte mich mehr als jede andere Person. Aber ich wollte es nicht zugeben, denn es war das Einzige, was mich vor der völligen Selbstzerstörung bewahrte.

»Wenn du denkst, dass ich dich mag, liegt das an meinem Inkubus-Charme.« Ich ließ meine Hände in die Taschen meines Mantels gleiten. »Alles, was ich gesagt habe, gilt. Du bist nichts weiter als eine schöne Nervensäge.« Ich zwang mich, die Worte auszusprechen, obwohl es mir vorkam, als würde ich sie aus der Ferne hören. Lächerliche Worte, die keine Bedeutung hatten.

Sie legte den Kopf schief. »Du hast ›schön‹ gesagt.«

Hatte ich das?

»Aber das ist nicht gut genug. Wenn du wirklich denkst, dass ich nichts weiter als ein Ärgernis bin und du keinen Respekt vor mir hast, dann hast du einen schlechten Geschmack. Dann bist *du* nicht gut genug, fürchte ich. *Deine Seele wurde gewogen und für unzureichend befunden.* Weißt du was, Orion? Vielleicht könnte ein Sterblicher mich wirklich zu schätzen wissen.«

Sie wandte sich ab, und ich spürte es wie einen körperlichen Schmerz, wie Krallen, die sich in meine Brust bohrten. Irrsinnige, irrationale Eifersucht strömte durch meine Adern, obwohl ich nicht einmal sicher war, auf wen ich eifersüchtig war. *Einen Sterblichen?*

Meine dämonische Seite ergriff die Oberhand und die Dunkelheit breitete sich um mich herum aus. Mein Körper übernahm die Kontrolle über meinen Geist.

Ich lief ihr hinterher. Ich musste sie haben, denn sie gehörte mir.

Blut pochte heiß in meinen Adern. Ich packte ihren Arm und drehte sie zu mir herum. Ihre Augen verdunkelten sich und ihre Lippen verzogen sich, sodass ihre Reißzähne zum Vorschein kamen. Da war die schöne dämonische Seite von ihr, der wilde Sukkubus. Sie stieß ein Zischen aus.

Was hatte ich getan?

»Ich finde dich überhaupt nicht langweilig«, gab ich zu. »Ich hasse dich für das, was du getan hast. Und ich bin sicher, dass ich verflucht bin. Aber ich kann nicht aufhören, daran zu denken, wie du deine Beine um mich schlingst und deinen Mund auf meinen presst. Ich kann nicht aufhören, an dich zu denken.«

Mit einem verruchten Lächeln strich sie über meine Brust. »Schade, dass du mich hasst, nicht wahr?« Sie zuckte mit den Schultern. »Ich kann leicht jemanden finden, der das nicht tut. Hat Goody Putnam nicht gesagt, dass der Sterbende Gott gut aussieht?«

Wut kochte in mir hoch. Ich drückte sie gegen eine Eiche und presste sie mit meinen Handflächen auf die raue Rinde. Ich wollte sie nehmen, bis sie vergaß, dass es ihn gab.

Sie starrte mich mit großen Augen an. »Ach, du liebe Zeit. Bist du eifersüchtig?«

Natürlich hatte sie nur mit mir gespielt.

Ich holte tief Luft und ließ sie los. »Ich gehe in die Hütte. Du wirst erfrieren, wenn du hier draußen bleibst.« Ich begann zu laufen und hörte, wie sie mir folgte. Wir waren jetzt in der Nähe der Hütte, einem kleinen, verwinkelten Haus aus Stein, das mit verschneitem Efeu bewachsen war.

»Warum kümmert es dich, dass ich friere?«, fragte sie. »Wenn du mich hasst.«

Sie durchschaute mich, was ärgerlich war. »Ich muss sicherstellen, dass du nicht erfrierst, bevor du mir sagst, wie ich Cambriel töten kann.«

Bestimmt war es eine schlechte Idee, aber ich drängte mich bereits durch die Tür in die kleine Hütte. Es sah nicht so aus, als wäre hier in letzter Zeit jemand gewesen, doch die Hüte hatte das Potenzial, gemütlich zu sein. Der Kamin war leer, aber Holzscheite waren daneben gestapelt. Ich ordnete Anzündholz in der Feuerstelle an, bevor ich das Holz darauflegte. Ein zusammengerollter metallener Feueranzünder lag auf dem Boden, zusammen mit Papier und Feuerstein. Vage erinnerte ich mich an diese kleinen Werkzeuge aus meiner Kindheit. Ich schlug das Metall gegen den Feuerstein, bis es Funken schlug und das Papier entzündete. Dann ließ ich das brennende Papier auf die Holzscheite fallen und sah zu, wie sich die Flammen ausbreiteten.

Das gab mir die Möglichkeit, einen klaren Kopf zu bekommen und mich daran zu erinnern, dass ich mir in Bezug auf diese Frau keine Hoffnungen machen sollte. Ich stieß einen der Holzscheite mit einem eisernen Schürhaken an und sah zu, wie die Flammen aufloderten. Es hatte etwas zutiefst Befriedigendes, mitten im Winter ein Feuer anzuzünden.

Während das Feuer brannte, betrachtete ich den Rest der Hütte, einen einzigen Raum mit einer kleinen Holztreppe, die zu einem Dachboden führte. Gegenüber der Feuerstelle stand eine niedrige Bank und ein schwarzer Bärenfellteppich bedeckte den Boden. Langsam beruhigte sich mein Geist.

Aber als ich zu Rowan aufblickte, die in das goldene Licht der Flammen getaucht war, konnte ich kaum klar denken. Die Magie des Waldes hatte meine Gedanken verwirrt, sagte ich mir, und ging all die Gründe durch, warum ich sie nicht berühren sollte.

Ich scheiterte dabei. Ihre Augen waren unergründlich. Würde sie wieder versuchen, meinen Geist zu brechen?

Ich sah zu ihr hinunter und kämpfte gegen den Drang an, sie zu küssen.

Sie zog die Augenbrauen hoch. »Also, warum hast du mich angelogen? Warum sagst du mir, dass ich dich langweile?«

»Um dich von mir fernzuhalten, weil ich mir selbst nicht zutraue, dir zu widerstehen.« *Mist.* Ich beugte mich hinunter und atmete ihren Duft ein. Kaum merklich bot sie mir ihren Hals an. »Die Sache ist die,

Rowan. Ich weiß, wie sehr du mich auch willst. Das ist ein Teil davon, ein Inkubus zu sein. Ich kann deine Erregung praktisch schmecken. Du machst mich wahnsinnig, aber ich weiß, dass ich das Gleiche mit dir mache.«

Ihre Wange berührte meine und das weiche Gefühl ihrer Haut machte mich verrückt. Ich zog mich zurück und starrte ihr in die Augen, berauscht von ihrer Schönheit.

Das Mondlicht schimmerte in ihrer dunklen Iris. »Selbst wenn das der Fall wäre, Inkubus, was willst du dagegen tun?«

»Ich habe vor, dich mit einem Kuss für immer zu ruinieren.«

Das kleine Lächeln auf ihren Lippen war eine Mutprobe, eine Einladung. Ich spürte ihr Verlangen, das sich in ihrem Körper ausbreitete. Ihre Anziehungskraft war ein Befehl, dem ich gehorchen musste.

Sie ließ ihren Rucksack auf den Boden fallen. »Was genau soll das heißen, mich mit einem Kuss zu *ruinieren*?«

Ich fuhr mit einem Finger über ihre Kehle und beobachtete, wie ihr Körper reagierte. »Ich bin der letzte Inkubus der Welt. Nach mir gibt es niemanden mehr, der mir das Wasser reichen kann. Du wirst für immer ruiniert sein, Liebes.«

KAPITEL 18

– ROWAN –

Verdammt noch mal. Ich rückte näher, wollte seine Berührung.

Er wusste genau, wie er mich heiß machen konnte. Sein Blick, dieser intensive Ausdruck, seine tiefe, liebkosende Stimme genügten. Er legte seine Hände um mich und zog mich näher zu sich.

Ich hatte den plötzlichen Drang, ihm in die Augen zu sehen, und trat auf die niedrige Bank, um mich auf seine Höhe zu begeben. Er schenkte mir ein wissendes Lächeln, wobei ihm eine silberne Haarsträhne vor die Augen fiel.

»Mich ruinieren?« Ich versuchte cool zu bleiben, aber meine Stimme klang heiser. Ich schubste ihn, was kindisch war, aber dieser Wald hatte mich unvernünftig gemacht. »Deine Arroganz ist wirklich atemberaubend. Ich hätte wirklich auf dich hören sollen, als du mir das erste Mal erzählt hast, was für eine schreckliche Person du bist.«

Der warme Blick in seinen Augen ließ meinen Puls rasen, als er langsam an meinem Körper hinuntersah. Jeder Zentimeter meiner Haut war heiß vor Verlangen und sehnte sich nach seiner Berührung.

Ich musste der Sache ein Ende setzen. Natürlich durfte zwischen uns nichts passieren. Schließlich musste ich ihm die Krone wegnehmen. Er war mein Rivale. Und vielleicht würde er mich wirklich ruinieren.

»Ich finde, du bist eine schreckliche Person«, sagte ich.

»Das haben wir gemeinsam«, murmelte er.

»Du verdienst es nicht, König zu sein.« Ich griff nach dem Kragen seines Mantels und zog ihn mit einem groben Ruck über seine Schultern herunter. Das Kleidungsstück fiel auf den Bärenfellteppich. »Und du verdienst diese luxuriöse Kleidung nicht.«

»Willst du mich ausziehen, Liebes? Dann mach weiter. Du hast ja recht. Ich verdiene es nicht, König zu sein.« Ein sinnlicher Zug umspielte seine Lippen. Sein Mund war jetzt nur noch wenige Zentimeter von meinem entfernt, sein Blick glühend heiß. »Aber ich werde trotzdem König werden und du kannst nichts dagegen tun.«

Unter seinem Mantel trug er ein Hemd, das durch die Messerklinge ein wenig zerrissen war. Ich fing an, die Knöpfe zu öffnen. »Du hast die Krone nicht verdient. Du solltest immer noch im Dreck in deinem Kerker leben.« Ich zog ihm das Hemd aus und starrte auf die Perfektion, die nun halbnackt vor mir stand. Sein goldener Körper glühte förmlich im Schein des Feuers. Mein Blick glitt über seine muskulösen Arme, seine göttlichen Bauchmuskeln.

»Ich hasse dich«, flüsterte ich. Ich hasste ihn nicht, aber er hatte das Gleiche schon mehrmals zu mir gesagt.

Dieser Ort verstärkte meine Gefühle über alle Maßen. Aus Verärgerung wurde Hass. Und aus Anziehung wurde ein unkontrollierbares sexuelles Bedürfnis.

»Denkst du wirklich, ich sollte immer noch im Kerker sein?« Seine Stimme war ein verführerisches Gemurmel, sein Mund schwebte über meinen Lippen. »*Ich* denke, du solltest dich nackt ausziehen und mich anflehen, dich kommen zu lassen. Ich werde dich dazu bringen, mich deinen König zu nennen, ob du es willst oder nicht.«

»Auf keinen Fall.«

Einen Moment lang dachte ich, er würde mich küssen. Stattdessen packte er mit einem leisen Knurren mein Kleid vorne am Kragen und riss es mir bis zur Taille herunter. Dann zog er weiter daran, bis ich nur noch mit meiner kleinen mitternachtsblauen Unterwäsche bekleidet war.

Ich schnappte nach Luft und meine Brustspitzen wurden steinhart. Hin- und hergerissen zwischen Lust und Wut streckte ich meine Hand aus und streichelte ihm über das Gesicht. »Wenn du mich fragst, solltest du immer noch im Kerker sein.«

Seine Miene verfinsterte sich. »Ist das so? Vielleicht ist es an der Zeit, dass ich dir eine Lektion erteile. Ist es das, was du möchtest?«

Mit einer anmutigen Bewegung setzte er sich auf die Bank und zog mich auf seinen Schoß. Das Nächste, was ich wusste, war, dass ich über seine Knie gebeugt dalag.

»Was machst du da?« Ich klang verärgert, aber die Wahrheit war, dass ich mich hätte befreien können, wenn ich es wirklich gewollt hätte.

»Ich erteile dir eine Lektion, Liebes.« Seine Hand wanderte langsam meine Wirbelsäule hinunter. Er streichelte die Rückseite meiner Unterwäsche, seine Finger streiften die empfindliche Haut zwischen meinen Schenkeln. »Nach all den Jahren, in denen du mich gequält hast, wird es Zeit, dass wir die Rollen tauschen. Und weißt du was?« Seine Stimme klang verführerisch, und sein Finger fuhr weiter meine Beine entlang, bis ganz nach oben. »Als König sollte ich das, was ich will, wirklich für mich beanspruchen.«

Ein brennendes Verlangen pulsierte durch meinen Körper und zwischen meinen Schenkeln.

Als er mir die Unterwäsche herunterzog, stockte mir der Atem. Ich zitterte vor Verlangen und mein Körper bettelte darum, von ihm berührt zu werden. Seine Hand packte mich an den Haaren und hielt mich fest. Als er mir das Höschen von den Schenkeln schob, wurde er zu allem, woran ich denken konnte. Daran, wie sehr ich ihn in mir brauchte.

Er schlug hart auf meinen Hintern, was einen kurzen Stich verursachte, der aber bald von einer Welle der Lust abgelöst wurde. Ich wölbte meine Hüften gegen ihn, weil ich mehr wollte, und er kam mir entgegen. Ein weiterer Schlag auf meinen Hintern – und noch einer –

ließ meinen Körper vor unstillbarem Verlangen erzittern, bis ich es nicht mehr aushielt.

»Weißt du«, flüsterte er, während er mich immer noch an den Haaren hielt, »ich wollte dich schon immer ganz hilflos vor mir sehen.« Er fuhr mit seinen Fingerspitzen über mich und berührte mich dort, wo ich feucht war. Dann schob er einen Finger in mich hinein. Ich stöhnte auf und krallte mich an ihn.

»Ich kann spüren, wie sehr du mich willst«, flüsterte er. »Aber ich muss hören, wie du es sagst. Sag, dass ich dein König bin.«

Ich war kurz davor, meinen Verstand zu verlieren. Ich war kurz vor dem Orgasmus. Als ich mich um seinen Finger zusammenzog, war ich bereit dazu, alles zu tun, alles zu sagen, was er wollte. Aber ich durfte nicht.

Er zog seine Finger wieder weg, und ich keuchte.

Sämtliche Worte waren aus meinem Kopf verschwunden. Da war nur noch ein wildes Verlangen nach mehr. Er hatte recht, ich war ihm jetzt völlig ausgeliefert.

Ich wollte nicht zulassen, dass er mich in seiner Macht hatte. Während ich mich aus seinem Schoß erhob, ließ ich meine Unterwäsche auf den Boden fallen.

Er starrte mich entgeistert an, als ich zwischen seine Beine trat, seine Hose aufknöpfte und sie herunterzog.

»Komm her«, sagte er.

Ich kletterte auf seinen Schoß. Er lehnte sich an mich und küsste mich. Seine Zunge fuhr in meinen Mund. Mit einer Hand strich er über meinen Körper, über meine Rippen und meine Taille.

Er erstarrte und löste sich von dem Kuss. Sein Blick glitt an meinem nackten Körper hinunter. Behutsam fuhr er über die Narbe an meiner Seite. »Was ist passiert?«

Ich hatte im Moment kein Interesse daran, über die Narbe zu sprechen. Sie war lediglich eine Ablenkung. »Die Dämonenjäger.«

Ein leises, besitzergreifendes Knurren erhob sich aus seiner Brust. »Weil du nicht innerhalb der Stadtmauern warst, als es passiert ist, konntest du dich nicht vollständig heilen. Sie haben versucht, dich zu töten, als du am verletzlichsten warst.«

Die Hitze des Feuers wärmte meinen Rücken. »Vergiss es. Das ist das Letzte, worüber ich jetzt nachdenken möchte.«

Orion stand auf und hob mich hoch, dann legte er mich auf den Teppich. Das Fell kitzelte meine Haut.

Er packte meine Handgelenke mit einer Hand und drückte sie über meinen Kopf. Sein sonst so kontrollierter, dunkler Gesichtsausdruck war jetzt wild. Er sah so aus, als würde er mich nehmen, bis ich besinnungslos war, und das war genau das, was ich wollte.

»Orion«, flüsterte ich, »ich möchte, dass du weißt, dass ich dich noch immer für die schlimmste Person halte, der ich je begegnet bin.«

»Dann sind wir uns einig.« Er bewegte sich zwischen meinen Schenkeln, senkte seinen Kopf auf meine Brust und nahm eine Brustspitze in seinen Mund. Ich stöhnte auf. Meine Hüften drängten sich ihm entgegen. Ein raues Stöhnen entkam seinen Lippen, als er über meine Brust leckte. Der Schmerz der Sehnsucht in meinem Inneren war unstillbar geworden.

»Öffne deine Augen und sieh mich an, Liebes«, flüsterte er. »Ich will sehen, wie sehr du mich willst.«

Ich tat, was er wollte. »Fühlst du dich dadurch stark?« Meine Lippen verzogen sich zu einem kleinen Lächeln. »Als hättest du die Kontrolle?«

Ein leises Lachen. »Ja.«

Aber an seinem wilden Blick konnte ich erkennen, dass auch er bereit war, die Kontrolle zu verlieren. Es war unmöglich zu ignorieren, wie erregt er war.

Mit einem plötzlichen Kraftausbruch riss ich meine Handgelenke aus seinem Griff und zog ihm die Unterwäsche herunter.

Ich starrte einen Moment lang auf seinen furchteinflößenden Ständer und fragte mich, ob das auch eine Inkubus-Eigenschaft war. Dann griff ich nach unten, um ihn zu berühren, zu streicheln. Er stöhnte auf. Die Luft um ihn herum erhitzte sich und er stieß ein dämonisches Knurren aus. Er packte mich wieder an den Handgelenken und presste mich auf den Boden. Nahm Besitz von mir.

Einen Moment lang drückte er sich gegen meine feuchte Hitze, sein Mund schwebte über meinem. Verlangen brannte ihn mir auf, und ich bewegte meine Hüften, um ihm näher zu kommen.

»Gibst du zu, dass ich deine Königin bin?«

»Nein, du bist meine schlimmste Feindin«, flüsterte er. »Aber eins gebe ich zu. Ich kann nicht aufhören, an dich zu denken. Niemals.«

Langsam schob er sich Zentimeter für Zentimeter in mich hinein, wobei seine Größe mich fast überwältigte. »Sag mir, wie sehr du mich willst«, sagte er, und ich konnte die Anspannung in seiner Stimme hören. Er setzte alles daran, die Kontrolle zu behalten.

»Ich glaube, du weißt es, Orion.«

Er glitt so weit in mich hinein, wie er konnte. Dann hielt er inne und schaute mir in die Augen, um zu sehen, wie ich mich fühlte. Ich wollte, dass er sich nicht länger zurückhielt.

Er drückte seine Lippen auf meine und gab mir einen Kuss, der mich sicherlich wie versprochen ruinieren würde. Seine Zunge glitt in einer sinnlichen Liebkosung gegen meine. Langsam bewegte er seine Hüften zurück, dann stieß er wieder in mich hinein.

Nie im Leben hatte ich mir vorgestellt, dass sich etwas so großartig anfühlen könnte. Ich zog meine Schenkel um ihn zusammen.

Er löste sich von dem Kuss und sein Blick suchte wieder meinen. »Du weißt nicht, wie oft ich schon daran gedacht habe.« Seine Stimme klang rau, und sein Mund senkte sich in die Nähe meines Halses.

Er bewegte sich jetzt ein bisschen schneller und küsste mich wieder – härter, verzweifelter bewegte sich seine Zunge gegen meine, während er mich nahm.

Als er wieder und wieder in mich eindrang, stöhnte ich auf und mein Körper zog sich vor Verlangen nach Erlösung noch fester zusammen. Er bewegte sich jetzt schneller, mit einer animalischen Wildheit, als ob er mich verschlingen wollte.

Ich stöhnte seinen Namen und warf meinen Kopf zurück auf den Teppich, während meine Brüste sich gegen seine Brust bewegten.

In diesem Moment hätte ich alles gesagt, aber ich konnte mich nicht erinnern, was er von mir hören wollte. Meine ganze Welt hatte sich auf das Gefühl verengt, dass er in mir war und mir das intensive Vergnügen bereitete, nach dem ich mich so lange gesehnt hatte.

Während sich mein Höhepunkt steigerte, hauchte ich seinen Namen, immer und immer wieder. Mein ganzer Körper spannte sich an, als es so weit war.

»Rowan.« Er sagte meinen Namen ehrfürchtig und stöhnte dann mit einem Schaudern gegen meinen Hals, während seine Finger meinen Hintern gepackt hielten. Er legte seinen Arm um mich, sein Kopf ruhte in meinem Nacken. Wie er die Schultern senkte, wirkte er plötzlich besiegt. Ich berührte seine Wange.

Von den Nachbeben geschüttelt, dauerte es etwas, bis ich wieder zu Atem kam.

Seine Muskeln hatten sich entspannt, und er erwiderte meinen Blick.

Ich streichelte seinen muskulösen Rücken. »Ich habe vielleicht gerade mein Leben ruiniert, aber das war es wert.«

Ich wollte, dass er mich wieder küsste, aber es war keine Liebe. Das hatte er mir deutlich zu verstehen gegeben.

Er hatte die Körperhaltung eines Mannes, der eine Schlacht verloren hatte. Wer war hier also wirklich *ruiniert* worden?

Er stützte sich auf seine Ellbogen und schaute mir wieder in die Augen. Zum ersten Mal sah er seltsam unbeteiligt aus. Vielleicht verletzlich.

»Orion?«, sagte ich und erinnerte mich an mein zerrissenes Kleid. »Ich werde deinen Mantel für den Rest der Reise brauchen.«

Kapitel 19

– Rowan –

Wir liefen auf schneebedeckten Wegen. Die Magie des Waldes pulsierte noch immer in der Luft. Sie wirbelte in meinem Kopf herum wie ein Zaubertrank. Ich schlüpfte in Orions Mantel, fast nackt unter der kratzigen Wolle.

Ich hoffte, dass wir diesen Sterbenden Gott fanden, bevor ich mir Frostbeulen an sehr unglücklichen Stellen holte. Der Mantel passte mir überhaupt nicht, und durch den Druck des Rucksacks öffnete sich immer wieder ein Knopf. Schnee sammelte sich am Saum, als er über den Waldboden schleifte.

Ich versuchte mir vorzustellen, wie ich in dem übergroßen Wollmantel aussah, und war mir ziemlich sicher, dass ich an einen russischen Clown aus dem neunzehnten Jahrhundert erinnerte.

Orion ging neben mir her, die Hände in den Taschen seines Umhangs. Jetzt sah er ganz entspannt aus und warf mir einen verschmitzten Blick zu. »Tut mir leid wegen des Kleides.«

»Musstest du es wirklich zerreißen?«

»Auf jeden Fall.«

Bereute ich, was wir gerade getan hatten? So wie sich mein Körper immer noch anfühlte, summend und elektrisiert, konnte ich das nicht sagen. Außerdem war es sinnlos, etwas zu bedauern, das man nicht kontrollieren konnte. Was sollte das bringen? Sobald er gesagt hatte, dass er mich mit einem Kuss ruinieren würde, hatte ich ihn wie Sauerstoff gebraucht.

Ich hatte keine Wahl – mein Verlangen nach ihm war wie der Befehl von einem Gott.

Allerdings bedauerte ich den Verlust des Kleides, denn die beißende Winterluft drang durch die Falten des Mantels und stach meine nackte Haut. Durch den Schnee war die Unterseite des Mantels feucht geworden.

Als ein unnatürlicher, silbriger Schein die Bäume erhellte, verbesserte sich meine Laune. Wir waren ganz sicher in der Nähe. Das Mondlicht schimmerte nach oben und strahlte vom Waldboden in den Himmel.

Ich zog den Mantel enger um mich und fragte mich, wie viel seltsamer die Dinge noch werden könnten. Ich war im Begriff, einen Dämonengott zu treffen, mit einem Wollzelt als Kleid, während meine Brüste jederzeit herausspringen konnten.

»Er ist hier«, sagte Orion mit einer stillen Ehrfurcht. Er schien sich nie sicher zu sein, ob Götter wirklich existierten, und ich fragte mich, ob er nicht tief im Inneren tatsächlich an sie glaubte.

Aus den Augenwinkeln bemerkte ich, wie Lichter aufflackerten. Buchstaben leuchteten in der Finsternis – kein Alphabet, das ich kannte. Um mich herum bildete sich eine Schrift, helle, bösartige Lichtlinien, die aussahen, als hätte ein Messer die Dunkelheit zerhackt und das Sternenlicht dahinter zum Vorschein gebracht.

Ich berührte Orions Arm. »Was ist das?«

»Sumerisch«, flüsterte er. »In der alten Welt wurden Dämonen einst als Götter verehrt. Tammuz ist einer der ältesten unter uns. Er hat schon als Gott gelebt.«

Ein Flüstern ging um mich herum, aber ich konnte die Worte zuerst nicht verstehen. Dann hörte ich es: *Chaos. Chaos. Chaos.*

Ich bekam eine Gänsehaut auf meinen Armen. Herr des Chaos – ich dachte, Orion würde sich so nennen …

»Hörst du das?«, flüsterte ich.

Er hob den Finger an seine Lippen. Das Licht um uns herum versilberte sein Gesicht.

Er war ganz still geworden und nach einer weiteren Minute sprach er endlich. »Ich werde ihn jetzt herbeirufen.«

Orion begann leise in einer rhythmischen Sprache zu sprechen. Die dunklen und schönen Laute versetzten mich in Trance …

Die leuchtenden Keilschriftzeichen flackerten auf und Schatten stahlen das Licht im Wald. Ein leises Grollen erbebte über dem Waldboden. Angst fuhr mir in die Knochen.

Sterne glitzerten zwischen nackten Ästen. Eis und Schnee bedeckten die Bäume im Hain und schimmerten im kalten Licht wie winterliche Kronleuchter.

Chaos. Chaos. Chaos. Die Worte blühten in meinem Kopf auf. Ich sah ihn und hielt den Atem an. Er war so groß wie Orion, aber er sah nicht annähernd so … greifbar aus. Vielmehr schien er aus Rauch zu bestehen, und um ihn herum bewegten sich Schatten. Dunkle Ranken hüllten ihn in eine dünne Toga.

Durch die rauchigen Fäden konnte ich zwei silberne Hörner erkennen, die auf seinem Kopf schimmerten. Sie wölbten sich wie Mondsicheln, und dornige Tattoos kringelten sich auf seiner bronzenen Haut. Weiße Blumen waren in sein Haar geflochten.

»Sterbender Gott«, sagte Orion.

»Du kommst noch einmal in meinen Wald.« Schatten glitten über ihn, als seine Stimme in meinem Kopf erklang.

Er drehte sich um und sah mich an. Seine Augen waren bodenlos dunkel. Ich starrte in sie hinein und fühlte Wahnsinn und Schrecken. Und ich war nicht mehr sicher, wo ich stand. Hatte ich noch Boden unter den Füßen? War dies ein Traum oder ein Albtraum?

»Weißt du schon, wer du wirklich bist?« Seine Stimme schien dieses Mal von hinten zu kommen, obwohl sich seine Lippen nicht bewegten.

»Ich bin die Tochter meiner Mutter.« Die Worte kamen wie von selbst aus meinem Mund und ich hörte sie wie von weitem. Mein Atem bildete kleine Wölkchen um mich herum. »Mehr brauche ich nicht zu wissen.«

Glitzernde Schatten wirbelten um ihn herum. Er glitt nun näher. Seine Bewegungen waren zu sanft, um natürlich zu sein. Ich starrte auf seine scharfen, hohen Wangenknochen, als er vor uns erstarrte und mit einem Mal nicht mehr durchsichtig war. Eine dunkle Schlange glitt aus der Finsternis hinter ihm hervor und wand sich um seinen Arm.

Er erinnerte mich ein wenig an Orion – wie er war er erschreckend schön. Ich wusste jetzt, warum diese puritanischen Frauen ihr Leben riskierten, um sich in die Wälder zu schleichen.

Orion trat vor und sah viel entspannter aus, als ich mich fühlte. »Wirst du einen Blutschwur brechen, den ich geleistet habe?«, fragte er.

»Früher wussten die Leute, wie man Götter etwas fragt.« Tammuz' Stimme dröhnte durch den Wald, ein tiefes Knurren, das die Schneeflocken von den Ästen schüttelte. »Früher opferten sie etwas Wertvolles, wenn sie um etwas baten. Ein Lamm, eine Ziege, eine Kuh. Ein erstgeborenes Kind, das in den feurigen Rachen von Moloch geworfen wurde.«

Ein Hauch von Angst fuhr durch meine Adern. Seine dunklen Augen gaben mir das Gefühl, ohne Anker zu sein.

Orion hob eine Augenbraue. »Du willst, dass ich eine Ziege opfere?«

Der Sterbende Gott schien größer zu werden. »Nein. Eine Ziege hat keinen Wert für dich.« Er sah zwischen uns beiden hin und her. »Ich brauche das, was euch am wichtigsten ist. Geheimnisse.« Er streckte seine Arme zu beiden Seiten aus. »Geständnisse. Das ist es, was ihr mir geben könnt.«

Ich legte meine Arme um mich. »Was sollen wir gestehen?«

Tammuz' Augen fixierten mich, und er trat einen Schritt näher. Dabei bewegte er sich mit einer katzenhaften Anmut, die mich an Orion erinnerte. Hinter ihm sprossen knochenweiße Pilze aus dem Schnee, wo immer er seinen Fuß aufsetzte.

»Du musst zugeben, wovor du wegläufst«, dröhnte seine Stimme. »Gestehe. Sag mir, was in der Nacht passiert ist, als deine Mutter gestorben ist.«

Ich wich vor ihm zurück, als hätte er mich verbrannt. »Ich kann das nicht gestehen, weil ich mich nicht erinnere.«

»Vielleicht hast du nicht alles gesehen.« Sein Blick war raubtierhaft geworden. »Lass mich dir zeigen, was wirklich passiert ist.«

Nein. Ich wollte mich nicht erinnern. Ich wollte mich umdrehen und in die Schatten laufen, anstatt mich dieser Nacht zu stellen.

Tammuz streckte die Hand aus und berührte mein Schlüsselbein. Als seine Finger meine Haut streiften, durchströmte mich Kälte.

Aus dem Augenwinkel sah ich, wie Orion einen Schritt nach vorne machte, und spürte die Hitze, die von ihm ausging. »Fass sie nicht an. Was tust du da?«

Die Augen des Gottes funkelten. »Ich nehme mir, was mir gehört.«

Ich sah, wie Orion sich auf ihn zubewegte, aber eine sternenübersäte Nacht zog über mich hinweg, und die beiden verschwanden.

KAPITEL 20

– ROWAN –

Blitze zuckten durch den Himmel, und für einen Moment sah ich eine andere Gestalt hinter ihm stehen – einen gehörnten Mann mit einem fünfzackigen Stern auf der Stirn. Mein Herz setzte einen Schlag aus.

Luzifer?

Aber er verschwand mit Orion und Tammuz in den Schatten. Sie ließen mich allein im Wald zurück.

Der Schnee wirbelte um mich herum und schmolz dann. Eiszapfen verwandelten sich in Wasser, und der erdige Geruch des Frühlings erfüllte die Luft. Die Ulmen um mich herum verwandelten sich in Kiefern.

Ich starrte auf die Landschaft, und mir dämmerte es. Der sanft geschwungene Hügel und der felsige Überhang zu meiner Rechten – hier war es passiert. Genau derselbe Ort, in einer anderen Zeit.

Ich fühlte mich in zwei Hälften gespalten. Eine Hälfte von mir wollte vor den verschütteten Erinnerungen an diese Nacht davonlaufen, während die andere Hälfte wissen wollte, was passiert war. Ich musste wissen, wer meine Mutter getötet hatte.

Die Zeit verlangsamte sich. Der Wind verfing sich in den Kiefern, und die Zweige bogen sich. Regentropfen fielen langsam vom Himmel.

Angst raubte mir den Atem, als sich eine Gestalt durch die Schatten bewegte. Sie kam näher, und ich sah mich selbst. Ich rannte, mein rotes Haar zerzaust. Schweiß glänzte auf meinen Wangen.

Aber wo war Mom, und warum waren wir nicht zusammen?

Ich sah mir zu, wie ich rannte, jetzt in Zeitlupe. Meine Arme bewegten sich durch die Luft. Ich lief allein, mit der präzisen Form einer Leistungssportlerin.

Gewitterwolken verdunkelten den Nachthimmel, und Blitze durchzuckten die Schatten. Ein lauter Donnerschlag grollte über den Wald. Regen hämmerte auf mich ein, während ich rannte, und Rinnsale flossen über den Waldboden.

Hatte ich gemerkt, wie weit ich meiner Mutter voraus war? Hatte ich überhaupt gewusst, wovor ich weglief?

Mom konnte nicht mit mir mithalten. Sie war eine Dämonin ohne ihre Kräfte, und ich war eine trainierte Athletin.

Ich wollte meine Augen schließen, aber ich konnte nicht. Tammuz wollte, dass ich das sah.

Was, wenn ein so verheerendes Ereignis einen Abdruck in der Welt hinterließ? Was, wenn das Grauen für immer bestehen blieb – wie die Opfer von Pompeji, die in ihren letzten Momenten gefangen waren, auf ewig gequälte Tragödien, für immer in Stein eingeschlossen?

Endlich trat Mom aus dem Schatten. Sie sah jünger aus, als ich sie in Erinnerung hatte. Ihre Haut schimmerte. Regen durchnässte ihr dunkles Haar.

Sie trug einen großen Rucksack, der schwer auf ihren Schultern lastete. Jetzt fiel es mir wieder ein – sie hatte ihn immer neben der Tür stehen, gefüllt mit Essen, Wasser und einem Messer. Sie hatte auch eine Pistole zu Hause, die sie in einem Safe aufbewahrte und die uns nicht viel nützen würde, wenn jemand tatsächlich versuchte uns zu töten. Jetzt erinnerte ich mich an alles – wir hatten keine Zeit gehabt, die Waffe zu holen.

Der Wald lichtete sich um mich herum und eine neue Szene tauchte auf – eine mit warmem Licht und einem vertrauten blauen Sofa. Mein Herz tat mir weh. Wir waren jetzt wieder in unserem Haus in Witchcraft Point. Das leise Prasseln des Regens an den Fenstern sorgte für eine gemütliche Atmosphäre. Über den Fenstern hingen Lichterketten. Ich sah mich selbst auf dem Sofa, umgeben von Büchern, wie ich versuchte für einen Mathetest zu lernen. Eine von Moms gehäkelten hellblauen Decken lag hinter mir auf dem Sofa, so wie sie es immer getan hatte. Aus dem Nebenzimmer ertönte leise Mozart aus dem Radio.

Diese jugendliche Version von mir hatte keine Ahnung, was als Nächstes kommen würde.

Ich warf einen Blick auf die Uhr an der Wand – zehn Uhr sechzehn abends. Der Sekundenzeiger tickte laut, und jeder Schlag schien lauter zu sein als der davor.

Das war meine letzte Minute des Friedens, bevor sich die Welt komplett verändern würde.

Mom kam mit einer Schüssel Popcorn ins Zimmer. Draußen erhellte ein Blitz den Himmel, und sie erstarrte und schaute mit großen blauen Augen aus dem Fenster. Ich hatte diese Augen vor kurzem gesehen …

Sie ließ die Schüssel mit dem Popcorn fallen. »Lauf«, schrie sie. »Raus! Zieh deine Schuhe an und lauf zum Auto.«

Ich sprang auf und versuchte zu sehen, was sie gesehen hatte, aber da draußen war nichts außer der dunklen, verwinkelten Straße vor unserem Haus. Damals schien Mom immer wegen nichts auszuflippen, weil sie davon überzeugt war, dass jemand hinter uns her war. In meinem Psychologiekurs in der High School hatte ich etwas über paranoide Schizophrenie gelernt und mich gefragt, ob sie vielleicht daran litt. Der Selbstverteidigungskurs, die Notfalltasche, die ständige Angst, dass uns jemand beobachtete oder verfolgte. Und jetzt schrie sie wieder einmal, dass etwas Böses hinter uns her wäre. Ich dachte, dass sie sich das nur einbildete.

Ich hatte mich mit ihr gestritten und ihr gesagt, dass ich nicht aus dem Haus gehen würde, nur weil sie *geglaubt* hatte, draußen etwas gesehen zu haben. Nicht, wenn ich Wichtigeres zu tun hatte. Ich wollte nicht zulassen, dass ihre Paranoia dazu führte, dass ich eine schlechte Note bekam. Wenn ich jetzt an mich zurückdachte, wollte ich schreien: *Hör auf sie, du verdammte Idiotin!*

Ein *Mathetest*? Das war es, worüber ich mir Sorgen gemacht hatte?

Mir wurde schlecht, als ich den Streit beobachtete. Endlich hatte ich meine Schuhe angezogen, mit einem wütenden Blick im Gesicht. Wir verließen das Haus durch den Keller und rannten in die regnerische Nacht. Aber der Streit hatte sie aus der Fassung gebracht und sie hatte ihre Autoschlüssel vergessen.

»Er kommt!«, schrie sie. »Lauf in den Wald. Ich bin gleich hinter dir.«

Mein jüngeres Ich starrte hinter einem Baum hervor in den Schatten. Mein Gesicht wurde blass und mein Mund öffnete sich zu einem tonlosen Schrei, als ich jemanden erblickte, der mir Angst machte. Ich rannte los und sprintete die Pfade entlang, die ich wie meine Westentasche kannte – jede Kurve, jeden Stein.

Mom lief hinter mir her, aber sie kannte den Weg nicht und war nicht in Form. In der Dunkelheit stieß sie gegen Bäume und griff nach Schatten. Sie konnte nicht mit mir mithalten. Und ich hatte kostbare Zeit vergeudet, indem ich mich mit ihr gestritten hatte. Außerdem hatte sie die Schlüssel vergessen, und das war meine Schuld.

Und da war ich nun und ließ Mom einfach zurück, um meine eigene Haut zu retten. Ich hatte angenommen, dass sie direkt hinter mir war, als ich loslief, aber ich hatte nicht angehalten, um nachzusehen. Ich hatte auch nicht bedacht, dass sie keine Meile in fünf Minuten laufen konnte wie ich.

Ich sprintete in das Herz des Waldes. Die Nacht verschluckte mich ganz.

Der Mörder war jetzt da und rannte hinter Mom her.

Heiße Wut versengte mich. Sein Zeichen glühte – ein falscher König. Ein verdorbener König, dessen bleiches Haar hinter ihm her wehte, während er rannte, und dessen Augen schwarz waren.

Sein Zeichen war kein fünfzackiger Stern wie meiner oder der von Orion. Er war nicht dazu bestimmt, zu herrschen, nicht von Luzifer gesegnet. Und das musste er geheim halten.

König Cambriel – mein Halbbruder – rannte hinter Mom her, und auf seiner Stirn glühte das Zeichen eines goldenen Auges in einem Dreieck.

Mom kam nach rechts vom Weg ab und stolperte durch Brombeersträucher.

Ich hatte das schreckliche Gefühl, dass sie mit Absicht versuchte ihn von mir wegzulocken. Sie wollte nicht, dass er merkte, wie nah ich war – wollte nicht, dass er mir folgte.

Entsetzen überkam mich, als ich sah, wie er den Abstand zwischen ihnen verringerte. Feuer schoss aus seinen Fingerspitzen und berührte Moms Haare, die sich einen Augenblick später entzündeten, bevor ihre Kleidung in Flammen aufging.

Ihre Schreie zerrissen den stillen Wald, während ihr Körper wie eine Fackel loderte. *Mom.* Ich wünschte mir, ich hätte all das nie gesehen. Warum ließ der Sterbende Gott mich das mitansehen?

König Cambriel schrie ein einziges Wort, das die Nacht wie ein Schuss durchzuckte: »Schlampe!«

Schlampe. Schlampe. Das hatte er geschrien, als meine Mutter verbrannt war. Ich wollte ihm die verdammte Kehle herausreißen.

Und eines Tages würde ich das auch.

Der Falsche König – mein verdorbener Halbbruder – floh den Weg entlang, den er gekommen war, und huschte davon wie eine Ratte.

Mein jüngeres Ich hatte die Schreie gehört, hatte den Feuerschein im Wald gesehen. Selbst im strömenden Regen stand Mom in Flammen, die zu heiß waren, um sie zu löschen. Ich wollte ihre Schmerzensschreie nicht hören.

Während ich zusah, rannte mein jugendliches Ich zu ihr zurück. Mein Dämonenmal leuchtete auf meiner Stirn, ein fünfzackiger Stern. Ich schluchzte, aber das erstickte Geräusch war wegen ihrer gequälten Schreie fast unhörbar. In einem verzweifelten Versuch, die Flammen zu löschen, zog ich mein Sweatshirt aus und schlug damit auf das Feuer ein. Aber es war zu spät. Sie verstummte. Mom lag mit verdrehten Gliedern auf dem Boden. Mein Sweatshirt brannte mit ihr zusammen. Nur noch meine Schreie waren zu hören, und Cambriel hatte den Unterschied wahrscheinlich nie bemerkt – wir hörten uns gleich an, genauso verzweifelt.

Ich sah, wie mein jüngeres Ich von ihrem Körper wegtaumelte und davonlief. Als ich durch eine Pfütze mit schlammigem Wasser lief, blickte ich nach unten und sah das Dämonenmal auf meiner Stirn leuchten. In diesem Moment brach mein Verstand zusammen, und ich verlor mein Gedächtnis. Es war zu viel, der Ansturm des Grauens und der dunklen Magie, die ich nicht verstand.

Mit Asche bedeckt stolperte mein jüngeres Ich durch den Wald wie jemand, der schon tot war.

Alles, was von den Erinnerungen an diese Nacht geblieben war, war der goldene Stern – nicht, wem er gehörte oder wo ich ihn gesehen hatte, sondern nur das Bild. Tief in meinem Inneren wusste ich, dass die Person mit dem goldenen Stern auf der Stirn für den Mord an Mom verantwortlich war. Und schließlich stimmte es, oder? Irgendwo in den Tiefen meines Verstandes erkannte ich, dass *ich* schuld daran war. Ich hatte mich mit ihr gestritten. Ich hatte sie dazu gebracht, ihre Schlüssel zu vergessen, und dann war ich ohne sie weggelaufen. Sie hatte sich für mich geopfert. Ohne mich wäre sie noch am Leben.

Aber Cambriel war schuldiger als ich, und nichts würde mich davon abhalten, mich zu rächen.

Es war mir egal, was Orion wollte. Der Tod von König Cambriel würde durch meine Hand erfolgen.

Die Vision verschwand, und ich fand mich in der Unterwelt wieder, jetzt auf allen Vieren. Die Kälte des Waldbodens stach mir in die Hände.

Mein ganzer Körper zitterte. Übelkeit überkam mich, und ich musste mich übergeben. Die Knöpfe von Orions Mantel waren aufgegangen, und die eisige Winterluft strömte herein und ließ mich frösteln. Es war mir egal. Ich war zu überwältigt von dem Grauen, das ich gerade gesehen hatte.

Mom. Sie war immer diejenige gewesen, nach der ich gerufen hatte, wenn ich Angst gehabt hatte.

Jemand legte eine Hand auf meinen Rücken, eine Geste, die etwas Beschützendes hatte. Orion.

Als ich den Kopf hob, starrte mich der Dämonengott an, als wäre ich eine fremde Spezies. Ein Teil der Übelkeit verging und ich schob mich auf meine Fersen zurück. Orion packte mich an der Taille und half mir auf die Beine.

Ich zog den Mantel zusammen. Übelkeit drückte mir in die Kehle. Ich schluckte schwer. Ich wollte unbedingt weg von diesem Ort und mich in einem warmen Zimmer unter einer Decke zusammenrollen. Nein – ich wollte meine Mutter, aber das war dumm, denn ich war erwachsen und sie war tot.

Schatten wanden sich und tanzten um den Sterbenden Gott. Er lächelte mich an. »Sag mir, was du gesehen hast.«

Ich nahm einen tiefen Atemzug. »Bitte, hier ist dein Geständnis. Das Geheimnis, das du wolltest. Ich erinnere mich jetzt, was mit meiner Mutter passiert ist. Es war alles meine Schuld. Ich habe mich mit ihr gestritten, anstatt zu fliehen, als ihr Mörder direkt vor unserer Tür war. Ich habe ihr nicht geglaubt und dafür gesorgt, dass sie ihre Schlüssel vergessen hat. Ich bin zu schnell gerannt, und sie konnte nicht mithalten. Ich habe sie zurückgelassen.« Ich hatte kaum geflüstert, aber der Wald schien unheimlich still zu sein. Meine Worte schienen vom Eis widerzuhallen. Mein Blick glitt zu Orion. »Aber ich war nicht diejenige, die sie getötet hat. Es war Cambriel. Er hat sie aus irgendeinem Grund abgrundtief gehasst. Ich glaube nicht, dass er wusste, dass ich in dieser Nacht dort war.«

»Cambriel«, wiederholte Orion mit dunklen Augen. »Er wollte die letzte Lilu vernichten. Ich bin überrascht, dass er dich am Leben gelassen hat, aber vielleicht dachte er, ihr könntet eine Allianz bilden.«

Den Rest wollte ich nicht laut aussprechen. Ich musste Orion nicht wissen lassen, dass wir uns noch darüber streiten würden, dieselbe Person zu töten.

Orion verschränkte die Arme vor der Brust, scheinbar unempfindlich gegen die Kälte. »Welches Geheimnis soll ich denn beichten?«

Der Sterbende Gott schenkte ihm ein wissendes Lächeln. »Warum erzählst du uns nicht, was du im Kerker gemacht hast?«

Orion wurde so still wie die Baumstämme, und die Schatten atmeten um ihn herum. »Nicht das.«

Nicht *was*?

Tammuz' grüne Augen funkelten vor Freude. »Es ist wohl kaum ein Opfer, wenn du es mir bereitwillig sagst.«

Warum versuchte Orion, sich mit dem Sterbenden Gott zu streiten, während ich gerade den schlimmsten Moment meines Lebens erneut durchgemacht hatte?

Orion ließ seine Hände in die Taschen gleiten. Sein Gesichtsausdruck wirkte gelangweilt, aber etwas an der Hitze, die von ihm ausging, sagte mir, dass er unter der Oberfläche wütend war. »Ich habe viele Geheimnisse, aus denen du wählen kannst. Dieses hier ist tabu.«

Tammuz zuckte mit den Schultern. »Irgendwann wirst du dieses Geheimnis opfern. Ich bin nicht in Eile. Zeit hat hier keine Bedeutung.«

Auf meiner Haut bildete sich eine Gänsehaut und ich hatte das beunruhigende Gefühl, dass wir beobachtet wurden. Ich schaute in den Wald hinter uns. Nichts als Dunkelheit.

»Dann erzähl mir ein anderes Geheimnis.« Tammuz' Tätowierungen verschoben sich und glitten über seine Haut. »Sag mir, was du zu tun gedenkst, wenn du König bist.«

»Ich habe vor, mich zu rächen.«

»Das weiß doch jeder.« Tammuz' Stimme wurde dröhnend, und ich merkte, dass er die Geduld verlor. »Was *genau* wirst du tun?«

Die Stille zwischen uns fühlte sich an, als wäre sie voller Messer.

»Ich habe vor, den Fluch zu brechen«, sagte Orion. »Der, der uns die Macht nimmt, wenn wir die City of Thorns verlassen. Ich will die

Dämonen aus ihrem vergoldeten Gefängnis befreien. Wir werden unter den Sterblichen umherstreifen, wie es uns gefällt.«

»Und dann?«, fragte der Sterbende Gott.

Einen Herzschlag lang begegnete Orion meinem Blick, dann wandte er sich wieder Tammuz zu und seine Augen verfinsterten sich. Entfernte Rufe schallten durch den Wald, und Orion wirbelte herum, wobei seine Finger zuckten. Mir sträubten sich die Nackenhaare. Ich fuhr herum.

Fackeln flackerten zwischen den Bäumen. »Du verdorbene Hexe!«, rief jemand in der Ferne. »Du bist gekommen, um ein verruchtes Bündnis mit dem Teufel zu schließen, damit er seinen Schwanz in dein Pfahlloch stecken kann!«

Ich schnitt eine Grimasse. *Seinen Schwanz in dein Pfahlloch stecken?*

»Osbornes feinste Bürger sind da«, murmelte Orion. »Das muss der Malleus Daemoniorum sein.«

Ich schaute an mir herunter. Bis auf den riesigen Mantel war ich nackt. Ich sah nicht gerade so aus, als wäre ich unschuldig in Bezug auf die Pfahlloch-Anklage. Wir mussten hier weg, bevor wir in der Unterwelt erhängt wurden.

Als ich aufblickte, sah ich zu meinem Entsetzen, dass Tammuz, der Sterbende Gott, im dunklen Wald verschwunden war.

Die Jäger waren hinter uns her, und hier in der Unterwelt hatten wir weder Waffen noch dämonische Kräfte, um uns zu verteidigen.

KAPITEL 21

– ROWAN –

In meinem Kopf schwammen Visionen von puritanischen Gefängnissen voller Ratten und Läusen. Andererseits konnten sie mit ihren alten Gewehren nicht besonders gut zielen. Das war zumindest ein Segen.

Das silberne Licht des Sterbenden Gottes musste sie alarmiert haben, oder vielleicht seine Ungeduld mit Orion. Jetzt, wo Tammuz verschwunden war, wäre es das Beste, wenn wir uns in den Schatten des Waldes versteckten.

»Orion«, flüsterte ich, »wir müssen hier weg.«

Aber er sah nicht so aus, als wollte er weglaufen. Vielmehr schien es, als ob er auf sie wartete.

»Orion!« Verzweiflung krampfte meinen Magen zusammen.

»Du solltest weglaufen«, sagte er leise. »Ich habe etwas mit dem Malleus Daemoniorum vor, und ich freue mich schon sehr darauf.«

Ah. Waren das die Jäger, die vor all den Jahrhunderten seine Familie abgeholt hatten?

»Wir sollten beide weglaufen.« Ich griff nach seinem Arm, aber er war so unbeweglich wie Stein. »Du kannst sie nicht einmal wirklich töten. Sie sind schon tot. Sie kommen einfach immer wieder zurück. Aber ich? Ich will nicht sterben. Wir könnten für immer in diesem Drecksloch festsitzen.«

Er zog verärgert eine Augenbraue hoch. »Hat dir schon mal jemand gesagt, dass du eine Spielverderberin bist? Puritaner zu töten ist meine Vorstellung von Spaß. Hör auf, das zu ruinieren. Sie werden zurückkommen, ja. Aber ich kann sie in Angst und Schrecken versetzen und ihnen unbeschreibliche Schmerzen bereiten. Bitte verdirb mir nicht meine schöne Zeit, indem du immer wieder auf die Schattenseiten hinweist.« Er seufzte. »Aber du solltest weglaufen. Es hat nichts mit dir zu tun, und ich brauche deine Hilfe nicht. Wir sind hier ganz auf uns allein gestellt, Liebes. Geh schon.«

Ich wollte schreien. Stattdessen murmelte ich »Idiot« und verschwand in der Dunkelheit. Vielleicht war er besessen von der Rache an Menschen, die vor Jahrhunderten gestorben waren, aber ich war nicht hier, um erschossen und gehängt zu werden.

Ich hatte das starke Gefühl, dass Orion vergessen hatte, wie es war, als Sterblicher zu kämpfen und nicht mit der gottgleichen Kraft, die er in der Welt der Lebenden besaß.

Ich hielt meinen Mantel fest umklammert und begann, über den gefrorenen Boden zu rennen, wobei Zweige unter meinen Füßen knackten.

Die Winterluft stach auf meiner Haut und ich hatte keine Ahnung, wohin ich in der Dunkelheit rennen sollte. Sollte ich zurück zur Stadt, wenn ich sie finden konnte? Was würde mit Orion passieren? Was, wenn er den Kampf nicht allein gewinnen konnte? Würde ich wirklich wieder jemanden zum Sterben zurücklassen? Gerade als mich dieser Gedanke wie ein Pfeil traf, ließ ein Schrei mein Blut gefrieren – ein gequälter männlicher Schrei. Ich spürte, wie die Luft meine Lungen verließ. *Bitte, lass es nicht Orion sein.*

Ich schaute zurück, und mein Herz setzte beim Anblick eines brennenden Körpers in der Ferne aus. Unsicher, auf wen ich wütender war – auf Orion, weil er sich geweigert hatte wegzulaufen, oder auf mich, weil ich ihn dort zurückgelassen hatte –, drehte ich mich um.

Ich sprintete auf ihn zu. Die knochige Hand der Angst packte mein Herz. Ich konnte es riechen – das brennende Fleisch, die Asche, die im Wind wehte. *Bitte, sei nicht Orion ...*

Trotz unserer komplizierten Beziehung und allem, was er zu mir gesagt hatte, mochte ein Teil von mir diesen Mistkerl.

Flammen züngelten aus dem Waldboden und als ich näherkam, sah ich drei Menschen, die vom Licht eines brennenden Körpers erleuchtet wurden. Ich atmete aus, als ich Orion entdeckte, der mit erhobenen Händen in meine Richtung gewandt dastand. Blut floss ihm über die Stirn.

Ich verweilte einen Moment im Schatten und versuchte die Szene zu erfassen.

Einer der Männer hielt Orion eine Pistole an den Kopf. Ein anderer zog ein Seil heraus und zog Orions Hände hinter seinen Rücken. Der dritte Jäger stand mit dem Rücken zu mir.

»Du verdorbener Teufel mit deinem schwarzen Buch!«, rief der Mann. »Du sollst bis zur Hüfte entkleidet und auf einem Karren durch die Stadt gepeitscht werden.«

»Versuchst du mit mir zu flirten?«

Orion musste die Fackel benutzt haben, um einen von ihnen zu verbrennen, aber er war in der Unterzahl. Ich musste jetzt handeln, bevor sie Orion die Hände auf dem Rücken fesselten. Einen Moment lang bemerkte Orion meinen Blick. Er hob fast unmerklich eine Augenbraue.

»Wir wollen dein Geständnis!«, rief der andere und versuchte Orions Arme nach hinten zu zerren.

Ich musste zuerst den Bewaffneten ausschalten.

Ich schaute nach unten und hob einen großen, zerklüfteten Stein auf. Mit der plumpen Waffe in der Hand sprang ich aus dem Schatten und schlug dem Schützen den Stein hart auf den Hinterkopf. Er taumelte, wirbelte herum und schlug mir mit seinem Gewehr gegen die Schläfe. Schmerz schoss durch meinen Schädel.

Aber ich hatte immer noch meine Waffe in der Hand. Panik flammte in meinen Adern auf, und ich schlug erneut mit dem Stein zu, diesmal härter.

Ich hörte das Knacken von Knochen, und er schwankte, wo er stand, benommen und blutend. Auf seiner Brust befand sich die gleiche silberne Anstecknadel, die auch die Corwins trugen: ein Hammer. Der Hammer der Dämonen – Malleus Daemoniorum.

Der Mann sackte zu Boden. Blut floss aus seinem Kopf auf das Eis. Ich taumelte zurück und starrte ihn an.

Als ich wieder aufblickte, hatte sich Orion befreit. Er schlang seine Hände um die Kehle eines Sterblichen und schlug den Kopf des Mannes wiederholt gegen einen Baumstamm, so dass sein Schädel zerbrach.

Ich starrte auf das Grauen um mich herum: den Mann, der in Flammen stand und immer noch zuckte, den verletzten Mann, der zu meinen Füßen kroch, und die Person, die Orion zu Tode geprügelt hatte. Der letzte Jäger, der noch stand, stürzte sich auf das gefallene Gewehr. Orion wirbelte herum und schlug ihm mit tierischer Grausamkeit mitten ins Gesicht.

Ohne die magischen Kräfte eines Dämons war das Töten nicht ganz so sauber und ordentlich, wie es sein könnte. All das hätte vermieden werden können, wenn Orion mit mir weggelaufen wäre, aber diese chaotischen Tode waren, was er wollte.

Benommen ging ich von dem Gemetzel weg. Galle stieg mir in die Kehle. Vage fragte ich mich, ob der Sterbende Gott jetzt zurückkehren und den Schwur brechen würde, damit wir von hier verschwinden und nie wieder zurückkommen konnten.

Ich sah an mir herunter. An der Stelle, an der mein Mantel aufgegangen war, lief Blut über meine nackte Haut, aber ich war mir nicht sicher, ob es meins war oder das des Mannes, den ich gerade getötet hatte.

Seit ich die Welt der Dämonen betreten hatte, wurde mir klar, dass es in manchen Situationen nur zwei Möglichkeiten gab: töten oder sterben. Mit dieser Erkenntnis wandte ich mich wieder den Männern zu, die sterbend auf dem Waldboden lagen, und suchte ihre Körper nach Waffen ab.

Das Gewehr war groß und unhandlich, also ließ ich es zurück. Der Mann, den ich mit einem Stein getroffen hatte, kroch immer noch über das Eis, obwohl er schon halb tot war. Er hatte noch eine andere Waffe um die Hüfte geschnallt, ein Messer, und ich zog es aus der Scheide. Dabei hatte ich das Gefühl, als würde mir die Seele zufrieren.

Goody Putnam hatte recht gehabt. Diese Wälder verwandelten Menschen in Tiere, nackt und blutverschmiert. Sie stahlen die Waffen der Menschen, während sie starben. Orion ließ sich Zeit, den Mann mit seinen Händen umzubringen. Ich ließ meine neue Waffe in meine Tasche fallen und begann zu gehen, weil ich nicht noch mehr Gewalt sehen wollte.

Einen Moment später hörte ich Schritte hinter mir. Orion.

Seine Augen leuchteten hell in der Dunkelheit. »Warum bist du zurückgekommen?«

Mein Kopf pochte und ich war mir nicht sicher, ob ich die Kälte noch spüren konnte. »Ich wollte nicht noch jemanden zurücklassen«, sagte ich und schluckte schwer.

»Warte. Rowan – warte.« Er berührte meine Schläfe, die Stirn in Falten gelegt. »Du hast eine Kopfverletzung.«

»Du solltest den anderen Typen sehen.« Mein Kopf pochte, und ich wollte mich wieder übergeben. »Er hat mich mit dem Gewehr geschlagen.«

»Das ist nicht gut. Du könntest noch unlustiger werden als zuvor.« Er zog seine Hand weg. »Ich kann dich hier nicht heilen.«

»Hast du vergessen, dass du keine magischen Kräfte hast, als du beschlossen hast, es mit drei bewaffneten Männern aufzunehmen?«

Er strich mir wieder über das Gesicht, direkt unter der Stelle, an der ich getroffen worden war. Auch wenn er keine Magie in seinen Fingerspitzen hatte, hatte seine Berührung etwas Beruhigendes an sich. »Mein Wahnsinn hat eine gewisse Methode. Wenn sie zurück in die Stadt gehen und eine größere Gruppe versammeln, kommen wir hier vielleicht nicht mehr lebend raus. Sie würden uns auf dem Marktplatz aufhängen, bevor wir den Weg zurück zur Straße finden.«

»Vielleicht.«

Er hielt meinen Blick einen Moment lang fest und atmete dann lange aus. »Ich möchte dich irgendwohin bringen, wo es warm ist. Deine Augen sehen aus, als hättest du eine Gehirnerschütterung. Wir werden morgen wieder nach dem Sterbenden Gott suchen.« Er nahm meine

Hände zwischen seine, rieb sie und starrte auf meine Fingerspitzen. »Du bekommst langsam Frostbeulen.«

Meine Sicht verdunkelte sich, als hätte jemand eine Decke über mich gelegt, und ich spürte, wie ich schwankte.

Orion hob mich hoch, und ich schlang meine Arme um seinen Hals, um mich an seinem Körper zu wärmen. Während er mich trug, lehnte ich meinen Kopf an seine Brust und hörte seinen Herzschlag. »Warum spürst du die Kälte nicht?«, murmelte ich.

»Im Kerker war es immer kalt«, flüsterte er und beschleunigte sein Tempo.

Ich fragte mich halb, wie er unseren Zustand erklären würde, wenn wir jemanden trafen. Aber durch seine Wärme, die mich einhüllte, begann ich einzuschlafen. Ich lauschte dem Klang von Orions Herz und fühlte mich seltsam sicher in den Armen meines Feindes.

KAPITEL 22

– ROWAN –

Ich wachte nackt in Orions Armen auf.

Er schenkte mir ein schiefes Lächeln. »Endlich bist du wach.«

Stirnrunzelnd betrachtete ich den kerzenbeleuchteten Raum um mich herum. Dicke Holzbalken durchzogen die Decke über Orions Kopf und die Wände waren in einem schlichten Weiß gestrichen. In der Mitte des Raumes stand ein Himmelbett und unter einem Fenster mit Fensterläden dampfte eine Kupferwanne. In einem Kamin brannte ein Feuer, das den Raum mit dem Duft von brennendem Zedernholz erfüllte.

Mein Gedanken war noch immer getrübt. »Warum bin ich nackt, Orion?«

Hier drinnen war die Decke so niedrig, dass er sich gebeugt halten musste. »Weil ich dir das Blut abwaschen und dich auftauen werde.«

Vorsichtig ließ er mich in das warme Badewasser hinab. Zuerst ließ der Schock der Hitze an meinen gefrorenen Fingern und Zehen meinen Atem stocken. Es fühlte sich an wie feine Nadelstiche. Dann glaubte ich meine Finger würden anschwellen, aber schon nach wenigen Augenblicken war die Wärme eine wahre Wohltat. Ich sank tiefer ins Wasser und rieb meine Hände aneinander. »Wo sind wir?«, fragte ich.

»In Goody Putnams Taverne.«

»Ah, du hast sie wieder verzaubert, was? Wie hast du ihr erklärt, dass ich nackt und blutverschmiert bin?«

»Ich habe ihr erzählt, dass wir und die anderen Mitglieder des Malleus Daemoniorum das Böse im Wald gefunden haben und dass es zu einem schrecklichen Kampf gekommen ist. Aber sie wollte viel lieber etwas über deine verdorbenen Gedanken wissen. Außerdem hat sie vorgeschlagen, dass du morgen öffentlich für deine unnatürlichen Begierden büßt.«

Ich starrte ihn an. »Ich glaube, *du* bist heute einiger deiner eigenen unnatürlichen Begierden nachgegangen.«

»Immer.« Behutsam nahm er einen Lappen in die Hand und wusch mein Gesicht.

Aber das war alles, was es war, oder? Wir waren übereinander hergefallen, weil wir Lilu waren und in der Magie des Waldes die Kontrolle verloren hatten. Ich sank tiefer ins Wasser. »Wirst du mich über deinen Racheplan aufklären? Warum hat Tammuz danach gefragt?«

Ich starrte auf sein wunderschönes Gesicht, auf das silbrige Haar, das seine scharfen Wangenknochen umrahmte. Seine Augenbrauen waren dick und dunkel, ein scharfer Kontrast zur Blässe seiner gequälten Augen. »Ich mag es nicht, direkt vor dem Schlafengehen über Albträume zu sprechen.«

Er wusch das Blut von meiner Haut, dann zog er den Lappen weg. Sein Blick war starr. »Ich schaue mal, ob Goody Putnam ein paar Klamotten hat, die du dir ausleihen kannst.«

Als er den Raum verließ, wurde der Schmerz in meiner Brust noch größer. Egal, was zwischen uns passierte, er würde mir nie ganz vertrauen. Und er hatte sich nie für die Dinge entschuldigt, die er gesagt hatte.

Als das Badewasser langsam abkühlte, stand ich auf. Ich sah kein Handtuch – ich war mir nicht einmal sicher, ob es in dieser Zeit welche gab. Also ging ich zum lodernden Feuer und trocknete meinen nackten Körper in der Hitze. Ich liebte die Wärme des Feuers, das stimmte, aber es war schwer, dieses Gasthaus nicht als eine Todesfalle zu betrachten – ohne Feuermagie, die mich beschützte. Dieser Ort wurde von Feuerstellen geheizt und von Kerzen beleuchtet, aber es gab weder Rauchmelder noch Feuerlöscher.

Als mein Körper getrocknet war, zog ich meinen Slip wieder an, das einzige Kleidungsstück, das ich noch hatte.

Normalerweise schaute ich vor dem Einschlafen auf mein Handy und schaue mir Instagram oder Textnachrichten an oder irgendetwas, das eine Verbindung zur Außenwelt darstellte. Etwas, damit ich mich nicht so einsam fühlte. Aber das hatte ich hier nicht, also holte ich den Zettel meines Vaters aus meinem Rucksack und schlüpfte unter die Decke.

Ich faltete ihn auf und starrte auf die saubere, klobige Handschrift meines Vaters.

Lang lebe König Nergal. Lang lebe König Nergal. Lang lebe König Nergal.

Ich fuhr mit den Fingerspitzen über seine Worte. Das half mir zwar nicht gerade gegen meine Einsamkeit, aber es weckte meine Neugierde.

Warum zum Teufel sollte jemand so etwas schreiben und es aufbewahren? Als ich den Brief befühlte, spürte ich etwas im Papier – kleinste Unregelmäßigkeiten. Ich runzelte die Stirn und hielt den Zettel in den Schein des Feuers. Mir stockte der Atem. Winzige Nadelstiche aus orangefarbenem Licht strömten durch das Papier – kleine Löcher, die zarte Buchstaben bildeten.

Mein Herz schlug schneller. Es musste sich hier um ein primitives System handeln, um eine Nachricht zu verschlüsseln.

Mit rasendem Puls entzifferte ich den Inhalt eines Briefes, der an meine Mutter gerichtet war.

Aria,

Ich fürchte, meine Zeit hier läuft ab. Der Falsche Prinz, mein untreuer Sohn, ist unempfindlich gegen meine Drohungen und wird uns nicht erlauben zurückzukehren. Er weiß nichts von unserer geliebten Schöpfung Rowan. Ich habe mit dem Sterbenden Gott gesprochen. Er hat unsere Befürchtungen bestätigt. Wenn der Herr des Chaos Erfolg hat, wird die Welt der Sterblichen brennen. Nur Mortanas Ka kann regieren. Nur der dritte Lichtbringer kann uns wieder zu alter Größe bringen. Ich werde so schnell wie möglich zu dir zurückkehren.

– Moloch

Ich las den Brief wieder und wieder und versuchte den Sinn der Worte zu verstehen. Dass der Herr des Chaos erwähnt wurde, und auch der Sterbende Gott, schockierte mich. Und es stimmte also: Aria und Moloch waren meine wahren Eltern.

Meine Gedanken drehten sich und ich warf einen Blick zur Tür. Wie viel Zeit hatte ich noch, bis Orion zurückkehrte?

Einiges davon war einfach. Der Falsche Prinz, sein untreuer Sohn. Das war König Cambriel, mein Halbbruder.

Wenn der Herr des Chaos erfolgreich ist, wird die Welt der Sterblichen brennen.

Das … hörte sich nicht gut an.

Mein Herz klopfte gegen meine Rippen.

Drei Lichtbringer – die Zeichen Luzifers. Orion, Mortana und ich? Dann waren Mortana und ich also wirklich zwei verschiedene Personen. Da war er endlich, der Beweis, dass ich nicht die war, für die Orion mich hielt. Als ich die Worte erneut las, spannte sich mein ganzer Körper an.

Nur Mortanas Ka kann regieren …

Ich war der dritte Lichtbringer.

Aber ich hatte keine Ahnung, was ein Ka war. Eine identische Tochter? Und warum nannte er mich eine »geliebte Schöpfung«? Das war keine normale Art, ein Familienmitglied zu bezeichnen. Es klang wie Frankensteins Monster.

Ich schloss die Augen, und die Vision, in der Cambriel meine Mutter getötet hatte, spielte sich wieder in meinem Kopf ab. Diesem Brief zufolge hatten meine Eltern ihn bedroht. Und wenn ich raten müsste, hatten sie wahrscheinlich das gleiche Druckmittel wie Orion gehabt. Sie hatten damit gedroht, die Welt wissen zu lassen, dass er nicht der wahre König war. Und im Gegensatz zu Orion war es einfacher für Cambriel gewesen, sie zu töten, um mit ihnen die Beweise zu vernichten.

Draußen knarrten Schritte, und ich faltete den Zettel wieder zusammen und steckte ihn in meine kleine Ledertasche. Die Tür öffnete sich und Orion betrat den Raum, ein Kleid über dem Arm – und dieses Mal auch einen Schal.

Ich hatte eine Idee, während ich ihn beobachtete. Die Krone *musste* mir gehören. Es gab nur zwei Menschen auf dieser Welt, denen ich jemals wirklich vertraut hatte: meine Mutter und Shai. Mom war der

Meinung, dass ich Königin sein sollte. Und wahrscheinlich wäre ich eine bessere Herrscherin als er. Er war völlig gestört.

Ich beobachtete Orion, wie er sein Hemd auszog und das Licht des Feuers über seinen kräftigen Körper wanderte.

Ich wollte es ihm sagen – endlich hatte ich den Beweis, dass ich nicht Mortana war. Meine Eltern hatten gewusst, dass wir zwei verschiedene Personen waren, wie ich ihm die ganze Zeit zu sagen versucht hatte. Jede Kindheitserinnerung, die mir am Herzen lag, war echt und keine Erfindung. Die Weihnachtsmorgen, an denen nur ich und meine Mutter da gewesen waren – all das war wirklich gewesen.

Aber angesichts dessen, was dieser Brief sonst noch enthielt, wusste ich, dass ich ihn geheim halten musste. Auf keinen Fall durfte ich ihn wissen lassen, dass ich seinen Thron wollte.

Ich zog die Decke über meine Schultern, rollte mich auf den Rücken und starrte in die Flammen. Im Flackern der tanzenden Feuerzungen glaubte ich Formen zu sehen, die sich bewegten.

Orion und meine Eltern hatten beide den König erpresst – Orion für Geld, meine Eltern für ihre eigenen Ziele. Aber im Gegensatz zu Orion waren sie nicht stark genug gewesen, um ihn im Kampf zu besiegen.

So wie meine Mutter sich im Wald geopfert hatte, fragte ich mich, ob auch mein Vater gestorben war, um mich zu retten. Vielleicht hatten sie gewollt, dass ich mit ihnen zurück in die City of Thorns ging. Als Dämonen wären wir dort am sichersten gewesen.

Mit den Decken um mich herum schloss ich die Augen. Bilder brannten sich in mein Gedächtnis ein – Cambriel hatte meinem Vater vor seinem Haus das Herz herausgerissen und dann seinen Körper verbrannt, um die Beweise zu vernichten. Er hatte nicht zugelassen, dass sie ihn erpressten.

Wenn der Herr des Chaos erfolgreich ist, wird das Reich der Sterblichen brennen.

Vielleicht hungerte ich jetzt, da ich eine Dämonin war, auch nach Macht. Nicht weil ich die Welt niederbrennen wollte wie Orion. Es schien der einzige Weg zu sein, um sicher zu sein. Wenn man keine Macht hatte, fraß einen die Welt erst auf und spuckte einen dann aus.

Ich spürte, wie die Matratze durchhing, als Orion sich hinlegte und mit seinem Körper das Bett erwärmte. Ich warf ihm einen kurzen Blick zu. Das Licht des Feuers tanzte über seine enormen Muskeln.

»Ich nehme nicht an, dass Goody Putnam einen Pyjama für mich hat?«, fragte ich.

Langsam richtete er seinen Blick auf mich, und ich spürte, wie sich mein Innerstes zusammenzog. »Ich fürchte nein, Liebes. Goody Putnam hat jedenfalls behauptet, dass du für deine öffentliche Buße morgen keine Kleidung brauchst. Ich freue mich schon sehr darauf. Dann passiert endlich mal etwas in Osborne.«

»Sie steht *wirklich* auf die Vorstellung, wie ich Buße tue.« Ich starrte ihn an. »Sie ist die perverseste Person in diesem Ort.«

Ein wissendes Lächeln. »Da bin ich mir nicht sicher. Ich war fast mein ganzes Leben lang in einem Kerker eingesperrt. Ich hatte noch kaum die Gelegenheit, den Ort zu erkunden.«

Er flirtete mit mir, aber ich wollte ihm nicht noch einmal die Chance geben, mich zu verletzen.

Ich verengte die Augen. »Wenn ich mich recht erinnere, hast du gesagt, dass du nichts für mich empfindest und dass meine Anziehung auf dich die Verzweiflung eines Lilu ist, der sich ernähren will. Mehr nicht. Ich dachte, wir hätten beide verstanden, dass das alles ist. Dass das, was im Wald passiert ist, nur die Wirkung von Magie war. Wir mögen uns nicht, richtig?«

Er sah mich an und für einen Moment glaubte ich, Schmerz in seinen Augen aufblitzen zu sehen. Dann erschien ein mildes Lächeln auf seinem Gesicht, die Augen halb geschlossen vor Gleichgültigkeit. »Richtig. Wie ich schon sagte, wir sind alle allein auf dieser Welt.«

Das war eine sehr Orion-typische Meinung.

Ich benutzte die Decken, um eine Barriere zwischen uns zu errichten. Er sah amüsiert zu, wie ich ein Kissen zwischen unsere Körper steckte.

»Hast du schon mal etwas von einem Ka gehört?«, fragte ich vorsichtig.

Eine Falte bildete sich zwischen seinen Augenbrauen. »Wie das Auto?«

Verdammt. »Nein, nicht der Ford Ka. Ich dachte, es ist vielleicht eine Dämonensache.«

»Nie davon gehört. Warum fragst du?«

»Es war etwas, das ich in der Vision gesehen habe«, log ich. »Die Vision hat gesagt, ich sei Mortanas Ka. Sie sagte, wir seien drei mit dem Stern von Luzifer.«

Er starrte mich an, als würde er versuchen, in mir zu lesen, und seine Augen wirkten im Schein des Feuers seltsam traurig. Schatten tanzten über seine hohen Wangenknochen. »Eine interessante Theorie, aber nur eines von zwei Dingen ist wahr. Entweder es stimmt und du bist nicht Mortana …«

»Ja. Genau.«

»… oder du bist Mortana und das ist eine weitere deiner vielen, vielen verführerischen Lügen.« Er griff nach meinem Gesicht und strich mit dem Daumen über meine Unterlippe. »Ich neige dazu, Letzteres zu denken, Liebes.«

In mir brach etwas, wie ein Zweig, der im Feuer knackte. »Das war mein letzter Versuch, dich zu überzeugen.«

Er lehnte sich noch näher zu mir und flüsterte neben meinem Ohr: »Gut. Es ist die Hoffnung, die dich umbringt, nicht wahr?«

Ich schob ihn von mir weg. »Bleib auf deiner Seite des Bettes. Wenn wir beide das Zeichen Luzifers haben, hast du dann keine Angst, dass ich dir den Thron wegnehme?«

Er schenkte mir ein Lächeln. »Ich mache mir keine Sorgen um dich«, flüsterte er. »Du hast nicht das Zeug dazu. Nicht mehr.«

Das klang nach einer verdammten Herausforderung.

Ich zog die Decke höher und rollte mich auf meiner Seite von ihm weg.

Orion machte mich für eine Sache dankbar. Seine herablassende Haltung machte es mir viel leichter, seine Träume zu zerstören und ihm das zu nehmen, was ihm seiner Meinung nach zustand.

Und es zu meinem zu machen.

KAPITEL 23

– ROWAN –

Ich erwachte mit einem seltsamen Kribbeln in meinem Körper. Eisige Kälte herrschte im Zimmer. Mit klappernden Zähnen rieb ich mir die Arme, um mich zu wärmen. Das Feuer musste ausgegangen sein. Frost hatte sich über die Kammer gelegt und hüllte mich ein.

Aber es war nicht nur die Kälte. Mächtige Magie umhüllte mich und summte auf meiner Haut. Da war es wieder – das Gefühl, dass mich jemand beobachtete.

Ich legte meine Arme um mich und öffnete langsam die Augen. Ein Gefühl des Grauens durchfuhr mich und ich setzte mich aufrecht hin, während der Atem meine Lungen verließ.

Der Sterbende Gott saß auf einem Stuhl in der Ecke des Raumes, während sich die Dunkelheit um ihn herum ausbreitete. Die Glut im Kamin warf einen warmen Schein, der den Nebel rot färbte. Die dunklen Augen des Sterbenden Gottes waren auf mich gerichtet, glänzend und waldgrün.

»Was zum Teufel ist hier los?«, platzte ich heraus und zog die Decke über meine Brust.

Orion schoss im Bett neben mir in die Höhe, dann sah er den Sterbenden Gott und entspannte sich. »Ah. Tammuz.« Er gähnte. »Wenn du auf einen Dreier hoffst, wird das leider nichts.« Er nickte mir zu. »Sie ist ein bisschen genervt von mir.«

»Ich bin hier, um dein Geständnis zu hören«, sagte Tammuz. »Und dann werde ich deinen Blutschwur zerstören. Sag mir jetzt, was du als König zu tun gedenkst.« Seine tiefe, knurrende Stimme dröhnte von den Wänden wider. Bestimmt würde Goody Putnam davon aufwachen. *Nicht, dass sie unglücklich darüber wäre, wenn sie ihn hier vorfinden würde.*

Orion wurde ganz still. »Rache.«

Der Sterbende Gott tauchte wieder aus der wabernden Dunkelheit auf, diesmal näher, am Fußende des Bettes. »Mehr.«

Orion seufzte. »Ich habe König Nergal bereits getötet, und ich habe vor, die anderen Dämonen zu töten, die vor langer Zeit für die Morde an meiner Familie verantwortlich waren. Ich werde sie alle finden. Ich werde alles zurückfordern, was sie gestohlen haben.«

Der Sterbende Gott verschwand wieder in der Dunkelheit, aber seine Stimme flüsterte neben meinem Kopf: »Mehr.«

Ich sprang aus dem Bett.

Woher wusste er, dass es mehr gab, was Orion ihm verschwieg? Ich hatte langsam den Eindruck, dass er die Antworten auf die Fragen, die er stellte, bereits kannte.

»Das Massaker hat mit den Sterblichen begonnen«, sagte Orion. Seine Stimme war kalt und ruhig. »Und jetzt halten sie uns innerhalb der Stadttore gefangen. Wir können die City of Thorns nicht verlassen, ohne unsere Macht zu verlieren. Sie haben Macht über uns. Sie fürchten, was wir sind, weil wir besser sind als sie. Wir sind stärker, klüger und schöner. Wenn ich König bin, werde ich den Bann, der uns gefangen hält, finden und brechen. Die Dämonen werden wieder frei in der Welt umherstreifen können. *Lucifer urbem spinarum libarabit.* Der Lichtbringer wird die City of Thorns befreien. Das bin ich. Ich werde uns befreien. Und ich werde dafür sorgen, dass niemand mehr vor den Sterblichen kapituliert und die Unsrigen opfert.«

Bei seinen Worten lief mir ein kalter Schauder über den Rücken. Ich hatte sie in der ersten Nacht, in der wir uns getroffen hatten, in den Kerker geritzt gesehen. Befreiung sollte eine Freude sein – warum ließ er sie dann so schrecklich klingen?

»Die Sterblichen waren der Grund, warum König Nergal uns abgeschlachtet hat«, sagte Orion mit eisiger Stimme. »König Nergal, der mich gezeugt hat –«

»Hat er das?« Zum ersten Mal klang Tammuz verärgert. Ich konnte ihn immer noch nicht sehen, was ihn nur noch furchteinflößender machte. Ein Knurren durchzog den Raum, ließ das Bett erbeben und das Holz knarren.

»Ja. Deshalb trage ich das Mal des wahren Erben. Deshalb konnte ich ihn töten. Aber er war ein Sklave der Sterblichen. Ein Feigling. Und eines Tages werde ich die Tore zur Hölle öffnen. Ich werde meine Dämonenbrüder und -schwestern auf die Welt der Sterblichen loslassen, und wir werden leben wie in den alten Zeiten. Einst haben uns die Sterblichen verehrt. Jetzt feiern sie unseren Untergang. Ich werde sie den wahren Schrecken spüren lassen. Ich werde ihnen die Köpfe abschlagen und sie auf Spieße stecken. Ich werde sie fühlen lassen, was ich gefühlt habe: einen solchen Schrecken, dass sie nicht einmal sicher sein werden, ob die Welt um sie herum real ist. Ich werde die Welt sieben Tage lang verbrennen, und die Dämonen werden aus der Asche wieder auferstehen.«

Übelkeit stieg in mir auf. »Mein Gott, Orion! Die Verantwortlichen sind vor Jahrhunderten gestorben. Diejenigen, die jetzt leben, sind nicht dieselben wie die Puritaner, die du so hasst. Du kannst nicht einfach *irgendwelchen* Leuten den Kopf abschlagen.«

Er zuckte mit den Schultern und schien von diesem Detail völlig unbeeindruckt zu sein. »Dann werde ich mit den Dämonenjägern anfangen. Sie sind alle gleich.«

»Du wirst mit den Dämonenjägern anfangen«, wiederholte ich. »Aber womit wirst du aufhören?«

Eine Falte bildete sich zwischen seinen Augenbrauen. »Womit auch immer ich aufhören will. Wenn ich meine Rache habe.«

Wegen seinem Charme und seiner Leichtigkeit hatte ich manchmal vergessen, wie vollkommen irre er war. Etwas Blutrünstiges steckte in ihm, und dieses Etwas würde nie besänftigt werden. Ich konnte nicht behaupten, er hätte mich nicht gewarnt. Er hatte mir vom ersten Tag an gesagt, dass er schrecklich war.

Und es war schließlich auch nachvollziehbar. Niemand konnte sein Leben in einem Kerker verbringen und trotzdem normal sein.

Ich starrte ihn an. »Du würdest also Tausende von Menschen ermorden, die nichts mit dem zu tun haben, worüber du wütend bist.«

Seine Augen verdunkelten sich. »Du willst mir doch nicht erzählen, dass die Sterblichen jetzt besser sind, als sie früher waren? Glaubst du, sie sind plötzlich nett geworden? Die Geschichte der letzten hundert Jahre sagt mir etwas anderes.« Er wandte sich wieder dem Ende des Bettes zu, wo Tammuz gesessen hatte. »Wirst du jetzt den Blutschwur brechen? Du hast mein Geständnis.«

Ich kam nicht umhin, mich zu fragen, warum Tammuz dieses Geständnis verlangt hatte, wenn er die Wahrheit bereits kannte. Auf dem Zettel stand nämlich, dass er meinen Eltern genau das gesagt hatte – *wenn der Herr des Chaos regiert, wird das Reich der Sterblichen brennen.*

Es gab also nur einen Grund für diese Geständnisse: Tammuz wollte, dass ich sie hörte. Er wollte, dass ich Orion aufhielt.

Der Sterbende Gott ging zu Orion hinüber und berührte seine Stirn. Silbernes Licht glitt wie Wasser über Orions Körper. Es strömte vom Scheitel über seine kräftigen Schultern, seine Arme und seinen Rücken. Orion schloss die Augen und seine Muskeln spannten sich an.

Ich schaute nach unten und sah das Gleiche – silbernes Licht, das über mich hinwegglitt. Ein überwältigendes Gefühl der Ruhe überkam mich. Die Magie des Sterbenden Gottes war wie das Streicheln eines sanften Windes, und ich wurde von derselben Magie durchdrungen.

In den Tiefen meines Geistes hörte ich ihn zu mir sprechen. »Du bist von deinem Blutschwur befreit, Rowan«, sagte er.

Tammuz verschwand und ließ uns wieder allein. Warum hatte er auch meinen Schwur gebrochen? Ein Gefühl von Freiheit und Ruhe überkam mich, und ich konnte die Augen nicht länger offenhalten.

Langsam sank ich in die Matratze und das Kissen zurück. Das weiche Bett fühlte sich herrlich an, und mein Körper entspannte sich vollständig.

Als ich wieder aufwachte, war die Barriere zwischen uns verschwunden und Orion hatte seine Arme beschützend um mich geschlungen, seine Erektion gegen meinen Hintern gepresst.

Gewöhn dich nicht zu sehr daran, Rowan. Es ist nicht echt, auch wenn es sich echt anfühlt.

Ich stieß ihn mit meinem Ellbogen an und schob ihn weg. »Orion. Deine Seite des Bettes.«

Er stützte seinen Kopf auf die Hand und starrte mich mit verschlafenen Augen an. »Wir haben es geschafft.« Sein Lächeln war zufrieden. »Wir haben den Schwur gebrochen.«

Ein rosiges Licht durchdrang die Dunkelheit und ich drehte mich um, um zu sehen, wie die Sonne draußen aufging. Die Morgendämmerung war bereits angebrochen. »Jetzt«, sagte Orion, »ist es Zeit für dich, dein Versprechen zu erfüllen. Glaub ja nicht, dass ich es vergessen habe.«

Ich warf einen Blick auf die Stelle, wo der Sterbende Gott gestanden hatte. Er hatte mir schließlich gesagt, dass er meinen Schwur auch gebrochen hatte. Jetzt war es an der Zeit, es auszuprobieren.

Ich begegnete Orions Blick. »Es gibt ein Buch in seinem Zimmer«, log ich. »Tagsüber trägt es eine seiner Wachen mit sich herum, allerdings wechseln sie ständig, sodass es schwer zu sagen ist, wer von ihnen es gerade hat. Aber nachts schläft Cambriel damit unter seinem Kopfkissen. Nimm es ihm ab, wenn er fest schläft. Zerstör das Buch und du kannst ihn töten.«

»Und deine Eltern haben das alles aufgeschrieben?«

»Sie wollten, dass ihn jemand umbringt.« Ich zuckte mit den Schultern. »Sieht so aus, als wärst das du.«

KAPITEL 24

– ROWAN –

Morgenlicht schien hell auf das gefrorene Gras und funkelte auf den eisbedeckten Bäumen. In Goody Putnams kratzigem Wollkleid überquerte ich mit Orion die eisigen Felder. Dabei kamen wir noch einmal an den gehängten Frauen vorbei. Ich senkte schnell den Blick.

In der Ferne ragte eine Reihe von Holzpfählen wie verfaulte Zähne aus der gefrorenen grauen Erde. Und jenseits dieser Pfähle zeichneten sich die Höhlen des Fegefeuers ab. Orion nickte in die Richtung der Höhlen. »Sobald wir die Zollschranke durchqueren, sind wir zurück. Diesmal müssen wir nicht durch das Fegefeuer gehen.«

Ich überließ Orion die Führung, als wir uns den Pfählen näherten. Langsam holte ich das Messer aus meinem Rucksack.

Direkt an der Zollschranke – der Barriere zum Schleier – drehte sich Orion um und sah mich an, einen Fuß bereits über der Grenze.

Ich drückte die Spitze des Messers direkt über seinem Herzen an seine Brust und starrte ihm in die Augen. »Es tut mir leid, Herr des Chaos. Aber hier trennen wir uns.«

Er blickte auf das Messer hinunter. Als er mich wieder ansah, zeichnete sich ein schwaches Lächeln auf seinen Lippen ab. »Nun, das ist wirklich unerwartet.«

»Mach einen Schritt zurück, Orion. Ich brauche hier mehr Zeit.«

Der Wind zerzauste sein silbernes Haar, und seine Augen durchbohrten mich. »Warum?«

Ich lächelte zurück. »Es gibt ein paar Dinge, um die ich mich kümmern muss. Ich würde dich ja um Hilfe bitten, aber ich glaube nicht, dass du das kannst. Warum machst du nicht einen Schritt zurück und überlässt die wichtigen Dinge mir? Immerhin bin ich die Lichtbringerin.«

Er zog eine Augenbraue hoch. »Fühlt es sich so an, wenn man bevormundet wird?«

»Es macht tatsächlich sehr viel Spaß. Ich verstehe jetzt, warum du es tust. Und jetzt verschwinde, mein Lieber.« Ich drückte das Messer noch ein bisschen fester gegen seine Brust. Natürlich wollte ich ihn nicht töten. Ich wollte lediglich, dass er auf der anderen Seite des Fegefeuers gefangen blieb. »Bitte zwing mich nicht, dein Leben zu beenden.«

Er seufzte und beugte sich herunter, sein Gesicht ganz nah an meinem. »Dann ist es wohl gut, dass du dazu nicht fähig bist. Aber warum genau willst du hier ohne mich bleiben? Du glaubst doch nicht wirklich, dass du …«

Er griff nach meinem Handgelenk, aber ich verpasste ihm einen harten Kopfstoß. Meine Stirn krachte gegen seine Nase. Er stolperte zurück und verschwand in einem Lichtblitz.

Ich starrte auf die Stelle, wo er gestanden hatte, und rieb mir die Stirn.

»Danke, Mom«, flüsterte ich, »dass du mich zu diesem Selbstverteidigungskurs gezwungen hast.«

In Goody Putnams Taverne nippte ich an einem Zinnhumpen mit heißem Bier. Ich war schon den ganzen Tag hier. Einerseits forderte sie mich immer wieder auf, öffentlich Buße zu tun. Andererseits war es drinnen schön warm, mit einem gemütlichen Feuer, heißem Bier und Suppe.

Mit scharfen Augen und einem besorgten Gesichtsausdruck kam Goody Putnam auf mich zu. Sie beugte sich über den Tisch. Ihre Augen huschten in beide Richtungen. »Goodman Ashur hat mir erzählt, was letzte Nacht mit den Jägern passiert ist. Aber warum sollte eine Frau unter ihnen sein? Das ziemt sich nicht.«

Ohne Orion, der sie verzaubern konnte, ließ sie mich das Doppelte für Essen und Trinken bezahlen. Gut, dass ich diejenige war, die Münzen dabeihatte.

Ich legte einen Finger an meine Lippen. Sie wusste, dass ich ein Schweigegelübde abgelegt hatte, und das ersparte es mir, einen Akzent vortäuschen zu müssen – und auch vom Versuch, die altmodische Grammatik zu übernehmen. Soweit ich das beurteilen konnte, sagten sie »Ihr«, wenn sie höflich waren, und »du«, wenn sie dir ins Gesicht schrien, dass du eine Teufelshure warst. Aber ich kannte die Feinheiten nicht, also war es besser, den Mund zu halten.

Sie verengte die Augen und presste ihre Handflächen auf den Tisch, während sie sich näher heranlehnte. »Wart Ihr mit den angesehenen Herren vom Malleus Daemoniorum unterwegs, Goody Ashur, oder habt Ihr Euch zu Eurer eigenen Sicherheit von ihnen getrennt? Vielleicht habt Ihr den Teufel gesehen?«

Da war er wieder – dieser seltsame Name. Ich legte einfach wieder fromm den Finger an meine Lippen.

Sie nickte langsam. »Ja, der Teufel hat unsere Dämonenjäger ermordet. Hat sie verbrannt. Sie zerhackt. Sich von ihren Knochen ernährt. Das wahre Böse.« Sie senkte den Kopf. »Ihr könnt Euch glücklich schätzen, dass Ihr überlebt habt.«

Nicht ganz, Goody Putnam.

Die Zinnflasche wärmte meine Hände, als ich den dunklen Wald betrat. Ich hatte den ganzen Tag im Gasthaus verbracht, meinen Magen gefüllt und mich am Feuer gewärmt.

Als ich durch den Wald ging, färbte die untergehende Sonne die Wolken mit Schattierungen von Veilchen und Kirsche. Es wurde dunkel, während ich mich zwischen Ulmen und Eiben hindurchschlängelte und wieder nach dem Sterbenden Gott suchte.

Als die Sonne vollständig hinter dem Horizont verschwunden war, strömte Mondlicht durch die Äste der Bäume und warf glitzernde Silberflecken auf die moosbewachsene Erde.

Je tiefer ich in den Wald ging, desto kälter wurde mir, und mein Atem bildete Wölkchen. Aber der Schal war eine große Verbesserung, warme Wolle, die meinen Rücken und meine Schultern bedeckte.

Der Wald wurde dunkler, während ich suchte, und ein geflüsterter Chor hallte von den Bäumen wider – sie wiederholten meinen Namen, bis er bedeutungslos und bizarr klang.

Endlich spürte ich die Magie des Sterbenden Gottes. Ein tiefes, gutturales Knurren zitterte durch die Äste und ließ mir die Haare zu Berge stehen.

Die Symbole von Tammuz schnitten durch die Dunkelheit, helle Lichtstreifen in den Schatten.

»Tammuz …« Ich flüsterte seinen Namen. Vergeblich wartete ich auf sein Erscheinen. Dann, etwas lauter, rief ich: »Tammuz.«

Der kalte Wind rauschte zwischen den Bäumen hindurch. Dunkelheit verdrängte das Mondlicht. Eine urgewaltige Kraft lief mir den Rücken hinauf, sodass ich fast den Schal fallen ließ.

Ich brauchte einen Moment, um mich an den seltsamen Zauber zu erinnern, den Orion letzte Nacht ausgesprochen hatte. Auch wenn ich nicht wusste, was die Worte bedeuteten, waren sie in meinem Gedächtnis eingebrannt.

Ich sprach die Worte. Kraft strömte durch meine Adern und erleuchtete mich wie die Symbole um mich herum.

Aus der dunklen Erde spross ein Ring aus elfenbeinfarbenen Pilzen, und aus einem glitzernden Schneewirbel erschien langsam der Sterbende Gott in der Mitte des Rings. Rauchige Schatten schlängelten sich durch die Schneeflocken.

»Du rufst mich wieder, Lichtbringerin.« Seine tiefe, knurrende Stimme erschütterte den Wald.

Mein Atem stockte. »Wolltest du mir sagen, was Orion tun wird, wenn er König wird?«

Tammuz verschwand in der Dunkelheit und tauchte hinter meiner Schulter wieder auf. »Ja«, flüsterte er mir ins Ohr.

Ich zuckte bei der unerwarteten Nähe zusammen und drehte mich um, um ihn anzuschauen. Seine Augen waren tiefe Quellen der Dunkelheit und des Schmerzes.

Mein Herz klopfte gegen meine Rippen.

Er verschwand in der Dunkelheit, aber seine Stimme dröhnte aus den Schatten. »Du musst um die Krone kämpfen.«

Meine Finger verkrampften sich um meine Flasche. Im Moment fühlte ich mich unsicher auf den Beinen und wusste nicht, ob das alles nur ein seltsamer Traum war. »Kannst du mir sagen, was ich bin? Und warum es mehr als einen Lichtbringer gibt?«

»Du bist Mortanas Ka.« Seine Stimme kam aus meinem eigenen Kopf.

»Was ist ein Ka?«

Ein dunkles, pochendes Geräusch dröhnte aus dem Boden unter meinen Füßen. »Eine Essenz. Ein Geist. Ein Ka lebt im Körper und trennt sich dann bei seinem Tod. Das Ka ist ein Doppelgänger und reist in die Doppelwelt.« Er stand wieder hinter mir. Die Kälte, die er ausstrahlte, ließ mich zittern. »Ein Ka lebt ewig weiter. Du warst einmal hier, vor langer Zeit. Mortanas Doppelgängerin in der Welt des Todes.«

Angst glitt eiskalt um mich herum. Meine Zähne klapperten unkontrolliert. »Orion hat gesagt, er glaubt nicht, dass Dämonen Seelen haben.«

»Das liegt daran, dass er das Gefühl hat, schon vor langer Zeit gestorben zu sein.«

»Ich bin also Mortana?«

»Nein. Mortana hat einmal einen Zauberspruch für das Vergessen gekannt. Sie ist hierhergekommen, in diesen Wald, um ihn auszuführen.« Seine Stimme hallte von den Felsen und Bäumen wider. »Sie entfernte ihr *Ren* – ihren wahren Namen. Das ist der Teil der Seele, der die Erinnerungen enthält. Aber dabei hat sie auch ihr *Ka*, ihren Lebensgeist, und ihr *Akh,* ihre Intelligenz, entfernt. Sie wurde zu einem leeren Gefäß und wanderte gedankenlos durch den Wald, bis die Sterblichen sie gefangen nahmen und töteten. Nachdem sie sie aufgehängt hatten, vergaßen sie bald, dass sie überhaupt existiert hatte.«

Das war es also, was ich in der Vision gesehen hatte. Mortanas Tod – hier. »Und woher komme ich?«

»Ihr Ka blieb – ihre Doppelgängerin. Mit meiner Hilfe haben deine Eltern dich als neue Person in die Welt der Lebenden gebracht, mit einem neuen Akh und Ren. Als Mortanas Doppelgängerin bist du dazu bestimmt, zu herrschen.«

Ich holte tief Luft. »Wenn ich ihren essenziellen Geist habe, heißt das nicht, dass ich auch böse bin?«

Er tauchte vor mir auf, während die Schatten um ihn herum in der Luft hingen. »Niemand wird böse geboren. Deine Mutter hat dich mit Liebe aufgezogen. Mortana ist am Hof des verrückten Königs Azriel aufgewachsen, getrennt von deinen Eltern. Sie ist in einem vergifteten Garten groß geworden, verkommen und sadistisch.«

Ich spürte, wie die Luft aus meinen Lungen entwich, als ich versuchte das alles zu begreifen.

Die Welt schien unter meinen Füßen zu verschwinden. »Warum? Warum tust du das alles?«

»Chaos.« Die Worte hallten durch den Hain, und ich hörte das Flattern der Flügel und das Rascheln der Blätter, als Vögel sich in die Luft erhoben. »Luzifer, mein Zwilling, hat eine zu Herrscherin bestimmt – Mortana. Aber Luzifer ist ein Gott der Ordnung und des Lichts. Ich bin der Gott des Chaos und der Schatten, der Nachtbringer.« Er schimmerte und verschwand wieder aus dem Blickfeld. »Das Universum wurde aus dem Chaos erschaffen und zum Chaos wird es zurückkehren. Ordnung ist so vergänglich wie Asche, die der Wind verstreut. Sie ist nicht der natürliche Zustand.«

Ich atmete tief ein. »Du willst also, dass wir um den Thron kämpfen, um die Dinge interessanter zu machen? Und du willst, dass ich eine Chance gegen Orion habe.«

»Ja.« Er stand wieder vor mir. Sein Leuchten erhellte den dunklen Hain. Er war riesig und überragte mich um mehrere Köpfe. Seine kupferfarbene Haut sah so fest aus wie Marmor.

»Orion ist der Herr des Chaos.« Ich dachte an Tammuz' Reaktion, als Orion seinen Vater erwähnt hatte. »Orions Mutter kannte dich. Kann es sein, dass Orion dein Sohn ist?«

»Ja«, zischte er. »Und der Name, den er dir gesagt hat, ist nicht sein richtiger. Er weiß kaum noch, wer er ist.«

Mir stockte der Atem. »Warum ist er dann so überzeugt, dass er Nergals Sohn ist?«

»Wegen des Sterns, den er trägt und der ihn als Thronfolger kennzeichnet. Aber Nergal hatte keine Kinder, keinen natürlichen Erben. Orion ist ein Lichtbringer, weil ich ihn dazu auserwählt habe.« Lichtrunen durchschnitten die Luft um ihn herum. »Rowan«, dröhnte er, »stell die Frage, wegen der du hergekommen bist.«

Meine Kehle schnürte sich zu. »Wenn du willst, dass ich eine Chance auf den Thron habe, brauche ich deine Hilfe. Orion hat recht – ich kann nicht so kämpfen wie er. Ich habe keine Verbindung zu meiner dämonischen Seite und fühle mich immer noch wie eine Sterbliche. Kannst du mir helfen?«

Ein subtiles Lächeln umspielte seine Lippen. »Willkommen zu Hause, *Ka.*«

Kapitel 25

– Rowan –

Tammuz drehte sich um und begann in die Dunkelheit davonzugehen. »Du fürchtest den Tod. Das ist deine Schwäche.«

Ich lief ihm nach. »Jeder hat Angst vor dem Tod. Das ist ein grundlegender Teil der menschlichen Evol…« Ich unterbrach mich. »Richtig. Ich bin kein Mensch. Aber sicherlich fürchten Dämonen auch den Tod. Das scheint wichtig fürs Überleben zu sein.«

Er drehte sich wieder zu mir um. »Der Herr des Chaos tut das nicht. Wenn überhaupt, dann beneidet er die Toten. Aber du bist weich, Rowan. Du bist schwach. Du wirst scheitern.«

Wie unhöflich. »Okay. Ich muss weniger Angst vor dem Tod haben.« Ich schloss die Augen. »Aber da ist die Angst vor Schmerzen …«

»Warum etwas fürchten, das so schnell vorbei ist?«

»Und dann ist da noch die Angst vor dem, was danach kommt. Werde ich hier enden? Höre ich einfach auf zu existieren?«

»Warum fürchtest du dich davor, nicht zu existieren?«, fragte er. »Hast du Angst, wenn du an die Vergangenheit denkst, bevor du existiert hast?«

»Nein.«

»Dein Körper wird die Erde nähren, so wie meiner es einmal im Jahr tut. Aus meinem Fleisch wachsen Pilze. Sie breiten sich unter dem Waldboden aus und wickeln sich um die Wurzeln der Bäume, die das Licht der Sonne trinken. Der Tod gebiert das Leben, Rowan, die Dunkelheit das Licht, und der Geist lebt im Kreislauf von Leben und Tod weiter.«

Plötzlich hörte ich ferne Rufe aus dem Wald.

Ich wusste, dass die Dinge sich hier wiederholten, dass die Toten ins Leben zurückkehrten. Aber waren die Jäger des Malleus Daemoniorum schon zurück? Ich drehte mich um und entdeckte Fackeln, die die Dunkelheit durchdrangen.

Die Rufe wurden jetzt lauter und ich erkannte Goody Putnams Stimme zwischen den anderen. Ich erstarrte und mein Herzschlag beschleunigte sich, als ich die Bewegungen zwischen den Baumstämmen wahrnahm. Ich konnte nicht zulassen, dass sie mich hier mit dem Sterbenden Gott entdeckten. Da waren so viele Fackeln in der Dunkelheit. Das waren nicht nur die Jäger des Malleus Daemoniorum. Das war ein wütender Mob. Wie viele Sterbliche waren in den Wald gekommen? Ich drehte mich zum Sterbenden Gott um, aber er war weg.

Dunkelheit hüllte den Wald vollständig ein. Wolken verdeckten den Mond und die Sterne.

Entweder hatte mich Tammuz einfach im Stich gelassen oder er wusste, dass ich mich nicht mit ihm sehen lassen konnte.

Ich drehte mich um und eilte vor der herannahenden Meute davon. Falls sie mich finden sollten, würde ich ihnen erklären, dass dies ein Teil meiner Buße war – in den kalten Wäldern zu wandern. Ich drehte mich um und schaute über meine Schulter. Warum rannten sie so schnell?

»Hexe!« Ich hörte den Schrei durch den Wald hallen – wieder Goody Putnam. »Sie hat mit dem Teufel verkehrt, als die Jäger vom Malleus Daemoniorum ermordet wurden!«

Meine Brust wurde eng. Was zum Teufel stimmte bloß nicht mit Goody Putnam?

»Wo bist du?«, flüsterte ich verzweifelt, aber der Sterbende Gott antwortete nicht.

Wenigstens hatten diese Leute Fackeln, was bedeutete, dass ich mich im Schatten von ihnen fernhalten konnte. Ich eilte über verknotete Baumwurzeln und Felsen. Sie schienen mich mit erstaunlicher Genauigkeit zu verfolgen.

»Der Heilige Geist führt mich zu ihr«, rief eine Männerstimme.

Was zum Teufel war bloß los mit ihnen? Ich griff in meinen Rucksack und tastete nach dem Messer. Jetzt wäre ein fantastischer Zeitpunkt, um meine Magie zu entdecken.

Mit rasendem Herzen sah ich mich nach einem Versteck um, aber ich konnte in der Dunkelheit kaum etwas sehen. Mit meinem Messer in der Hand schlich ich mich hinter eine große Eiche, spähte um den

Stamm herum und beobachtete, wie die Fackeln immer größer wurden. Die Rufe kamen näher. »Du verdorbene Hexe. Du Dämonin. Du bist zurückgekehrt!«

Sie duzten mich also jetzt. *Wie unhöflich.*

Jemand nannte mich eine Hure. Es schien eine klassische Beleidigung zu sein, wenn Männer wütend auf Frauen waren. Meine einzige Verteidigung war die Dunkelheit, aber das hielt sie kein bisschen auf. Als sie näher kamen, wurde mir klar, dass ich mich bewegen musste. Ich machte einen Schritt. Zwei Schritte. Mein Fuß ließ einen Zweig knacken. Ich erstarrte. Schüsse ertönten hinter mir.

Was hatte sie plötzlich auf mich gehetzt? Hatte Goody Putnam mich angeklagt?

»Tötet sie!« Eine männliche Stimme, hasserfüllt. »Sie hat den Malleus Daemoniorum ermordet!«

Knochentiefe Angst erfüllte meinen Körper und ich versuchte zu rennen, aber der Boden war zu uneben.

Und es waren zu viele Verfolger. Ihre Rufe wurden lauter und kamen näher.

Ein weiterer Schuss ertönte. Schmerz schoss durch meine linke Schulter. Ich stöhnte auf. Ein heißes Brennen durchzuckte meinen Körper. Ich fiel auf die Knie. Trotzdem wusste ich, ich musste jetzt kämpfen.

Ein urwüchsiger Überlebenswille überkam mich und zwang mich auf die Beine. Ich drehte mich um und fuchtelte wild mit meinem Messer herum, als die Fackeln mich umgaben. Ich stach auf jemanden ein, aber eine Klinge schnitt durch meine Seite. Jemand schlug mich auf den Hinterkopf, und ich taumelte. Sie waren alle um mich herum, diese Männer in dunklen Mänteln und hohen Hüten.

Ein weiterer Schlag traf meinen Kopf und meine Welt wurde schwarz.

Ich wachte im Sonnenlicht des frühen Morgens auf und stellte überrascht fest, dass ich noch am Leben war.

Es dauerte einen Moment, bis ich den Schmerz spürte. Und als er kam, fühlte ich mich, als würde ein Messer meinen Schädel von hinten nach vorne aufschlitzen. Ich versuchte meine Hand zum Kopf zu heben, aber meine Arme waren fest hinter meinem Rücken gefesselt.

Meine Schultern brannten. Ich lag flach auf etwas Hartem, vermutlich einer Bank.

Über mir zitterten rote und goldene Blätter an einem Ast. Ein Windstoß fegte über mich hinweg, erfasste die Blätter und wirbelte sie durch die Luft. Ich atmete tief ein. Mein Magen drehte sich um. Hier roch es nach Tod.

Und dann bemerkte ich, dass sich etwas in meinem Blickwinkel bewegte. Grauen durchfuhr meinen ganzen Körper. Eine Schlinge baumelte von einem Ast und schwankte einsam über mir.

Ich war gewarnt worden. *Willst du sehen, wie du sterben wirst?*

Vielleicht war es nicht Mortanas Tod gewesen, den ich gesehen hatte.

Über mir ächzten die Äste im Wind, ein gespenstisches Geräusch. Ich bewegte mich und versuchte mich aufzusetzen, um einen besseren Blick zu bekommen.

»Die Dämonin erwacht!« Die tiefe männliche Stimme schickte Schockwellen der Angst durch meine Nerven.

Ich versuchte aufzustehen, aber mit meinen gefesselten Armen konnte ich mich kaum bewegen. Langsam nahm ich die schreckliche Szene um mich herum wahr. Ich kniete in einem klapprigen Karren, der den Galgenberg hinauffuhr.

Wo Hunderte von Jahren später ein Dunkin' Donuts stehen würde – und mein altes puderblaues Zuhause – versammelte sich eine grimmige Menge. Männer, Frauen und Kinder starrten mich an, und Goody Putnam stand in der ersten Reihe.

Sie zeigte auf mich. »Ich habe sie gesehen! Ich habe gesehen, wie Goody Ashur das Buch des Teufels unterschrieben hat!« Sie zeigte weiter auf mich, ihr Gesicht vor Wut verzerrt. »Ich habe eine Ziege gesehen, die an der Zitze der Hexe gesaugt hat!«

Vor vierhundert Jahren hatten die Sterblichen andere aufgrund von Hörensagen, Paranoia und dem Geschwafel von Aufmerksamkeitssüchtigen verurteilt. Jetzt stand ein echter Dämon vor ihnen und sie redeten immer noch Blödsinn, weil es kein Teufelsbuch und keine zitzenlutschende Ziege gab. Es wäre zum Totlachen, wenn es nicht so erschreckend wäre.

Als ich mich umdrehte, sah ich die Leichen der vier Frauen an den Stricken verrotten, ihre Körper grau und lila. Wie mir waren ihnen die Hände hinter dem Rücken gefesselt worden. Der Gestank des Todes war überwältigend.

Zu meiner Linken waren zwei Pferde vor den Wagen gespannt. Neben ihnen stand ein schwarz gekleideter Mann mit einem breiten weißen Kragen und einem dunklen, spitz zulaufenden Hut.

Ich versuchte wieder aufzustehen, aber der Schmerz schoss so stark durch meinen Kopf, dass mir übel wurde. Ich kippte um und erbrach mich auf den Holzkarren. Meine Hände wollten unwillkürlich nach vorne schnellen, aber die Seile hielten sie fest. Ich verlor fast das Gleichgewicht. Als ich aufgehört hatte mich zu übergeben, wischte ich mir den Mund an meiner Schulter ab.

Ich richtete mich wieder auf und starrte in die Menge. Goody Putnam trat einen Schritt vor und zeigte auf mich. »Sie hat die Suppe verhext. Sie ließ mich lustvolle Dinge fühlen.«

Langsam verstand ich, was passieren würde. Warum hatte Tammuz nicht eingegriffen, wenn er gewollt hätte, dass ich eine Chance gegen Orion hatte?

»Ich habe nichts verhext!«, rief ich. »Bekomme ich keinen Prozess? Einen Prozess!«

»Hört euch ihre seltsame Art zu sprechen an!«, rief jemand.

Der Mann in Schwarz nickte zwei Männern in der Menge zu – einem Mann mit rötlichen Wangen und dunklem Bart und einem breitschultrigen Mann mit stechenden Augen. Die beiden gingen näher an den Wagen heran und kletterten dann hinein.

»Ich habe niemanden verhext oder eine Ziege angefasst. Das schwöre ich euch«, sagte ich. »Eine Prüfung! Sogar die Puritaner hatten Prüfungen.«

Einer der Männer packte mich fest, und der andere legte mir die Schlinge um den Hals. Ich wehrte mich dagegen, aber ohne meine Arme konnte ich nicht viel tun. Nachdem sie mir die Schlinge um den Hals gelegt hatten, sprangen die beiden Männer vom Wagen.

Mit hämmerndem Herzen blickte ich zu den Pferden. Sobald jemand die Peitsche schwang, würde der Wagen unter mir verschwinden. Wenn ich Glück hatte, würde ich mir das Genick brechen. Wenn nicht, würde ich erdrosselt werden. Das konnte zwanzig Minuten dauern.

Früher hatten die Angehörigen bei Hinrichtungen an den Füßen des Verurteilten gezogen, damit es schneller ging und das Genick des Opfers brach. Was für eine schreckliche Aufgabe. Vielleicht war es eine Gnade, dass niemand, den ich kannte, hier war. Eine Art grimmiger Segen, dass ich keine Familie hatte, die mich sterben sah.

Aber ich wollte nicht sterben – das durfte nicht passieren.

»Dämonin, Dämonin!«, rief die wütende Menge vor mir. »Verruchte Verführerin!«

Ich kämpfte gegen meine Fesseln. Die Seile scheuerten sich in meine Haut. Mit hämmerndem Herzen blickte ich nach unten und sah den gefrorenen, felsigen Boden unter dem Karren. In meiner Vision hatte ich meine eigenen Füße über genau diesem Boden baumeln sehen.

»Richter Corwin!« Goody Putnams Stimme erhob sich über das Getöse. »Bringt sie dazu, zu gestehen!«

Ein Mann trat vor. An seinen schwarzen Mantel war eine silberne Nadel in Form eines Hammers angesteckt. Er umklammerte ein schwarzes Buch. Seine Augen waren kalt und grau wie Feuerstein. Die Ähnlichkeit in der Familie war unverkennbar. *Corwin.*

Er sah genauso aus wie sein Nachfahre, Jack Corwin.

Mein Herz setzte einen Schlag aus. Ich schaute über die wütende Menge hinweg, als ob jemand heraufreiten und mich retten würde, aber ich sah nur den Wald.

Tammuz, du Bastard. War das alles, was du von mir gewollt hast? Dass ich hier sterbe, umgeben von verdammten Idioten?

Der Richter hob eine Hand, und die Menge verstummte. Er grinste und entblößte lange, vergilbte Zähne. »Gestehe, du Hexe, und wir befreien dich.«

Das war ein Trick. Wenn ich ihnen sagen würde, dass ich eine Dämonin war, würden sie mich nicht gehen lassen. Sie würden mich umbringen.

»Ich bin keine Dämonin«, sagte ich verzweifelt. Das war natürlich eine Lüge. »Ich habe keine magischen Kräfte.« Dieser Teil war leider wahr, zumindest im Moment.

»Hast du letzte Nacht vier Männer getötet?«, brüllte der Richter. Dampf stieg von seinen Lippen auf.

»Nein!«, rief ich.

Das stimmte. Ich hatte nur einen von ihnen getötet.

Seine Augen verengten sich. »Und hast du deine eigenen Verwandten getötet? Weil du Angst hattest?«

Die Temperatur sank, und ich begann zu zittern. Der Wagen klapperte unter mir, und der Himmel verdunkelte sich. Kohlegraue Wolken zogen seltsam schnell heran. Über mir grollte Donner.

Ich starrte ihn an, zu fassungslos, um zu sprechen. Woher wusste er das? Wusste er, dass ich Mom in diesen Wäldern zurückgelassen hatte?

»Hast du deine eigenen Verwandten getötet?«, fragte der Richter. »Du hast dein eigenes Leben gewählt! Deine Seele ist vom Bösen verdorben. Wehe dir, wenn du das Böse in deinem Blut hast!«

Woher zum Teufel konnte er das wissen? Ich dachte, die Unterwelt wäre in der Zeit eingefroren. Aber er sprach über Dinge, die lediglich ein paar Jahre zurücklagen.

»Gestehe!«, brüllte er. »Und wir werden dich freilassen. Wir verlangen nur, dass du die Wahrheit sagst. Erzähle uns, wie du dich gerettet hast, Dämonin. Wie du deine Verwandten geopfert hast.«

Was zum Teufel war hier los?

Die Menge fing wieder an zu johlen.

Ich rief ihnen zu: »Es *muss* einen Prozess geben. Wir sind englische Untertanen. Das steht in der Magna Carta, verdammt noch mal!« Meine Stimme hallte in der plötzlichen Stille wider. In meiner Panik hatte ich vor einer Gruppe blutrünstiger Puritaner geflucht.

Die Hammernadel des Richters glänzte in der Wintersonne. Sein Grinsen wurde breiter. »Du hast Freude an deiner Schlechtigkeit.«

»Die Schlüssel«, sagte ich leise. »Willst du etwas über die Schlüssel hören?«

Das Lächeln des Richters verblasste völlig. »Sprich nicht in deiner Dämonensprache! *Ihr sollt nicht zulassen, dass ein Dämon lebt!*«

Er hob die Peitsche und ließ sie in der Luft knallen. Die Pferde wieherten auf und begannen dann zu rennen. Sie nahmen den Wagen mit, sodass mir der Boden unter den Füßen weggerissen wurde.

Ich hatte nicht das Glück, mir das Genick zu brechen. Das raue Seil drückte gegen meine Kehle und meine Beine strampelten hilflos in der Luft. Blut strömte in meinen Kopf. Mein Körper befahl mir zu leben, obwohl ich starb.

Meine Lunge drohte zu explodieren.

Noch nie in meinem Leben hatte ich verstanden, wie wertvoll es war zu atmen, wie herrlich es war, die Lunge mit Sauerstoff zu füllen.

Noch nie hatte ich mich so verzweifelt danach gesehnt, zu leben und jeden Moment auszukosten.

Ich wollte die Uhr zurückdrehen und jede Sekunde meiner Vergangenheit genießen.

Sechzehn nach zehn Uhr abends. Ich wollte in die Zeit vor diesem Moment zurückgehen.

Erinnerungen explodierten in meinem Kopf und ich fühlte mich in die Vergangenheit zurückversetzt – wie ich im Sommer im Gras lag und den Wolken dabei zusah, wie sie über den Himmel glitten, meine Finger klebrig vom Eis.

Der Sommerhimmel schmolz dahin, und ich sprang ins öffentliche Freibad, bemüht, so viele Spritzer wie möglich zu machen. Der Bademeister blies in die Pfeife. Ich hatte fast jemanden getroffen.

»Mörderin!« Das Wort riss die Erinnerungen wieder aus meinem Kopf.

Ich war mir so sicher, dass der Sterbende Gott etwas mit mir vorhatte, dass er einen Plan hatte. Ich war mir sicher.

Eine andere Erinnerung war der Abschluss der Grundschule, als meine Mutter mich zu meinem Lieblings-Burgerladen mitgenommen und ich bestellt hatte, was immer ich wollte. Ich hatte einen Schoko-Milchshake genommen und gefunden, dass das der beste Tag meines Lebens war. Ich erinnerte mich daran, wie meine Mutter gelacht hatte, als ich ihr das erzählt hatte, und ich nicht verstanden hatte, warum.

Meine Mutter hatte mir immer ein Schlaflied vorgesungen …

Ich konnte spüren, dass sie jetzt hier war, bei mir. Sie war auf der anderen Seite und wartete auf mich.

Aber meine Sicht verdunkelte sich, und pure Panik übernahm meinen Verstand, bis ich keine Worte mehr fand. Bis ich kaum noch einen Verstand hatte, mit dem ich denken konnte.

Der Tod griff nach mir, aber mit ihm kam auch etwas Warmes und Vertrautes. Ich konnte Mom spüren. Wenn das der Tod war, brauchte ich keine Angst mehr zu haben. Ich hatte keinen Verstand mehr, keinen Körper. Nur das Gefühl der Liebe auf der anderen Seite.

Und dann verschluckte die Dunkelheit mich vollständig.

KAPITEL 26

– ORION –

Ich wusste, dass ich träumte, aber ich hatte trotzdem das Gefühl, dass sie direkt vor mir stand. Selbst im Traum konnte ich sie riechen, ihren berauschenden Duft.

Sie stand auf dem Couchtisch im Wohnzimmer und hatte nicht mehr das dicke Wollkleid an. Jetzt trug sie ein kurzes schwarzes Kleid mit langen Ärmeln, die an den Schultern gepufft waren. Eine Reihe von Knöpfen verlief auf der Vorderseite, und ihr rotes Haar fiel in Kaskaden über die dunkle Seide. Und sie trug dunkle High Heels.

Meine Arme waren mit einem dicken Seil hinter mir gefesselt, das an meinen Handgelenken scheuerte …

Warum träumte ich, dass meine Arme gefesselt waren?

Für einen Moment spürte ich ein seltsames Gefühl der Dringlichkeit, eine Verzweiflung, die Seile durchzureißen.

Ich war jetzt hier, mit Rowan – oder Mortana. Wenn ich mich bewegen könnte, könnte ich sie berühren. Sie schmecken. Sie war nur zwei Meter von mir entfernt. Wenn ich meine Arme bewegen könnte, würde ich sie auf meinen Schoß ziehen. Ich wollte sie wieder nehmen, mehr als ich jemals etwas gewollt hatte.

Aber das war ein Verrat an Ashur und all den anderen. Ich schuldete ihm Rache. Es musste doch einen Grund geben, warum ich überlebt hatte und die anderen nicht. Warum ich, wenn ich der Schlimmste von ihnen war?

Weil ich so leicht töten konnte – eine brutale Fähigkeit, mit der ich geboren worden war. Das war mein einziges Ziel. Ich musste für die Toten sprechen, um Rache zu üben, weil sie es nicht mehr konnten. Ich war ihre Stimme und ihr Schwert. Ich würde die Sterblichen für alles bezahlen lassen, was sie uns angetan hatten.

Auf keinen Fall durfte ich Rowan vertrauen. Und selbst wenn sie sich geändert hatte – selbst wenn sie eine völlig andere Person war – war ich mir sicher, dass sie mich verraten würde.

Aber all diese Überlegungen verließen gerade meinen Kopf, denn Rowan stand in High Heels auf dem Tisch und ich konnte meine Augen nicht von ihren Schenkeln abwenden.

Ich hob meinen Blick und starrte auf ihre üppigen roten Lippen. Wie konnte es sein, dass ihr Gesicht gleichzeitig unschuldig und so verrucht aussah? Ihre Schönheit überwältigte mich. Das hatte sie schon immer.

Sie trat einen Schritt näher an mich heran. Ihre Absätze klapperten auf dem Mahagoniholz. »Weißt du, Orion, ich erinnere mich noch an deinen richtigen Namen. Aus den alten Tagen. Damals wolltest du mir unbedingt gefallen. Und ich habe es geliebt, wenn du gebettelt hast.«

Sie begann das Oberteil ihres Kleides aufzuknöpfen, und mein Blut pochte. Unter dem Kleid trug sie einen roten Seiden-BH.

»Was machst du da?« Meine Stimme klang heiser und verzweifelt.

Sie biss sich kokett auf die Lippe. »Was ich schon immer getan habe. Dich quälen. Ich mag das Gefühl der Macht, die ich über dich habe, Orion.« Ihr Kleid war jetzt bis zum Bauchnabel aufgeknöpft, und ich sah gebannt zu, wie sie es weiter öffnete und ihre rote Unterwäsche zum Vorschein kam.

Sie ließ das Kleid auf den Boden fallen. Ich schluckte schwer, als sie vom Couchtisch herunterkam und sich ihre Brüste verlockend bewegten.

Sie zog einen Träger ihres BHs herunter. »Orion, ich möchte, dass du mir sagst, dass ich deine Königin bin. Glaubst du nicht, dass ich eine bessere Herrscherin wäre als du?«

Ihre Brustspitze lag frei – rosa und hart – und ich konnte nicht mehr klar denken. *Königin …?* Ich wollte ihren Mund um meinen Schwanz spüren.

Sie zog den anderen Träger herunter. Ich wollte nichts mehr, als dass sie mich losband. Ich wollte *sie*. Mein Schwanz war jetzt schmerzhaft hart.

Die Luft zwischen uns war mit sexuellem Verlangen aufgeladen. Ich ernährte mich von ihr, so wie sie sich von mir ernährte. Ich stieß zischend die Luft aus. »Ich will dich nicht, Rowan. Habe ich dir das nicht schon gesagt? Ich finde dich langweilig.«

Ihr Blick wanderte zu meinem Schritt, wo der offensichtliche Beweis für meine Lüge zu sehen war. »Ist das so?«

»Warum fängst du nicht damit an, mich loszubinden?« Ich räusperte mich. »Und dann verhandeln wir, was ich will und was nicht.«

Sie trat zwischen meine Knie, spreizte meine Beine und drückte ihre Brüste gegen meine Brust. Ihre nackten Schenkel legten sich um meine Taille.

Ich war dabei, meinen Verstand zu verlieren. Oder vielleicht hatte ich ihn schon verloren. Jeder Muskel in meinem Körper war angespannt.

Ich atmete einen langen, zitternden Atemzug aus. *Behalt die Kontrolle, Orion.* Sie war dieselbe Mortana, die sie immer gewesen war.

Sie schlang ihre Schenkel fester um meine Taille. Dann lehnte sie sich ein wenig zurück und begann mein Hemd aufzuknöpfen. »Du hast so viel Hass in dir, Orion. Glaubst du nicht, dass du ein schrecklicher König wärst? Glaubst du nicht, dass die Welt besser dran wäre, wenn du mein Untertan wärst, der sich um meine Bedürfnisse kümmert?« Sie öffnete den letzten Knopf und strich mir über die nackte Haut. »Denk nur darüber nach, wie gerne du dich mir unterwerfen würdest …«

»Verdammt, *nein.*« Im Moment wollte ich nichts mehr, als mich zurückzulehnen und mich von ihr reiten zu lassen. Ich sehnte mich danach, sie zu streicheln, aber Ashur zuliebe verweigerte ich mir das, was ich wollte.

Sie knöpfte meine Hose auf und ihre Finger streiften mich. Ich keuchte auf. Sie schenkte mir ein verruchtes Lächeln. »Lügner. Ich weiß, was du willst. Ich kann es in der Luft spüren.«

Ihre Finger berührten mich wieder und ich biss die Zähne zusammen.

Ich werde dir fast alles geben, wenn du nur meinen Körper benutzt …

Sie schaute nach unten und schenkte mir ein halbes Lächeln. Dann beugte sie sich vor und legte ihren Kopf in meine Halsbeuge. Ihre Brüste drückten gegen meine nackte Brust, und sie verteilte heiße Küsse auf meiner Haut. Langsam bewegte sie ihre Hüften gegen mich. Ich stöhnte auf, weil ich mich nicht mehr beherrschen konnte. »Warum bindest du mich nicht los, Liebes?«, murmelte ich. »Und ich gebe dir, was du brauchst.«

Sie drückte ihre Lippen auf meine. »Ich denke an dich, Orion. Wusstest du, dass ich an dich gedacht habe, als ich dem Tod am nächsten war? Als der Malleus Daemoniorum mich fast getötet hat, habe ich mich nach dir gesehnt. Denn weißt du, Orion, für Lilu wie uns ist Sex nicht nur Sex. Es ist das Leben.«

Sie stand wieder auf und erlaubte mir einen freien Blick auf ihren reizenden Körper. Sie schob ihre Hände in die Seiten ihres Slips und zog ihn langsam herunter. *Verdammt.* Sie war die pure Perfektion und meine Zunge brannte darauf, jeden Zentimeter ihrer Haut zu streicheln, sie zwischen ihren Schenkeln zu lecken …

Als sie sich wieder auf mich setzte, merkte ich, dass sie genauso erregt war wie ich. Ihre Hand glitt zwischen ihre Beine und streifte meinen Schaft. Ich konnte meinen Blick nicht von ihr abwenden und meine Hüften zuckten gegen sie. »Rowan«, stöhnte ich verzweifelt.

Es war die Hölle.

»Ich denke an dich, wenn ich erregt bin«, sagte sie atemlos. »Das habe ich schon immer.«

Mir wurde klar, dass es das war, was ich schon immer hatte hören wollen, und mir stockte der Atem. Ich war ein Toter, der durch elektrische Ströme wieder zum Leben erweckt wurde – ein schmerzhafter Prozess, aber das Einzige, was mein Blut wieder fließen ließ. Ich musste in ihr sein.

Während sich meine Lust mit ihrer vermischte, wurde ich durch meine Inkubus-Macht immer stärker. Die Seile drückten gegen meine Handgelenke, und ich zog mit aller Kraft, um die Fäden und Fasern der Fesseln zu zerreißen. Rowan versuchte aufzuspringen, aber ich hielt sie in meinen Armen fest.

Ich warf sie auf mein Sofa und spreizte ihre Schenkel. Sie lächelte siegessicher, als ich ihre Handgelenke über ihrem Kopf festhielt. Endlich glitt ich in sie hinein. Die Lust war überwältigend. Sie griff nach meinen Haaren und verschränkte ihre Finger darin. Es war nur Sex, sagte ich mir, aber es stimmte nicht. Wir waren miteinander verbunden. Sie war ein Teil von mir, die Musik meines Lebens, und ich brauchte sie. Flammen loderten in meinem Herzen auf.

»Rowan«, sagte ich heiser, »sag mir, dass du mich niemals verraten wirst.«

»Orion«, flüsterte sie, »ich habe an dich gedacht, als ich gestorben bin.«

Die Glut in meiner Brust erlosch. Mein Blut wurde kalt und ich hörte auf mich zu bewegen. »Was hast du gerade gesagt?«

Sie berührte mein Gesicht. »Ich habe an dich gedacht, als ich in der Unterwelt gestorben bin. Du weißt, dass ich nicht wirklich hier bin?«

Ich wachte auf. Mein Herz schlug mir gegen die Rippen und ich sah mich in meinem dunklen Zimmer um. Einsamkeit durchdrang mich und mein Körper fühlte sich kalt an. Ich versuchte das Gefühl des Grauens abzuschütteln.

Aber das war nur ein Traum gewesen, oder? Sie war nicht wirklich gestorben.

Ich schnappte nach Luft und fasste mir an die Brust. Mein Herzschlag fühlte sich träge an.

Zum ersten Mal seit langem war die Glut in meinem Herzen erloschen.

Vermisste ich sie so sehr?

Ich hatte nur aus einem einzigen Grund gelebt: um das Schwert der Toten zu sein. Um ihnen die Rache zu geben, die sie verdienten.

Aber irgendetwas war *falsch,* und ich wollte Rowan unbedingt wiedersehen.

KAPITEL 27

– ORION –

Ich saß auf meinem Balkon, schlürfte Syrah und versuchte den Schrecken meines schlechten Traums abzuschütteln.

Das Mondlicht tauchte den Ozean in ein silbernes Licht und eine warme, salzige Brise wehte über das Wasser. Hier in der City of Thorns war es immer magisch warm, eine perfekte Temperatur für mein zukünftiges Königreich.

Drei Uhr morgens war eine absurde Zeit, um Wein zu trinken, aber ich hatte nicht mehr einschlafen können, seit ich mit Herzklopfen aufgewacht war. Irgendetwas fühlte sich immer noch falsch an. Unausgeglichen. Angst floss durch meine Adern.

Vielleicht hatte der Traum nichts zu bedeuten und es waren nur die Nerven wegen des bevorstehenden Königsmords, den ich in ein paar Stunden geplant hatte. Im Morgengrauen sollte ich vor den Toren des Turms von Baal stehen und den abgetrennten Kopf von Cambriel in der Hand halten, dessen Blut direkt unter Nergals Kopf tropfte. Die ganze Stadt würde das Zeichen Luzifers sehen, das von meiner Stirn strahlte. Alle würden wissen, dass ihr wahrer König endlich gekommen war.

Es würde nicht lange dauern, bis meine dämonischen Untertanen die Sterblichen in Stücke reißen würden, wenn ich die Hölle auf der Erde entfesseln würde. Davon hatte ich jahrhundertelang geträumt, seit sie mich auf dem Weg zum Gefängnis an den abgeschlagenen Köpfen meiner Familie hatten vorbeimarschieren lassen.

Warum zum Teufel fühlte ich dann so ein überwältigendes Gefühl des Grauens?

Ich rutschte auf meinem Stuhl hin und her, weil mich die nächtliche Stille störte.

Langsam hob ich mein Weinglas und beobachtete, wie sich das Mondlicht auf seiner dunklen Oberfläche spiegelte. Was mich beunruhigte, war, dass ich keine Ahnung hatte, was Rowan vorhatte. Aber warum sollte sie ihre Rückkehr hierher verzögern?

Vielleicht musste ich verstehen, was sie war.

Ich stellte das Glas Wein auf einen Tisch und ging zurück in meine Bibliothek. *Ka* ... ein Wort aus alten Zeiten, etwas, das tief unter jahrhundertealten, alltäglichen Erinnerungen begraben war.

Aus meinem Bücherregal zog ich einen alten Wälzer mit dem Titel *Buch der Toten* heraus, dessen Einband aus braunem Leder mit goldenen Buchstaben versehen war. Ich ließ mich in einen Samtsessel fallen und blätterte durch die vergilbten, handgeschriebenen Seiten.

Das Kerzenlicht erhellte die Seiten des alten Buches. Es war in einer veralteten dämonischen Sprache geschrieben, die ich lesen konnte, wenn auch langsam. Ich fand eine Seite mit einer seltsamen Zeichnung eines gehörnten Dämons. Nicht wirklich Hörner, sondern eher Arme und Hände, die aus seinem Kopf ragten. Mein Herz pochte heftiger, als ich den Text las.

Diesem Buch zufolge hatten Dämonen eine Seele wie die Sterblichen. Und eine Seele war nicht nur ein Geist, sondern bestand aus mehreren verschiedenen Teilen: der Lebenskraft (*Ka*), der Persönlichkeit (*Ba*) und den Erinnerungen (*Ren*).

Wenn jemand starb, verließ sein Ka den Körper und wurde zu einem Doppelgänger. Das Ka lebte weiter – eine Art dämonischer Doppelgänger in der Welt der Toten. Rowan war also irgendwie aus der Doppelwelt gekommen.

Mein Herz machte einen Sprung bei dieser Andeutung. Wenn das alles wahr war, dann war die ursprüngliche Mortana tot.

Und die eigentliche Frage, um die es hier ging, war, ob Rowan damit dieselbe Person war wie Mortana.

Ich wusste es nicht. Ich war kein Philosoph.

Auf der einen Seite war sie eindeutig anders. Sie hatte andere Erinnerungen, andere Erfahrungen, die ihr Leben prägten, eine ganz andere Persönlichkeit … all diese Aspekte ihrer Seele hatten sich verändert. Rowan hatte sich zweimal entschieden, mir das Leben zu retten – einmal im Fegefeuer und ein zweites Mal im Wald. Mich sterben zu lassen, hätte all ihre Probleme gelöst, und sie hätte nur nicht handeln müssen. Mortana hätte mich ohne Zweifel dem Tod überlassen.

Schuldgefühle krampften sich in meiner Brust zusammen. Wenn sie nicht Mortana war, war ich ohne Grund grausam zu ihr gewesen.

Andererseits musste ich einen Weg finden, mich von ihr fernzuhalten. Egal wie. Rowan, diese neue Mortana, würde versuchen, mich von meinem Weg abzubringen. Sie würde die Rache, nach der ich mich sehnte, niemals akzeptieren.

Ich klappte das Buch zu und fuhr mit den Fingern über die Oberfläche. Rowan lenkte mich bereits ab. Schließlich hatte ich einen König zu töten und musste meinen Kopf frei bekommen.

Ich durchstöberte den Raum nach meiner Messersammlung. Das war alles, was ich brauchte – Dolche, um die Wachen zu töten. Ich schnallte mir die Klingen um die Hüfte und die Oberschenkel.

Voll bewaffnet ging ich auf den Balkon hinaus. Einen Moment lang stand ich da und blickte auf das dunkle Meer hinaus.

Meine Flügel schossen aus meinen Schulterblättern heraus, geküsst von der milden Meeresbrise. Dann hob ich in den dunklen Nachthimmel ab.

Jetzt war es mir egal, ob die ganze Stadt wusste, dass ich ein Lilu war. Sollten sie mich doch anstarren. Bald würden sie vor mir auf die Knie fallen.

Jeder von ihnen, der zugesehen hatte, wie die Lilu abgeschlachtet worden waren, würde auf die Knie gehen.

Auf dem Turm von Baal war die Luft kälter. Ich landete leise auf dem Balkon, während der Wind um mich herum heulte. Niemand machte sich die Mühe, eine Balkontür zu verschließen, wenn sie hoch in einem Turm lag, der den Nachthimmel durchbohrte.

Niemand wusste, dass ich fliegen konnte.

Ich zog eines der Messer und schob die Balkontür langsam auf.

Leise bewegte ich mich über den schwarzweißen Mosaikboden. Im einfallenden Mondlicht konnte ich die Umrisse von Cambriel erkennen, der neben jemandem in einem Bett mit meerblauen Decken schlief.

Der riesige Raum bestand aus spitz zulaufenden Bögen und Säulen aus hellem Stein. Von den Spitzen einiger Säulen ragten Gravuren wunderschöner geflügelter Göttinnen, und die Bögen waren mit Sternbildern bemalt. Vielleicht hatten die Monarchen meine Art getötet, aber sie nutzten uns trotzdem gerne als Inspiration für ihre Kunst.

Es roch, als hätten sie gerade Sex gehabt, woran ich nicht denken wollte. Die salzige Luft strömte in den Raum und spielte mit den hauchdünnen Vorhängen.

Keiner der beiden rührte sich, als ich mich leise näherte. Die Anwesenheit der Frau war lästig, aber ich sollte sie leicht zum Schweigen bringen können. Ich zog ein weiteres Messer und warf es in die Luft. Die Klinge fand ihr Ziel und der Griff ragte aus der Kehle der Frau heraus. Ich hatte ihren Kehlkopf durchtrennt, sodass sie nicht mehr schreien konnte, und eilte zum Bett, bevor sie den König mit ihrem Gezappel wecken konnte. Aus nächster Nähe schlitzte ich die Kehle des Königs auf. Blut spritzte über das Bett.

Daher wusste ich, dass ich zum Herrschen bestimmt war: Niemand sonst konnte Hunderte von Jahren in einem Kerker verbringen und mit der Präzision und Effizienz eines ausgebildeten Kriegers töten. Als Luzifer mich gezeichnet hatte, hatte er mich mit unnatürlichen Gaben ausgestattet.

Ich zog ein weiteres Messer heraus und kroch zwischen die beiden Dämonen, die blutend auf ihren Kissen lagen. Meine Klauen verlängerten sich und mit einem wilden Knurren riss ich dem König das Herz aus der Brust.

Ich schob seinen schlaffen Körper aus dem Bett und hob sein blutverschmiertes Kissen an.

Darunter lag nichts. *Was zum Teufel hatte Rowan mir erzählt?*

Der König gab ein gurgelndes Geräusch von sich – das erste Zeichen seiner Heilung. Das war der Zauber des Buches, denn sonst wäre er ohne sein Herz bereits tot. Hatte Rowan etwa gelogen?

Ich stieß die blutende Frau vom Bett, und sie fiel mit einem dumpfen Schlag auf den Fliesenboden. Unter ihrem Kopfkissen lag auch kein Buch.

Mein Herz pochte laut und schnell, als der König einen erstickten Schrei ausstieß.

Im nächsten Augenblick stürmten zwei Wachen mit gezogenen Schwertern in den Raum. Aber ein Schwert war auf der anderen Seite des Raumes nicht viel wert. Deshalb hatte ich die Messer mitgebracht. Ich zog zwei weitere heraus und warf sie. Sie flogen durch die Luft und trafen die Wachen mitten ins Herz.

Inzwischen hatte Cambriel seine Stimme wiedererlangt, und der idiotische König schrie wie ein Kind. Ich musste schnell handeln, bevor der Rest seiner Armee den Weg nach oben fand und mir die Arbeit erheblich erschwerte.

»Wo ist das Buch?«, fragte ich leise.

»Welches Buch?«, schrie er. Natürlich wollte er es mir nicht sagen.

»Rowan hat gesagt, dass es unter deinem Kopfkissen liegt.«

»Wer ist Rowan?!«, brüllte er, seine Stimme rau und heiser. »Von welchem Buch redest du?«

Natürlich. Er kannte sie nicht unter diesem Namen.

Ich zog ein Messer aus einem Gurt an meiner Taille und warf es. Die Klinge durchbohrte den oberen Teil seiner Hand und nagelte sie auf den Boden. Er schrie gequält auf. Ich konnte ihn so lange foltern, wie es nötig war, um die Antworten aus ihm herauszubekommen. Aber so viel Zeit würde ich nicht haben, bevor ich eine ganze Armee abwehren musste.

»Das Buch, das dich am Leben erhält«, sagte ich mit zusammengebissenen Zähnen. »Wo ist es?«

»Es gibt kein Buch!«, kreischte er. »Ich habe kein Zauberbuch. Wovon sprichst du? Wie bist du hier hochgekommen?«

Ich ging näher an ihn heran und kniete mich zwischen seine Beine. Ich zog eines meiner letzten Messer und rammte es ihm in den Oberschenkel, nahe an seinem Schritt. »Das Buch, Cambriel.«

»Jemand hat dich angelogen.« Er atmete tief und heftig ein und lachte dann mit einer beunruhigenden Hysterie auf. »Orion, ich weiß nicht, wieso du den Stern von Luzifer trägst, aber du bist genauso wenig der wahre König wie ich. Nur Mortana war dazu bestimmt, zu herrschen. Warum zum Teufel glaubst du, dass ich diese Verrückte heiraten wollte?«

»Nergal war mein Vater. Meine Mutter war eine Lilu«, sagte ich. »Ich bin der wahre Sohn des Königs. Ich sollte den Thron erben. Nur deswegen konnte ich ihn töten.«

»Das ist es ja.« Er umklammerte seinen Oberschenkel mit seiner freien Hand. Schweiß rann ihm über das Gesicht. »Nergal war nicht wirklich dein Vater und meiner auch nicht. Der alte Kerl war unfruchtbar. Wenn deine Mutter eine Lilu war, wusste sie vielleicht gar nicht, wer dein Vater war.« Wildes Gelächter kam aus seiner Kehle. »Diese Lilu-Huren hatten so viele Liebhaber … Ich will nicht unhöflich sein, aber du kannst einem Sukkubus nicht trauen. Und du kannst auch Mortana nicht trauen. Wenn sie mich nicht heiraten will, muss sie eben sterben.« Mit seiner rechten Hand riss er die Klinge aus der linken. »Wir werden sie gemeinsam töten. Das ist der einzige Weg. Verstehst du denn nicht? Sie wird uns beide zu Fall bringen.«

Ich trat einen Schritt von ihm zurück und versuchte die Situation einzuschätzen. Meine Mission war gescheitert. Mir schwirrte der Kopf …

»Nein. Ich werde herausfinden, wie ich dich töten kann, Cambriel«, sagte ich leise.

Er zog die Klinge aus seinem Oberschenkel und stand zitternd auf.

Als er das tat, stürmte eine Wache in den Raum. Und zu meinem Unglück hatte diese eine Pistole.

Alles Weitere ging so schnell.

Vier Kugeln trafen mich in die Brust. Der Schmerz schoss durch meinen Körper und ich taumelte zurück. Es kam mir fast so vor, als hätte Rowan mir eine Falle gestellt, um mich aus dem Weg zu räumen …

Ich drehte mich um und ging auf den Balkon zu. Als ich das tat, stürzte Cambriel in Panik vor mir hinaus. Blutend eilte ich ihm hinterher. Eine weitere Kugel schlug in meine Schulter ein und ich fiel fast auf die Knie.

Cambriel sah sich gehetzt um – dann stürzte er sich vom Balkon.

Anders als ich hatte er keine Flügel.

Ich spähte über die Kante und sah zu, wie er in die Dunkelheit stürzte. Zu meinem Pech würde er sich erholen.

Meine Flügel schossen aus meinen Schulterblättern und verursachten einen stechenden Schmerz in meiner Wirbelsäule. Aber ich begann bereits zu heilen.

Ich hob in die Luft ab und versuchte mir eine neue Strategie zu überlegen. Meine Tarnung war aufgeflogen. Ich stand wieder am Anfang, wenn es darum ging, den König zu töten, und meine Pläne waren gescheitert.

Ich überlegte, ob ich zum König hinunterfliegen, seine Überreste einsammeln und ihn verhören sollte, wenn er aufwachte. Vielleicht hatte ich noch Zeit, ihn zu erreichen, bevor seine Soldaten die Blutlache entdeckten.

Als ich über den Wolken kreiste, überkam mich ein kaltes Gefühl des Grauens. Es war zu still.

Ich mache mir keine Sorgen wegen dir, Liebes. Du hast nicht das Zeug dazu.

Ich hatte sie herausgefordert, und das erschien mir langsam wie ein großer Fehler. Und vielleicht hatte ich mich geirrt, denn ich hatte nicht damit gerechnet, dass sie mich mit dem Buch anlügen würde. Ich hatte auch nicht erwartet, dass sie mich mit einem Messer bedrohen und aus der Unterwelt werfen würde.

In der ganzen Stadt ertönten Sirenen, aber in meinen Ohren klangen sie dumpf. Ich schwebte über der alten Stadt.

Im Moment war das Einzige, was mir real erschien, dieser schreckliche Traum – Rowan, die mir sagte, dass sie gestorben war. Aber wenn es nicht real war, warum fühlte ich dann ihre Abwesenheit wie etwas Greifbares, als ob kalte Erde mich begraben würde?

Warum schien die Welt so still, so eingefroren? Diese wunderschöne Stadt war ein Grab geworden – ein riesiger Kerker.

Sie war tot.

Eis kroch durch meine Adern. So sehr ich auch die Überreste des Königs aufsammeln wollte, meine Gedanken waren bei Rowan.

Ein ungewohntes Gefühl – Angst. Was, wenn Rowan jenseits des Schleiers gestorben war? Wäre ich nicht so wild entschlossen gewesen, sie von mir wegzustoßen, wäre sie jetzt vielleicht bei mir.

Du kannst niemanden hassen, den du nicht respektierst.

Ich hatte mein Bestes getan, um ihr meine dunkle Seite zu zeigen.

Ich schwebte über die Stadttore und machte mich auf den Weg in die Welt jenseits des Schleiers. Ich würde Tage brauchen, um zu ihr zurückzukehren, um das Fegefeuer zu durchqueren und herauszufinden, was passiert war. Aber auf keinen Fall würde ich noch länger warten.

KAPITEL 28

– ROWAN –

Ich öffnete die Augen und wartete, bis sie sich an die Dunkelheit gewöhnt hatten. Ich lag auf gefrorener Erde. Ein Grab vielleicht? Ein paar silberne Mondstrahlen schienen auf die Eiszapfen, die von den Bäumen um mich herum hingen. Also befand ich mich noch über der Erde.

Es fühlte sich an, als ob jemand mein Skelett herausgerissen und es wieder in meinen Körper gesteckt hätte.

Mein Atem entkam mir in eisigen Stößen. Kalte Luft stach mir in die Wangen und Hände, und meine Zähne klapperten. Ich rollte mich auf die Seite und richtete mich auf. Würde ich Mom hier sehen? Meine Sicht wurde schärfer. Ich war immer noch in der Unterwelt, was wohl auch Sinn ergab. Schließlich war ich tot.

»Rowan.« Ich zuckte beim Klang meines Namens zusammen. Als ich mich umdrehte, sah ich Tammuz, den Sterbenden Gott. Sternenschimmernde Schatten glitten über seine bronzene Haut. Er trat ein paar Schritte näher an mich heran. »Du bist zurück.«

»Danke für die Hilfe.«

»Ich habe den Mob hierhergelockt.« Er ragte über mir auf, unnatürlich groß. »Ich habe mir gedacht, dass du sterben musst.«

Ich lag immer noch auf dem Boden, aber ich war zu erschöpft, um aufzustehen. »Manche Leute könnten das als Beleidigung auffassen.«

»Du musstest sterben«, sagte er wieder, »damit ich dich wieder zum Leben erwecken konnte. Nur so kannst du deine Angst vor dem Tod verlieren.«

Ich erhob mich auf unsicheren Füßen. »Du hast mich wieder zum Leben erweckt? Also … bin ich nicht tot? Ich kann die Unterwelt verlassen?«

Ich schaute nach unten. Ich trug nicht länger das Kleid, sondern eine Lederhose, ein Hemd und einen warmen Mantel mit einem schwarzen Pelzkragen.

»Du hattest recht, Rowan«, sagte er. »Ich möchte, dass du eine Chance auf die Krone hast. Es macht keinen Spaß, wenn Orion sie einfach so bekommt.«

Er verschwand in den Schatten und tauchte nur wenige Zentimeter von mir entfernt in einem kalten Windstoß wieder auf. Dann streckte er die Hand aus und berührte meine Wange. Er hatte die gleichen hohen Wangenknochen wie Orion, den gleichen scharfen Kiefer, die dichten schwarzen Augenbrauen. Vielleicht war er ein Gott und zehntausende von Jahren alt, aber er sah nicht älter als dreißig aus.

»Wie hat es sich angefühlt?«, fragte er. Seine dunklen Augen glänzten vor Neugierde.

»Nicht gut, Tammuz. Erdrosselt zu werden ist nicht gerade schön.« Ich schluckte. »Aber am Ende hatte ich das Gefühl, dass ich auf dem Weg zu meiner Mutter bin.« Ich deutete auf meine neue Kleidung. »Wie bin ich in diesen Klamotten gelandet?«

»Sie sind mit dir aus der Erde gewachsen.« Er hielt meinen Blick fest und nickte. »Du warst dreizehn oder vierzehn Stunden bei deiner Mutter.«

Ich spürte eine wilde Aufregung. »Was? Warum kann ich mich nicht daran erinnern?«

»Ich kann dir nicht erlauben, dich daran zu erinnern.«

»Warum nicht?«

»Weil es keine Erinnerung für die Lebenden ist«, sagte er mit Bestimmtheit.

»Für die Lebenden …«, wiederholte ich. Meine Gedanken waren langsam und träge. Aber ich war erst kürzlich gestorben, also würde ich nicht zu hart zu mir sein.

Er zog eine Augenbraue hoch. »Wusstest du, dass Mortana genau so gestorben ist? Dein Tod hat sich genauso abgespielt wie ihrer. Du und sie sind denselben Tod gestorben.«

Ich rieb mir die Kehle. »Sie haben mich angeschrien, dass ich meine Familie geopfert hätte, um mich selbst zu retten. Es war, als ob sie wüssten, was mit meiner Mutter passiert ist.« Ich runzelte die Stirn. »Ich schätze, das Gleiche gilt für Mortana. Sie hat alle Lilu geopfert, um sich selbst zu retten.«

»In der Doppelwelt«, sagte er mit weit entfernter Stimme, »spielen die Menschen immer wieder dieselben Tragödien durch.«

Er trat zurück auf die vereiste Erde und hob seine rechte Hand. Aus seinen Fingerspitzen wuchsen silberne Klauen. Schimmernd verschwand er und tauchte ein paar Meter entfernt wieder auf. »Orion hat fast keine Angst.«

»Weil er glaubt, dass seine Seele im Kerker gestorben ist.« Ich sah auf Tammuz' Klauen hinunter und mein Herz krampfte sich zusammen. »Du … äh … wirst mich doch nicht wieder töten, oder?«

»Nein. Ich werde dich lehren, wie ein Dämon zu kämpfen. Du könntest dabei sterben, wenn du nicht aufpasst, aber du wirst wiederkommen.«

Ich hob meine Augenbrauen. »Das wird lange dauern, fürchte ich. Wie viel Zeit haben wir?«

»In der Doppelwelt vergeht die Zeit anders. Wir werden uns so viel Zeit nehmen, wie wir brauchen. Als mein Sohn hat Orion meine Fähigkeit zu töten geerbt, aber du wirst sie lernen müssen.«

Ich würde mit dem Sterbenden Gott in einer gefrorenen Unterwelt kämpfen. Ich wartete auf Schrecken oder ein Gefühl des Grauens, aber ich war bereits gestorben und hatte nichts mehr zu befürchten.

Im nächsten Augenblick stürzte ich nach vorne. Krallen wuchsen aus meinen Fingerspitzen und ich schlug nach Tammuz' Brust. Aber ich war zu langsam und zögerte im letzten Moment.

Seine Krallen durchbohrten mich, bevor ich einen weiteren Atemzug tun konnte.

Ich zog mich an einem Ast hoch, während ich den Schmerz in meinen Muskeln spürte. Das Eis stach mir in die Finger und die Kälte brannte in meinen Lungen. Ich holte tief Luft und atmete aus, sodass eisige Nebelschwaden zwischen den kristallklaren Ästen aufstiegen.

Bis jetzt war ich viermal gestorben und ich hatte mich langsam daran gewöhnt. Tammuz hatte eine Vorliebe dafür, mich zu töten und wieder zurückzubringen … wenn er nicht gerade Wege fand, mich mit Übungen und endlosem Training zu quälen. Aber wenn ich ehrlich war, genoss ich die Körperlichkeit unserer Begegnungen. Es half mir, meine Gedanken abzuschalten und die Visionen zu vergessen, die ich gehabt hatte.

Aber es machte mich auch wahnsinnig hungrig. Hier, in der Doppelwelt, ernährte ich mich von Eicheln und Beeren, die nicht gerade sättigend waren.

Tammuz materialisierte sich in dem dunklen Hain. »Genug. Es ist Zeit für dein Lauftraining.«

Ich ließ mich vom Ast auf die verschneite Erde fallen und tat, was der Gott befahl.

Mit ausgebreiteten Flügeln flog ich hinter ihm über die schneebedeckten Bäume. Seine tiefgoldenen Flügel leuchteten und machten es leicht, ihm durch den Nachthimmel zu folgen. Die Geschwindigkeit, mit der wir flogen, verursachte ein beschwingtes Gefühl in mir, während wir vom Seewind herumgeworfen wurden.

Eisige Luft zerrte an meinen Haaren, und ich raste über die Wellen hinter Tammuz her. Ich winkelte meine Flügel an, wie er es tat, und flog in einer Kurve zurück über das felsige Ufer.

Ein Winterwind flüsterte durch die Bäume. Der Sterbende Gott stand hinter mir. Er legte seine Hände auf meine Hüften und brachte mich dazu, mein Gewicht leicht zu verlagern.

»Beug deine Beine mehr«, sagte er. »Schwing deinen Oberkörper, dreh deine Hüften und benutz deinen ganzen Körper.«

Ich gehorchte, schlug langsam in die Luft und versuchte meine Form zu perfektionieren.

»Gut. Schneller.«

Meine Faust schoss blitzschnell hervor.

Er verschwand und materialisierte sich wieder vor mir. Ich zielte auf seinen Kiefer, aber er wehrte den Schlag ab.

Irgendwann schaffte ich es, ihm einen Schlag gegen die Schläfe zu verpassen, wobei meine Knöchel von der Wucht schmerzten.

Seine Antwort war schnell und brutal. Er presste seinen rechten Unterarm gegen meine Kehle und drückte mich gegen einen Baumstamm. Ich starrte in seine dunklen, waldgrünen Augen. Schmerz durchdrang mich, ein kurzer Schock, dann rissen seine Klauen meine Rippen auseinander und es wurde dunkel.

Tammuz fegte auf meine Füße zu. Ich breitete meine Flügel aus und erhob mich in die Luft. Ich faltete meine Flügel, ließ mich fallen, landete auf seinem Oberkörper und schlug ihm mit der Faust ins Gesicht.

Etwas fiel mir ins Auge – ein dunkler Felsen, der mit Schnee bedeckt war. Er erinnerte mich an Schokoladenkuchen. Der Hunger trieb mich in den Wahnsinn.

Tammuz schleuderte mich zur Seite und ließ mich gegen einen Baum prallen. Er sprang auf und rannte in den Wald. Ich folgte ihm dicht auf den Fersen, während ich den Ästen auswich.

Nach Monaten des Trainings mit Tammuz war ich unendlich viel stärker geworden, aber auch verdammt hungrig. Hier in der Unterwelt gab es keine Pizza und kein Eis.

Jeden Tag schlief ich in der Hütte mit dem warmen Feuer und dem Bärenfellteppich. Tammuz hatte mir ein Geschenk gemacht – meine dämonischen Kräfte waren zurückgekehrt. Aber er schien nicht zu essen, also war ich in dieser Hinsicht auf mich allein gestellt. Der Gedanke an das Chowder aus dem Gasthaus war verlockend. Aber wenn ich den Wald verließ, wurde ich gehängt, bevor ich Zeit hatte, den ersten Bissen zu genießen.

Mit Bauchschmerzen wanderte ich zurück zur Hütte und suchte nach allem, was ich auf dem Weg finden konnte. Manchmal sammelte ich Pilze, Wacholderbeeren, Eicheln, Preiselbeeren und Wintergrün für Tee.

Die Sonne war aufgegangen, und mandarinenfarbenes Licht breitete sich über den Schnee aus. Er sah zum Anbeißen aus, süß und fruchtig wie italienisches Eis.

Im Morgenlicht fiel mir ein elfenbeinfarbener Fleck ins Auge. Mein Magen knurrte. Ein großer Haufen Austernpilze spross aus einem Baumstamm auf einer verschneiten Lichtung. Mit Heißhunger eilte ich hinüber, riss sie vom Baumstamm und steckte sie in meinen kleinen Lederbeutel. Ich wusste aus Erfahrung, dass sie gekocht besser schmeckten. So sehr ich sie auch roh verschlingen wollte, ich würde warten und sie in einer Eisenpfanne in der Hütte braten.

Leider hatten die Pilze fast keine Kalorien. Ich kniete auf dem eisigen Boden und wühlte nach jedem Stückchen Pilz, wobei meine Hosenbeine nass vom Schnee wurden.

Der Wald war mein Wegweiser und der Schlüssel zu meinem Überleben. Er sagte mir, was ich essen sollte und wo ich es finden konnte. Ich wusste zum Beispiel, dass die weißen Pilze, die hinter Tammuz wuchsen, giftig waren und mich tagelang zum Erbrechen bringen würden.

Eine Gänsehaut entstand auf meiner Haut. Der Wald sprach zu mir. Ich schaute vom Baumstamm auf und hörte das leise Geräusch von fließendem Wasser, das meine Aufmerksamkeit erregte. Ein Bach, den ich noch nicht entdeckt hatte.

Angelockt durch das Versprechen von Essen begann ich zu rennen. Der Wald enttäuschte mich nicht. Wasser wirbelte zwischen den Felsen und Regenbogenforellen schwammen träge in einem kleinen Weiher, der sich am Ufer gebildet hatte.

Ich fuhr meine Krallen aus, und mir lief schon das Wasser im Mund zusammen. Die eisige Kälte ignorierend, watete ich hinein, um mein Abendessen zu fangen.

Schwerer Schnee fiel um uns herum. Zum ersten Mal trainierte ich mit vollem Bauch, und ich fühlte mich stark. Tammuz stürzte sich mit ausgefahrenen Krallen auf mich und ich wich aus. Der Schwung sorgte dafür, dass sein Kopf sich senkte, und ich schlug zweimal zu, genau wie er es mir beigebracht hatte.

Als er sich erholte, glaubte ich ein schwaches Lächeln zu sehen.

Eingewickelt in eine Decke vor dem Kamin tauchte ich meine Füße in warmes Wasser. Meine Muskeln brannten. Langsam aß ich ein Stück Hirschfleisch. Monate des endlosen Winters waren vergangen. Vielleicht ein Jahr.

Nach der großen Forellenentdeckung war ich stark und schnell genug geworden, um Hirsche mit einem Messer zu jagen. In den letzten zwei Monaten stand Fleisch auf dem Speiseplan.

Kauend lehnte ich mich zurück und ließ meine Waden in dem warmen Wasser weich werden. Draußen ging die Sonne unter.

Die Zeit, die hier verging, verwirrte mich, und es half auch nicht, dass ich schon so oft gestorben war. Nach der ersten Hinrichtung waren alle Tode, die Tammuz mir bescherte, gnädigerweise schnell eingetreten. Jedes Mal, wenn er mir das Herz herausgerissen hatte, war der Tod zu schnell gekommen, als dass ich den Schmerz hätte spüren können. Bisher hatte ich es nicht geschafft, mich zu revanchieren, nicht ein einziges Mal.

Immer wenn er mich tötete, wachte ich inmitten von Schnee und knochenweißen Pilzen auf und hatte den vagen Eindruck, dass ich Mom wiedergesehen hatte.

Jedes Mal trug ich neue Kleidung, die einer Kriegerin würdig war.

Ich rannte die ganze Nacht und trainierte mit Tammuz. Ich baute Muskeln auf. Ich lernte zu schlagen und zu treten und meine Krallen herbeizurufen. Ich starb, wieder und wieder. Ich lernte Feuer zu beschwören und meine Flügel zu entfesseln. Immer und immer wieder übte ich meine dämonische Kraft und meinen Gleichgewichtssinn so einzusetzen, wie es Sterbliche nicht konnten. Ich sprang hoch und schwang mich von Ästen. Ich lernte, wie ich mit meinen Ellbogen Schaden anrichten konnte und wie ich in der Luft schweben und treten konnte.

Manchmal, wenn der Sterbende Gott mir eine Klinge an die Kehle hielt und die Schatten um ihn herum peitschten, spürte ich das vertraute Stechen der Angst, aber es war nicht dasselbe – nicht so wie früher.

Ich hatte das Sterben gelernt. Ich wusste jetzt, dass es schnell vorbei sein würde.

Ich kehrte immer wieder vom Tod zurück. Der alte Schrecken klammerte sich nicht mehr an mich, er glitt von mir ab wie ein altes Kleidungsstück.

Ich aß den Rest des Dörrfleischs und nahm meine Tasse mit heißem Kiefernnadeltee. Dampf stieg um mich herum auf. Bald würde ich auf dem Boden einschlafen. Jedes Mal, wenn ich mich auf der Bärenfelldecke zusammenrollte, dachte ich an Orion und das erste Mal, als wir hierhergekommen waren. Und so schlief ich jeden Morgen ein.

In dieser Hütte und der stillen Abgeschiedenheit hatte ich einen einsamen Frieden gefunden.

Nur eine Sache beunruhigte mich: Hatte ich es in mir, Orion zu Fall zu bringen?

Was, wenn die einzige Möglichkeit ihn aufzuhalten darin bestand, ihn zu töten? Könnte ich mich dazu durchringen?

Kapitel 29

– Rowan –

Die Monate zogen sich hin, und meine Geduld mit dem Sterbenden Gott schwand. Ich stand ihm auf der Lichtung gegenüber. Eisdolche glitzerten von den Ästen der Bäume um uns herum. Ich fühlte mich jetzt unendlich viel stärker als früher, aber er glaubte immer noch nicht, dass ich bereit war.

Schneeflocken sanken um uns herum zu Boden und funkelten im Mondlicht. Dunkle, rauchige Magie umgab ihn, eine Tunika aus Schatten auf seiner gebräunten Haut.

Tammuz bewegte sich blitzschnell, aber dieses Mal war ich auf ihn vorbereitet. Ich hatte durch schmerzhaftes Ausprobieren gelernt, dass man sich nicht einfach auf das Herz eines Dämons stürzen konnte – er würde einen Weg finden, es zu schützen, und instinktiv ausweichen. Jedes Mal, wenn Tammuz auf mich zustürmte, verspürte ich denselben Impuls. Blitzschnell drehte ich mich herum, sodass seine Klauen meine Schulter oder meinen Rücken trafen. Solange nicht sein Herz verletzt war, würde sich ein Dämon fast sofort erholen. Wenn Tammuz mich also töten wollte, prügelte er mich erst halb besinnungslos, indem er Schläge und Stöße auf meinen Kopf niederprasseln ließ. Solange, bis meine Reflexe nachließen, ich taumelte und vergaß, mich zu schützen.

Ich hatte zwar nicht mehr so viel Angst vor dem Tod, aber es reichte mir langsam, ständig Schläge auf den Kopf zu bekommen. Und die Einsamkeit schmerzte mich bis in meine Knochen.

»Tammuz«, sagte ich. »Du musst mich irgendwann gehen lassen.«

Schnee fiel auf seine nackten Schultern und Arme und schmolz zu glitzernden Tröpfchen. »Nein.«

Ich seufzte. »Bist du einsam? Ist es das?« Ich wusste, warum er mich hier festhielt. Es machte dem Gott des Chaos keinen Spaß, wenn ich im Kampf um den Thron keine Chance hatte. Aber ich war es leid, kontrolliert zu werden.

Er verschwand in den Schatten und erschien hinter mir. »Du kämpfst noch nicht so, als würdest du töten wollen, Rowan. Du kämpfst, als ob es nur ein Hobby wäre. Du musst dich mit deiner Wut verbinden.«

Ich wollte Orion nicht töten, aber vielleicht war er nicht derjenige, an den ich denken musste, wenn ich kämpfte.

Ich schloss die Augen und stellte mir meinen Halbbruder Cambriel vor, wie er Mom durch den Wald jagte. Ich stellte mir vor, wie er sein Feuer auf sie losließ. Sie war bei dem Versuch, mich zu beschützen, verbrannt.

Eiskalte Wut floss durch meine Adern. Ich wandte mich dem Sterbenden Gott zu, aber Tammuz hatte sich verändert. Er hatte sich in den Falschen König verwandelt. Sein dunkles Haar war blassblond geworden und eine goldene Krone ruhte auf seinem Kopf.

Cambriel. Ich hasste diesen arroganten Bastard.

Diesem Ziel hatte ich mein Leben gewidmet – Rache. Und endlich war ich stark genug, um sie mir zu nehmen. Er hatte meine ganze Familie umgebracht, nur weil er verzweifelt versuchte auf einem Thron zu bleiben, der nie seiner gewesen war.

Wut schoss wie ein Blitz durch meinen Körper. Als er sich nach vorne bewegte und mir einen Schlag versetzte, packte ich seinen Arm. Ich blockte den Schlag ab und schlug mit der anderen Hand auf seinen Arm ein. Ein Knochen knackte, und Cambriel stöhnte vor Schmerz auf.

Töten. Das Wort schoss mir durch den Kopf. *Töten.*

Ich sprang in die Luft, packte einen Ast und gab ihm einen harten Tritt gegen den Kiefer. Er stolperte rückwärts gegen einen Baumstamm.

Als ich wieder auf dem Boden landete, hatte er sich bereits erholt. Er schlug nach meinem Kopf, aber ich wich aus. Ich richtete mich auf und verpasste ihm einen weiteren harten Schlag gegen den Kiefer, dann einen schnellen linken Haken. Sein Kopf schnellte zurück. Sein nächster Schlag traf mich gegen die Schläfe und machte mich für einen Moment schwindelig. Ich kam wieder auf die Beine. Sofort erhob ich mich in die Luft, wobei ich meine Flügel hinter mir ausbreitete. Im Sturzflug ließ ich meine Ferse hart gegen seinen Kopf krachen. Die Wucht des Tritts schleuderte ihn auf die gefrorene Erde. Ich winkelte meine Flügel an und stürzte mich mit schimmernden Krallen auf ihn.

Cambriels dunkle Augen weiteten sich vor Überraschung. Hungrig nach Rache riss ich ihm mit meinen Krallen das Herz aus der Brust. Als mir bewusst wurde, was ich eben getan hatte, schnappte ich nach Luft. Blut tropfte von meinen Händen auf den Schnee. Noch nie in meinem Leben hatte ich mich so sehr wie eine wilde Bestie gefühlt.

Als ich den Körper anstarrte, verwandelte er sich wieder in Tammuz – seine Haut und Haare waren jetzt dunkler, seine Arme waren unbedeckt. Er war völlig nackt.

Ich hielt das Herz eines Gottes in meinen Händen und sah zu, wie er starb und das Leben aus seinen dunklen Augen wich. Panik ergriff mich, aber dann erinnerte ich mich daran, dass Tammuz ständig starb.

Meine Krallen zogen sich zurück und ich ließ sein Herz auf den Boden fallen. Rauch umhüllte ihn, als sein Körper sich auflöste und Blutflecken im Schnee hinterließ. Ich setzte mich hin, um zu Atem zu kommen, und versuchte nicht daran zu denken, was gerade passiert war.

Mein Herz raste vor Adrenalin. *So* fühlte es sich also an, eine Jägerin zu sein – eine Dämonin. Ich starrte auf meine Handflächen, dann wischte ich sie im Schnee ab und wusch das Blut des Gottes so gut es ging von meinen Händen.

Ich lehnte mich an einen Baumstamm und wartete auf Tammuz' Rückkehr. Die Einsamkeit des stillen Waldes durchdrang mich. Seit einer gefühlten Ewigkeit war ich nichts als eine Kriegerin. Tammuz war nicht die beste Gesellschaft.

Langsam erschien ein Kreis aus elfenbeinfarbenen Pilzen im Schnee – *Zerstörende Engel*, so nannte man sie. Vielleicht war es das, was ich geworden war.

Dann spross der Sterbende Gott wie eine Pflanze aus der Erde. Er lag auf dem Rücken, sein Haar war um ihn herum ausgebreitet. Rauch schlängelte sich um seinen mächtigen Körper, und seine dunklen Tätowierungen schoben sich an ihren Platz.

Er öffnete seine Augen, setzte sich auf und atmete tief ein. Dann richtete er sich mit einem verwirrten Ausdruck zu seiner vollen Größe auf. Er blickte nach Osten, auf den Ozean, wo die Morgensonne gerade aufging.

Ich stand auf und strich mir den Schnee von der Kleidung. Erschöpfung zerrte an mir. »Ich bin froh, dass du wieder da bist, Tammuz.«

»Nein, das bist du nicht.« Seine Stimme hallte um mich herum wider, einem tiefen Chor gleich. »Geh schlafen, Rowan. Ruh dich aus. Wenn die Nacht anbricht, wirst du gehen.« Er begegnete meinem Blick. »Es ist Zeit für dich, den Falschen König zu töten.«

Vor Freude machte mein Herz einen kleinen Sprung.

Endlich war ich bereit. Ich würde das Monster, das meine Mutter getötet hatte, zur Strecke bringen.

Und ich hoffte, dass Orion mir nicht in die Quere kommen würde.

Ich erwachte am frühen Abend. Mein normaler Tagesrhythmus hatte sich vollständig umgekehrt. Nun machte ich mich bereit, den Wald zum ersten Mal seit einem Jahr zu verlassen. Ich zog eines der Outfits an, die Tammuz mir gegeben hatte: eine enge schwarze Lederhose, ein Hemd und einen dunklen Umhang, den ich mir um die Schultern legte.

Während ich durch den Wald lief, begann die Sonne unterzugehen. Ihre Strahlen breiteten sich in leuchtenden Kürbis- und Honigtönen am Himmel aus. Als ich die alte Walcott Street erreichte, war die Nacht bereits hereingebrochen.

Da ich kein Interesse daran hatte, wieder von einem Mob angegriffen und gehängt zu werden, machte ich mich schnell auf den Weg zur Küste. Im Rest der Unterwelt waren nur ein paar Stunden vergangen. Wenn mich also jemand sehen würde, würde er schnell merken, dass ich nicht mehr an einem Strick hing.

Dunkle Wellen wühlten das Meer auf und schlugen gegen die felsige Küste. Unter dem ebenholzfarbenen Himmel schäumte es gegen die glatten Felsen. Ich verbarg mein Gesicht unter der Kapuze meines Mantels, eilte im salzigen Wind an der Küste entlang und folgte einem Nebenfluss in Richtung Salem. Reiher standen am Flussufer und ich fragte mich, was sie getan hatten, um hier zu landen. Am Flussufer stand eine seltsame kleine Hütte aus Zweigen und getrocknetem Lehm. Sie hatte ein Strohdach mit einem groben Schornstein, der ebenfalls aus Lehm war, und Rauch zog in den dunklen Himmel. Ein seltsamer, verhexter kleiner Ort.

Ich hielt mein Gesicht bedeckt, während ich mich beeilte, aber gerade als ich an der Tür vorbeihuschte, hörte ich, wie jemand meinen Namen rief.

»Rowan?« Die Stimme war vertraut.

Mein Herz schlug schneller, als eine Frau ihren Kopf aus der Hütte steckte.

Shais Haare fielen ihr in schönen schwarzen Locken auf die Schultern. Sie trug ein graues Kleid mit einem breiten weißen Kragen. Ich starrte sie fassungslos an. »Shai?«

Sie eilte zu mir herüber und packte mich am Arm. »Bist du wirklich hier? Oh mein Gott! Rowan?«

»Bist *du* wirklich hier?« Ich war zu schockiert, um etwas anderes zu fragen.

»Wie lange sitzen wir hier schon fest?«, fragte sie. »Es fühlt sich an wie eine Woche.«

Ich schüttelte den Kopf. »Ich glaube, die Zeit fließt für dich anders als für mich. Ich bin seit einem Jahr hier.«

Ihre Augen weiteten sich und sie packte meinen Arm noch fester. »Was?«

»Ich verstehe das nicht«, sagte ich. »Wie bist du hierhergekommen? Ich dachte, nur Dämonen können den Schleier überwinden und Sterbliche, die …« Ich erstarrte. »Sterbliche, die gestorben sind.«

Ihr Lächeln wurde schwächer und sie ließ meinen Arm los. »Ich glaube nicht, dass ich tot bin. Ich wüsste es, wenn ich tot wäre, oder?«

Niemand sonst hier schien zu wissen, dass sie tot waren. Mit einem Kloß im Hals fragte ich: »An was erinnerst du dich als Letztes?«

»Das Auto ist verschwunden, während wir gefahren sind. Dann bin ich bei einem gefrorenen Wald gelandet. Oh, und da waren Höhlen … Rowan, ich glaube nicht, dass ich tot bin.«

Ich schluckte schwer. »Das klingt so, wie ich hierhergekommen bin.« Ich nahm sie bei der Hand. »Lass uns schauen, ob wir dich hier rausholen können. Vielleicht bist du zum Teil eine Dämonin. Meinst du, das wäre möglich?«

Sie streckte ihre Hand aus. »Meine Mutter hat immer gesagt, dass wir väterlicherseits von Luzifer abstammen, aber ich wusste nie, ob das stimmt. Vielleicht bin ich deshalb so gut in Tierheilmagie. Ich war schon immer die Beste in meiner Klasse.«

Ich warf einen Blick auf die Hütte. »Aber wie hast du hier überlebt?«

Sie stieß einen tiefen Seufzer aus. »Ich habe kranke Kühe geheilt. Jemand hat mir seine alte Hütte überlassen, damit ich seiner Herde helfen kann. Kühe werden hier sehr geschätzt. Und Ziegen. Ich muss hier weg, bevor sie merken, was ich bin, und mich aufhängen.«

Ich nahm ihre Hand und zerrte sie am Ufer entlang. »Ich kann dir zeigen, wie du zurückkommst.«

»Rowan, ich kann dir gar nicht sagen, wie froh ich bin, dass du mich gefunden hast. Diese Leute machen mich wahnsinnig.«

Ich seufzte. »Ich weiß. Ich bin sogar schon einmal gehängt worden.«

»Was?«

»Oh, es ist okay. Ich bin besser darin geworden, zu sterben. Sieh es als eine Übung an. Der Sterbende Gott hat mir beigebracht, wie man einen König tötet.«

»Bist du hier wahnsinnig geworden?«

»Ich erkläre es dir auf dem Weg.«

Kapitel 30

– Orion –

Ich steckte die Hände in die Taschen meines Mantels, während ich durch die Straßen von Salem schlich. Als ich das Stadtzentrum erreichte, war es bereits Nacht, und das dunkle Meer schlug gegen die Küste. Meine Lippen schmeckten nach Salz. Orangefarbene Lichter drangen aus den hölzernen Gebäuden um mich herum, und drinnen speisten die Menschen an lodernden Feuern. Die Luft roch nach gebratenem Fleisch. Abgesehen von den Menschen war die Unterwelt eigentlich gar nicht so schlimm.

Wenn ich tief einatmete, konnte ich ihren blumigen Duft fast riechen. Noch vor kurzem war ich mir sicher gewesen, dass Rowan tot war. Jetzt, in der Welt der Toten, flammte Hoffnung in meiner Brust auf und ich spürte, wie ich wieder zum Leben erwachte.

War Rowan in der Nähe? Der Seewind stach mir ins Gesicht und schärfte meine Sinne – und ich erinnerte mich daran, wie gefährlich es war, zu hoffen. Mortana hatte sich gerade darüber im Fegefeuer ausgelassen.

Jedes Mal, wenn ich durch diese verdammte Höhle kam, war es schlimmer als das letzte Mal.

Als ich am Haus der Sieben Giebel vorbeiging, mit seinen flackernden orangefarbenen Fenstern, die in das schwarze Holz eingelassen waren, verfolgte die Erinnerung an das Fegefeuer mich noch immer in Gedanken.

Ich hatte Mortana gesehen, wie sie das Herz meiner Mutter in der Hand hielt. In der Vision hatte sie mich ausgelacht, ein wildes Kreischen, das von den Wänden des Kerkers widerhallte. Der Leichnam meiner Mutter hatte hinter ihr an einem Strick von der Kerkerdecke gehangen, und Ashurs ausgemergelter Körper hatte zu ihren Füßen gelegen. Hinter ihr hatten aufgespießte Köpfe Schatten an die Wände geworfen.

»Du hattest ein Ziel – die zu rächen, die du geliebt hast. Du hast Ashur *versprochen*, dass du dich an den Sterblichen rächen würdest. Du hast gesagt, du würdest mich töten«, hatte Mortana gerufen. »Aber was hast du stattdessen getan? Du hast dich wieder in mich verliebt. Und ich habe dich natürlich getäuscht. Hast du denn nicht gelernt, wie dumm es ist, zu hoffen? Du bist ein Idiot, weil du mir vertraut hast. Ich dachte, ich hätte dir diese Lektion gut eingebläut. Sieht aus, als müsste ich mich mehr anstrengen. Ich habe dich angelogen und werde dir bald auch den Thron wegnehmen, Orion.«

Ich schüttelte den Kopf, um sie aus meinen Gedanken zu vertreiben, und warf einen Blick auf den Pranger. Heute hing eine andere Frau darin. Ihr Haar war von Schlamm verschmutzt. Sie schaute mich mit mitleiderregenden Augen an. Einen Moment lang dachte ich daran, das Holz zu zerbrechen, um sie zu befreien. Aber wenn ich das täte, würde sie wahrscheinlich als Hexe gehängt werden.

Auf der linken Seite erstrahlte Goody Putnams Taverne in Wärme und Licht. Ich spähte hinein und hoffte, Rowans schönen roten Haarschopf zu sehen.

Mein Herz schlug mir bis zum Hals, als ich Goody Putnam mit geröteten Wangen durch die Fensterscheibe erblickte. Ich wandte mich ab und machte mich auf den Weg zu den Osborne-Wäldern.

Ich war nur ein paar Schritte gegangen, als Goody Putnam nach mir rief. »Goodman Ashur!«

Ich drehte mich um und sah sie an, die blassen Hände ineinander verschränkt. Ihre Augen leuchteten. »Goodman Ashur, es tut mir sehr leid zu hören, was mit Eurer Frau passiert ist.«

Ich fühlte mich, als hätte sie mir eine Klinge in die Brust gestoßen.

»Meine Frau«, wiederholte ich und hoffte, dass sie ihre Worte näher ausführen würde.

»So eine böse Angelegenheit«, sagte sie und trat näher an mich heran. »Sie kam mir bekannt vor, als ich sie das erste Mal gesehen habe. Eine Kreatur aus einem Albtraum. Eine äußerst üble Kreatur. Sie wurde letzte Nacht mit dem Teufel im Wald erwischt.«

Ich schluckte schwer und war hin- und hergerissen zwischen meinem Bedürfnis, mehr zu hören, und dem überwältigenden Wunsch, Goody Putnams Kopf gegen eine Wand zu schlagen. »Wo ist sie jetzt?«

Ihre Mundwinkel zuckten und sie leckte sich über die Lippen. »Ich habe allen hier gesagt, dass Ihr es nicht gewusst habt – dass Ihr ein guter Mann seid. Aber Eure Frau war eine Hexe. Eine Dämonin. Richter Corwin hat sie im Morgengrauen auf dem Galgenhügel erhängt.«

Die Welt verschob sich unter meinen Füßen und Dunkelheit verschluckte mich. Es war meine Schuld, weil ich sie weggestoßen hatte.

Ich packte die Frau an den Schultern. »Ist sie noch da?«

»Mein Mann ist vor Jahren gestorben, Goodman, und ich habe oft gehofft …«

Ich schubste sie von mir weg und machte mich auf den Weg zum Galgenhügel, sicher, dass mir gerade das Herz brach.

Ich fand sie nicht am Baum hängend – nur vier verrottende Fremde. Dieses gefährliche Gefühlt der Hoffnung kehrte zurück. Vielleicht war Goody Putnam verrückt. Ich wanderte in den dunkler werdenden Wald und hoffte, Rowan oder zumindest Tammuz zu finden.

Tammuz hatte vielleicht eine Ahnung, was vor sich ging.

Als ich über die verschneite Erde stapfte, schoben sich Wolken vor den Mond. Wir waren erst kürzlich hier zusammen gewesen, aber irgendwie fühlte es sich an, als wäre es eine Ewigkeit her.

Ich erblickte die kleine Hütte im Wald, deren Glasscheiben mit Raureif überzogen waren. Ich stieß die Tür auf und trat ein.

Ohne Zweifel konnte ich sie hier riechen, und der Ort sah anders aus als noch vor zwei Nächten. Fleischstreifen trockneten am Feuer, und Körbe mit Beeren standen auf dem Herd. Frauenkleider, die ihrer Größe entsprachen, waren gefaltet und zur Seite gelegt worden. Die Kerzen waren bis zur Hälfte heruntergebrannt.

Die Hütte sah bewohnt aus.

Ich ging zum Sofa hinüber und roch an einer Decke.

Rowan war vor kurzem hier gewesen.

Mein Herz schlug gegen meine Rippen, als ich die Hütte verließ und zurück in den Wald ging. Diesmal war keine Beschwörung nötig. Tammuz stand im Mondlicht. Sein Gesicht leuchtete silbern und sein Körper war in Dunkelheit gehüllt.

»Wo ist sie?« Ich räusperte mich.

»Mortana? Tot.«

»Nein, Rowan.« Ich hörte die wilde Verzweiflung in meiner Stimme. »Wo ist sie?« Der Schnee wirbelte um uns herum, und die Nacht fühlte sich scharf und gefährlich an.

Er rückte näher und die Ränder seiner Gestalt verschwammen. »Ah, aber weißt du nicht, dass sie dich angelogen hat? Sie hat dir nicht gesagt, wie du den Falschen König töten kannst. Sie ist hinter deiner Krone her, Orion. Sie will herrschen, sie will sich nehmen, was dir gehört.« Seine Augen funkelten. »Orion, weißt du nicht, dass du niemals Hoffnung haben darfst?«

Ich starrte ihn an und mein Herz zog sich zusammen. Ohne die Krone wäre alles, was ich jemals geplant hatte, zum Scheitern verurteilt. Ich lebte nur aus einem Grund: um meinen Schwur gegenüber den Toten zu erfüllen und die Erde mit dem Blut ihrer Feinde zu tränken.

Tammuz verschwand wieder in der Nacht.

Ich wartete darauf, dass die vertraute Wut in meinen Adern brodelte, Wut darüber, dass Rowan mich angelogen hatte.

Aber der Zorn blieb aus. Wir taten, was unser Schicksal uns befahl, und nichts weiter. Sie hatte ihr Schicksal, und ich hatte meines. Wie das Meer, das gegen die Felsen schlug, konnten wir den Kräften nicht entkommen, die an uns zerrten.

Sie würde versuchen, mir die Krone wegzunehmen. Und ich würde dafür sorgen, dass sie scheiterte.

KAPITEL 31

– ROWAN –

Ich hockte auf der Außenmauer der City of Thorns und blickte zum Turm von Baal hinauf, der in den Wolken verschwand.

Ich hatte meinen Umhang bei Shai gelassen, damit er mir nicht in die Quere kam, wenn ich versuchte den König zu töten. Zu unserer großen Erleichterung war Shai nicht tot. Gerade schlief sie in einem Hotelzimmer in Osborne.

Wenn der Rest dieser Nacht so verlief, wie ich es mir erhoffte, würde sie zu meiner Krönung wieder hier sein, wenn die Sonne aufging.

Wollte ich Königin werden?

Verdammt, ja!

Ich atmete die duftende, feuchte Luft der City of Thorns ein. Ich gehörte hierher. Außerhalb der Tore dieser Stadt war ich ein Nichts. Pleite, einsam, gejagt von der Polizei der Sterblichen. *Verwundbar.*

Da draußen würde ich im Knast landen, kalte Makkaroni von einem Tablett essen und versuchen, nicht von Leuten verprügelt zu werden, die mich für eine Irre hielten.

Wie wäre es, wenn ich endlich respektiert werden würde? Wie würde es sich anfühlen, wenn mir andere endlich gehorchen würden?

Verdammt, ja, ich wollte das alles. Ich hatte mich noch nie nach Macht gesehnt. Ich hatte es nicht gewagt. Sie war mir so unerreichbar vorgekommen.

Aber jetzt sehnte ich mich nach ihr. Wenn das die einzige Möglichkeit war, mich zu schützen, wollte ich sie.

Aufregung pumpte durch mein Herz, als ich mir vorstellte, wie ich eine Krone trug und durch die Stadt lief. Tief in meinem Inneren bewunderte ein Teil von mir Mortana. Nicht ihren Sadismus, sondern ihre Bereitschaft, sich zu nehmen, was sie wollte. Sie hatte keine Angst, stark zu sein.

Ich hatte nicht viele Waffen – nur zwei Dolche, die ich an meine Oberschenkel gebunden hatte –, aber meine Magie würde den Großteil der Arbeit erledigen.

Von hier aus konnte ich die gesamte dämonische Armee sehen, die vor dem Turm stationiert zu sein schien – eine Legion bewaffneter Dämonen, deren Hörner und Schwerter im Mondlicht glitzerten. Dämonen konnten mit Pistolen wenig anfangen, die sie für eine vulgäre Erfindung der Sterblichen hielten. Sie hatten zu viel Stolz, um sich auf so mächtige Waffen zu verlassen. Leider hatten sie Pfeile.

Trotzdem war es kein Wunder, dass sie die Lilu tot sehen wollten. Unsere Flügel gaben uns ihnen gegenüber einen extremen Vorteil. Und dank meiner Feuermagie war ich eine gefährliche Waffe.

Sobald ich mich von der Mauer stürzte, würden sie Alarm schlagen und die Armee würde herbeieilen, um den König zu schützen.

Sie hielten also nach einer Lilu Ausschau, die durch die Lüfte schwebte.

Vier Wachen standen vor einem Balkonfenster im Turm von Baal. Wahrscheinlich schlief der König dort. Und wenn er paranoid genug war, um dort Wachen zu stationieren, hatte er wahrscheinlich starke Schlösser, Alarme und Panzerglas … und auch die Gänge und Treppenhäuser außerhalb seines Zimmers waren voller Soldaten.

Aber kannten sie sich mit Brandschutz aus? Wahrscheinlich nicht.

Meine Kehle schnürte sich zu. Das würde für alle Beteiligten unangenehm und schmerzhaft werden.

Aber wenn ich Königin werden wollte, durfte ich meine zukünftige Armee nicht umbringen. Ich musste sicherstellen, dass nur eine einzige Person heute Nacht starb – der Mistkerl, der meine Eltern getötet hatte. Zum Glück war es unglaublich schwer, einen Dämon umzubringen. Also sollte es schwierig werden, jemanden aus Versehen zu töten.

Zumindest hoffte ich das.

Ich legte den Kopf schief und starrte von meinem Platz an der windigen Turmwand auf die Armee, die sich am Fuße des Turms versammelt hatte. Sie waren überall. Als ich das letzte Mal hier gewesen war, hatten noch nicht so viele Soldaten hier Wache gehalten. Was hatte sich also geändert?

Orion.

Ich setzte die Puzzlestücke zusammen. *Ja, natürlich.* Er war in die Gemächer des Königs eingedrungen, auf der Suche nach dem Buch, das ich mir ausgedacht hatte. Schuldgefühle flammten in meiner Brust auf. Ich hoffte, dass er nicht gefangen genommen worden war. Aber er hatte mir deutlich zu verstehen gegeben, dass ich auf mich allein gestellt war.

Ich schaute hinter mich und suchte den Himmel nach einem Zeichen ab, dass er im letzten Moment auftauchen und meine Pläne durchkreuzen würde. Aber nur die Sternbilder leuchteten über mir.

Abgesehen von der Armee schlief die ganze Stadt. Die Fenster der steinernen Gebäude waren bis auf ein paar vereinzelte Lichter dunkel. Die Sonne würde bald aufgehen, und mit etwas Glück würden die Menschen aufwachen und sehen, wie ich Cambriels Herz herausriss. Der Beweis, dass ich zur Herrscherin bestimmt war.

Mit diesem herrlichen Gedanken hob ich von der Brüstung ab und schwebte unter den Sternen. Der Nachtwind rauschte über mich hinweg und strich durch mein Haar und meine Federn. Um den Turm von Baal herum schrien die Soldaten alarmiert auf. Eine große Glocke läutete, deren dumpfe Schläge von den Steinen widerhallten.

Auf der einen Seite war das schlecht. Wenn Orion in der Nähe war, würde der Lärm ihn auf meinen Angriff aufmerksam machen. Außerdem hatte der König jetzt Zeit, sich vorzubereiten. Auf der anderen Seite wollte ich, dass die Stadt wach war. Ich brauchte ein Publikum, wenn ich ihrem König das Herz herausriss.

Pfeile schossen durch die Luft. Ich stieg höher in die Luft und flog aus ihrer Reichweite.

Mein Blick fiel auf eine Stelle ein paar Stockwerke tiefer, wo der König schlief. Ein Balkon wartete dort auf mich, der nach oben offen war, ein Steinbogen über dem Meer. Ich winkelte meine Flügel an und landete. Auf dem Balkon angekommen, ging ich hinein in einen Ballsaal, der mit Wandgemälden der schönen, geflügelten Lilu bemalt war. Goldenes Licht leuchtete auf dem tiefblauen Boden. Mein fünfzackiger Stern war erschienen.

Etwa ein Dutzend Soldaten in Königsblau stürmten mit gezogenen Schwertern auf mich zu. Ich faltete meine Flügel, hob meine Hände und beschwor die Hitze herauf. Sie knisterte in meiner Brust und strömte über meine Schultern, Arme und Handgelenke. Ich ließ einen Feuerstrahl in einem schützenden Bogen um mich herum entstehen. Niemand konnte durch die Flammen gehen, ohne zu verbrennen.

Was würde Mortana in so einem Moment sagen?

»Seht ihr mein Zeichen?«, rief ich und meine Stimme hallte in der Marmorhalle wider. »Ich wurde geschaffen, um zu herrschen. Wenn ihr euch mir widersetzt, werdet ihr brennen. Und ihr solltet wissen, dass der König, der in seinem Zimmer schläft, ein falscher König ist.«

Die Soldaten stolperten zurück, um dem Feuer auszuweichen. Während sie sich neu formierten, beschossen sie mich mit Pfeilen. Ich duckte mich, aber ein Pfeil traf mich in der Schulter und durchschlug meinen Muskel. Schmerz brannte durch meinen ganzen Arm. Ich fiel auf die Knie, schwindlig vom Schmerz.

Wie Tammuz es mir beigebracht hatte, blendete ich den Schmerz aus und startete meinen nächsten Angriff. Von meinen Knien aus ließ ich einen weiteren Feuerstrahl los. In der darauffolgenden Verwirrung konnte niemand richtig zielen. Zähneknirschend brach ich den Pfeil in zwei Hälften und riss ihn mit einer Grimasse aus meiner Schulter. Die Spitze zerriss meinen Muskel, aber kaum war sie aus meinem Fleisch heraus, begann die Wunde zu heilen.

Ich stand auf und ging weiter. Feuer strömte aus meinen Händen. Leuchtend orangefarbene Flammen erhellten die Dunkelheit, warmes Licht, das über wunderschön geschnitzte Statuen tanzte. Schreie hallten aus dem Inneren des Turms wider, und es herrschte Chaos. Die Soldaten standen in Flammen. Sie stürzten sich von den Balkonen. Ihre Schreie hallten durch den Turm.

Geschwungene Treppen führten zwischen den Stockwerken hindurch. Als ich meine Flügel öffnete, um in die oberste Etage zu fliegen, durchbohrte ein weiterer Pfeil meinen Bizeps und traf den Knochen. Der Schmerz schickte eine Schockwelle durch mich hindurch.

Ignorier es, Rowan, hörte ich Tammuz' Stimme in meinem Kopf.

Als ich aufblickte, sah ich den Bogenschützen über mir. Er schützte die Tür des Königs. Ich blendete den Lärm und die Verwirrung aus und rief die Ruhe des Waldes herbei.

In der nächsten Sekunde ließ ich einen Feuerstrahl auf das obere Stockwerk los. Der brennende Bogenschütze schrie auf und ließ seine Waffe fallen. Hinter ihm fing die dicht gedrängte Gruppe von Soldaten Feuer. Schreiend sprangen sie aus den Fenstern, um die Flammen zu löschen.

Ich zog den Pfeil heraus. Blut spritzte auf den Boden. Mir wurde klar, dass ich mich beeilen musste, bevor sie mich mit Pfeilen durchlöcherten. Meine Konzentration hatte auf dem Bogenschützen gelegen, und der schützende Feuerring um mich herum war geschrumpft. Ein Schwertkämpfer stürzte sich auf mich. Ich wich aus. Sofort packte ich sein Handgelenk, wie ich es schon so oft mit Tammuz geübt hatte. Dann schlug ich seine Hände hart gegen die Wand, sodass er seine Waffe fallen ließ.

Meine Flügel entfalteten sich und ich erhob mich in die Luft, um in Richtung der Spitze des Turms zu fliegen. Kühles Sternenlicht strömte durch ein Rundfenster herein. Vor der Tür des Königs versammelten sich Soldaten, Schwerter bereit in den Händen. Der Alarm war inzwischen so laut, dass es schwer war, zu denken.

Mein Herz klopfte heftig und mein Körper war voller Adrenalin. *Warum war Orion nicht hier und versuchte mich aufzuhalten?*

Ein Soldat schoss einen Pfeil auf mich ab, aber seine Hände zitterten, und der Pfeil flog an mir vorbei.

»Verschwindet!« Meine Stimme dröhnte durch den Turm. »Ihr seht an meinem Mal, dass ich eure wahre Königin bin.«

»Nicht, solange der König noch lebt!«, rief ein anderer. »Nur sein Erbe kann ihn töten. Und er hat keinen Erben.«

Zwei weitere Pfeile flogen an meinem Kopf vorbei.

Ich hielt meine Hände hoch. Feuer knisterte auf meinen Armen und tanzte auf meinen Fingerspitzen. »Cambriel ist nicht der wahre König. Ihr werdet es verstehen, wenn ihr seinen Leichnam ohne Herz auf euren Straßen liegen seht.«

Sie waren gute Soldaten und bewegten sich nicht von seiner Tür weg.

Einer der Bogenschützen zielte, und der Pfeil, den er abfeuerte, traf mich in die Rippen. Schmerz durchzuckte mich. Ich war mir ziemlich sicher, dass er eine meiner Lungen durchstochen hatte.

Ich holte tief Luft und schoss einen Feuerstrahl über ihre Köpfe. Nicht nah genug, um sie zu verbrennen, aber genug, um sie in Panik zu versetzen. Die Soldaten flohen. Ein wilder Haufen verängstigter Männer drängte sich die Treppe hinunter. In ihrer Eile stürzten einige von ihnen über die Kante und fielen in die Halle weit unten.

Ich biss die Zähne zusammen und riss den Pfeil aus meiner Brust. Der Schmerz durchdrang alles. Er würde schnell abklingen, aber im Moment ließ er mich taumeln. Ich rang nach Atem.

Endlich hatte ich freie Sicht auf die Tür des Königs – dickes Holz, mit Eisenkreuzen verstärkt und mit einer Eisenstange verschlossen. Meine Flügel schlugen im gleichen Rhythmus wie mein Herz. Ich hob meine Hände und zeigte auf die Tür.

Heiße Magie zischte durch mich hindurch, ein Inferno der Hitze, das sich aus mir ergoss. Vor meinem geistigen Auge sah ich den Tod meiner Mutter, ihre letzten qualvollen Momente.

Ich war ein Engel der Zerstörung.

Cambriel hatte mich durch die Hölle gehen lassen. Ich würde ihm das Gleiche antun.

KAPITEL 32

– ROWAN –

Die Tür zum Gemach des Königs fing Feuer und das Eisen begannen zu schmelzen. Die Luft roch nach Asche und verbranntem Fleisch.

Im Turm herrschte ein heilloses Durcheinander aus Geschrei und Flucht, aber ich konzentrierte mich auf die brennende Tür und das schmelzende Eisen. Schließlich verformte sich die Stange und floss in einer Pfütze auf den Steinboden.

Ich trat durch den feurigen Bogen in einen großen gewölbten Raum. Drei Soldaten stürmten vor und umzingelten mich. Einer schlug zu, aber ich wehrte ihn mit meinem Unterarm ab. Die Wucht seines Schlages ließ meine Knochen knacken.

Der nächste zielte auf meinen Kopf. Ich packte sein Handgelenk, drehte es hinter seinen Rücken und wirbelte ihn herum, um ihn als Schild zu benutzen.

Mit einer Bewegung brachte ich die beiden anderen Soldaten zwischen mich und die Tür. Der Mann, den ich festhielt, stieß mir seinen freien Arm in die Rippen. Entweder hatte er gut gezielt oder Glück, denn er traf mich genau an der Stelle, an der ich gerade von einem Pfeil durchbohrt worden war. Der Schmerz schoss durch mich hindurch. Feuer explodierte in meinem Körper. Der Mann in meinem Griff ging in Flammen auf. Die beiden anderen Soldaten schrien entsetzt auf und rannten zur Tür. Sofort breiteten die Flammen sich aus. Die Möbel und ein Wandteppich fingen Feuer.

Ich warf den verbrannten Mann beiseite und berührte meine Rippen, wobei ich ein wenig zusammenzuckte.

Cambriel stand allein in der Mitte des Raumes. Sein Gesicht wurde von den Flammen um ihn herum erleuchtet. Sein blasses Haar leuchtete orange im Licht.

Der Wind strömte durch den offenen Balkon herein, fachte die Flammen an und warf feurige Funken bis zur hohen Decke.

Cambriel schien unbeeindruckt, aber er hatte keinen Grund, Feuer zu fürchten. Ich drehte mich schnell um, ließ einen weiteren Feuerstoß auf die Tür los und schloss uns mit einer Wand aus Flammen ein.

Ich trat einen Schritt näher an ihn heran. »Cambriel. Ich habe gesehen, was du mit meiner Mutter gemacht hast.« Meine Wut sprach aus jedem einzelnen Wort.

Er stieß ein kurzes Lachen aus. »Wie zum Teufel willst du das *gesehen* haben?«

»Was ist zwischen euch beiden passiert?«, fragte ich.

Er legte einen Finger an seine Lippen. »Weißt du, Mortana, ich fühle mich nicht wirklich gezwungen, es dir zu sagen. Du kannst meine Armee verbrennen, wenn du willst, aber du kannst mich nicht töten. Du bist nicht meine Erbin.«

Heiße Wut pochte in den Tiefen meiner Brust. »Du bist nicht der wahre König. Du hast Nergal nicht getötet. Sag mir, wieso du meine Mutter umgebracht hast.«

In der nächsten Sekunde schloss sich seine Hand um meine Kehle. Er hob mich in die Luft. »Willst du wirklich so tun, als würde es dich interessieren, was mit deiner Mutter passiert ist? Du hast sie zum Sterben zurückgelassen, Mortana, zusammen mit all den anderen Lilu. Es ist dir egal, was mit ihnen passiert ist. Aber ich wäre bereit dazu gewesen, über deine Rücksichtslosigkeit hinwegzusehen. Wir hätten uns zusammentun können, wenn du nicht wahnsinnig wärst.«

Ich trat ihm hart in die Brust. Mit einem Keuchen ließ er mich fallen.

Ich brauchte nur die Antwort auf eine Frage, bevor ich ihm das Herz herausreißen würde: »Was haben meine Eltern von dir gewollt?«

»Was macht das für einen Unterschied? Offensichtlich hast du es auf den Thron abgesehen. Deshalb bist du hier. Ich hätte ihn dir geben können, wenn du mich nur geheiratet hättest. Gemeinsam hätten wir mächtig sein können.«

Ich ballte die Fäuste. »Du bist mein Halbbruder. Und du hast meine Eltern ermordet.«

Er schlug nach mir, aber ich blockte ihn ab und versetzte ihm einen harten Schlag in den Magen.

Er krümmte sich zusammen. »Ich weiß nicht, warum du so verärgert klingst. Du hast meiner Mutter das Herz herausgerissen und ihren Kadaver in einem Bottich mit Wein geworfen.« Er richtete sich auf. »Aber warum die ganzen Fragen über deine Eltern? Bist du einsam, Mortana, nachdem du den Rest deiner Art ermordet und in den Kerkern hast verrotten lassen? Ich dachte, du wolltest die Einzige sein, die deine Macht besitzt. Deshalb hast du es doch getan, oder? Um Macht zu erlangen und deine eigene Haut zu retten. Du hast deine Sippe geopfert.«

Meine Finger zuckten. Da war wieder dieser Satz – Mortanas Erbsünde. Und meine.

Kaum dass das Feuer hinter mir erloschen war, schwärmten weitere Soldaten in den Raum. Meine Flügel schossen aus meinen Schulterblättern hervor und hoben mich in die Luft. Ich trat Cambriel gegen den Kopf. Mit einem Schrei fiel er rückwärts auf den Boden.

Doch in der nächsten Sekunde war er schon wieder auf den Füßen und explodierte in Flammen. Ein Feuerball verschlang mich. Orangene und rote Flammen tanzten um mich herum. Es roch nach Asche und brennendem Stoff. So war Mom gestorben. Cambriel setzte im Kampf auf Feuer, eine Taktik, die bei fast jedem funktionierte.

Außer bei mir.

Als sich der Feuerball zurückzog, winkelte ich meine Flügel an und stürzte mich auf ihn. Mein Angriff brachte ihn aus dem Gleichgewicht. Sein Kopf knallte auf den Stein. Ich setzte mich auf seine Taille und streckte meine langen, silbernen Klauen aus. Mit ihnen trennte ich seine Hand mit dem Ring ab.

Er schrie vor Angst auf und griff nach meinem Haar. Ich hätte sein Leben auf der Stelle beenden können, aber ich wollte ein Publikum.

Mit meinen Krallen fuhr ich über sein Herz, drohte es zu durchbohren, bevor ich einen Dolch aus der Scheide zog.

»Meine Eltern haben dich erpresst«, knurrte ich. »Warum? Was wollten sie?«

Mit vor Angst geweiteten Augen schüttelte er wortlos den Kopf. Ich stieß mit meinen Krallen in seine Brust. Blut sprudelte aus der Wunde. »Ich habe zugesehen, wie sie verbrannt ist, Cambriel. Sag mir, was sie von dir wollte.«

»Etwas, das ich ihr nicht geben konnte. Sie wollte zurückkommen. Ich weiß nicht, warum es nach all den Jahren plötzlich so dringend war.«

Weil ich geboren worden war. Die City of Thorns war mein Zuhause, und sie wollte mich beschützen.

»Und warum hast du sie nicht gelassen?«, rief ich. »Mein Vater war doch auch dein Vater!«

Auf seiner Stirn leuchtete sein Zeichen – ein goldenes Auge in einem Dreieck. »Und was, wenn es noch mehr Lilu gibt? Es gab einen Grund, warum die Lilu gehen mussten. Nergal hat den Forderungen der Sterblichen zugestimmt, weil er euch loswerden wollte. Euch alle. Wie kann ein flügelloser König über diejenigen herrschen, die fliegen können? Es ist in Ordnung, wenn es nur noch eine Lilu gibt – dich. Du und ich könnten heiraten. Unsere Ansprüche auf den Thron wären stärker als die von allen anderen.«

Das Feuer hatte sich inzwischen im ganzen Zimmer ausgebreitet und sein Bett verschlungen.

Seine abgetrennte Hand begann bereits zu heilen, und mir lief die Zeit davon. Ich hatte die Antwort, die ich brauchte.

Ich stieß den Dolch in sein Herz. Er erstarrte, die Augen weit vor Schock. Er würde sich nicht wehren können, bis ich ihn auf einen öffentlichen Platz geschleift hatte.

Aber seine Worte klangen noch immer in mir nach. *Aber was, wenn es noch mehr Lilu gibt?*

Ich rutschte von seinem bewusstlosen Körper und hockte mich hin, um ihn hochzuheben. Ich würde ihn durch das Fenster tragen und …

In der brennenden Tür stand eine Gestalt, die die Flammen um sich herum nicht wahrnahm.

Orion. Kupfernes Licht und Schatten tanzten über seine Züge. Glut und Rauch wirbelten um ihn herum, und seine eiskalten Augen durchdrangen die Dunkelheit. Der Geruch von brennendem Mahagoni und erhitztem Stein erfüllte die Luft, und Asche regnete von der Decke.

Ein Versprechen von Gewalt lag in der Luft. »Nun, Rowan. Wie es scheint, hast du einen Weg gefunden, den Blutschwur zu brechen und mich zu belügen.« Er lächelte. »Aber vielleicht sollte ich dir danken. Du hast die harte Arbeit bereits für mich erledigt.«

Ich war nicht hier, um ein Gespräch mit Orion zu führen. Und ich würde auch nicht zulassen, dass er mir diese Chance stahl. Auf keinen Fall durfte er mich durcheinanderbringen.

Mit dem König in meinen Armen rannte ich zur offenen Balkontür. Draußen breitete sich die erste Morgenröte über den Himmel aus und färbte ihn in schillerndem Perlmutt.

Sobald ich den Balkon erreicht hatte, würde ich meine Flügel …

Pure Kraft traf mich in den Rücken und trieb mir die Luft aus den Lungen, bevor ich entkommen konnte. Ich ließ den König los, und wir fielen auf den Mosaikboden. Mit einer fließenden Bewegung stützte ich mich auf den Ellbogen ab und trat Orion heftig gegen das Knie.

Er taumelte, und ich sprang auf die Füße, erfreut über seinen überraschten Gesichtsausdruck.

Er wollte kämpfen? *Gut.* Dafür hatte ich ja trainiert. Ich verbreiterte meinen Stand und beruhigte meine Gedanken, wie es mir der Sterbende Gott beigebracht hatte. Ohne Emotionen oder Angst achtete ich darauf, was mein Feind als Nächstes tun würde.

Ich hatte erwartet, dass Orion wütend aussehen würde, aber er wirkte stattdessen belustigt. »Sieh an, sieh an«, sagte er. Ein Lächeln umspielte seine Lippen. »Du weißt also doch noch, wie man kämpft.«

Rauch erfüllte die Luft, als die Flammen die Einrichtung verschlangen. »Ich habe ein paar Dinge in der Unterwelt gelernt.«

»Du willst die Macht für dich selbst.«

Ich erwiderte sein schwaches Lächeln. »Wann hat hier das letzte Mal eine Königin anstelle eines Königs regiert? Und sieh dir an, was wütende Männer anrichten, wenn sie Macht haben. Wir haben es in der Unterwelt gesehen. Männer regieren die Stadt in der Unterwelt. Frauen werden gehängt, an den Pranger gestellt und ausgepeitscht, nur weil Männer den Gedanken nicht ertragen können, dass Frauen auch nur das kleinste bisschen Kontrolle haben.«

Er zog eine Augenbraue hoch. »Also ist es nicht um deiner selbst willen? Du tust das für alle Frauen?«

»Verzeih mir, wenn ich denke, dass es ein wenig unethisch ist, alle Sterblichen abzuschlachten, nur weil dich jemand vor vierhundert Jahren verärgert hat.«

Sein Lächeln verblasste und seine Augen wurden zu Eis. »Jemand hat mich *verärgert*? So nennst du das?«

»Und ja, ich will regieren«, rief ich. »Na und? Vielleicht habe ich es satt, von kaputten Leuten auf einem Machttrip herumgeschubst zu werden.«

Er schenkte mir ein wissendes Lächeln. »Aber genau das wärst du, nicht wahr? Eine kaputte Frau mit einer halben Seele auf einem Machttrip. Ich habe gesehen, was du mit den Soldaten gemacht hast, die draußen brennen.«

»Sie werden sich erholen.«

»In dem Moment, in dem du gelernt hast, deine Magie zu benutzen, hast du damit angefangen, Leute anzuzünden und von Balkonen zu werfen. Sag mir noch einmal, wie du dich von Mortana unterscheidest? Du kämpfst doch schon genau wie sie.«

Zweifel tanzten durch meine Gedanken. *Was tat ich nur?* Die Antwort war klar: Ich ließ zu, dass er mich durcheinanderbrachte.

Tammuz hatte mich darauf nicht vorbereitet, und wenn ich mir Orions Worte zu lange anhörte, würde ich verlieren.

Ich musste dieses Gespräch beenden, bevor er völlig die Oberhand gewann. Bereit zuzuschlagen, sprang ich nach vorne, aber er schlug zuerst nach mir. Blitzschnell wich ich aus. Sofort holte ich mit meinen Krallen aus, um ihm an die Kehle zu gehen. Er packte meine Handgelenke, schob sie zur Seite und schleuderte mich auf den Boden. Ich rollte mich ab und sah zu ihm hoch.

Um mich herum waberte Rauch von einem brennenden Stuhl. Alarmglocken schrillten laut in der Stadt, in der Lärm und Chaos herrschten.

Natürlich wäre Tammuz über diese Anarchie erfreut.

»Was der Unterschied zwischen mir und Mortana ist? Im Gegensatz zu ihr bin ich loyal.« Ich drehte mich um, schnappte mir den brennenden Stuhl und schleuderte ihn in Orions Richtung. Er wehrte ihn ab, aber seine dunklen Kleider fingen Feuer. Flammen stiegen um ihn herum auf und vergoldeten seine Gesichtszüge. Er löschte sie in dem Versuch, die Reste seiner Kleidung zu retten.

»Du bist loyal? Sieht für mich nicht so aus.« Sein Hemd war fast vollständig weggebrannt, sodass nur noch schwarze Fetzen über seine muskulöse Brust hingen.

Eine weitere Ablenkung, auf die mich Tammuz nicht vorbereitet hatte. »Ich bin dir gegenüber nicht loyal«, sagte ich. »Du hast mir immer wieder gesagt, wie sehr du mich hasst. Nein, tut mir leid. Du *respektierst mich nicht genug*, um mich zu hassen, weil ich *langweilig* und *ermüdend* bin. Warum erwartest du, dass ich dir gegenüber loyal bin?« Wut kochte in mir hoch. Ich hatte es satt, herumgeschubst zu werden, und ich musste es nicht mehr hinnehmen.

Ich stürzte mich auf ihn und schlug ihm hart auf den Kiefer. Knochen knackten. Die Wucht des Schlags machte ihn für einen Moment benommen, und ich trat ihm gegen die Brust. Er prallte mit dem Rücken gegen eine heiße Steinwand. Bevor er sich erholen konnte, drehte ich mich um und zielte mit dem nächsten Tritt auf seinen Kopf. Mit schockierender Geschwindigkeit schoss seine Hand hervor und packte meine Knöchel.

Seine dunklen Augen funkelten, und das Zeichen Luzifers leuchtete auf seiner Stirn. Ging es nur mir so, oder genoss er es ein wenig, meine Faust in seinem stählernen Griff zu halten?

Ich spreizte meine Flügel, erhob mich in die Luft und trat ihm mit meinem anderen Fuß an den Kopf. Sein Schädel krachte gegen die Wand. Aber als ich meine Flügel wieder einzog und landete, packte er mich und warf mich auf den Rücken. Mit einem Satz sprang er auf mich zu. Ich hob meine Beine an und klemmte seine Kehle zwischen meinen Schenkeln ein. Dann drückte ich so fest zu, wie ich konnte, doch er hob mich einfach hoch.

Er wirbelte herum und warf mich auf das brennende Bett. Das Feuer verschlang uns. Ich spürte nichts außer Orions Taille zwischen meinen Schenkeln.

Er versuchte mich an den Handgelenken festzuhalten, aber bevor er einen guten Griff bekam, rammte ich ihm meinen Ellbogen in die Schläfe. In nächsten Moment schlug ich ihn mit der anderen Faust gegen das Gesicht, sodass er von mir herunter auf den brennenden Boden fiel.

Ich landete auf ihm, meine Beine um seine Taille geschlungen. Jetzt war es an der Zeit, zu handeln. Ich fuhr meine Krallen aus.

Er hielt meine Handgelenke fest, und wir drückten uns aneinander, während sein grimmiger, schattenhafter Blick meinen traf. »Werde ich sterben, gerade als ich wieder zu leben begonnen habe?«, fragte er.

Ich hatte keine Ahnung, was das bedeuten sollte. Wieder jagten sich meine Gedanken, und ich versuchte Ruhe in meinen Kopf zu bekommen. Doch die Fragen überschlugen sich.

Und was wäre, wenn meine Hände frei wären? Könnte ich Orions Leben wirklich beenden?

Ich war mir sehr sicher, dass er mich hätte töten können, wenn er mir einfach das Herz herausgerissen hätte, anstatt mich an den Handgelenken zu packen.

Das ließ mich innehalten.

Schweiß rann mir die Schläfen herunter.

Ich rammte meine Stirn nach unten. Mit einem Knacken brach seine Nase. Er ließ meine Handgelenke los, und ich fuhr meine langen silbernen Krallen aus.

Dann schlug ich nach ihm.

KAPITEL 33

– ROWAN –

Ich schaffte es nicht, Orion zu töten. Stattdessen schlitzte ich ihm die Kehle auf. Sein Blut floss über das schwarzweiße Mosaik, und ich sprang von ihm herunter. Ich wusste nicht, wie lange es dauern würde, bis er sich erholt hatte, aber ich wollte nicht warten, um es herauszufinden.

Mit klopfendem Herzen ging ich zu dem bewusstlosen König hinüber. Rauch füllte meine Lunge, und meine Augen brannten. Hustend bückte ich mich und hob Cambriel auf. Das Messer steckte noch immer in seinem Herzen. Sein Mund stand offen und Blut rann über seine Brust.

Als ich seinen schlaffen Körper in den Armen hielt, rannte ich auf den Balkon hinaus und blinzelte in die helle Morgensonne. Ich atmete die süße, frische Luft tief ein und wischte mir Rauch und Schweiß aus den Augen.

Meine Flügel schossen aus meinen Schultern, und der Wind rauschte über sie hinweg. Unter mir schwärmte die Armee aus, winzig wie Ameisen.

Ich flog vom Balkon in den honigfarbenen Himmel und schwebte über der Dämonenstadt, die vom Morgenlicht vergoldet wurde. Unter mir drängten sich die Soldaten, die durch ihre Schwüre gebunden waren, ihren noch lebenden König zu schützen. Aber bald würden sie mir ihre Treue schwören. Ich wollte, dass sie sahen, was mit ihrem falschen König, dem Scharlatan auf dem Thron, passieren würde. Mein Plan war gewesen, ihn vor dem Haus meiner Eltern zu töten. Poetisch, aber nicht die beste Strategie. Es war zu weit weg und ich hätte auf die Armee warten müssen, damit sie sahen, wie ich ihm das Herz herausriss. Ich wollte keine weitere Zeit verschwenden.

Ich raste auf die sandigen Steine des Luziferischen Bezirks zu, nicht weit vom Turm entfernt, und entfachte einen Feuerstrahl. Es entstand ein Durcheinander aus Flammen und Rauch, das die Bogenschützen davon abhielt, auf mich zu schießen. Als ich näherkam, ließ ich einen weiteren Feuerstrahl zu Boden schießen. Aufgeregte Dämonen stoben davon, sodass ich Platz zum Landen hatte.

Ich kam hart auf den Steinen auf, schaffte es aber, mich zu fangen. Der Fluss Acheron floss hinter mir. In Wirklichkeit war es noch gar nicht so lange her, dass ich in einem Restaurant in der Nähe gesessen und Nudeln gegessen hatte, überzeugt davon, sterblich zu sein. Es war noch nicht lange her, da hatte ich die Prüfung in der Wildnis bestanden und mit Fuchspisse, Deo und Feuerzeugen mein eigenes Leben gerettet.

Als ich wieder festen Boden unter den Füßen hatte, blickte ich auf und sah, wie die Dämonenarmee auf mich zustürmte. Ihre Schritte klapperten laut auf dem Steinboden. Ich musste mich schützen, bevor sie mich in Stücke rissen.

Ich umgab den König und mich selbst mit einem Kreis aus Flammen. Die Armee blieb auf der anderen Seite stehen. Ich hatte nicht viel Zeit.

»Nur der wahre Erbe kann einen König umbringen«, rief ich. »Ich bin hier, um euch zu beweisen, dass ich eure Königin bin.«

Stille trat ein. Die Haare in meinem Nacken stellten sich auf, ein sechster Sinn, dass hinter mir Gefahr lauerte. Als ich meinen Blick hob, sah ich, wie Orion mit ausgebreiteten Flügeln durch den Himmel raste und direkt auf mich zusteuerte. Ich ließ den König fallen und erhob mich in die Luft, um ihn zu treffen.

Wir stießen zusammen, schlugen mit den Flügeln und kämpften miteinander. Er packte mich an der Taille und warf mich zur Seite, woraufhin ich ungeschickt in Richtung Boden stürzte, bemüht, nicht das Gleichgewicht zu verlieren.

Ich richtete mich wieder auf, während das Grauen unter mir seinen Lauf nahm. Orion kniete über dem König. Ich landete auf seinem Rücken und versuchte ihn wegzuziehen. Zu spät.

Orion schlug seine Krallen in die Brust des Königs und riss ihm mit einer einzigen Bewegung das Herz heraus. Er hob es in die Luft, hoch über seinen Kopf. Enttäuschung durchfuhr mich, während ich den fünfzackigen Stern sah, der auf seiner Stirn strahlte.

Ich hatte es geschafft. *Ich* hatte herausgefunden, wie ich den König töten konnte. Wie ich an seiner Armee vorbeikam. Wie ich ihm in aller Öffentlichkeit das Herz herausreißen konnte. Und Orion hatte mir im letzten Moment den Sieg gestohlen.

Ich zitterte vor Wut.

Ich wollte in die Welt herausschreien, dass dieser Sieg der meine war, dass Orion mir das Herz des Königs gestohlen hatte. Das war *meine* Rache. Cambriel hatte meine Mutter getötet, nicht seine. Orion hatte mir meine Rache genommen, und damit auch die Krone, aber wer würde mir schon glauben? Aber schließlich es ging ja nicht nur um mich. Orion wollte sie alle umbringen, jeden Einzelnen.

Die Flammen erloschen um uns herum, und die Armee der Soldaten in Mitternachtsblau kniete vor ihrem neuen König nieder. Glühende Eifersucht brannte in mir.

Ja, ich wollte Macht. Wer wollte das nicht? Nur wer Macht hatte, konnte die Verrückten davon abbringen, die Welt niederzubrennen.

Das gleichmütige Lächeln auf Orions schönem Gesicht schickte heiße Wut durch meine Adern.

Er hob das Herz des Königs wieder an. Blut tropfte an seinem Arm herunter. Die aufgehende Sonne tränkte ihn in Gold – ein schöner Gott des Zorns. »Cambriel war nicht euer wahrer König. Ich war es, der Nergal erschlagen hat, und ich werde das Unrecht eurer früheren Könige wiedergutmachen. Wir werden nicht länger in einem Gefängnis leben, das die Sterblichen geschaffen haben. Ich werde nicht länger zulassen, dass sie uns kontrollieren. Gemeinsam werden wir einen Weg finden, die Fesseln zu sprengen, die uns hier gefangen halten, und wieder zu Göttern zu werden!«

Die Menge brüllte.

Orion drehte sich zu mir um. Sein Blick war eisig. Ich biss die Zähne zusammen.

»Bringt diese Frau aus meinem Reich«, rief er. »Sie hat versucht, den Turm von Baal niederzubrennen. Sie hat keinen Zutritt mehr zu unserer Stadt.«

»Was redest du da?«, fauchte ich.

»Das, was ich von Anfang an versprochen habe. Ich habe dir gesagt, dass ich dich aus der Stadt verbannen werde. Ich kann nicht in deiner Nähe sein, Rowan.«

Ich blickte zu den Soldaten, die auf mich zumarschierten und dann wieder zu ihm. »Die sterbliche Polizei wird mich verhaften. Auf der Stelle.«

Seine Augen waren voll kalter Belustigung. »Du bist einfallsreich. Das kann ich jetzt sehen. Ich bin mir sicher, dass dir etwas einfällt.«

Die Menge rief ekstatisch seinen Namen. Mit nacktem Oberkörper glühte Orion im bernsteinfarbenen Licht. Er sah aus wie ein König. Ich atmete tief ein und sog den Geruch von Rauch und Blut ein. Rote Sonnenstrahlen leuchteten durch Ruß und Asche auf uns herab.

Wenn der Herr des Chaos erfolgreich ist, wird das Reich der Sterblichen brennen.

Mein Blick wanderte zu den Soldaten, die mir entgegenkamen, und ich wollte schreien.

Warum warten, bis man mich hinausschmiss? Ich breitete meine Flügel aus und erhob mich in den aschfahlen Himmel.

Ich würde gehen – aber ich würde zurückkommen. Daran hatte ich keinen Zweifel.

Kapitel 34

– Rowan –

Von Shais Hotelzimmer im obersten Stockwerk des Glover Inn hatte ich einen perfekten Blick auf die Altstadt von Osborne. In der Unterwelt und in der City of Throns herrschte ein anderes Klima als hier – es war seltsam zu sehen, dass in Osborne noch immer Herbst war und die Bäume im Schein der Straßenlaternen in feurigen Farben erstrahlten.

Das war der schöne Teil der Wallcott Street, mit bunt gestrichenen Geschäften, gemauerten Bürgersteigen und goldenen Schildern. Aus den Fenstern der Backsteingebäude strahlte Wärme, und die Leute liefen mit Bechern mit dampfendem Kaffee und heißer Schokolade herum. Eine schmale, gepflasterte Straße führte hinunter zum schattigen Witchcraft Point. Selbst das sah von hier aus schön aus – orangefarbene Punkte in der Dunkelheit.

Wie ging es Mr. Esposito heute Abend? Ich hätte auf jeden Fall nach ihm gesehen, wenn es nicht bedeuten würde, an den Tatort zurückzukehren.

Von hier aus konnte ich den ganzen gegenüberliegenden Hügel überblicken. In der Ferne glühte die City of Thorns im fahlen Licht. Ich drückte meine Handflächen gegen das Glas und ließ es ein wenig beschlagen.

Wie lange würde es dauern, bis Orion kam und anfing, Menschen zu töten?

Die Tür öffnete sich und Shai trat ein, die einen schwarzen Rollkragenpullover und einen kurzen Tweed-Rock trug. Sie hielt zwei Weingläser in den Händen. »Die habe ich von der Bar unten. Billiger als der Zimmerservice.«

Ich seufzte und betrachtete das gemütliche Hotelzimmer. Bücherregale aus Nussbaumholz säumten die Wände auf beiden Seiten des Kamins. Shai schob die Weingläser auf den Schreibtisch am Fenster. »Die sind beide für dich.«

»Du trinkst nichts?«

»Ich habe die Erlaubnis bekommen, zurück in die City of Thorns zu gehen. Ich glaube nicht, dass Orion mir wegen meiner Verbindung zu dir vertraut, aber der Schwur, den er mir gegeben hat, beinhaltet das Versprechen, mich zu beschützen. Er kann mich nicht wirklich beschützen, wenn ich nicht im Königreich bin, oder?«

Ich stieß einen langen Seufzer aus. »Warum war ich nicht klug genug, einen solchen Schwur zu verlangen?«

»Ich wurde von zwei Eltern aufgezogen, die ständig versucht haben, sich gegenseitig zu bevorteilen. Es ist eine Kunstform.« Sie ging zum Kleiderschrank und öffnete ihn. »Du solltest aber eine Weile hier bleiben. Ich bezahle es. Ist dieses Zimmer nicht fantastisch?«

Mein Blick wanderte durch den Raum. Auf eine seltsame Weise erinnerte er mich an die Gemütlichkeit des Häuschens, in dem ich in der Unterwelt gewohnt hatte – viel dunkles Holz und Kerzen sorgten für eine heimelige Atmosphäre. Nur gab es hier unverkennbaren Luxus: eine rote Samtdecke, Bücherregale voller schöner alter Bücher und ein antiker Mahagonischreibtisch am Fenster.

Regen begann gegen die Scheibe zu prasseln.

In ihrem eleganten Rock und dem schwarzen Pullover sah Shai aus, als gehörte sie hierher.

»Danke, Shai. Es ist wunderschön. Aber ich bin mir nicht sicher, ob es eine gute Idee ist, in einem Zimmer zu übernachten, das auf deinen Namen oder deine Kreditkarte gebucht ist. Jack und die sterbliche Polizei haben uns bereits miteinander in Verbindung gebracht.« Ich seufzte. »Es ist nur eine Frage der Zeit, bis sie mich hier finden.«

Sie zog ihren Koffer heraus. »Okay. Wo willst du denn hin?«

»Untertauchen, denke ich.« Ich hatte noch keinen richtigen Plan, aber ich wusste, dass ich den Winter auch mit fast nichts überleben konnte. »Ich werde einfach im Wald nach Eicheln und Beeren suchen.«

Sie zog ihren Wollmantel an. »Ich meine es ernst. Warum kannst du nicht versuchen, Orion zu überzeugen, dich wenigstens wieder in die Stadt zu lassen?«

»Weil ich seine Rivalin bin, und selbst wenn ich es nicht wäre, mag er mich nicht.« Nach allem, was ich durchgemacht hatte, stachen diese Worte schlimmer als der Pfeil, der mich in die Rippen getroffen hatte.

»Kannst du ihn nicht verzaubern?«

Ich reichte ihr eines der Weingläser. »Trink besser einen Schluck, Shai. Und setz dich kurz hin.«

In ihrem Mantel hockte sie am Ende des Bettes und nahm einen Schluck Wein. »Okay. Du machst mir Angst. Was ist denn los?«

Ich drehte mein Weinglas zwischen den Händen. »Ich bin mir nicht sicher, wie ich es dir sagen soll, aber Orion wird alle umbringen.«

Ihre braunen Augen weiteten sich. »Wie bitte, was?«

»Nicht in der City of Thorns, obwohl ich mir sicher bin, dass er auch dort eine ganze Reihe von Leuten töten wird. Aber hauptsächlich hier draußen. Er will alle Sterblichen ermorden. Er glaubt, dass er einen Weg gefunden hat, den Bann zu brechen, der die Dämonen an die Stadt bindet, und er will sie befreien. Um Rache zu nehmen.«

Ihr Mund öffnete und schloss sich. »Ich wusste schon immer, dass er vollkommen verrückt ist. Aber ist das wirklich möglich?«

»Orion wird wahrscheinlich einen Weg finden, es zu tun. Dieser Mann hat sich über ein Jahrhundert lang aus einem Kerker gegraben und die ganze Zeit davon geträumt, Sterbliche zu ermorden. Trotz all seiner anderen Schwächen schafft er es, auch unter den unmöglichsten Umständen etwas zu erreichen. Und er ist total kaputt.«

Sie lehnte ihren Kopf zurück und leerte ihr Glas. Als sie fertig war, wischte sie sich den Mund ab. »Okay. Wir müssen es allen sagen. Wir müssen alle evakuieren.«

»Wohin? Er wird nach Osborne nicht aufhören.«

Sie stellte das leere Weinglas auf den Schreibtisch. »Bitte sag mir, dass du eine Idee hast, was wir tun können. Was ist mit dem Waldgott?«

Ich holte tief Luft. »Ich habe darüber nachgedacht, zu ihm zu gehen, aber ich habe nicht das Gefühl, dass es ihn groß kümmert, wenn Sterbliche sterben. Er mag den Tod sogar sehr gern. Ich glaube, er hat mir geholfen, weil er den Kampf um den Thron ein bisschen interessanter machen wollte.«

»Aber jetzt es ist vorbei, oder?«, fragte sie. »Orion ist jetzt König. Das lässt sich nicht ändern.«

Ein Kloß stieg in meinem Hals auf, und ich schluckte schwer. »Wenn ich ihn aufhalten will, muss ich ihn töten.«

»Du? Du kannst ihn nicht töten!« Sie starrte mich an. »Tut mir leid, Rowan, es fällt mir schwer, mich an deine Fähigkeiten als Killerdämonin zu gewöhnen. Ich kenne dich eben als die Person, die bei der Abschlussfeier vor Nervosität gekotzt hat.«

»Ja, ich auch.« Ich sah zu, wie der Regen an das Fenster prasselte. »Hör zu, Shai, du solltest in die City of Thorns gehen. Wir wissen, dass es dort sicher ist. Und ich werde mir etwas einfallen lassen. Ich werde mir einen Plan überlegen, versprochen. Ich bleibe nur noch ein bisschen hier, um einen klaren Kopf zu bekommen.«

Ihr Telefon surrte und sie zog es aus der Tasche. »Mist. Mein Uber ist da.«

»Geh. Wir schreiben uns.«

Ihr Blick huschte zum Fenster. »Was machst du, wenn die Polizei auftaucht?«

»Bei der Geschwindigkeit, mit der meine Magie abnimmt, sollte ich noch ein paar Tage fliegen können. Es wird schon gehen. Und danach werden sie mich nicht mehr finden.« Verrückter Weise hatte ich sogar überlegt, mich einfach in der Hütte in der Unterwelt zu verstecken.

Sie eilte zur Tür. »Okay. Schick mir eine Nachricht, wenn du kannst. Ich lasse dir die Hotelschlüssel da. Du kannst eine Woche hier bleiben, wenn du glaubst, dass du nicht erwischt wirst.«

Als sie die Tür schloss, dämpfte ich das Licht ein wenig, denn ich zog das Kerzenlicht vor. Ich nippte an meinem Wein und starrte aus dem Fenster. Ich hatte versagt, ja. Aber das konnte nicht das Ende sein. Meine Eltern hatten ihr Leben geopfert, um mich zu beschützen – weil sie der festen Überzeugung waren, dass Orion nicht herrschen durfte. Ich konnte es nicht ertragen, mir vorzustellen, wie enttäuscht sie jetzt wären, wenn sie wüssten, dass er gewonnen hatte. Meine Brust tat weh.

Ein klirrendes Geräusch ließ mich aufhorchen. Ich schaute aus dem Fenster und erblickte jemanden, der mit einem Rollator über den Bürgersteig schlurfte. Es war Mr. Esposito, der vom Regen durchnässt war. Warum war er immer bei diesem Wetter draußen? Jemand sollte sich wirklich um ihn kümmern.

Als er am Hotel vorbeiging, sah ich, wie er etwas fallen ließ – eine braune Papiertüte.

Verdammt noch mal. Die Tüte lag jetzt in einer Pfütze und er hatte es nicht einmal bemerkt. Ich klopfte ein paar Mal an das Fenster, um seine Aufmerksamkeit zu erregen, aber er tapste weiter den Hügel hinunter.

Ich schnappte mir einen Schlüssel, verließ das Zimmer und eilte die vier knarrenden Treppen hinunter. An der Empfangsdame vorbei ging ich durch die Vordertür hinaus.

Mr. Esposito war weg. Das Hotel lag oben auf dem Hügel. Das Licht der Straßenlaternen schimmerte in den Pfützen und Regen floss in Rinnsalen die verlassenen Kopfsteinpflasterstraßen hinunter. Alle hatten sich ins Innere des Hotels geflüchtet, um dem Sturm zu entkommen.

Der alte Mann war verschwunden. Ich war mir nicht sicher, wie er sich so schnell bewegen konnte, aber vielleicht hatte er sich auch ins Trockene gerettet.

Seine braune Papiertüte lag immer noch auf dem Bürgersteig im Regen. Ich joggte hinüber und hob sie auf, um sie später bei ihm zu Hause abzugeben. Dann klemmte ich sie mir unter den Arm und drückte auf den Summer, um zurück ins Hotel zu kommen.

Was war in der Tüte – vielleicht ein Buch? Während ich auf die Empfangsdame wartete, drehte ich den Umschlag um und sah, dass jemand den Buchstaben R darauf geschrieben hatte.

R für Rowan?

Meine Neugierde war geweckt, und ich öffnete die Tüte und schaute hinein. Es war ein Buch, das viel zu alt und wertvoll aussah, um es in einer Pfütze liegen zu lassen. Aber jemand hatte es sorgfältig in Plastik eingewickelt, um es zu schützen. Der samtige, mitternachtsblaue Einband war mit goldener Schrift, Filigranen und kleinen Sternensymbolen geprägt. Sofort stach mir der Titel ins Auge.

Prüfung durch Kampf in der Dämonenwelt.

Ich starrte auf das Buch und dachte an etwas, das Mr. Esposito in der Nacht gesagt hatte, in der ich den Abgeordneten getötet hatte: »Geh in die City of Thorns.«

Er wusste es, nicht wahr?

Was ist, wenn es noch mehr Lilu gibt ...

Cambriel hatte befürchtet, dass er, wenn er meine Eltern in die Stadt lassen würde, noch mehr Lilu den Zutritt erlauben müsste. Vielleicht hatte er etwas gewusst.

Ich war so verblüfft, dass ich fast das Summen der Tür verpasst hätte. Ich drängte mich hinein und rannte die Treppe hinauf zurück in Shais Zimmer. Dort eilte ich zum Schreibtisch, setzte mich hin und zog das Buch vorsichtig aus dem Plastik.

Als ich es aufschlug, raste mein Puls. Es fühlte sich wie eine Botschaft an. Vor langer Zeit hatte König Nergal meinem Großvater Azriel die Krone im Kampf abgenommen.

Ich nippte an dem Wein, den Shai für mich übrig gelassen hatte, und begann zu lesen. Während der Regen gegen das Fenster prasselte, erfuhr ich mehr über den dämonischen Glauben an die Monarchie. Dämonen gingen davon aus, dass die Götter den Sieger auswählen, wenn um die Krone gekämpft wurde. In einer Reihe von Prüfungen wurde ermittelt, wer für die Herrschaft geeignet war. Wenn ein Dämon mit einem legitimen Anspruch einen Herrscher herausfordern wollte, gab er eine öffentliche Erklärung ab.

Ich blickte vom Buch auf und starrte in die Dunkelheit vor dem Fenster, ohne etwas zu sehen.

Darauf hatte mich Tammuz vorbereitet.

Es war noch nicht vorbei.

Ich würde zurück in die City of Thorns gehen.

GARDEN OF SERPENTS

KÖNIGIN DER DÄMONEN

BUCH III

KAPITEL 1

– ROWAN –

Sonnenlicht fiel durch die Herbstblätter und ließ sie wie Flammen leuchten. Ich starrte aus einem Fenster im dritten Stock auf die Straße und beobachtete einen kleinen Jungen, der sich auf dem Bürgersteig gegenüber den Mund mit Zuckerwatte vollstopfte. Neben ihm unterhielt sich seine Mutter mit einer Freundin. Ihre Haare leuchteten in demselben Rot wie die Herbstblätter über ihr.

Der kleine Junge griff nach der Hand seiner Mutter. Rosa Zucker war auf seiner Wange verschmiert und hob sich von seiner blassen Haut ab. Von der Eiche über ihm fiel ein orangefarbenes Blatt auf sein kastanienbraunes Haar und glitt dann zu Boden. Seine grünen Augen folgten der Bewegung des Blattes.

Meine Brust zog sich zusammen.

Inzwischen rechnete ich jeden Tag damit, dass Orion durch die Straßen zog und sie alle umbrachte. Dieses niedliche Kleinkind mit Pflastern an beiden Knien war für nichts verantwortlich, was vor vierhundert Jahren passiert war. Es wollte nur seine Mom und seine Zuckerwatte.

Ich beobachtete die friedliche Szene, während mein Atem das Glas beschlug. Es könnte für eine Weile der letzte Moment des Friedens sein.

Heute um Mitternacht würde mein Kopf entweder auf einem seidenen Kissen ruhen oder an den Toren vor dem Turm von Baal hängen. Nach der ersten Prüfung gab es nur diese beiden Möglichkeiten. Nichts anderes.

Aber wenn Tammuz, der Sterbende Gott, der Meinung war, dass ich eine Chance auf die Krone hatte, wie konnte ich da widersprechen?

Als ich einen Schritt vom Fenster zurücktrat, fing ein Lichtstrahl das Wort *Liebe* ein, das vor langer Zeit mit einem Diamanten in das Glas geritzt worden war. Kurz stellte ich mir eine Welt vor, in der mich ein liebevoller Orion in der City of Thorns willkommen hieß. Eine Welt, in der wir gemeinsam herrschten. Aber das war nicht die Realität. Schließlich hatte er mich aus der City of Thorns verbannt, was bedeutete, dass ich mich gegen Dämonenjäger zur Wehr setzen musste, während meine Magie schwand.

In Wirklichkeit hatte Orions Seele den Kerker nie verlassen. Selbst wenn er körperlich entkommen war, etwas von ihm war noch immer dort gefangen.

Mit zugeschnürter Kehle drehte ich mich um und betrachtete das Herrenhaus aus dem achtzehnten Jahrhundert. Das Haus von Shais Tante war einer der schönsten Orte, die ich je gesehen hatte. Die Böden waren herrlich krumm und knarrten, und die Wände waren aus geschnitztem Mahagoniholz. Die eine Hälfte des Wohnzimmers ging in eine Küche mit Marmorarbeitsplatten über. Auf der anderen Seite des Raumes blickten diamantverglaste Fenster auf den aufgewühlten, von der Sonne geküssten Atlantik.

Bernsteinfarbenes Sonnenlicht fiel durch das alte Glas auf das Porträt eines Verwandten von Shai, ein Kapitän der Neuengland-Handelsmarine mit brauner Haut, weißer Krawatte und einem Marinemantel mit Messingknöpfen. Sein Aussehen machte es unmöglich zu sagen, ob er wie Shai zum Teil ein Dämon war.

Ich liebte dieses Haus über alles. Es war mein Versteck, während Shais Tante in Paris Urlaub machte. So lange hatte ich es für mich allein.

Ich atmete tief ein und schloss für einen Moment die Augen, um die Ruhe vor dem Sturm zu genießen. In dieser Nacht hatte ich kein Auge zumachen können. Meine Gedanken wirbelte herum. Die Polizei der Sterblichen war noch immer auf der Suche nach mir, weil ich einen Abgeordneten getötet hatte. Außerdem ließ mich das Wissen, welche Grausamkeiten Orion geplant hatte, nicht zur Ruhe kommen.

Ich setzte mich auf das antike Sofa und zog mein Handy heraus, um die Uhrzeit zu überprüfen. Es war fast Mittag. Shai sollte jeden Moment mit etwas kommen, das ich dringend brauchte.

Als ich wieder aufblickte, lief mir ein kalter Schauder über die Haut. Schatten hatten sich im Raum ausgebreitet, und das elektrische Knistern von Magie lief mir den Rücken hinunter.

Ich sprang wieder auf und ging zum Fenster. Unnatürliche eisengraue Sturmwolken hatten den Himmel erobert.

Der kleine Junge hielt immer noch die Hand seiner Mutter, aber jetzt erschienen Sorgenfalten auf seiner Stirn. Er starrte hinauf zu den sich verdunkelnden Wolken und wischte seine klebrige Hand an seinem Hemd ab, wobei er rosa Flecken hinterließ.

Eine Böe fegte durch die Bäume und riss die Blätter von den Ästen der Eiche. Plötzlich öffneten sich die Wolken. Ein wilder Regensturm entfesselte sich, der gegen das Fenster hämmerte.

Mein Herz begann zu rasen, als ich meinen Hals reckte, um durch das alte Glas den Hügel hinunterzuschauen.

Es geht los. Ich konnte nicht mehr atmen. Dort kamen sie – eine Horde Dämonen, ihre silbernen Klauen ausgefahren, die Augen schwarz wie Pech. Die Erde schien zu beben, als sie sich näherten. Das war sie – die Rache, von der Orion besessen war, seine Gier nach dem Blut der Sterblichen.

Ich schlug gegen die Scheibe und schrie, um die Aufmerksamkeit der Mutter auf mich zu lenken. Warum rannte sie nicht weg? Sie musste den kleinen Jungen verdammt noch mal in Sicherheit bringen. Meine Stimme schien in dem Raum gefangen zu sein und ich bedauerte bitterlich, dass ich meine Magie hatte versiegen lassen.

Endlich drehte sich die Mutter des Jungen um. Als sie die Horde sah, wurde ihr Gesicht weiß. Sie packte ihn unter den Achseln und begann zu rennen. Aber sie war langsam und menschlich, kein Gegner für die Dämonen. Ich konnte das nicht mit ansehen.

Ich rannte die knarrende Treppe hinunter. Mein Körper zitterte vor Adrenalin. Als ich die Haustür aufriss, waren die Schreie der Mutter und des kleinen Jungen bereits verstummt.

Mein Herz blieb stehen, als ich mich umdrehte und in Richtung der City of Thorns schaute.

In einen Umhang gekleidet kam Orion näher, sein Gesicht halb verhüllt. Er war der leibhaftige Tod. Blut tropfte von seinen Krallen. Mein Herz schlug mir bis zum Hals.

Was war nur mit mir los, dass ich mich zu ihm hingezogen fühlte?

Kapitel 2

– Rowan –

Ich wachte keuchend auf, mein Gesicht gegen bestickte Seide gepresst. Mein Herz schlug heftig. Langsam setzte ich mich auf dem Sofa auf und fasste mir an die Brust.

Verdammt, es hatte sich so *real* angefühlt.

Es ist noch Zeit.

Ich war noch immer im Haus von Shais Tante. Draußen schien die Sonne. Mein Blick glitt durch den Raum, nahm die ruhigen Mahagoniflächen und das Porträt an der Wand wahr, das noch immer in goldenes Licht getaucht war. Langsam begann der Albtraum zu verblassen.

Ein Buch lag vor mir auf dem Couchtisch. Vergoldete Sterne und Buchstaben waren in die tiefblaue Oberfläche eingraviert: *Prüfung durch Kampf in der Dämonenwelt.*

Ich schlug die erste Seite auf und starrte auf den seltsamen Text, der darauf stand.

Ich werde dir immer helfen, wenn ich kann.

– Sabazios

Das war mein Geschenk vom alten Mr. Esposito – und auch die einzige Möglichkeit, den Albtraum zu beenden, den ich gerade gesehen hatte. In den letzten Wochen hatte ich alles darüber gelesen, wie ich Orion entthronen konnte.

Mit einem dumpfen Gefühl der Angst stapfte ich barfuß zum Fenster. Die Sonne schien durch Blätter, die die Farbe von Kürbissen und Honig hatten. Eine Frau mit pinken Haaren ging mit einer orangefarbenen Katze auf dem Arm spazieren, ein schläfriges Wesen mit flachem Gesicht, dessen Augen langsam blinzelten.

Keine Dämonen, kein Blut, kein mit Zuckerwatte bedeckter kleiner Junge. Keine Dämonenhorde, die über die Straße heranraste. Nur ein schöner Oktobertag in Neuengland.

Draußen drehte sich die pinkhaarige Frau um, und ihr Blick glitt zu meinem Fenster, während sie ihre Katze streichelte. Unbehagen durchzuckte mich. Ich hatte sie schon einmal gesehen und mich überkam das beunruhigende Gefühl, dass sie mir nachspionierte. Unwillkürlich fragte ich mich, ob die Dämonenjäger mich gefunden hatten.

Ich verschwand aus ihrem Blickfeld und ließ mich wieder auf das Sofa fallen. Nach einer weiteren Minute hörte ich, wie jemand die alte, knarrende Treppe hinaufstieg. Erleichterung durchströmte mich, als Shai in der Wohnzimmertür erschien.

Ihr Haar war ein Heiligenschein aus braunen Locken, und eine kleine Ledertasche hing von ihrer Schulter, die gegen ihren Rock drückte. »Hey, meine Liebste. Bist du gerade aufgewacht?«

»Ist das so offensichtlich?« Als ich an mir herunterschaute, sah ich mein verfilztes rotes Haar über den zerknitterten Pyjama hängen. Ich rieb mir die Augen. »Ich konnte letzte Nacht nicht schlafen. Irgendwann nach Sonnenaufgang bin ich hier eingeschlafen, glaube ich. Ich hatte gerade einen schlimmen Albtraum. Über Orion.«

Sie durchquerte das Wohnzimmer und ging in die Küche. »Ich mache uns einen Cappuccino.«

»Ich liebe dich«, rief ich.

»Du wirst mich noch mehr lieben, wenn du siehst, was ich dir mitgebracht habe.«

Aufregung packte mich. »Ist das zufällig der eiserne Fehdehandschuh?«

»Natürlich«, rief sie aus der Küche über das Geräusch von schäumender Milch hinweg. »Und ich habe schon damit begonnen, die Nachricht zu verbreiten, dass du nicht Mortana bist. Die ganze City redet schon davon.«

Ein paar Minuten später kam sie mit zwei weißen Kaffeetassen auf Untertassen zurück ins Wohnzimmer und schob sie auf den Tisch.

Ich nahm meine Tasse und stellte erfreut fest, dass sie den Milchschaum mit Kakao bestäubt hatte. *Ihr Götter*, es war wirklich schön, wenn jemand für einen sorgte. »Wie bist du an den Fehdehandschuh gekommen?«

Sie setzte sich in den Sessel gegenüber von mir, machte aber keine Anstalten, ihre Tasche zu öffnen. »Bist du sicher, dass du das *heute Abend* durchziehen willst?«, fragte sie und ignorierte meine Frage. »Es scheint mir noch etwas zu früh, um es mit dem Sohn eines Dämonengottes aufzunehmen.«

Ein herrlicher Koffeinrausch schoss durch meine Adern und machte mich wach. »Es ist nie ein guter Moment, um einen Dämonenkönig herauszufordern, und ich habe nicht viel Zeit. Da ist eine Frau mit einer Katze, die ständig am Haus vorbeiläuft, als ob sie mir nachspionieren würde.«

»Okay …« Shai verstummte. Dann sagte sie: »Ich weiß, dass du die Lichtbringerin bist.« Sie klang nicht überzeugt.

»Shai. Heute Nacht ist *die* Nacht.« Ich starrte auf das Samtbuch. »Heute Nacht findet das Mondscheinfest statt. Es ist perfekt. Jeder wird den Kampf, die Prüfung sehen. Falls ich gewinne, wird es Tausende von Zeugen geben.«

Sie klopfte an den Rand ihrer Tasse. »Nun, wenn du das wirklich durchziehen willst, lass uns nicht ständig sagen, *falls* du gewinnst. Sagen wir, *nachdem* du gewinnst. Alles andere ist inakzeptabel und darf einfach nicht passieren. Hast du das verstanden?«

Ich hatte das Gefühl, dass Shai sauer auf mich war, weil ich mein Leben in Gefahr brachte, aber ich hatte keine andere Wahl.

»Es wird alles gut.« Ich hatte immer noch das rosa gezuckerte Gesicht des kleinen Jungen im Kopf. »Ich bin eine Lichtbringerin, schon vergessen?«

Sie holte tief Luft und ihr Gesichtsausdruck entspannte sich. »Wenn du sagst, dass du es schaffst, dann glaube ich dir.«

Sie griff in ihre Tasche und zog einen antik aussehenden Eisenhandschuh heraus, ein Stück einer sorgfältig gefertigten Rüstung. Vorsichtig legte sie ihn auf den Tisch neben das Buch. Ich starrte auf die Scharniere und die filigranen Metallplatten, die es den Fingern eines Kriegers einst ermöglicht hatten, sich zu bewegen und den Griff eines Schwertes zu halten. In einem honigfarbenen Sonnenstrahl schimmerte der Stern Luzifers auf der Rückseite des Handschuhs – ein heller Goldfunke auf dem Eisen. Ich streckte die Hand aus und strich mit den Fingerspitzen darüber. Als ich ihn berührte, überraschte mich die uralte Magie, die in meine Finger schoss. Ein Lächeln umspielte meine Lippen. Es fühlte sich an wie ein Zeichen des Dämonengottes selbst.

»Shai, wie genau bist du an den Handschuh gekommen? Ich dachte, er wäre in einem geheimen Tempel versteckt.«

»Legion hat mir geholfen.«

Sein Bild flackerte in meinem Kopf auf – ein schwarzhaariger Dämon mit goldener Haut und Tattoos, die sich über seine muskulösen

Unterarme schlängelten. »Der Anführer des Sathanas-Bezirks weiß also, dass ich Orion herausfordern möchte.«

»*Jeder* weiß es. Das Gerücht hat sich bereits verbreitet. Sie wissen, dass Mortana tot ist und dass du ihre Schwester bist. Oder was auch immer. Sie wissen, dass du eine Lichtbringerin bist.« Sie nippte an ihrem Kaffee, dann leckte sie sich den Schaum von der Oberlippe. »Alle haben dein Zeichen gesehen, als du versucht hast, Cambriel zu töten. Du hast einen Anspruch auf den Thron. *Jeder* Dämon würde es versuchen.« Sie lehnte sich in ihrem Stuhl zurück und schaute mich über ihre Kaffeetasse hinweg an. Dampf kräuselte sich vor ihrem Gesicht. »Auch wenn sie nicht wissen, dass du heute Abend kommst, gehen sie davon aus, dass du Orion entweder herausfordern oder ihn heiraten willst. So oder so, wenn du überlebst, wirst du Königin sein.«

»Ihn heiraten.« Ich schnaubte. »Haben die verpasst, dass er mich aus der City geworfen hat?«

»Nein, aber du bist ein Sukkubus. Schwer zu widerstehen. Und jeder weiß, dass er ein Inkubus ist.« Sie stellte ihren Kaffee zurück auf den Tisch. »Und da er dich noch nicht umgebracht hat, denken die Leute immer noch, dass es mit einer Heirat endet.«

»Das wird nicht passieren. Orion ist von Grund auf kaputt. Ich glaube nicht, dass er wirklich die Fähigkeit hat, jemanden zu lieben. Ihm geht es nur darum, Menschen zu ermorden. Rache. Das ist alles.«

Sie schaute mich über ihre Kaffeetasse hinweg an. »Ja, ich glaube, die Leute haben ziemlich viel Angst vor ihm. Einige von ihnen haben während des Lilu-Massakers schon gelebt und es nicht verhindert. Niemand weiß, ob er ihnen nicht den Kopf abreißt, wie er es mit König Nergal getan hat.« Sie schmunzelte leise. »Deshalb hat Legion mir auch geholfen, den Handschuh zu finden.«

»Ich bin überrascht, dass Orion nicht schon ein Blutbad angerichtet hat.«

Sie nahm einen Schluck von ihrem Kaffee. »Niemand weiß wirklich, was er vorhat. Heute Abend wird eine seiner ersten öffentlichen Veranstaltungen stattfinden.« Sie warf mir einen prüfenden Blick zu. »Und du wirst auftauchen und … was genau tun?«

Ich holte tief Luft. »Es ist ganz einfach. Wir kämpfen, und wer zuerst zu Boden geworfen wird, hat verloren. Alles, was ich tun muss, ist, Orion auf die Erde zu werfen, und dann werde ich zum Schattennachkommen. Seiner offiziellen Herausforderin.«

Sie ließ sich in ihren Stuhl zurücksinken und dachte darüber nach. »Oder die Person verliert, die getötet wird.«

Angst tanzte meine Wirbelsäule hinauf. »Nun, das *ist* eine Möglichkeit, auf den Boden geworfen zu werden.«

»Das ist der Punkt, an dem ich es nicht wirklich verstehe«, sagte sie. »Ich meine, du hast gerade gesagt, dass er kaputt und blutrünstig ist, und das macht mich nicht gerade zuversichtlich, dass er sich zurückhalten wird. Er wird versuchen, dich zu ermorden, oder?«

»Shai! Ich versuche gerade, *nicht* an das schlimmstmögliche Szenario zu denken. Ich versuche mir vorzustellen, wie mich alle ansehen werden, nachdem ich erfolgreich war. Wenn ich heute Abend gewinne, bin ich für die Auswahl der zweiten Prüfung verantwortlich. Ich werde also einen Vorteil haben.« Ich nickte in Richtung des Buches. »Da gibt es eine ganze Menge zur Auswahl.« Ich stellte meinen Kaffee auf einen Untersetzer, schlug den weichen blauen Band auf und blätterte durch die alten Seiten. »Es könnte eine Suche nach etwas sein. Ein Ausdauertest. Ein Kampf mit Magie. Ein Ritterturnier. Ich habe mir alle Möglichkeiten durchgelesen. Aber sie alle erfordern Zaubersprüche in Dämonisch, also brauche ich deine Hilfe.«

Sie grinste. »Bitte sag mir, dass du das Ritterturnier auswählst.«

»Das habe ich schon ausgeschlossen. Aber ich verpflichte mich noch zu nichts. Ich will erst sehen, wie es ist, gegen Orion zu kämpfen.«

»Ich möchte mit einer Königin befreundet sein.« Shai nahm mir das alte Buch ab und fing an, es durchzublättern. »Bei den Zaubersprüchen kann ich dir auf jeden Fall helfen. Aber ich habe auch zwei Freunde, die dich unterstützen können. Legion und sein Freund Kas haben mir Magie beigebracht. Sie sind die besten Professoren in der Geschichte der Dämonenwelt.«

Ich verengte meine Augen. »Ich war nur zwei Wochen weg, und du hast neue Freunde. Muss ich eifersüchtig sein?«

»Auf keinen Fall! Du wirst sie lieben. Sie sehen echt gut aus. Und sie haben mir geholfen, meine verborgenen dämonischen Kräfte zu entdecken.«

Ich zog eine Augenbraue hoch. »Okay. Zeig mal, was du gelernt hast.«

Sie stand auf und ging über den knarrenden Boden zu einem der Fenster mit Blick auf das Meer, dann drehte sie sich zu mir um. Ihre braunen Augen funkelten. »Sieh und staune.« Sie wandte sich wieder dem Fenster zu und hob ihre Hände gegen das Glas. Dann begann sie etwas zu murmeln.

Zuerst passierte nichts. Ich trank einfach meinen Kaffee und wartete. Doch nach ein paar Minuten rauschte ein elektrischer Strom durch den Raum, der mir die Haare im Nacken aufstellte. Magie summte durch meine Arme und Beine. Um Shais Körper herum glühte die Luft silbern, und ihre Locken stiegen von ihren Schultern empor.

Ein Schauder lief mir über den Rücken. Dann begannen Schatten durch die Wolken zu kriechen. Die Luft wurde dünner und dunkler.

Draußen schlugen die Wellen des Meeres gegen die felsige Küste. Genau wie in meinem Albtraum ließen die Gewitterwolken dicke Regentropfen fallen. Innerhalb weniger Augenblicke hämmerten sie gegen das Fenster und flossen in Rinnsalen herunter.

Fassungslos hielt ich den Atem an.

Langsam ließ Shai ihre Hände sinken. Als sie sich umdrehte und mich ansah, leuchteten ihre Augen mit einer gewissen Wildheit.

»Oh mein Gott, Shai.«

»Ich habe versucht einen Blitz zu beschwören, aber es klappt noch nicht.« Sie ließ sich noch einmal in den Samtsessel fallen. »Aber cool, oder? Ich bin keine gewöhnliche sterbliche Studentin mehr.«

»Du warst nie gewöhnlich.«

Sie beugte sich vor und griff nach ihrem Kaffee. »Ich wünschte, ich könnte dir bei den Prüfungen helfen. Ich könnte Orion einfach mit Blitzen erschlagen.« Sonnenstrahlen lugten durch die Wolken und ließen Shais braune Haut und ihre roségoldenen Wangenknochen erstrahlen. »Also, wie kaputt und blutrünstig ist er?«

Mein Atem beschleunigte sich. »Ich meine, er hat Jahrhunderte im Gefängnis verbracht und an nichts anderes gedacht, als die Lilu zu rächen. Er fühlt sich, als wäre er in diesem Kerker gestorben. Wo früher seine Seele war, ist jetzt nur noch die Lust auf Rache.«

»Mist.«

»Und du musst mir helfen, mich nicht ablenken zu lassen, Shai. Denn wenn ich den ersten Kampf gewinne, wird er jeden Trick aus dem Inkubus-Register anwenden, um mich zu verwirren. Ein Inkubus ist verführerisch und charmant, und er wird all das einsetzen, um mich zum Aufgeben zu bringen. Nicht, weil er sich um mich sorgt oder weil er mich mag. Ein Inkubus benutzt seine Schönheit und seine Magie als Waffe, um andere Dämonen zu kontrollieren, und genau das wird er auch mit mir versuchen. Eine unerbittliche, verführerische Charmeoffensive aus sinnlicher Magie und schönen Worten.«

Shai zog eine Augenbraue hoch. »Beunruhigend. Aber gleichzeitig auch unheimlich heiß?«

»Der Herr des Chaos spielt gern Psychospielchen, aber darauf falle ich auf keinen Fall herein. Wenn es so aussieht, als würde ich nicht mit voller Kraft kämpfen, erinnere mich bitte daran, dass er mich aus der City of Thorns geworfen hat, sobald er mich nicht mehr gebraucht hat. Er hat den Mann getötet, den ich gejagt habe, obwohl er wusste, dass das mein Lebensziel war. Erinnere mich daran, dass er gesagt hat, ich wäre langweilig und dass er mich nicht respektiert.«

Sie kniff ihre Augen leicht zusammen. »Okay, er ist vielleicht kaputt, aber er hält dich *nicht* für langweilig. Es ist offensichtlich – er ist irgendwie besessen von dir. Sonst würde ein König seine Rivalin nicht am Leben lassen. Aber ja, er ist total verkorkst, sonst hätte er nicht so etwas Verrücktes gesagt.«

Er hatte es in einem Moment der Leidenschaft zwar zurückgenommen, aber das hieß nicht viel. »Das liegt daran, dass wir beide Lilu sind. Wir ernähren uns von Lust und sind die einzigen, die noch übrig sind. Unsere Gefühle sind nicht echt, sondern nur eine Täuschung der Magie.«

»Auf jeden Fall. Vergiss Orion! Ich glaube wirklich, dass du Kas mögen wirst. Er hat riesige Muskeln und Tattoos …«

»Ich habe die Nase voll von Männern, Shai«, unterbrach ich sie. »Du kennst doch Königin Elisabeth I., die rothaarige Königin, die nie geheiratet hat? Sie war die beste Monarchin, die England je hatte, weil sie keinen Mann hatte, der ihr den Kopf verdreht und versucht hat, die Macht zu übernehmen. Sie war mit ihrem Königreich verheiratet. *So* werde ich sein.«

»Cool, aber wir reden noch mal, wenn du Kas' Stimme gehört hast. Sie ist tief und rau. Aber Legion kannst du nicht haben. Legion gehört mir.«

»*Wirklich*? Du hast etwas mit einem Herzog?«

Ihre Lippen verzogen sich zu einem Lächeln. »Ich *werde* etwas mit einem Herzog haben. Und wenn du Kas erst triffst, hilft er dir bestimmt, diese ganze traurige-verbitterte-Frau-Tour abzulegen.«

»Ich bin nicht verbittert«, protestierte ich. »Ich denke nur, dass die meisten Romanzen Schwachsinn sind. Sie sind wie Zuckerwatte. Sie sieht schön aus und schmeckt am Anfang auch ganz gut, aber am Ende will man nur noch kotzen.«

»Du hast einen ganz schönen Hass auf Zuckerwatte.«

Orions und meine Gefühle füreinander waren eine Illusion, das Produkt der Lilu-Lustmagie. Sie waren gesponnener Zucker, der sich beim ersten Anzeichen eines Sturms auflöste.

Shai nickte. »Kein Orion mehr. Ich sage nur, dass es bessere, weniger völkermordende Optionen gibt, die auch verdammt heiß sind. Du weißt schon, sobald du die Prüfungen gewonnen hast. Find einen neuen Mann, einen weniger mörderischen.«

Jeder Zentimeter meines Körpers spannte sich vor Entschlossenheit an. »Ich bin vollkommen zufrieden. Aber jetzt geht es darum, einen Tyrannen zu stoppen, bevor er alle Menschen umbringt.« Ich hob meinen Kaffee zum Toast. »Und heute Abend fange ich damit an.«

Sie holte tief Luft. »Okay. Aber du solltest wissen, dass die Dämonenjäger den Eingang bewachen und darauf warten, dass du zum Tor der City of Thorns kommst.«

Vorfreude machte sich in mir breit. »Gut, dass Orion mir das Tunnelsystem gezeigt hat.«

KAPITEL 3

– ROWAN –

Unter der City of Thorns war die Welt still wie der Tod. Ich pirschte in geliehener Kleidung durch die Schatten, ganz in Schwarz. Mit jedem Schritt schlug eine Tasche gegen meine Hüfte, schwer vom Gewicht des Fehdehandschuhs.

Unter der Stadt konnte ich Schwingungen durch die Steine hören – Klänge von Tanz und Gesang.

Bei der ersten Kampfprüfung waren keine Waffen erlaubt. Zum Glück hatte Tammuz mir beigebracht, wie eine Dämonin zu kämpfen: unbewaffnet, bis auf meine Krallen.

Die Magie, die hier direkt unter der Dämonenstadt floss, lockte mich. Sobald ich in ihrer Welt – meiner Welt – war, würden Macht und Anmut durch meinen Körper fließen. Bilder tauchten in meinen Gedanken auf: Orions Augen, die sich schwarz färbten, seine Lippen, die sich von seinen Reißzähnen zurückzogen, sobald er sich auf mich stürzte …

Es war schwer, seine Worte nicht in meinem Kopf zu hören. *Du hast es nicht in dir, Liebes.*

Meine Finger schlossen sich zur Faust, und eiskalte Wut schoss durch meinen Körper. Sie war wie ein Orkan, der alle Gedanken in meinem Kopf übertönte.

Als ich die Stelle erreichte, an der Licht durch Spalten in die Dunkelheit drang, hatte ich keine Worte mehr, in denen ich denken konnte.

Ich krallte mich mit Fingern und Zehen in die Lücken zwischen den Steinen und kletterte die Tunnelwand hoch. Mit einer Hand schob ich die Metallabdeckung zur Seite. Die sternenklare Nacht wölbte sich über mir, und ich atmete die duftende, feuchte Luft der City of Thorns ein.

Als ich mich am dunklen Flussufer aus dem Untergrund zog, strömte meine Magie in mich hinein und breitete sich von meinen Lungen durch meinen ganzen Körper aus. Kraft glitt meine Oberschenkel und Waden hinunter – heiß und köstlich, eine schwirrende Wärme. Ich glühte, überwältigt von dem Drang, zu rennen und zu fliegen, durch die Luft zu sausen und zu den Sternen zu singen. Die Rückkehr meiner Kraft war wie der erste Atemzug, nachdem ich unter Wasser gehalten worden war – *herrlich.*

Ich zwang mich, mich zu konzentrieren, ging in die Hocke und schob die Abdeckung über die Öffnung zurück. Dann richtete ich mich auf und nahm meine Umgebung in Augenschein. Der Fluss Acheron rauschte links an mir vorbei und dahinter breitete sich dunkel die Elysische Wildnis aus, deren Schatten seltsam einladend wirkten. Mir lief das Wasser im Mund zusammen. Ich sehnte mich danach, durch diese urwüchsige Dunkelheit zu jagen, wie ich es in der Unterwelt getan hatte.

Ich hatte einmal in der Elysischen Wildnis gekämpft, aber ich war nicht mehr die Rowan, die einen behelfsmäßigen Flammenwerfer brauchte, um eine Schlacht zu überleben. Ich war in die Unterwelt gereist. Ich war durch die Hand eines rasenden Mobs gestorben. Ich war ins Leben zurückgekehrt. Ich hatte meine Lektionen durch die Hand eines Gottes gelernt.

Ich war nicht so dumm zu glauben, dass es einfach werden würde, aber ich hatte eine *Chance*.

Ich drehte mich um und sah mir das Apartment an, in dem ich gewohnt hatte, mit Blick auf den Pool. Ein kleiner Stich durchfuhr meine Brust, als ich mich an das Bündnis erinnerte, das Orion und ich einst gehabt hatten – damals, als er mir beigebracht hatte, mich wie ein Sukkubus zu verhalten. Wie sich dann herausgestellt hatte, hatte ich diese Lektionen gar nicht nötig gehabt.

Ich eilte in Richtung des Festes. Meine Nerven lagen blank. Ich ging schnell am Asmodean-Bezirk vorbei und in den Abaddon-Bezirk. Hier, weiter entfernt vom Fluss, überragten mich goldene Steinbauten. Als ich mich dem Turm von Baal am östlichen Rand der Stadt näherte, wehte der Klang des Festes im Wind, rhythmisch und berauschend.

Meine Haut kribbelte vor Vorfreude, als ich mich durch eine Gasse schlich, und ich spürte, wie meine Hüften mit dem Selbstbewusstsein eines Sukkubus schwangen. Durch einen Torbogen gelangte ich auf den großen Platz vor dem Turm von Baal. Eine glitzernde, mit Juwelen geschmückte Menge aus Dämonen bewegte sich vor mir im Rhythmus der Musik.

Eins musste ich Orion lassen. Er wusste, wie man eine Party schmiss, selbst nach all den Jahren der Isolation. In der Luft hingen wie von Zauberhand Lichter, manche in Form von Halbmonden, andere in der von Vollmonden. Auf der anderen Seite des Platzes projizierten silberne Lichtstrahlen die Mondzyklen auf die Mauern außerhalb des Turms.

Dämonen wirbelten und tanzten zu einem hypnotisierenden Rhythmus, über den sich der Klang von Gesang legte. Die meisten Gäste trugen Weiß und Silber, und ihre Champagnerflöten glänzten schillernd. In der Mitte des Platzes stand ein Baum, der vor Wochen noch nicht da gewesen war. Er überragte die Feiernden und von seinen knorrigen Ästen hingen perlenförmige Laternen wie pralle Juwelen.

Heute Nacht schienen die Sterne heller als je zuvor, und der strahlende Vollmond erweckte fast den Eindruck, als wäre er gekommen, um mit seinen Anbetern zu feiern.

Noch hatte mich niemand bemerkt. Ich hielt mich in den Schatten. Langsam griff ich in die Tasche an meiner Hüfte und zog den Handschuh heraus.

Von der Ecke des Platzes aus ließ ich meinen Blick über die Menge schweifen, auf der Suche nach dem König. Die meisten neuen Monarchen würden es genießen, im Rampenlicht zu stehen. Aber anscheinend war das nicht Orions Stil. Ein Fest zu Ehren der Nacht war perfekt für ihn, wo er doch selbst so viel wie möglich im Dunkeln ließ – auch die Wahrheit über sich selbst.

Ich ließ die leere Tasche zu meinen Füßen fallen.

Mit dem eisernen Fehdehandschuh machte ich ein paar Schritte auf den Platz. Langsam richteten sich die Blicke auf mich, und einige Tanzpaare hielten inne. Schweigen breitete sich über dem Fest aus. Die Musik verstummte, und die Menge teilte sich um mich herum. Spannung lag in der Luft.

Schließlich hörte ich nur noch das Klopfen meines Herzens. *Wie würde Orion reagieren?*

»Rowan.« Die Stimme des Königs strich mir wie Samt über den Rücken und ein heißer Schauder durchfuhr jeden Zentimeter meines Körpers.

Ich drehte mich um und sah ihn hinter mir stehen. Eine Haarsträhne fiel ihm über die Augen. Er hatte keine Krone auf dem Kopf und sah völlig entspannt aus, die Hände in den Taschen. Er trug ein einfaches dunkelblaues Button-Down-Hemd, das sich über seine muskulösen Arme und Schultern spannte, und eine dunkelgraue Hose.

Schatten hüllten ihn ein, aber seine Augen glühten in eisigem Licht. Wären da nicht sein schockierend schönes Gesicht und sein silbernes Haar gewesen, wäre er mit der Dunkelheit hinter ihm verschmolzen.

Ich warf den Fehdehandschuh vor seine Füße, und das Metall klirrte auf den Boden. Trotzdem hielt er seine Augen auf mich gerichtet.

Mit geübter Zunge beschwor ich die uralte dämonische Herausforderung an den König. »*Parzilu Sarrum Tahuzu.*«

»Du bist wegen der Krone gekommen«, sagte er und ein schwaches Lächeln umspielte seine Lippen.

»Du scheinst nicht überrascht zu sein.«

Er zuckte langsam mit den Schultern. »Vielleicht habe ich dich ein wenig vermisst.«

Ah. Da war er, der Inkubus-Charme. Die Fassade. Es war ein Trick, den Tammuz mir beigebracht hatte: *Verwirr deinen Gegner, bis er nicht mehr weiß, wie er reagieren soll, und bring ihn dazu, seine Deckung aufzugeben.*

Aber Orion hatte keine Wahl mehr. Die Prüfung würde so oder so beginnen.

Er legte den Kopf schief. »Du scheinst keine Angst zu haben, was erstaunlich ist, wenn man bedenkt, was du vorhast.«

Meine Finger zuckten. »Natürlich habe ich Angst«, sagte ich so leise, dass nur er es hören konnte. »Aber ich werde dir trotzdem in den Hintern treten.«

Seine Antwort war ein strahlendes und echtes Lächeln. Entwaffnend. Das traf mich unvorbereitet.

Er zog eine Augenbraue hoch und machte ein paar anmutige Schritte nach vorne. »Denkst du nicht, dass wir uns zusammentun sollten, Liebes? Alle anderen scheinen das zu denken, auch Luzifer selbst. Immerhin hat er uns beide gezeichnet.«

War da ein Hauch von Spott in seinem Ton? Schwer zu sagen.

Nach den alten höfischen Gepflogenheiten des Dämonenkampfes musste ich warten, bis er bereit war, den Kampf zu beginnen – wenn er den Fehdehandschuh in die Hand nahm und damit die Prüfung offiziell akzeptierte. Aber dieser Teil war kein Gesetz, sondern nur eine Konvention. Und je länger ich wartete, desto mehr gab ich ihm die Gelegenheit, mit mir zu flirten, bis ich nicht mehr wusste, wo oben und wo unten war.

Ich stürzte nach vorne. Blitzschnell schlug ich meine Faust gegen seinen Kopf.

Kapitel 4

– Rowan –

Die Wucht des Schlags hallte von den Steinen wider, und er verlor fast das Gleichgewicht. Sofort kam er wieder zu sich und schlug zurück, aber ich blockte ihn mit meinem rechten Unterarm ab. Mit meiner Faust prügelte ich auf seine Schulter ein.

Meine Füße landeten auf dem Boden und meine Krallen schossen aus meinen Fingerspitzen hervor. Im Bruchteil eines Herzschlags griff ich nach Orions Kehle, aber er streckte seinen Rücken durch und wich mit dem Kopf aus. Dabei packte er mein Handgelenk. Für einen kurzen Moment schien die Welt langsamer zu werden, als wir uns anstarrten und ein salziger Wind mit meinem Haar spielte. Warum sah er dabei so verdammt erheitert aus? Als ob er sich amüsieren würde?

»Ich wollte Rache«, flüsterte ich. »Du hast sie mir genommen.«

Seine blassen Augen hatten einen so traurigen Ausdruck, dass ich *fast* Mitleid mit ihm hatte … bis er mir den Arm auf den Rücken drehte.

Schmerz schoss in meine Schulter und er beugte sich hinunter, um mir ins Ohr zu flüstern: »Es tut mir leid.«

Mein Kiefer krampfte sich zusammen. *Verdammte Inkubus-Psychospielchen.*

Ich rammte ihm meinen Ellenbogen mit so viel Wucht in die Rippen, dass er seinen Griff um meinen Arm lockerte. Sofort drehte ich mich und schlug meine Krallen in seinen Bauch. Aber irgendetwas hielt mich davon ab, meine Klauen tiefer in sein Fleisch zu bohren – auch wenn er überleben würde. Es war ein Instinkt, den ich nicht überwinden konnte.

Orion hatte seine Krallen noch immer nicht ausgefahren und schlug erneut zu – aber ich blockte ab. Die Wucht seines Handgelenks gegen meinen Unterarm war wie ein Vorschlaghammer, und ich war mir ziemlich sicher, dass meine Knochen einen Moment lang gebrochen waren. Aber als Dämonin in der City of Thorns heilte ich schnell.

Ich ließ meine Flügel erscheinen und hob vom Boden ab. Orion war schneller in der Luft, als ich erwartet hatte, und seine Flügel schlugen in der Nacht.

Meine Hoffnung, ihn ängstlich oder wütend zu sehen, wurde enttäuscht.

In der Luft warf er mir einen schelmischen Blick zu. Seine blassen Augen funkelten. Wir hätten genauso gut tanzen können. »Hast du mich so sehr vermisst wie ich dich?«

»Nur wenn du mich nicht vermisst hast.« Meine Krallen glitzerten im Mondlicht, aber bevor ich zuschlagen konnte, flog er an mir vorbei und verschmolz mit der Dunkelheit. War er gerade … verschwunden?

Ich hatte ihn noch nie so etwas tun sehen. Wie viele verborgene Kräfte hatte dieser eingebildete Mistkerl? Und wie sollte ich gewinnen, wenn ich ihn nicht einmal sehen konnte?

Ich atmete ein und vertraute auf meine dämonischen Instinkte, um ihn zu finden. Sofort spürte ich seine exotische Magie auf meiner Haut, und ich nahm seinen Duft wahr. *Zedernholz.* Er war näher an die Mauern des Turms herangeflogen. Ich schwebte durch die Luft und folgte seiner verführerischen, duftenden Spur, aber ich konnte ihn noch immer nicht sehen.

Ich suchte die Nachtluft und die Menge unter mir ab. In dem Moment tauchte er wieder auf – der Körper eines mächtigen Kriegers, geboren aus Mondlicht. Er stürzte auf mich zu, und ich flog ihm entgegen, um als Erste zuzuschlagen.

Aber er war zu schnell. Hart schleuderte er mich gegen die Turmwand. Ich zuckte zusammen und erwartete den Schmerz, der meinen zersplitterten Rücken durchfahren würde. Aber da war kein Schmerz. Orion hatte es geschickt geschafft, den Schlag abzufedern – eine Hand lag um meine Taille, die mich näher an seine harte Brust presste, und die andere drückte gegen die Steinmauer, um zu verhindern, dass ich sie berührte.

Seine warme Magie umspielte mich und sang über meine Haut. Der Nachtwind peitschte über uns hinweg. Ich hatte mich noch nie so lebendig gefühlt.

»Ich hätte dich nicht aus der City werfen sollen«, sagte er leise. Hier oben strömte das silberne Licht über seine perfekten Wangenknochen und funkelte in seinen Augen. Zum ersten Mal bemerkte ich, dass das blasse Blau seiner Augen von silbernen Flecken durchzogen war wie Mondlicht. »Es tut mir leid, dass ich dir die Rache genommen habe, die dir zustand.«

»Ich habe mich schon gefragt, wann du sie einsetzt«, zischte ich und drückte mich an ihn. »Die verwirrendste Waffe eines Inkubus. Charme.«

Seine Finger legten sich fest um meine Taille. »Weißt du, was ich an dir mag, Rowan? Diese Stadt ist voller mächtiger Dämonen, und kein einziger von ihnen hat den Mut zuzugeben, dass er vor irgendetwas Angst hat. Aber wir haben alle vor etwas Angst.«

»Was macht dir Angst?«, hauchte ich.

Sein Mund war jetzt nur noch wenige Zentimeter von meinem entfernt und er starrte auf meine Lippen, als ob er mich küssen wollte. »Du.« Seine Augen trafen wieder meine. »Unter anderem.«

»Unter anderem?«

Sein Atem wärmte meine Halsbeuge. »Eines Tages werde ich es dir sagen.«

Sein Geständnis traf mich vollkommen unvorbereitet. Ich ließ meine Handflächen über seine Brust gleiten und stieß ihn mit aller Kraft, die ich aufbringen konnte, von mir weg. Er fiel zurück, aber schaffte es, in der Luft zu bleiben. Erschrocken sah er mich an.

Ich stürzte nach vorne und winkelte meine Flügel an, um schneller zu werden. Dann holte ich mit meinen Krallen aus, bereit, wieder zuzuschlagen. Aber Orion stürmte vor, packte mich um die Taille und zog mich wieder an sich heran. Unsere Flügel schlugen hinter uns und wir schwebten in der Luft wie der Mond selbst.

Ich schlang meine Arme um seine Schultern.

Er sah mir tief in die Augen und murmelte: »Warum verbündest du dich nicht mit mir, Liebes.« Sein Atem wärmte meine Halsbeuge.

»Weil du, *Liebes*«, sagte ich, »alle umbringen willst.«

Er leugnete es nicht. Stattdessen umfasste er mein Gesicht und strich mit dem Daumen sanft über meine Wange. »Willst du nicht frei sein?«, flüsterte er. »Dämonen sind nicht dazu bestimmt, eingesperrt zu sein. Cambriel mag derjenige gewesen sein, der deine Eltern ermordet hat, aber die Sterblichen sind der Grund, warum sie sich überhaupt verstecken mussten. Verletzlich, ohne die Macht, die ihnen gehört.«

Der kleine Junge aus meinem Albtraum blitzte in meinem Kopf auf. Ein lang vergrabener animalischer Instinkt ließ Wut durch meine Nerven strömen.

Ich war nicht mehr sterblich.

Dämonen jagten.

Ich wollte das schöne Ding vor mir verschlingen, mich von seiner Essenz ernähren.

Meine Reißzähne verlängerten sich und ich versenkte sie tief in Orions Kehle. Sein Blut floss in meinen Mund – köstlich süß und mit einem metallischen Geschmack, eine Art dunkle Ambrosia. Das war Leben. Das war Macht. Ich beherrschte ihn.

Kein Wunder, dass Dämonen gern Blut tranken.

Mit einem Knurren stieß er mich weg.

Er hielt seine Hand gegen die Wunde und runzelte die Stirn. »Mich hat noch nie jemand gebissen.«

Weißt du noch, als du gesagt hast, ich hätte es nicht in mir? Dass du mich nicht genug respektierst, um mich zu hassen?

Ich wischte mir mit dem Handrücken über den Mund. »Das ist nur fair. Du hast in der ersten Nacht, in der wir uns getroffen haben, mein Blut getrunken.«

Ich hatte etwas aus diesem Kampf gelernt – Orion war immer noch stärker als ich, immer noch schneller. Aber er war anfällig für das Element der Überraschung.

Seine Mundwinkel zuckten. »Du hast dich verändert, Rowan.«

Zwing deinen Feind, seine Deckung aufzugeben.

Ich flog ein bisschen näher und zog die Augenbrauen hoch. »Natürlich habe ich mich verändert. Ich habe mit dem Sterbenden Gott trainiert. Dem Chaos-Gott. Du hast eine ziemlich zerrüttete Familie. Er ist dein Vater und trotzdem hat er mir beigebracht, wie ich dich töten kann.«

Sein Lächeln schwankte vor Unsicherheit.

Jetzt.

Der Nachtwind fegte über mich hinweg und ich schnappte mit meinen Krallen nach seiner Kehle. Blut spritzte durch die Luft. Ich nutzte meine Flügel, um die Geschwindigkeit eines Wirbelsturms zu erreichen. Dann stieß ich mit Orion zusammen. Wir schleuderten gemeinsam Richtung Boden. Unsere Wucht zerbrach das Gestein unter ihm und löste eine Stoßwelle aus. Orions Flügel waren immer noch ausgebreitet und lagen in dunklen Federbögen unter ihm. Ich saß auf ihm, die Beine um seine Taille geschlungen. Er starrte zu mir hoch und keuchte.

Ich hatte gewonnen.

Um uns herum schnappte die Menge der Schaulustigen nach Luft.

Es musste höllisch weh getan haben, als seine Flügel den Boden getroffen hatten, aber der Schmerz war seinen perfekten Gesichtszügen nicht anzumerken. »Tammuz«, sagte er mit rasselnder Stimme.

Auf seiner Stirn glühte jetzt der Stern Luzifers. Ich streckte meine Hand aus, um ihn zu berühren.

»Dein richtiger Vater«, sagte ich. »Er ist derjenige, der uns diese Zeichen gegeben hat. Um Chaos zu verursachen.«

Er strich mit der Fingerspitze über meinen Unterarm. Ich erkannte, dass es die Stelle war, an der das Tattoo des Skelettschlüssels meine Haut markierte.

»Stimmt das?«, fragte er.

Das Blut an seinem Hals begann bereits zu trocknen, und die Wunde an seiner Kehle heilte langsam.

Ich zuckte mit den Schultern. »Es ist das, was er gesagt hat. Aber ich traue keinem von euch zu, die Wahrheit zu sagen, also wer weiß?«

»Er hat mir gesagt, dass du hinter meiner Krone her bist.«

Ich beugte mich hinunter, so fasziniert von dem Kitzel des Sieges, dass ich die schweigende Menge um uns herum fast vergaß. »Er hatte recht.«

Er packte meinen Kiefer und flüsterte: »Du hättest deine Beine auch sanfter um mich schlingen können. Aber vielleicht war es das wert.«

Ich rutschte von ihm herunter und betrachtete die schweigende Menge um uns herum. Orion stand auf.

Die Menge der Schaulustigen starrte uns an, als ob sie immer noch auf mehr Blutvergießen warteten. Ich hatte fast das Gefühl, dass diese Prüfung eine Enttäuschung für sie war, dass sie sich nach einem frischen, schlagenden Dämonenherz sehnten, das Blut verspritzte. Aber alles, was sie bekommen hatten, waren ein paar gebrochene Flügel.

Ich sah mich nach Shai um, die mit großen Augen ganz vorne in der Menge stand. Sie strahlte mich an. Legion war an ihrer Seite. Der Anführer des Sathanas-Bezirks trug ein weißes Hemd, dessen Ärmel hochgekrempelt waren, um seine Tätowierungen zu zeigen. Seine langen schwarzen Haare waren hochgesteckt. An Shais anderer Seite stand ein blonder Dämon mit stechenden bernsteinfarbenen Augen und dornigen Tätowierungen, die sich über seine Unterarme schlängelten und bis zu seinem Nacken reichten. Mit einem schwachen Lächeln nickte er mir zu – fast wie eine Verbeugung. Ich nahm an, dass es sich bei ihm um Shais Freund Kas handelte.

An meiner Seite glühte Orions Körper schwach silbern wie der Mond, den wir feierten.

Ich hob eine Hand. »City of Thorns! Ihr habt jetzt zwei Anführer, einen König und einen Schattennachkommen. Und wenn die Prüfungen abgeschlossen sind, hoffe ich, eure Königin zu werden.«

»Versucht nicht, meine Gunst zu gewinnen, indem ihr sie angreift«, dröhnte Orions Stimme über den Platz. »Die alten Gesetze der Dämonenprüfungen schützen sie, und ich werde persönlich jedem das Herz herausreißen, der sie auch nur mit einem Finger berührt.« Er hielt meinen Blick einen Moment lang fest, bevor er sich wieder seinen Untergebenen zuwandte. »Die Frau, die ihr vor euch seht, ist nicht das Monster, das die Lilu ermordet hat. Macht nicht denselben Fehler, den ich gemacht habe. Das ist Rowan Morgenstern, nicht Mortana, und die beiden könnten nicht unterschiedlicher sein.« Er warf mir einen Seitenblick zu. »Rowan ist hier willkommen, und als König werde ich ihr alles geben, was ich zu bieten habe, bis die Prüfungen zu Ende sind.« Sein Lächeln war wirklich umwerfend.

Die Inkubus-Charmeoffensive.

Als er seine freundliche Rede beendet hatte, wurde es dunkel um ihn herum. Er schlüpfte wieder in die Menge, umhüllt von Schatten.

Luzifer war der ursprüngliche Lichtbringer. Sein Zwilling Tammuz herrschte über die Dunkelheit. Und hier war Tammuz' Sohn, eine Kreatur des Chaos und der Nacht.

Gab es noch etwas, das ich nicht über ihn wusste? Eine andere göttliche Macht, die ich noch nicht gesehen hatte?

Wie immer hielt Orion die Wahrheit über sich selbst in der Dunkelheit verborgen.

KAPITEL 5

– ROWAN –

Orion war verschwunden, ohne mir zu erklären, was ich tun sollte, also konnte ich mich genauso gut amüsieren. Schließlich war dies ein Fest. Vor langer Zeit wäre eine Lilu wie ich auf vielen gewesen. Die

Musik schwoll wieder an und sterbliche Diener eilten mit Tabletts voller Gebäck und Champagner herum.

Auch wenn ich nur ein Schattennachkomme war, wurde ich schon wie eine Königin behandelt. Eine kleine Menge hatte sich um mich herum gebildet, und jemand reichte mir eine Champagnerflöte. Eine andere Person gab mir einen halbmondförmigen Kuchen mit silbrigem Zuckerguss. Ich biss hinein und stellte erfreut fest, dass jemand beschlossen hatte, dass der Mond nach Schokolade und Himbeere schmeckte.

Shai stand an meiner Seite, und so wie sie schwankte, schätzte ich, dass sie mindestens schon drei Gläser Sekt getrunken hatte. »Ich schwöre bei den Göttern, Rowan. Mein Herz hat mir bis zum Hals geschlagen. Ich komme mit diesem Mist nicht klar.«

Neben mir lehnte sich eine Frau mit platinfarbenem Haar und einem silbernen Kleid näher heran. »Was hat er zu dir gesagt, als ihr gekämpft habt? Hat er dir einen Waffenstillstand vorgeschlagen?«

Orion war berechenbar, sogar für sie. Vor Wochen hatte er mich ins Exil geschickt. Aber jetzt, da ich zurückgekehrt war, um ihn herauszufordern, hatte er beschlossen, dass Teamwork der richtige Weg war – und ich es vielleicht aufgeben sollte, ihm die Krone wegnehmen zu wollen.

Ich zuckte mit den Schultern. »Ach, weißt du, er war einfach so charmant wie immer. Er wollte mich bloß ablenken.«

Um mich herum reckten die anderen Dämonen ihre Hälse und lauschten jedem Wort, das ich von mir gab.

»Du strahlst förmlich!«, sagte eine andere Frau von hinten.

Ein männlicher Dämon mit bronzenen Hörnern hob seine Champagnerflöte. »Wahrhaft königlich, Schattennachkomme!«

Ich warf einen kurzen Blick auf Shai, die nur mit den Schultern zuckte. Ich war es nicht gewohnt, mit Komplimenten überhäuft zu werden, und wusste nicht, wie ich darauf reagieren sollte. Natürlich wollten sie sich nur absichern und sich mit der nächsten Herrscherin gutstellen. Sobald ich weg war, würden sie das Gleiche mit Orion machen.

»Braucht Ihr etwas, Lady Morgenstern?«, fragte jemand von hinten.

Was ich jetzt nach diesem anstrengenden Kampf wirklich brauchte, war, nicht im Mittelpunkt zu stehen.

Ich hob mein leeres Glas und bevor ich ein weiteres Wort sagen konnte, schnappte es mir jemand weg, um es wieder zu füllen. Doch ich war seit gefühlt einem Jahr allein gewesen – erst in einer dunklen Unterwelt und dann in einer ruhigen Wohnung. Ich hatte mich noch nicht daran gewöhnt, unter so vielen Leuten zu sein. Selbst der Mond schien irgendwie zu hell. Warum hatte ich das Gefühl, dass ich jeden atmen hören konnte?

Ich hielt eine Hand hoch. »Danke, ich habe genug Champagner getrunken. Ich werde mich etwas ausruhen und über die nächste Prüfung nachdenken.«

Ich bahnte mir einen Weg aus der Menge auf der verzweifelten Suche nach Platz. Als ich den Rand des Festes erreichte, schweifte mein Blick zum Fluss. Dem Acheron zu folgen war der einfachste Weg durch die City of Thorns. Wenn ich am Ufer entlang nach Westen ging, kam ich zurück zu meiner Wohnung mit Blick auf den Pool. Auf der einen Seite ragten steinerne Gebäude über mir auf. Auf der anderen Seite schien mir der Wald zuzuwinken. Als ich zum ersten Mal hier angekommen war, hatte ich die Wildnis als unheimlich empfunden. Jetzt sah sie wie der Himmel aus. Der Anblick ließ meine Reißzähne länger werden und mein Herz schneller schlagen. Ich fuhr mir mit der Zunge über die Zähne und war einen Moment lang schwindelig vor Hunger.

Wonach war ich hungrig? Nach etwas, das ich nicht benennen konnte, nach einer Macht, die ich einst besessen hatte.

Ich blickte auf die Tätowierung auf meinem Arm hinunter und fuhr mit den Fingerspitzen über die dunklen Konturen des Skelettschlüssels. In der Unterwelt hatte ich mit Tammuz wie eine echte Dämonin gelebt. Mit ihm hatte ich in jener ursprünglichen Welt trainiert, um ein Raubtier zu werden. Eine Erinnerung blitzte in meinem Kopf auf: Ich hatte einen Hirsch mit bloßen Händen erlegt und meine Zähne in seinen Hals gebohrt, um mich an seinem Blut zu laben.

Ich schluckte schwer, schockiert, als ich mich daran erinnerte, wie ich das Fleisch roh gegessen hatte.

Ich machte mich auf den Weg zur steinernen Flusspromenade und atmete die feuchte Luft ein. Jetzt musste ich mich entscheiden. Als Schattennachkomme würde ich die nächste Prüfung auswählen. Die Zeit, den Ort, die Aufgabe …

Was ich heute Abend gelernt hatte, war, dass alles, was mit körperlicher Kraft zu tun hatte, ein Risiko war. Vielleicht würde ich gewinnen, vielleicht auch nicht.

Als ich die Uferpromenade überquerte, hörte ich, wie Shai meinen Namen rief. Der Klang hallte von den Steinen wider. Ich drehte mich um und sah sie zwischen Legion und dem blonden Dämon laufen. Sie waren wirklich ein wunderschönes Trio.

»Ich wollte dich meinen Freunden vorstellen«, sagte Shai atemlos, als sie näherkam.

Der Blonde streckte seine Hand aus, und ich schüttelte sie, wobei mein Blick über die Tätowierungen an seinen Armen wanderte. Seine Augen hatten die Farbe von Whiskey. »Ich bin Kasyade. Aber fast alle nennen mich Kas. Und ich bin hocherfreut, einen echten Sukkubus zu treffen.« Mit seinen zerzausten Haaren sah er fast jungenhaft aus, was seine tiefe, raue Stimme unerwartet machte. »Ich war schon von Mortana fasziniert, aber angesichts ihres Rufs wollte ich ihr nicht zu nahe kommen.«

Er war viel lässiger gestylt als die meisten Dämonen, die ich gesehen hatte. Seine dunkle Jeans und das T-Shirt ließen ihn wie einen tätowierten, muskulösen James Dean aussehen.

Ich warf einen Blick auf Legion, der glatt rasiert und förmlicher gekleidet war. »Wir sind uns schon einmal begegnet«, sagte ich, »aber da war ich wohl noch Mortana.«

Das Mondlicht glitzerte in seinen kantigen braunen Augen. »Es hat lange gedauert, bis Shai mich davon überzeugt hat, dass du jemand anderes bist. Aber wenn du die echte Mortana wärst, hätte dir der Lilu-König wohl schon längst das Herz herausgerissen. Und er könnte es natürlich immer noch tun, da du versuchst, ihm die Krone wegzunehmen.«

Kas seufzte. »Bitte entschuldige meinen schroffen Freund.« Er warf einen Blick über die Schulter. »Aber er hat recht. Du bist hier nicht sicher, egal, was der König gesagt hat.«

Ich schüttelte den Kopf. »Ich bin sicher, Orion weiß, dass die Regeln sehr streng sind. Er darf mich außerhalb der Prüfungen nicht verletzen.«

Shai hakte sich bei mir unter. »Wir begleiten dich trotzdem nach Hause.«

Kas verzog das Gesicht zu einem schiefen Lächeln, wobei seine Wange auf einer Seite ein Grübchen hatte. »Ich wollte mir die Chance nicht entgehen lassen, die erste Königin unserer Stadt kennenzulernen.«

»Ich mag dein Vertrauen in mich, Kas«, sagte ich.

Als wir losgingen, wurde die Musik des Fests in der Ferne langsam leiser.

Legions schwarze Augenbrauen zogen sich zusammen, als er mich ansah. »Der Asmodean-Bezirk … Findest du das nicht ein bisschen …«

»… gruselig?«, fragte Kas.

Ich schaute zwischen den beiden hin und her. »Beendet ihr beide immer die Sätze des anderen?«

»Wir kennen uns schon, seit wir kleine Jungs waren«, sagte Kas. »Schon bevor die City of Thorns gegründet wurde.«

»Du bist also älter als Orion?«

»Alt und weise«, sagte Shai. »Genau deshalb sind sie perfekt, um dir bei der Vorbereitung auf die nächste Prüfung zu helfen.«

Mein Blick huschte zwischen den beiden männlichen Dämonen hin und her. »Was ist, wenn ich verliere? Und was, wenn Orion seine Wut an euch beiden auslässt?«

»Wir haben den verrückten König Azriel überlebt«, sagte Legion. »Wir können den verrückten König Orion überleben.«

»Wenn alles eh beim Alten bleibt«, sagte Kas, »dann würden wir jemanden bevorzugen, der noch alle Tassen im Schrank hat. Deshalb werden wir dir helfen.«

Der Wind rauschte vom Fluss her und verursachte mir eine Gänsehaut. Zu unserer Rechten kamen wir an einem steinernen Gebäude mit Türmchen und Fenstern vorbei, das in warmes Licht getaucht war.

»Was haltet ihr von Orion?«, fragte ich.

»Sie wissen, dass er alle Sterblichen ermorden will«, sagte Shai. »Weil ich es ihnen gesagt habe.«

Legions dunkle Augen sahen mich an. »Ich weiß noch, wie es damals war, als die Sterblichen nach dem Krieg in unsere Stadt eingedrungen sind. Zuerst haben sie unsere Magie geschwächt. Dann haben sie den Lilu, die sich wehrten, die Köpfe abgeschlagen und sie auf Spieße gesteckt. Jeder, der überlebt hat, musste an den Überresten seiner Familie vorbeimarschieren. Wir haben gedacht, dass alle Lilu in den Tod geführt worden sind. Keiner von uns konnte sich vorstellen, dass einige von ihnen überlebt haben. Wir haben nie über sie gesprochen, weil wir uns alle schuldig gefühlt haben. Wir hatten keine Ahnung, dass Orion noch da unten war. Jemand, der nach all dem allein in einem Kerker eingesperrt war, kann unmöglich klar im Kopf sein.«

Kas fuhr sich mit der Hand durch sein unordentliches Haar. »Ehrlich gesagt, der Gedanke, dass jemand so etwas aushalten muss, ist unerträglich.«

»Hör auf«, sagte ich, »bevor ich noch Mitleid mit ihm bekomme, denn dann werde ich verlieren.«

»Denk dran«, sagte Shai, »er hat gesagt, du wärst langweilig. Das ist wirklich das Schlimmste, was jemand sagen kann, selbst wenn er es nicht so gemeint hat.«

Kas runzelte die Stirn. »König Nergal hat uns gesagt, dass die Rache der Sterblichen an den Lilu der Preis war, den wir für die Niederlage im Krieg zahlen mussten. Es war ein Opfer. Aber die Wahrheit ist, dass er die Lilu auch loswerden wollte. Sie waren eine Bedrohung für ihn. Sie waren zu mächtig, und er hatte keinerlei Gewissensbisse. Und deshalb frage ich mich manchmal, ob die Sterblichen es richtig machen. Vielleicht sollten wir, ich weiß nicht, einen Anführer wählen, anstatt irgendwelche Leute zu nehmen, die jemandem das Herz aus der Brust reißen können.« Er lächelte mich an. »Aber wenn ich die rohe Kraft von jemandem unterstützen muss, dann soll es deine sein. Du hast immerhin unter den Sterblichen gelebt. Du weißt, wie sie denken. Sie modernisieren sich. Das tun wir nicht. Du könntest uns das beibringen, oder?«

Ich verengte die Augen. »Und warum sollte ich euch zwei alten Dämonen vertrauen?«

»Weil ich es tue«, sagte Shai.

»Nun, das ist deine erste Lektion.« Kas' Gesichtsausdruck war ernst geworden. »Du solltest uns nicht trauen. In der City of Thorns solltest du nichts und niemandem trauen, außer deinen eigenen Sinnen.«

»Und manchmal«, fügte Legion hinzu, »kannst du nicht einmal denen trauen.«

»Stimmt«, sagte Kas. »Du kannst Dinge vor dir selbst verbergen. Du wusstest zum Beispiel nicht, dass du eine Dämonin bist, richtig?«

»Wann hast du zum ersten Mal deine Magie gespürt?«, fragte Legion.

Ich biss mir auf die Lippe. »Ich glaube, in der Nacht, in der meine Mutter gestorben ist. Ich habe das Spiegelbild meines Dämonenmals in einer Pfütze gesehen. Aber ich habe die Erinnerung daran jahrelang verdrängt. Also ja, man kann seinen Sinnen und Erinnerungen nicht immer trauen.«

»Ah«, sagte Kas leise. »*Blicke nicht mehr in das bittere Glas.*
Die Dämonen, mit ihrer subtilen Tücke
erheben sich vor uns, wenn sie vorbeigehen,
oder sie schauen nur ein wenig;
denn dort wächst ein fatales Bild,
das die stürmische Nacht empfängt.«

Seine Worte ließen meine Haut kribbeln und für einen Moment wurde es still um uns.

»Bitte keine Yeats-Zitate«, sagte Legion und brach das Schweigen. »Ich habe genug von deinen wahllosen Gedichten.«

Kas lehnte sich nah an mich heran. Seine Stimme war leise. »Die Sache mit den Dämonen ist die, dass wir die meisten unserer Kräfte verstecken, bis wir sie wirklich brauchen. Das ist ein Teil unserer Kultur. Wir alle tun das.« Kas kreuzte vor mir den Weg und ging rückwärts, um seine funkelnden bernsteinfarbenen Augen auf mich zu richten. »Jeder hier hat Geheimnisse. Ich bin sicher, du hast auch welche.« Der Wind streifte sein Haar, während er ging, und seine Bewegungen waren so anmutig wie die eines Tänzers. »Also vertraue niemandem. Nicht einmal mir.«

Mein Blick glitt über seine Tätowierungen, die wilden Wirbel und Muster auf seinen muskulösen Unterarmen.

Ein wehmütiger Gedanke nagte an meinem Hinterkopf. Ich hatte nie herausgefunden, was es mit Orions Schlangentattoo auf sich hatte, und im Moment bezweifelte ich, dass ich es jemals erfahren würde.

Vor mir blieb Kas abrupt stehen und ich stieß fast mit ihm zusammen. Sein Blick war auf etwas über meinem Kopf gerichtet, und Schatten glitten durch seine goldenen Augen. Ich sah auf und im nächsten Augenblick wusste ich genau, warum.

Orions verlockende Magie sang über meine Haut. Ich wirbelte herum.

Da stand der König, in Schatten gehüllt. Der Wind spielte mit seinem silbernen Haar. »Danke, dass ihr unseren Schattennachkommen nach Hause gebracht habt, aber jetzt übernehme ich.« Unter seiner sanften, samtenen Stimme hörte ich eine deutliche Schärfe. Er schlich näher heran und legte seine Hand auf meine Taille.

Zu meiner Überraschung hörte ich ein Knurren von Kas und Legion hinter mir, und die Luft knisterte vor Spannung.

Kapitel 6

– Rowan –

Ich starrte zu Orion hoch, der über meinen Kopf hinweg zu den beiden anderen Dämonen blickte. Die ganze Zeit, in der ich mit ihm gekämpft hatte, waren seine Augen blassblau geblieben. Erst jetzt, als wir ohne den geringsten Hinweis auf eine Bedrohung am Ufer eines Flusses standen, verdunkelten sie sich zu schwarz.

Orions Blick glitt von Kas zu Legion, als wollte er sie beide ermorden. »Als König«, sagte er leise, »ist es meine Aufgabe, für die Sicherheit des Schattennachkommen zu sorgen.«

»Sicherheit vor *wem* genau?«, fragte Kas.

Orions Hand legte sich fester um meine Taille. Vielleicht war es an der Zeit, dass ich ihn dazu brachte, mit diesem Machogehabe aufzuhören, bevor meine neuen Freunde als Aschehäufchen auf den Steinen endeten.

»Okay, also …«, begann ich.

Ein Blitz aus heißer Magie unterbrach mich und versengte die Luft. Hitze glitt durch mein Blut, und ich stolperte vor der Kraft von Orions Magie zurück.

Einen schrecklichen Moment lang war ich mir sicher, dass Orion gerade alle um uns herum verbrannt hatte, bis ich merkte, dass ich zurück in Kas' mächtige Brust gestoßen worden war.

Als ich mich zu den anderen umdrehte, starrten sie mich benommen und mit offenen Mündern an. Shai schwankte. Ein kleines Lächeln umspielte ihre Lippen.

Ich berührte ihren Arm. »Shai?«

Ohne mich zu beachten, trat sie näher an Orion heran und klimperte mit den Wimpern. Sie streckte die Hand aus und berührte seine Brust. »Eure Majestät! Trainiert Ihr etwa?«

Mit einem leisen Knurren packte Legion Shais Arm. Dann drehte er sie zu sich herum. »Warum vergisst du ihn nicht und zeigst mir dein Zimmer?«

Sie biss sich auf die Lippe und starrte verträumt in Legions Gesicht.

Mir fiel die Kinnlade runter, als mir klar wurde, was er getan hatte. Orion hatte sie mit seiner Inkubusmagie angegriffen, und jetzt waren sie alle vor Lust wie betrunken. Irgendwo tief im Inneren hatte ich diese Kraft auch. Ich hatte nur nie gelernt, sie zu benutzen – und ich würde sie auch nie bei meinen Freunden einsetzen, denn *was zum Teufel war hier los?*

Als ich Kas' Blick auffing, war er brennend, sinnlich, seine Augen dunkel wie Stahl. Sein Blick schweifte schamlos an mir herunter, um jeden Zentimeter von mir zu erfassen. »Rowan.« Seine Stimme klang wie ein tiefes, heiseres Grollen.

Von Schatten umgeben fegte Orion um mich herum und legte seine Finger sanft um Kas' Hals. »Ich schlage vor, du findest jemand anderen für deine Aufmerksamkeit.«

Kas schwankte einen Moment lang auf seinen Füßen und starrte Orion wie betäubt in die Augen. Er seufzte tief und wiederholte dann: »Jemand anderen.«

»Orion. Hör auf, dich über sie lustig zu machen«, schnauzte ich. »Deshalb hassen alle die Lilu.«

Auch ich konnte die Auswirkungen seiner Lustmagie spüren – die Wärme, die sich in meinem Inneren zusammenzog, die Empfindlichkeit meiner Haut –, aber als Sukkubus hatte ich mehr Kontrolle über mich.

Kas wandte sich von ihm ab und schlenderte zurück zum Fest. Ich fühlte einen Stich der Enttäuschung. Es wäre wirklich schön gewesen, einmal eine Gruppe von Freunden zu haben.

Ich warf Orion einen scharfen Blick zu. »Du bist schon ein bisschen mein Stalker, findest du nicht? Du folgst mir und verjagst meine neuen Freunde?«

Er legte den Kopf schief. »Alle hassen unsere Art. Wir sind die letzten beiden Lilu, und ich werde nicht zulassen, dass dir etwas zustößt. Außerdem muss ich dir dein neues Zimmer zeigen.«

»Du lässt nicht zu, dass mir etwas zustößt?« Ich begann schnell zu laufen, obwohl ich keine Ahnung hatte, wo mein neues Zimmer war. »Vor nicht allzu langer Zeit hast du mich aus der City of Thorns geworfen und mich ohne Magie und umgeben von Dämonenjägern, die mich töten wollen, allein gelassen. Und plötzlich soll ich glauben, dass du dich um meine Sicherheit sorgst?«

»Ich habe dich nicht allein gelassen«, sagte er sanft. »Ich hatte Wachen, die auf dich aufgepasst haben. Erst im Hotel, dann im Haus von Shais Tante.«

Ich schluckte schwer. »Wachen?«

»Anna, mit den rosa Haaren. Und ihre Katze, Taffy. Ich dachte, du hättest sie bemerkt.«

»Hmm.« *Vertrau ihm nicht, Rowan.* Ich war auf seinen Charme vorbereitet, und meine eiserne Abwehr würde ihm standhalten. »Es ist so nett von dir, dass du dich um mich sorgst. Und trotzdem hast du meinen Halbbruder Cambriel getötet, obwohl du wusstest, dass ich meine Mutter rächen wollte.«

Als er meinen Blick erwiderte, leuchteten seine großen blauen Augen. »Ich habe auch ein Versprechen gegeben, Rowan. Ein Versprechen an alle toten Lilu, dass ich sie rächen werde. Deshalb muss ich König sein. Und ich wusste, dass du versuchen würdest, mich aufzuhalten. Aber ich habe es Ashur in einem Blutschwur versprochen, bevor ich zusehen musste, wie er in den Tod geschleift wurde. Ich habe es dem Andenken an meine Mutter versprochen. Jedem von ihnen.«

Ich atmete tief ein. »Aber es ist nicht das Beste für die Dämonen, die noch leben, einen Krieg mit den Sterblichen zu beginnen.«

Schweigen breitete sich zwischen uns aus, und ich lauschte dem Rauschen des Acheron, der vorbeifloss. »Ich bin losgezogen, um dich zu suchen, Rowan«, sagte er schließlich. »Als du noch in der Unterwelt warst und ich endlich gemerkt habe, dass du nicht Mortana bist. Eines Nachts bin ich mit der schrecklichen Erkenntnis aufgewacht, dass du gestorben warst. Nicht Mortana, sondern Rowan. Und ich fühlte mich, als hätte man mir das Herz herausgerissen.« Er berührte meinen Ellbogen und führte mich vom Fluss weg unter einen dunklen Torbogen.

Ein Schauer der Lust durchfuhr mich an der Stelle, an der seine Finger meinen Arm berührten. Offensichtlich wirkte seine Inkubusmagie noch immer auf mich, denn das Verlangen strömte in meinen Bauch und ließ sich dort nieder, sodass es mir schwerfiel, mich zu konzentrieren. »Okay«, war alles, was ich sagen konnte.

»Warum sollte ich deinen Tod spüren, Rowan, wenn wir nicht verbunden wären? Wir sind die Zwillingssterne. Unsere Schicksale sind miteinander verwoben.«

Meine Absätze klapperten über die Steine und hallten von der engen Gasse wider. *Eiserne Abwehr.* »Ich werde die Prüfungen nicht aufgeben, Orion, wenn du darauf hinauswillst. Wo bringst du mich eigentlich hin?«

»In deinen neuen Palast.«

»Palast?«, wiederholte ich.

»Im Luzifer-Bezirk, in meiner Nähe.« Er drehte sich um und sah mich an. Seine Augen durchdrangen die Dunkelheit. »Hör zu, als ich dachte, du wärst tot, bin ich in die Unterwelt gereist. Ich wollte dich unbedingt wiederfinden. Und ich wusste wirklich nicht, dass ich so etwas noch fühlen kann.«

»*Was* fühlen?«

Mit einem scharfen Einatmen schaute er weg. »Irgendetwas«, sagte er undeutlich. »Ich wusste nicht, dass ich etwas für die Lebenden empfinden kann. Und nachdem ich durch das Fegefeuer gegangen bin und Tammuz gefunden habe, wusste er genau, was er sagen musste, denn es war schon seit Jahrhunderten mein Mantra. Er wusste die ganze Zeit über genau, was ich mit Mortana erlebt habe. Tammuz hat keinen Finger gerührt, um es zu verhindern, denn das Chaos hat ihm gefallen. Er hat mit uns beiden gespielt. Er wollte sich nur amüsieren.«

»Was hat er zu dir gesagt?«, fragte ich.

Orion hörte auf zu laufen und drehte sich zu mir um. »Er hat gesagt: *Orion, weißt du nicht, dass du dir niemals Hoffnungen machen darfst?* Er wusste, dass ich diese Lektion von Mortana gelernt habe. Das Hoffen war es, was mich im Kerker langsam umgebracht hat. Mortana hat mir immer versprochen, dass ich freigelassen werde, und mir dann jedes Mal ins Gesicht gelacht, wenn ich ihr geglaubt habe. Aber vielleicht ist es an der Zeit, dass ich aufhöre, meine Lektionen von ihr zu lernen.«

»Heißt das, du willst dich nicht mehr rächen?« Kaum waren die Worte aus meinem Mund, fragte ich mich schon, ob ich nicht wieder in Orions verführerische Falle tappte.

Anstatt mir zu antworten, führte er mich in eine Gasse, die in einen runden Hof mündete, in dem Myrtenbäume blühten. Ihre purpurnen

Blütenblätter verteilten sich wie Blutstropfen auf den Steinen. Hier roch die Luft nach Salz und Zitronen. Für mich roch es wie zu Hause.

Auf der einen Seite des Hofes befand sich etwas, wovon ich nur annehmen konnte, dass es der Palast war – drei Stockwerke mit Türmchen und schmalen, leuchtenden Fenstern. Schornsteine ragten aus den Dächern, und über riesigen Eichentüren war der Stern Luzifers eingraviert. Um den Innenhof herum standen Gebäude aus Stein mit steilen Spitzdächern, einige mit Balkonen. *So ein schöner Ort.*

Orion drehte sich zu mir um. »Ich habe Ashur versprochen, dass ich mich rächen werde. Ich habe nicht gesagt, *wie*. Aber ich glaube, die Dämonen müssen frei sein, sonst könnte es wieder passieren.«

»Die Dämonen freizulassen, würde einen Krieg auslösen.«

Er sah mich eindringlich an. »Du meinst, die Sterblichen würden einen Krieg beginnen. Aber wir würden gewinnen. Und es ist meine Aufgabe, die Dämonen zu schützen, nicht die Sterblichen. Wenn die Sterblichen sich auf ein Selbstmordkommando einlassen wollen, nur weil wir hier nicht mehr gefangen sind, dann ist das wohl ihr Problem.«

Ich schüttelte den Kopf. »Ich habe das Gefühl, dass du deine Rache nur als ›Freiheit‹ verpackst.«

Er zog eine Augenbraue hoch. »Die Dämonen in der City of Thorns müssen befreit werden. Das ist die Aufgabe eines Lichtbringers. *Lucifer urbem spinarum libarabit* – der Lichtbringer wird die City of Thorns befreien. Das ist unser Schicksal, ob du es einsiehst oder nicht.«

»Frei, damit sie sich wieder von Sterblichen ernähren können?«, fragte ich. »Wie sie es einst getan haben?«

»Ja, mir gefällt die Idee, die Welt wieder so zu machen, wie sie einmal war. Du weißt, dass etwas fehlt. Wir sind Geschöpfe des Waldes, der Wildnis. Wir sind nicht für Städte aus Stein gemacht.« Er griff nach meiner Wange. Dann zog er seine Hand weg, wobei sich seine Finger zur Faust ballten. »Wir sollten jagen – und ja, manchmal bedeutet das, dass wir Sterbliche jagen. Das ist unsere Natur, Liebes. Und wir sind dazu bestimmt, anderen Angst zu machen.«

Meine Augen verengten sich, und ich trat einen Schritt näher. »Die Dämonen scheinen hier glücklich zu sein. Dieser Ort ist unglaublich.«

Eine Strähne seines silbernen Haares streifte seine Wangenknochen. »Aber das ist nicht genug. Dieser Ort ist ein Gefängnis der *Zivilisation*.« Verachtung schwang in seinem Ton mit. Er beugte sich zu mir herunter und sein Atem wärmte mein Gesicht, als er flüsterte: »Warum gibst du nicht dem nach, was du wirklich willst? Ich weiß, dass du es auch spürst.« Die Wärme, die von seinem muskulösen Körper ausging, ließ mir den Atem stocken.

Vielleicht war es der übrig gebliebene Lustzauber, aber mein Puls geriet außer Kontrolle.

»Ich will nicht, dass Menschen sterben.«

»Und doch kann ich hören, wie dein Herz bei dem Gedanken an Freiheit rast.«

Ich riss mich von ihm los und ging auf die Holztüren zu.

Natürlich konnte ich nicht erwarten, dass Orion sich ändern würde – er war schon seit Jahrhunderten so.

Weißt du nicht, dass du dir niemals Hoffnungen machen darfst?

Auf der Treppe drehte ich mich zu ihm um. »Ich gehe jetzt schlafen, Orion. Ich sage dir Bescheid, wenn ich mich wegen der nächsten Prüfung entschieden habe.«

»Vertrau den Dämonen nicht, mit denen du unterwegs warst«, rief er mir nach.

»Ich traue niemandem.« Ich schenkte ihm ein schiefes Lächeln. »Am allerwenigsten dir.«

Kapitel 7

– Orion –

Am Fenster meiner Bibliothek sitzend schlürfte ich einen Scotch. Auf meinem Schreibtisch waren Bücher und Kerzen verteilt. Von hier aus hatte ich einen Blick auf den mit roten Blütenblättern gesprenkelten Abraxas-Hof und Rowans Palast auf der anderen Seite. Die Fenster ihres neuen Hauses erstrahlten in warmem Licht.

Ich sah zu, wie sie durch die schweren Eichentüren trat und sie hinter sich schloss.

Dann stand ich auf und fuhr mir durch die Haare, während ich die Bibliothek durchquerte. Vor drei Wochen, als ich König geworden war, war ich in dieses Haus eingezogen.

Ich hatte die Protzigkeit des Turms von Baal immer gehasst und hatte nicht die Absicht, dort zu leben. *Niemals.* Ich wollte nicht im Mittelpunkt der Aufmerksamkeit stehen – das war etwas für Leute wie Cambriel und Nergal. Und jetzt, wo ich nicht mehr so tun musste, als wäre ich ein Herzog, brauchte ich auch keine protzige Wohnung am Meer. Ich wollte nur ein kleines Häuschen im Schatten.

Aber ich musste hier auf nichts verzichten. Ich hatte eine Bibliothek, einen Balkon, Schlafzimmerwände, die mit Büchern ausgekleidet waren. Alles war aufgeräumt und genau am richtigen Platz.

Abends aß ich mit meinem Koch am Esszimmertisch vor dem lodernden Feuer zu Abend. Amon war vor dem Massaker an den Lilu der Koch meiner Familie gewesen. Er war zu mir zurückgekehrt, sobald er erfahren hatte, wer ich wirklich war. Er war die einzige Person hier, die bereit schien, mit mir über die Lilu zu reden, und der Einzige, der mit mir wie mit einer normalen Person sprach.

Jeden Abend rollten sich seine beiden schwarzen Labradore unter unseren Füßen zusammen und hofften auf ein paar Krümel. Sie hießen Castor und Pollux.

Ich trat in mein Schlafzimmer. Es war ein altes Haus, etwa aus der Zeit, als ich geboren worden war. Die Wände waren aus dunklem Holz, mit zwei geschnitzten Mahagonisäulen in der Mitte. Ein kleines Feuer brannte im Kamin. In meinem Zimmer standen die Balkontüren offen und ließen die Flammen tanzen. An den Wänden hing ein einziges Gemälde: der Sukkubus Lilith mit einer Schlange, die ihr nacktes Bein umschlang. Ihr Haar war leuchtend rot.

Mit dem Whisky in der Hand trat ich auf den Balkon und blickte zu den Sternen hinauf. Ich ließ mich in einem Holzstuhl nieder, von dem aus ich den Abraxas-Hof überblicken konnte.

Unbewusst fuhr ich mit dem Finger über meinen Hals. Obwohl ich geheilt war, konnte ich immer noch spüren, wo Rowan mich mit ihren Krallen aufgerissen hatte. Ich hatte den Eindruck, dass sie es genossen hatte. Bösartigkeit stand ihr gut.

Das Problem war nur, dass sie nicht ihrer wahren Natur nachgeben wollte.

Ich hörte das leise Klacken von Labradorkrallen auf dem Fliesenboden und drehte mich um. Castor schlenderte mit silbrig schimmerndem Fell zu mir herüber. Das Mondlicht glitzerte in seinen dunklen

Augen und er schaute mich mit einem schuldbewussten Blick an. Als ich die Butterflecken in seinem Gesicht bemerkte, verstand ich, warum.

»Castor«, sagte ich. »Du absoluter Vielfraß.«

Er senkte den Kopf und machte es sich mit einem Seufzer zu meinen Füßen gemütlich, wo er sich zusammenrollte. Ein salziger Wind fegte über uns hinweg und brachte sein dunkles Fell zum Rascheln.

Hinter mir hallten Schritte an den Holzwänden wider.

Ich drehte mich um und sah Amon auf mich zukommen, ein Glas Whisky in der Hand. Sein dunkelbraunes Haar hing ihm über die breiten Schultern.

Drinks auf dem Balkon – unser nächtliches Ritual in den letzten Wochen.

Als er sich auf den Stuhl neben mir setzte, blieb mein Blick an der gezackten Narbe hängen, die sich von seiner Kopfhaut über seine Nase bis zu seinem kantigen Kiefer zog. Als die Sterblichen gekommen waren, um uns zu holen, hatte er versucht meine Mutter zu beschützen. Ich erinnerte mich daran, wie sie seinen Kopf in zwei Hälften gespalten hatten und ich angenommen hatte, er wäre tot.

Er nahm einen Schluck von seinem Whisky. »Du hättest den Kampf heute Abend gewinnen können.«

Ich schaute ihn aus den Augenwinkeln an. »Ich werde sie überreden, auf meine Seite zu kommen.«

Seine Augenbrauen hoben sich. »Glaubst du immer noch, dass du sie verzaubern kannst, nach allem, was du gesagt und getan hast?«

In dem Moment, in dem ich sie aus der Stadt geworfen hatte, hatte ich begonnen, es zu bereuen. Rivalin oder nicht, ich hatte sie *vermisst.*

Ich holte tief Luft. »Das Problem ist, dass sie nicht damit einverstanden ist, die Dämonen zu befreien.«

Amon warf mir ein verschmitztes Lächeln zu. »Vielleicht, weil du ihr gesagt hast, dass du einen blutrünstigen Rachefeldzug gegen die Sterblichen führen und sie alle ermorden willst, obwohl sie nichts mit den Ereignissen vor vierhundert Jahren zu tun haben? Ich kann mir nicht vorstellen, warum sie etwas gegen diesen Plan haben sollte. Das klingt doch ganz vernünftig.«

Ich grunzte, irritiert darüber, dass Amon ihr zustimmte. »Es könnte etwas damit zu tun haben.« Ich nippte an meinem Whisky. »Gut. Vielleicht hat sie ja recht. Aber wir müssen trotzdem den Bann brechen, der uns hier gefangen hält. Die Sterblichen sind hinter ihr her, und sie werden nicht lockerlassen, bis ich sie ausliefere. Solange wir hier festsitzen, könnte die Sache weiter eskalieren.«

»Ist es tatsächlich möglich, den Bann zu brechen, Eure Majestät?«

»Hör auf, mich so zu nennen, Amon.«

»Gut. Orion, wenn du so genannt werden willst. Aber warum ausgerechnet dieser Name? Es ist nicht dein richtiger.«

Ich starrte in den Nachthimmel, der hier in der City of Thorns so hell war. »Es hat mich getröstet, im Kerker an die Sterne zu denken. Das war der einzige Funke Helligkeit – der Gedanke an Sternbilder wie Orion. Ich habe versucht sie in die Mauern zu ritzen, damit ich sie sehen konnte.«

Mein Blick glitt hinüber zum Sternbild Zwillinge, den Zwillingssternen, die in der Nähe des Orion leuchteten und sich in der Dunkelheit gegenseitig zu erreichen schienen.

Ich erinnerte mich nicht mehr an meinen alten Namen, und ich wollte es auch nicht. Wer auch immer ich vorher gewesen war, dieses Kind war im Kerker gestorben. Wenn ich die Gedenkstätte für die toten Lilu errichtete, würde ich es auch für einen namenlosen silberhaarigen Jungen tun.

Amon atmete tief ein und starrte in den Himmel. »Die Zwillingssterne. Die beiden Lichtbringer. Rowan und Orion.«

»Ich habe nachts von ihnen geträumt, wenn ich nicht von Essen geträumt habe. Zwillingssterne. Ich wusste nie, was sie bedeuten.«

»Ah«, sagte er leise. »Und deshalb sitzt du auf dem Balkon und starrst wie ein Verrückter mit gebrochenem Herzen auf das Haus deiner Ex-Geliebten? Euer Schicksal steht buchstäblich in den Sternen.«

Ich räusperte mich. »Es ist besser, wenn sie in meiner Nähe bleibt. Es gibt hier viele Dämonen, die die Rückkehr der Lilu fürchten.«

Als ich dachte, sie wäre in der Unterwelt gestorben, hätte mich das fast gebrochen. Ich konnte den Gedanken nicht ertragen, dass sie starb, während sie hier unter meinem Schutz stand.

Rowan machte mir genauso viel Angst wie Mortana. Mortana war eine Sadistin gewesen, die mein Leben in ihren Händen gehalten hatte. Rowan hingegen hatte mein Herz in ihren Händen.

Als ich sie das erste Mal getroffen hatte, war sie zerbrechlich und leicht zu erschrecken gewesen. Unschuldig. Jetzt sah sie aus, als wollte sie mir den Kopf vom Körper reißen. Aber es war nicht der Tod, der mir Angst machte. Es war der Blick in ihren Augen, ihre Wut auf mich, die mich so verängstigte, dass ich kaum noch atmen konnte.

Im Kerker war die Rache das Versprechen gewesen, das mich bei Verstand gehalten hatte. Ohne ein Ziel wäre ich völlig verrückt geworden. Der Blutschwur war die einzige Möglichkeit gewesen, dem Grauen einen Sinn zu geben – ein kleiner Lichtblick in der Dunkelheit.

Rache war die Wiedergutmachung eines Unrechts.

»Orion«, sagte Amon mit rauer Stimme, »wann wirst du mir sagen, was mit dir passiert ist?«

Im Gegensatz zu mir hatte Rowan keine Angst, die Wahrheit über sich zu erzählen. Mein Geheimnis würde mit mir sterben, aber Rowan war nicht wie der Rest von uns Dämonen. Sie war besser.

»Was ist mit mir passiert?«, sagte ich. »Nichts. Nur eine Menge Langeweile und Hunger. Ich habe mehr als ein paar Ratten gegessen.« Noch ein Schluck Scotch. »Was weißt du über Legion und seinen Freund Kas?«

Als ich sie mit den beiden Dämonen die Uferpromenade entlanggehen gesehen hatte, hatte ich einen überwältigenden Drang verspürt, die beiden in Rauch zu verwandeln.

Amon starrte mich an. »Du erinnerst dich wirklich auch nicht an sie?«

Eine verschwommene, ferne Erinnerung tanzte durch meinen Kopf – ein dunkelhaariger Junge mit braunen Augen, der mich in die Elysische Wildnis führte. Ältere Kinder, zu denen ich einst aufgesehen hatte.

»Oh. Ein bisschen.« Aber ich wollte mich nicht an diese Zeit erinnern.

»So viele Geheimnisse«, murmelte Amon. »Sogar vor dir selbst hast du Geheimnisse.«

Ich hatte noch ein anderes Geheimnis: Ich würde Rowan lieben, bis ich starb.

Und deshalb bedauerte ich zutiefst, was ich als Nächstes tun musste.

Kapitel 8

– Rowan –

Ich musste hier nicht Orions Befehlen folgen. Als Schattennachkomme konnte ich selbst entscheiden, wo ich übernachten wollte. Aber ich wollte, dass Orion mich für die unbeholfene Sterbliche hielt, der er zuerst begegnet war. Ich wollte, dass er seine Deckung aufgab und sich nicht auf die nächste Prüfung vorbereitete. Was er wahrscheinlich auch nicht tun würde, denn sein Ego würde ihm in die Quere kommen.

Die untere Etage des Palastes sah geradezu mittelalterlich aus. Im Eingangsbereich erwarteten mich Soldaten. Jeder von ihnen trug die blaue Uniform der Armee und die königlichen Insignien am Revers – eine Krone mit einem Stern darüber.

Alles Männer des Königs ...

Als ich eintrat, starrten mich die Männer des Königs schweigend an, still wie Statuen auf dem schwarzweiß gekachelten Boden. Ohne ein Wort zu sagen, führte mich einer von ihnen in mein Zimmer.

Als er die Tür hinter mir geschlossen hatte, atmete ich erleichtert aus.

Mein Zimmer lag zum Meer hin. Eichenholzregale säumten zwei der hellen Steinwände, und ein paar Kerzenflammen warfen ein warmes, tanzendes Licht in den Raum. Neben den offenen Balkontüren stand ein Bett mit einer cremefarbenen Bettdecke und riesigen Kissen. Daneben befanden sich ein Holztisch und eine Messinglampe zum Lesen.

Als ich den ganzen Raum in Augenschein nahm, zog sich mein Herz schmerzhaft in meiner Brust zusammen. An einer der Wände hingen die Porträts meiner Eltern, die aus ihrer Villa im Asmodean-Bezirk stammten.

Benommen kam ich näher. Vor mir stand der Vater, den ich nie kennengelernt hatte, Herzog Moloch – mit demselben roten Haar wie ich, das um das Kinn herum in blond überging, mit hohen Wangenknochen und dunkelbraunen Augen wie meine. Neben ihm schaute meine Mutter über meinen Kopf hinweg, ihr dunkles Haar hochgesteckt – so elegant, wie ich sie nie erlebt hatte.

Die vergoldeten Rahmen sahen brandneu aus.

Warum hatte Orion sie neu rahmen und hierherbringen lassen? Er hatte nicht gewusst, dass ich an diesem Abend kommen würde. Er musste das Fest nach der Prüfung verlassen haben, um den Raum einzurichten.

Ich starrte zu Mom hoch. Natürlich versuchte Orion, es mir bequem zu machen. Er würde alles tun, um mich zu umgarnen und zu verwirren.

Als ich einen Blick auf den Nachttisch warf, sah ich einen Stift neben einem kleinen Block Papier liegen, was mir seltsam vorkam. Aber als ich mich ihm näherte, merkte ich, dass es nicht *irgendein* Stift war. Benommen fuhr ich mit den Fingerspitzen über das kleine glitzernde Regenbogensymbol an der Seite, das von der Zeit etwas abgenutzt war. Da war er – mein Glücksstift. Ich hatte ihn in der Nacht, in der ich Orion das erste Mal getroffen hatte, bei mir gehabt. Das bedeutete natürlich, dass er mir nicht viel Glück gebracht hatte.

Noch immer fassungslos drehte ich den Stift in meinen Fingern herum. Orion hatte ihn *die ganze Zeit über* aufbewahrt? Ich hatte ihn sogar in der Gefängniszelle danach gefragt, und er hatte ihn mir nicht zurückgegeben.

All diese charmanten Versuche, mich für sich zu gewinnen …

Ich ließ den Stift auf den Tisch fallen und betrachtete den Rest der Einrichtung.

An der Wand mit Blick auf das Meer strömte Licht durch eine Glastür. Draußen lag ein Balkon aus sandfarbenem Stein. Hinter einer niedrigen Steinmauer erstreckte sich das dunkle, silbern schimmernde Meer und verschmolz mit der Nacht. *Wunderschön.*

Ich öffnete die Tür und trat hinaus in die salzhaltige Luft. Als Dämonin waren meine Augen viel besser und ich konnte sogar steinige Inseln weit draußen im Meer sehen, die vom Mondlicht versilbert wurden. Die Wellen schlugen gegen die Felsen unter mir. In einer Ecke des Balkons befand sich ein kleiner, beheizter Pool, vom dem aus Dampfschwaden in den dunklen Himmel stiegen.

Als ich über das Geländer des Balkons spähte, entdeckte ich Soldaten, die am Ufer standen wie stumme Wächter. Was erwarteten sie denn – dass jemand aus dem Wasser kam? Wenn ich raten müsste, hatte Orion ihnen wahrscheinlich gesagt, dass sie ihm Bescheid geben sollten, wenn ich von diesem Balkon aus in die Nacht flog.

Mit einem Seufzer ging ich zurück in mein neues Zimmer, schloss die Balkontür und riss ein Stück Papier vom Block ab. Ich kritzelte eine Notiz an Orion darauf:

Ich brauche ihn nicht mehr.

Dann riss ich die Tür auf. In der dunklen Palasthalle standen mir zwei Wachen gegenüber. Ich ging auf einen von ihnen zu und drückte ihm den Zettel und den Stift in die Hand. »Bitte grüßen Sie den König von mir, wenn Sie ihm diesen Stift zurückgeben.«

Die Morgensonne umspielte mich, als ich durch die verschlungenen Straßen des Luzifer-Bezirks ging und nach einem Ort suchte, an dem ich frühstücken konnte. Ein Diener hatte heute Morgen an meine Tür geklopft und mir angeboten, mir etwas zu essen zu bringen, aber ich wollte raus und bei Tageslicht umherspazieren.

Auf der einen Seite verlief ein Kanal zwischen Steinmauern, die im goldenen Morgenlicht funkelten. Auf der anderen Seite säumten mit Weinreben bedeckte Steinhäuser mit spitzen Dächern die gepflasterte Straße. Ich hielt inne, um einen Blick in das Schaufenster eines Ladens zu werfen, der Kuriositäten und magische Gegenstände für Hexen verkaufte – einen menschlichen Schädel, Blutphiolen und große Zauberbücher, in deren Rücken silberne Schrift geätzt war.

Sterbliche Hexen lernten Magie von Dämonen an der Belial Universität und an Universitäten in anderen Dämonenstädten. Wenn ein Sterblicher sehr, sehr gut in Magie wurde, konnte er oder sie eine Hexe oder ein Hexer werden.

Und für die nächste Prüfung, die mir vorschwebte, würden wir einen mächtigen toten Hexer aus der Unterwelt beschwören. Ich hatte also neun Tage Zeit, Nekromantie zu lernen.

Ich riss die Tür auf und hörte das Bimmeln der Glocken, als ich eintrat. Die Wände waren schwarz gestrichen und in den schiefen Regalen standen Glasglocken – ausgestopfte Vögel, eine Messinghand mit verkrümmten Fingern und Gläser mit Kräutern und Tränken.

Ein sterblicher Mann mit einem langen Bart saß hinter der Theke und starrte mich an. »Schattennachkomme …«, murmelte er.

Als die Glocken hinter mir läuteten, drehte ich mich um und sah Kas in der Tür gegen den Rahmen gelehnt stehen. Seine Ärmel waren hochgekrempelt und offenbarten die tätowierten Sterne auf seinen Unterarmen. Sein Kinn war nach unten geneigt, und ein Lächeln geisterte über seine Lippen. Eine Strähne seines unordentlichen blonden Haars fiel ihm vor die Augen. »Schattennachkomme«, dröhnte seine tiefe, raue Stimme durch den Raum. »Wir haben nach dir gesucht.«

Meine Augenbrauen hoben sich. »*Wir?*«

Er hielt mir die Tür auf. »Shai und Legion. Frühstück wartet auf euch.«

Ich folgte ihm und blinzelte in das helle Sonnenlicht. »Wir sind verabredet?«

Mit einem kleinen Lächeln wandte er sich wieder mir zu. »Ja, sind wir. Ich mache uns Pfannkuchen und Kaffee, und dann überlegen wir uns, wie wir dich zur Königin machen.«

Fasziniert ging ich neben ihm her. »Du hast mir gesagt, ich soll dir nicht vertrauen.«

»Auf keinen Fall.« Er zog eine Augenbraue hoch. »Aber ich werde dir trotzdem helfen.«

KAPITEL 9

– ORION –

Hier in dem alten Backsteinhaus, in dem meine Familie einst gelebt hatte, spukte es. Meine Schritte hallten auf dem staubigen Fliesenboden wider. Ich hätte das Haus reinigen lassen können, aber etwas hielt mich davon ab, es wieder zum Leben zu erwecken. Es war jetzt ein Mausoleum. Die Luft roch muffig und abgestanden. Dieses Haus war ein Grab.

Warum zum Teufel war ich dann hier?

Ich nahm an, dass dies der einzige Ort war, an dem ich das Feuer meiner Lust löschen konnte. Denn wenn Rowan in der Nähe war, konnte ich nicht denken. Ich konnte nicht atmen, wenn mir ihr Bild in den Sinn kam. Jedes Mal, wenn ich an sie dachte, blieb mein Herz stehen. Ihre tiefbraunen Augen mit dem schwachen Goldrand. Ihre vollen, roten Lippen, die winzigen Sommersprossen auf ihrer Nase, die Rundung ihrer Hüften. Wie sie gestöhnt hatte, als ich sie genommen hatte …

Aber was wäre ich für ein König, wenn ich nur an sie denken könnte?

Dies war der einzige Ort, an dem ich mich von den Bildern, die durch meinen Geist schwebten, erholen konnte. Traurigkeit durchzog diesen Ort wie ein schwerer Nebel.

Von den alten Büsten in den Nischen des Flurs waren die Gesichter zertrümmert und teilweise auf den Boden geschmettert worden.

Ich spürte, wie die Welt unter mir kippte, als mein Blick über den tiefroten Fleck auf dem Boden wanderte. Das war die Stelle, an der mein Bruder Molor ermordet worden war, während ich zugesehen hatte.

Mein Atem beschleunigte sich und ich bekam nicht genug Luft.

Er hatte versucht sich vor unsere Mutter zu stellen, weil er so stark war.

Zumindest war mir mein älterer Bruder damals groß und stark vorgekommen. Ich war schockiert gewesen, dass die Soldaten ihn so einfach niedergeschlagen hatten. Damals hatte ich ihn für einen Gott gehalten. Einen Titanen. Jemanden, der mich immer beschützen würde. Vielleicht war das der Grund, warum ich das Feuer, das ich in mir hatte, nicht entfesselt hatte, denn wenn ich nur klar gedacht hätte, hätte ich die Sterblichen zu Asche verbrennen können. Sie hatten unsere Magie vor der Invasion geschwächt, aber ich hatte noch etwas davon gehabt.

Aber Molor würde sie sicher aufhalten.

Molor war derjenige, der mir Zaubersprüche beigebracht hatte, und er hatte versucht mir beizubringen, wie man richtig zuschlug. Jedes Mal, wenn er das Haus verlassen hatte, hatte ich geschrien, dass ich mit ihm gehen wollte.

Benommen ging ich durch den Flur zu seinem alten Zimmer. Er war schon immer ordentlich gewesen, und auch jetzt war es noch ordentlich, trotz des Staubs und der Spinnweben. Es war ein einfaches, elegantes Zimmer mit weißen Wänden und dunklen Holzbalken an der Decke, einem alten Fliesenboden und einem abgenutzten Teppich. Ein Hirschgeweih ragte aus der Wand über dem Kaminsims. Sein

Bett war ein Himmelbett, die Mahagonipfosten mit Dornen verziert. Fahles Licht strömte durch die Sprossenfenster auf einen Schreibtisch mit alten Büchern.

Ich öffnete seinen Kleiderschrank und war erstaunt, wie klein seine Kleidung war. War er wirklich so *klein* gewesen?

Und die Kinderspielzeuge hier drin – eine Puppe in einem weißen Kleid mit schwarzen Perlen als Augen und ein Holzkreisel mit schwarzen Zahlen darauf. Ich hob den Kreisel auf und drehte ihn zwischen meinen Fingern. Wären die Sterblichen nicht gekommen, hätte Molor mir beigebracht, wie man dieses Spiel spielte. So aber hatte ich keine Ahnung.

Ich zog einen seiner alten Anzüge heraus, einen mit schwarzem Samtstoff, der mit Gold verziert war. Ich erinnerte mich an diesen Anzug … Molor war so stolz auf ihn gewesen. Er hatte vorgehabt, ihn an seinem vierzehnten Geburtstag zu tragen. Für Dämonen war der vierzehnte Geburtstag wichtig, und meine Eltern hatten das Fest schon ein Jahr im Voraus geplant.

Ich legte den Anzug auf das Bett und starrte ihn an. Als Molor getötet worden war, hatte ihm das Kleidungsstück noch nicht ganz gepasst, und er war auch nie hineingewachsen.

Mit einem Kloß im Hals ging ich zum Fenster und starrte auf die Turmuhr des Asmodean-Bezirks. Irgendwann war sie stehen geblieben. Die Zeiger waren auf sechs Uhr eingefroren. Ich fragte mich, ob die Zeit stehen geblieben war, als die Sterblichen in der Abenddämmerung gekommen waren, denn damals war meine Welt stehen geblieben. Oder vielleicht war sie mit Molors Tod stehen geblieben.

Als die Puritaner Molors Herz auf dem Wohnzimmerboden herausgeschnitten hatten, hatte es sich wirklich so angefühlt, als ob sie meins mitgenommen hätten. Der Schmerz war überwältigend gewesen.

Die Wolken schoben sich über die Sonne und warfen Schatten auf den verlassenen Stadtplatz.

Ich starrte durch das alte Glas auf den Uhrenturm, ein wunderschönes Kunstwerk – ein steinernes Gebilde mit goldbemalten Scheiben, die sich einst bewegt hatten. Sie zeigte nicht nur die Zeit an, sondern auch den Stand von Sonne und Mond und die Sternzeichen. Eine erstaunliche technische Meisterleistung, die wir von den Sterblichen gelernt hatten. Eine schwache Erinnerung flackerte in den Tiefen meines Geistes auf – mechanische Statuen, die einst aus den Türen auf beiden Seiten der glänzenden Scheiben erschienen waren: die Figur des Königs und eine des Gottes Luzifer, die ihm eine Krone zu überreichen schien.

Vor langer Zeit hatte jeder in der Stadt seine Taschenuhr nach diesen goldenen Zeigern gestellt. Ich erinnerte mich daran, wie ich darauf gestarrt und darauf gewartet hatte, dass der König aus der Tür kommen würde.

Ich konnte hier drinnen nicht mehr atmen.

Als die Sterblichen aufgetaucht waren, war meine Welt stehen geblieben, der Himmel war dunkel geworden und die Luft hatte sich in Asche verwandelt.

Ich konnte nie wieder zulassen, dass ich so einen Verlust erlebte. Und was, wenn ich *ihr* diesen Schmerz zufügte, weil ich ihr erlaubte, mich zu lieben? Denn es gab wirklich nichts Schlimmeres.

Ich drehte mich um und wollte unbedingt aus dieser Gruft heraus.

Ich hatte versucht Gefängnismauern um mich herum zu errichten, um mich zu schützen, aber Rowan riss sie ein. Das war ein Problem.

Ich zog ihren Stift aus der Tasche und starrte auf das absurde, abgeplatzte Regenbogensymbol an der Seite. Ein lächerliches Ding. Es schockierte mich, wie sehr es weh getan hatte, als sie ihn mir zurückgegeben hatte. *Was zum Teufel ist mit dir los, Orion?*

Wütend auf mich selbst stieß ich die Haustür auf und trat auf den steinernen Platz.

Einer meiner Soldaten stand an der Tür, um mich zu beschützen – als ob *ich* Schutz bräuchte. Mit seiner blassen Haut und seinen langen, schwarzen Haaren sah er aus wie ein Geist aus der Unterwelt. »Jasper«, sagte ich, »ich habe eine sehr wichtige Aufgabe, die du für mich erledigen musst.«

Denn ich würde alles tun, um zu verhindern, dass ich den Schmerz des Verlustes noch einmal spürte.

Kapitel 10

– Rowan –

Kas wohnte an einer belebten Straße, in einem Haus mit einer weißen Fassade im Tudor-Stil und kreuz und quer verlaufenden Holzbalken. Im Gegensatz zu Orions makelloser Wohnung war dieses Haus voller Krimskrams und Kuriositäten: ein mit Büchern übersäter Schreibtisch vor einem Sprossenfenster, ein Teleskop, ein alter Globus.

Kas stand an einem eisernen Ofen vor dem Küchenfenster und machte uns Pfannkuchen, und der Duft von Butter erfüllte die Luft. Das alles wirkte fast … menschlich. Normal.

Shai und Legion saßen mir gegenüber und tranken Kaffee an einem Tisch, der mit handgeschriebenen Notizen, Tellern und einem kleinen Stapel Besteck übersät war. Ein Fenster zu meiner Rechten bot einen Blick auf eine schmale Straße und mit Efeu bewachsene Geschäfte.

Shai nahm eines der Papiere in die Hand. »Was ist das?«

»Oh, ihr Götter.« Mit der Pfanne in der Hand blickte Kas über seine Schulter. »Das ist meine Kunst. Schau's dir nicht an.«

Natürlich schauten wir es uns an. Ich sah wunderschöne Bleistiftzeichnungen der Natur – Vögel, Bäume, Schmetterlinge. Ein Selbstporträt lag dazwischen, perfekt gezeichnet. Sein Können war wirklich bemerkenswert, fast fotorealistisch.

Legion nippte an seinem Kaffee und nahm eine Skizze von zwei Fliegenpilzen in die Hand. »Wirst du jemals etwas mit deiner Kunst machen?«

»Vielleicht noch mehr Tattoos«, brummte Kas. Von einem großen Stapel Pfannkuchen legte er mir zwei auf den Teller. »Aber wir sind nicht hier, um über meine Hobbys zu reden.«

Shais Mundwinkel zuckten. »Dann Legions Hobbys? Er sieht nämlich aus wie ein riesiger, tätowierter harter Kerl, aber er bemalt kleine Zinnsoldaten.«

Legion starrte sie an. »Ich würde nicht erwarten, dass jemand aus dem Reich der Sterblichen die hohe Kunst der Nachbildung von Miniaturschlachten versteht.«

»Gib einfach zu, dass du ein Nerd bist.« Kas ließ Pfannkuchen auf seinen Teller fallen.

Mir lief das Wasser im Mund zusammen und ich schüttete Ahornsirup auf meine Pfannkuchen. »Was steht heute auf dem Programm?«

»Wir planen die nächste Prüfung«, sagte Shai. »Haben wir schon entschieden, was wir machen?«

»*Wir?*« Ich biss in die Pfannkuchen – dünn und buttrig, genau wie ich sie mochte. »Nun, *ich* habe mich entschieden. Ich werde es heute noch bekannt geben. Für die Prüfung muss ein Hexer aus der Unterwelt herbeigerufen und sein magischer Talisman gestohlen werden. In diesem Fall eine Krone aus Schlehdorn, die seine magischen Kräfte verstärkt.«

»Zauberei«, sagte Shai. »Beschwörungen in Dämonisch. Das hast du nicht an der Uni gelernt.«

»Das hat Orion auch nicht. Ich habe einmal gehört, wie er in der Unterwelt einen dämonischen Zauber benutzt hat, aber er hatte nie eine formale Ausbildung.« Ich nahm meine Kaffeetasse und wärmte mir die Hände daran. »Auf jeden Fall beinhalten *alle* Prüfungen dämonische Beschwörungen. Sie sollen nicht nur körperliche Stärke und Strategie testen, sondern auch die alte Kunst der dämonischen Zauberei. Und heute Abend ist meine Deadline, um die Prüfung anzukündigen.«

»Wie gewinnt man?«, fragte Shai. »Man stiehlt einfach die Krone?«

»Die Person, die bei der Beschwörung erfolgreich ist, wird einen Vorteil haben. Sie ist mit dem Hexer verbunden, und das macht es einfacher, ihn zu finden. Aber das ist keine Garantie für einen Sieg.«

»Um die Toten zu beschwören, braucht man extrem mächtige Magie«, sagte Legion. »Kannst du da mit Orion mithalten?«

Shai sah mich an. »Sie ist eine Lichtbringerin, genau wie er. Sie hat genauso viel Macht wie er, und sie hat den Vorteil, dass sie nicht verrückt ist.«

»Stimmt«, sagte Legion. »Aber keiner von uns weiß wirklich, was die Macht der Lichtbringer bewirkt. Wir haben sie nie gesehen oder erlebt.«

»Magie ist neu für mich«, gab ich zu. »Aber es führt kein Weg daran vorbei. Alle Prüfungen beinhalten irgendeine Art von Beschwörung, also Magie. Und da es bei dieser Prüfung nicht zu einem direkten Kampf zwischen Orion und mir kommt, ist das eine der am wenigsten gefährlichen Optionen.«

»Okay.« Kas sah mich über seinen dampfenden Kaffee hinweg an. »Beschwörungen erfordern Präzision. Wie gut sprichst du dämonische Zaubersprüche aus?«

Ich zuckte zusammen. »Vielleicht könnt ihr drei mir beim Üben helfen.«

»Wer ist dieser Hexer, den du von den Toten zurückholen willst?«, fragte Shai. »Ist er gefährlich?«

»Vor sechzehnhundert Jahren war er ein König, Alarich von den Westgoten. Mächtig genug, um Rom zu plündern. Also, so funktioniert es. Zuerst markieren Orion und ich unsere Stirn mit dem Blut einer toten Hexe. Das wird helfen, die Barriere zu den toten Menschen zu durchbrechen. Dann singen wir die gruseligen dämonischen Gesänge. Derjenige, der den toten Hexer zuerst heraufbeschwört, hat eine Verbindung zu ihm und diese Verbindung wird uns helfen, ihn zu finden. Ich hoffe also, dass ich ihn beschwöre, das Band nutze, um ihn zu finden, ihn mit Magie fessle und die Krone an mich reiße. Und dann regiere ich ein goldenes Zeitalter lang als eure unverheiratete rothaarige Königin.«

Legion starrte mich über seinen Kaffee hinweg an. »Wir müssen vielleicht ein paar magische Begriffe durchgehen.«

»Klar«, sagte ich.

»Einem Sterblichen die Krone zu entreißen, ist nicht schwer«, fügte er hinzu. »Nur mit der Nekromantie wirst du Schwierigkeiten haben.«

»Nicht schwer?« Kas' Augenbrauen hoben sich. »Er ist ein Hexer, kein gewöhnlicher Sterblicher. Hast du eine Ahnung, wie gefährlich die mächtigsten Hexen sind? Die aus den großen Generationen?«

Draußen wurde der Himmel immer dunkler und Wolken glitten über die Sonne.

Legion runzelte die Stirn. »Hast du Angst vor Sterblichen?«

»Ich auf jeden Fall.« Shais Augen blitzten auf. »Und wenn du keine Angst hast, unterschätzt du sie. Hast du schon mal von *la sorcière de Brocéliande* gehört?«

»Wer ist das?«, fragte ich. Ein kaltes Kribbeln der Magie lief mir über die Haut, während ich an meinem Kaffee nippte. Draußen prasselte ein leichter Regen auf die Fenster und glitt in Rinnsalen an den Scheiben herunter.

Shai beugte sich vor. Ihre Mahagoniaugen leuchteten. »Sie war die schrecklichste Hexe, die je gelebt hat. Im fünfzehnten Jahrhundert hat sie in Rennes-le-Château im Alleingang eine ganze Armee von Dämonen getötet. Sie hat sie beschuldigt, ihre Familie ermordet zu haben, und hat sie von Raben in Stücke reißen und ihr Fleisch unter Steinen zermalmen lassen.« Blitze durchzuckten die Dunkelheit draußen und der Regen hämmerte gegen die Fensterscheiben. »Sie hat Dämonen abgrundtief gehasst.«

Donner dröhnte durch den Raum und Kas erschrak. »Machst du das, Shai?«

Sie zuckte mit den Schultern und nahm ihren Kaffee in die Hand. »Ich wollte ein bisschen Atmosphäre schaffen.«

Legion zuckte mit den Schultern. »Nun, sie ist jetzt tot. Das tun Sterbliche nun mal. Sie sterben.«

Kas begegnete meinem Blick. »Bis sie von einem Lichtbringer wieder auferweckt werden.«

»Ich werde nicht *la sorcière de* was-auch-immer auferstehen lassen«, sagte ich. »Alaric ist schlau und mächtig, aber nicht wahnsinnig und mörderisch. Die Dämonen, die die Prüfungen zusammengestellt haben, wollten nicht, dass irgendwelche unbeteiligten Dämonen ermordet werden. Wir sollen den besten Anführer finden, nicht die dämonische Spezies ausrotten.«

Der Regen prasselte immer noch gegen die Fenster, ein sanftes Geräusch.

»Und du glaubst, du kannst gewinnen?«, fragte Legion.

»Das ist möglich«, sagte ich. »Ich habe Orion schon öfter Beschwörungszauber benutzen hören, aber ich glaube nicht, dass er viel Zeit damit verbracht hat, Magie zu praktizieren. Im Kerker hat seine Magie nicht funktioniert und er hatte niemanden, von dem er lernen konnte, nachdem er sich befreit hatte. Und ich habe euch alle, um mir zu helfen. Orion versteht nicht, wie man andere um Hilfe bittet oder sich überhaupt auf etwas vorbereitet.«

»Tote auferstehen zu lassen funktioniert immer am besten in der Wildnis, wo die Magie am mächtigsten ist«, sagte Shai. »Das habe ich im ersten Jahr gelernt.«

Ich nickte. »Dann gehe ich zum Üben dorthin.«

Kas rieb sich mit einer Hand über den Nacken und sah besorgt aus. »Bevor du übst, Tote auferstehen zu lassen, sollten wir noch ein paar Grundlagen besprechen, ja?«

Nebel hing zwischen großen, gewundenen Eichen in der Elysischen Wildnis.

Um anzufangen, übte ich die richtige Aussprach von *Alaric*. »Alaric«, sagte ich zum zwanzigsten Mal.

»Betone das *Ala* mehr«, sagte Legion. »Sprich es wie ein Deutscher aus.«

Es war bezaubernd, dass er dachte, ich könnte Deutsch.

Shai stand mit verschränkten Armen an den Stamm einer knorrigen Eiche gelehnt, gehüllt in einen schwarzen Mantel. »Sie hat es fast geschafft.« Sie warf mir ein verruchtes Lächeln zu und ging näher, wobei die Blätter unter ihren Füßen knirschten. »Können wir nicht ein paar echte Zaubersprüche ausprobieren? Ich will sehen, was sie kann.«

»Was hast du vor?«, fragte ich.

Eine Brise wehte über uns hinweg und spielte mit Kas' blondem Haar. »Es gibt drei Arten von Magie, die wir praktizieren«, sagte er.

Shai räusperte sich. »Entschuldige mich, Kas. Ich wollte gerade damit angeben.« Sie hob einen Finger. »Also, wir haben die Medizin – wenn wir natürliche Materialien für die Magie verwenden, wie das Blut, das du auf deine Stirn aufträgst. Dann gibt es noch die Thaumaturgie. Nur Dämonen können sie anwenden, nicht Sterbliche. Das ist die angeborene, elementare Kraft, die du hast, wenn du zum Beispiel dein Feuer rufst. Und dann gibt es noch die Beschwörungen. Mit der Dämonensprache kannst du die Magie der Götter anziehen und sie nach deinem Willen lenken.«

Ich war mir nicht ganz sicher, ob ich das alles richtig verstanden hatte. »Ich kann also versuchen, etwas von den Toten auferstehen zu lassen?«

Shai stand direkt vor mir. »Magie ist mit Gefühlen verbunden«, fuhr sie fort. »Wenn du innerlich tot oder apathisch bist, kannst du deine elementare Feuermagie nicht einsetzen. Wenn ich das Wetter kontrollieren will, denke ich an etwas, das mich wütend macht. Wie zum Beispiel, dass meine Mutter vergessen hat zu erwähnen, dass ich eine Dämonin sein könnte, weil sie sehr viel Wert auf Angepasstheit mit Sterblichen gelegt hat.« Sie lächelte strahlend.

Ich nickte. »Okay. Ich habe da eine Menge intensiver Emotionen.«

Mit den Händen in den Taschen trat Kas einen weiteren Schritt näher. »Die Magie fühlt sich bei jedem anders an. Meine ist glatt und seidig«, sagte er, »wie Bänder, die über meine Haut gleiten.«

Legion hob seine Hand und ich sah, wie dunkle, silberne Magie um seine Fingerspitzen tanzte. »Meine fühlt sich eiskalt an.«

»Und meine vibriert.« Shai hielt die Hände vor den Mund, um mir gespielt zuzuflüstern: »Jetzt weißt du, warum ich so viel geübt habe.«

Ich musste lächeln. Ich wusste bereits, wie sich meine Elementarmagie anfühlte – heiß und hell, genau wie die von Orion.

Legion hielt ein dickes Buch mit Zaubersprüchen in der Hand, dessen Buchrücken mit goldenen Buchstaben verziert war. »Als Dämon geht es bei der Zauberei darum, deine angeborene Kraft zu nutzen und mit Hilfe der Sprache etwas Neues zu schaffen. Die Aussprache und die Syntax sind entscheidend, aber du musst auch eine klare Absicht haben. Du nimmst eine rohe Kraft – deine angeborene Macht – und formst sie nach deinem Willen.«

»Mach schon.« Shai winkte mir mit einer Hand zu. »Sag es mit psychologischen Worten. Ich weiß, dass du es willst.«

Ich atmete aus. »Das ist so, wie Kreativität funktioniert«, sagte ich. »Es gibt die traumähnlichen Zustände in deinem okzipitalen Kortex. Das ist wie die Kraft der Götter, die rohe, ungeformte Kreativität. Und dein präfrontaler Kortex an der Vorderseite deines Gehirns muss sie in etwas Sinnvolles umwandeln.«

Legion starrte mich an und blies sich dann eine schwarze Haarsträhne aus den Augen. »Klar. Wie auch immer. Vielleicht versuchst du es einfach mit einem Zauberspruch.«

Er reichte mir das Buch, schlug eine Seite mit einem kurzen Zauberspruch auf, und ich nahm es ihm ab.

Ich überflog den Text und atmete tief ein. Das dämonische Alphabet war anders als unseres und ich hatte leider nicht die magische Fähigkeit, es zu lesen. Zum Glück gab es eine phonetische Übersetzung auf der rechten Seite der Seiten.

»Was macht man damit?«, fragte ich.

»Es ist ein einfacher Zauberspruch«, sagte Legion. »Er bringt einfach nur Wolken in den Himmel. Das sollte jeder können.«

Shai starrte ihn an. »So einfach ist das nicht.«

Legion lächelte sie an. »In Zukunft werde ich daran denken, dass du die Sensibilität einer Sterblichen hast, und ich werde meine Gedanken vorsichtiger formulieren.«

»Es ist okay.« Sie grinste ihn an. »Eines Tages werde ich lernen, so herablassend und gefühllos zu sein wie der Rest von euch.«

»Aber Gefühle und Leidenschaft sind unsere Kraftquelle«, murmelte er. »Wir heben sie nur für die wichtigsten Anlässe auf. Wie Magie und … andere Dinge.«

Sie starrten sich gegenseitig an und hielten so lange Augenkontakt, dass es unangenehm wurde.

»Genau.« Kas seufzte und zeigte auf das Buch. »Ignorier sie und kanalisier deine Gefühle. Während du den Spruch liest, behalte deine Absicht im Kopf. Stell dir die Wolken vor. Du lenkst die Magie der Götter. Es gibt zwei Grundpfeiler der Magie: Macht und Kontrolle. Verstehst du?«

Erstens, die Macht. Die kam von den Gefühlen, also hielt ich das Buch aufgeschlagen in meinen Händen und stellte mir Orion vor. Das war immer gut, um ein paar Gefühle zu wecken. Wut mischte sich mit Bedauern, als ich mir die perfekten Konturen seines Gesichts vorstellte. Mein Blut begann sich zu erwärmen, und ich spürte, wie die Luft um mich herum feuchter wurde. Ein schwaches Glühen strahlte von meinen Fingerspitzen aus.

Dann begann ich den Zauberspruch so zu rezitieren, wie er aufgeschrieben war, und achtete dabei auf meine Aussprache.

Aber als ich zum Himmel hinaufschaute, stellte ich frustriert fest, dass das Sonnenlicht immer noch durch die Blätter schien.

»Das war gut«, sagte Shai. »Vielleicht ein bisschen mehr Gefühl.«

Ich starrte auf das Buch und beschwor mehr Magie. Diesmal dachte ich an Orion, der aus der Luft herabstürzte, um Cambriel zu töten. Um mich aus der Stadt zu vertreiben. In mir brannte ein Gefühl des Verlustes.

Ein Feuer entfachte meine Brust, und es begann durch mein Blut zu fließen, als ich den Zauberspruch las. Um mich herum nahm der Wind zu und rauschte durch die Blätter der nahen Bäume. Mein Blick wanderte nach oben und sah immer noch Blau.

Ich sang den Zauberspruch wieder und wieder. In den Höhlen meines Geistes hörte ich Orion sprechen, seine Stimme kalt und emotionslos: *Bringt diese Frau aus meinem Reich.*

Während ich den Zauberspruch las, strahlte Licht von meinem Körper aus und beleuchtete die Seiten des Buches. Sie begannen zu flattern, umgeblättert vom Wind. Magie knisterte um mich herum. Meine Brust strahlte vor Macht. Der Wind peitschte durch meine Haare, und eisengraue Gewitterwolken ergossen sich wie Tinte über den Himmel. Blitze durchzuckten die Wolken und versengten die Luft. Als er in der Spitze einer nahen Eiche einschlug, schoss eine elektrische Ladung vom Boden bis zu meinen Füßen.

»Rowan«, rief Shai über den Wind hinweg. »Zu viel! Zu viel!«

Über uns öffnete sich der Himmel und ließ eiskalten Regen und Hagel auf uns niederprasseln. Wind peitschte durch die Bäume. Blätter verfingen sich in den Strömungen und tanzten durch die Luft. Der Blitzschlag hatte die Eiche in Brand gesteckt, und sie leuchtete wie eine riesige Fackel unter dem dunklen Himmel.

»Mist.« Kas schob sich die tropfenden Haare aus der Stirn. »An der Kontrolle müssen wir noch arbeiten.«

KAPITEL 11

– ROWAN –

Klatschnass, mit heißen Tassen Tee in der Hand, saßen wir vier um den knisternden Kamin in Kas' Haus. Er hatte jedem von uns eine weiche Decke zum Aufwärmen gegeben. Keiner von uns hatte es geschafft, den Regen und den Hagel aufzuhalten, und er hämmerte immer noch an die Fenster und drohte das Glas zu zersprengen. Zum Glück hatte der Eissturm es geschafft, die brennende Eiche zu löschen.

Die beiden Männer saßen ohne Hemd da und zeigten ihre Muskeln im tanzenden Feuerschein. Shai und ich beschwerten uns nicht.

»Warum fangen wir das nächste Mal nicht mit etwas weniger Gefährlichem an?«, fragte Shai.

»Ein schwebendes Papier«, sagte Legion. »Das ist das erste bisschen Magie, das Schüler in der Zauberschule lernen. Ein einfacher Zauberspruch, und keine Bäume fangen Feuer.«

Kas warf mir einen abfälligen Blick zu. »Ich würde es nicht ausschließen.«

»Wir haben Zeit«, sagte ich. »Es sind noch neun Tage.«

»Du schaffst das schon.« Er nickte. »Nur wer von den Göttern gesegnet ist, kann so weit kommen. So heißt es zumindest in den heiligen Texten.«

»In den heiligen Texten?«, fragte Shai. »Du bist doch nicht wirklich gläubig?«

Kas zuckte mit den Schultern. »Die Götter scheinen mir ein bisschen verrückt zu sein. Jedes Wesen, das so alt ist wie die Zeit, muss verrückt sein. Ich frage mich manchmal, wie es wäre, wenn wir einfach einen Anführer wählen würden, anstatt es den Launen der Götter zu überlassen.«

»Mach dich nicht lächerlich«, sagte Legion.

»Du hast recht«, sagte Kas. »Es macht viel mehr Sinn zu sehen, wer zuerst die magische Krone eines toten Hexers in die Finger bekommen kann.«

»Hey.« Ich zuckte mit den Schultern. »Ich habe die Regeln nicht gemacht.« Gerade als ich meinen Satz beendete, fiel mir etwas im Regen auf.

Ich atmete tief durch und sah verärgert, dass draußen ein Dämon in einer marineblauen Uniform lauerte. Mit seiner milchig weißen Haut und den langen schwarzen Haaren, die vom Regen durchnässt waren, sah er aus, als wäre *er* von den Toten auferweckt worden. »Einer von Orions Soldaten spioniert uns aus.«

»Kein sehr guter Spion«, sagte Legion, »wenn er wie ein Spanner am Fenster steht.«

Der unheimliche Mann verschwand, und einen Moment später klopfte es an der Tür.

Mit nacktem Oberkörper riss Kas die Tür auf und hob sein Kinn. »Kann ich dir helfen?«

Die dunklen Augen des Mannes glitten zu mir, und er nickte knapp. »Der König bittet den Schattennachkommen heute Abend um ihre Anwesenheit bei einer Gedenkfeier für die Toten der Lilu. Sie beginnt im Asmodean-Bezirk beim Uhrenturm.«

Natürlich hatte Orion jemanden geschickt, um mir hierher zu folgen – zweifellos um zu erfahren, was ich tat.

Kas lehnte sich gegen den Türrahmen, und seine Decke rutschte von ihm herunter. »Entschuldigung, wer bist du?«

»Jasper. Loyaler Diener des Königs.« Er warf mir einen scharfen Blick zu. »Möge der wahre König herrschen, bis die Sonne die Erde mit ihren Flammen verzehrt.«

»Okay«, sagte Kas. »Danke für … das.« Er löste sich vom Türrahmen und knallte die Tür zu. »Spinner«, murmelte er.

Ich begegnete Shais Blick. Wollte Orion mich wirklich dort haben, um der Toten zu gedenken, oder hatte er etwas vor?

In meinem Palast am Meer wählte ich ein langes schwarzes Kleid mit leicht angeschnittenen Ärmeln aus.

Als ich kurz vor sechs auf dem Platz eintraf, hatten einige von Orions Dienern kleine silberne Schiffsmodelle verteilt, in deren Rümpfen Kerzen brannten. Jedes hatte einen Griff, damit wir es mitnehmen konnten. Ich wusste nicht, wofür die Schiffe gedacht waren, aber ich hielt meins jetzt in der gedämpften Stille, während sich eine Menge um den alten Uhrenturm versammelte. Über uns färbte die untergehende Sonne den Himmel karmesinrot.

Es musste das erste Mal seit Hunderten von Jahren sein, dass der Asmodean-Platz mit Dämonen gefüllt war.

Als ich mich umsah, hatte ich das Gefühl, dass Orion so weit weg war wie ein Stern. Eine bewundernde Menge versammelte sich um ihn. Jasper stand direkt an Orions Seite, sein Kiefer war angespannt. Er erinnerte mich an einen Wachhund. Orion hingegen sah entspannt aus. Sein schönes Gesicht wurde von der untergehenden Sonne vergoldet. Er war größer als die meisten anderen Dämonen und beugte sich herunter, um mit jedem zu sprechen, der sich ihm näherte. Um ihn herum flackerte ein Meer von Kerzen und Flammen tänzelten in den silbernen Schiffen.

Ich bekam den Eindruck, dass abgesehen von Shai, Kas und Legion alle Orion als König bevorzugten.

Ich hielt mein Modellschiff hoch und betrachtete es. Für etwas, das metallisch aussah, war es erstaunlich leicht, und auf seiner Oberfläche waren dämonische Worte eingraviert. »Diese Dinger sind wunderschön.«

Kas lehnte sich näher zu mir und flüsterte mir ins Ohr: »So haben einst die Lilu getrauert. Sie waren Geschöpfe der Nacht und des Meeres. Die Gedenkfeiern wurden *Challariu* genannt. Das bedeutet …« Seine Augenbrauen zogen sich zusammen. »Nach Hause gerufen zu werden. Die Götter haben sie nach Hause gerufen, wenn sie gestorben sind.« Kas hielt meinen Blick länger fest, als es normal wäre, und seine bernsteinfarbenen Augen musterten mich. Er strich mir eine Strähne meines roten Haares aus dem Gesicht. »Die Kerzen sollen ihren Weg in die Unterwelt beleuchten. Es ist ein Weg von dieser Welt in die nächste.«

Als ich meinen Blick von ihm abwandte, bemerkte ich, dass Orion den anderen Dämonen in seiner Umgebung keine Aufmerksamkeit mehr schenkte. Jetzt bohrten sich seine Augen in Kas und sein Kiefer spannte sich an. Der Blick, den er Kas zuwarf, jagte mir einen Schauder über den Rücken.

Orion schlenderte zu uns herüber, seine Augen auf meinen neuen Freund gerichtet. »Ich werde den Schattennachkommen eskortieren. Du kannst dir jemand anderen suchen, der dich amüsiert.«

Wie unhöflich. Ich sah, wie Kas die Augen verdrehte, bevor er sich davonschlich.

»Lass uns zum Fluss laufen«, sagte Orion unwirsch. »Ich kenne eine Abkürzung. Wir müssen reden. Weit weg von allen.«

Er führte mich in eine schmale Gasse, die zwischen zwei steinernen Gebäuden verlief. Eigentlich sollte es mich nervös machen, dass mein blutrünstiger Rivale mich in eine abgelegene Gasse führte, aber in Orions Nähe hatte ich einfach keine Angst. So nah bei ihm atmete ich den Duft von verbranntem Zedernholz ein, berauschend und männlich. *Verdammt.* Ich hatte vergessen, wie gut er roch. Angestrengt bemühte ich mich, nicht auf seine breiten Schultern zu starren oder an das dunkle Hemd zu denken, das sich über seine Muskeln spannte.

Als wir weitergingen, schaute ich hinter uns. »Reden wir jetzt über deine Spione, die mir überallhin folgen?«

»Spione? Betrachte sie als Beschützer.«

Ich zog eine Augenbraue hoch. »Genau. Krieg ist Freiheit, und Spione sind meine Beschützer. Du hast eine erstaunliche Gabe, Worte mit anderen Bedeutungen zu versehen.«

Eine Falte bildete sich zwischen seinen Augenbrauen. »Solange ich König bin, Rowan, ist es meine Aufgabe, dafür zu sorgen, dass du in Sicherheit bist. Und apropos, vertraust du wirklich zwei alten Dämonen, die du gerade erst kennengelernt hast? Du weißt, dass sie da waren, als der Rest unserer Art umgebracht wurde.«

Natürlich wusste er, dass sie mich trainierten. »Außer Shai vertraue ich niemandem. Und das gilt auch für dich, also verzeih mir, wenn ich nicht alles, was du sagst, für bare Münze nehme.«

»Kommst du wenigstens zu mir, wenn du in Gefahr bist? Als ich dachte, du wärst tot, Rowan …« Ein Muskel zuckte in seinem Kiefer und seine Augen verdunkelten sich. »Wie ich schon sagte, ist es meine Aufgabe, dich hier zu beschützen. Deshalb habe ich den Tunnel versiegelt, damit niemand hineingelangen kann – die Dämonenjäger sind von dir besessen, und jemand hat ihnen gesagt, dass du hier bist.«

Ich holte tief Luft. »Aber es gibt doch eine Abmachung, oder? Wenn ein Sterblicher ohne Erlaubnis eindringt, kann er getötet werden.«

»Und doch sind sie bereit, den Tod zu riskieren, nur damit sie dich hier wegholen und töten können. Aber in der Zwischenzeit setzen sie sich bei den Politikern dafür ein, dass sie Notmaßnahmen ergreifen, um uns anzugreifen.«

Ein Schauder durchlief mich. »Die ganze City of Thorns angreifen? Nur wegen mir?«

»Nicht nur wegen dir.« Orion blieb stehen und drehte sich zu mir um. Auf der anderen Seite des Flusses krochen die Schatten des Waldes über das Gras. Kristallklares Wasser rauschte an uns vorbei. Ich neigte meinen Kopf, um seinem kühlen Blick zu begegnen. »Meine Spione sind dir und den Dämonenjägern in Osborne gefolgt. Ich habe sie nicht in deine Nähe kommen lassen. Aber leider hat das zu neuen Problemen geführt. Einige ihrer Agenten haben von deinem Aufenthaltsort erfahren. Wir mussten mit ihnen fertig werden, bevor sie die Nachricht weitergeben konnten.«

Ich holte scharf Luft. »Du hast noch mehr Dämonenjäger getötet.«

»Normalerweise gehe ich so mit Dingen um, ja, aber es war auch die einzige Möglichkeit, sie davon abzuhalten, dich in der Wohnung von Shais Tante zu ermorden. Das war erst vor zwei Tagen. Ich wollte dich gerade hierher zurückbringen, als du dich entschlossen hast, von alleine aufzutauchen.« Seine Miene verfinsterte sich. »Wenn du die Prüfung gegen mich gewinnst, wenn du Königin wirst, musst du wissen, womit du es zu tun hast. Wenn es ihnen gelingt, die sterblichen Politiker davon zu überzeugen, dass wir eine Bedrohung sind, könnten sie die ganze City auslöschen. Und alles, was ich im Moment tun kann, ist zu versuchen, einen Angriff mit Hilfe unserer magischen Schutzwälle abzuwehren.«

Ich schloss meine Augen. »Das alles hat damit angefangen, dass ich den Abgeordneten getötet habe.«

»Du musstest es tun, Rowan. Er wollte dich wie ein Tier abschlachten. Und Tatsache ist, dass es immer so kommen musste – wir gegen sie.«

Und schon säte er Zweifel in mir.

Ich wandte mich von ihm ab und starrte auf den Fluss, der vorbeirauschte. »Aber sie haben noch keinen Krieg gegen uns geführt. Du brauchst keinen anzufangen.«

»Fürs Erste werde ich meine stärksten Hexer bitten, uns vor den tödlichen Geschossen zu schützen, die jeden Moment auf uns herabregnen könnten. Aber solange die Macht der Dämonen außerhalb dieser Stadtmauern schwindet, werden wir immer in Gefahr sein. Das war vor Jahrhunderten nicht der Fall, aber jetzt haben sie Waffen, die alle Mauern auf einmal zum Einsturz bringen könnten. Also, Rowan.« Er berührte meinen Arm, und ich drehte mich zu ihm um. »Wenn ich bei der Prüfung sterbe, musst du die Arbeit zum Schutz der Stadt fortsetzen.«

Seine Worte raubten mir den Atem, und ich starrte ihn an. »Mach dich nicht lächerlich. Du wirst nicht *sterben*.«

»Warum nicht?«

Gute Frage. Schließlich war das normalerweise ein Hauptbestandteil dieser Prüfungen. Und doch … Ich packte ihn am Arm. »Wir müssen uns nicht gegenseitig umbringen, um die Prüfungen zu gewinnen. Bei der Prüfung, die ich wähle, geht es darum, einen toten Hexer zu beschwören und seine Krone zu stehlen. Ich werde dich nicht töten, ich habe nur vor zu gewinnen. In neun Tagen ist es so weit. Das ist deine offizielle Ankündigung. Wir holen Alaric von den Toten zurück.« Ich rechnete in meinem Kopf nach. »Am einunddreißigsten Oktober.«

Die Tatsache, dass die Prüfung auf Halloween fiel, war entweder ein fantastisches Omen für meinen Erfolg oder eine schreckliche Idee.

Er legte den Kopf schief. Seine blassen Augen funkelten in der Dunkelheit. »Du würdest deinen Rivalen am Leben lassen? Machst du dir keine Sorgen, dass das zu Problemen führen könnte?«

»Um diese Probleme kümmere ich mich später«, sagte ich und holte tief Luft. »Ich will nicht, dass du verletzt wirst.«

Sein Blick war ernst und starr auf mich gerichtet. »Ich will auch nicht, dass du verletzt wirst.«

»Aber das heißt nicht, dass wir auf der gleichen Seite stehen. Wir wissen beide, dass die Befreiung der Dämonen eine Kriegshandlung ist. Die Straßen werden voller Blut sein und unschuldige Menschen werden sterben. Und ich weiß, dass du genau das willst.«

Er wandte sich achselzuckend von mir ab. »Wenn die Sterblichen unsere Freiheit als Vorwand für ihre Angriffe benutzen, sind sie für ihr moralisches Versagen verantwortlich, nicht wir. Und Rowan, die Spannungen haben bereits begonnen. Du und ich waren die Brandherde, die den Funken entzündet haben. Die Enthüllung deiner Anwesenheit hat sie zu Tode erschreckt. Ein Dämon, der in der Welt der Sterblichen lebt, der jahrelang in der Nähe eines Dämonenjägers war – sie fühlen sich jetzt extrem verwundbar. Sie wissen nicht mehr, wer sterblich und wer ein Dämon ist, und die Panik geht wie ein Lauffeuer durch ihre Welt. Sie haben Angst, dass es noch mehr von uns da draußen gibt. Sie werden uns nicht am Leben lassen.«

Ich schluckte schwer. »Hast du irgendwelche Beweise, oder soll ich alles, was der Herr des Chaos sagt, für die Wahrheit halten?«

»Du wirst mir vertrauen müssen.«

Nein. »Sicher. Aber wie wäre es, wenn wir die Götter entscheiden lassen, wer regieren soll? Durch die Prüfungen, wie wir es vereinbart haben. Und was auch immer als Nächstes passiert – wir überqueren diese Brücke, wenn wir sie erreichen.«

»Gut.« Seine Mundwinkel zuckten in einer Art Lächeln. »Die Götter werden entscheiden. Weil sie immer so verdammt rational sind.«

Kapitel 12

– Rowan –

Aus der Ferne hörte ich einen klagenden Gesang, der von den Steinen der Stadt widerhallte, schön und unheimlich zugleich. Mein Herz fühlte sich schwer an.

»Es geht los«, sagte Orion leise.

Er griff in seine Tasche und holte zwei Gegenstände heraus, eine blasse weiße Tonpfeife und eine Perlenkette. »In der Nacht von *Challariu* ist dies eine Möglichkeit, die Toten zu ehren. Die Lilu haben früher geglaubt, dass Flüsse und das Meer uns mit der Unterwelt verbinden. Bevor wir zu singen begonnen haben, haben wir dem Fluss etwas geschenkt, das den Verstorbenen gehört hat, damit die Toten im Jenseits etwas von ihren Lieblingssachen haben würden. Dann sind wir am Wasser entlang gegangen und haben die Lieder der Toten gesungen. Wir haben geglaubt, das würde ihnen die Reise in die Unterwelt erleichtern.«

»Haben die deinen Eltern gehört?«, fragte ich und starrte auf die Pfeife und die Halskette.

Er schüttelte den Kopf. »Nein. Die sind für dich. Ich habe sie im Haus deiner Eltern gefunden. Du kannst sie natürlich behalten, wenn du willst, oder du kannst sie dem Fluss übergeben. Es ist deine Entscheidung.«

Meine Augen brannten, als ich ihm die Halskette und die Pfeife abnahm. Meine Mutter hatte in Osborne nie etwas so Schönes besessen. »Danke«, sagte ich leise.

Das erschien mir … seltsam rücksichtsvoll von ihm?

Tränen stiegen mir in die Augen, als ich ein paar Schritte zum Flussufer ging und mir vorstellte, wie die glatten Perlen der Halskette wohl an Mom ausgesehen hatten. Vielleicht würde sie damit in der Unterwelt wunderschön aussehen …

Ich ließ sie in den Fluss fallen und sah zu, wie das dunkle Wasser sie aufnahm. Dann drehte ich die Pfeife zwischen meinen Fingerspitzen um – ein Mann, den ich nie gekannt hatte, der mich aber geschützt hatte, als er starb. Auch sie ließ ich los und sah zu, wie sie in den Fluten verschwand. Jetzt, wo der Himmel dunkel geworden war, schimmerte das Mondlicht auf der Oberfläche des Flusses.

Orion kniete sich neben mir an das Ufer. Er strahlte Wärme aus. »Das silberne Schiff gehört auch ins Wasser«, murmelte er. »Es soll den Weg beleuchten.«

Ich ließ das Schiff in den Fluss fallen und sah zu, wie es auf der Oberfläche schwamm und in den Strudeln herumwirbelte.

»Eines für jede Seele«, sagte Orion. Er ließ sein Schiff ebenfalls zu Wasser und unsere beiden Lichtfunken bewegten sich auf den Ozean zu.

Ich schaute ihn mit verschwommenen Augen an. Hatte er gewusst, dass ich das nicht vor den Augen der Menge tun wollte?

Ich konnte seinen Gesichtsausdruck nicht lesen, als er mir eine Hand hinhielt, um mir aufzuhelfen.

Als ich spürte, wie eine Träne meine Wange hinunterlief, wischte ich mir mit einer Hand über das Gesicht. »Was hast du für deine Familie mitgebracht?«

Sein Mund öffnete und schloss sich, und er brauchte einen Moment, um zu antworten. »Ich habe sie heute schon in den Fluss geworfen. Für meine Mutter habe ich ihr Lieblingsbuch mitgebracht. Meinem Stiefvater habe ich seine Taschenuhr zurückgegeben. Meinem großen Bruder Molor habe ich einen Anzug zurückgegeben …« Seine Stimme brach und er blickte in die Gasse, aus der wir gekommen waren. Er räusperte sich. »Die anderen sollten bald hier sein.«

Ohne mir ganz bewusst zu sein, was ich da tat, legte ich meine Hand auf seine Brust. Er sah mich an, die Lippen vor Überraschung geöffnet. Ich wollte meine Hand lösen, aber er bedeckte sie mit seiner. Er atmete tief ein, als die Menge näherkam.

Ein Meer von Kerzen schwebte auf uns zu, wie Sterne in der Nacht, und der Klang des Gesangs wehte im Wind.

»Wir werden sie jetzt zu dem Eibenhain in der Elysischen Wildnis führen«, sagte Orion. »Ich habe dort das Denkmal errichtet.«

Als ich zum ersten Mal gehört hatte, dass wir die Nacht an einer Gedenkstätte verbringen würden, war es mir wie eine Ablenkung von meinen Vorbereitungen vorgekommen, wie eine Art Trick. Aber jetzt, als wir unter dem Sternenlicht spazieren gingen und die traurige Musik die Luft erfüllte, schien es notwendig … und richtig. Als wir vorbeikamen, warfen einige der Dämonen ihre Modellschiffe in den Fluss, und das Wasser trug sie fort.

»Ist alles in Ordnung mit dir?«, fragte Orion.

»Ja. Und mit dir?«

Er hielt meinen Blick lange fest. Sein Ausdruck war unlesbar. »So wie immer.«

Ich hatte keine Ahnung, was das bedeutete. »Voller stiller Wut und lautem Selbstvertrauen?«

»Nicht ganz.«

Wir überquerten die Brücke. Leuchtende silberne Schiffe schaukelten auf dem Wasser. Auf der anderen Seite des Flusses hingen Laternen an den Ästen der Bäume und schwangen ein wenig in der Brise. Orion führte mich in einen Eibenhain, wo warme Lichtpunkte die Baumstämme beleuchteten. Rund um den Hain waren dämonischen Buchstaben in große, raue Steine eingemeißelt worden, die Formen der Buchstaben schlangenförmig und elegant. Eine passende Ruhestätte für eine Kultur, die in die Wildnis gehörte.

Ich schritt durch den moosbewachsenen Wald und wünschte, ich könnte die Namen lesen. Die Steine schienen endlos zu sein, was an sich schon herzzerreißend war.

»Es ist ein schönes Denkmal«, sagte ich.

»Hexer haben diese Laternen erschaffen. Die Kerzen werden nie ausgehen.« Er berührte leicht meinen unteren Rücken. »Hier.« Er nickte in Richtung von ein paar großen Steinen an einem der Nebenflüsse.

Ich ging hinüber, um mir die Steine anzusehen, und meine Augen brannten, als ich die Namen sah. Sie waren die einzigen hier, die sowohl in dämonischer als auch in englischer Sprache eingemeißelt waren. Ich ging in die Hocke und fuhr mit den Fingerspitzen über Moms Namen: *Aria Morgenstern, Herzogin von Asmodean.*

Wie seltsam, dass ich weder ihren vollen Namen noch den meines Vaters kannte. *Baal de Moloch, Herzog von Asmodean*, neben ihr. Gold und Schatten tanzten von den Laternen über die Steine und erweckten die Schnitzereien zum Leben.

Meine Kehle fühlte sich eng an. »Warum sind die auf Englisch?«

»Sie sind für dich. Sie sind deine Familie.«

Aber auch hier gab es einen dritten Stein, der seitlich im Schatten versteckt war.

Lady Mortana de Moloch.

»Du hast ein Denkmal für Mortana gesetzt«, flüsterte ich. »Das ist … unerwartet.«

»Ich habe eines für jede tote Lilu gesetzt.«

Ich drehte mich um und sah zu ihm auf. »Warum sie?«

Wieder bildete sich eine Falte zwischen seinen Augenbrauen. »Als ich erfuhr, dass sie in der Unterwelt gestorben ist, nachdem sie den Verstand verloren hatte … Ich weiß nicht. Die Bedrohung ist weg. Vielleicht hat sie Nergal geholfen, weil es die einzige Möglichkeit war, zu überleben. Oder vielleicht war sie wirklich böse.« Schatten tanzten auf seinen Zügen. »Ich weiß nicht, was sie sich dabei gedacht hat, und es ist mir auch egal. Sie ist tot, und ich bin es nicht. Jede tote Lilu bekommt einen Grabstein.«

Ich erhob mich und starrte auf den Wald aus glitzernden Lichtern und die Steine unter ihnen. »Wie hast du all ihre Namen herausgefunden?«

»Ich habe mich an sie erinnert. Im Kerker gab es nicht viel anderes zu tun, als an ihre Namen zu denken, sie in mein Herz einzuprägen und zu versprechen, sie zu rächen.«

Ich schluckte schwer. »Du warst erst fünf.«

Er steckte die Hände in die Taschen. Seine Miene war ernst. »Ich hatte Ashur, der mir geholfen hat, mir jeden Namen zu merken.«

Mein Herz fühlte sich an, als würde es zerspringen. Orion würde sein Versprechen gegenüber Ashur niemals brechen. Und ich war mir nicht einmal sicher, ob ich es ihm verübeln konnte. Aber ich würde trotzdem versuchen, ihn aufzuhalten.

Näher am Fluss füllten die Dämonen den Wald. Orion wandte sich von mir ab, und sein Gesicht verschwand in den Schatten. »Wir sollten uns den anderen anschließen, um die Gedenklieder zu singen.«

Meine Mutter musste alle Texte dieser Lieder gekannt haben, aber sie hatte sie mir nie beigebracht.

»Ich kenne die Lilu-Lieder nicht«, flüsterte ich.

»Du wirst sie lernen«, sagte er leise.

Das klang nicht wie die Worte eines Mannes, der mich loswerden wollte. Aber woher sollte man auch wissen, was jemand, der so unberechenbar war wie Orion, wirklich dachte?

Kapitel 13

– Rowan –

Ich stand auf dem Balkon meines Zimmers und starrte auf das Meer. Nach der *Challariu* fühlte ich mich emotional ausgelaugt. Ich war erschöpft von dem Spiel meiner Gedanken, davon, herauszufinden, was real und was eine Lüge war. Also saß ich allein auf dem Balkon unter den Sternen. Orions Diener hatten mir eine Flasche Malbec und gegrillten Lachs mit fein gewürztem Reis gebracht.

Jetzt schwirrte mir der Kopf und ich machte mir Sorgen um die bevorstehende Prüfung. Auf der einen Seite hatte ich mich heute ein bisschen besser unter Kontrolle gehabt. Kurz vor der Gedenkfeier hatte ich es geschafft, ein Stück Papier quer durch den Raum zu Shai schweben zu lassen, ohne etwas in Brand zu setzen.

Andererseits war Orion so unberechenbar, dass ich nicht gut vorhersagen konnte, was er vorhatte.

Während der Seewind über mich hinwegfegte, schenkte ich mir ein weiteres Glas Wein ein. Ich nippte daran und blickte zum Himmel hinauf. Die Wolken schoben sich langsam vor den Mond und der Wind wurde stärker. Ein plötzlicher Windstoß warf die Weinflasche um, sodass ein kleiner Tropfen direkt auf mein Kleid spritzte.

Hatte ich das meiste von der Flasche schon ausgetrunken? Hoffentlich bekamen Dämonen keinen Kater wie Sterbliche.

Als ich mich beeilte, den vergossenen Wein aufzuwischen, durchzuckte ein Blitz den Himmel. Die Wolken hatten die Sterne verdunkelt und ein heftiger Regen begann zu fallen. Ich griff nach meinem Glas Malbec.

Ich musste mein Leben auf die Reihe kriegen und meinen Kopf frei bekommen. Ich *konnte* gewinnen und Königin werden.

Zu diesem Zeitpunkt war ich mir nur in einem Punkt sicher: Trotz all meiner Warnungen an mich selbst hatte Orion sich in meinen Gedanken eingenistet.

Als ich dachte, du wärst tot ...

Irgendetwas ließ meine Wangen heiß werden, und das waren in der Tat schlechte Nachrichten.

Durchnässt vom Regen lag ich im Bett und hatte die Laken fest um mich gezogen. Draußen tobte ein Sturm, und das Meer klang heftig und wütend. Der Donner dröhnte über den Ozean und ließ die Wände wackeln. Jedes Mal, wenn ich einschlief, erhellte ein Blitz den Himmel und weckte mich wieder auf.

Ich drehte mich um und stellte mir vor, wie die silbernen Boote sanft den Fluss hinuntertrieben. Mit geschlossenen Augen lauschte ich dem Regen, der gegen die Fenster und die Steinmauern hämmerte.

Schließlich begann ich einzuschlafen, und ich glaubte fast den Grabgesang der Lilu zu hören, der vom Meer herüberschwebte …

Mein Herz setzte einen Schlag aus, als eine namenlose Panik mir den Atem raubte. Der Raum fühlte sich unnatürlich kalt an.

Ich riss die Augen auf, aber Schatten verschlangen jegliches Licht. Ich versuchte mich im Bett aufzusetzen, aber etwas schnürte mir die Kehle zu. *Was zum Teufel war los?* Jemand oder etwas drückte mir den Hals zu. Ich begann wild um mich zu schlagen, ohne meinen Angreifer sehen zu können. Angst durchzuckte meine Nerven. Meine Lunge brannte.

Panik beschwor meine Magie herauf, und goldenes Licht flammte aus meinem Körper – so viel, dass ich die Person sehen konnte, die mich würgte. Blasse Haut, langes schwarzes Haar und Augen in derselben Farbe. *Jasper.* Die rechte Hand des Königs. Wie konnte er nur so verdammt *stark* sein?

Er legte eine Hand um meine Kehle und hob die andere über mich. Lange elfenbeinfarbene Krallen schossen hervor und zielten auf mein Herz. Verzweifelt blockte ich den Schlag ab. Seine Krallen bohrten sich in meinen Unterarm und schnitten in den Knochen.

Schmerz durchzuckte mich und weckte meinen Überlebensinstinkt. Ich trat nach Jasper, so fest ich konnte, und stieß ihn vom Bett. Als ich mein Feuer beschwor, raste es meinen Arm hinunter bis zu meinen Fingerspitzen. Aber im selben Moment wurde der Raum kalt und dunkel … und die Flammen erloschen an meinen Fingerspitzen. Schatten umhüllten mich.

Verdammt. Ich konnte Jasper nicht mehr sehen. Die eisige Luft stach mir in die Lungen, als ich einatmete.

Als es draußen wieder blitzte, erhaschte ich einen Blick auf ihn.

In meiner Handfläche züngelten Flammen auf und ich schleuderte einen Feuerball in die Ecke des Raumes, in der ich ihn gerade gesehen hatte. Doch bevor das Feuer sein Ziel erreichte, glühten die Flammen kurz auf und erstarben dann in der eisigen Dunkelheit. Die arktische Luft stach auf meiner Haut und ließ meine Glieder zittern.

»Warum versuchst du mich zu töten, Jasper?« Irgendwie schien die kalte Luft den Klang meiner Stimme zu verschlucken.

»Weil ich die Befehle von König Orion befolge«, zischte er.

»Von König Orion?« Hitze begann sich in mir auszubrechen. Risse aus Licht zersplitterten meine Haut. Wenn ich nur losließ, konnte ich die Welt zu Asche verbrennen. Flammen stiegen auf und züngelten aus meinen Fingerspitzen.

Die Tür flog auf, und eine muskulöse Gestalt zeichnete sich im Licht des Flurs ab.

»Was zum Teufel glaubst du, was du da tust?« Orions Stimme klang leise und kontrolliert, sein Blick war auf Jasper gerichtet.

Jaspers Augen leuchteten aus den Schatten. »Ich werde nicht nachgeben, bis Eure Befehle ausgeführt sind. Wie Ihr sagtet, Eure Majestät.«

Orions muskulöser Körper sah angespannt aus – eine Schlange, die gleich zuschlagen würde. »Ich habe dir befohlen, sie zu *beschützen.*« Er drehte sich zu mir um und schaute mich an, golden in dem wenigen Licht, das zur Tür hineinfiel. »Hat er dir wehgetan?«

Wütende Magie knisterte immer noch in meinem Körper. Was auch immer hier vor sich ging, es bestätigte nur eines: In der City of Thorns waren die Dinge nie ganz so, wie sie schienen. »Nichts, was von Dauer wäre.«

Jaspers dunkle Augen waren auf mich gerichtet. »Selbst wenn Ihr versucht mich aufzuhalten, Eure Majestät, Ihr habt gesagt, ich muss …«

Die Luft wurde eisig, und Jasper stürzte sich mit gezogenen Elfenbeinkrallen auf mich. Doch mit einer schnellen Bewegung holte Orion aus und schlitzte Jasper mit seinen Krallen das Herz aus der Brust. Mit einem Knurren warf er das Herz auf den Boden, und Jaspers bleicher Körper sackte auf die Fliesen.

Blut bedeckte Orions Arm und Brust, sein Körper leuchtete. »Was ist mit all den Soldaten passiert, die ich rund um den Palast stationiert habe? Warum hat keiner von ihnen eingegriffen?«

Ich starrte ihn an. »Das fragst du *mich*? Sie stehen unter deinem Kommando. Ich habe geschlafen.«

»Komm mit mir«, sagte er abrupt. »Hier kannst du nicht bleiben. Es ist nicht sicher.«

»Er hat gerade gesagt, dass er nur deine Befehle ausgeführt hat.« Ich folgte ihm trotzdem, weil ich nicht allein bei Jaspers Leiche bleiben wollte.

Draußen auf dem Flur stand ein einzelner Soldat in der Marmorhalle. Orion pirschte sich an ihn heran, packte ihn am Hals und hob ihn hoch in die Luft. »Warum hast du jemanden hier reingelassen? Du hattest den Auftrag, den Schattennachkommen zu beschützen.«

Die grünen Augen des Dämons waren weit geöffnet, sein Mund bewegte sich wortlos. Orion drückte ihm die Kehle zu.

»Ich glaube nicht, dass er dir so antworten kann«, sagte ich.

Orion ließ den Soldaten fallen und die Wucht seines Aufpralls auf den Boden ließ die Kacheln splittern. Das Gesicht des Dämons wurde weiß wie Milch, als er zu Orion hinaufstarrte. »Eure Majestät? Ihr habt uns gebeten, ihn hereinzulassen. Ihr habt allen anderen Soldaten befohlen, zu gehen, und mich gebeten, nicht einzugreifen, egal was passiert.«

Orion starrte ihn an, und er wich einen Schritt zurück, als ob er geschlagen worden wäre. »Wann ist das passiert?«

»Vor dreißig Minuten …«, stammelte der Soldat und sah verwirrt aus.

Orion starrte den Soldaten an, dann mich, als ob er von mir eine Antwort auf dieses Rätsel erwartete.

Ich verschränkte die Arme. »Hast du das alles zufällig inszeniert, damit du mich retten kannst?«

Ein Wechselbad der Gefühle durchzog seine Züge. »Und welchen Zweck würde das genau erfüllen?«

»Um mich dazu zu bringen, dir zu vertrauen.«

Sein vernichtender Blick bohrte sich in mich. »Wenn ich eine Gelegenheit schaffen wollte, um dich zu retten, glaubst du wirklich, ich würde es so *schlecht* machen? Glaubst du, ich hätte all diese Spuren hinterlassen, damit die Leute dir davon erzählen können?«

Er hatte nicht ganz Unrecht … Ich zuckte mit den Schultern. »Ich weiß es nicht. Vielleicht machst du dir Sorgen, dass ich dir die Krone stehlen könnte.«

Er verengte seine Augen. »Ganz klar, jemand hat meine Soldaten verzaubert. Das ist offensichtliche Gedankenkontrollzauberei. Jemand versucht uns gegeneinander auszuspielen. Jemand versucht dich glauben zu lassen, ich sei eine Bedrohung.«

Ich rümpfte die Nase. »Das wäre Zeitverschwendung, wenn man bedenkt, dass wir ohnehin schon zerstritten sind.«

Orions Blick senkte sich für den Bruchteil eines Augenblicks und er biss die Zähne zusammen. Erst dann bemerkte ich, dass ich ohne BH in einem Tank-Top und Unterwäsche steckte, die noch nass vom Regen war. *Ah, aber das war Macht.* Ich trat näher an ihn heran. »Sag mal, woher wusstest du, dass ich genau in diesem Moment in Schwierigkeiten steckte?«

Er starrte mich mit seinem intensiven Blick an. »Genauso, wie ich wusste, dass du in der Unterwelt in Schwierigkeiten steckst. Ich habe gespürt, wie mein Herz rast, und lange Zeit wusste ich nicht, was das für ein Gefühl ist. Aber dann hast du mich daran erinnert. Es ist Angst. Und ich spüre es, wenn du in Gefahr bist. Wir sind miteinander verbunden. Wir sind die Zwillingslichtbringer, und ich weiß, wenn du nicht sicher bist.«

»Hmm. Ich habe nie gefühlt, dass *du* in Gefahr bist.«

»Ich bin nie in Gefahr«, sagte er ungeduldig, als wäre das eine lächerliche Vorstellung. »Nicht mehr, seit ich aus dem Kerker raus bin.« Er schlenderte die Treppe hinunter. »Du wirst jetzt bei mir bleiben. Ich kann niemandem außer mir selbst trauen.«

»Aber kannst du dir selbst trauen, Orion?« Meine Stimme hallte von den Wänden wider. »Vielleicht verlierst du ja den Verstand.«

Er drehte sich um und marschierte die Treppe wieder hoch zu mir. Mit steinerner Miene hob er mich in seine kräftigen Arme, wie ein Bräutigam seine Braut, und trug mich die Treppe hinunter.

Die Wärme seiner Haut glitt über mich und ich spürte jede Stelle, an der sich unsere Körper berührten. Orion trug einen dünnen schwarzen Pullover, unter dem ich seine Muskeln fühlen konnte. Draußen war die Luft ein kühler Salznebel – und Orions Körper war stählern und heiß und umhüllte mich.

»Ich bin durchaus in der Lage zu gehen«, sagte ich. »Und ich war auch kurz davor, Jasper selbst zu töten.«

Orions blasse Augen starrten geradeaus, als er mich aus dem Palast trug. »Du warst zu langsam.«

Vielleicht wollte er nur seinen Feind in seiner Nähe behalten. Aber das funktionierte in beide Richtungen.

Wenn ich in seinem Haus wohnte, könnte ich aus erster Hand erfahren, was mein Rivale so trieb. Ich schlang meine Arme um seine breiten Schultern.

»Ich hoffe, du weißt«, sagte ich, »dass ich mein eigenes Zimmer brauche. Du kannst nicht in meiner Nähe sein, wenn ich die nächste Prüfung plane. Und ich will auch nicht, dass deine Spione mich beobachten.«

»Rowan.« Er sah mich gleichmütig an und zog mich dicht an sich heran, um mir etwas ins Ohr zu flüstern. »Ich verspreche, fair zu spielen«, sagte er in einem samtigen Ton, dem ich überhaupt nicht traute.

Kapitel 14

– Rowan –

Das Haus von Orion war überraschend klein – und überraschend nahe gelegen. Ein zweistöckiges Steinhaus, das eher wie das Torhaus eines Schlosses als wie ein Palast aussah. Er hatte keine Soldaten, die die Außenmauern bewachten, aber als wir durch ein schmiedeeisernes Tor gingen, verriet mir das Zischen der Magie auf meiner Haut, dass es mit Zaubern geschützt war.

Drinnen folgten uns zwei schwarze Hunde die dunkle Holztreppe hinauf.

Als er mich in den zweiten Stock trug, hob sich mein Blick und traf auf Orions Augen. Ich spürte ein seltsames Flattern in meinem Bauch. Natürlich sollte ich nicht hier sein, und doch fühlte ich mich bei ihm sicher. Meine verrückten tierischen Instinkte vertrauten ihm und sagten mir, dass er mich beschützen würde, auch wenn meine rationale Seite es besser wusste.

»Ich habe das nicht angeordnet.« Sein silbernes Haar war zerzaust, und er wirkte ungewöhnlich aufgewühlt.

»Ich weiß nicht mehr wirklich, was ich glaube«, gab ich zu.

»Rowan.« Seine Stimme klang rauer als sonst. »Ich war mit Amon hier. Er kann das bezeugen. Ich werde herausfinden, wer hinter diesem Angriff steckt.«

Er trug mich die Treppe hinauf in ein aufgeräumtes Schlafzimmer, dann in ein zweites Schlafzimmer, das mit dem ersten verbunden war. Dunkle Balken zierten die Decke. Wie Orions Wohnung war auch dieses Zimmer ordentlich und sparsam eingerichtet – nur weiße Wände und elegante Mahagonimöbel. Eine cremefarbene Kaschmirdecke bedeckte das Bett. Die einzige Farbe im Zimmer waren die Buchrücken in einem großen Regal und ein paar Bücher, die auf einem Schreibtisch am Fenster lagen. Eine weitere Tür führte zu einem kleinen Bad mit Dusche.

Orion setzte mich auf dem Holzboden ab und wies auf das erste Schlafzimmer – nur etwas größer als dieses, mit einem Himmelbett und dunkleren Wänden. »Wenn du etwas brauchst, ich bin da drin.«

»Gemütlich.« Ich ging zu einem großen, vergitterten Fenster und schaute auf den mondbeschienenen Garten unter mir. »Wenn ich also ins und aus dem Haus gehe, komme ich an dir vorbei?«

»Viel wichtiger: Wenn jemand versucht *ins* Haus zu kommen, kommt er an mir vorbei.«

Für einen Moment gab ich mich einer Fantasie hin – einer Fantasie, in der Orion und ich zwei normale Leute in einem Haus wie diesem waren, mit zwei schwarzen Hunden. Wir hatten keine Zeichen von Luzifer, keine ermordeten Mütter, keine schrecklichen Erinnerungen oder Jahrhunderte der Gefangenschaft. In dieser Phantomwelt waren wir zwei normale Leute, die ineinander verschlungen aufwachten und zum Morgenkaffee in den Garten gingen. Wir lebten umgeben von Büchern und Ruhe …

Aber es war dumm, dass ich mich dieser Fantasie hingab.

Ich drehte mich um und sah, dass Orion mich beobachtete. Dann kam er zu mir herüber. »Er hat einen blauen Fleck an deinem Hals hinterlassen, der noch nicht einmal richtig verheilt ist.« Er legte den Kopf schief. »Da wünschte ich mir, ich hätte ihn langsamer getötet.«

»Ich spüre es gar nicht mehr.«

Seine Augen hatten sich schwarz verfärbt. »Rowan, ich bin heute in den Kerker zurückgekehrt. Erinnerst du dich an die Zelle, in der ich dich in der ersten Nacht, in der wir uns getroffen haben, gefangen gehalten habe?«

»Vom Herrn des Chaos gefangen gehalten zu werden, ist nichts, was man vergisst, Orion.«

»Diese Zelle war genau die Zelle, in der meine Mutter und ich zuerst eingesperrt wurden. Kurz bevor sie getötet wurde, brachten mich die Wachen in eine andere Zelle, ganz allein. Aber als ich in die erste Zelle schaute, sah ich, dass sie etwas in die Wand geritzt hatte.«

»*Lucifer urbem spinarum libarabit*«, sagte ich und beendete seinen Gedanken. »*Der Lichtbringer wird die City of Thorns befreien.*«

Seine dunklen Augenbrauen zogen sich zusammen. »Das dachte ich auch, als ich es zum ersten Mal gesehen habe. Aber einige der Linien waren schon halb verblasst, und Efeu hat einen Teil davon bedeckt. Als ich über alles nachgedacht und versucht habe, mein Schicksal zu verstehen, bin ich zurückgegangen, um ihre Worte zu lesen. Ich habe die Ranken weggezogen. Da steht: »*Luciferi urbem spinarum liberabunt.*«

Ich schluckte. »Es ist Plural. *Die Lichtbringer* werden uns befreien.«

»Wir sind dazu bestimmt, das gemeinsam zu tun. Ich habe nur zu lange gebraucht, um es zu erkennen.«

Ich ging mein Versprechen an mich selbst durch, all die Gründe, warum ich mich nicht von ihm beeinflussen lassen würde. »Du hast mir gesagt, dass du mich nicht einmal genug respektierst, um mich zu hassen. Du hast mich neurotisch, langweilig und in allem unbegabt genannt. ›Abgesehen von unserer kleinen Affäre‹«, sagte ich und ahmte seinen britischen Akzent nach, »›finde ich dich ermüdend und erbärmlich.‹ Und dann bin ich gestorben und habe gelernt, dass ich viel stärker bin, als ich je gedacht hätte. Ich sollte hier regieren, nicht du, Orion.«

Sein Kiefer presste sich zusammen. »Nichts von dem, was ich gesagt habe, ist wahr. Ich habe nur versucht dich von mir fernzuhalten. Ich dachte, ich hätte nicht die Kraft, dir zu widerstehen, also habe ich versucht dich auf Abstand zu halten, weil ich Angst davor hatte, was passieren könnte …«

Meine Finger verkrampften sich. »*Was* genau?«

»Dass es wieder passieren könnte!«

Ich starrte ihn an und verstand nicht. »Dass *was* wieder passieren könnte? Wovon sprichst du? Es gibt keine Lilu mehr, die man ermorden kann.«

»Es gibt uns.« Er wirkte ungewohnt ratlos und fuhr sich durch die Haare. »Rowan – natürlich respektiere ich dich. Natürlich habe ich …« Sein Mund schloss sich und sein Blick glitt an meinen gänsehautbedeckten Armen hinunter. Im nächsten Moment wickelte er mich in die weiche, cremefarbene Bettdecke. »Wir können die Heizung hier drin aufdrehen.«

Der Kaschmir fühlte sich wunderbar auf meiner Haut an, aber auch sein warmer, rauchiger Duft, der mich umgab, erregte mich. Diese Decke war meine Rüstung. Ich konnte seinem Charme widerstehen. Nicht gewillt, ihn so einfach gehen zu lassen, starrte ich ihn an. »Okay, lass uns über die Rache an den Lilu sprechen. Ich möchte, dass du etwas über die Sterblichen und deine Theorie, dass sie die Wurzel allen Übels sind, verstehst.«

Er seufzte, lehnte sich gegen eines der Bücherregale und verschränkte die Arme. Ärgerlicherweise kam dadurch nur sein Bizeps zur Geltung. »Ich höre.«

Meine Augenbrauen hoben sich vor Überraschung. Er war tatsächlich bereit, mir zuzuhören? »Dämonen und Sterbliche sind sich ähnlich. So kompliziert ist das nicht. Manche von uns sind böse, manche sind gut, und manche sind Fanatiker, die alle anderen vernichten wollen.«

»Nennst du mich etwa einen Fanatiker?«, fragte er trocken.

»Ja, das tue ich. Du bist das dämonische Gegenstück zu Jack Corwin.«

Seine Muskeln spannten sich an. »Ich bin *was*? Das ist, glaube ich, das Schlimmste, was du zu mir sagen kannst.«

Ich schüttelte den Kopf. »Ich meinte nur den Fanatismus. Nicht deinen Charme oder deine Intelligenz oder sonst etwas. Seine Dämonenjäger wollen uns alle töten, und du willst sie alle töten. Ihr seid beide Extremisten.«

Er schien sich ein wenig zu entspannen. »Red weiter.«

»Und ja, ich weiß, dass du alle Fälle in der Geschichte aufgezählt hast, in denen Sterbliche Gräueltaten begangen haben, und es gibt viele davon. Das Gleiche gilt für Dämonen. Aber was ist mit den guten Dingen, die Sterbliche getan haben?«

Er legte den Kopf schief. »Hast du ein einziges Beispiel?«

Ich biss mir auf die Lippe und wünschte, ich hätte mich besser auf dieses Gespräch vorbereitet – vielleicht mit einer PowerPoint-Präsentation und akademischen Referenzen. »Keanu Reeves«, platzte ich heraus. »Er ist unglaublich. Er spendet Geld für die Krebsforschung und für Kinderkrankenhäuser. Er überlässt alten Frauen seinen Sitzplatz in der U-Bahn! Was für ein Verrückter will bitteschön *Keanu Reeves* umbringen?«

»Ich habe keine Ahnung, von wem du redest.«

Meine Augen weiteten sich. »Stimmt. Natürlich weißt du das nicht! Die Welt ist für dich vor vierhundert Jahren stehen geblieben. Für dich ist die Zeit stehen geblieben und du willst die Menschen umbringen, die dich verletzt haben. Und weißt du was? Die Sterblichen, denen du damals begegnet bist, waren verdammte *Mistkerle*. Keiner mag Puritaner. Keiner. Aber sie sind weg, und für alle anderen hat sich die Welt weitergedreht. Du hast mehrere Jahrhunderte der menschlichen Existenz verpasst. Vielleicht solltest du also mehr über die Menschen lernen, die du umbringen willst. Ich habe noch mehr Beispiele.« Ich hob einen Finger. »Steve Buscemi.«

»Sind das Freunde von dir?«

»Ha! Schön wär's. Nein, aber er war Feuerwehrmann, und dann ist er Schauspieler geworden. Aber als ein paar fanatische Sterbliche Flugzeuge in Wolkenkratzer in New York City geflogen haben, hat er seine alte Feuerwehrausrüstung angezogen und sein Leben aufs Spiel gesetzt, um Menschen zu retten. Nicht nur er, sondern viele Feuerwehrleute haben ein großes Opfer gebracht, um Menschen aus einem brennenden und einstürzenden Gebäude zu retten. Viele von ihnen gaben ihr Leben, um Menschen zu helfen, die sie nicht einmal kannten.« Jetzt war ich in Fahrt. »Und in Fukushima ist nach einem Erdbeben ein Atomreaktor geschmolzen, und Menschen haben sich freiwillig gemeldet, um bei den Aufräumarbeiten zu helfen, obwohl sie wussten, dass sie an Krebs sterben würden. Sie haben Fremde gerettet und mit ihrem eigenen Leben bezahlt.«

Seine Augen leuchteten, als er mir zuhörte. »Ich habe über diese Dinge noch nie etwas gelesen.«

»Das ist alles noch nicht so lange her. Das steht nicht in deinen alten Kerkerbüchern, und du benutzt ja auch nicht das Internet.« Jetzt, wo ich angefangen hatte, über heldenhafte Sterbliche nachzudenken, konnte ich nicht mehr aufhören. »John Robert Fox! Als Leutnant im

Zweiten Weltkrieg hat er den Nazis absichtlich seine eigenen Koordinaten gegeben, um dem Rest seiner Einheit eine Chance zur Flucht zu geben. Er ist im feindlichen Feuer gestorben, um seine Einheit zu retten. Das waren alles Sterbliche, Orion. Im Großen und Ganzen sind sie nicht besser oder schlechter als wir. Einige von ihnen sind verdammt schrecklich und andere sind heldenhaft. Der einzige Unterschied, den ich zwischen Sterblichen und Dämonen sehe, ist, dass Sterbliche mit Waffen töten und Dämonen Magie benutzen. Und die Sterblichen, die jetzt da draußen sind, sind nicht diejenigen, die deine Familie getötet haben. Sie zu töten ist keine Rache. Es ist Wahnsinn.«

Sein Blick glitt zum Fenster und ich hatte keine Ahnung, ob ich wirklich zu ihm durchdrang. »Du und Amon, ihr beide«, sagte er leise.

»Was meinst du?«

»Er ist auf deiner Seite.« Er stieß einen langen Seufzer aus. »Aber Tatsache ist, Rowan, dass die Sterblichen in der modernen Welt zu viel Kontrolle über uns haben. Eine Bombe könnte unsere Mauern zerstören, und dann sind wir erledigt. Das ist es, was der Fluch bedeutet. Und was für ein König wäre ich, wenn ich die Sicherheit meiner eigenen Untertanen nicht über die der anderen stellen würde?«

Er hörte sich fast vernünftig an, was es mir schwer machte, meine Entschlossenheit zu bewahren. So vernünftig, dass ich *fast* vergaß, dass mehrere Leute behauptet hatten, er hätte jemanden geschickt, um mich heute Abend zu töten.

Und das brachte mich zur eigentlichen Frage: Was hatte ich zu verlieren, wenn ich ihm die Krone abnahm? Wenn ich die Kontrolle hatte, musste ich mir keine Sorgen machen, wem ich vertrauen konnte.

Ich richtete mich auf und hob mein Kinn. »Hör zu, Orion. Bei dieser Prüfung gibt es nur zwei Möglichkeiten. Wenn ich gewinne, entscheide ich, was passiert. Oder du gewinnst, und dann kannst du mir beweisen, dass du wirklich willst, dass ich mit dir regiere. Denn im Moment hast du die ganze Macht. Natürlich willst du, dass ich aufgebe. Mal sehen, ob du mir ein Bündnis anbietest, wenn es wirklich zählt.«

Seine Augen funkelten, und er trat einen Schritt näher. Er schenkte mir ein langsames, strahlendes Lächeln, das mein Herz höherschlagen ließ. »Ich werde es dir beweisen, nachdem ich die Prüfung gewinne. Und weißt du was?« Seine Stimme war tief und seidig. »Ich mag es, von dir herausgefordert zu werden.«

Die verletzliche Seite von Orion war verschwunden und er ließ wieder seinen Charme spielen. Deshalb war ich nicht gerade überrascht, als er die Tür zwischen unseren Zimmern offenließ. Er ging in sein eigenes Zimmer und tat so, als würde er mich ignorieren, während er sein Hemd aufknöpfte. Als er es auszog, nahm ich mir vor, nicht auf die absolute männliche Perfektion seines Körpers zu starren – die dicken Muskelstränge, das sichtbare V seiner Bauchmuskeln, das unter die Hose führte.

Aber mir zu sagen, dass ich nicht starren sollte, war ungefähr so nützlich, wie dem Mond zu sagen, dass er aufhören sollte zu scheinen.

Als er sich zu mir umdrehte und seine Lippen ein wunderschönes halbes Lächeln zauberten, musste ich beschämt feststellen, dass mir der Mund offen gestanden hatte.

Er ging zum Türrahmen und lehnte sich dagegen. Mein Blick wanderte über sein Schlangentattoo und dann wieder hinunter zu seinen gemeißelten Bauchmuskeln. »Stimmt etwas nicht, Rowan?« Und da war wieder Orions Selbstüberschätzung, die den kurzen Blick auf seine verletzliche Seite verdrängte.

Ich holte tief Luft und versuchte die Hitze in meinem Bauch zu ignorieren. »Versuchst du mich zu verführen? Denn es ist mir egal, wie hübsch du bist – ich werde das mit der Prüfung trotzdem durchziehen.« Ich hatte irgendwie die Kontrolle über meine Stimme verloren und sie war lauter als nötig. Einer der Hunde steckte seinen Kopf durch die Tür und schaute zwischen uns hin und her, um sicherzugehen, dass alles in Ordnung war.

Orions Augenbrauen hoben sich. »Ich habe nur mein Hemd ausgezogen, weil ich mich bettfertig mache.« Der Blick, den er mir zuwarf, war geradezu schwelend. »Liebes, du weißt doch sicher, dass du dich unter mir winden und um mehr betteln würdest, wenn ein Inkubus dich verführen würde.«

Ich spürte, wie meine Wangen erröteten und mein Verstand von einem Schleier der Lust umwölkt wurde. Ich war mir nicht ganz sicher, was gerade passierte, nur dass Orion die Oberhand gewann. Er brachte mich aus dem Konzept, machte mich nervös.

Aber ich war ein Sukkubus, und dieses Spiel konnten zwei spielen.

Ich ließ die Decke von meinem Körper fallen in dem Wissen, dass ein Träger meines feuchten Tanktops von einer meiner Schultern rutschte und meine Unterwäsche kaum etwas bedeckte. Sobald ich das tat, spürte ich, wie sich die Atmosphäre im Raum veränderte – ein Blitz aus Hitze und Licht schien vom Dämonenkönig selbst zu kommen.

Kapitel 15

– Orion –

Sobald sie die Decke fallen ließ, wusste ich, dass ich in Schwierigkeiten steckte. Das ganze Blut schien aus meinem Kopf zu fließen und ich wurde so hart, dass ich nicht mehr klar denken konnte.

Ich starrte sie an – ihre großen braunen Augen, ihre vollen Lippen, ihre Brustspitzen, die sich unter dem nassen Stoff abzeichneten …

Ich wusste, dass sie nach der salzigen Brise des Meeres schmecken würde, wenn ich sie küsste. Ich liebte es, sie zu küssen, und die Art, wie sie mich ansah. Ich liebte …

Hör auf damit.

Nur eine hauchdünne Schicht Stoff bedeckte ihren nackten Körper, und ich konnte ihre perfekten Konturen darunter sehen.

Als Sukkubus konnte sie spüren, wie ich ihre Schönheit in mich aufnahm, und ihre Brust errötete leicht.

»Ich versuche dich nicht zu verführen«, sagte ich und vergaß dabei die Grundlagen der Sprache.

Ich wiederholte mich.

Und doch war es die Wahrheit. Ich konnte sie nicht verführen – nicht, ohne alles zu riskieren.

Ich wollte nur, dass sie erkannte, dass der kleine blonde Schönling Kas nichts gegen mich war. Eifersucht ließ mich wie einen Idioten handeln.

Sie setzte sich auf das Bett und lehnte sich zurück. Das feuchte Tanktop spannte sich über ihre Brüste. Sie trug ganz offensichtlich keinen BH, und ihre Brustspitzen drückten hart gegen den Stoff. Am liebsten hätte ich sie zu Boden geworfen und ihr den Stoff vom Körper gerissen. Ich wollte sie zwischen ihren Schenkeln küssen, bis sie meinen Namen so laut schrie, dass Kas ihn hören konnte …

»Natürlich hast du nicht versucht mich zu verführen. Mein Fehler.« Sie schaute mich unter ihren langen Wimpern an und drehte sich auf die Seite, so dass ich ihren Hintern sehen konnte. Ich wollte unbedingt mit meinen Fingern über den Stoff streichen, um ihre Hitze zu spüren.

Ihre Wangen waren leicht gerötet. »Stimmt etwas nicht, Orion? Du siehst … benommen aus.«

Ich hatte das Gefühl, mich nicht ganz unter Kontrolle zu haben, als ich mich ihr näherte. Wie die Motte zum Licht. Eine Sekunde später saß neben ihr auf dem Bett, aber mein Blick fiel immer wieder auf den verdammten blauen Fleck an ihrem Hals.

Ich streckte die Hand aus und strich darüber. Als sie meine Fingerspitzen auf ihrer Haut spürte, keuchte sie leicht.

Mein Herz war kurz davor zu explodieren.

»Ich will nur sichergehen, dass du dich gut erholst.« Meine Stimme klang heiser, und ich zog meine Hand von ihr weg.

Ihre Lippen wirkten voll, als würde sie leicht schmollen. Wie sie in diesem Moment aussah, hatte etwas Verführerisches und Anbetungswürdiges an sich, das mir den Verstand raubte. Ich wollte sie so sehr schmecken, dass es wehtat.

Sie biss sich auf die Lippe und strich über mein Handgelenk. »Mir geht es gut. Ich bin jetzt eine Dämonin, Orion. Du musst dir keine Sorgen machen, dass ich zerbreche.«

Sie hatte natürlich recht, und doch hatte ich mich noch nie so verpflichtet gefühlt, jemanden zu beschützen. Ich konnte den Göttern nur danken, dass sie mir genug vertraute, um mit mir hierher zu kommen, in mein Haus. Ich stand auf und versuchte mich zu zwingen, von ihr wegzugehen, um das Feuer in meinen Gedanken zu löschen.

»Ich möchte dich küssen, nur einmal.« Die Wahrheit sprudelte aus mir heraus, bevor ich mich stoppen konnte. »Aber das ist alles, Rowan. Nur ein Kuss heute Abend.«

Ein Kuss war verdammt gefährlich genug.

»Nur einer?« Sie legte den Kopf schief. »Wovor hast du solche Angst?«

Noch ein Verlust, und es wäre mein Ende. Mein Verstand hing bereits am seidenen Faden. »Vor dir«, sagte ich leise. »Das habe ich dir schon gesagt.«

Mit ihren großen braunen Augen auf mich gerichtet, erhob sie sich vom Bett und schlang ihre Arme um meinen Hals. Unter der dünnen Baumwolle berührten ihre Brüste meine nackte Haut, was mich noch steifer werden ließ.

Ich umfasste die Seite ihres Gesichts. Feuer durchströmte mich, als ich mich herunterbeugte und meinen Mund auf ihren presste.

Als sich unsere Lippen berührten, wusste ich sofort, dass dies ein Fehler war. Wenn sie mein wahres Ich zurückweisen würde, würde ich den Verstand verlieren. Wenn ich mich verliebte und sie verlor, verlor ich auch meinen Verstand. Aber in der Nähe von Rowan traf ich verdammt schlechte Entscheidungen, und meine Zunge tauchte ein, um sie zu schmecken. Mein ganzer Körper war für sie lebendig geworden. Ich genoss die Art und Weise, wie ihre Zunge meine willkommen hieß, und ihre Muskeln wurden in meinen Armen weich und geschmeidig. *Oh ihr Götter.*

Zum ersten Mal spürte ich ihre Sukkubus-Magie, die mich umgab, eine einladende Liebkosung, die meinen Rücken streichelte. Ich glitt mit meiner Hand ihre Wirbelsäule hinauf, griff in ihr Haar und neigte ihren Kopf. Ich wurde von dem Drang überwältigt, sie auszuziehen und zum Schreien zu bringen.

Sie würde mich ruinieren.

Als sie sich mir entgegenstreckte, stöhnte sie leicht auf. Das Geräusch brachte mich fast dazu, die Kontrolle über mich zu verlieren. Ich musste sie hart gegen die Wand nehmen. Ich wollte, dass sie sich daran erinnerte, wie perfekt wir zueinander passten.

Ich wusste kaum, was ich tat, als ich sie vom Boden hochhob und sie ihre Beine um mich schlang. Sie griff in mein Haar. Mit dem Rücken gegen den Bettpfosten gelehnt, drückte ich mein hartes Glied gegen sie. Hatte ich mich jemals zuvor so sehr nach etwas gesehnt? Nicht einmal nach Jahrhunderten im Gefängnis.

Das Bellen eines der Hunde unterbrach uns. Rowan löste sich als Erste aus dem Bann und zog sich aus dem Kuss zurück. Ihre Lippen waren geschwollen, ihre Wangen rosa. Sie hatte noch nie so schön ausgesehen.

»Ich weiß nicht, was ich da tue.« Sie holte Luft. »Du bist mein Rivale.«

Ich drückte meine Stirn gegen ihre und versuchte mich wieder daran zu erinnern, wie man einen Satz bildete. Was hatte sie gesagt?

Ah ... die Sache mit dem Rivalen. Sie dachte, ich wäre gefährlich.

Zufälligerweise dachte ich dasselbe über sie.

Rowan war in meinem Leben aufgetaucht und hatte alles durcheinandergewirbelt, und wenn ich in ihrer Nähe war, hatte ich das Gefühl, dass die Welt unter meinen Füßen kippte.

Meine Rachepläne waren immer das Licht gewesen, das mir einen Weg durch den Wahnsinn wies, wie die kleinen beleuchteten Schiffe, die auf dem Fluss schwammen. Ohne Rache war ich wieder im Dunkeln. Chaos. Sie brachte *Chaos* in mein Leben.

»Du bist die Herrin des Chaos«, hauchte ich.

Sie berührte die Seite meines Gesichts. »Was?«

»Herrin des Chaos. Seit ich dich zum ersten Mal in der Bar getroffen habe, hast du alle meine Pläne in Brand gesetzt. Du hast alles zerstört, von dem ich dachte, dass ich es verstehe.«

»Klingt gefährlich. Vielleicht solltest du mich dann absetzen.«

Am Klopfen ihres Herzens und dem heißen Puls der Magie im Raum erkannte ich, dass sie mich genauso begehrte wie ich sie. Aber wie viel von ihrem Verlangen nach mir war echt? Sie war ein Sukkubus, der auf meine Lustmagie reagierte. Die Lilu-Macht verdickte die Luft. Das bedeutete nicht, dass sie sich für *mich* interessierte – es bedeutete nur, dass sie im Rausch der Lust war.

Inzwischen sorgte ich mich viel mehr um sie, als ich sollte. Und das war der Grund, warum ich meine jahrhundertealten Pläne in den Sand setzte.

Es waren nicht ihre Beschreibungen von John Robert Fox oder den anderen Sterblichen, die bei mir Zweifel auslösten – es war die Tatsache, dass die Welt der Sterblichen Rowan erschaffen hatte. Konnten Sterbliche so schrecklich sein, wenn sie die perfekte Mischung aus furchterregend und liebenswert, süß und wild, die Rowan Morgenstern war, geschaffen hatten?

»Genau. Ich lasse dich runter.« Mein Flüstern klang erstickt und es kostete mich schockierend viel Kraft, meinen Griff um sie zu lösen.

Sie verengte ihre Augen, während sie meinen Körper hinunterglitt, und mein Magen drehte sich um. »Wenn du versucht hast, mich zu verwirren, hat es nicht funktioniert«, sagte sie kalt. »Die Prüfung findet immer noch statt.«

Sie entfernte sich von mir und kletterte auf das Bett, und ich spürte einen scharfen Stich, weil ich sie nicht länger berührte.

»Ich wollte nur, dass du an mich denkst und nicht an Kas, wenn du schlafen gehst.« *Heiliger Luzifer*, warum hatte ich das nur laut zugegeben? *Idiot.*

Sie schob sich zurück unter ihre Decke und starrte mich ungläubig an. Aber ich konnte den Hauch eines Lachens erkennen, das sich zu einem wahrhaft umwerfenden Lächeln vertiefte. »Warte mal. Ist der Inkubuskönig *eifersüchtig*?«

»Mach dich nicht lächerlich. Warum sollte *ich* eifersüchtig sein?« Götter der Unterwelt, wie oft log ich eigentlich?

»Nein, natürlich nicht.«

Sie durchschaute mich natürlich sofort. Es war seltsam erfrischend.

Ich lehnte mich an ihren Bettpfosten und wollte die Nacht noch nicht enden lassen. »Rowan. Du hast mir in der Unterwelt das Leben gerettet ...« Der Rest meines Gedankens erstarb, bevor ich mich dazu durchringen konnte, ihn laut auszusprechen: *Denkst du wirklich, dass ich es wert war, gerettet zu werden? Und noch viel wichtiger: Würdest du das immer noch denken, wenn du die Wahrheit über mich wüsstest?*

Sie starrte mich einen Moment lang an, und zwischen ihren dunklen Augenbrauen bildete sich eine kleine Falte. »Ja, natürlich habe ich das getan. Und ich würde es wieder tun. Ich traue dir nicht zu, dass du ein Königreich führen kannst, ohne alle zu ermorden, aber ich will, dass du am Leben bleibst.«

Ich konnte sie immer noch auf meinen Lippen schmecken, süß und salzig. »Was, wenn du dich in mir getäuscht hast?«

»Oh.« Ihr Gesichtsausdruck veränderte sich, ihre Augen glitzerten. Sie sah so traurig aus, dass ich am liebsten über das Bett geklettert wäre und sie wieder in meine Arme genommen hätte.

Ich hielt den Atem an, als ich auf ihre Antwort wartete, bis sich ihr Gesichtsausdruck wieder veränderte. Sie wurde vorsichtiger.

»Ich merke, dass du etwas sagen willst und dich zurückhältst«, sagte ich.

»Wie kannst du das wissen?«

»Deine Nasenlöcher blähen sich, wenn du frustriert bist.«

»Ich weiß nicht, ob du nur das Richtige sagst, um mich aus der Reserve zu locken, oder ob du es wirklich ernst meinst. Aber angenommen, du meinst es ernst ... Orion, hast du absichtlich gewollt, dass ich dich hasse? Weil du mir zuvorkommen wolltest, bevor ich merke, wie du bist?«

Die Genauigkeit ihrer Worte war wie eine Faust in meinem Magen, und ich konnte nur schwer schlucken.

Sie biss sich auf die Lippe. »Weil du es liebst, Fremden sofort zu sagen, dass du schrecklich bist, sobald du sie triffst. Es ist, als wolltest du die Leute ständig warnen.«

Meine Brust zog sich zusammen. Sie konnte wirklich jede meiner Verteidigungen durchschauen, und ich fühlte mich verwirrt und völlig schutzlos. »Ich habe nicht viel Erfahrung mit Leuten.«

Sie schenkte mir ein trauriges Lächeln. »Ich glaube, du bist erdrückt von der Schuld an dem, was dir zugestoßen ist. Ich glaube aber, dass sich das ändern kann. Ich werde dir bei der Prüfung trotzdem in den Allerwertesten treten und deine Königin werden.« Sie zog eine herrische Augenbraue hoch. »*Dann* werden wir herausfinden, wie wir dich heilen können.«

»Das werden wir ja sehen, Liebes«, sagte ich fast zu mir selbst.

Und vielleicht war es hier vor mir – das Licht in der Dunkelheit, der neue Plan.

Irgendwann würde ich das größte Risiko meines Lebens eingehen: herauszufinden, ob sie sich noch für mich interessierte, wenn sie mich wirklich kannte.

Aber ich war zu voreilig. Ich wollte nicht zu sehr mit dem gefährlichen Feuer der Hoffnung spielen, sonst riskierte ich, dass mein letzter Rest an Vernunft in Flammen aufging. Mir die Hoffnung zu machen, dass Rowan mich lieben könnte, wenn sie wüsste, was ich getan hatte – das war so ziemlich das Schlimmste, was ich mir vorstellen konnte. Wenn ihr wirklich etwas an mir lag, dann war ich vielleicht für etwas anderes bestimmt, als die Toten zu rächen. Vielleicht hatte ich wirklich einen verdammten Wert.

Mein Herz raste vor Angst in meiner Brust.

»Ich sehe dich morgen früh, Rowan.« Ich strich mir mit den Fingerspitzen über die Lippen, als ich zurück in mein Zimmer ging, immer noch in der Erinnerung an diesen überwältigenden Kuss. Ich wusste, dass ich daran denken würde, bis die Sonne über dem Meer aufging.

Vielleicht hatte sich mein letztes Fünkchen Vernunft bereits in Rauch aufgelöst.

Kapitel 16

– Rowan –

Noch acht Tage bis zur Prüfung.

Das Gespräch von gestern Abend hatte mich so verwirrt, dass ich, anstatt zu schlafen, seine Worte immer wieder in meinem Kopf durchgespielt hatte.

Und natürlich nicht nur das Gespräch. Der *Kuss*. Die Art und Weise, wie er mich geküsst hatte, war so intensiv und heiß wie Sex, und ich konnte nicht aufhören, daran zu denken. Etwas hatte sich in der Art, wie er mich küsste, verändert – eine Art Ehrfurcht, die da vorher nicht gewesen war.

Am Morgen war ich früh aufgewacht und hatte mich an einem schlafenden Orion vorbeigeschlichen. Auf dem Weg nach draußen hatte ich einen Blick auf seinen muskulösen Rücken geworfen und kurz seinen liebenswerten Freund getroffen. Amon hatte mich mit Kaffee und Scones losgeschickt. Bevor ich ging, warf ich einen vorsichtigen Blick aus der Tür und überprüfte den Platz auf verirrte Attentäter. Ich fand nichts Ungewöhnliches, aber ich sah mich in den Straßen um, während ich ging.

Solange ich in Orions Nähe war, lief ich Gefahr, so abgelenkt zu werden, dass ich die Prüfung nicht bestehen würde. Und die deprimierende Wahrheit war, dass ich immer noch damit kämpfte, ihn in den Hintergrund meines Verstandes zu drängen.

Wovor hast du solche Angst?

Vor dir.

Ich nippte an meinem Kaffee und wiederholte es zum millionsten Mal. Wollte er mir sagen, dass er Angst hatte, ich würde ihn zurückweisen? Dass ich ihm das Herz brechen würde?

Irgendjemand – Mortana, nahm ich an – hatte ihn davon überzeugt, dass Hoffnung das Gefährlichste war, was es gab.

Es sei denn …

Es sei denn, das war alles nur gespielt.

Ich atmete tief durch und versuchte mich auf die Welt um mich herum zu konzentrieren. Mein Blick glitt über die Blumen, die sanft in der salzigen Brise schwankten – rosa Pfingstrosen, violetter Fingerhut, Lavendel …

Als ich durch den Garten ging, plätscherte ein Springbrunnen leise vor sich hin. Ich atmete den feuchten Duft der Wildblumen ein, und mein Kopf wurde endlich frei. Das Sonnenlicht wärmte meine Wangen. Ein weiterer Schluck Kaffee schickte einen Schock koffeinhaltigen Lebens durch meine Adern.

Ich zog mein Handy aus der Tasche und war erleichtert, als ich eine SMS von Kas sah. Unsere Magiestunden begannen bald. Ich hatte wirklich Glück, dass ich Lehrer gefunden hatte, die mir so bereitwillig halfen.

Ich überquerte die Brücke in Richtung Wald und blickte auf die Sonne, die auf dem Fluss glitzerte. Als ich mich der Wildnis näherte, stieg mir der feuchte Duft von Moos und Erde in die Nase.

Ich fand Kas und Legion im Eichenhain.

Legion stand mit einem großen Zauberbuch in der Hand da, während Kas auf dem moosigen Waldboden saß und sich gegen einen Baumstamm lehnte. Er trug eine Krone aus Efeu und blauen Schlüsselblumen, die auf seinem herrlich unordentlichen blonden Haar thronte.

Ich lächelte ihn an. »Du siehst königlich aus.«

Seine Wangen wiesen Grübchen auf, als er lächelte. »Nicht alle von uns werden königlich geboren. Manche von uns müssen sich ihre Kronen selbst aus Mutter Natur machen.«

»Wo ist Shai?«, fragte ich.

»Äh …« Legions Blick wanderte von mir zu dem Zauberbuch. Sein Haar war zurückgekämmt, aber ein paar schwarze Strähnen hingen in sein Gesicht. »Sie ist auf dem Weg.«

Ich hob eine Augenbraue. »Alles in Ordnung, Legion?«

Kas stand auf und wischte sich die Rückseite seiner Jeans ab. »Alles ist in Ordnung. Aber wir haben einen langen Tag vor uns, weil Legion beschlossen hat, dir die langweiligste Aufgabe zu geben, die es gibt, und wir werden alle stundenlang daran sitzen.«

Ich holte tief Luft. »Solange es mir hilft, die Prüfung zu gewinnen, habe ich kein Problem mit Langeweile.«

»Gut.« Legion schenkte mir ein schwaches Lächeln. »Zuerst wirst du die Kontrolle über deine Magie üben. Dann kannst du üben, mehr Macht zu beschwören. Aber zuerst musst du sie beherrschen. Verstanden?«

»Sonst könnten wir alle in einer feurigen Höllenwelt sterben«, sagte Kas.

»Natürlich.« Ich streckte meine Hand nach dem Zauberbuch aus. »Welcher Zauberspruch?«

»Erde durchsieben«, sagte Legion.

Ich runzelte die Stirn. »Was ist das genau?«

»Wirklich genau das, wonach es klingt.«

Kas verschränkte die Arme und seine karamellfarbenen Augen funkelten amüsiert. »Legion hat beschlossen, dass du den ganzen Tag damit verbringst, mit Hilfe von Zaubersprüchen kleine Haufen aus Zweigen zu machen. Vielleicht kannst du sogar versuchen, damit kleine Bauwerke zu errichten.«

Gut, dass ich den Kaffee mitgebracht hatte.

Als Shai auftauchte, hatte ich zwei kleine Zweighäuser gebaut und war bereit für ein Mittagsschläfchen. Nachdem ich den Zauberspruch zum zwanzigsten Mal aufgesagt hatte, gähnte ich unkontrolliert.

Shai rieb sich die Augen, als sie in zerknitterten Kleidern den Hain betrat.

»Lange Nacht?«, fragte ich.

Sie tauschte einen kurzen Blick mit Legion aus und schüttelte dann den Kopf. »Der Sturm hat mich wachgehalten.«

Beinahe hätte ich es übersehen, aber der kurze Blick, den sie Legion zuwarf, ließ mich glauben, dass sie zusammen waren.

»Was ist deine Ausrede?«, fragte sie.

Ich holte tief Luft. »Jetzt, wo ihr alle hier seid, sollte ich vielleicht etwas erwähnen … aber flippt nicht aus.« Ich berührte meine Kehle, genau dort, wo Jasper sie letzte Nacht versucht hatte zu zerquetschen. »Orion hat mich bei sich zu Hause aufgenommen.«

Shai starrte mich an. »*Was*? Du kannst nicht bei deinem Rivalen wohnen!«

»Hat er dir eine Wahl gelassen?«, fragte Kas, seine Stimme rau vor Wut.

Ich zuckte mit den Schultern. »Nun, ich habe nicht *nein* gesagt. Er hat mich vor einem Attentäter gerettet.« Warum war ich so defensiv, was Orion betraf?

Shai hob eine Hand. »Warte mal …«

»Ein *Attentäter*?«, beendete Legion ihren Satz.

»Weißt du, wer es war?«, fragte Kas.

Ich spürte wieder dieses unwillkommene Gefühl, als müsste ich Orion beschützen. »Es war Jasper. Die rechte Hand des Königs. Aber Orion hat ihn getötet.« Ich stieß einen langen Seufzer aus. »Das Seltsame war, dass Jasper gedacht hat, Orion hätte es ihm befohlen. Und einige seiner anderen Wachen haben dasselbe gesagt. Orion hat gedacht, dass sie vielleicht verzaubert worden sind. Magie zur Gedankenkontrolle.«

Shai rümpfte die Nase. »Nur Lilu haben die Macht der Gedankenkontrolle, und selbst das ist selten.«

»Ein Zauberspruch vielleicht?«, versuchte ich es.

»Rowan«, sagte sie schroff. »Du hast gesagt, wenn er anfängt dich zu verführen, soll ich dich an Queen Elizabeth und die Zuckerwatte erinnern.«

Kas zog seine Blumenkrone ab und ließ sie auf den Boden fallen. »Das scheint ein genialer Trick zu sein, damit du ihm vertraust. Vielleicht hat er sogar gehofft, du würdest die Prüfungen absagen.«

Natürlich war das die wahrscheinlichste Erklärung. Und doch … wenn Orion eine List aushecken würde, wäre er nicht so dumm, all diese Leute am Leben zu lassen, damit sie ihn verraten konnten. »Im Moment weiß ich nur eines ganz sicher: Ich muss die Prüfung gewinnen, alles andere ist unwichtig.«

Kas starrte mich an. »Alles andere ist unwichtig – außer dass du jetzt mit einem psychotischen König zusammenlebst, der dich wahrscheinlich tot sehen will.«

»Ich komme schon klar«, sagte ich scharf. »Ich glaube wirklich nicht, dass er mich töten will.« Was würden sie denken, wenn sie wüssten, dass ich ihn gestern Abend geküsst hatte? Wenn *Kuss* es wirklich beschrieb.

Legion kniff sich in den Nasenrücken. »Du glaubst nicht, dass dein Rivale um den Thron dich tot sehen will? Glaubst du etwa, der verrückte Dämonenkönig ist … *zu nett dafür*?«

Er schaffte es, es vollkommen verrückt klingen zu lassen.

»Hört zu, ich habe noch acht Tage«, sagte ich. »Mache ich jetzt mit den Zweigen weiter? Wir verschwenden nur Zeit.«

Legion warf einen Blick auf die Erdhügel. »Ich glaube, die hast du gemeistert. Ich habe etwas Neues für dich.«

Ich lächelte. »Aufregend. Werden wir die Toten erwecken?«

»Du wirst Ameisen herbeirufen.«

Ich holte tief Luft. »Du weißt, dass ich nur noch acht Tage habe, bis ich einen toten Hexer beschwören muss?«

Legion nickte. »Wir werden es schaffen. Aber es gibt keine Abkürzungen in der Magie.«

»Ich meine, es gibt sie«, fügte Kas hinzu, »aber wenn man sie nimmt, sterben manchmal eine ganze Menge Leute.«

Ich streckte meine Hand nach dem Buch aus. »Dann eben die Ameisen«, seufzte ich.

Als Kas mir anbot, mich nach Hause zu begleiten, war ich schon fast im Delirium vor Müdigkeit. Nach den anfänglichen Erfolgen mit den Zweigen war meine Magie unkonzentriert geworden und Flammen brachen in den Bäumen um mich herum aus. Ich hatte aus Versehen rote statt schwarze Ameisen herbeigerufen und Shai hatte mich jedes Mal angeschrien, wenn sie gebissen wurde.

Doch so müde ich auch war, ich wollte trotzdem nicht in mein neues Zimmer zurückkehren. Das Problem mit Orions Haus war, dass Orion dort wohnte und ich ihm unbedingt aus dem Weg gehen wollte.

Auf dem Heimweg verlangsamte ich das Tempo und erzählte Kas von meinen liebsten morbiden Fakten. »Mary Tudor hat mehrere hundert Menschen auf dem Scheiterhaufen verbrannt. Weißt du, wie lange es im Durchschnitt gedauert hat, bis sie tot waren?«

»Ich glaube, das möchte ich lieber nicht wissen.«

»Fünfundvierzig Minuten«, antwortete ich trotzdem.

Kas grinste mich an. »Du bist ein echter Sonnenschein.«

Ich grinste. »Nun, ich *bin* ein Lichtbringer, also muss ich tief im Inneren etwas Sonnenschein haben. Irgendwo. Vergraben unter vielen schrecklichen Fakten und zwanghaften Ängsten.«

»Man sagt, man bekommt die Anführer, die man verdient. Unsere beiden Lichtbringer sind ein völkermordender Irrer und ein absolut neurotischer Miesepeter, die dazu neigt, Dinge in Brand zu stecken, wenn sie Magie praktiziert …«

»*Entschuldige*, ich bin nicht immer ein Miesepeter.« Ich zerbrach mir den Kopf, um an etwas Lustiges zu denken, obwohl ich nicht sicher war, ob ich das Konzept ganz verstand. »Morgen, wenn wir trainieren, bringe ich Muffins mit. Mit Streuseln. Regenbogen-Blumen-Muffins. Das macht richtig *Spaß*.«

Grübchen erschienen auf seinen Wangen. »Wenn wir sie essen, erzählst du uns dann, wie viele kleine Kinder letztes Jahr am Kuchen erstickt sind?«

»Wenn du glaubst, dass das kein nützliches Wissen ist, weiß ich nicht, was ich dir sagen soll.«

Seine Augen funkelten. »Ich würde dich einem völkermordenden Irren vorziehen. Die Aufgabe eines Herrschers ist es, für die Sicherheit aller zu sorgen, und ich habe keinen Zweifel daran, dass du uns alle mit deinem Wissen über Todesarten vor Schaden bewahren wirst.«

»Ich bin froh, dass endlich jemand meinen wahren Wert sieht.«

Er steckte die Hände in die Taschen und blickte finster auf Orions Haus, als wir uns näherten. »Hat der König dir befohlen, in seinem Haus zu bleiben? Ist es ihm erlaubt, Forderungen an den Schattennachkommen zu stellen?«

»Dafür gibt es in den Büchern kein Protokoll.« Ich seufzte. »Aber es *gibt* ein Protokoll für gegenseitige Angriffe. Wenn einer von uns den anderen zwischen den Prüfungen ermordet, wird derjenige vom Rat hingerichtet.«

Ein Puls von warmer elektrischer Magie durchströmte mich und eine Gänsehaut entstand auf meiner Haut.

Ich drehte mich um und sah Orion aus den Schatten treten. Seine blassblauen Augen funkelten im Mondlicht. »Ah, Rowan. Wägen du und dein hübscher Freund hier die Konsequenzen eines Mordes an mir ab?«

Ich kniff die Augen zusammen und sah den König an. »Nein. Aber *Eure Majestät*, nur so aus Neugier: Befehlt Ihr mir, bei Euch zu bleiben, oder habe ich die Möglichkeit zu gehen?«

Er starrte mich mit einem hitzigen Blick an. »Ich werde dich beschützen, Rowan, koste es, was es wolle.«

»Das ist nicht wirklich eine Antwort, oder?«, sagte Kas.

Die Luft wurde dünner, und Orion warf ihm einen scharfen Blick zu. »Ich bin dir keine Antwort schuldig, Kasyade.« Dunkelheit glitt durch seine Augen, und er trat einen Schritt näher. »Damit du nicht vergisst, dass ich immer noch dein König bin. Rowan ist eine Lichtbringerin. Du bist es nicht.«

Kas hielt seinem Blick stand, und in der Stille wuchsen Dornen.

Bedrohung ging von Orion aus. Ich machte mir langsam Sorgen, dass er Kas das Herz herausreißen würde – seine übliche Methode, mit Unannehmlichkeiten umzugehen – und sog scharf die Luft ein. »Kas hat deine Autorität nicht in Frage gestellt. Er hat nur darauf hingewiesen, dass es keine richtige Antwort war.«

Orions heftiger Blick war immer noch auf Kas gerichtet, und die Luft um ihn herum wurde heiß. »Du warst damals dabei. Während des Massakers an den Lilu.«

Der tiefe, ruhige Tenor seiner Stimme jagte mir einen Schauder über den Rücken. Eine unausgesprochene Drohung lag in der Luft.

Kas hob sein Kinn. »Ich war damals noch ein Kind, genau wie du.«

»Nicht *genau* wie ich.« Ich hörte das Gift in seiner samtenen Stimme. »Ich erinnere mich an dich, Kasyade. Du warst älter als ich. Du hattest so ein Glück, kein Lilu zu sein, nicht wahr?«

Sanft berührte ich Orions Arm. »Viele deiner Untertanen waren damals dabei. Du kannst sie nicht alle bedrohen.«

Orion musste einsehen, dass er den Krieg nicht an zwei Fronten führen konnte. Wenn er wirklich eine Konfrontation mit den Sterblichen erwartete, brauchte er jeden Dämon auf seiner Seite, unabhängig davon, ob sie bei dem Massaker an den Lilu dabei gewesen waren oder nicht.

Orion legte den Kopf schief. »Dann betrachte es nicht als Drohung, aber als Warnung. Du, Kasyade, bist nicht qualifiziert, einer Lichtbringerin zu helfen, ihre Magie zu üben. Du hast keine Ahnung, mit welcher Gefahr du da spielst.«

Und damit schlenderte er in sein Haus.

Ich starrte ihm hinterher. »Hast du eine Ahnung, wovon er spricht, Kas?«

»Wenn ich raten müsste«, antwortete Kas trocken, »wird er versuchen dir zu sagen, dass deine Magie zu gefährlich ist, um sie zu benutzen, und dass du ihn einfach die Prüfungen gewinnen lassen solltest, damit niemand verletzt wird. Und dass das alles zu kompliziert ist, als dass du es verstehen könntest.«

Ich schnaubte. »Genau.« Warum fühlte ich dann bei Orions Warnung dieses scharfe Gefühl des Unbehagens? »Mach dir keine Sorgen, Kas. Ich werde alles ignorieren, was er sagt.« *Lügen. Lügen.*

»Wir sehen uns im Morgengrauen«, sagte Kas, dann beugte er sich vor und senkte seine Stimme. »Ignorier ihn weiter. Du schaffst das, Sonnenschein.«

Ich ignorierte den Kosenamen und meine Brust entspannte sich ein wenig bei seinen Worten.

Als ich hereinkam, fand ich Amon mit seinen Hunden am Kamin sitzend, ein Buch auf dem Schoß. Über seiner dampfenden Tasse Tee hob er eine Augenbraue. »Der König ist in … schlechter Stimmung.«

Entzückend.

Kapitel 17

– Rowan –

Ich stieg die Treppe hinauf und ging in mein kleines, gemütliches Zimmer, überrascht, dass Orion nicht in seinem war. Also schloss ich die Verbindungstür und schaltete das Licht an.

Erschöpft klappte ich die hölzernen Fensterläden zu, für den Fall, dass mich irgendwelche abtrünnigen Mörder beobachteten. Meine Kleidung roch leicht nach Rauch von den zufälligen Feuern, die ich heute im Wald entzündet hatte.

Eine verborgene Sorge nagte an mir, als ich zum Schlafen in eine kurze Hose und ein Tanktop schlüpfte. Orion hatte auch nie die Gelegenheit gehabt, Magie zu lernen, aber wie alles andere fiel sie ihm leicht, so leicht wie das Atmen.

Ich spitzte die Ohren, als ich hörte, wie sich die Tür zu seinem Zimmer öffnete. Ich ging zur Tür und presste mein Ohr an das Holz, um zu lauschen.

Und wäre fast in sein Zimmer gestürzt, als er die Tür öffnete. Er zog eine Augenbraue hoch. »Ja? Ich habe dich gegen die Tür atmen hören.«

Man sollte meinen, ich hätte mich inzwischen daran gewöhnt, aber sein Anblick ohne Hemd raubte mir den Atem. Seine Haut sah in dem warmen Licht gebräunt aus, sein silbernes Haar leuchtete von hinten wie ein Heiligenschein. Ich zwang meinen Blick von seiner muskulösen Brust zu seinem umwerfend perfekten Gesicht. Seine Haut war so *golden.*

Ich lehnte mich gegen den Türrahmen und versuchte lässig auszusehen.

Er öffnete die Tür weiter und gab mir ein Zeichen, einzutreten. Natürlich war es extrem dumm, sein Zimmer zu betreten, wenn er kein Hemd trug, aber ich ging trotzdem hinein.

»Zuckerwatte«, flüsterte ich vor mich hin. »Königin Elisabeth.«

Der Blick seiner eisigen Augen fiel im warmen Licht auf mich. »Hast du gerade *Zuckerwatte* und *Königin Elisabeth* geflüstert? Ich erinnere mich, dass du neulich behauptet hast, ich würde den Verstand verlieren, aber jetzt frage ich mich, ob du *projiziert* hast. Das ist doch das richtige Wort, oder?«

»Hast du Psychologiebücher gelesen?«

Er zuckte mit den Schultern. »Ich lese alles, was ich in die Finger bekomme.«

»Wie konntest du mich auf der anderen Seite der Tür atmen hören?«

»Dämonen haben ein unglaublich gutes Gehör.«

Er saß auf der Kante seines Bettes und lehnte sich zurück. Seine Haltung betonte leider seinen perfekten Körper, der vom Kerzenlicht vergoldet wurde. Ich dachte an unseren Kuss – tief und sinnlich, als ob er mich mit seiner Zunge nehmen würde.

»Rowan?«

»Ja. Hier.« Ich riss meine Augen wieder auf und versuchte meine Gedanken zu ordnen. »Mein Gehör ist nicht so gut.«

»Du hast dein ganzes Leben als Sterbliche gelebt. Es wäre wahrscheinlich überwältigend für dich. Vielleicht brauchst du einfach Zeit, um dich daran zu gewöhnen … so wie du Zeit brauchst, um zu lernen, wie du mit deiner Lichtbringer-Kraft umgehen kannst.«

Ich saß so weit von ihm entfernt, wie es der Raum zuließ. Unbeholfen hockte ich auf der Kante eines Stuhls. Warum fiel es mir so schwer, mich in seiner Nähe zu entspannen, obwohl wir schon Sex gehabt hatten und zusammen in die Unterwelt gereist waren? Obwohl ich ihn – zu diesem Zeitpunkt – besser kannte als wahrscheinlich jede andere lebende Person? Obwohl wir uns *erst gestern* leidenschaftlich geküsst hatten?

»Was hast du damit gemeint, dass die Lichtbringer-Kraft gefährlich ist?«, fragte ich. »Und wie hast du gelernt, damit umzugehen? Du hattest ja kaum mehr Zeit als ich mit deiner Magie.«

»Nein. Aber ich bin von Natur aus gut in manchen Dingen, und du bist es … nicht.«

»Oh, mein *Gott*«, murmelte ich.

»Wirklich, Rowan, du brauchst mich nicht so anzusprechen, obwohl ich technisch gesehen göttlich bin. Trotzdem danke. Aber *Eure Majestät* ist für mich völlig in Ordnung.«

Ich starrte ihn an, unsicher, ob er gerade einen Scherz gemacht hatte. Aber was machte das schon für einen Unterschied? Ich war nur aus einem Grund hier: Informationen. »Sag mir, woher du weißt, dass die Macht der Lichtbringer so gefährlich ist. Schließlich kannst du diese Gefahr nicht aus erster Hand kennen, weil du deiner Theorie nach alles perfekt machst.«

»Oh, ich habe nicht gesagt, dass ich alles *perfekt* mache. Ich treffe viele schlechte Entscheidungen. Ich bin einfach gut in manchen Dingen. Wie du gesagt hast, bin ich im Grunde ein Gott …«

»Das habe ich nicht gesagt.«

»Aber um deine Frage zu beantworten: Ich habe es gespürt. Die Kraft des Sternenlichts ist aus meinem Körper geströmt. Und die Dinge, die es berührt hat … es war, als würde die ganze Materie um mich herum zerfallen. Sie hat sich in Staub verwandelt, der von der Brise weggefegt wurde. Es war, als ob die Welt um mich herum zerfallen ist.«

Bei dieser schrecklichen Vorstellung holte ich scharf Luft. »Und wie kann ich meine Macht kontrollieren?«

Er erhob sich. »Steh auf, Liebes. Ich werde es dir zeigen.«

Wann hatte ich aufgehört zu hassen, dass er mich »Liebes« nannte? Als ich aufstand, sah ich, wie sein Blick über meinen Körper strich.

Hitze ging von ihm aus. »Ich glaube, Magie ist für uns anders als für andere Dämonen.« Er sprach leise, und seine tiefe Stimme ließ meinen Puls schneller werden. »Die meisten Dämonen versuchen einfach, ihre Magie zu nutzen und sie so mächtig wie möglich werden zu lassen. Wir dagegen müssen sie mäßigen. Manche Emotionen sind heiß und voller Energie. Wut, Leidenschaft, Liebe. Sogar Angst. Andere sind dunkel und kalt, wie Kummer und Verlust. Und es sind die kalten Emotionen, die sie mäßigen.«

Allein, dass Orion die Worte *Leidenschaft* und *Liebe* aussprach, ließ mein Blut noch schneller durch meinen Körper rasen.

»Wenn du Magie beschwören willst«, sagte er, »musst du die heißen Emotionen ansprechen. Deshalb konntest du genug Magie herbeirufen, um den Abgeordneten zu töten. Versuch es jetzt. Denk an etwas, das dich mit einem intensiven Gefühl erfüllt.« Er streckte die Hand aus und berührte mich sanft direkt über meinem Bauchnabel. »Hier spürst du es zuerst, richtig? Zwischen deinen Rippen?«

Hitze strahlte von der Stelle aus, an der sein Finger mein weißes Baumwolltop berührte, und mein Blick glitt hinunter zu dem V über seiner Hose.

»Ja.«

»Versuch es. Ich möchte, dass du deine Magie beschwörst, aber versuch dich dabei auf ein intensives Gefühl zu konzentrieren.«

Mein Puls raste, als ich zu ihm hochstarrte und seinem Blick begegnete. Er musste *wissen,* welche Wirkung er auf mich hatte, denn seine Inkubuskräfte nährten sich davon. Aber konnte ich nicht auch *sein* Herz rasen hören?

Es war besser, an etwas anderes zu denken. Ich schloss die Augen und ließ die schlimmsten Dinge, die er je zu mir gesagt hatte, Revue passieren.

Ich respektiere dich nicht genug, um dich zu hassen ... Ich finde dich ermüdend und erbärmlich ... Du hast es nicht in dir ...

Wut kochte in meinem Blut und blendete das Verlangen aus. Und der Gnadenstoß für alle positiven Gefühle war die Erinnerung daran, wie er gesagt hatte: *Bringt diese Frau aus meinem Reich.*

Zwischen meinen Rippen, genau an der Stelle, an der Orion mich berührte, brodelte es. Wie konnte er es wagen, mich nach all dem wieder zu verführen? Schmelzender Zorn durchflutete mich.

»Rowan«, rief er.

Ich riss die Augen auf und fand Orion ein Licht gehüllt, das von meinem eigenen Körper ausging.

Als ich an mir herunterschaute, *glühte* ich. Das Licht blendete mich fast. Ich keuchte bei diesem Anblick. Ich hatte das schon einmal bei Orion gesehen, aber noch nie bei mir. Er berührte mich immer noch, und die Wärme seiner Fingerspitzen half mir, die Magie in meinem

Körper zu bündeln. Als ich seine Finger ein wenig nach oben zog, spürte ich, wie sich das elektrische Summen der Magie mit ihnen bewegte. Jetzt breitete es sich in meiner Brust aus.

»Rowan«, flüsterte er. »Du bist *schockierend* mächtig. Du musst an ein kaltes Gefühl denken, bevor du mein Haus zerstörst. Denk an etwas Trauriges.«

Da gab es so viel zur Auswahl. Und das Erste, was mir in den Sinn kam, war ein Streit, den ich in der Woche vor ihrem Tod mit meiner Mutter gehabt hatte. Damals hatte ich ihr gesagt, dass sie mich mit ihrer ständigen Paranoia nervte. Ich hatte ihr gesagt, wenn sie so weitermachte, würde ich genauso verrückt werden wie sie.

Ich erinnerte mich noch genau an ihren verletzten Gesichtsausdruck …

Gott, ich war schrecklich. Schuldgefühle und Trauer durchströmten mich. Ich sah, wie das goldene Licht aus Orions Gesicht verschwand. Tränen stachen mir in die Augen, und ich versuchte sie wegzublinzeln.

Orion strich mir eine Haarsträhne aus dem Gesicht – eine so natürliche Geste, dass ich fast vergaß, dass ich eigentlich auf der Hut sein sollte.

»Als Lichtbringer«, sagte er leise, »ist unsere Macht anders. Überwältigend. Wenn sie sich zu stark anfühlt, musst du sie abschalten. Ansonsten könnte sie aus dir herausbrechen und alles um dich herum verbrennen. Was auch gerade passiert wäre, wenn ich dir nicht geholfen hätte, sie zu mäßigen.«

Er schien aufrichtig zu sein, aber ich konnte Kas' Antwort schon in meinem Kopf hören. Kas würde mir sagen, dass er versuchte mich zum Aufgeben zu überreden.

Ich seufzte und versuchte immer noch die verheerende Erinnerung an Mom abzuschütteln. »Okay. Wenn es so aussieht, als würde ich die Kontrolle verlieren, weiß ich, woran ich denken muss.«

Seine blassen Augen suchten meine. »Woran?«

»Schuldgefühle.«

»Ah«, sagte er leise. »Die kenne ich nur zu gut. Sie sind immer bei mir. Und vielleicht ist das der Grund, warum ich nie ganz die Kontrolle über meine Magie verliere.«

»Danke für die Hilfe.« Ich schluckte. »Vielleicht.« Ich blinzelte. Es fiel mir schwer, einen zusammenhängenden Gedanken zu fassen, was in Orions Nähe nicht ungewöhnlich war.

Aber im Moment war ich besonders verwirrt.

Die Welt schien sich zu verdunkeln. Jedes Wort, jeder Satz flog an mir vorbei wie Löwenzahnpollen, die im Wind wehten. Ich wollte mich am liebsten direkt an seine starke Brust fallen lassen und mich von ihm umarmen lassen. »Irgendetwas fühlt sich nicht richtig an.«

Er legte seine Hände auf meine Schultern. Einer seiner Daumen bewegte sich langsam hin und her und verschaffte mir wieder Klarheit. »Es ist nicht nur das Risiko des Schadens, den du in deiner Umgebung anrichten kannst. Mächtige Magie wie diese hat ihren Preis. Wenn du deine Lichtmagie loslässt, hinterlässt du ein Vakuum. Und die Chaosmagie dringt ein, um diese Lücke zu füllen.«

Mit seiner Berührung klärte sich mein Geist wieder. Ich griff nach oben und zog seine Hände von meinen Schultern. »Warum solltest du mir helfen, deine Krone an mich zu reißen?«

»Weil wir auf der gleichen Seite sind.«

Erschöpfung überflutete mich und ich wollte mich am liebsten in seinem Bett zusammenrollen. Aber mein eigenes war nur ein paar Meter entfernt. »Ich sollte schlafen gehen.« Ich drehte mich um. Meine Muskeln waren wie Blei. »Gute Nacht.«

»Rowan?«

Als ich mich zu ihm umdrehte, glaubte ich einen Anflug von Traurigkeit über seine perfekten Gesichtszüge huschen zu sehen – aber sie war sofort wieder verschwunden.

»Ja?«

»*Sonnenschein.*« Seine Stimme klang verächtlich. »Was soll das?«

Ich verdrehte die Augen. »Das ist sarkastisch gemeint. Weil … du weißt schon …« Plötzlich wollte ich unbedingt wissen, was er von mir dachte. »Weil ich ein Miesepeter bin.«

Er musterte mich genau. Ich erwartete, dass er etwas leicht Beleidigendes sagen würde. Stattdessen sagte er: »Ein Miesepeter?«

In Anbetracht der Geschichte von Orion *war* ich wahrscheinlich ein wahrer Sonnenschein. »Ich kenne eine Menge Fakten über den Tod und über Ängste.«

Eine Falte bildete sich zwischen seinen Brauen. »Aber natürlich kennst du die. Es ist wichtig. Sterbliche kommen so leicht ums Leben. Und du scheinst besonders unfallgefährdet zu sein.«

»Danke für dein Vertrauen.«

»Du bist kein Miesepeter. Du bist eine der unterhaltsamsten Leute, die ich je kennengelernt habe.«

»Du kennst nur etwa vier Leute, und einem von ihnen wurde der Kopf mit einer Axt gespalten.«

Ein Lächeln umspielte seine Lippen. »Siehst du?«

Ich schluckte und drehte mich um, um zurück in mein Zimmer zu gehen. Das warme Gefühl, das mir seine Worte gegeben hatten, störte mich.

Immerhin ignorierte ich ihn komplett.

KAPITEL 18

– ROWAN –

Noch fünf Tage bis zur Prüfung.

Nachdem Orion mir geholfen hatte, meine Magie kennenzulernen, hatte ich mich strikt daran gehalten, ihm aus dem Weg zu gehen. Ich verließ das Haus im Morgengrauen, bevor er aufwachte, und kehrte nach Hause zurück, wenn er nicht da war. In den letzten drei Tagen hatte ich es geschafft, meinen Fokus nicht zu verlieren und mir eine Krone auf meinem Kopf und eine friedliche Dämonenstadt unter meiner Herrschaft vorzustellen.

Mit meinen Lehrern arbeitete ich mich durch eine magische Aufgabe nach der anderen.

Irgendwann erlaubte mir Legion endlich, einen Monarchfalter von den Toten auferstehen zu lassen. Jetzt flatterte der Schmetterling um meinen Kopf herum und leuchtete in der untergehenden Sonne aprikosenfarben.

»Hübscher Zombie-Schmetterling«, meinte Shai.

»Genial.« Kas strahlte mich an. »Was meinst du? Willst du nach Hause gehen oder willst du versuchen, eine Hexe zu beschwören?«

»Ich bin bereit für die Hexe.«

»Lasst uns das Blut holen«, sagte Shai, die in einem langen schwarzen Kleid mit Spitzenärmeln perfekt hexenmäßig aussah.

»Ich glaube, sie ist bereit«, sagte Legion. »Wir haben noch vier Tage Zeit. Wenn es Probleme gibt, brauchen wir die Zeit, um sie zu lösen.«

»Oh, den Göttern sei Dank.« Kas grinste. »Mir war schon unglaublich langweilig.«

Ich atmete tief ein. »Ich muss den Spruch schnell aufsagen können. Die oberste Hexe der Belial Universität wird uns das Startsignal geben, und dann geht es darum, wer als Erster den Zauber vollständig ausspricht.«

»Hmm.« Legion zog ein kleines, purpurrotes Fläschchen aus seiner Tasche. Er drehte es zwischen seinen Fingerspitzen und begegnete dann meinem Blick. »Du bist also bereit dafür?«

Ich zuckte mit den Schultern. »Ich kann es ja mal versuchen. Aber kannst du mir einen Gefallen tun und zurückgehen? Wenigstens hinter die Bäume. Falls ich die Kontrolle über meine Magie verliere.«

Legion zog eine dunkle Augenbraue hoch. »Du hast seit Tagen nichts mehr angezündet.«

»Richtig«, sagte ich. »Aber keiner von uns hat viel Erfahrung mit der Macht der Lichtbringer. Wer weiß, was alles passieren kann.«

Er zuckte mit den Schultern. »Okay. Aber lass es uns mit einer Hexe versuchen, die wir kennen. Jemand, der sanft und nachsichtig ist. Jemand, dem es nichts ausmacht, von den Toten herbeigerufen zu werden.«

Ich nahm ihm das Blut aus der Hand und öffnete das Fläschchen. »Hast du jemanden im Sinn?«

»Goody Pendleton«, sagte Legion. »Auch bekannt als Chemosh. Ich kannte sie vor langer Zeit. Sie hat hier im achtzehnten Jahrhundert studiert.«

»Ah, gute Wahl.« Kas' tiefe Stimme war ein Brummen zwischen den Baumstämmen. Er trug eine Pusteblume hinter seinem Ohr. Die Kombination aus einer Blume und seinen Tätowierungen stand ihm sehr gut. »Chemosh ist reizend. Sie hat mir jeden Sonntag Hot Cross Buns gemacht. Ich glaube, sie hatte eine Schwäche für mich.«

Legion seufzte. »Das sagst du über jede Frau.«

»Ihr dämonischer Name ist Chemosh«, sagte Kas und ignorierte ihn. »Du wirst sie am Ende des Zaubers rufen müssen.«

»Chemosh«, wiederholte ich mit einem harten H.

»Du hast die Aussprache drauf.« Shai blätterte in einem der Zauberbücher. »Warte einen Augenblick, bis ich den Beschwörungszauber finde.«

Ich zog den Korken aus der Blutampulle.

»Nur damit du es weißt, sobald du mit dem Beschwörungszauber beginnst, könntest du ein paar Visionen der Toten sehen.«

In meiner Brust flackerte ein wenig Angst auf. Ich hatte genug Visionen von meiner toten Mutter gesehen, um ein Leben lang genug davon zu haben.

Legion atmete tief durch und schaute Shai an. »Ich schätze, wir sollten uns verstecken.«

Sie reichte Kas das Buch, und er schlug es auf der richtigen Seite auf.

Ich zog die Augenbrauen hoch, als er den Hain nicht verließ. »Du bleibst doch nicht hier, oder? Was ist, wenn ich in Feuerballmagie explodiere?«

»Du brauchst dir keine Sorgen um mich zu machen. Das ist der Vorteil, wenn man ein Dämon ist. Selbst wenn ich zu Asche verbrenne, werde ich mich erholen – es wird nur ein paar Tage dauern. Ich bitte dich nur darum, mir nicht das Herz herauszuschneiden, Sonnenschein.«

Ich tauchte meinen kleinen Finger in das Blut und malte mir vorsichtig einen fünfzackigen Stern auf die Stirn. Der kupferne Geruch von Sterblichenblut füllte meine Nasenlöcher. Sobald die Flüssigkeit auf meiner Haut war, spürte ich, wie mein Körper darauf reagierte und die Magie in meinen Adern heiß wurde. Ich verschloss das kleine Fläschchen und steckte es in meine Tasche, dann wischte ich meine Finger an meiner Jeans ab und nahm Kas das Buch ab.

Kas' bernsteinfarbene Augen leuchteten.

Mit dem Blut auf meiner Haut schien die Welt heller zu werden, auch wenn bereits die Dämmerung einsetzte. Licht strahlte durch die Eichenblätter, und kleine Staubkörner schwebten in den Strahlen. Überall um mich herum erwärmte die Sonne die Luft. Ich fühlte mich *high.*

Kas selbst schien vor Licht zu leuchten, schön wie ein Engel. »Wie fühlt es sich an?«, fragte er.

Ich seufzte, mein Atem zitterte. »Euphorisch.«

Er ließ ein leises Kichern hören. »Gut. Verbinde dich mit der Erde und schau, ob du das Gefühl verstärken kannst.«

Ich blinzelte in die goldenen Sonnenstrahlen. »Was?«

Er trat um mich herum und seine liebliche, kiesige Stimme ertönte nun direkt hinter meinem Rücken. »Zieh deine Schuhe aus.«

Shai hatte recht mit seiner Stimme. Sie *war* wirklich schön.

»Zieh sie aus«, sagte er, »und spüre die Erde unter deinen Füßen. Das kann helfen, die Kraft zu verstärken.«

Ich schlüpfte aus meinen braunen flachen Schuhen und stellte mich auf den Boden. Eine erdige Waldbrise rauschte über mich hinweg und verursachte mir eine Gänsehaut. Vom Boden ausgehend begann ich meine Magie zu rufen, und Wärme breitete sich in meinem Körper aus. »Okay. Los geht's.«

Ich fing an, den Zauberspruch zu rezitieren, wie ich ihn in Dämonisch gelernt hatte, und die Kraft pulsierte in meinem Nacken.

Ich schloss meine Augen und dachte an ein *heißes* Gefühl. Und so sehr ich auch versuchte mich auf den männlichen Klang von Kas' Stimme zu konzentrieren, Orions sinnliches Flüstern drang immer wieder zu mir durch.

Ich wollte, dass du an mich denkst und nicht an Kas, wenn du schlafen gehst ...

Wärme kochte zwischen meinen Rippen. Ich wiederholte den Zauberspruch und dachte daran, wie es sich angefühlt hatte, als Orion mich geküsst und gegen den Bettpfosten gedrückt hatte. Die Art, wie seine Augen mich angesehen hatten, als ich die Decke fallen gelassen hatte …

Eine Welle der Magie flammte in meinem Bauch auf und ich konnte spüren, wie das Licht meine Haut erwärmte.

»Verdammt«, flüsterte ich. »Warte, das ist zu viel.« Ich ließ zu, dass sich die Trauer über meinen Verlust um mich herum ausbreitete und die Kraft meiner Lichtbringer-Magie dämpfte.

Als ich meine Augen öffnete, sah ich Kas an und bemerkte seinen besorgten Gesichtsausdruck.

Er schüttelte den Kopf. »Nein, dafür musst du mächtige Magie einsetzen«, sagte er. »Versuch alles zu beschwören, was du hast, denn ich weiß, dass Orion es tun wird.«

Ich runzelte die Stirn und wich einen Schritt von ihm zurück. »Hast du schon mal gehört, dass die Macht eines Lichtbringers gefährlich ist? Zum Beispiel, dass ich, wenn ich meine ganze Kraft aufbrauche, alles um mich herum auflösen und meinen Verstand verlieren könnte?«

Seine Stirn legte sich in Falten. »Auflösen?«

»Augenblick.« Shai trat hinter einer Eiche hervor. »Wer hat dir das gesagt? Orion?«

Ich merkte, dass es sich nicht besonders gut anhörte. »Er hat es mir nicht nur gesagt. Er hat es mir gezeigt. Als ich einen Ausbruch meiner Lichtbringer-Magie eingesetzt habe, habe ich mich verwirrt gefühlt. Er hat gesagt, dass wir als Lichtbringer ein Vakuum erzeugen und das Chaos das Licht ersetzt.«

Shai zog eine Grimasse. »*Rowan*. Du kannst doch nicht wirklich glauben, dass er versucht dir zu helfen. Ihr seid *Rivalen*. Er hat versucht dich zu ermorden. Er will seinen Thron behalten.«

Die Sonne war inzwischen unter die Baumwipfel gesunken, und der Wald war voller Schatten.

»Er ist der Herr des *Chaos*«, sagte Kas. »Ich bin sicher, dass er Chaosmagie einsetzen kann, damit du dich … chaotisch fühlst.«

»Rowan«, sagte Legion, »was sagen dir dein Instinkt?«

Mein Instinkt sagte mir, dass Orion recht hatte – aber wer wusste schon, ob das wirklich ein Instinkt war oder der Einfluss seines umwerfenden Kusses?

Shai ging näher an mich heran und umfasste mein Gesicht. Sie senkte ihr Kinn, sodass sich unsere Stirnen fast berührten. »Du wolltest, dass ich dich daran erinnere, nicht auf seinen Charme und seine Manipulation hereinzufallen, ja? Das tue ich jetzt.«

»Genau.« Ich zog ihre Hände von meinem Gesicht. »Okay, dann tu mir den Gefallen und geh weiter weg, als du vorher warst.«

»Wirklich?«

»Es besteht eine kleine Chance, dass Orion recht hat. Und wenn ich die Kontrolle über meine Magie verliere, könnte ich nicht nur meinen Verstand verlieren, sondern auch alles um mich herum auflösen.«

»Auflösen«, wiederholte Shai.

»Ich meine es ernst«, sagte ich. »Es ist mir egal, wenn du mir nicht glaubst. Ich habe gespürt, dass die Macht der Lichtbringer kurz vor der Explosion steht, und ich will nicht, dass du in ihre Nähe kommst. Ich meine damit, dass du auf die andere Seite des Acheron gehen sollst. Es ist mir egal, ob ihr alle wieder gesund werdet, weil ihr Dämonen seid – ich brauche nicht noch mehr Horror, der sich in mein

Gedächtnis einbrennt.« Ich starrte Kas mit einem ernsten Blick an. »Ich meine euch *alle*. Wenn der Zauber funktioniert, komme ich zu euch.«

Shai holte tief Luft. »Gut, aber wir sollten über FaceTime zusehen.«

Legion runzelte die Stirn. »Ist das ein Zauberspruch?«

Sie zog ihr Handy aus der Tasche und fuchtelte damit herum. »Wir können sie per Video beobachten und wenn jemand versucht sie zu ermorden oder sie zufällig den Verstand verliert, können wir sie retten.«

»Gut.« Ich zog mein Handy aus meiner Jeans und lehnte es an eine Eiche. »Ruf mich an, wenn du auf der anderen Seite des Flusses bist. Wenn mein Handy plötzlich nicht mehr funktioniert, liegt es entweder am schlechten Empfang oder weil ich explodiert bin.«

Shais Stirn legte sich in Falten. »Oookay.«

In der City of Thorns war es Nacht geworden. Meine Freunde verschwanden schnell in der Dunkelheit und ließen mich allein, wie ich es wollte. Als die Geräusche ihrer Schritte verklangen, schien die Luft kälter zu werden.

Auf meiner Stirn kribbelte das Hexenblut.

Es kam mir wie eine Ewigkeit vor, bis mein Telefon klingelte und das kleine Display mit Shais Bild aufleuchtete. Ich ging zur Eiche und antwortete.

Shais Gesicht tauchte auf dem Bildschirm auf. »Wir sind hier. Wir hängen am Fluss rum.«

Ich winkte Shai zu. »Ich bin bereit.«

»Zeig's ihnen, Sonnenschein!«, sagte Kas von hinten.

Ich verdrehte die Augen und trat zurück in den Hain. Barfuß atmete ich tief und zitternd ein.

Dabei rief ich eine Erinnerung wach, die mich in Rage versetzte: Orion stand über König Cambriel und brachte den Mann um, den ich zu töten geschworen hatte. Er nahm mir meine Rache weg …

Vor meinem geistigen Auge sah ich die heißen Blutspritzer auf dem Stein. Wut stieg in mir auf und spannte meine Muskeln an. Genau die richtige Menge an Kraft …

Ich öffnete meine Augen und sah, wie Wind durch die Bäume peitschte. Ein schwaches goldenes Leuchten ging von meinem Körper aus und ich begann den Zauberspruch aus dem Buch aufzusagen. Während ich las, bildete sich eine Gänsehaut auf meiner Haut. Aus den Augenwinkeln flackerten geisterhafte Bilder an mir vorbei. Zwischen den Baumstämmen schienen sich Schatten mit Lichtfetzen zu vermischen.

Ich blickte noch einmal auf die Seite hinunter, aber es dauerte einen Moment, bis ich meinen Platz auf dem Blatt wiederfand. Ich fing wieder an und sprach jedes Wort sorgfältig aus. Meine Haare sträubten sich im Nacken, als ich spürte, dass ich die Tür zu einer alten, mächtigen Welt öffnete. In den Augenwinkeln blitzten silberne Lichter auf. Vom Boden aufwärts durchströmte mich Kraft.

Umhüllt von Leuchten fühlte ich eine ursprüngliche Verbindung zu der Welt um mich herum – zu den Generationen von Sterblichen und Dämonen, die vor mir gekommen waren, die aus dem Waldboden gewachsen waren und ihn mit ihren Körpern genährt hatten. Die Nacht breitete ihren schattigen Mantel aus und ich atmete die feuchte, uralte Luft des Waldes ein. Hierhin gehörten die Lilu – in die Wildnis.

Magie glitt um mich herum, als ich mich dem Ende des Zaubers näherte. Aber auch unwillkommene Erinnerungen drängten sich auf: Orions Finger, die sich um mich schlossen, als er mich gegen den Bettpfosten hob, um mich zu küssen. Dieser tiefe, sinnliche Kuss war zu stark für mich, um daran zu denken.

Ich versuchte die Lust in den Hinterkopf zu verdrängen.

»*Chemosh*«, sagte ich und beendete den Zauberspruch noch einmal.

Licht strömte aus mir heraus, und ich versuchte die Glut meiner Gefühle zu dämpfen, indem ich an den schlimmsten Tag meines Lebens dachte. Aber ich hatte das Gefühl, dass ich ihn jetzt riechen konnte, den Duft von verbranntem Zedernholz, der mich umgab. Seine Haut hatte einen goldenen Schimmer.

Orions Augen waren auf mich gerichtet, als ich mich auf dem Bett zurücklehnte, und verdunkelten sich, weil ihm gefiel, was er sah. Er war kurz davor, die Kontrolle über sich zu verlieren …

Wovor hast du solche Angst?

Vor dir.

Aus der Ferne hörte ich Shai meinen Namen rufen. Aber ich war nicht mehr in ihrer Welt. Mein Körper wurde heißer und heller. Er bebte mit der Kraft der Sterne, bis mein Verstand keine Worte mehr formte. Ich lebte jetzt in einer Welt aus Licht.

Aber ich wusste nicht mehr, wo meine Füße die Erde berührten, oder ob ich überhaupt einen Körper hatte.

Ich wachte in Orions Armen auf und hörte, wie er fluchte. Als ich meinen Mund öffnete, um ihm etwas zu sagen, wusste ich nicht mehr, wie ich sprechen sollte oder wie ich hierhergekommen war. Ich wusste nur, dass ich geheilt werden musste und dass ich mich nach seinem Körper auf meinem sehnte.

Wie im Rausch starrte ich auf sein kantiges Kinn, bis ich mich nicht mehr an seinen Namen erinnern konnte.

KAPITEL 19

– ORION –

Ich trug Rowan in mein Zimmer. Sobald ich das gleißende Licht in der Wildnis gesehen hatte, war ich von Panik ergriffen worden. Ich war durch die Luft gerast, nur um sie auf einer Lichtung aus Staub und Asche zu finden. Die Luft schimmerte immer noch golden um sie herum.

Ihre Magie hatte einen großen Kreis von Bäumen verschlungen, und sie lag in der Mitte, ihre Kleidung durch die Kraft des Chaos zerstört. Einen Moment lang war ich so überwältigt von ihrem Anblick, wie sie nackt auf der Erde lag, dass ich kaum klar denken konnte. Aber als mir bewusstwurde, wie sehr sie mich brauchte, wurden meine Gedanken kristallklar.

Ich konnte ihre Seele nicht spüren.

Rowan war hier – ich konnte sie sehen, ihr Gewicht in meinen Armen spüren, ihren Duft nach reifen Kirschen und den moosigen Geruch des Waldes riechen, der noch an ihrer Haut hing. Ihre Brust hob und senkte sich mit jedem Atemzug. Aber ich konnte ihr Leben nicht fühlen. Normalerweise konnte ich ihre Energie spüren, aber wie bei der Musik der Sphären war es schwer, eine ständige Präsenz wahrzunehmen, bis sie verstummte.

Rowans Energie war schon so gewesen, bevor ich sie kennengelernt hatte. Vielleicht seit ihrer Geburt – mein Zwillingsstern, eine vibrierende, summende Kraft am Rande meines Bewusstseins.

Als der Mob sie in der Unterwelt aufgehängt hatte, hatte ich dieselbe schreckliche Stille gespürt. Die Angst hatte mein Herz aussetzen lassen.

Jetzt legte ich sie sanft auf mein Bett, und ihre Arme fielen über ihren Kopf. Ihr Haar breitete sich um sie aus wie das einer Meerjungfrau. Oder wie Ophelia auf den Gemälden, nachdem sie sich ertränkt hatte, während ein Königreich auf dem Spiel stand. Mit dem verrückten, mörderischen Prinzen Hamlet, der sie in den Wahnsinn trieb …

Bedauern schnürte mir die Kehle zu.

Mist. Ich war der verrückte, mörderische Prinz. Und das hatte ich angerichtet. Ich hätte immer für sie da sein sollen, anstatt sie aus der City zu werfen.

Rowan war so wild gewesen, als sie den Fehdehandschuh vor meine Füße geworfen hatte, und jetzt sah sie so zart aus – Alabasterhaut, schmale Handgelenke. Ihre Waden und ihr Rücken waren mit Schmutz verdreckt.

Rowan hatte ihre ganze Lichtbringer-Kraft auf einmal eingesetzt und nichts zurückgehalten.

Kasyade und Legion waren keine richtigen Lehrer. Sie waren rücksichtslose Mistkerle, die von ihrer eigenen Rechtschaffenheit überzeugt waren.

Aber es war nicht ihre Schuld, dass Rowan mir nicht glaubte. Die traurige Wahrheit war, dass *ich* derjenige war, der sie davon überzeugt hatte, mir nicht zu vertrauen. Ich war derjenige, der sie weggestoßen hatte, weil ich zu viel Angst hatte, wieder jemanden zu verlieren.

Sie wusste, dass jemand wie ich betrügen und stehlen würde, um die Rache zu bekommen, die ich Ashur versprochen hatte.

Was sie nicht wusste, war, dass im Moment etwas anderes wichtiger für mich war als der Thron. Es war auch nicht die Rache.

Ich wollte nur, dass sie ihre verdammten Augen öffnete und mich ansah.

In diesem Moment bedeutete nichts anderes mehr etwas.

Rohe Angst ersetzte meine Wut, und Angst war das Einzige, mit dem ich nicht umgehen konnte. Sie war das, was ich hatte vermeiden wollen, sie war der Grund, weshalb ich Rowan weggestoßen hatte – die schwindelerregende Angst, jemanden zu verlieren, der mir wichtig war. Ich wollte diesen Schrecken vermeiden, den Schrecken, der mich verschlungen hatte, den Schrecken, der mich gebrochen hatte, bis ich nicht mehr wusste, wer ich eigentlich war.

Ich berührte ihre Haut, genau zwischen ihren Brüsten. Was auch immer an Licht in ihr verblieben war, war jetzt nur noch ein leuchtendes Flämmchen. Dunkelheit und Chaos wirbelten um sie herum. Das Licht würde für immer verschwinden, wenn ich sie nicht bald heilen konnte.

Wenn ich es nicht schaffte, wäre sie für immer an das innere Chaos verloren.

Mit einer Handbewegung erweckte ich die Kerzen in meinem Zimmer zum Leben – ich zog sie immer noch dem elektrischen Licht vor. Und ich musste diese Flammen jetzt in Rowan schüren. Lilu heilten, indem sie sich von der Lust ernährte, aber es musste richtig gemacht werden.

Langsam.

Zu viel Lust zu schnell würde sie überwältigen. Ich musste sie an den Rand bringen und sie so lange wie möglich dort halten. Ein langsamer, erotischer Aufbau war der beste Weg, um eine entkräftete Lilu wiederzubeleben. Eine brodelnde Hitze. Als ich meine Hand auf ihre Brust legte, hörte ich sie schon leise stöhnen. Auch wenn sie noch nicht klar denken konnte, wussten die primitiven Instinkte ihres Körpers, was sie brauchte.

Ich streckte ihre Arme in Richtung der Bettecken aus. Dann drehte ich meinen Zeigefinger in der Luft. Ranken meiner Magie schlangen sich um Rowans Gliedmaßen und hielten sie fest. Wenn irgendetwas schief ging – wenn ich sie mit meiner Kraft überwältigte –, musste ich sie unter Kontrolle haben.

Ihr Herz begann zu rasen und ihre Brust errötete. Irgendetwas in ihrem Körper mochte es, gefesselt zu sein, ein Detail, über das ich später nachdenken musste, wenn ihr Leben nicht auf dem Spiel stand.

Schon strich ihre warme Sukkubus-Magie über meine Haut. Sie lud mich ein und ließ meinen Atem schneller werden. Es gab noch eine Chance, sie zurückzubringen.

Mein Blick schweifte über ihren nackten Körper und ich kämpfte um Zurückhaltung.

Ich erinnerte mich daran, von einem gefräßigen Dämon namens Shedim gelesen zu haben, der Hunger und Verhungern als Foltermethoden einsetzte, aber mit einem Hinterhalt. Er hielt die Sterblichen wochenlang oder noch länger am Rande des Todes, nur einen Herzschlag vom Ende entfernt. Er sorgte dafür, dass die Sterblichen gerade genug zu essen bekamen, um zu atmen. Gerade stark genug, um sich zu bewegen und zu stehen, aber nicht mehr. Der Clou war, dass er den armen Narren dann ein üppiges Festmahl vorsetzte – eine lange Tafel mit allerlei reichhaltigem Fleisch und Käse, Obst und Kuchen, Brot und Wein. Die hungernden Menschen hatten unweigerlich wie wilde Tiere das Essen verschlungen und versucht sich alles auf einmal in den Mund zu stopfen.

Shedim ernährte sich von ihrer Völlerei.

Sie aßen, bis sie sich übergeben mussten. Manche aßen sogar, bis ihre Mägen platzten, sehr zu Shedims Freude.

Und als ich Rowan jetzt ans Bett gefesselt anstarrte, ahnte ich, was diese hungernden Sterblichen angetrieben hatte, denn sie sah vor mir wie ein Festmahl aus. Derselbe Wahnsinn drohte mich zu überwältigen.

Aber eigentlich war das gar nicht Rowan. Ihr Verstand funktionierte nicht.

Und ich hatte versprochen, sie nicht zu küssen, bis sie mir vertraute. Ich *hasste* es, Versprechen zu brechen, und in ihrem Zustand hatte sie keine Möglichkeit, mir zu sagen, dass sie mir vertraute.

Ich warf eine meiner Decken über sie, die sie von den Brüsten bis zu den Oberschenkeln bedeckte, und sie seufzte bei der Berührung. Jeder Muskel in meinem Körper spannte sich bei diesem Geräusch an. Sie ernährte sich bereits von meiner rohen Lust und heilte sich davon. Ich musste nur im selben Raum mit ihr sein, und schon konnte sie von meiner Lust trinken. Aber mit der richtigen Technik konnte ich sie noch schneller heilen.

Ich griff nach unten, um ihre nackten Beine zu berühren und ließ meine Fingerspitzen langsam die Wölbung ihrer Waden bis zu den Kniekehlen nachzeichnen.

Als ich ihre Oberschenkel erreichte, umgriff ich sie. Ihre Muskeln spannten und entspannten sich unwillkürlich, als ich sie kräftiger drückte. Sie gab ein winziges, wimmerndes Geräusch von sich. Ihr Mund öffnete sich, als sie tiefer einatmete. Da war es – etwas mehr Licht in ihren Augen. Ihr Blick war auf mich gerichtet. Sie zerrte an den Fesseln. Schon jetzt heilte sie – sie ernährte sich von mir. Ihr Körper rief nach mir wie eine Sirene.

Ich strich langsam und sanft über ihre Oberschenkel. Hungrig nach mir, atmete sie schneller.

Meine Nasenflügel blähten sich auf, als meine eigene Erregung durch meinen Körper stürmte. Meine Inkubusmagie glitt über sie, während ich ihre Beine bis zu ihren Füßen hinunterstreichelte und sie nacheinander massierte, wobei meine Daumen Druck auf ihre Fußsohlen und bis zu ihren Fußballen ausübten. Ich ließ mir Zeit, um zu ihren Oberschenkeln zurückzukehren, was sie zum Stöhnen brachte, als sie ihren Körper gegen die Fesseln bewegte. Die Decke rutschte ein wenig herunter und enthüllte eine Brustspitze, die schmerzhaft hart zu sein schien und nach Berührung lechzte.

Sie flüsterte meinen Namen so leise, dass ich ihn kaum hören konnte.

Und es kostete mich alles, was ich in mir hatte, um sie nicht auf der Stelle zu nehmen, um mich nicht wie einer von Shedims gequälten Sterblichen zu verhalten und mich meinen niedersten Begierden hinzugeben. Ich knurrte, ein leises, gutturales Geräusch, und bewegte meine Hände zu den Vertiefungen ihrer Hüften, wobei ich die Decke gerade so weit zur Seite zog, dass ich ihre Haut streicheln konnte. Verdammt, ich wollte die Decke beiseite reißen und sie ganz sehen, aber es war nicht der richtige Zeitpunkt.

Wo ich sie berührte, tanzten Funken, als wäre sie aus reinem Feuer, das ich schürte. Ich beobachtete es fasziniert. Die Lilu waren wirklich erstaunliche Kreaturen.

Ihre Augen flackerten auf und sie flüsterte meinen Namen. Erleichterung durchflutete mich, als ich merkte, dass es funktionierte, und ich fuhr mit den Fingerspitzen über ihren Brustkorb.

»Rowan?«, flüsterte ich. »Kommst du zu mir zurück?«

Sie keuchte, als ich meine Fingerspitzen weiter nach oben gleiten ließ, direkt unter ihre Brüste. »Ja«, hauchte sie.

Ihre Hüften hoben sich, während ihr Körper nach der sexuellen Befreiung strebte, die das Lebenselixier eines Sukkubus war. Als sie wieder meinen Namen sagte, begann ich wieder ihre Schenkel zu streicheln und ihre Lust zu schüren.

Jeder Teil von mir brannte für sie und jeder Schlag meines Herzens ließ das Blut an den einzigen Ort pumpen, an dem ich es brauchte.

Verdammt.

Aber in diesem Moment war nichts außer ihr wichtig.

KAPITEL 20

– ROWAN –

Heiße, samtene, erotische Magie erfüllte den Raum und ließ meinen Körper vor Verlangen pulsieren.

Ich *brauchte* Orion.

Ich hatte mich noch nie nach so etwas gesehnt. Nicht nur einen Orion – ich wollte zwei von ihm. Drei? Münder auf meinen Brüsten, zwischen meinen Beinen …

Ich stellte mir vor, wie ein ganzer Haufen von ihnen mich umgab, mich überall küsste und mir den Sex gab, nach dem ich mich sehnte. Die seidige Decke war eine leichte, quälende Reibung auf meiner nackten Haut. Macht er das absichtlich?

Er hatte mich in diesen wilden Zustand der sexuellen Erregung gebracht, aber er ließ mich am Rand verhungern. Verdammt, ich würde alles sagen, was er wollte, wenn er mir nur geben würde, was ich brauchte. Wenn ich noch wüsste, wie man Worte bildete …

Was ich wirklich wollte, war, mich auf ihn zu stürzen, mich auf ihm zu räkeln und mich an seinem Körper zu sättigen. Aber ich konnte mich nicht bewegen – ich war an meinen Hand- und Fußgelenken mit schimmernden Bändern aus Energie gefesselt. *Verdammt noch mal, Orion.*

Sein Daumen zog Kreise über meine Hüftknochen, direkt unter der Decke, und mein Körper zitterte. Das war nicht der Punkt, an dem ich ihn wirklich brauchte.

»Orion«, flüsterte ich heiser. Das Licht der Kerzen tanzte an den Wänden, während ich versuchte das Woher und Warum und Wie meiner misslichen Lage zu begreifen. Ich konnte mich nur vage daran erinnern, wie ich hierhergekommen war.

Ich wollte ihn bitten, die Fesseln und den Stoff von meinem Körper zu entfernen, aber meine Gedanken waren immer noch ein Wirrwarr.

Er lehnte sich über mich, die Ellbogen auf beiden Seiten, und seine Augen suchten meine. In diesem Licht sah er golden aus, und ich glaubte Erleichterung in seinen Augen und ein schwaches Lächeln zu erkennen. »Da bist du ja, Rowan.«

Die Art, wie er meinen Namen sagte, klang ehrfürchtig.

Ihr Götter, er roch fantastisch. *Küss mich, du heißer Mistkerl.*

Er streichelte mit dem Daumen über meine Wange. »Du hast dich völlig verausgabt. Ich schätze, du musstest es auf die harte Tour lernen.« Ein verführerisches Lächeln umspielte seine Lippen. »Du hast Glück, dass ich dich auf die harte Tour zurückbringen kann.«

Er beugte sich herunter und küsste meinen Kiefer, dann wanderte er tiefer zu meinem Hals. Mein Körper wölbte sich ihm entgegen und meine Hüften bewegten sich nach oben. Jede Berührung seiner Lippen auf meiner Haut ließ Hitze durch meinen Körper gleiten und zwischen meinen Schenkeln pulsieren. Meine Brüste sehnten sich nach ihm, und die leichte Bewegung dieser seidigen Decke gegen meine Brustspitzen war die reine Folter. Ich stand in *Flammen.*

Er hörte auf, meine Brüste zu küssen, und blickte unter seinen schwarzen Wimpern zu mir auf. Seine Wangen waren gerötet, und der dunkle Blick in seinen Augen sagte, dass er mich verschlingen wollte. Warum tat er dann nicht mehr? Warum band er mich nicht los? Heilige Hölle, das war unerträglich.

»Orion«, sagte ich wieder, diesmal lauter, wie ein verzweifeltes Gebet um Erlösung. Das Einzige, woran ich mich erinnern konnte, war sein Name …

Der Schmerz zwischen meinen Schenkeln war überwältigend. Ich war feucht vor Verlangen. Meine Schenkel waren durch die Fesseln gespreizt und ich brauchte ihn dringend, um die Leere in mir zu füllen.

»Ich habe gesagt, dass ich dich erst küsse, wenn du mir vertraust«, murmelte er in meinen Nacken. »Aber es zählt nicht, wenn ich dich nicht auf den Mund küsse.« Wieder blinzelte er mich mit seinen schönen, silberfarbenen Augen an. »Und das hier ist ein Notfall.«

»Mehr«, stöhnte ich, als mir endlich ein neues Wort einfiel.

»Noch nicht.« Er küsste meine Brüste, und ich versuchte meine Schenkel um ihn zu schlingen. Ich *brauchte* Sättigung. »Zu viel ist gefährlich, Liebes. Aber du ernährst dich von mir, weil ich dich unbedingt nehmen will.«

Seine Worte ließen mich zittern und ich versuchte meine Schenkel zusammenzupressen, aber sie waren zu weit auseinandergezogen.

Keuchend zerrte ich an meinen Fesseln und wehrte mich gegen sie. Obwohl ich innerlich darum bettelte, konnte ich nichts finden, was mir die Lust verschaffte, nach der ich mich sehnte. Ich ließ meinen Kopf zurück in die Kissen fallen. Ich konnte nur daran denken, wie sehr ich den Druck zwischen meinen Schenkeln brauchte, um mich zu erlösen.

Ich fühlte mich fast genauso leer wie damals, als meine Magie mich verlassen hatte, nur auf eine ganz andere Weise.

Wenn er mir einfach geben würde, was ich brauche, könnte das alles vorbei sein. Stattdessen zog er sich hoch, so dass er neben mir auf dem Bett saß, und schob die Decke ein wenig höher auf meine Oberschenkel. Seine Augen brannten vor dunkler Hitze, als er meinen Körper betrachtete. Ich war mir sicher, dass er sehen konnte, wie erregt ich war. Sein Kiefer war starr vor Anspannung und er sah aus, als würde er gleich zusammenbrechen.

Er zeichnete Kreise zwischen meinen Schenkeln – zu leicht, nicht hoch genug. Schamlos versuchte ich, mich gegen ihn zu bewegen. Dann fuhr er höher, über meine empfindlichste Stelle, aber zu leicht.

Ich krümmte mich in meinen Fesseln und zischte: »Bitte, Orion.« Lilu-Magie erfüllte den Raum, warme Fäden unserer Magie verwoben sich und summten über meine Haut. Als ich mich bewegte, rutschte die Decke von meinen Brüsten. Sein Blick fiel auf meine verhärteten Brustspitzen. Er fluchte leise. Seine Muskeln spannten sich an, und er wandte seinen Blick von mir ab.

Dann riss der Mistkerl auch noch seine Hand von mir weg. Ich keuchte hörbar und war mir sicher, dass er das tat, um sich über mich lustig zu machen. Das war Folter.

Er drehte sich um, die Schultern angespannt, die Fäuste geballt, als würde er jeden Moment kämpfen müssen. »Für den Augenblick kann ich dir nicht mehr geben, Liebes. Deine Magie muss langsam zurückkehren, und ich bin kurz davor nachzugeben.«

Ich knirschte mit den Zähnen. »Du tust das nur, um mich zu quälen.«

Sein Blick glitt zurück zu mir. Seine Augen waren voller Schatten. »Du hast bereits genug Kraft zurückgewonnen, um in ganzen Sätzen zu sprechen. Es war der richtige Weg, dich zu heilen. Dein Körper kann sich mit unserer Lustmagie selbst heilen. Aber wenn sie zu weit geht, wird sie dich auslaugen, und dann stehen wir wieder am Anfang. Vertrau mir«, murmelte er. »Ich genieße das genauso wenig wie du.«

Aber vertraute ich ihm wirklich? Das war die Frage. Und ich konnte mich absolut nicht an die Antwort erinnern.

Ich zerrte an den Fesseln, als er durch eine Tür in einen anderen Raum ging, und fühlte mich verletzlich und ausgeliefert – und völlig unbefriedigt.

Von dort, wo ich lag, hörte ich das Geräusch einer Badewanne, die sich füllte. Als Orion aus dem Zimmer war, verlangsamte sich mein Herzschlag und ich atmete tief ein. Ich hatte mich noch nicht ganz erholt, aber meine Kräfte kehrten zurück.

Ich hoffte, dass mein Verstand bald folgen würde. Um Sex zu betteln war nicht mein Stil, schon gar nicht bei einem Rivalen, den ich eigentlich hassen sollte.

Orion kehrte ins Schlafzimmer zurück, nur mit einem Paar schwarzer Boxershorts bekleidet, die seinen gebräunten, muskulösen Körper zur Schau stellten. Mein Blick wanderte zu seinen Bauchmuskeln – und dann tiefer. So wie es aussah, war er genauso schmerzhaft erregt wie ich.

»Ich werde dich befreien und dich ins Bad tragen«, sagte er.

»Ich kann gehen«, protestierte ich schwach.

»Wie du willst.«

Mit einer Bewegung seines Handgelenks lösten sich die Schlingen, die mich gefangen hielten, in Luft auf. Ich rollte mich zu einem Ball zusammen, streckte mich wie eine Katze und drehte meinen Rücken in alle Richtungen, in die er sich drehen konnte. Wenn Orion mir nicht geben wollte, was ich brauchte, dann wollte ich unbedingt etwas Zeit für mich allein. Aber er hatte mich gewarnt, dass zu viel sexuelles Vergnügen gefährlich war. Und es war eindeutig an der Zeit, dass ich seine Warnungen beherzigte.

»Versprich mir, dass du vorsichtiger mit deiner Magie umgehst«, sagte er leise.

»Oh, ich verspreche es.« Ich schwang meine Beine vom Bett und stand auf, um zum Badezimmer zu gehen, das an sein Zimmer angrenzte. Ich schaffte etwa zwei Schritte, bevor ich zusammenbrach.

Orion war nah genug, um mich aufzufangen. Er hob mich hoch und trug mich zu dem sprudelnden, nach Lavendel duftenden Wasser.

Sanft ließ er mich in die Wanne gleiten.

Das Wasser war göttlich und half mir, mich von meinen sexuellen Qualen abzulenken. Ich begutachtete sein Badezimmer, das genauso ordentlich und sauber war wie alles andere, was er bewohnte. Die weißen Fliesen und das Marmorwaschbecken schimmerten im Sonnenlicht, das durch die rautenförmigen Fensterscheiben fiel. Auf einem Mahagonitisch lagen ordentlich gefaltete weiße Handtücher, und an der Wand darüber hing ein Spiegel. In der Reflexion beobachtete ich Orion hinter mir.

Er tauchte einen weißen Keramikbecher in die Wanne. »Neig deinen Kopf zurück.«

Ich tat, was er sagte, und er schüttete mir Wasser über den Kopf, wobei er darauf achtete, dass es mir nicht in die Augen spritzte. Auf dem Waldboden war ich mit Schmutz bedeckt gewesen. Jetzt wusch Orion mir die Haare und massierte meine Kopfhaut. In dem heißen Wasser wurde meine Haut rosa.

Ich entspannte mich unter seinen fachkundigen Händen und ließ zu, dass aus der Kopfmassage eine Schultermassage wurde, dann eine Fußmassage und ehe ich mich versah, war sein Gesicht so nah an meinem, dass ich seinen Atem an meinen Wangen spüren konnte. Wann immer er mich berührte, spielten seine Finger auf meinem Körper wie ein Konzertmeister auf einer Stradivari.

Aber je mehr ich geheilt wurde – und je mehr Klarheit zurückkehrte – desto mehr begann ein beunruhigender Gedanke in meinem Hinterkopf zu kreisen.

Ich war verdammt noch mal explodiert.

»Orion, was ist passiert? Wie viel habe ich zerstört?«, fragte ich.

»Alles in Ordnung, Liebes. Du hast einen ganzen Haufen alter Eichen abgeholzt.«

»Verdammt«, murmelte ich vor mich hin. »Aber allen anderen geht es gut?«

»Keiner wurde von der Explosion getötet.«

»Den Göttern sei Dank.« Mein Körper entspannte sich und meine Augen schlossen sich, während sich der Dampf um meinen Körper legte.

Mann, war das gemütlich.

Meine Augen fielen langsam zu und meine Muskeln wurden weich. Orion musste es bemerkt haben, denn im nächsten Moment wickelte er mich in ein Handtuch und hob mich hoch. Er trug mich zurück in sein Zimmer und legte mich auf sein Bett. Es schien ihn nicht zu stören, dass ich seine Laken nass machte, und ich war zu müde, um mir darüber Gedanken zu machen. Ich rollte mich in seiner Decke zusammen und freute mich, dass ich den Geruch von verbranntem Zedernholz – seinen Geruch – überall wahrnahm.

Mein Atem wurde langsamer, und ich zog seine Decke über meine Schultern. Das Letzte, was ich spürte, bevor ich einschlief, war sein Arm, der sich schützend um meine Taille legte.

Aber Orion schlief oben auf der Decke und ich darunter.

Ich wachte auf, als eine Frauenstimme den Raum erfüllte. Träge blinzelte ich in die untergehende Sonne und versuchte mir über meine Umgebung klar zu werden. Als ich an mir herunterschaute, sah ich, dass mir jemand ein weißes Nachthemd und Unterwäsche angezogen hatte.

Mit müden Augen blinzelte ich zum Fenster – ein Sonnenuntergang, der von Veilchen und Rosen durchzogen war. Ich dachte, ich hätte einen ganzen Tag lang geschlafen, und setzte mich auf, um das Wasser zu trinken, das jemand auf dem Nachttisch vergessen hatte.

Ich war in Orions Schlafzimmer, wo alles an seinem Platz war. Langsam kehrten die Erinnerungen zurück – der Zauber, die sexuelle Folter, die Heilung.

Aber wer zum Teufel war diese Frau, die da sprach?

Der Nebel des Schlafes lichtete sich mehr und ich hörte ihre Worte.

»… aber Lenore war ein ängstlicher Rabe …«

Ich erschrak und schaute zurück auf den Nachttisch. Eine altmodische Kassette spielte ein sehr vertrautes Buch ab.

Wie konnte er sich daran erinnern? Wir hatten in der Unterwelt darüber gesprochen. Das hatte mir meine Mutter immer vorgelesen, wenn ich krank von der Schule nach Hause gekommen war, oder sie hatte mir das Hörbuch vorgespielt, wenn ich nicht schlafen konnte.

Lenore, der ängstliche Rabe, der erst lernen musste, langsam zu atmen, bevor er schlafen konnte.

Ich musste an das Gespräch denken, das ich mit ihm geführt hatte, an die Dinge, die unsere Eltern getan hatten, um uns zu beruhigen. Es schockierte mich, dass er sich daran erinnerte.

Mein Herz schlug höher, als ich daran dachte, dass er die Kassette nur für mich besorgt hatte.

Dann zog mein Herz sich wieder zusammen, als mir klar wurde, dass mir die Zeit für die Vorbereitung auf die Prüfung davonlief. Und dass Orion alles tun würde, um mich aus dem Konzept zu bringen.

Wenn ich mich nicht schnell zusammenriss, würde ich alles verlieren.

KAPITEL 21

– ROWAN –

Der Abend der Prüfung.

Rosige Sonnenstrahlen fielen durch die Bäume, und die Schatten des Waldes wurden länger. Als sich meine Muskeln anspannten, wünschte ich mir, ich hätte etwas, um meine Hände zu beschäftigen.

Die Dämmerung war die mächtigste Zeit, um den Schleier zwischen den Welten zu zerreißen.

Nachdem ich meinen Verstand wiedererlangt hatte, hatte ich drei volle Tage Zeit zum Üben. Und so lange hatte es gedauert, Goody Pendleton zu beschwören und sie erfolgreich mit Magie zu binden. Wie Kas versprochen hatte, war sie sehr gutmütig gewesen, also hatte ich sie beschworen und wieder und wieder gebannt, bis meine Kehle heiser geworden war und Legion mich angeschrien hatte, ich sollte mich ausruhen, bevor ich noch einmal den Verstand verlor.

Ich schloss die Augen.

Ich bin bereit.

Ich kannte die Zaubersprüche auswendig und konnte sie fließend herunterleiern. Ich wusste, welche Erinnerung ich heraufbeschwören musste, um genau die richtige Menge an Magie zu beschwören.

Ich bezweifelte, dass Orion überhaupt geübt hatte, was meine Hoffnung gewesen war. Er lehnte an einem Baum, die Arme verschränkt, die Haare fielen ihm über die Augen. Unbekümmert wie immer. Sein Blick glitt zu mir, aber sein Ausdruck war unleserlich.

Konzentriere dich auf die Prüfung, Rowan. Nicht auf ihn.

Wenn ich mich von seinem hübschen Gesicht ablenken ließ – und von der Erinnerung an seine Bauchmuskeln, die sich unter meinen

Fingerspitzen anspannten – würde ich verlieren. Daran bestand kein Zweifel.

Ich schaute mich in dem Hain aus moosbewachsenen Eichen um, und mein Herz schlug schneller. Als ich geübt hatte, hatte ich kein Publikum gehabt. Aber heute war die halbe City hier im Wald, um den Beginn der Prüfung zu beobachten. Man konnte nicht wissen, wohin uns die Prüfung heute führen würde, aber scheinbar hatte jeder in der City sein Haus verlassen und sich auf den Weg zum Wald gemacht, als ob er auf eine Parade warten würde. Vermutlich waren sie in der Hoffnung gekommen, einen Blick auf den Moment zu erhaschen, in dem ein König gestürzt oder eine Königin gekrönt wurde.

Nebel schlängelte sich um die alten Äste und Stämme.

Ich schloss wieder die Augen und ging im Geiste die Zaubersprüche durch. Das war zwar nicht *nötig,* aber es hielt mich davon ab, Orion in die Augen zu schauen und mich an das Gefühl seiner starken Hände auf mir zu erinnern.

Konzentrier dich.

Mein Kiefer krampfte sich zusammen. Ich murmelte die Worte, als würde ich ein Gebet mit der Bitte um Erlösung aufsagen.

Das Geräusch von Schritten, die über Zweige knirschten, lenkte meine Aufmerksamkeit von dem Zauber ab. Die Dekanin der Belial Universität betrat den Hain. Mistress Blacknettle, eine atemberaubende sterbliche Frau, trug eine Krone aus blauen Glockenblumen und weißen Blutwurzblüten über ihren langen silbernen Locken.

Sie stand kerzengerade und hob ihr Kinn an. »Es ist Jahrhunderte her, dass ein Schattennachkomme einen König herausgefordert hat. Zwei Lichtbringer, jeder von ihnen von Luzifer gesegnet, wetteifern heute Abend um die Krone, nach den alten Regeln der Prüfungen. In der Abenddämmerung, an der Grenze zwischen der Welt der Lebenden und der Toten, werden wir beginnen. Und wenn die Nacht über die alte Stadt hereinbricht, werden die Götter entscheiden, wer über die City of Thorns herrschen wird.«

Ein Schauder lief mir über den Rücken. Hatten die Götter wirklich etwas damit zu tun, abgesehen von Tammuz' inbrünstigem Wunsch, Chaos zu stiften?

Mistress Blacknettle holte zwei kleine Ampullen mit Blut heraus, eine für jeden von uns. Tief einatmend zog ich den Korken auf, tauchte meinen kleinen Finger in das Blut und beugte mich vor, um den Stern auf meine Stirn zu zeichnen.

»Derjenige, der Alaric als Erster beschwören kann, wird ein Band mit ihm haben, der andere Teilnehmer nicht«, erklärte die Dekanin. »Aber die Bindung garantiert keinen Sieg, nur einen Vorteil. Die Prüfung ist erst beendet, wenn jemand die Krone in der Hand hält. Verstanden?«

Während ich den Stern auf meine Stirn malte, verdichteten sich die Schatten um uns herum. Die schwüle Brise nahm zu und fing sich in den Blättern in der Luft. Ein entfernter Donner rollte über den Wald.

Die Dekanin nahm uns die Fläschchen ab und ging weg. Ihre grauen Augen huschten zwischen Orion und mir hin und her.

Ich atmete die Waldluft ein, als ich begann, meine Magie zu beschwören. In den letzten Tagen hatte ich die perfekte Erinnerung gefunden, um genau die richtige Menge in mir wachzurufen. Vor meinem geistigen Auge dachte ich an eine glückliche Erinnerung – eine voller Liebe, aber mit einem Hauch von Traurigkeit, damit ich nicht alles zerstörte.

Ich erinnerte mich daran, wie ich eines Nachts vor Fieber geglüht und Mom neben mir im Bett gelegen hatte. Das Mondlicht war durch das Fenster gefallen und Mom hatte in seinem Licht Schattenpuppen mit den Fingern an die Wand geworfen. Sie hatte nur zwei gemacht, einen Hund und ein Kaninchen. Mit ihnen hatte sie eine kleine Geschichte erzählt, die nicht viel Sinn ergeben hatte. Aber das Wichtigste war, dass sie neben mir gelegen hatte. Wenn ich daran dachte, wie sie sich um mich gekümmert hatte, blühte Liebe in meiner Brust auf und die Magie glühte schwach in meinem ganzen Körper.

In dem Moment, in dem die Dekanin das einzelne dämonische Wort sprach, das den Beginn des Prozesses ankündigte, machte sich ein Gefühl der Ruhe in mir breit.

Ich begann mit dem Zauber, den ich auswendig gelernt hatte. Auf jeden Fall musste ich die Erste sein und eine Verbindung mit Alaric herstellen.

Während ich sprach, kühlte sich die Luft ab und Nebel stieg aus der gefrorenen Unterwelt auf. Um uns herum begannen sich Geister zwischen den Stämmen zu bewegen. Ihre Formen waren silbrig und transparent. Ich sprach die Worte präzise aus und sie sprudelten aus mir heraus wie das Wasser des Acheron. Es war, als würden die Götter meinen Körper bewohnen …

Im Hain sammelten sich Schatten, und ein warmer Nebel glitt zwischen die knorrigen, moosbewachsenen Bäume. Ich machte mir keine Sorgen mehr, dass Orion mich ablenken könnte. Ich hatte sogar die Macht, *ihn* aus der Bahn zu werfen. Während ich den Zauberspruch aufsagte, schaute ich zu Orion auf und zwinkerte ihm verführerisch zu.

Seine Augen weiteten sich ein wenig. Ich hörte, wie er über eine einzelne Silbe stolperte.

Mit einem halben Lächeln beendete ich das letzte Wort des Zaubers – *Alaric.*

Ich hatte es geschafft. Magie knisterte auf meiner Haut und kündigte die Ankunft des Westgoten irgendwo in der City an.

Es bildete sich ein unsichtbarer Faden, der mich mit ihm verband und mich in den Norden zerrte.

Meine Flügel erschienen auf meinem Rücken. Sofort schoss ich nach oben, wobei ich die Blätter der Eichen auf meinem Weg zerriss.

Meine Verbundenheit mit Alaric zwang mich nach Nordwesten in Richtung des Sathanas-Bezirks, wo die Tore die Grenze zu Osborne markierten.

Orion raste hinter mir her. Noch während ich flog, spürte ich seine heiße Magie in der nächtlichen Luft, die mich umfloss. Unter uns leuchteten Fackeln in der dunklen Landschaft, orangefarbene Lichtpunkte, die sich auf die Brücke zubewegten. Schaulustige versuchten, unseren Weg zu verfolgen.

Auf die eine oder andere Weise musste ich Orion aufhalten, sonst würde er mir einfach zu Alaric folgen. Er könnte mir noch einmal den Sieg im letzten Moment wegnehmen.

Als ich die äußeren Grenzen des Sathanas-Bezirks erreichte, winkelte ich meine Flügel an, um eine Viertelmeile von ihm entfernt zu Boden zu schießen. Ich landete schnell auf einer krummen kleinen Gasse im alten Teil der City. Meine Füße schlugen hart auf dem Kopfsteinpflaster auf. Meine Flügel zogen sich ein und ich wirbelte herum, um Orion direkt hinter mir landen zu sehen. Sein riesiger Körper zeichnete sich gegen die bernsteinfarbenen Fenster eines Restaurants ab.

»Du tust nie das, was ich erwarte, Rowan.«

Mit angehaltenem Atem begann ich, die Worte für den Bindungszauber zu rezitieren.

Nur Orions blasse, eisige Augen durchdrangen die Dunkelheit. »Du …«

Mit dem letzten Wort des Zaubers legten sich Bänder aus Dunkelheit um Orion und hielten ihn fest. Es würde nicht ewig halten, aber es würde mir einen ausreichenden Vorsprung verschaffen.

Mit einem Lächeln drehte ich mich um und schlich durch die dunklen Straßen. Der unsichtbare Faden fühlte sich jetzt ein wenig schwächer an – bewegte Alaric sich? Ich machte mich zu Fuß auf den Weg und sprintete durch die gewundenen Gassen, vorbei an einer Bäckerei und einem Zauberladen voller Totenköpfe und ausgestopfter Vögel.

Der Faden zog mich um die Ecke zu einem alten, verlassenen Tempel.

Und da war er, Alaric selbst, ein Riese von einem Sterblichen. Er rief etwas, das wie *Zoukoubous* klang, was wohl das alte gotische Wort für »Sukkubus« war.

Alaric trug einen leuchtend roten Umhang und eine vergoldete Rüstung. Er ragte hoch über die Kopfsteinpflasterstraße auf. Aber das Wichtigste war die Schwarzdornkrone auf seinem Kopf.

Ich rief meine Magie wieder wach.

Als der gotische König sich umdrehte, um wegzulaufen, begann ich, die Worte des Bindungszaubers herunterzurasseln. Doch bevor ich das letzte Wort sagen konnte, brach ein Blitz vibrierender Magie aus dem riesigen Körper des Königs hervor.

Vom Himmel stürzte eine Horde Raben auf mich herab. Einige ihrer Schnäbel gruben sich in meine Unterarme, und ich biss die Zähne zusammen. Bösartig hackten sie auf mich ein, bis auf die Knochen.

Während ich mich mit meinen Armen abschirmte, gelang es mir, die letzten Worte des Zaubers zu beenden. Ich fiel auf die Knie, und die Raben schienen die Orientierung zu verlieren. Sie schlugen mit ihren Flügeln nach mir und begannen, wild durch die engen steinernen Gassen zu flattern. Meine verwundeten Arme heilten bereits.

Ich warf einen Blick auf Alaric und stellte fest, dass er wie erstarrt war: Die Seile meiner goldenen Magie schlangen sich um ihn. Ich eilte näher heran und flüsterte den einzigen deutschen Satz, den ich kannte: »*Tut mir leid*«, in der Hoffnung, dass die Entschuldigung eine gewisse Ähnlichkeit mit dem alten Gotisch hatte.

Ich brauchte nur ein wenig Hilfe, um die Krone auf seinem hoch aufragenden Körper zu erreichen.

Als sich meine Flügel von meinem Rücken lösten, hob ich ab und griff nach ihr. Meine Finger streiften die Dornen. Doch als sie es taten, schlang sich eine kräftige Hand um meinen Unterarm und riss ihn weg.

KAPITEL 22

– ROWAN –

Orion packte mich am Arm. Seine blassen Augen funkelten. »Du *hast* geübt.«

Blitzschnell befreite ich meinen Arm aus seinem Griff und packte sein Handgelenk. Knurrend drehte ich ihm den Arm auf den Rücken.

Hinter mir hallte das Geräusch von reißenden Fesseln von den Gassenmauern wider, als der gotische König sich befreite.

Orion drehte sich aus meinem Griff und ich stöhnte frustriert auf. Als ich nach Alaric sah, war der König schon weg.

Ohne ein weiteres Wort oder einen verschwendeten Atemzug hoben Orion und ich in die Luft ab, um nach dem König zu suchen. Aber der schlaue Alaric hatte sich für den Moment in Dunkelheit gehüllt.

Ich konzentrierte mich wieder auf das Gefühl der Bindung, während ich über steinerne Türme und steil aufragende Gebäude flog, die in warmem Licht erstrahlten. Die vom Meer geküsste Brise wehte über mich hinweg und berauschte mich. Ihr Götter, ich liebte das Fliegen.

Endlich spürte ich es wieder – ein starkes Ziehen zwischen meinen Rippen. Das Band lockte mich nach Osten, zum Meer. Ich schaute hinter mich, aber ich konnte Orion nicht sehen. Entweder hatte er sich auch getarnt oder er suchte sich seinen eigenen Weg zum Westgotenkönig.

Das machte nichts. Ohne die Bindung konnte Orion mir nur folgen. Ich winkelte meine Flügel an und stürzte auf das Wasser zu.

Alaric raste wie ein Meteor durch die Straßen und nutzte Magie, um schneller zu werden. Wenigstens ließ er die Vögel nicht mehr auf mich los.

Der Seewind peitschte mir um die Ohren und ich flog hinter ihm her – vorbei am Abaddon-Bezirk, dem Luzifer-Bezirk und dem Turm von Baal. Wenn er es ins Meer schaffte, würde ich ihn nie einholen. Ein erfahrener Hexer wie er würde Zaubersprüche kennen, um unter Wasser zu atmen, und ich hatte nicht die geringste Ahnung, wie ich ihm dann folgen sollte.

Ich leckte mir das Salz von den Lippen und winkelte meine Flügel zur Landung an, in der Hoffnung, ihn abzuschütteln, bevor er das Meer erreichte. Hier, am Ostufer der Stadt, führten ein paar schmale Gassen zum Meer. Sobald Alaric sie erreicht hatte, konnte er die alten Steintreppen hinunterrennen und sich in der Tiefe verstecken.

Mein Herz klopfte gegen meine Brust, als ich nach unten glitt.

Ich landete hart in einer kleinen Gasse voller Tudor-Häuser und spürte, wie Alaric stoppte.

Hastig drehte ich mich um und suchte die kleine Straße ab, aber ich konnte ihn nicht ausmachen. Ich konnte ihn jedoch in der Nähe *spüren* und starrte auf die Gasse vor mir, während ich nach Luft schnappte.

In meiner Brust spürte ich den Sog meiner Verbindung zu ihm, die mich ein wenig nach vorne drängte. Warmes Licht strahlte hinter Bleiglasfenstern hervor und beleuchtete alte Bücher und Auslagen mit Zuckerkuchen. Aber in der Mitte der Gasse sahen die Schatten unnatürlich dunkel aus und saugten das Licht aus den Schaufenstern. *Dort.*

Leise begann ich, den Bindungszauber zu sprechen. Ohne mich zu bewegen, flüsterte ich die Worte.

Doch zu meinem Pech konnte ich hören, wie jemand anderes einen Zauberspruch flüsterte, und ein beunruhigendes Geräusch hinter mir stellte die Härchen auf meinen Armen auf. Ein lautes *Sssss* ließ mich herumfahren und mein Herz stottern.

Eine Schlange, die so groß wie ein alter Eichenast war, wand sich die Steintreppe hinauf. Ihre Schuppen schimmerten in schillerndem Licht. Das monströse Ding öffnete sein Maul und zeigte Reißzähne, die länger waren als meine Hand.

Ich atmete scharf aus und rief meine Flammen an meinen Fingerspitzen herbei, aber die Schlange stürzte sich auf mich. Ihre Zähne bohrten sich in meine Taille.

»Rowan!«, rief Orion aus der Ferne.

Während ein unerträglicher Schmerz durch meinen Körper raste, schlugen Flammen aus mir heraus – ein weißglühender Instinkt, der nichts mit meinen Gedanken zu tun hatte. Die Schlange fing zwar kein Feuer, aber die Hitze musste ihr zusetzen, denn die Kreatur öffnete ihren Kiefer. Die Luft roch nach verbranntem Fleisch, und der Kopf der Schlange bewegte sich mit aufgerissenem Maul von einer Seite zur anderen. Mein Blut tropfte von ihren Reißzähnen.

Von oben landete Orion auf dem Rücken der Schlange, während sie sich aufbäumte. Orions silberne Klauen schossen hervor und er rammte sie in den Nacken des Monsters, um ihm den Kopf abzutrennen.

Ich umklammerte meine Seite und tat mein Bestes, um den Schmerz zu verdrängen. Er raubte mir den Atem. Schwindelig begann ich zu schwanken und taumelte zurück.

Konzentrier dich auf die Krone, Rowan. Ich wirbelte herum, um die schmale Straße wieder nach den Schatten abzusuchen, aber meine Sicht war verschwommen.

Ich war mir ziemlich sicher, dass Alaric schon weg war. Vage konnte ich spüren, wie er sich die Treppe hinunterbewegte, die glattgeschliffen vom Seewasser war. Meine Flügel wuchsen aus meinem Rücken und ich erhob mich in die Luft, über die Schlange in ihrem Todeskampf.

In Gedanken bei der Krone schwebte ich gerade noch rechtzeitig über die Treppe, um Alaric hüfthoch in den Wellen zu sehen. Ich flog ihm hinterher, aber ich konnte meine Magie nicht herbeirufen. Sie stotterte und erstarb in meiner Brust.

Im Ozean veränderte sich Alarics Körper und wurde schlank und dunkel. Die Schwarzdornkrone ruhte noch immer auf seinem Kopf. Wie eine Robbe tauchte er unter die dunkle Oberfläche.

Ein Schmerzschock durchfuhr meinen Körper an der Stelle, an der mich die Schlange gebissen hatte. Ich verlor die Kontrolle über meinen Flügel und stürzte auf das Wasser zu.

Die salzige Gischt schlug über mir zusammen. Verletzt wie ich war, hatte ich es nicht geschafft, meine Flügel rechtzeitig einzuziehen, bevor ich auf der Oberfläche aufschlug. Durch die Wucht des Aufpralls wurde ich unter die Wellen geschleudert, und der Schmerz zersplitterte meine Knochen.

Ich hatte mich inzwischen daran gewöhnt, schnell zu heilen. Aber aus irgendeinem Grund passierte nichts. Ich fühlte mich fast sterblich und kämpfte gegen das Gefühl an, mich übergeben zu müssen. Wo zum Teufel war *oben*? Wo war unten? Meine Flügel glitten langsam zurück in meine Schulterblätter.

Endlich fühle ich rauen Stein unter meinen Füßen, der mir half, mich zu orientieren. Ich stieß mich in Richtung Ufer ab, bis mein Kopf wieder über die Wellen ragte.

Ich schleppte mich aus dem Meer und rang nach Luft. Das Gift der Schlange schwächte mich, und das Salzwasser in den Stichwunden verstärkte den Schmerz nur noch.

Ich stapfte durch die Wellen. Mein ganzer Körper zitterte.

Orion stand am felsigen Ufer, knietief im Wasser. Seine Ärmel waren hochgekrempelt, und die Gischt hatte sein weißes Hemd durchnässt, sodass es durchsichtig wurde und an seinem Bauch klebte. »Geht es dir gut?«, rief er.

Ich lächelte und stapfte durch die tosenden Wellen näher. »Ich werde es überleben.« Ich wollte mich nicht vor meinem Rivalen übergeben, aber das zu vermeiden war im Moment nicht so einfach.

Als ich näherkam, trat er vor und konnte gerade noch rechtzeitig meinen Arm packen, als ich fiel. »Ich muss das Gift aus dir herausholen.«

Ich umklammerte meine Seite und starrte zu ihm hoch. »Wir sind Konkurrenten.«

Er schob seinen Arm um meine Taille und half mir beim Gehen. »Jetzt können wir nur noch warten, bis der alte Alaric aus dem Meer auftaucht, und ich will nicht, dass du die ganze Zeit über Schmerzen hast. Alaric wird nicht ewig verwandelt bleiben können, aber wir haben vielleicht eine lange Nacht vor uns.«

Ich lehnte mich an ihn, zu gequält, um seine Hilfe abzulehnen. Zitterte sein Körper ein wenig? »Was war das für eine Kreatur?«

»Ein Monster namens Ladon, das sogar für Dämonen giftig ist.« Selbst in der Dunkelheit konnte ich erkennen, dass Orions Gesicht keine Farbe mehr hatte. »Alaric muss es aus dem Meer herbeigerufen haben. Das Gift wird dich nicht töten, aber es tut höllisch weh und beeinträchtigt deine Magie.«

Ich knirschte mit den Zähnen, als ich auf der Treppe saß. »Legion hat gedacht, es wäre einfach, einem Sterblichen die Krone abzunehmen.«

»Legion hat keine Ahnung, wovon er redet.« Orion ließ sich zwischen meinen Knien nieder und hob den durchnässten Saum meines Hemdes an. Ich zog eine Grimasse, als ich zwei tiefe Einstichwunden sah. Unter meiner blassen Haut floss dunkles Gift durch meine Adern.

»Wie willst du das Gift aus meinem Körper holen?« Zu diesem Zeitpunkt konnte ich die Worte kaum noch herausbringen und sie waren mehr ein unzusammenhängendes Stöhnen als eine Frage.

Ohne zu antworten, senkte er seinen Mund auf meine Haut, direkt über meinem Hüftknochen. Er leckte einmal mit seiner Zunge darüber und begann dann zu saugen. Die Schmerzen verschwanden fast augenblicklich und wurden durch die Wärme von Orions Magie ersetzt – die verdammt glorreiche Heilkraft eines Inkubus. Hitze breitete sich von meinem Hüftknochen ausgehend aus und ließ meine Muskeln entspannen. Das Gefühl der Erleichterung ging schnell in ein angenehmes Gefühl über, das mich dazu brachte, meine Finger in seinem Haar zu verschränken. Schmelzende Hitze glitt durch meinen Körper.

Ihr Götter, ich liebte es, wie er mich heilte. Ich konnte es genauso gut zugeben. Sein Mund bewegte sich über die Vertiefung in meiner Hüfte, und das Verlangen summte in mir, eine heiße Vibration, die mich dazu brachte, ihn über mich zu ziehen. Aber jeden Moment würde wahrscheinlich eine ganze Menge Schaulustiger vor uns stehen, und ich wollte nicht, dass sie ihre zukünftige Königin in einer kompromittierenden Situation sahen. Ich versuchte meine Augen auf das Meer zu richten, während Orion mit seinem Mund über meine Haut strich und gelegentlich Gift auf die Steine spuckte.

Er fühlte sich im Moment *wirklich nicht* wie ein Rivale an. Aber das war er natürlich auch nicht – er war Orion, der letzte Inkubus. Seine sexuelle Anziehungskraft brannte mit der Hitze eines Sterns.

Meine Schenkel krampften sich um ihn und er schaute zu mir hoch, wobei ein halbes Lächeln seine Lippen umspielte. »Es sieht so aus, als würde es dir jetzt gut gehen.«

Ich fühlte mich atemlos, als ich meinen Griff von seinem Haar löste und meinen Blick von ihm auf das dunkle Meer zwang. »Du hättest das Gift in mir lassen und leicht gewinnen können.«

Er schob sich weg und setzte sich neben mich auf die Treppe. Als er sich zu mir umdrehte, leuchteten seine Augen hellblau. »Und du hättest mich töten können, anstatt mich zu fesseln. Aber der Gedanke, dass du Schmerzen hast, erweckt in mir den Wunsch, zu sterben. Oder

Leute umzubringen. Und ich tue im Moment mein Bestes, um beides zu vermeiden.«

Ich errötete bei diesem Gedanken, aber ich versuchte nicht zu lange darüber nachzudenken.

Als ich einen Blick auf die Ufermauer über uns warf, sah ich die ersten Schaulustigen mit Fackeln auftauchen. »Ich fürchte, sie werden ein paar langweilige Stunden erleben.«

Orion antwortete nicht. Seine Schultern waren starr, seine Haut gespenstisch blass. Seine Hände waren zu Fäusten geballt.

»Hat dich die Schlange auch erwischt?«, fragte ich. »Du siehst ein bisschen krank aus.«

Er starrte geradeaus und Stille erfüllte die Luft zwischen uns. »Ich mag keine Schlangen.«

»Ich früher schon, aber dieser Mistkerl hat meine Meinung geändert.«

Er warf einen kurzen Blick auf die Schaulustigen über uns. »Nein, ich meine, ich mag *wirklich* keine Schlangen«, flüsterte er. »Du hast mich gefragt, wovor ich Angst habe, außer vor dir. Es sind Schlangen. Und diese hier hat mich zu Tode erschreckt.« Das Mondlicht zeichnete die schönen Züge seines Gesichts nach.

»Warum lässt du dir dann ein Schlangentattoo stechen?«

»Nur eine Erinnerung an Dinge.« Seine Fäuste ballten sich wieder. Es war klar, dass er mit diesem Gespräch fertig war.

»Aber … alle Schlangen? Sogar kleine Strumpfbandnattern?«

Er warf mir einen kühlen Blick zu. »Ich wollte nicht, dass dieses Gespräch so lange dauert.«

»Okay.« Ich schluckte schwer. »Was glaubst du, wie lange wir haben, bis er sich zurückverwandelt?«

»Das kann Stunden dauern. Vielleicht die ganze Nacht.«

Ich erhob mich von dem Stein und ging zurück zum Ufer. Meine Bindung an Alaric war für den Moment aufgehoben.

»Ich habe dich vermisst, als du in Osborne warst«, sagte Orion leise.

Mein Herz schlug schneller. Ich sah ihn an. »Du wusstest, wo ich bin, hättest du mit mir reden wollen.«

»Ich brauchte Zeit. Seit Jahrhunderten, Rowan, war die einzige Konstante, die mich davor bewahrt hat, in den Wahnsinn abzugleiten, mein Schwur an Ashur. Den konnte ich nicht über Nacht aufgeben.«

Vorsichtig ließ ich meinen Blick zu ihm gleiten. »Und es ist immer noch das Einzige, was dich vor dem Wahnsinn bewahrt?«

»Du warst seit Jahrhunderten die erste Person, der sich für mich interessiert hat. Und als du weg warst, konnte ich nicht schlafen. Ich habe mich gefühlt, als wäre ich wieder in der Gefängniszelle. Ich brauche dich in meiner Nähe, Rowan. Ich habe Zeit gebraucht, um zu erkennen, dass wir Zwillingssterne sind. Und dass ich immer von dir geträumt habe.«

Ich starrte ihn an und hatte das Gefühl, dass mein Herz gleichzeitig brach und heilte. Aber wir waren gerade *mitten in der Prüfung*. Und woher sollte ich wissen, was echt war? Das ganze Königreich stand auf dem Spiel. »Orion, wir können das jetzt nicht tun. Ich werde während der Prüfung nicht mit dir sprechen. Ich muss mich konzentrieren.«

Ich wandte mich von ihm ab und starrte wieder auf das dunkle Meer. Mein Blick wanderte zum Himmel und mein Puls raste, als ich die Stelle erblickte, an der das Sternbild der Zwillinge aufgehen würde.

KAPITEL 23

– ROWAN –

Als die erste blasse Morgenröte den Himmel färbte, war Alaric noch immer nicht zurückgekehrt. Trotzdem hatte die Menge der Schaulustigen die ganze Nacht über gewartet und uns von den Straßen und Gebäuden aus beobachtet. Die meiste Zeit gelang es mir, meine Augen auf das Meer gerichtet zu halten.

Ich hatte die Nacht hier verbracht. Orion hockte auf der Treppe direkt hinter mir.

Ein leichtes Ziehen in meinen Rippen ließ mich meine Muskeln anspannen. Das Band mit Alaric bewegte sich wieder und eilte auf das Ufer zu.

Meine Finger zuckten vor Vorfreude.

Orion musste meine Anspannung gespürt haben, denn er kam näher ans Ufer heran und flüsterte leise einen Zauberspruch vor sich hin.

Nach einer Nacht, in der ich hier Wache gehalten hatte, taten mir die Beine weh und mein Magen fühlte sich an, als würde er sich selbst auffressen.

Ich blickte zu Orion. »Hallo, mein Schatten. Was war das für ein Spruch, den du gerade aufgesagt hast?«

Er beugte sich vor und flüsterte: »Ich dachte, wir reden nicht miteinander.«

»Ich frage mich nur, was du vorhast.«

»Das war kein Zauber, Liebes. Ich habe nur die Namen der toten Lilu rezitiert. Das ist meine Art zu beten.«

Ein Hauch von kalter Magie breitete sich von hinten über mich aus, wie ein arktischer Wind. Ein Ablenkungsmanöver vielleicht. Orion spielte mir einen Streich, damit ich den Blick vom Meer abwandte und er die Krone stehlen konnte.

Als ein leises Knurren hinter mir ertönte, blickte ich über meine Schulter. Eine Frau stand am oberen Ende der Treppe. Ihre blassblonden Locken strahlten von ihrem Kopf. Sie trug eine Krone aus silbernen Spitzen, in die Efeu geflochten war.

»Hast du die Namen der toten Lilu rezitiert oder eine Ablenkung herbeigerufen?«, schnauzte ich ihn an.

Aber etwas an der eisigen Magie, die von ihrem Körper ausging, sagte mir, dass dies mehr als nur ein Trick war. Die Frau war unheimlich schön, mit grauen Augen und einem verruchten Lächeln. Sie trug einen blauen Samtumhang um ihre Schultern. Darunter befleckte Blut ihr weißes Kleid in großen, purpurnen Schlieren.

Mein Kiefer krampfte sich zusammen. Das war wirklich nicht der richtige Zeitpunkt für … was auch immer das sein sollte.

Ich ballte meine Hände zu Fäusten und wandte mich wieder dem Meer zu. Ich hatte das Gefühl, dass Alaric unter den Wellen auf uns zustürmte, um uns anzugreifen.

Orion drehte sich zu dem Neuankömmling um und nickte ihr zu. »Wer zum Teufel bist du?« Irritation durchzog seinen Tonfall.

Ich verdrehte die Augen. Vielleicht war er nicht *immer* charmant. Vielleicht hob er sich das für besondere Anlässe auf, wie zum Beispiel, wenn er mich davon überzeugen wollte, dass wir alle in Osborne umbringen sollten.

Hinter mir hörte ich sie mit leichtem französischem Akzent sprechen: »Aber, Eure Majestät.«

Ich blickte wieder zurück. Ihr Atem wurde in der Luft zu einem kalten Nebel, und der Klang ihrer winterlichen Stimme jagte mir einen Schauder über den Rücken.

»Eure Majestät, Ihr habt mich selbst herbeigerufen. Und hier, in der City of Thorns, werde ich mich an Dämonenblut laben.« Sie richtete ihren kalten Blick auf mich. Ihr Lächeln war vulgär. »Und ich werde mit der *Sukkube* beginnen, die *la reine* sein wird. Es ist so, wie wir es besprochen haben.«

»*La sorcière de Brocéliande*«, murmelte Orion.

»Du hast sie *herbeigerufen*?«, zischte ich.

Als ich mich wieder dem Meer zuwandte, sah ich, wie Alaric sich aus den Wellen erhob – er war wieder ein Mensch. Und da war die Schwarzdornkrone. Meine Flügel breiteten sich hinter mir aus. Gerade als meine Füße die Felsen verließen, ergriff eine krallenbewehrte Hand meine Flügel und warf mich mit schockierender Wucht auf die felsige Küste.

Schmerz pulsierte durch meine Flügel und ich starrte zu *la sorcière* hoch, als sie auf mich sprang. Sie packte mich an den Haaren und schlug meinen Hinterkopf gegen einen scharfen Felsen – einmal, zweimal – oh, *ihr Götter*, sie brach mir den Schädel auf.

Ich musste nachdenken … Ich musste nachdenken …

Mein Kopf war zerstört und ich hatte keine Worte zum Denken.

Ich stöhnte auf den Felsen.

Sie fletschte die Zähne über mir. »Die *Démons* haben meine Familie ermordet, und ich bin gekommen, um mich an euch zu laben.«

Ich starrte sie stumm an, als die Hexe eine lange, scharfe Silberklinge zog. »Dein Geliebter und ich haben eines gemeinsam – die Lust auf *Rache*.«

Sie hob ihre Klinge über mein Herz, und die Welt schien unter mir zu kippen.

Als sie den Dolch herabsausen ließ, schoss ein Feuerstrahl von der Stelle, an der Orion gestanden hatte, auf mich zu. Sengende Flammen verschlangen mich, aber das Feuer verbrannte mich nicht. Es gab mir Leben und heilte meinen gebrochenen Schädel.

La sorcière de Brocéliande loderte über mir und kreischte vor Schmerz in dem Inferno. Ihre Schreie erstickten, als das Feuer sie verzehrte.

Aber da war noch eine andere Gestalt, die in dem Inferno brannte. Sie schrie in den Himmel. Durch das Feuer hindurch erblickte ich die sich windende Gestalt von Alaric, dessen Krone wie eine Fackel brannte.

Nein.

Ich richtete mich auf und versuchte nach ihr zu greifen. Aber der Westgotenkönig verbrannte vor mir zu Asche und die Krone zerbröselte zwischen meinen Fingerspitzen.

Eine Wolke aus Rauch und Asche waberte über mir und vermischte sich mit der Gischt. Die Flammen begannen zu verlöschen. Dampf sprudelte in den sich brechenden Wellen.

Ich stand fassungslos auf den heißen Steinen. Zitternd versuchte ich die Asche von meinen Kleidern zu streichen, aber ich war so nass, dass sie eine Art graue Paste bildete.

Ich schluckte schwer. Graue Paste, die aus zwei Hexen bestand …

Mein Blick schweifte zu der Stelle, an der die Menge gestanden hatte, aber sie waren alle geflohen. In der Ferne konnte ich sie immer noch schreien hören. Die Steine um uns herum waren durch die Wucht der Explosion geschwärzt worden.

Ich starrte Orion an. »Das warst du, stimmt's? Das war dein Feuer.«

»Sie hätte dich fast umgebracht«, sagte Orion und klang schockiert. »Ich habe darauf gewartet, dass du gegen sie kämpfst.«

Ich berührte meinen Hinterkopf. Er fühlte sich beunruhigend *verbeult* an, aber es war definitiv keine klaffende Wunde mehr zu spüren. »Es ist mir schwergefallen, mich daran zu erinnern, wie ich mit aufgeschlagenem Kopf Magie beschwören soll.« Ich warf einen Blick auf die Felsen. Ekel überkam mich, als ich das Blut sah, das auf den Steinen glitzerte. Wäre ich nicht eine Dämonin, wäre ich tot. »Sie hat gesagt, du hättest sie gebeten, mich zu töten. Geht es nur mir so, oder ist das ein wiederkehrendes Thema, Orion?«

Er war wieder ganz blass geworden. »Ich habe sie nicht herbeigerufen. Natürlich habe ich das nicht. Sie verabscheut Dämonen. Sie hat gelogen.«

»Also lügen alle außer dir?«, sagte ich schroff. »Alle deine Soldaten und *la sorcière de Brocéliande*?«

Seine Miene verfinsterte sich. »Ich habe dir gerade das Leben gerettet, Rowan. Schon wieder.«

Ich biss meine Zähne zusammen. Es stimmte, das hatte er. Mehrere Male. Im Moment konnte ich nicht sagen, was echt war und was eine Lüge.

Ich seufzte. »Du hast Alaric gebraten.«

Orion atmete tief ein. »Nun, ich habe mich nicht zurückgehalten.«

Ich blickte hinaus auf die Wellen, die von der aufgehenden Sonne weinrot gefärbt waren. Enttäuschung machte sich in mir breit. »Okay. Wir müssen ihn wohl wieder auferwecken, um die Prüfung von vorne zu beginnen. Aber ich kann mir vorstellen, dass er ein bisschen wütend sein wird, weil er verbrannt wurde. Und ich brauche eine Schmerztablette.«

»Ah, Rowan.« Orions Augen funkelten, als er über die Felsen zu mir herüberkam, anmutig wie immer. »Weißt du nicht mehr, was passiert, wenn die erste Prüfung unentschieden ausgeht?«

Meine Kehle schnürte sich zu und ich warf ihm einen Blick zu. »Du darfst die nächste Prüfung aussuchen.«

Eine silberne Haarsträhne fiel ihm vor die Augen, und er nickte. Er beugte sich herunter und sprach so leise, dass nur ich ihn hören konnte: »Aber wenn ich gewinne, Liebes, wirst du meine Königin sein. Und wir werden die Dämonen gemeinsam beschützen.«

Ich spürte, wie meine Wangen wieder heiß wurden. Als verführerischer Bastard, der er war, ließ er es so verdammt verlockend klingen. Und das selbst, als wir hier zwischen dem Blut und der vom Wind verwehten Asche von zwei mächtigen Hexen standen.

Kapitel 24

– Rowan –

Nachdem die Prüfung vorbei war, kehrte ich zu Orions Haus zurück. Ich zog mir Leggings und ein T-Shirt an, schaltete mein Handy aus und schloss die Fensterläden.

In der Dunkelheit ließ ich mich von einem tiefen Schlaf übermannen. Ich träumte von dem grünäugigen Jungen, der mit den Händen auf den Knien auf dem Gehweg hockte und Ameisen beobachtete. Ich träumte von ihm, wie er Kekse backte und den Finger in die Zuckerkrümel auf dem Tisch drückte. Ich träumte davon, wie er ein Bild mit kräftigen Kritzeleien zeichnete und von einer Schlacht zwischen Dämonen und Sterblichen erzählte, in der die Straßen mit Blut befleckt waren, und von Dingen sprach, die ein Kind niemals hätte sehen dürfen …

Als ich aufwachte, war die Sonne bereits untergegangen, und rosiges Licht fiel schräg durch die Holzlatten. Natürlich war ich enttäuscht.

Aber ich war noch nicht fertig. Nur *ein* weiterer Versuch. Das hoffte ich.

Sobald Orion bekannt gab, was die Prüfung sein würde, würde ich anfangen, mich vorzubereiten.

Als ich mich im Bett aufsetzte, knurrte mein Magen heftig. Ich hatte keinen Zweifel daran, dass mein Handy mit Nachrichten von Shai geflutet war, aber ich wollte sie nicht sehen. Ich wollte mich nicht der Enttäuschung meines kleinen Teams stellen, das mir die ganze Zeit über geholfen hatte. Und was konnte ich schon sagen, was sie nicht längst wussten? Die Nachricht musste sich in den Straßen herumgesprochen haben, sobald die Prüfung beendet gewesen war.

Ich stand vom Bett auf und öffnete die Fensterläden.

Die Sonne war tief gesunken und der Himmel hatte sich indigoblau verfärbt. Die Subtilität der Nacht war viel schöner als das grelle Tageslicht.

So sehr ich auch hier drin bleiben wollte, der Hunger zwang mich, mein Zimmer zu verlassen. Als ich die Tür öffnete, stellte ich zu meiner Freude fest, dass Amon ein Tablett vor die Tür gestellt hatte – Scheiben von Hühnerbrust, gebratene Karotten und gebutterter Blumenkohl. Eine kleine Weinflasche und ein Glas standen auf dem Tablett neben dem Essen.

Perfekt.

Ich aß am Schreibtisch und starrte hinaus in den dunklen Garten. Ich wusste nicht, was ich von all dem halten sollte – die Tatsache, dass die Attentäter immer wieder behaupteten, Orion wollte mich töten. Und dann kam Orion selbst, um mich zu retten. Aber wenn er mich umbringen lassen wollte, würde er sicher dafür sorgen, dass die Attentäter mir nicht davon erzählten. Unerledigte Dinge zu hinterlassen, war nicht sein Stil.

Ich nippte an meinem Wein und trommelte mit den Fingerspitzen auf den Schreibtisch. Noch vor ein paar Wochen hätte ich gesagt, dass sein Inkubus-Charme mein Gehirn vernebelte und dass ich das Offensichtliche ignorierte. Dass Ockhams Rasiermesser sagen würde, dass es nur Orion war, der versuchte mich zu Fall zu bringen.

Als ich nach draußen starrte, sah ich, wie er in den Garten ging und sich mit hängenden Schultern auf eine Steinbank setzte. Die Zweige eines Apfelbaums wölbten sich über ihm. Dann zog er ein Taschentuch heraus und begann, sich Blut von den Händen zu wischen, das den weißen Stoff rot befleckte.

Cool. Ja, überhaupt nicht verdächtig.

Grauen kroch mir über den Rücken und ich ging die Treppe hinunter in die salzige Nachtluft. Ich hatte den Wein schnell getrunken, aber der Rausch war mit dem Anblick von Blut verflogen. Als ich den Garten betrat, riss er den Kopf hoch, und die männliche Schönheit seines Gesichts leuchtete silbern.

»Hast du den ganzen Tag … Leute ermordet?«, fragte ich.

Er warf das blutige Taschentuch auf die Bank neben sich. »Hast du den ganzen Tag geschlafen, Schattennachkomme?«

»Aber ja!« Ich setzte mich neben ihn auf die Bank. »Wessen Blut ist das?«

»Jemand aus unserer großen City hat Informationen an den *Malleus Daemoniorum* weitergegeben. Daher wissen die Dämonenjäger, dass du hier bist. Ich habe einige Jäger dabei erwischt, wie sie nach Schwachstellen in unserer Verteidigung gesucht haben, um einen Weg nach drinnen zu finden. Jemand hat ihnen einen Hinweis gegeben, wo sie anfangen sollten. Jemand mit Informationen über unseren magischen Schutz.«

»Und wenn die Dämonenjäger unsere Schutzwälle und Mauern durchbrechen?«, fragte ich. »Wir könnten sie töten, bevor unsere Magie verblasst.«

»Die Sterblichen haben Raketen. Wenn sie uns mit ihren Waffen verdampfen, haben wir keine Zeit, uns zu erholen. Wir werden einfach *sterben.*«

Ein Schauer überlief mich. »Die Dämonenjäger sind leider sehr einflussreich. Sie spenden schon seit Ewigkeiten an Politiker, um Macht zu kaufen.«

Er schaute mich an, und in seinen Augen funkelte etwas. »Vielleicht nicht mehr so einflussreich, wie sie einmal waren. Ich habe daran gearbeitet, sie zu schwächen.« Er blickte auf seine Hände hinunter. »Das Blut stammt von zwei Dämonenjägern. Ich wollte wissen, wer mich reinlegen will und wer mit den Sterblichen zusammenarbeitet.«

Ich holte tief Luft. »Hast du etwas rausfinden können?«

»Keine Antworten auf diese Fragen. Aber ich habe etwas viel Wichtigeres rausgefunden.« Seine blassen Augen trafen meine. »Ich habe erfahren, wo sich etwas befindet, das ich unbedingt haben will. Das *Grimorium Verum.*« Ein kleines Lächeln umspielte seine Lippen. »Dieses Buch zu finden, wird unsere nächste Aufgabe sein.«

Ein dunkles, beunruhigendes Gefühl schlich sich in meinen Nacken. »Warum ist dieses Buch so wichtig?«

Er hielt meinen Blick lange fest. »Laut dem Buch der Dämonenprüfungen bin ich nicht verpflichtet, dir etwas darüber zu erzählen, aber ich werde es tun, weil mir das Buch wichtiger ist als die Krone. Denn wenn ich diese Prüfungen verliere, wird es deine Aufgabe sein, unsere City zu beschützen, und dazu brauchst du das Buch, Rowan. Das Grimoire ist genau das, was uns hier gefangen hält. Es enthält den Zauber, der unsere Magie nach ein paar Tagen außerhalb der Stadtmauern oder gefangen in den Kerkern schwinden lässt. Der Spruch, der uns in die Unterwelt schickt, wenn wir uns zu weit entfernen. Das *Grimorium Verum* wird uns befreien. Und es ist im Hauptquartier der Dämonenjäger in Sudbury eingeschlossen.«

Wer auch immer dieses Grimoire kontrollierte, hielt das Schicksal der sterblichen Welt in seinen Händen.

In meinen wäre es eindeutig sicherer. »Warum sollten wir die Stadttore öffnen, wenn wir jetzt wissen, wo wir die Dämonenjäger finden? Sie sind diejenigen, die wir töten müssen, nicht der Rest der Sterblichen. Wenn wir die Dämonenjäger ausschalten können, können wir vielleicht den Krieg abwenden.« Ich atmete tief ein. »Du verringerst ihren Einfluss. Vielleicht können wir sie verschwinden lassen.«

»Ich muss den Fluch lösen, den die Sterblichen uns auferlegt haben.«

»Und ohne den Fluch könnten sich die Dämonen wahllos von Sterblichen ernähren. War das nicht früher auch so? Ich glaube, du warst derjenige, der mir das erzählt hat. Sie zu jagen. Ihr Blut zu trinken. Sich von Lust, Traurigkeit oder Völlerei ernähren.«

Er stieß einen Seufzer aus. »Ich kann nicht behaupten, dass ich das jemals selbst erlebt habe. Aber als König könnte ich den Dämonen befehlen, nicht zu jagen, um den Frieden zu wahren.«

Ich schluckte schwer. »Aber du bist deinem Racheschwur ganz besonders treu.«

»Vielleicht, wie du gesagt hast, könnte ich mich damit zufriedengeben, die Dämonenjäger zu töten. Sie waren die Sterblichen, die das Sagen hatten, als die Lilu abgeschlachtet wurden.« Er legte den Kopf schief. »Aber wir müssen die Kontrolle haben, nicht die Sterblichen. Mit dem Grimoire können wir die Uhr zurückdrehen, zu dem Zeitpunkt, bevor das alles passiert ist.« In seinen blauen Augen leuchtete der Schmerz. »Wir könnten wieder sicher sein. Und wir könnten die Kerker zerstören.«

Ich hatte das Gefühl, dass er auf diese Weise versuchte zu seiner Familie zurückzufinden. »Die Uhr zurückdrehen«, wiederholte ich. »Das klingt gut.«

Zwischen uns herrschte Stille, die nur durch das Rauschen des Windes in den Bäumen unterbrochen wurde.

»Wie war das Leben für dich, bevor die Sterblichen kamen?«, fragte ich nach ein paar Augenblicken.

Er schenkte mir ein trauriges Lächeln. »Als ich ein Junge war? Ich wollte nur wie Molor sein, mein älterer Bruder. Er hat ausgesehen wie ich, war aber größer. Er war genial mit dem Schwert. Unzerstörbar.« Eine Falte bildete sich zwischen seinen Augenbrauen. »Das habe ich zumindest gedacht. Er war erst dreizehn. Aber er schien so viel älter zu sein. Er konnte auf der Laute spielen und Monster zeichnen. Einmal hat er einen Hirsch in der Elysischen Wildnis geschossen. Er war ein echter Mann. Also wollte ich wie er sein, weil er alles konnte. Und ich wollte auch eine Bäckerei mit Brotpudding betreiben, weil ich nie genug davon bekommen konnte. Also habe ich gedacht, ich könnte genauso gut das ganze Angebot kontrollieren.«

Ich lächelte ihn an. »Molor.« Ich konnte mir zwei wunderschöne silberhaarige Jungen vorstellen, einer eine kleinere Version des anderen.

»Es ist schwer vorstellbar, aber nach einer Weile im Kerker habe ich ihn beneidet. Ich hatte das Gefühl, dass mein Bruder schnell gestorben war und ich so langsam. Ich war ein Lichtbringer, also war ich schwer zu töten. Aber Molor ist als Held gestorben, und ich nicht. Ganz und gar nicht.« Er starrte wieder auf seine Hände hinunter. »Ich habe immer gedacht, er wäre schon erwachsen gewesen, aber als ich wieder nach Hause gekommen bin, habe ich gesehen, wie sehr ich mich geirrt habe.« Als er zu mir aufsah, leuchteten seine Augen. »Und ich bin nicht mehr so eifersüchtig auf ihn und seinen schnellen Tod. Weil ich jetzt hier bei dir bin und er nicht.« Ein trauriges Lächeln umspielte seine Lippen.

Ich spürte, wie meine Wangen erröteten, und ich strich ihm eine silberne Strähne aus den Augen.

»Wie warst du als Kind?«, fragte er.

»Verträumt. Immer in ein Buch vertieft, in Gedanken versunken. Und sobald ich erfahren habe, was ein Psychologe ist, wollte ich das auch werden. In meinem Psychologiestudium haben wir zu Beginn des Jahres immer eine Runde durch den Raum gemacht und gesagt, warum wir Psychologie studieren wollten. Jeder, einer nach dem anderen, hat gesagt, er würde Menschen helfen wollen. Wenn ich eine bessere Person wäre, hätte ich sicher genauso gedacht. Aber ich glaube, ich war einfach nur verdammt neugierig.« Ich lächelte. »Ich wollte die Geschichten von allen hören, und das ist es, was Psychologen tun. Du sitzt da und hörst ihnen zu, während sie über ihr Leben sprechen. Und mein Leben ist mir zu Hause immer so erdrückend erschienen. Ich wollte wissen, wie es bei den anderen war. Mom war …« Ich brach ab, als meine Brust eng wurde.

»Was?«

»Chaotisch. Unberechenbar. Ich dachte, sie wäre paranoid. Sie hat ständig die Fenster, die Schlösser überprüft, Fallen aufgestellt und dabei einfach so labil gewirkt. Ich wusste nicht, dass tatsächlich Leute hinter ihr her waren. Sie ist oft in Panik geraten, wenn ich nicht zu Hause war, und manchmal habe ich sie dabei erwischt, wie sie mir in der Schule nachspioniert hat. Nichts davon schien normal zu sein. Und sie hatte keine Ahnung, wie moderne Kinder sind, was sie anziehen oder was sie zum Spaß machen, und wir waren zwei seltsame Außenseiter in seltsamen Klamotten … Damals ist es mir einfach wichtig erschienen, dazuzugehören und ein stabiles Zuhause zu haben. Das Leben anderer Menschen hat mich fasziniert. Ich wollte wissen, was hinter ihren Türen, in ihren schönen Häusern vor sich geht.« Mein Atem war flach geworden. »Jetzt weiß ich, dass sie nicht verrückt war. Sie wollte mich vor meinem Halbbruder beschützen. Ich wünschte nur, sie hätte mir gesagt, was passiert ist.«

»Was glaubst du, warum sie es vor dir geheim gehalten hat?«

Ich betrachtete die Schönheit um mich herum, die weißen Blumen, die in der Nacht vor dem steinernen Haus blühten. »Vielleicht hat sie gedacht, ich würde hierher zurückkommen wollen. Dieser Ort fühlt sich wie ein Zuhause an. Besonders nachts.« Mir stiegen Tränen in die Augen, aber ich wollte nicht, dass Orion es sah. »Es wäre schwer gewesen, zu widerstehen, auch wenn es gefährlich war.«

»Es ist dein Zuhause«, sagte er leise, »und die Wildnis ist es auch. Und die Nacht. Wir sind Geschöpfe der Dunkelheit – Inkubus und Sukkubus. Früher waren wir die ganze Nacht wach. Wir haben Feste mit Sternenlicht und Schatten gefeiert. Wir sind in den Nachthimmel geflogen und haben dort gefeiert. Wir haben uns von der Lust der Sterblichen ernährt. Bevor die Sterblichen uns in Käfige gesperrt haben, waren wir frei, durch die Nacht zu rasen, die Wälder zu durchstreifen und aus ihren schmutzigsten Träumen zu trinken.« Er stützte sich mit den Unterarmen auf den Knien ab. Sein Blick war auf mich gerichtet. »Ich glaube, du kannst es spüren. Du fühlst dich zur Dunkelheit hingezogen, zur Wildnis. Du willst jagen, wie wir es einst getan haben. Du spürst, dass die Wildnis in dir gefangen ist, und du willst sie befreien. Wir sind zwar Lichtbringer, aber wir wurden in der Dunkelheit geboren.«

Ich hasste es, dass er mich so leicht lesen konnte. Er konnte mir Dinge über mich erzählen, die ich selbst nicht in Worte fassen konnte. Ja, ich wollte in der Dunkelheit in der Wildnis auf Jagd gehen. »Lichtbringer werden in der Dunkelheit geboren. Ich bin mir nicht sicher, ob ich das verstehe.«

Er schaute in den Himmel und ich folgte seinem Blick zur Venus. »Man sagt, alles hat mit dem Chaos begonnen. Dann ist ein Licht aus der Dunkelheit entsprungen, und das war der Gott Astaroth. Jede Nacht ist er in den Schatten zurückgekehrt, und aus dem Chaos ist er wieder aufgestiegen. Man sagt, Astaroth war ein gefallener Gott, schön wie die Morgenröte. Seine Söhne waren Luzifer und Noctifer – der Lichtbringer und der Nachtbringer, Ordnung und Chaos. Und Noctifers anderer Name ist Tammuz. Mein Vater.«

»›Schön wie die Morgenröte‹«, wiederholte ich. »Ein langer Tag, an dem du Leute verprügelt hast, bringt deine poetische Seite zum Vorschein.«

»Ich sollte wahrscheinlich öfter Leute verprügeln, damit ich für die Poesie-Nacht, die ich am Dienstag starte, in Topform bin.«

»Es macht mir Angst, dass ich nicht weiß, ob du es ernst meinst.«

Seine Lippen kräuselten sich. »Macht es dir Angst oder erregt es dich?«

»Seltsamerweise erregt mich brutale Gewalt nicht. Obwohl ich vielleicht mehr Zeit als nötig damit verbracht habe, mir die Wikipedia-Seite über mittelalterliche Foltergeräte anzuschauen.«

»Natürlich hast du das«, murmelte er.

»Wusstest du, dass es etwas gibt, das man die Birne der Qual nennt?«

»Rowan«, schnurrte er, »flirtest du mit mir?«

»Orion.« Ich lehnte mich näher heran, so dass sich unsere Lippen fast berührten. »Du weißt doch sicher, dass wenn ein Sukkubus mit dir flirten würde, du schon längst zwischen meinen Beinen auf den Knien wärst.« Die Worte schienen mir einfach aus dem Mund zu rutschen, bevor ich die Chance hatte, darüber nachzudenken. Mein Herz begann zu rasen.

Seine Augen verfinsterten sich und sein Blick glitt langsam an meinem Körper herunter, bis er an der Mündung meiner Schenkel hängen blieb. »Nun, meine Lichtbringerin, das ist ein Bild, das du mir in den Kopf gezaubert hast.« Er begegnete meinen Augen wieder. Sein Blick war glühend.

Zwischen uns lag Spannung in der Luft und ich wollte so gern auf seinen Schoß klettern, dass ich mich an der Bank festhalten musste, um mich aufzuhalten.

»Was?«, fragte ich schließlich.

»Du bist wunderschön, das ist alles.« Seine mitternächtliche Stimme umhüllte mich.

»Wunderschön?« Mein Magen drehte sich um. »Ich sehe aus wie deine schlimmste Feindin.«

»Nein, das tust du nicht. Du siehst ihr überhaupt nicht mehr ähnlich. Die Art, wie du dich hältst, deine Mimik – du bist ganz anders. Das Erröten auf deinen Wangen, wenn dich etwas erregt oder verärgert. Die Art, wie du mich ansiehst, als würdest du mich wirklich verstehen wollen, als würdest du versuchen, in meine Seele zu sehen. Wie du jedes Mal deinen Blick abwendest, wenn dein Herz zu rasen beginnt. Die Art und Weise, wie du aussiehst, als wärst du manchmal mit der Verantwortung, für die Sicherheit aller zu sorgen, überfordert. Wie du dich in deine eigenen Gedanken zurückziehst. Ihr seid euch überhaupt nicht ähnlich.«

Ich stieß einen langen, langsamen Atemzug aus. »Ich wünschte, du hättest es schon früher gemerkt.«

Er zuckte ganz leicht zusammen. »Irgendwo gibt es eine andere Welt, in der du und ich uns kennengelernt haben, bevor meine Seele im Kerker gestorben ist.«

Ich drehte mich zu ihm um und stützte meinen Ellbogen auf der Bank ab. »Vielleicht wird es dich umhauen, Orion, aber du bist nicht wirklich tot.«

Sein Mundwinkel zog sich leicht nach oben. »Das ist eine Metapher. Seelenlos. Tot.«

»Hmm. Aber vielleicht bist du nicht seelenlos. Du hast mich immer wieder gerettet, und bis jetzt scheinst du nur etwas psychotisch zu sein. Und das liegt vor allem daran, dass ich gerade gesehen habe, wie du dir Blut von den Händen gewischt hast.«

Er nickte weise. »Ich habe mich schon immer gefragt, welcher königliche Name die Zeiten überdauern würde. ›König Orion der Nur Etwas Psychotische‹ hat einen gewissen Klang.« Seine Augen funkelten und er griff nach oben und streifte mit den Fingerknöcheln leicht meine Wange. »Und was sagt dir, dass ich zu retten bin?«

Seine Berührung ließ einen heißen Schauder über meine Haut laufen. Ich wollte mich unbedingt in seine Hand lehnen und meine Augen schließen. »Ich muss sehen, ob du eine barmherzige Seite hast. Ob du den Sterblichen verzeihen kannst.«

Er zog seine Hand weg. »Ah. Aber wenn sie versuchen, dir wehzutun, Liebes, werde ich keine Gnade zeigen. Ich werde sie leiden lassen.«

Meine Brust zog sich zusammen. Wenn es stimmte, was er sagte, und die Sterblichen versuchten in die Stadt einzubrechen, um mich zu ermorden, war alles viel komplizierter geworden.

All das fühlte sich langsam wie ein Geheimnis an, das ich vor Shai verbarg, diese nächtlichen Gespräche mit Orion. Als ich hierhergekommen war, war ich mir so sicher gewesen, dass ich ihn durchschaute – dass er nur charmant und verschlagen war, dass ich ihm kein Wort glauben konnte. Aber jetzt, obwohl alle sagten, er wollte mich umbringen, war ich mir überhaupt nicht mehr sicher. Außer dass Orion und ich versuchten, einen Weg zurück in die Vergangenheit zu finden.

Kapitel 25

– Rowan –

Egal, was uns verband, ich musste die Prüfung trotzdem gewinnen.

Ich erhob mich von der Bank. »Danke, dass du mir von dem Grimoire erzählt hast. Ich werde einen kleinen Spaziergang machen, denn ich werde eine Weile nicht schlafen können.«

Er stand auf und schaute auf mich herab, dann griff er in seine Tasche und zog ein seltsames, unförmiges Stück Holz heraus. »Warte, ich habe ein Geschenk für dich.«

Mein erster Instinkt war, einen Witz zu machen – vielleicht *Bin ich nicht diejenige mit Holz vor der Hütte?* –, aber dann wurde mir klar, dass das eine so seltsame Geste von ihm war, dass ich den Mund halten sollte, bis er es erklärt hatte. Als ich es ihm aus der Hand nahm, sah ich, dass es grob in die Form einer Frau in einem Kleid mit einem Stachelkopf geschnitzt worden war. »Was ist das?«

»Sie ist eine Königin. Es war ein Geburtstagsgeschenk für meine Mutter. Irgendwie habe ich gedacht, sie hätte nicht bemerkt, dass ich es mit ihr in der gleichen Zelle geschnitzt habe. Aber ihr Geburtstag ist nicht rechtzeitig gekommen. Oder vielleicht hat sie gelogen, weil sie wusste, dass ich mich auf den Geburtstag gefreut habe. Also wollte sie mir weiterhin etwas geben, auf das ich mich freuen konnte. Wie auch immer, es ist eine Lilu-Königin und ich konnte sie ihr nie geben. Also gehört sie dir. Denn du bist der letzte Sukkubus, und du bist die Königin der Lilu.« Er begegnete meinem Blick. »Und als Königin wirst du das Grimoire brauchen. Lerne alles, was du über das Herrenhaus der Noyes in Sudbury in Erfahrung bringen kannst. Dort werden wir es finden.«

»Danke, Orion.« Ich starrte immer noch auf die kleine Königin und mein Blick verschwamm. Es brach mir wirklich das Herz, wenn ich mir vorstellte, wie sich der kleine Orion darauf freute, seine Schnitzerei seiner Mutter zu schenken, und dann nie die Gelegenheit dazu bekam. »Nun, sie hätte es geliebt. Aber ich werde es stattdessen lieben.« Ich wandte mich von ihm ab, denn aus irgendeinem Grund wollte ich nicht, dass er die Tränen sah, die mir über die Wangen liefen.

Als ich wegging, umklammerte ich die Holzkönigin und dachte an seine Mutter und den kleinen Molor.

War es verrückt zu denken, dass Orion und ich tatsächlich zusammenarbeiten könnten? Wir waren die letzten unserer Art und versuchten unseren Platz in der Welt wiederzufinden, nachdem wir alles verloren hatten.

Alles hing davon ab, in welcher Form er seine Rache ausüben wollte.

Als ich aus dem Gartentor trat, wusste ich bereits, dass Orion den Wachen befehlen würde, mir zu folgen – falls er mir nicht selbst folgen würde.

Bis ich mich auf dem Weg zum Fluss befand, war ich mir nicht ganz sicher, wohin ich gehen würde.

Ich war auf dem Weg zu den Kerkern.

Vielleicht wollte ich die Zellen selbst sehen, den Ort, an dem Orion die ganze Zeit über gewesen war.

Als ich die Öffnung des Tunnels am Fluss erreichte, steckte ich die kleine Holzkönigin in meine Tasche. Der Acheron floss vorbei und glitzerte im Mondlicht. Vorsichtig ließ ich mich in den Tunnel hinab, und meine Füße setzten hart auf dem nassen Stein auf. Sobald ich unter der Erde war, spürte ich eine leichte Schwächung meiner Magie.

Wegen des Grimoire-Zaubers, der unsere Magie außerhalb der Stadtmauern erschöpfte, war Orions Magie in den Kerkern versiegt. Sonst hätte er schon vor Jahrhunderten den ganzen verdammten Ort in die Luft gejagt und dem König den Kopf abgerissen.

Hier unten befand ich mich im Grenzbereich zwischen der Welt der Sterblichen und der Welt der Dämonen – ein Ort, an dem meine Magie nach ein paar Tagen erlöschen würde. Im Kerker war Orion so verwundbar wie ein Sterblicher gewesen, aber ohne auf die Gnade des Todes hoffen zu können. Wenn er das Grimoire in die Finger bekäme, um den Zauber umzukehren, müsste er diese Art von Hilflosigkeit nie wieder fürchten.

Es dauerte etwa zwanzig Minuten, in denen ich mit einem kleinen Feuer in der Handfläche ziellos umherwanderte, bevor ich den Kerker fand. Es war der Geruch von verbranntem Fleisch, der mich schließlich an den richtigen Ort führte, der Gestank des Todes, der mich vorwärts zog.

Das Eisentor zu den Zellenreihen war offen. Als ich hineinging, flackerte das orangefarbene Licht in meiner Hand über die Reihen von Zellen auf beiden Seiten des dunklen Steinkorridors. Den größten Teil dieses Kerkers hatte ich nicht gesehen, als ich das erste Mal in die City of Thorns gekommen war.

Aber als ich weiterging, sah ich eine große Halle. Im Schein des Feuers glitzerte sie vor Feuchtigkeit, geschwärzt von der Zeit. Hier in der Halle hing eine alte, abgenutzte Schlinge an einem Galgen. Sie schaukelte sanft hin und her – obwohl es hier keinen Wind gab. Bei ihrem Anblick krampfte sich mein Herz zusammen. Ich konnte die Traurigkeit, die von ihr ausging, fast spüren.

Dies war der Hinrichtungsraum. Die Puritaner hatten öffentliche Hinrichtungen geliebt, aber niemand wusste, dass die Lilu hier unten am Leben gehalten worden waren, also waren sie im Geheimen getötet worden.

Es dauerte nicht lange, bis ich die frischen Leichen fand, deren Geruch mich hierhergelockt hatte – oder besser gesagt, die beiden Aschehaufen auf dem Boden. Auch der Gestank von Blut lag noch in der Luft.

Im Schein meiner Flammen blitzte etwas Metallisches auf einem der Aschehaufen auf. Ich beugte mich hinunter, um die Asche wegzustreichen. Dabei entdeckte ich eine silberne Nadel in Form eines Hammers. Das Symbol des *Malleus Daemoniorum.*

Orion hatte sie verbrannt, aber ich hatte dasselbe getan, als der Abgeordnete mein Leben bedroht hatte. Wir alle taten, was wir tun mussten, um die zu schützen, die wir liebten. Manchmal bedeutete das, zu töten. Und manchmal – wie im Fall meiner Mutter – bedeutete es, selbst zu sterben.

Im flackernden Licht der dunklen Steinwände fand ich den Weg zurück zu der Zelle am Ende der Reihe. Das war der Ort, an dem ich in der City of Thorns zum ersten Mal aufgewacht war. Wo ich gestanden hatte, als Orion mein Blut gekostet hatte.

Die Wände der Zelle waren mit Efeu bewachsen und meine Kehle zog sich vor Rührung zusammen, als ich mir Orion hier drin als kleinen, blauäugigen Jungen mit silbernen Haaren vorstellte. Als ich das Licht in meiner Handfläche hochhielt, fand ich die eingeritzten Buchstaben in der Wand. Ich beugte mich hinunter und strich die Ranken beiseite. Zuvor hatte ich die Konturen nur mit den Fingerspitzen ertasten können, aber jetzt konnte ich den Text ganz schwach erkennen.

Luziferi– Das *i* war am Ende verblasst und abgenutzt. Ich riss den Rest der Ranken beiseite, um den Rest zu enthüllen: *–urbem spinarum liberabunt.*

Genau wie Orion gesagt hatte: *Die Lichtbringer werden die City of Thorns befreien.*

Mir wurde warm ums Herz, als ich an seine Mutter dachte, die diese Buchstaben in die Wand geritzt hatte. Ich verspürte einen überwältigenden Drang, den Jungen zu beschützen, der einst hier drin gewesen war und die kleine Königin in meiner Tasche geschnitzt hatte. Aber er war schon lange verschwunden.

Ein schweres Gefühl der Traurigkeit lag in der Luft, ein kalter Nebel, der an den Steinen klebte.

Kurz bevor sie getötet wurde, haben mich die Wachen in eine andere Zelle gebracht, ganz allein.

Ich überquerte wieder den Korridor und meine Trauer mischte sich mit meiner Neugierde. Von Zelle zu Zelle suchte ich die Steine ab, auf der Suche nach etwas, das mir zeigen würde, wo er die ganze Zeit gelebt hatte. An ein paar anderen Wänden fand ich Einritzungen, aber nichts, was eindeutig mit ihm in Verbindung gebracht werden konnte. Beunruhigender Weise sahen einige davon wie Krallenspuren aus.

Ungefähr auf halber Strecke der Zellenreihe blieb ich stehen. Durch einen winzigen Riss in der Steinwand leuchtete ein kleiner Lichtpunkt nahe der Decke. Es kam mir irgendwie bekannt vor. Das genaue Bild davon brannte sich in mein Herz ein. Ich hatte diesen kleinen Spalt schon einmal gesehen.

Darunter beleuchtete das warme Licht meines Feuers die kunstvollen Schnitzereien in den dunklen Steinwänden.

Mir stockte der Atem, als ich sah, was er in den Stein gezeichnet hatte – drei Königinnen mit stacheligen Köpfen wie Kronen. Er hatte sie dreimal in den Stein geritzt, die Markierungen gewalttätig und verzweifelt, als hätte der kleine Orion versucht, sie durch den Stein wieder zum Leben zu erwecken.

Nach den drei Königinnen wurden einige der Bilder anspruchsvoller. Er hatte den Uhrenturm von Asmodean, der um sechs Uhr in der Zeit eingefroren war, so dargestellt, wie er jetzt aussah. Er hatte eine Schlange eingeritzt, die sich im Schein meines Feuers hin und her zu winden schien. Seltsam, wenn man bedachte, dass er Angst vor Schlangen hatte.

Da war das Wort *Vindicta* – Rache – in den Stein gekratzt, mit etwas, das aussah wie Dornen, die aus den Kringeln der Buchstaben ragten. Und daneben erinnerten mich die Schnitzereien an die alten Grabsteine der Puritaner – Totenköpfe und gekreuzte Knochen, die Worte *Memento Mori – Fugit Hora.*

Erinnere den Tod – die Zeit vergeht. Ich war mir sicher, dass die Zeit hier unten nicht gerade wie im Flug verging, vor allem nicht für einen Unsterblichen. Aber dieser Satz bezog sich nicht auf Orion. Selbst als er hier drinnen gefangen gewesen war, hatte er sich daran erinnert, dass die Sterblichen, die die Lilu vernichtet hatten, in Osborne sterben würden. Vielleicht war das ein Trost für ihn gewesen.

Und über all dem hatte er Sterne eingemeißelt – die Form des Sternbilds des Orion. Außer dem winzigen Riss in der Mauer hatte er hier drin kein richtiges Licht gehabt, also waren die Steinsterne alles gewesen, was er hatte.

Ich wollte keine Sekunde länger hier drinbleiben. Aber als ich mich umdrehte, um zu gehen, wurde mir der wahre Horror dieses Ortes bewusst. Seine Zelle lag direkt gegenüber vom Hinrichtungsraum, wo die Schlinge noch immer von der Decke hing.

Kurz bevor sie getötet wurde ...

Orion war hier eingesperrt worden, mit einem perfekten Blick auf den Tod seiner Mutter. Und hier war er jahrhundertelang gefangen gewesen, direkt gegenüber vom Galgen. Kein Wunder, dass er sich fühlte, als ob seine Seele gestorben wäre. Sie hatten seinen Geist vollständig zerstören wollen.

Als ich einen weiteren Schritt machte, tauchte eine Vision in meinem Kopf auf – dieselbe, die ich gesehen hatte, als Orion und ich zum ersten Mal einen Blutschwur geleistet und unsere blutenden Handflächen aneinandergepresst hatten.

Vor meinem geistigen Auge sah ich eine kristallklare Vision: *Steinmauern, die Risse aufwiesen, um ein wenig von den Sternen freizulegen. Dann ein Schatten, der sich über den Stein bewegte – die blutigen, schwankenden Füße eines erhängten Körpers. Das Holz darüber knarrte und Schmerz durchbohrte mein Herz bis ins Innerste.*

Die Vision klärte sich wieder, und ich drückte meine Hand auf den Stein, um mich zu beruhigen, während ich nach Luft schnappte. Mein Herz hämmerte gegen meine Rippen.

Verdammt, wie hatte er es nur geschafft, hier drinnen bei Verstand zu bleiben?

Ich stürzte aus dem Korridor, während Übelkeit in mir aufstieg. In meiner Verzweiflung, frei zu sein, eilte ich aus dem Kerker und zurück in den Tunnel.

Erst dort stellte ich fest, dass ich nicht allein war.

Eine der Schattengestalten räusperte sich, und ich beschwor einen Feuerstoß, um besser sehen zu können.

Die Flamme in meiner Hand beleuchtete das lächelnde Gesicht von Amon, der seine Hände beschwichtigend hob.

»Tut mir leid«, sagte er. »Der König wollte, dass ich für deine Sicherheit sorge.« Wenn ich raten müsste, war Amon so ziemlich die einzige Person, der Orion jetzt noch vertraute.

»Mir geht es gut, Amon, danke.« Körperlich ging es mir gut. Gefühlsmäßig? Nicht wirklich. Aber das brauchte Amon nicht zu wissen. »Ich war gerade auf dem Rückweg.«

Aber was ich wirklich wollte, war Orion zu finden und ihm zu helfen, alles zu vergessen, was hier unten passiert war.

Meine Kehle schnürte sich zu.

So viel zu meiner Entschlossenheit, ihn auf Abstand zu halten.

KAPITEL 26

– ROWAN –

Gegen drei Uhr morgens gab ich es auf, im Bett zu liegen, denn jedes Mal, wenn ich die Augen schloss, sah ich die Schlinge sich leicht hin und her bewegen. Und diese drei geschnitzten Königinnen …

Vielleicht lag es daran, dass ich eine Lilu war, oder vielleicht waren es die albtraumhaften Visionen, die ich im Kerker gesehen hatte. Aber der Versuch, heute Nacht zu schlafen, war wie der Versuch, Nebel mit den Händen einzufangen.

Orion war auf der anderen Seite der Tür und schlief tief und fest, und ich konnte meine Gedanken nicht von ihm abwenden.

Von meinem Fenster aus starrte ich in den Garten und beobachtete, wie der Wind die Apfelblüten zum Rascheln brachte. Mein Blick blieb an der Bank hängen, auf der Orion mir die hölzerne Königin geschenkt hatte – ein Geburtstagsgeschenk, nur dass der Geburtstag nie gekommen war. Ich nahm die Figur in die Hand und fuhr mit den Fingerspitzen darüber. Mein Herz schlug heftig.

Morgen würde ich mich mit meinen Lehrern treffen. Ich brauchte sie, um mich auf die Prüfung zu konzentrieren. Ich hatte nichts zu verlieren, aber viel zu gewinnen – eine Krone auf dem Haupt und die Entscheidungen in meiner Hand.

Ich warf einen Blick auf die Tür und fühlte mich eingeengt, als wäre ein Teil von mir noch immer in der Zelle gefangen. Unruhig öffnete ich das Fenster, dann kletterte ich zurück ins Bett, rollte mich unter den Laken zusammen und atmete den Duft des Meeres ein.

Ein schwüler Nachtwind wehte in mein Zimmer. Es dauerte, aber schließlich gelang es mir zu schlafen und von den Sternen zu träumen.

Als ich aufwachte, stand das Zimmer in Flammen. Feuer umgab mich und verschlang alles.

Verdammt. Ich würde bei lebendigem Leibe verbrennen.

Durch den verwirrenden Dunst des Schlafes hatte die Angst mein Herz fest im Griff. Ich brauchte mehrere Schrecksekunden, um mich daran zu erinnern, dass das Feuer mich nicht mehr verbrennen konnte. Selbst als ich mich an diese wichtige Tatsache erinnerte, hinkte mein Gehirn immer noch hinterher.

Als ein vermummter Mann aus dem Feuer auf mein Bett sprang, reagierte ich langsamer, als ich es hätte tun sollen.

Ich starrte ihn an und war verblüfft, als ich einen Blick auf silbernes Haar und blassblaue Augen erhaschte. Das schöne Gesicht des Königs. »Orion? Was zum Teufel …«

Er hob seine Hand und elfenbeinerne Krallen schossen aus seinen Fingern hervor.

Panik raubte mir den Atem. Hatte er den Verstand verloren?

Ich griff nach seinem Handgelenk und drehte es zur Seite, sodass er das Gleichgewicht verlor. Sofort schoss ich hoch und verpasste ihm einen Kopfstoß. Seine Knochen knackten, als meine Stirn auf seine Nase prallte. In der nächsten Sekunde fuhr ich meine Krallen aus. Ich schlug wild um mich und traf sein Gesicht. Er stieß ein ersticktes Knurren aus, als er von mir weg taumelte.

Ich sprang aus dem Bett. Mein Körper glühte in goldenem Licht. Hitze kochte in meinem Blut. Als ich mich auf ihn stürzte, sprang er aus dem Fenster in den Garten darunter. Er trampelte durch die Beete und verschwand in den Schatten.

»Was *zum Teufel* war das?«, rief ich.

Eine Sekunde später flog die Tür zu Orions Zimmer auf. Ohne Hemd stand er auf der Schwelle und fuhr sich durch die Haare. »Was ist los?«

»Bist du jetzt erst aufgewacht?«, fragte ich. »Dein Haus steht buchstäblich in Flammen. Warum hast du keinen Rauchmelder?«

Orions Blick glitt durch den Raum, eine Falte zwischen seinen Augenbrauen. »Wovon redest du?«

Ich gestikulierte durch den brennenden Raum, aber das Feuer war nicht nur weg, es hatte auch keinerlei Schäden hinterlassen. Kein Rauch, keine Asche.

Ich blickte zurück zum Fenster und warf einen verwirrten Blick nach draußen. Alles sah genauso aus wie vorher – still und dunkel unter dem Nachthimmel. Weiße Blumen blühten in den Schatten.

Ich drehte mich um und starrte in den intakten Raum. »Vielleicht war es ein Albtraum.«

»Wir *sind* die Albträume, Liebes.« Er nickte zum Fenster hin. »Aber warum ist das Fenster offen? Die Wächter sind darauf angewiesen, dass die Tore und Fenster verschlossen bleiben. War jemand hier, Rowan?«

Draußen färbte sich der Himmel rosa und golden. Ich suchte mein Bettlaken ab und als ich den purpurnen Blutfleck darauf entdeckte, fühlte ich eine seltsame Erleichterung.

Ich hatte nicht den Verstand verloren.

»Ja, jemand war hier. Ich bin mit meinen Krallen über sein Gesicht gefahren und sein Blut ist auf meinen Laken. Er hatte silberne Haare. Einen Moment lang dachte ich, du wärst es. Er sah *wirklich* aus wie du.«

Orion ging zum Fenster und schlug es zu, dann hob er mich hoch und trug mich in sein perfekt aufgeräumtes Schlafzimmer.

»Was machst du da?«, fragte ich.

»Ich lasse dich nicht aus den Augen«, flüsterte er gegen mein Ohr. »Wir haben noch zwei Stunden, bevor es eine vernünftige Zeit zum Aufstehen ist. Ich habe immer noch keine Ahnung, wer dich tot sehen will. Aber ich weiß, dass zwei Lichtbringer stärker sind als einer.«

Er ließ mich auf sein Bett fallen und ich schlüpfte zwischen seine Laken, die so wunderbar nach ihm rochen. Er legte sich neben mich und schloss mich in seine starken Arme. Ich schmiegte meinen Kopf in seine Halsbeuge und fühlte mich viel wohler, als ich es hätte tun sollen.

Als er sich entspannte, hörte ich, wie sich sein Atem verlangsamte, und ich spürte das sanfte Heben und Senken seines Brustkorbs.

Ich liebte das Geräusch seines schlagenden Herzens.

Verdammt.

Warum konnte ich nicht einfach zugeben, dass ich gern in seiner Nähe war?

KAPITEL 27

– ROWAN –

Ich saß in Kas' Küche vor einer Schüssel mit frisch zubereiteten Spaghetti *aglio e olio*, während er unsere Gläser mit Syrah füllte. Mir lief das Wasser im Mund zusammen, als ich die Nudeln um meine Gabel wickelte. Die Nacht war hereingebrochen und eine Laterne schwang vor seinem kleinen Haus und warf schwankende Schatten auf die Tudorhäuser.

Shai hielt ihr Weinglas in der rechten Hand, ohne ihr Essen zu berühren. »Ihr zwei zuerst, Rowan. Bist du dazu gekommen, mit Legion die Noyes-Villa zu besichtigen?«

»Ja«, sagte ich. »Wir haben den Tag in Sudbury verbracht. Das Herrenhaus ist komplett von Magie umhüllt, aber es war leicht zu finden.

Eine Gruppe von Dämonenjägern patrouilliert in den Wäldern, was natürlich nur dazu führt, dass man die Villa leichter findet. Also hat sich Legion unsichtbar gemacht. Dann ist er nah genug herangegangen, um die magischen Signaturen der Schutzzauber zu lernen.« Ich nahm einen großen Bissen von den würzigen, knoblauchhaltigen Nudeln und hoffte, dass mich niemand auffordern würde, das weiter auszuführen, denn im Moment musste ich wirklich essen.

Legion nickte. »Es gibt einen Tarnzauber und einen weiteren, der alle Dämonen tötet, die an den Schutzwällen vorbeikommen. Den Dämonentötungszauber kann ich am Tag der Prüfung ausschalten, ohne dass sie es merken. Wir werden die Villa aber getarnt lassen, um die Dämonenjäger nicht zu alarmieren. Sie müssen nicht wissen, dass Rowan hineingeht.«

Shai sah noch erschöpfter aus als ich, und sie rieb sich die Augen. »Das einzige Problem ist, dass das alles auch Orion zugutekommt.«

Ich nippte an meinem Wein. »Nun, Orion wird im Gegensatz zu mir kein ganzes Team haben, das ihm hilft. Er wird nicht wissen, wo das Buch genau ist.«

Kas war schon dabei, unsere Weingläser nachzufüllen. »Warum seht ihr zwei schönen Frauen so erschöpft aus?«

Ich nahm mein Glas in die Hand und spürte, dass ich Orion beschützen musste. Wenn ich ihnen von dem Attentat erzählte – einem silberhaarigen, blauäugigen Attentäter, der dem König sehr ähnlich sah –, konnte ich mir vorstellen, wie sie darauf reagieren würden: *Das liegt daran, dass Orion versucht dich zu töten.*

»Nur Schlaflosigkeit«, sagte ich.

»Das Gleiche.« Shais Augen schweiften von mir ab, während sie sprach, und ich hatte das Gefühl, dass auch sie nicht die ganze Geschichte erzählte.

Interessant. Wenn ich raten müsste, lag ihre Müdigkeit daran, dass sie und Legion sich bis spät in die Nacht Gesellschaft leisteten.

»Okay«, sagte Legion. »Kas, was hast du heute erfahren?«

Kas stand auf und schob seinen Stuhl zurück. »Augenblick.« Eine Minute später kam er mit einem großen, zusammengerollten Stück Papier zurück in den Raum. Er breitete es zwischen Gläsern und Tellern aus, und ich starrte auf den Bauplan eines Gebäudes.

»Blaupausen für die Noyes-Villa«, erklärte Kas. »Sie gehört jetzt der Familie Corwin.«

»Sie wurde 1690 heimlich von einem gruseligen religiösen Fanatiker namens Reverend Nicholas Noyes gebaut«, sagte Shai. »Er hat in der Nähe eine Mühle betrieben. Die Dämonenjäger haben ihr Hauptquartier in der Nähe des Ortes gebaut, an dem die Engländer eine Schlacht gegen die Wampanoag verloren haben. Es ist ein heiliger Ort für sie. Irgendwas mit dem Blut der Gerechten, das den Boden nährt.«

Ich wurde hellhörig. »Reverend Nicholas Noyes? Der aus den Hexenprozessen von Salem? Er wurde von einem Opfer mit ›Gott wird dir Blut zu trinken geben‹ verflucht.« Ein Schauder überlief mich. »Ich bin mir ziemlich sicher, dass er mich in der Unterwelt erhängt hat.«

Stille herrschte im Raum. Offenbar wusste niemand genau, wie er darauf reagieren sollte.

Ich winkte mit einer Hand. »Okay. Vergesst es. Zurück zu den Blaupausen.«

»Unsere amerikanischen Dämonenjäger stammen von einer langen Tradition englischer Hexenjäger ab«, sagte Kas.

»Der *Malleus Maleficarum*«, fügte Shai hinzu. »Der Hammer der Hexen. Sie haben ihr gleichnamiges Handbuch im späten fünfzehnten Jahrhundert veröffentlich. Und die dämonenspezifische Sekte ist der *Malleus Daemoniorum*.«

»Was sie in ihren Texten natürlich nie zugegeben haben«, fuhr Kas fort, »war, dass sie auch Magie benutzt haben. Sie haben erkannt, dass sie es ohne Zauberei nicht mit Dämonen oder Hexen aufnehmen konnten.«

Ich starrte auf den Bauplan der Villa vor uns. »Woher hast du das?«

Kas' Wangen bekamen Grübchen, als er lächelte. »Sterbliche Bibliothekare sind wirklich erstaunlich. Ich musste nur mit einer jungen Frau in der Bibliothek in Lexington flirten. Sie hat uns in einen verschlossenen Raum geführt, in dem sie historische Dokumente über den *Malleus Daemoniorum* haben. Sobald sie uns allein gelassen hat, haben wir jedes Dokument durchwühlt, bis wir einen verschlossenen Safe gefunden haben.«

Meine Augenbrauen zogen sich hoch. »Du hast es aus einem verschlossenen Safe gestohlen. Besteht die Chance, dass die Dämonenjäger wissen, dass wir kommen?«

Kas warf einen Blick auf Shai. »Shai hat dabei geholfen.«

»Ich habe einen Zauberspruch gelernt, um Erinnerungen zu löschen«, sagte sie.

Mir fiel die Kinnlade herunter. »Wie bitte? So etwas kannst du?«

»Jetzt kann ich es.« Ihr Lächeln verblasste, und ihre dunklen Augen bohrten sich in mich. »Aber findest du es nicht seltsam, dass Orion dir verrät, wo das Buch aufbewahrt wird, wenn die Prüfungsregeln das nicht vorschreiben? Kann es sein, dass das eine Falle ist?«

Ich schüttelte den Kopf. »Ich glaube ihm. Ich kann nicht wirklich erklären, warum, aber ich glaube ihm einfach.« Ich atmete tief ein. »Er ist mehr daran interessiert, das Grimoire zu finden, als daran, König zu sein. Er hält es für entscheidend, um die Dämonen zu schützen. Das war schon immer sein Hauptziel: die Dämonen in einem Krieg mit den Sterblichen zu schützen.«

Legion strich sich mit der Hand über den Kiefer. »Und er hat nicht unrecht. Die Sterblichen kämpfen nicht mehr auf dieselbe Art und Weise wie vor Jahrhunderten.«

Ich starrte auf die Blaupause – ein stattliches Gebäude mit drei separaten Flügeln, die eine Art eckige U-Form bildeten.

Legion zeigte auf einen Raum mit der Aufschrift *Kanzlei.* »In alten Gebäuden werden hier die offiziellen Dokumente aufbewahrt und von Hand abgeschrieben. Ich denke, dass das der wahrscheinlichste Ort für das Grimoire ist.«

Ich lehnte mich in meinem Stuhl zurück und verengte meine Augen. »Was wäre, wenn …« Ich hob einen Finger an meine Lippen. »Was wäre, wenn du einen Probelauf machen würdest? Morgen? Mach dich unsichtbar, schleich dich an den magischen Verteidigungsanlagen vorbei. Geh in das Gebäude und durchsuch die Kanzlei. Du kannst herausfinden, ob das Buch tatsächlich im Safe liegt, bevor ich reingehe. Kennst du einen Zauberspruch, mit dem man Tresore aufschließen kann?«

Shai zeigte auf die Karte. »So sind wir an die Blaupause gekommen. Die ist übrigens dreihundert Jahre alt, also sollten wir sie vielleicht nicht mit Knoblauchnudeln bekleckern?«

Legion nickte. »Das kann ich machen. Aber ihr solltet euch alle dort verstecken, falls ich eure Hilfe brauche. Ich werde einen Zauberspruch finden, mit dem ich mit euch kommunizieren kann, auch wenn wir getrennt sind.«

Ich starrte ihn an. »Süßer, dafür gibt es doch Handys.«

Er warf einen Blick auf Shai. »*Okay.*«

»Shai kann dir beibringen, wie man Textnachrichten schreibt«, sagte ich. »Das ist eine wirklich wichtige Fähigkeit.«

Egal wie nachdrücklich Kas gesagt hatte, ich sollte niemandem vertrauen, Vertrauen war ein Bestandteil von fast allem, was ich hier tat. Es gehörte ganz einfach dazu, wenn man mit anderen Leuten arbeitete.

KAPITEL 28

– ROWAN –

Tag der zweiten Prüfung.

Ich wachte wieder in Orions Armen auf, meine Beine fest um ihn geschlungen. Ich merkte, dass ich mich im Schlaf gegen ihn bewegt hatte und dass es ihm gefiel.

In den letzten drei Nächten hatte ich gegen die sexuelle Qual ankämpfen müssen, mit ihm im Bett zu sein, ihn aber nicht küssen zu können.

Aber meine Arme um seine Bauchmuskeln zu schlingen – das war erlaubt.

Wir hatten nicht über die Prüfung gesprochen, auch wenn sie wie ein Schatten über uns hing. Aber heute Morgen konnten wir es nicht mehr ignorieren.

Er drehte sich zu mir um und strich mir die Haare aus dem Gesicht. »Heute ist der Tag, an dem wir die City befreien.«

»Das werden wir ja sehen.« Mein Herz schlug höher. In den letzten Tagen hatte ich es geschafft, mich zu konzentrieren und mich abzuschotten, aber jetzt, wo wir keine Zeit mehr hatten, schossen mir eine Million neuer Sorgen durch den Kopf. Schließlich war ich Rowan Morgenstern, und ob ich nun sterblich oder eine Dämonin war, mein Gehirn würde mir immer die schlimmsten Szenarien auf dem Silbertablett servieren. Ohne Ausnahme.

Ich sah zu ihm auf. »Orion, was ist, wenn wir es irgendwie vermasseln und wir damit die Chance verlieren, das Grimoire jemals in die

Hände zu bekommen? Oder was ist, wenn die Dämonenjäger uns an die Regierung melden und diese die City of Thorns bombardiert, bevor wir den Zauber entschlüsseln können?« Ich schluckte schwer. »Was ist, wenn unsere Handlungen alle Dämonen töten? Hast du keine Angst, dass ich alles versaue und du die Chance vertust, das Buch zu bekommen?«

Er strich mit seiner Hand langsam meine Wirbelsäule hinunter. Die Hitze unter seinen Fingerspitzen ließ mich erzittern und meinen Körper gegen seinen schmelzen. »Erstens habe ich vollstes Vertrauen, dass du es nicht vermasselst.« Sein Gesicht war nah an meinem, unsere Wangen berührten sich fast. »Zweitens: Die Schutzzauber werden die City vorerst sichern. Und ich glaube nicht, dass die Jägerinnen und Jäger genug Einfluss haben, um uns anzugreifen.«

»Warum?«

»Seit ich den Thron bestiegen habe, habe ich daran gearbeitet, die Dämonenjäger von den Mächtigen zu isolieren. Menschliche Politiker sind bemerkenswert anfällig für Erpressung und verschiedene Formen der Bestechung. Geld regiert die Welt der Sterblichen. Wahlkampfspenden, Drohungen, ihre Gegner zu finanzieren. Der Umgang mit ihnen ist viel einfacher, als ich erwartet hatte. Zumindest im Moment sind die Dämonenjäger auf sich allein gestellt. Sie haben überhaupt kein politisches Kapital.«

Meine Augen weiteten sich. »Für einen alten, leicht psychotischen Dämon kennst du dich erstaunlich gut in der modernen Welt aus.«

»Ich liebe es, wenn du süße Sachen über mich sagst.« Seine Hand glitt nach oben und legte sich in meinen Nacken, und er drückte seine Stirn gegen meine. »Wenn du dich jemals entscheidest, mir zu vertrauen, werde ich dich nehmen, bis du um Gnade bettelst. Bis du deinen Namen vergisst.«

Mein Innerstes krampfte sich zusammen und ich kämpfte gegen den Drang an, ihn zu küssen. »Nur bei dir, Orion, ist diese Art von Selbstvertrauen nicht fehl am Platz.«

Seine Mundwinkel zuckten – kein Lächeln, sondern so etwas wie Unsicherheit. Er sah mich mit einem Ausdruck an, den ich bisher kaum bei ihm gesehen hatte: Verletzlichkeit. Sein Brustkorb hob und senkte sich schneller, sein Herzschlag raste. Orion – der große böse Herr des Chaos – war nervös. »Aber du musst wissen, was ich getan habe. Du musst mein wahres Ich kennenlernen.«

Ich starrte ihn und den dunklen Schwung seiner Wimpern an, die seine blauen Augen umrahmten.

Meine Brust tat weh. »Was meinst du? Was hast du getan?« Es kam ein bisschen schärfer rüber, als ich es beabsichtigt hatte. Ich war mir nur nicht sicher, ob ich noch mehr schreckliche Überraschungen verkraften würde.

Sein Blick verfinsterte sich und er rollte sich von mir weg. Er erhob sich vom Bett, und ich starrte auf seinen muskulösen Rücken. »Die Prüfung ist heute. Ich werde es dir später erzählen.«

Als ich ihn anstarrte, hatte ich das Gefühl, dass sich Eis zwischen uns ausbreitete und die Luft kühlte.

Und noch etwas anderes beunruhigte mich. Etwas, über das ich in den letzten Tagen nicht gesprochen hatte. »Er sah dir wirklich ähnlich, weißt du. Die Person, die durch das Fenster reingekommen ist.«

Er drehte sich mit einer hochgezogenen Augenbraue wieder zu mir um. »Du warst im Halbschlaf, nicht wahr?«

Ich schluckte schwer. »Ich hatte eine Doppelgängerin. Sozusagen. Was ist, wenn jemand so aussieht wie du?«

»Doppelgänger sind sterblich. Sie haben keine Krallen.« Mit einem Stirnrunzeln wandte er sich mir zu. »Und du existierst, weil Mortana gestorben ist. Ich bin nicht wirklich tot, wie du gesagt hast.«

Ich wollte es nicht sagen, aber ich musste fragen. »Es ist nur … alle dachten, meine Eltern wären tot. Aber sie waren es nicht. Du hast gesagt, dein Bruder sieht genauso aus wie du …«

»Rowan«, sagte er schroff. Die Temperatur sank in den Keller. »Ich habe ihn sterben sehen. Ich werde das nie vergessen.«

Ich stieß einen langen Atemzug aus. *Und ich habe gesehen, wie du mich angegriffen hast.*

Eine neue Reihe von Sorgen hatte sich in meinem Gehirn eingenistet, dornige Ranken, die jeden anderen Gedanken durchbohrten. Aber ich sagte kein Wort, als ich mich auf den Weg zur Dusche in meinem Zimmer machte. Ich drehte das Wasser auf, zog mich aus und ließ den Dampf das Badezimmer erfüllen. Seine Worte von vor einem Monat hallten in meinem Kopf nach.

Betrachte es als Unfall, wenn du dich dadurch besser fühlst. Mir sind die Hände ausgerutscht und ich habe Carl versehentlich den Kopf abgerissen und seine Überreste unter den Schreibtisch geschoben.

Orion fühlte sich wegen eines schrecklichen Geheimnisses schuldig. Weshalb sollte sich jemand wie er schuldig fühlen?

Als ich unter die Dusche stieg, schloss ich die Augen und versuchte mir das Gespräch vorzustellen – das gesamte Bild seines Zimmers – und es wegzuschließen. Alles hing davon ab, wie der heutige Tag verlief, und ich musste mich hundertprozentig darauf konzentrieren. Mein Ziel war es, in der nächsten halben Stunde nicht mehr an Orions Versprechen zu denken, mich zu nehmen, bis ich meinen Namen vergaß.

In Gedanken ging ich den Plan durch, den ich mit meinem Team ausgearbeitet hatte. Ich würde während meines Fluges nach Sudbury den Unsichtbarkeitszauber sprechen. Dann würde ich in einige Entfernung vom Haus landen. Kas und Legion würden in der Nähe Unterschlupf suchen, um die Schutzzauber des Anwesens zu stören. Ich wusste, wie ich den Eingang durch eine kleine Steinmarkierung finden konnte, auch wenn das Haus noch verhüllt war.

Mit einem Unsichtbarkeitszauber würde ich an den drei oder vier Wachen vorbeischlüpfen – oder an ihren toten Körpern, wenn Orion zuerst ankam. Mit einem Zauberspruch würde ich die Eingangstür und den Safe öffnen. Ich könnte einfach hineinspazieren. Unbemerkt.

Ich würde direkt zur Kanzlei gehen.

Wenn die Jäger uns entdeckten, würden uns die automatischen Schlösser des Hauses mit großen Eisenstangen einsperren, die sich über die Türen herabließen. Das Haus würde zu einer Art Gefängnis für uns werden, in dem die Jäger uns unbedingt töten wollten.

Aber die Türen konnten von außen geöffnet werden, also würde Shai am Südausgang mit einem Aufsperrzauber auf mich warten. Ich würde viermal klopfen, um ihr mitzuteilen, dass sie die Eisengitter öffnen musste.

Ich könnte bei Sonnenuntergang wieder hier sein, mit dem Grimoire in der Hand, bereit, gekrönt zu werden.

Theoretisch.

Orion und ich standen uns unter einem wolkenverhangenen Himmel gegenüber. Während meine Muskeln vor Anspannung starr waren, lehnte er einfach an der Steinmauer, die Hände in den Taschen. Er trug ein dunkelgraues T-Shirt, das sich über seine breiten Schultern spannte, und mein Blick glitt hinunter zu seinem Schlangentattoo. Ich dachte an das Gefühl seiner Fingerspitzen, die über meine Wirbelsäule strichen …

Ich riss meinen Blick von ihm los. Ich musste meine Gedanken in Zaum halten.

Die Regeln der Dämonenprüfungen verlangten, dass wir in der City of Thorns starteten. Von hier aus würden wir nach Sudbury fliegen.

Ich drehte mich von der Mauer weg und blickte in die Menge um uns herum. Ich erkannte Lydia, die Herzogin, die einmal versucht hatte, mich zu ermorden. Abgesehen von Amon kannte ich aber die meisten der anderen Dämonen nicht.

Um zu verhindern, dass etwas durchsickerte, was die Dämonenjäger alarmieren könnte, hatte niemand in der Menge eine Ahnung, wohin Orion und ich heute fliegen würden. Nur, dass ich heute Abend Königin sein könnte.

Mistress Blacknettle erschien aus der Menge, in silberne Roben gehüllt, die zu ihrem Haar passten. »Heute werdet ihr die City of Thorns verlassen. Derjenige von euch, der mit dem Grimoire zurückkehrt, gewinnt die Prüfung und die Krone. Keiner von uns weiß, wohin ihr reist, aber wir erwarten mit Spannung eure Rückkehr. Mögen die Götter euch beide segnen.«

Ich nickte ihr zu. Das Blut pochte in meinen Adern, eine stetige Kriegstrommel der Nerven. Sobald die Glocken läuteten, würden wir uns in die Luft erheben.

Ich warf einen kurzen Blick auf Orion. Ein verschmitztes Lächeln kräuselte seine Lippen, als er mich ansah, als ob wir ein Geheimnis teilten.

Ich holte tief Luft und zuckte zusammen, als die Glocken zu läuten begannen und den Beginn der Prüfung ankündigten.

Meine Flügel lösten sich von meinen Schulterblättern, und ich schoss in die Luft und schwebte unter dem wolkenverhangenen Himmel dahin. Der Seewind zerrte an meinen Haaren, als ich nach Südwesten in Richtung Sudbury flog. Währenddessen sagte ich den Tarnzauber auf, und die Magie summte in meinem Körper, als sie ihre Wirkung entfaltete. Adrenalin schoss durch mich hindurch.

Als ich meine Hand vor meinem Gesicht ausstreckte und nichts sah, wurde mir schwindelig. Ich brauchte ein paar Minuten, um mich daran zu gewöhnen, dass ich mich selbst nicht sehen konnte.

Ich suchte den Himmel nach Orion ab, aber alles, was ich wahrnahm, war ein schwacher Schatten unter den Wolken. Gut, dass der *Malleus Daemoniorum* keinen von uns beiden kommen sehen würde.

Orion hatte recht gehabt. Ich sehnte mich nach dieser Art von wildem Flug, frei über der Erde, so wie es für einen Sukkubus bestimmt war. Sein berauschender Duft wehte im Wind und umhüllte mich wie eine Liebkosung.

Doch während ich flog, summte mein Handy in meiner Tasche und riss mich aus meiner Begeisterung. *Wirklich?* Jetzt?

Sofort begann mein Puls zu rasen. Nur Kas, Legion und Shai hatten diese Nummer. Ich hatte ihnen ganz klar gesagt, dass sie mir nur dann eine Nachricht schicken sollten, wenn etwas schiefgelaufen war.

Ich zog mein Handy aus der Tasche und starrte entsetzt auf – nichts. Das verdammte Telefon war auch unsichtbar.

Mit wachsender Frustration drückte ich die Seitentaste und schrie Siri an, Shai anzurufen.

Ich presste das Telefon an mein Ohr. Mein Blut pochte, als direkt die Mailbox ansprang.

Zum Glück ging Legion dagegen sofort ran und bellte: »Hier ist Legion!«

Atemlos schrie ich ihn an. »Was ist los? Ich kann die Nachricht nicht lesen. Ich falle zurück, Legion.«

»Irgendetwas stimmt nicht, Rowan. Ich glaube, die Jäger wussten, dass du kommen würdest.«

Mein Blut wurde zu Eis. »Die Dämonenjäger? Wie? Keiner außer uns weiß, wohin wir fliegen.«

»Ich habe keine Ahnung. Jemand hat ihnen einen Tipp gegeben. Es sind nicht nur drei oder vier Wachen, sondern eine ganze Armee.«

Ich suchte die Wolken ab, aber ich sah keine Spur von Orions schattenhafter Präsenz. »Wo ist Shai? Sie ist nicht drangegangen.«

»Es geht ihr gut. Sie hat mir gesagt, dass sie im Südflügel auf dich wartet, falls du Hilfe brauchst, um wieder rauszukommen. Ich kann sie nur nicht sehen, weil sie unsichtbar ist.«

»Legion, es ist zu spät für mich, um jetzt umzukehren. Ich habe Orion verloren und werde keine Gelegenheit mehr haben, es ihm zu sagen, bevor wir ankommen. Es wird passieren, egal, was wir tun. Wir müssen uns den Weg hinein und hinaus erkämpfen.«

Ich steckte das Handy zurück in meine Tasche und konzentrierte mich auf meinen Flug, um schneller zu werden.

Mein Herz pochte heftig, als ich weiter nach Westen raste und das Land unter mir grüner wurde. Als ich mich Sudbury näherte, fegte ich näher an den Boden heran, meine Augen scharf auf die Erde unter mir gerichtet. Wenn ich über das Ziel hinausschoss, würde ich mich wieder in der Unterwelt wiederfinden, und das Letzte, was ich gebrauchen konnte, war ein weiterer wütender puritanischer Mob … obwohl ich wohl so oder so auf einen wütenden puritanischen Mob zusteuerte.

Endlich erstreckten sich die äußeren Ränder des Great Meadows Naturschutzgebietes unter mir. In der kühlen Herbstluft hatten die Bäume die Farbe von Flammen angenommen.

Als ich die Noyes-Villa ansteuerte, lag der metallische Geruch von Blut schwer in der Luft.

KAPITEL 29

– ROWAN –

Mir drehte sich der Magen um beim Anblick der erschlagenen Sterblichen – einige von ihnen waren enthauptet, andere verbrannt. Blut sammelte sich auf der Erde und befleckte das Gras. Sie nährten den Boden, genau wie es die Puritaner getan hatten.

Und einen Moment lang hatte ich mir tatsächlich fast Sorgen um Orions Sicherheit gemacht.

Ich schluckte schwer und ignorierte das Zittern in meinen Beinen, als ich die Steinplatte fand, die den Eingang zu dem unsichtbaren Haus markierte. Ich drückte meine Hand gegen die Stelle, an der die Tür für den Entriegelungszauber sein sollte, aber Orion hatte sie für mich offengelassen.

Im Inneren der Villa hallten ferne Rufe wider. Dieses Haus war viel prächtiger, als ich es mir vorgestellt hatte. Die riesigen Bogenfenster ließen das Licht des Waldes auf den alten Steinboden fallen. Ölgemälde von Dämonenjägern schmückten die weißen Wände über der

Mahagoni-Täfelung. Auf beiden Seiten der Halle führten geschwungene Steintreppen nach oben.

Aber die Kanzlei befand sich im unteren Stockwerk.

Die Dämonenjäger rannten durch die großen Hallen und schrien sich gegenseitig Befehle zu. Sie gingen an mir vorbei, ohne meine Anwesenheit zu bemerken. Einer von ihnen knallte die Tür direkt hinter mir zu.

So leise ich konnte, rannte ich zur Kanzlei. Ich sprintete durch den Ostflügel und zählte vier Türen zu meiner Rechten. Dann schlüpfte ich in einen steinernen Raum mit Buntglasfenstern, durch die farbige Lichtflecken fielen. In einer Ecke stand ein Holzschrank. Darin hatte Legion den Tresor und das Grimoire gefunden.

Doch als ich mich dem Schrank näherte, begann eine laute Glocke zu läuten.

»Abriegelungsmaßnamen in Kraft«, dröhnte eine Stimme über die Sprechanlage. »Es wurden Dämonen im Gebäude entdeckt. Wir leiten die Abriegelungsmaßnahmen ein.«

Schwer atmend kniete ich mich vor den Tresor und flüsterte den Entriegelungszauber. Ein Kribbeln durchfuhr mich, während sich das Schloss drehte und die Tür aufschnappte. Erleichtert atmete ich auf, als ich das in Leder gebundene Grimoire herauszog – obwohl es viel kleiner war, als ich erwartet hatte. Und auch viel *neuer*.

Als ich es aufschlug, stellte ich fest, dass es gar kein Grimoire war, sondern eine Liste mit gewöhnlichen Namen und Adressen.

Mein Magen krampfte sich zusammen. *Verdammt!* Hatte Orion das Grimoire also schon gefunden? Oder hatten die Dämonenjäger Bescheid gewusst und das Grimoire verschwinden lassen?

Mein Blick blieb an einem der Namen in dem Buch hängen. Mein Herz schlug schneller.

Giuseppe Esposito, Galgenbergstraße 8, Osborne MA. Wird seit September gesucht. Es wird angenommen, dass er Glamour benutzt, um älter zu erscheinen. Wahrscheinlich gefährlich. Vermisst.

Ich blätterte zum Anfang des Buches und meine Hand zitterte, als ich die Aufschrift las: *Verdächtige Lilu-Flüchtlinge.*

Das Buch enthielt etwa ein Dutzend Namen und Adressen aus der ganzen Welt. Grundgütiger.

Es gab noch mehr von uns da draußen. Plötzlich fühlte sich das wie ein größerer Fund an als das Grimoire. Vielleicht waren Orion und ich ja doch nicht die letzten Lilu.

Mein Herz hämmerte. Ich stand auf und schnupperte die Luft. Schwach roch ich Zedernholz, den Duft, der für mich wie ein Zuhause geworden war. Jetzt begann ich zu verstehen, was Orion damit gemeint hatte, dass die Sinne von Dämonen geschärft waren – und überwältigend. Denn zu Orions Geruch gesellten sich eine Menge Blut, verbrannte Haare und Haut, stechender menschlicher Schweiß und andere Dinge, an die ich nicht denken wollte.

Ich versuchte das Läuten der Alarmglocken auszublenden und mich nur auf Orions Geruch zu konzentrieren, um zu ihm zu gelangen. Noch immer völlig unsichtbar, schlich ich den Flur hinunter. In dem breiten Korridor eilten Sterbliche mit langen Gewehren vorbei. Dachten sie etwa, sie könnten uns mit Kugeln aufhalten?

Und erst jetzt hörte ich, was die Sterblichen untereinander sagten.

»Einer von diesen Lilu-Miststücken hinterlässt eine Spur von Leichen!«

»Das Grimoire ist weg«, brüllte jemand.

»Wie sollen wir sie finden, wenn sie unsichtbar sind?«

Mein Blut rauschte. Woher wussten sie, dass wir *Lilu* waren? Die Einzigen, die wussten, was heute passierte, waren Orion und meine drei Freunde – und doch hatten die Sterblichen *genau* gewusst, wer heute in ihr Heiligtum eindringen würde. Wer zum Teufel hatte also diese Information weitergegeben?

Ich hatte keine Ahnung, wo ich suchen sollte, also folgte ich einfach Orions Geruch –

bis ein Arm herausschoss und mich in eine kleine Bibliothek zog. Die Tür knallte hinter mir zu und ich wirbelte herum, um zu sehen, wie sich die Schatten von Orion lösten.

Trotz meiner perfekten Pläne hatte jemand die Sache vermasselt. Ich war mehr fassungslos als wütend und konnte nicht akzeptieren, dass einer meiner Freunde so sorglos mit diesem Geheimnis umgegangen war.

Ein Lächeln umspielte seine Lippen, als er das Grimoire hochhob – ein verblasstes, tiefgrünes Buch mit abgesplitterter goldener Schrift. »Suchst du das hier?«

Eine scharfe Ranke der Enttäuschung kroch durch mich. »*Willst du,* dass ich mit dir darum kämpfe? Denn das werde ich.« Ich warf einen Blick hinter mich auf die geschlossene Tür. »Aber warum bist du noch hier? Warum bist du nicht schon längst verschwunden?«

Sein Blick wurde ernst, als er mir das Buch hinhielt. »Ich möchte, dass du mir vertraust.« Er sah mir nicht direkt in die Augen, weil ich immer noch unsichtbar war, aber er schaute in meine Richtung. »Es gehört dir, Rowan. Das Buch. Die Krone. Du kannst sie haben.«

Ich hatte das Gefühl, dass mein Herz zerspringen würde. Ich wusste nicht, was ich sagen sollte, also nahm ich ihm einfach das Buch ab und sah zu, wie mein Tarnzauber es verschwinden ließ. »Ich kann nicht glauben, dass du es mir schenkst.«

»Ich vertraue dir, dass du die richtige Entscheidung triffst.«

Ich atmete zittrig ein und konnte kaum glauben, dass das alles wirklich passierte. »Woher wusstest du, wo du suchen musstest?«

»So wie ich immer an Informationen komme. Ich habe einen Dämonenjäger gefunden und angefangen, ihm die Knochen zu brechen, bis er mir die Antworten gegeben hat, die ich wollte.«

Vielleicht wäre es besser gewesen, wenn ich nicht gefragt hätte. »Ich habe auch etwas für dich, Orion.« Ich reichte ihm das Buch mit den Lilu-Namen und sah zu, wie es sich materialisierte, als ich es ihm reichte. »Ich glaube, es gibt noch mehr von uns da draußen. Die Dämonenjäger haben einige der Lilu aufgespürt.«

Er blätterte durch die Seiten. Sein Körper glühte. »Heilige Hölle, Rowan. Meinst du, das ist echt?«

»Ich habe einen der Namen erkannt, Mr. Esposito. Und ja, ich glaube, er könnte ein Dämon sein. Er ist derjenige, der mir von den Prüfungen erzählt hat. Er war mit meiner Mutter befreundet.«

Er starrte mich mit einer Art Ehrfurcht an. »Vielleicht muss Rache nicht unbedingt ein Massaker sein. Vielleicht kann es die Rückkehr der Lilu sein, die diese Mistkerle versucht haben auszurotten.« Seine Stirn legte sich in Falten und ein verruchtes Lächeln umspielte seine Mundwinkel. »Aber ich werde die Dämonenjäger trotzdem töten, und es wird mir Spaß machen.«

»Können wir wenigstens die Bücher hier rausbringen, bevor du alle verbrennst? Wir kommen durch den südlichen Ausgang raus. Shai wartet dort auf uns, um die Tür zu entriegeln.«

Ich sah seine perfekten Gesichtszüge verschwinden, als Schatten ihn einhüllten.

»Lass uns gehen, Liebes«, flüsterte er. »Ich komme für die Dämonenjäger später wieder zurück.«

KAPITEL 30

– ROWAN –

Hand in Hand gingen wir ungesehen durch den Korridor, und ich nutzte meine mentale Karte des Gebäudes, um Orion zu führen. Der südliche Ausgang lag direkt vor uns – eine große Holztür, die mit Eisen beschlagen war. Ich warf einen Blick hinter mich und vergewisserte mich, dass niemand in der Nähe war. Dann hielt ich den Atem an und klopfte. *Eins. Zwei. Drei. Vier.*

Ich wartete darauf, dass die Tür geöffnet wurde.

»Shai ist nicht da«, sagte eine tiefe Männerstimme hinter mir.

Meine Muskeln erstarrten, als ich die Stimme wiedererkannte.

»Es scheint, als ob dein Freund nicht wirklich wollte, dass du gehst«, fügte die Stimme hinzu.

Ich drehte mich um und sah zwei Männer, die Gewehre in den Händen hielten. Und einer von ihnen war Jack Corwin.

Nun stellte sich *mir* die Frage, woher sie wussten, dass ich dort stand, wenn sie mich nicht sehen konnten. Anscheinend hatte ›mein Freund‹ ihnen das auch gesagt.

Schmerz durchzuckte meinen Bauch. Als ich nach unten schaute, sah ich, dass ich nicht von Kugeln, sondern von Pfeilen getroffen worden war. Einer hatte mich in den Rippen erwischt, der andere in den Bauch. Ich riss sie heraus, aber als sich das Gift der Pfeile in meinen Adern ausbreitete, schien es die Magie, die mich schützte, aufzufressen. Mein Körper wurde *sichtbar*.

Ich fiel auf die Knie und sah zu Orion auf. Er war auch getroffen worden, aber er stand noch. Wie ein wildes Tier stürzte er sich auf die

Jäger und schleuderte einen von ihnen gegen die Wand. Jack drehte sich um und schrie um Hilfe.

Ich verdrängte den Schmerz und kramte mein Handy aus der Tasche. Ich drückte den Knopf an der Seite und schrie verzweifelt hinein: »Siri! Ruf Legion an!«

Das Telefon fing an zu klingeln, aber ich konnte am Knistern erkennen, dass wir keine gute Verbindung hatten. Ich blickte auf und sah, wie Orion versuchte Jack zu verfolgen, aber er stolperte, geschwächt vom Gift in seinem Körper.

»Legion hier!« Die Stimme meines Freundes kam durch das Telefon.

»Wir sitzen in der Falle! Kannst du zum Südausgang kommen?«

Ich konnte seine Antwort nicht hören, aber meine Haut wurde von hinten heiß und Rauch waberte durch die Luft. Tränen stachen in meinen Augen.

Ich wirbelte herum und sah, wie Flammen einen Teil der Tür hinter mir verzehrten, das Holz und Eisen schwärzten. Das war gut. Das Feuer könnte uns hier herausbrennen. Aber die Hitze bereitete mir Übelkeit, die heiße Luft versengte mein Gesicht. Als ich mit der Hand über die Flammen strich, schrie Schmerz durch meine Fingerspitzen.

Feuer *tat weh.* Das Gift schwächte unsere Magie.

»Orion«, rief ich.

Ich drehte mich um und sah, wie er zurück zu mir taumelte. Jack musste Orions wachsende Schwäche gespürt haben, denn er drehte sich um und ging hinter uns her – dieses Mal vorsichtig. Ich fragte mich, ob wir hier draußen ohne unsere Magie sterben könnten. Gewöhnliche Dämonen, ja. Lichtbringer? Ich hatte keine Ahnung.

In Gedanken überprüfte ich die Karte des Ortes. Links von uns befand sich ein Treppenhaus und zwei weitere Stockwerke, in denen es wahrscheinlich weniger Jäger geben würde.

Ich rief Orion zu, dass er mir folgen sollte, und versuchte den stechenden Schmerz zu ignorieren, den das Gift in meinem Körper auslöste. Im Treppenhaus blickte ich hinter mich und war erleichtert, dass Orion mir auf den Fersen war. Schmerz zeichnete sich auf seinen Zügen ab und ich fragte mich, wie viel zusätzliche Energie er aufgewendet hatte, um Jack zu verjagen.

Mir gefiel der Gedanke nicht, *in* ein brennendes Gebäude zu rennen, aber wir hatten keine andere Wahl. Als wir die Treppe hinaufstiegen, ging eine Sprinkleranlage los und kaltes Wasser regnete auf uns herab. Ich schob das Grimoire unter mein Hemd, um es zu schützen.

Orion schob mich vor sich her und öffnete mir die Tür im obersten Stockwerk. Als ich den Blick auf einen leeren Flur erhaschte, atmete ich erleichtert aus. Die Sprinkleranlage war hier nicht ausgelöst worden, und ich zog das Buch aus meinem feuchten Hemd.

»Wir können uns nicht ausruhen, Rowan«, sagte Orion. »Wir müssen einen Weg nach draußen finden.«

»Ich weiß.« Mein Körper brannte vom Gift. Ich schleppte mich durch den Flur, das Grimoire immer noch in der Hand.

Ich hatte keine Ahnung mehr, wie wir hier rauskommen sollten.

Ich zückte wieder mein Handy und befahl Siri, Legion anzurufen. Diesmal war der Klingelton klar und er nahm sofort ab.

»Wo bist du?«, rief er.

Ich hatte keine Zeit für ausführliche Erklärungen. »Du musst die Haustür für uns öffnen. Noch nicht! Ich werde klopfen. Warte einfach dort auf mich, okay?«

Wir hatten fast das Ende des Ganges erreicht, also lief ich, so schnell ich konnte, und Orion rannte im gleichen Tempo.

Schließlich erreichten wir das hölzerne Treppenhaus an der Vorderseite des Gebäudes und taumelten so schnell hinunter, wie unsere zerstörten Körper konnten.

Als wir die unterste Ebene erreichten, klopfte mein Herz wie wild.

Jack Corwin stand da und richtete seine Waffe auf uns.

Hätte ich die Möglichkeit gehabt, meine Magie zu beschwören, hätte ich die Villa in Asche verwandelt, um Orion zu schützen.

Jacks Gesicht war rot und der Schweiß tropfte ihm von der Stirn. »Dachtest du, du könntest meinen Vater töten und damit davonkommen?« Seine Schreie klangen rau und wahnsinnig.

Orion drehte sich um und begann mich wieder die Treppe hinaufzuziehen, seinen Arm um meinen Rücken gelegt, als würde er mich abschirmen. Aber ich spürte den stechenden Schmerz, als die Pfeile mich von hinten trafen.

»Weißdornbeeren und Ladongift«, rief Jack. »Fühlt sich nicht so gut an, oder, meine Freunde?«

Orion wirbelte herum. »Du hältst dich verdammt noch mal fern von ihr.« Seine Stimme dröhnte von den Wänden wider wie die Stimme eines dunklen Gottes. »Wenn du ihr noch einmal etwas antust, wirst du dir wünschen, du wärst nie geboren worden. Ich bin ein Albtraum, wie du ihn nicht einmal begreifen kannst. Ich werde diesen Ort niederbrennen und dafür sorgen, dass du an dem Rauch erstickst, und dann werde ich dir die Lunge herausreißen, Jack.«

»Nicht mit dem Gift in dir«, schoss er zurück.

Ich merkte, dass er sich über uns lustig machen wollte, aber seine zitternde Stimme machte den Effekt zunichte. Ich fiel auf die Knie und hörte mit Schrecken die Schritte auf der Treppe. Wir waren dabei, hier zwischen Jack und den anderen Dämonenjägern in der Falle zu sitzen.

Mit einem wilden Knurren stürzte Orion auf Jack zu und drückte ihn gegen die Wand. Er presste seinen Unterarm gegen Jacks Kehle. Jacks Gesicht lief rot an.

»Bleib weg von meiner Königin«, knurrte Orion.

Jack ließ die Waffe fallen und seine Beine strampelten in der Luft.

Ich hatte keine Ahnung, wie Orion die Kraft dazu gefunden hatte, denn das Ladongift fühlte sich an, als würde es mich von innen heraus zerfressen.

»Los, Rowan!«, rief Orion, aber es klang undeutlich. »Ich bin direkt hinter dir. Mach, dass du hier wegkommst!«

Ich taumelte an den beiden vorbei. Meine Gedanken wirbelten durcheinander, als ich nach der Tür griff.

Orion hatte mir dieses Grimoire anvertraut, und ich wollte es in Sicherheit bringen. Aus der Ferne hörte ich, wie Orion und Jack sich gegenseitig anschrien, aber meine Sinne waren verwirrt, als würde das Gift an meinem Gehirn nagen. Auf keinen Fall durfte ich jetzt versagen. Ich musste mich darauf konzentrieren, das Buch nach draußen zu bringen.

Ich lehnte mich gegen die Tür und klopfte viermal, bis sie nachgab.

Im blendenden Sonnenlicht fiel ich zu Boden, wo die Luft nach Tod roch. Ich klammerte mich an das Buch, als ich spürte, wie mich ein Paar starker Arme hochhob, und dann rauschte der Wind über mich hinweg.

Ich lehnte mich an seine Brust, und jeder Knochen in meinem Körper sang vor Schmerz.

Jetzt gab es nur noch das Gefühl, dass meine Nerven zerrissen, und der Rest der Welt verschwand.

Männerstimmen durchdrangen die Luft um mich herum. Mir wurde schlecht. Ich rollte mich auf Händen und Knien zusammen und übergab mich auf den Boden.

»Rowan!«

Ich blickte auf und sah Legions Gesicht vor mir, verschwommen, als würde ich die Welt durch Wasser hindurch betrachten.

»Rowan«, rief er wieder und kauerte sich neben mich. »Ich muss wissen, womit sie dich vergiftet haben.«

Ich kämpfte gegen den Drang an, mich ein zweites Mal zu übergeben, und versuchte meine Gedanken zurückzuholen. Jack hatte uns gesagt, was es war …

»Ladon«, murmelte ich und lehnte mich auf meinen Fersen zurück. Ich griff mir an den Bauch und legte mich auf die Seite. Aber keine Position linderte den Schmerz, egal wie sehr ich mich bewegte. »Ladongift. Und Weißdorn.« Ich fiel auf den Rücken in den Dreck. »Wo ist Orion?«

Ein Arm legte sich um meinen Hals und ich blickte in Legions Gesicht, das über mir aufragte. Er hielt mir einen Becher an die Lippen, der nach Tannennadeln und Beeren roch.

»Öffne den Mund, Rowan«, sagte er sanft und hob meinen Hinterkopf. »Das wird dir helfen.«

Von dem Geruch wurde mir übel und ich wollte mich schon wieder übergeben. Mein Mund fühlte sich trocken und feurig an.

»Mach den Mund auf, Rowan«, sagte Kas. »Das ist Medizin. Damit wirst du dich besser fühlen.«

Er erinnerte mich in diesem Moment so sehr an meine Mutter, dass ich ihm nur gefallen wollte, also trank ich die zähflüssige, erdige Flüssigkeit aus. Sie schmeckte nach Dreck und Blättern – aber die Wirkung setzte fast sofort ein.

Was auch immer es war, es wusch den ätzenden Schmerz weg und beruhigte meine Muskeln. Langsam klärte sich meine Sicht, und die Übelkeit in meinem Magen legte sich. Meine Glieder zitterten, aber sie taten nicht mehr weh.

Ich blickte auf in die besorgten Gesichter von Legion und Kas. Endlich war ich stark genug, um mich aufzusetzen, und wischte mir mit dem Handrücken über den Mund.

Aber irgendetwas fühlte sich immer noch falsch an, und mein Herz pochte wild vor Panik. Die Angst beherrschte jeden Muskel in meinem Körper.

Ich schaute mich um, als mir der Grund für meine Angst klarwurde. »Wo ist Orion?«

Legion warf einen verwirrten Blick zu Kas hinüber. »Ich weiß es nicht. Wir haben versucht dich so schnell wie möglich in Sicherheit zu bringen.«

»Wir haben nicht auf ihn gewartet«, sagte Kas.

»Du hast das Buch, Rowan!« Legion reichte mir das Grimoire. »Du hast gewonnen.«

»Wartet.« Ich bemühte mich, mit ihrem Gespräch Schritt zu halten. »Ist Orion noch dort?«

»Als du gesagt hast, dass du gefangen wärst«, fuhr Kas fort, »dachte ich, es würde helfen, ein Feuer anzuzünden, weil ihr beide es überleben würdet, aber …«

»Kas«, rief ich. »Ich muss zurück zu Orion!«

Kas schaute erschrocken drein und runzelte dann die Stirn. »Ja, natürlich. Aber solltest du nicht erst das Grimoire zurück in die City of Thorns bringen? Ihm wird es gut gehen. Er ist Orion.«

»Er hat Schlimmeres überlebt als mancher Sterblicher«, fügte Legion hinzu.

Ich drückte das Buch fest an mich. »Nein. Unsere Magie wurde durch dieses Gift geschwächt. Ich werde nicht zulassen, dass die Sterblichen ihn noch einmal brechen.«

Ich war schon aufgestanden, als Legion mich am Arm berührte. »Warte. Solltest du das Buch nicht bei uns lassen?«

Mein Blick glitt zwischen den beiden hin und her, und der Gedanke nagte noch immer in meinem Hinterkopf – jemand hatte den Dämonenjägern einen Tipp gegeben. »Shai ist nicht am Südeingang aufgetaucht. Wo ist sie?«

Legion schüttelte den Kopf. »Sie geht nicht an ihr Handy. Wir konnten sie nicht finden. Aber du glaubst doch nicht, dass sie …« Er brach den Satz ab. »Sie hätte dich nicht absichtlich dort zurückgelassen, Rowan.«

Kas wischte sich mit den Händen über den Mund. »Traurigerweise kann man niemandem blind vertrauen. Nicht einmal unseren besten Freunden.«

»Und genau deshalb werde ich das Buch bei mir behalten.« Ich nahm Legion das Glas ab, das mit dem Gegenmittel gefüllt war. »Ich danke euch beiden, dass ihr mich in Sicherheit gebracht habt. Wir sehen uns in der City of Thorns.«

Sie riefen mir zu, ich sollte das Buch bei ihnen lassen. Wenn ich es zu Orion zurückbrachte, konnte er immer noch gewinnen.

Aber die Wahrheit war, dass ich Orion zu diesem Zeitpunkt mehr vertraute als ihnen.

Kapitel 31

– Rowan –

Ich spürte es zum ersten Mal – die unbändige Panik, weil ich wusste, dass Orion in Gefahr war. Mein Zwillingsstern. Auch wenn er nicht merkte, dass seine Seele nach mir rief, so tat sie es doch. Er *brauchte* mich jetzt, und nichts würde mich davon abhalten, zu ihm zu gelangen.

Unsere Trennung war ein scharfer körperlicher Schmerz in meiner Brust.

Was, wenn er dachte, ich hätte ihn absichtlich im Stich gelassen?

Der Gedanke daran ließ mein Herz gegen meine Rippen schlagen. Er hatte sich geopfert, damit ich eine Chance hatte zu entkommen, und das Buch, die Krone und sein Leben aufgegeben.

Ich würde nicht zulassen, dass sie ihn noch einmal brachen.

Ich raste unter einem kühlen blauen Himmel nach Westen, über Herbstblätter, die die Farbe von Höllenfeuer hatten.

Ich würde Jack den Kopf abreißen, wenn er Orion tötete. Ich würde nichts von der Villa zurücklassen außer staubigen Überresten aus Blut und Knochen. Die Dunkelheit entfaltete sich in mir – Schatten, die ich immer fest umschlossen gehalten hatte. Die Dämonin in mir, die sich nach Blut und Rache sehnte.

Ich stürzte auf die Lichtung, auf der das Haus stand, und der Geruch des Blutes der Sterblichen erfüllte die Luft um mich herum.

Ich ging zu dem Stein, der die Tür markierte, und trat sie auf. Die Tür fiel aus den Angeln. Ich klemmte das Buch unter einen Arm und griff mit derselben Hand nach dem Gegengift. Sollten wieder irgendwelche Sterblichen mit Pfeilpistolen auftauchen, würde ich bereit sein, Flammen aus meinen Fingerspitzen zu entfachen.

Abgesehen von den Porträts von Dämonenjägern über den Vertäfelungen fand ich die Halle leer vor.

Ich schnupperte die Luft und roch Blut, verbranntes Holz und Angst. Ich war jetzt nicht mehr nur Rowan, sondern eine Dämonin, die Gerüchen folgen konnte. Und als ich Schritte hinter mir hörte, reagierte ich sofort. Ich hatte keine Zeit für kohärente Gedanken, sondern packte mit meinen Händen die Kehle eines Sterblichen und schlug seinen Kopf gegen die Wand. Ich setzte genug Kraft ein, dass er in Panik geriet, aber nicht so viel, dass er bewusstlos wurde. Er riss die Augen weit auf, sodass ich das Weiße sehen konnte wie bei einem verängstigten Pferd.

»Wo ist euer Gefangener?«, zischte ich. »Der Inkubus.«

Sein Mund öffnete und schloss sich lautlos, also fuhr ich meine Krallen gegen seinen Hals aus. Er stieß ein Wimmern aus, als Blut aus einer Wunde sprudelte.

»Wenn du schreist«, flüsterte ich, »bringe ich dich um. Jetzt sag mir, gibt es einen Kerker? Ein Verlies?«

Ich würde ihn so oder so umbringen. Waren das Orions Methoden? Ja. Aber ich war jetzt eine Dämonin, und es schien, dass ich die rücksichtslose Effizienz der Gewalt brauchte, um die zu schützen, die ich liebte. Ich würde ihn beschützen, und ich wusste, dass er das Gleiche für mich tun würde.

»Wo ist er?«, wollte ich wissen.

»Auf dieser Etage«, stammelte er. »Der Nordflügel. Wir haben keinen Kerker oder so etwas. Wir sind keine Monster. Er ist an einen Stuhl im Salon gekettet.«

»Er ist einfach in einem offenen Raum?«

Er schüttelte den Kopf. »Da sind Gitterstäbe, wie in einer Gefängniszelle.«

»Sag mir genau, wie ich reinkomme, Sterblicher, oder ich komme zurück, um dich zu finden. Und dann werde ich dir langsam die Eingeweide aus dem Körper ziehen.«

»Der Code lautet … 1486«, stammelte er.

Das Jahr, in dem das *Malleus Maleficarum* geschrieben worden war.

Für einen Moment lockerte ich meinen Griff, dann schlug ich meine silbernen Klauen gegen seine Kehle. Sein Blut spritzte aus seinem Hals, als er zu Boden fiel. Ich konnte nicht riskieren, dass er den Alarm auslöste, sobald ich weg war.

Die Luft rauschte über mich hinweg, als ich zum Nordflügel rannte, wo ich Orions Geruch wahrnahm. Schreie hallten durch den Korridor, als Jack ihn mit Fragen bombardierte.

Wut durchfuhr mich, so scharf und heiß, dass ich darauf achten musste, sie mit kühleren Gefühlen zu mäßigen. Wenn ich meiner Wut nachgab, würde dieser Ort zu Staub werden und das Grimoire gleich mit.

Ich näherte mich dem Salon, wo eiserne Gitter ein stattliches Gemach abriegelten. Mit dem Rücken an die Wand gepresst, konnte ich nur einen antiken Teppich und einen steinernen Kamin sehen, aber ich konnte Orion hier riechen. Ich wollte mich verzweifelt vor ihn stellen und ihn in Sicherheit bringen.

Ich könnte das Eisen leicht schmelzen, wenn ich müsste, aber ich wollte sie nicht vorwarnen. Wenn sie ihre Pfeilpistolen bereithielten, würde das nicht gut ausgehen.

»Sag uns, wie wir in die City of Thorns kommen!« Es war Jacks Stimme, die am Rande der Hysterie schwankte.

»Ich glaube, wir müssen eine kurze Pause machen.« Eine unbekannte Stimme. »Wenn er stirbt, werden wir nichts aus ihm herausbekommen. Eine Dämonenleiche nützt uns nichts.«

Ich versuchte den Schrecken dieses Kommentars zu verdrängen. Unsichtbar umklammerte ich das Buch und das Gegenmittel und tippte den Code ein: 1-4-8-6.

Das Eisentor glitt auf, und ich schob mich in den Raum. Für den Bruchteil eines Atemzuges registrierte mein Gehirn, was passiert war.

Alles in dem Raum sah teuer und luxuriös aus – die antiken Möbel, der persische Teppich. Alles außer den Ketten und dem klapprigen Holzstuhl, an den sie Orion gefesselt hatten.

Zu meiner Linken – mein Orion, ohne Hemd. Jack hatte seinen Körper überall mit Symbolen verziert, und Orions Blut floss in roten Lachen auf den Boden.

Drei Jäger standen rechts von mir, alle blutverschmiert.

Den Bruchteil eines Atemzuges später ließ ich einen Feuerstrahl los, der die drei Männer verschlang und in Flammen setzte.

Jack war zu nah an Orion dran, um in meine Flammen zu geraten, und er begann zu rennen. Der beißende Gestank von Jacks Angst erfüllte die Luft.

Ich würde ihn jagen, aber zuerst würde ich Orion heilen. Was war besser als eine wilde Lilu, die auf Rache aus war?

Zwei Lilu, die auf Rache aus waren.

Aber als ich Orion wieder ansah, stieg Traurigkeit in mir auf, zusammen mit Panik. Sie hatten ihn in Stücke gerissen.

Atmete er überhaupt noch? Ich eilte zu ihm hinüber und zitterte vor Entsetzen. Sie hatten das Wort *Muttermörder* mit bösartigen Schrägstrichen in seine Brust geritzt. Was zum *Teufel* stimmte mit ihnen bloß nicht*?*

Und es war eine Gnade, dass meine Trauer um ihn meine Wut auf Jack dämpfte, sonst wäre alles um mich herum nur noch ein Häufchen Asche.

Sie hatten Wirbel in seine Haut geritzt, die wie Schlangen aussahen …

Ich streichelte seinen Hinterkopf, und als seine Augen aufflatterten, war ich erleichtert. Oh, den Göttern sei Dank.

»Rowan«, murmelte er. »Du musst gehen.«

»Verdammt, nein.« Ich hob das Gegenmittel an seine Lippen. »Trink das.«

Er hatte so viel Blut verloren, dass es ihm schwerfiel, seinen Kopf aufrecht zu halten, und er sah aus, als würde ihm gleich schlecht werden. Aber er schaffte es, seine Lippen auf den Rand des Bechers zu legen. Ich kippte das Glas und die erdige Flüssigkeit glitt auf Orions Zunge.

Zuerst verschluckte er sich fast daran. Aber dann schloss er seinen Mund und ich sah, wie er schluckte.

»Mach den Mund auf, Liebes«, flüsterte ich. »Dann geht es dir besser.« Ich wiederholte Moms Worte und die von Kas.

Einen winzigen Schluck nach dem anderen flößte ich ihm den Trank ein. Und als sich seine Augen zu diesem himmlischen Blau weiteten – und sich fast auf mich konzentrierten –, glitt Freude durch mich hindurch.

»Orion«, flüsterte ich. »Komm zurück zu mir.«

Ich kippte ihm den Rest des Gegenmittels in den Mund, und er schluckte es, jetzt in größeren Zügen. Er schloss die Augen, während er trank, und mein Blick glitt über seine Haut. Als er den Rest des Tranks hinuntergewürgt hatte, begann sein Körper bereits zu heilen. Die brutalen Schnitzereien verschwanden, als seine dämonische Kraft und Magie zu ihm zurückkehrten.

Sein Kopf neigte sich nach unten und er starrte mich an, einen grimmigen Blick in den Augen. »Du bist zurückgekommen.«

»Natürlich. Das werde ich immer tun.« Ich schlüpfte hinter ihn. Zähneknirschend zerriss ich die Ketten, die ihn fesselten. Er sackte ein wenig nach vorne und stützte seine Unterarme auf seine Knie. Noch immer tropfte Blut von seinen Armen auf den Boden.

Ich kniete vor ihm nieder und schaute in sein Gesicht. Ich hatte ihn noch nie so erschöpft gesehen. »Orion, ich muss das jetzt wissen.« Ich griff nach seinen Oberschenkeln. »Wenn wir die Lilu zurück in die City of Thorns bringen können, versprichst du mir, dass das für dich genug ist? Oder zumindest, dass du keine Angriffe auf die Sterblichen starten wirst, um einen jahrhundertealten Blutschwur zu erfüllen?«

Er sah mich müde an und ein Lächeln huschte über seine Lippen. »Ich glaube, dein Verhör gefällt mir besser als ihres, obwohl du irgendwie furchteinflößender bist.«

»Versprichst du es mir?«, drängte ich ihn.

»Ja, Rowan. Ich kann mich damit zurückhalten, irgendwelche Angriffe zu starten. Ich habe Ashur nie versprochen, wie ich mich rächen werde. Und die Rückkehr der Lilu ist sicherlich Rache.« Er legte den Kopf schief und hob eine Augenbraue. »Wenn wir sie nicht finden können, können wir immer noch mehr Lilu *machen.*«

Ich ignorierte die Hitze in meinen Wangen bei seiner Bemerkung und versuchte mich zu konzentrieren, bevor ich meine Chance verpasste, Jack zu finden.

Ich schob ihm das Grimoire zu. »Gut. Nimm das mit nach Hause.«

Er stand auf und reichte es mir zurück. »Du nimmst es mit nach Hause. Du kehrst zurück und holst dir die Krone.«

Ich packte ihn am Ellbogen und half ihm auf die Beine. »Ich will Jack finden und ihn fragen, was er über Shai weiß. Sie ist nicht dort aufgetaucht, wo sie sein sollte, und ich weiß nicht, ob sie die undichte Stelle war, ob sie hier eingesperrt ist oder was zum Teufel passiert ist. Und ich will das Buch mit den Namen zurück.«

Ich atmete tief ein, witterte die Luft nach Schweiß und lauschte nach Herzschlägen. Meine geschärften Sinne sagten mir, dass der ganze Ort leer war. Jack – und alle anderen Jäger – waren geflohen.

Ich berührte Orions Wange. »Ich muss gehen. Nimm das Grimoire. Bring es zurück in die City of Thorns.«

Er beugte sich herunter und legte seine Stirn an meine. »Ich glaube, das bedeutet, dass du mir jetzt vertraust.«

»Das tue ich. Und wenn ich zurückkomme, werden wir beide herausfinden, wie wir zusammen regieren können.« Ich drehte mich um, um zu Jack zu laufen, aber Orion packte meinen Arm.

Als ich mich zu ihm umdrehte, brannten seine Augen mit einer seltsamen Intensität. »Warte, *warte*. Du musst erst wissen, was ich getan habe, bevor du mir vertraust.«

Ich streichelte sein Gesicht. »Dann sag es mir jetzt. Und zwar schnell.«

Sein Gesicht war nah an meinem und er zog meine Hände von seinen Wangen. Schmerz zeichnete sich in seiner Miene ab und seine Schultern sackten zusammen.

»Ich habe meine Mutter zum Tode verurteilt«, sagte er leise.

Das war nicht das, was ich erwartet hatte, und mein Blick glitt hinunter zu den Worten, die auf seiner Brust eingeritzt waren und nun zu wütenden Narben verheilten. *Muttermörder.*

»Das verstehe ich nicht«, sagte ich. »Wie ist das möglich?«

»Molor ist gestorben, als er sie verteidigt hat, Rowan. Molor war ein Held. Aber nur ein paar Monate, nachdem sie mich mit ihr ins Gefängnis gesperrt hatten, wurde ich in eine andere Zelle gebracht. Sie war hochgeboren, also wollten sie sie als Verbrecherin in den Akten vermerken. Also haben sie mich aufgefordert zu sagen, dass sie den König töten wollte, und das habe ich getan. Sie mussten mir nur Angst einjagen und ich habe ihnen gesagt, was sie hören wollten.«

Sein Kummer schien mich zu erfüllen, ein Brunnen des Schmerzes, der so tief war, dass ich den Grund nie erreichen würde.

Er begegnete meinem Blick wieder. Sein Ausdruck war voller Schmerz. »Ich habe das getan, weil ich tief im Inneren genau das bin. Ich bin jemand, der sich immer selbst retten wird. Ich bin nicht Molor. Er ist gestorben, weil er besser war als ich. Ich habe immer gedacht, die, die leben, sind die Schlimmsten. In mir stimmt etwas nicht, Rowan.«

Irgendetwas in seinen Worten traf mich, denn wir glichen uns – wir waren diejenigen, die überlebt hatten. Aber er hatte unrecht.

Ich schlang meine Arme um seinen Hals und zog ihn dicht an mich heran, damit ich sein schlagendes Herz hören konnte. »Du hast deine Mutter nicht verurteilt, weil du abscheulich bist, Liebes. Du hast sie verurteilt, weil du fünf oder sechs Jahre alt warst. Du warst ein kleines Kind, und jedes andere kleine Kind hätte dasselbe getan.« Ich stellte mich auf meine Zehenspitzen, um mich an seinen Hals zu schmiegen.

Zögernd legte er seinen Arm um meinen unteren Rücken. »Ein Held sollte die Leute beschützen«, sagte er, und es klang seltsam kindlich, als wäre dieser Teil von ihm mit fünf Jahren stehen geblieben.

Ich küsste seinen Hals. »Aber ein kleiner Junge sollte kein Held sein müssen. Und die Abscheulichen waren die Leute, die versucht haben, dich zu brechen. Denn dabei ging es nicht nur darum, ihr ein Verbrechen anhängen zu können. Sie haben versucht den Lichtbringer zu brechen. Orion, ich weiß, dass deine Mutter lieber in den Tod gegangen ist, als dich sterben zu sehen. Meine Mutter ist für mich ins Feuer gegangen, und ich weiß, dass deine Mutter dich genauso geliebt hat. Wie könnte sie auch nicht? Du wurdest nicht gebrochen geboren. Du warst nur ein Junge, der seine Familie geliebt hat, und sie haben das gegen dich verwendet. Du hast einige Narben, innerlich und äußerlich, aber das haben wir alle.« Ich starrte ihm in die Augen. »Wie oft hast du mir das Leben gerettet? Du hast dich heute quälen lassen, um mich zu beschützen. Du beschützt mich.«

Seine Hand glitt nach oben und er umfasste meinen Hinterkopf.

Ich fuhr mit meinen Fingern über seine vernarbte Haut und stellte fest, dass die feinen Erhebungen schon fast verschwunden waren. »Du bist mein Lichtbringer – der Strahlende, der in die Schatten gefallen ist.«

In seinen blassen Augen schimmerte Wildheit. Er beugte sich zu mir hinunter und küsste mich tief, wobei er mich am unteren Rücken hochzog, sodass meine Fersen vom Boden abhoben. Ich spürte, wie all meine Wut und meine Ängste dahinschmolzen, als seine warme Magie mich umgab.

Er löste sich aus dem Kuss und sah mich unter seinen dunklen Wimpern an. »Rowan Morgenstern, Königin der City of Thorns.«

Ich drückte ihm das Grimoire erneut in die Hand. »Bring es nach Hause, Orion.«

KAPITEL 32

– ROWAN –

Es war gut, Orion zu diesem Zeitpunkt zu verlassen, denn ich war mir ziemlich sicher, dass Jack sich der Grenze näherte – dem magischen Schlagbaum, der die Dämonen gefangen hielt.

Ich erspähte Jack bei einer alten steinernen Getreidemühle. Die Bäume um die Mühle herum leuchteten in Scharlachrot, Ringelblume und Ocker. Da Jacks Kleidung blutverschmiert war, war es einfach, ihn anhand seiner Fährte zu finden. Als ich ihn erreichte, war er schon am Ende seiner Kräfte. Er humpelte mit rotem Gesicht unter mir den Weg entlang. Orions Blut durchtränkte ihn, und eine weitere heiße Welle der Wut durchfuhr mich. Ich landete vor ihm, meine Flügel ausgebreitet.

Ich genoss den ängstlichen Schauder, der Jacks Körper erfasste, als er mich sah und zurückstolperte. »Rowan. Vergiss nicht, dass wir einmal Freude waren.«

Ich trat einen Schritt näher. »Wir waren nie Freunde, Jack.«

»Du bist nicht wie diese Dämonen. Ich *kenne* dich, Rowan. Wir sind zusammen aufgewachsen.« Er hob seine Hände. »Erinnerst du dich an die Talentshow? Du hast eine Zaubershow gemacht! In der High School.« Ein wildes Lachen entwich ihm. »Es war … es war … es war nicht einmal *gut,* Rowan. *Du bist von der Bühne gefallen.* Und jetzt kannst du fliegen? Du kannst Menschen verbrennen? Das ist nicht die Rowan, die ich von klein auf kenne.«

Meine Lippe kräuselte sich. »Selbst während du um dein Leben bettelst, erinnerst du mich daran, was für ein Arschloch du bist. Du hast ein Video von mir gemacht, wie ich von der Bühne falle, und es bei Instagram hochgeladen. Erinnerst du dich daran?«

Er sah aus, als würde er gleich weinen. »Aber du bist nicht wie sie. Das meine ich ja. Du bist nur … du weißt schon. Rowan. Du bist harmlos.«

Meine Hand schoss hervor, und ich packte ihn an der Kehle und drückte zu. »Du hast jemanden verletzt, den ich liebe. Und es scheint so, dass ich, wenn das passiert, einer Dämonin *sehr ähnlich* bin. Ich bin nicht mehr harmlos.«

Ich ließ ihn auf den Boden fallen. Er versuchte sich von mir loszureißen, und ich griff erneut nach ihm. Diesmal ließ ich meine Krallen ein wenig ausfahren und durchbohrte seine Haut, als ich ihn über mich hob. »Ich habe ein paar Fragen an dich. Erstens möchte ich wissen, wo das Buch ist. Das Buch mit den Namen der Lilu. Wenn ich dich wieder loslasse, werde ich schon einen Weg finden, damit du es mir sagst.«

Ich ließ ihn ein zweites Mal fallen und rammte meinen Absatz in sein Knie. Er schrie auf und hielt sich den gebrochenen Knochen. Ich musste warten, bis seine Schreie verstummten. Erst dann schaffte er es, »Verbrannt« herauszuwürgen.

Ich biss die Zähne zusammen. »Du hast es verbrannt?«

Ich rammte meinen Absatz hart in dasselbe Knie. Seine Schreie schallten durch die Luft.

»Wir haben es nicht gebraucht.« Er drehte sich um und sah aus, als würde ihm gleich schlecht werden. »Es ist jetzt digitalisiert.«

Eine so banale Aussage inmitten des ganzen Gemetzels, aber sie war nützlich.

»Wo ist Shai?«, fragte ich. »War sie diejenige, die mich verraten hat?«

Durch sein Zittern hindurch schaffte er es, mich anzulächeln. »Sie ist nicht die, für die du sie hältst. Selbst jetzt hast du keine richtigen Freunde, Rowan. Die Dämonen machen sich nichts aus dir. Ich könnte dein Freund sein, wenn du mich am Leben lässt.«

»Wo ist sie?«

»Zurück in Osborne.« Er stützte sich auf sein Knie. Tränen liefen über sein Gesicht, seine Züge waren verzerrt. »Du hast meinen Vater getötet. Du hast meine Brüder getötet. Und jetzt willst du mich töten. Deshalb jagen wir euch!«, rief er. »Weil ihr Ungeheuer seid!«

Ich kniete mich neben ihn. »Du hast Orion fast zu Tode gefoltert. Was macht Shai in Osborne?«

»Orion ist auch nicht der, für den du ihn hältst. Seine Sünden werden ihn für immer verfolgen. Wusstest du, dass er seine Mutter getötet hat?« Dreckig und blutverschmiert blickte Jack vom Boden zu mir auf. »Sie brauchten nur Schlangen in seine Zelle zu legen und sie über ihn gleiten zu lassen, bis er um Gnade geschrien hat, und schon hat er seine Mutter in den Tod geschickt.« Ein wildes Lachen entwich ihm. »Dein großer böser Dämon hat Angst vor Schlangen.«

»Er war *fünf,* du verdammter Irrer.«

»Nur das Blut der Dämonen kann die Welt von all euren Sünden reinigen. Es ist die heilige Pflicht der Jäger, es zu vergießen.«

Ich knirschte mit den Zähnen. »Nur, dass ihr alle bald tot sein werdet, Jack. Wir werden jeden Einzelnen von euch jagen und auslöschen. Und wenn das geschehen ist, herrscht Frieden zwischen Sterblichen und Dämonen. Schade, dass du nicht hier sein wirst, um es zu genießen.«

Jack zitterte. »Du bist als eine von uns aufgewachsen, Rowan. Was wäre, wenn du dich uns wieder anschließen würdest? Niemand braucht es zu wissen. Deine Freunde haben dich verraten. Und Orion wird es auch tun. Dämonen sind nicht loyal. Sie kümmern sich nur um sich selbst, wie Tiere.« Er war jetzt verzweifelt. Sein Gesicht war weiß wie Milch. »Du kannst dem Herrn des Chaos nicht trauen. Der Mann ist *wahnsinnig*, Rowan. Und natürlich ist er das. Er hat seine eigene Mutter zum Tode verurteilt und dann den Rest seines Lebens damit verbracht, auf den Ort seines Verbrechens zu starren, auf die Schlinge, die sie getötet hat. Er hat mehrere Jahrhunderte über seine Sünden nachgedacht, darüber, wie verdorben er im Inneren ist, denn das ist es, was Dämonen sind. Abscheulichkeiten!«, schrie er mich an. »Und als wir das Wort in seine Brust geritzt haben, haben wir ihn für seine Sünden gezeichnet. Wir haben sein Blut vergossen, um ihn zu zwingen, dafür zu büßen, so wie Kain als Mörder gezeichnet wurde!«

Während er sprach, wurde mein Körper heißer und heller. Diese Jäger hatten ihm das wirklich angetan – sie hatten versucht ihn zu brechen. Sie hatten ihn mit der Schuld gebrandmarkt, seine Mutter verurteilt zu haben, als er noch ein kleiner Junge gewesen war. Jack war ein Sadist.

Ich hörte mich sagen: »Du irrst dich, Jack. Ich bin nicht wie du. Vielleicht bin ich eine Abscheulichkeit, aber ich bin eine Dämonin, keine Sterbliche. Und ich bin loyal bis auf die Knochen. Ich werde immer die beschützen, die ich liebe.«

»Dann zeig etwas Loyalität gegenüber den Sterblichen, mit denen du aufgewachsen bist!«

Das Feuer wütete in meinem Kopf und meine Stimme hallte von den Steinen der Schrotmühle wider. »Ich werde die *unschuldigen* Sterblichen beschützen. Aber du zählst nicht dazu.«

Sternenlicht umgab mich, während mein Zorn die Welt erleuchtete. Es war eine seltsame Art von Ekstase, mich gehen zu lassen.

Ich war das Licht, das in die Dunkelheit hinabstieg. Lady Luzifer, die Gefallene.

Jacks Schreie hallten durch die Luft. Spuren von Blut und Knochen, Erde und Felsen flogen nach oben und wirbelten um mich herum, als ich ihn auseinanderriss, ein Strudel der Zerstörung. Ich war der Albtraum, und ich würde das Böse mit mir zu Fall bringen. Ich ließ das Licht aus mir herausfließen und öffnete mich der Dunkelheit.

Innerlich leer verschlang ich die Welt. »Ich bin das Chaos, die Weltenfresserin«, hörte ich mich flüstern. »Ich war die Erste, die existierte, und ich werde die Letzte sein.«

Kapitel 33

– Rowan –

Schemenhafte Albträume überfluteten meinen Geist. Jetzt lebte ich in einem Palast aus Eis, in erdrückender Einsamkeit.

Ich bin der Albtraum.

Meine Gedanken drehten sich in der Dunkelheit meines Geistes, kleine wirbelnde Galaxien in der Finsternis. Wärme gab es hier nicht.

Ich war mir nicht sicher, ob *ich* existierte …

Vielleicht war ich gestorben … mein Körper hatte sich in seiner Wut selbst verzehrt und meine Seele gleich mit.

Ordnung und Chaos ... ein Licht, das in die Unterwelt fällt.

Die Schatten verschlangen mein Licht.

Ich bin unendlich. Das Alpha und Omega.

Ich sehnte mich nach Wärme. Nach ihm. Ein schöner, gefallener Gott – so perfekt, dass selbst die Schatten ihn begehrten. Ich gehörte zu ihnen und wollte seine Schönheit verschlingen.

Verlangen riss mich auf, und ich griff nach ihm.

Ich konnte wieder fühlen. Ich musste dieses Licht verschlingen …

Wenn ich fühlen konnte, war ich am Leben.

Jemand, den ich liebte, küsste meinen Hals und meinen Kiefer. Wie war sein Name?

Meine Nasenflügel weiteten sich, als ich ihn an mir roch. Und zusammen mit seinem Geruch brachte mich der schwache Duft von Lavendelseife zurück in meinen Körper.

Ich *sehnte* mich nach ihm. Ich hungerte. Das Chaos in mir verlangte danach, gefüttert zu werden.

Meine Muskeln waren warm, glitschig und schlaff, und Wasser tropfte an meinem Körper herunter. Ich wollte nackt sein, die nackte Haut des gefallenen Gottes auf meiner spüren.

Er gab mir nicht, was ich wollte.

Baumwolle bedeckte mich, feucht von warmem Wasser. Muskulöse Arme legten mich in ein Bett aus kühlen, sauberen Laken. Die Berührung der Laken auf meiner Haut, diese sanfte und leichte Reibung, war eine erotische Qual, die mir das Gefühl gab, vor Verlangen anzuschwellen.

Er versuchte sich von mir zu entfernen, aber ich schlang meine Arme um ihn. Meine Fingernägel bohrten sich in die nackte Haut seines Rückens und zogen ihn näher zu mir. Aus der Ferne hörte ich mich selbst nach ihm stöhnen. Der gefallene Gott war das, was ich brauchte, und ich wusste, dass er derjenige war, der mich wieder mit Licht erfüllen konnte. Ich leckte über seinen Hals und schmeckte ihn. Meine Haut fühlte sich empfindlich an und sehnte sich nach seiner Berührung. Ich musste ihn verschlingen.

»Rowan?«

Ich öffnete die Augen und blickte auf Perfektion. Blaue Augen, goldene Haut, kantiger Kiefer – ein Gott der männlichen Schönheit.

Seine sich verdunkelnden Augen brannten vor Wildheit. »Du kommst zu mir zurück.« Er küsste mich leicht auf die Lippen, aber das war nicht genug.

Neue Kraft durchströmte mich. Ich drückte ihn auf den Rücken und war froh, dass ich keine Unterwäsche trug. Ich wollte seine nackte Haut direkt auf meiner spüren, also schlang ich meine Schenkel um ihn.

Ich fuhr mit meinen Händen über die reinen, sonnengebräunten Muskeln. Als ich in seine obsidianfarbenen Augen blickte, schien er kurz davor zu sein, die Kontrolle zu verlieren. Sein Blick war grimmig. Seine Finger lagen auf meinen Schenkeln und drückten fest zu.

»Rowan, vorsichtig«, sagte er. »Zu viel könnte dich töten.«

Ich wollte *zu viel.*

Und ich wusste, wenn ich diese feuchten Klamotten ausziehen würde, würde er mir geben, was ich brauchte. Also zerrte ich am Saum und zog sie mit einer sanften Bewegung aus. Ich beobachtete, wie seine Augen zu meinen Brüsten und meinem Schritt glitten.

Seine heiße, seidige Magie umspielte uns und brachte meine Haut zum Glühen.

Ich sah zu, wie sich seine Kehle leicht bewegte, und ließ meine Finger über seine Bauchmuskeln zum Bund seiner Hose hinuntergleiten, um sie aufzuknöpfen.

»Rowan, nein!«

Magische Fesseln schlangen sich um meine Handgelenke und Knöchel und zogen mich von ihm weg. Völlig nackt war ich an das Bett gefesselt und konnte mir nicht nehmen, was ich brauchte.

Das Schlimmste war, dass der gefallene Gott wieder eine Decke über mich warf. Ich sehnte mich nach ihm, und die schwache Reibung des Lakens war eine einzige Qual.

Er lag neben mir, den Kopf an meine Schulter gelehnt. »Immer nur ein bisschen, Liebes.«

Liebes.

Mit diesem Wort fiel sein Name durch die Dunkelheit in meinem Kopf wie eine Sternschnuppe. »Orion.« Die Erinnerung an dieses Wort erfüllte mich mit ein wenig Licht.

Ein schwaches Lächeln umspielte seine Lippen. Seine Augen waren immer noch kohlschwarz und verrieten mir, dass er mich nehmen wollte.

Unter der Decke fuhr er mit seinen Fingerspitzen über die Kurve meiner Hüften. »Ich wollte dich nicht allein lassen, Rowan. Auch wenn du es mir befohlen hast. Ich bin zurückgeflogen, um dir zu folgen. Und als ich den Lichtblitz gesehen habe, hatte ich eine Angst wie nie zuvor.«

Seine Hand fuhr über meine Oberschenkel und ließ mich bei der Berührung erschaudern.

Ich träumte heiße, fiebrige Träume ... dass wir im Tempel von Ishtar waren, in der Nacht nach meiner Prüfung. Ich saß auf seinem Schoß. Er spielte mit mir und berührte mich dort, wo ich feucht war. Hunger durchfuhr mich, und meine Schenkel öffneten sich weiter und verlangten schamlos nach mehr. Es war mir egal, dass alle zusahen, solange ich nur kommen konnte ...

Ich träumte, dass er mich über einen Schreibtisch beugte und mit dem Finger über meine Wirbelsäule fuhr. Er vergrub seine Hand in meinem Haar und schob meinen Rock hoch und meinen Slip herunter. Er packte mich an den Haaren, nahm mich hart und schnell und füllte mich aus, während ich seinen Namen schrie.

Als ich aufwachte, waren die Fesseln weg, aber er lag immer noch neben mir. Dunkelheit erfüllte den Raum. Ich war wieder angezogen, was lästig war. Dann schlang ich meine Arme und Beine um seinen Körper. Noch im Schlaf legte er seine Arme um mich. Ich konnte seine harte Länge durch mein Nachthemd hindurch spüren. Ich drehte mich zu ihm und suchte nach seinen Lippen, und als ich sie fand, küsste ich ihn tief.

Er stöhnte in meinen Mund. Seine Hüften bewegten sich gegen mich. Dann aber zog er sich mit einem gequälten Seufzer zurück, seine Augen dunkel vor Schatten. »Noch nicht, Liebes.«

Ich brauchte mehr Kontakt. *Mehr.* »Orion.«

Es gab etwas Wichtiges, das ich ihm sagen musste, und es war nur am Rande meines Bewusstseins. Wo Chaos herrschte, begannen nun klare Bilder durch meine Gedanken zu huschen ...

Ein silberhaariger Junge, der mit Schlangen bedeckt war.

»Du hast die Schlangen nicht erwähnt.« Die Worte erschreckten mich. Ich war mir noch nicht sicher, wovon ich sprach. Dann überfluteten mich die Erinnerungen und flimmerten in meinen Gedanken wie eine alte Filmrolle. »Sie haben dich im Kerker mit Schlangen bedeckt, bis du zusammengebrochen bist. Du hast es mir nicht erzählt.«

Er löste sich von mir und starrte an die Decke. Eine andere, schlimmere Erinnerung brannte in meinen Gedanken – ich hatte mich über seine Angst vor Schlangen *lustig* gemacht. Ich berührte die Seite seines Gesichts und drehte es zu mir. Erschöpfung überschattete seine sinnlichen Züge. Seine Augen waren halb geschlossen. Er strich mit dem Daumen über meine Wange und ich spürte, wie ich von innen heraus aufleuchtete.

»Weißt du, was mit dem Buch passiert ist?«, fragte er leise. »Dem Buch mit den Lilu-Namen?«

Genau das war es – die Sache, die ich ihm sagen musste. Ich schloss meine Augen und versuchte mich an die Einzelheiten zu erinnern. »Er hat es verbrannt, aber es ist noch da.«

»Immer noch wo?«

Welche Worte hatte er benutzt? »Im Puritanischen Gebäude.«

»Im Puritanischen Gebäude«, wiederholte er und strich mit dem Daumen über meine Haut.

Die Dunkelheit in mir wollte, dass er mich leckte und küsste, dass wir ein Gewirr von Gliedmaßen und Zungen wurden, aber ich wusste, dass dies wichtig war. Also versuchte ich mich zu konzentrieren und mir das Gesicht des Dämonenjägers vorzustellen … desjenigen, den ich getötet hatte. Die Bilder explodierten in meinem Kopf wie ein Feuerwerk. Sein höhnisches, sommersprossiges Gesicht. Ein kastanienbraunes Sweatshirt mit griechischen Buchstaben. Eine silberne Hammernadel, ein Messer, das vor Blut triefte. *Muttermörder.* Er war jahrelang mein Peiniger gewesen. In meiner Erinnerung liefen ihm die Tränen über die Wangen und durch den Schmutz in seinem Gesicht.

Er hatte das Wort in meinen gefallenen Gott geritzt.

Ich atmete scharf ein. »Digitalisiert. Das hat er gesagt. Das Buch ist noch in ihren digitalen Akten.«

Ein Lächeln zeichnete sich auf seinem Gesicht ab. »Gute Arbeit, Liebes.« Er strich mit dem Daumen über meine Unterlippe.

Nachdem die wichtige Aufgabe erledigt war, hatte ich das Gefühl, dass ich eine Belohnung verdient hatte. Und die Art und Weise, wie er mich mit dieser intensiven Hitze, dieser Liebe ansah – das war fast schon Belohnung genug. Aber nicht ganz.

Mein Hunger nach ihm würde nie gestillt werden. Als ich meine Hände über seinen harten, muskulösen Körper gleiten ließ, verriet mir der Blick in seinen Augen, dass auch er mit sich selbst kämpfte.

Ich küsste ihn und nahm seine Unterlippe zwischen meine Zähne. Seine Finger glitten nach unten und krallten sich in meinen Hintern.

Er drückte meine Hüften gegen seine Länge und stöhnte, ein verzweifeltes Geräusch, das meine Brustspitzen hart werden ließ. Ich *musste* meine Kleidung ausziehen.

Ich war ein Monster geworden und hatte die Welt um mich herum in Asche verwandelt. Ich hatte Menschen verbrennen lassen. Und ich brauchte urwüchsigen, animalischen Sex, um das alles zu vergessen.

Quälend langsam zog er sich zurück. Seine Muskeln spannten sich an, als er flach auf dem Rücken lag.

»Du bist noch nicht bereit, meine Königin. Langsam und gleichmäßig, Liebes. Bald sind wir da.«

Orion verweigerte mir immer wieder, was ich brauchte. Ich wollte mir gerade wieder die Kleider vom Leib reißen, da spürte ich, wie er sich an mich schmiegte und mein Gesicht umfasste. Meine Augen wurden schwer, mein Körper schlaff. Er wandte Magie an – eine andere Art von Lilu-Magie. Wir waren Geschöpfe der Nacht, des Sexes und des Schlafs.

Bevor ich ein weiteres Wort sagen konnte, füllten erotische Träume meinen Kopf.

Ich wusste, dass ich bald alles bekommen würde, was ich von ihm wollte.

KAPITEL 34

– ROWAN –

Ich wachte allein in einem lichtdurchfluteten Raum auf. Orions Zimmer.

Zum ersten Mal seit Tagen fühlten sich meine Muskeln an, als wären sie voller Energie, und meine Gedanken waren klar. Ich sprang aus dem Bett und schaute an mir herunter. Orion hatte mir eine Jogginghose und ein langärmeliges Hemd angezogen, was mich zum Lächeln brachte. Dieses Outfit war für ihn, nicht für mich – nur wenn ich diese unsexy Kleidung trug, konnte er sich zurückhalten.

Ich ging zum Fenster und öffnete die Läden, um in den Garten zu schauen. Sofort packte mich ein heftiger Hunger. Ich hatte seit Tagen nichts gegessen. Als ich die Luft schnupperte, lief mir das Wasser im Mund zusammen. Wurde da Brot gebacken? Und etwas mit Sahne? Kartoffeln? Butter?

Ihr Götter, ich musste essen, sonst würde ich den Verstand verlieren.

Ich stieß die Tür auf und rannte die Treppe hinunter. Noch bevor ich unten ankam, bog Orion um die Ecke der Küche. Er grinste zu mir hoch. »Du bist zu uns zurückgekehrt.«

»Ich war noch nie so hungrig«, sagte ich, während mir der Duft von Essen in die Nase stieg.

Ich schaute hoffnungsvoll zu Amon, der auf einem großen Steinherd etwas kochte. Er nickte zum Tisch hin. »Muschelsuppe?«, fragte er.

»Oh, Gott, ja.« Ich setzte mich an den Holztisch. Orion schob mir Brot und Butter zu, dann füllte er ein Glas mit Wasser.

Meine Kehle war trocken wie Sand und ich stürzte das Wasser hinunter. Während Amon mir die Suppe in eine Schüssel schöpfte, stürzte ich mich auf das frische Brot und schmierte Butter darauf. Dampfschwaden stiegen vom Brot auf, und die Butter schmolz sofort. Salz und Fett zerflossen auf meiner Zunge …

Orion saß mir am Tisch gegenüber. Seine Augen funkelten amüsiert. »Immer mit der Ruhe, Rowan. Du hast seit fast einer Woche nichts mehr gegessen.«

Das Brot war weg.

Das Chowder war dick mit Sahne und Kartoffeln. Himmlisch. *Mehr Brot.*

Orion berührte meine Hand. »Wenn du zu schnell zu viel isst, wird dir schlecht.« Das fühlte sich sehr nach etwas an, das mich in der letzten Woche *sehr* geärgert hatte.

»Immer du mit deiner Zurückhaltung«, murmelte ich.

Das Sonnenlicht strömte durch die Küchenfenster auf die sauberen weißen Wände und den terrakottafarbenen Fliesenboden. Langsam kehrten meine Erinnerungen an Sudbury zurück.

Ich lehnte mich in meinem Stuhl zurück. »Ich war eine Woche lang ohnmächtig?«

Ein Lächeln geisterte über Orions Lippen. »Wir haben darauf gewartet, dass du dich erholst. Ich habe etwas für den Moment geplant, in dem es dir besser geht.«

Ich schüttelte den Kopf. »Warte. Wie ist die Prüfung ausgegangen?«

Er atmete tief ein. »Ich bin mit dem Grimoire und dir in meinen Armen zurückkommen. Die Menge hat auf uns gewartet, und sie haben uns gleichzeitig mit dem Grimoire zurückkehren gesehen.«

Er war also immer noch König.

Als hätte er meine Gedanken gehört, fügte er hinzu: »Ich habe angekündigt, dass wir zusammen regieren werden. Ein König und eine Königin in der City of Thorns. Und wenn du dich gut genug fühlst, kannst du heute Abend auf dem Fest zu deinen Untertanen sprechen.«

»Welches Fest?«

Er strahlte mich von der anderen Seite des Tisches an. »Eine Lilu-Feier zur Erinnerung an die triumphale Rückkehr unseres Volkes.«

Meine Augen weiteten sich. »Du hast sie gefunden? So schnell?«

»Es hat nur ein paar Tage gedauert«, sagte Amon.

»Traditionell«, sagte Orion, »gehört zu den Lilu-Feiern ein Menschenopfer, normalerweise ein Gefangener, der als Scheinkönig verkleidet ist und den wir mit unseren Händen in Stücke reißen, um sein Fleisch zu verzehren.«

Ich starrte ihn an. »Können wir nicht einfach … einen Taco-Truck mieten?«

»Aber da wir bereits alle Dämonenjäger getötet haben«, fügte er schnell hinzu, »können wir das Vergießen von sterblichem Blut bereits als abgeschlossen betrachten.«

Ich hatte das Gefühl, dass er versuchte mich zu beschwichtigen. Wahrscheinlich hätte er, wenn ich nicht hier wäre, einfach den ursprünglichen Plan beibehalten. »Klingt nach einem lustigen Fest.«

Das Nachmittagslicht vergoldete sein schönes Gesicht und tauchte ihn in Wärme. »Außerdem paart sich der König traditionell während der Feierlichkeiten öffentlich mit seiner Geliebten«, murmelte er. »Es symbolisiert die ursprüngliche Verbindung von Licht und Dunkelheit.«

Das alles war weit entfernt von den beiden College-Partys, zu denen ich eingeladen worden war, mit Fassbier und roten Plastikbechern.

Moment mal – war ich mehr wie die Sterblichen als wie die Lilu? Aufgewühlt versuchte ich mit allem Schritt zu halten. Die Welt schien sich plötzlich im Zeitraffer zu bewegen, und es gab immer noch so viel, was ich nicht über die Lilu-Kultur wusste.

»Ja, das machen wir nicht in der Öffentlichkeit«, sagte ich. »Wenn du mich vor ein paar Tagen gefragt hättest, als ich mich in den Tiefen des Chaos und der Lust gewunden habe, wäre ich für jede Art von Sex mit jeder Art von Publikum zu haben gewesen. So wie es aussieht, müssen sich die Lilu mit einer ursprünglichen Verbindung von Licht und Dunkelheit begnügen, die fernab von neugierigen Blicken stattfindet.«

Orion nickte. »Der Rest ist ziemlich normal für ein Fest. Tanzen, Essen, eine Nachstellung von Astaroths Abstieg ins Chaos und die rituelle Schlachtung eines Stiers, damit die Lilu-Anführer in seinem Blut baden können.«

Ich räusperte mich. »Wir könnten den Teil auslassen?« Er sah so verdammt glücklich aus, dass ich die Sache mit dem Stierblut beinahe machen wollte.

Wenn es nicht um Orion ginge, würde ich auf jeden Fall drinnen bleiben und ein paar Wochen lang lesen. Aber nach all der Zeit hatte er seine Leute zurück und wollte feiern – also würde ich heute Abend auf die Lilu-Art feiern.

»Die Lilu sind bereits im Asmodean-Bezirk.« Sein unbewusstes Lächeln machte ihn noch schöner. »Wir haben die Fenster repariert und den Staub beseitigt. Und nachts schwirren sie durch die Luft und kreisen über der Stadt.« Orion stand auf. »Komm mit mir. Ich habe ein Kleid für dich.«

Ich liebte es, ihn so zu sehen. Er nahm mich an der Hand und führte mich zurück nach oben in das Zimmer, in dem ich zuerst übernachtet hatte. Dort hatte er ein Kleid für mich bereitgelegt, das gleichzeitig atemberaubend und gewagt war. Es war aus einem durchsichtigen mitternachtsblauen Stoff, der mit winzigen Perlen in Form eines Sternbildes besetzt war. Das Kleid würde meine Brüste und meinen Bauch gerade so bedecken, aber der Rest würde durch den transparenten Stoff zu sehen sein.

Dennoch, ich war eine Lilu, und das war normal für sie.

Ganz zu schweigen davon, dass ich mir ziemlich sicher war, dass mich alle schon komplett nackt gesehen hatten, als Orion mit mir in den Armen aus Sudbury zurückgekehrt war.

»Es ist umwerfend«, sagte ich ehrlich. Zu dem Kleid gehörte eine silberne Halskette, die sich wie zarte Ranken schlängelte und drehte, und eine passende Krone, deren silberne Spitzen mit Perlen besetzt waren. »Es ist alles wunderschön.«

Die Vorstellung, dass Orion diese Sachen für mich ausgewählt und sich überlegt hatte, in was er mich sehen würde, war mehr als reizvoll. Ich umschlang seine Taille und drückte meinen Kopf an seine Brust. Ich liebte es, seinen Herzschlag zu hören.

Aber eine Sorge nagte immer noch an mir.

Ich löste mich von Orion und sah in sein Gesicht. »Hast du etwas von Shai gehört?«

Er schüttelte den Kopf. »Ich weiß nicht, was sie sich dabei gedacht hat, Rowan.«

Ich sackte neben meinem Kleid auf dem Bett zusammen. »Aber du hast alle Dämonenjäger getötet. Und sie war nicht bei ihnen?«

»Sie ist weg, Liebes. Sie ist weggelaufen. Aber wir werden sie schon finden.«

Ich wollte ihm nicht die Freude über das Fest und die Rückkehr der Lilu verderben, also lächelte ich ihn an, während ich mich auf das Bett setzte. Wir würden sie finden.

Kas hatte mir gesagt, ich sollte niemandem vertrauen – nicht einmal ihm. Nicht einmal Shai. Aber ich *kannte* sie, und sie würde nie ohne einen guten Grund verschwinden.

Hatte ich nicht gerade erst entdeckt, dass Leute schreckliche Dinge taten, wenn ihr Überleben davon abhing?

Ich hatte mich in eine Chaosgöttin verwandelt, um Orion zu beschützen.

Wenn Shai sich gegen mich gewendet hatte, musste sie verzweifelt gewesen sein.

Als ich den Asmodean-Bezirk für das Fest betrat, fühlte ich mich in dem Kleid wie eine Göttin. Der durchsichtige Stoff umschmeichelte meine Beine, und die Seide, die meine Brüste und Hüften bedeckte, war himmlisch auf meiner Haut. Aber auch wenn ich mich wie eine Göttin fühlte, war ich ganz froh, am Rande zu stehen und das Fest zu beobachten.

Musik von Saiteninstrumenten erfüllte die Luft, Melodien, die gleichzeitig neu und vertraut waren. Ich hatte das beunruhigende Gefühl, dass ich diese Melodien in einem Teil meiner Seele trug. Eine Trommel schlug unablässig, und ein beschwingter Gesang erhob sich über allem – ein Mann mit einer wunderschönen Countertenor-Stimme. Heute Abend duftete die Luft nach Jasmin, und Inkubi und

Sukkubi schwebten mit ausgebreiteten Flügeln im Mondlicht durch die Luft. Die Freude hier war greifbar und ansteckend. Ich musste ohne Grund lachen.

Nach Hunderten von Jahren hatten die Lilu ihre Magie und die Gabe des Fliegens zurück. Das einst dunkle Lilu-Viertel war wieder zum Leben erwacht und strahlte vor Glück. Ein Stern, der aus der Dunkelheit aufstieg.

Dämonen aller Art tanzten wild um den Uhrenturm. Die goldenen Zeiger bewegten sich erneut und zeigten an, dass es jetzt sieben nach neun in der Nacht war. An Orions Seite nippte ich an einem exotischen Lilu-Bier, gewürzt mit Orangenschalen und Färberdisteln und gesüßt mit Honig.

Orions Gesicht strahlte vor Freude, als er auf das Fest hinausblickte, auf die Tänzerinnen und Tänzer, die sich in anmutigen Bögen wie die Wirbel eines Sonnensystems bewegten. Er beugte sich herunter und küsste mich auf die Lippen.

Als wir uns von dem Kuss lösten, sang die Menge für uns beide. *Lang lebe Königin Rowan! Lang lebe König Orion!*

Streng genommen war ich noch keine Königin. Aber sie schienen mich bereits als eine solche akzeptiert zu haben. Orion legte seinen Arm um meine Taille und beugte sich herunter, um mich auf die Schläfe zu küssen. Ein warmes Gefühl durchströmte mich. Ich wünschte mir nichts sehnlicher, als ihn in die Elysische Wildnis zu entführen, damit wir die ursprüngliche Verbindung von Licht und Dunkelheit wiederholen konnten. Nur unter vier Augen.

Als ob er meine Gedanken hörte, wärmte Orion meine Ohrmuschel, als er flüsterte: »Ich will dich unbedingt allein für mich haben, meine Königin.«

Hitze flammte in meiner Brust auf. Ich wollte meine Beine um meinen Dämonenkönig schlingen und ihn in die Wildnis zerren, bevor jemand uns in Stierblut baden ließ.

»Rowan!« Eine betrunkene, vertraute Stimme erhob sich über die Musik und ich drehte mich um, um zu sehen, wie Legion und Kas auf mich zu taumelten, die Hemden am Kragen geöffnet.

Kas hob sein Bier. »Königin! Königin Rowan. Teamwork!« Er streckte die Hand aus, damit ich abklatschen konnte.

Ich lächelte sie an, aber meine Kehle schnürte sich angesichts des schmerzlichen Fehlens des vierten Mitglieds unseres Teams zusammen. Kein Wunder, dass sie schon vollkommen betrunken waren, um dieses fehlende Puzzleteil zu vergessen. Und ich musste mich fragen, ob sie ein wenig enttäuscht waren, dass Orion immer noch auf dem Thron saß, weil sie so hart daran gearbeitet hatten, ihn loszuwerden.

Kas' Bier schwappte aus seinem Glas, als er eine tiefe Verbeugung machte. »Eure Majestät«, lallte er. »Meine Königin. Darf ich um diesen Tanz bitten?«

Ich konnte bereits das tiefe, besitzergreifende Knurren hören, das von Orion ausging. Ich hätte es ignoriert, aber ein anderer Dämon näherte sich und lächelte mich an, als würde er mich kennen.

»Rowan!« Der schöne Fremde strahlte mich an und öffnete seine Arme. Er war fast so groß wie Orion, hatte aber leuchtend rote Haare, die ihm bis zum Kinn hingen, und tiefbraune Augen. Abstrakte, geschwungene Tattoos wölbten sich über seine muskulösen Unterarme. Er war ein Lilu, und seine dunklen Flügel breiteten sich stolz hinter ihm aus.

Ich starrte in sein grinsendes Gesicht, ohne die Umarmung zu erwidern. »Kennen wir uns?«

Sein Lächeln wurde schwächer. »Natürlich. Ja.« Er sah an sich herunter und richtete sein tiefgrünes Hemd. »Aber so habe ich nicht ausgesehen, als du mich kanntest.« Er begegnete meinem Blick und wartete darauf, dass ich ihn verstand. »Deine Mutter kam gut ohne Magie zurecht, aber meinem Körper erging es nicht so gut. Er ist außerhalb der Stadtmauern verwelkt und gealtert.«

Langsam begann es mir zu dämmern. »Augenblick …«

»Ich war der schwache und tattrige alte Mann, mit dem du jede Woche Schach gespielt hast.« Er fuhr sich durch die Haare. »Ich habe dir das Buch gebracht und dann bin ich weggelaufen. Oder zumindest bin ich so schnell weggehumpelt, wie meine Gehhilfe mich tragen konnte. Die verdammten Jäger haben mich gefunden.«

Ich konnte meinen Schock kaum zurückhalten. »*Mr. Esposito*?«

»Das war nicht mein richtiger Name.« Seine Flügel breiteten sich hinter ihm aus und leuchteten im Mondlicht. »Ich bin Sabazios, dein Cousin ersten Grades väterlicherseits. Als du noch ein Baby warst, war ich ständig bei dir zu Hause und habe deiner Mutter geholfen.«

»Sabazios!« Ich strahlte ihn an. »Du hast die Inschrift in das Buch der Dämonenprüfungen geschrieben.«

»Das habe ich!« Er schaute sich nach den Tänzern um. »Gott, es fühlt sich gut an, zurück zu sein. Wann bringen wir den Stier raus? Ich wollte schon immer mal Stierblut riechen. Das ist eines der Dinge, die man wirklich vermisst, weißt du?«

Ich lachte über die Absurdität des Ganzen, dann warf ich mich gegen Orions muskulöse Brust und schlang meine Arme um seine Taille.

Er schaute mich mit einem verruchten Funkeln in den Augen und einem sinnlichen Kräuseln seiner Lippen an. »Wir haben noch eine weitere Zeremonie vor uns, aber die wird nicht zu sehen sein.«

Hitze durchströmte mich, und alles um mich herum schienen zu verschwinden, sodass nur noch Orion und ich übrig waren. »Komm mit mir. *Jetzt.*«

Wir waren auf dem Weg zu dem Ort, an den die Dämonen gehörten: die Wildnis.

KAPITEL 35

– ORION –

Natürlich *konnte* ich an Rowans Seite durch die Elysische Wildnis fliegen, aber ich zog es vor, ihr beim Gehen zuzusehen. Ich war fasziniert von dem Schwung ihrer Hüften. Der Stoff ihres Kleides war so dünn, dass ich ihre Beine von den Oberschenkeln abwärts sehen konnte. Es würde schwer sein, dieses schöne Kleid nicht zu zerreißen und sie wie ein Tier zu nehmen.

Zum ersten Mal, seit ich Rowan aus dem Königreich geworfen hatte, begann sich mein Körper tatsächlich zu entspannen. Ich fühlte mich wieder wohl in meiner Haut, abgesehen von der zunehmenden Enge in meiner Hose, als ich Rowan beobachtete.

Ich hatte mich schon so lange zurückgehalten, obwohl mich die Versuchung um den Verstand gebracht hatte. Heute Abend würde sich unsere Lustmagie verflechten, und ich hatte das Gefühl, dass die Macht dieser Magie die Erde erschüttern und die Hölle aufreißen würde.

Rowan drehte sich zu mir um. Eine Locke ihres roten Haares fiel ihr ins Gesicht. Ein verschmitztes Lächeln umspielte ihre Lippen. »Endlich sind wir allein.«

Mein Blick glitt an ihrem Körper hinunter und ich atmete ihren Duft ein. Ich zog sie dicht an mich heran und schnurrte: »Rowan, du perfekte Kreatur. Du hast die Lilu zurückgebracht.«

Sie schaute mir in die Augen und antwortete mit ihrem eigenen strahlenden Lächeln. »Das haben wir beide.«

Ich ließ meinen Handrücken über ihre Wange gleiten. Wo ich sie berührte, knisterte Energie. »Du wirst mich doch nicht wieder beißen, oder?«

»Das könnte ich.« In ihrer Stimme lag ein verführerisches Versprechen. Wenn ich ehrlich war, dann reizte mich der Gedanke eher.

Diese selbstbewusste Sukkubus-Version von Rowan war ganz anders als die Rowan, die ich zum ersten Mal getroffen hatte – und ich liebte sie beide.

»Ich habe mir geschworen, dich nicht zu küssen, bis du mir vertraust«, sagte ich. Unsere Münder waren nur Zentimeter voneinander entfernt.

»Und du glaubst, dass ich dir jetzt vertraue?« Rowans Lippen sahen prall und rot aus, bereit für meine.

»Du hast mir das Buch geschenkt«, sagte ich, legte meinen Zeigefinger auf ihr Kinn und neigte ihr Gesicht, um sie zu küssen.

Doch statt ihres süßen Mundes trafen meine Lippen auf zwei Finger, die sie erhoben hatte, um mich abzuwehren.

Meine Stirn runzelte sich mit einer unausgesprochenen Frage. Wer verweigerte einem Inkubus einen Kuss?

Ich wollte sie. Sie wollte mich. Aber sie wollte heute Abend mit mir spielen – nicht, dass mich das störte.

Mit unerwarteter Wucht schubste sie mich auf den Rücken und sprang wie eine wilde Kreatur auf mich. Im Mondlicht konnte ich die Röte auf ihren Wangen und das ungezähmte Licht in ihren Augen sehen.

Sie setzte sich rittlings auf mich, wobei der Saum ihres Kleides hochrutschte, und lehnte sich näher an mich heran. »Weißt du noch, wie du mir gesagt hast, ich hätte nicht das Zeug dazu, dich zu besiegen?«

Ich strich über ihre Oberschenkel. »Du hast mir einige Dinge, die ich gesagt habe, noch nicht ganz verziehen, oder?«

Sie knöpfte mein Hemd auf und drückte ihre Handflächen auf meine nackte Haut. Ihre Fingernägel fuhren über meine Brust und rissen das Hemd weiter auf. »Ich kann mich nach und nach rächen. Du gehörst jetzt mir.«

Verlangen flammte in mir auf, und an jeder Stelle, an der sich unsere Körper berührten, leuchteten Funken in der Dunkelheit auf. »Das tue ich.«

Aber selbst bei Rowan war es fast unmöglich, meinen Drang, sie zu dominieren, zu unterdrücken. Ein dämonischer Impuls durchfuhr mich, und im nächsten Moment hatte ich sie von mir heruntergeschoben, bis sie mit dem Gesicht nach unten auf der moosigen Erde lag. Ich zerrte ihr Kleid von hinten hoch. Ihr Keuchen ließ mich vor Lust erbeben.

Ich drückte ihre Handgelenke auf den Boden, dann schob ich mich über sie und sog ihren köstlichen Duft ein – der Geruch von reifen Früchten. Ich wollte Rowans Körper und Seele als mein Eigentum kennzeichnen. Widerwillig kämpfte ich gegen den Drang an, ihre Unterwäsche zu zerreißen und sie sofort zu nehmen. Ich *musste* das auskosten.

Ich senkte mein Gesicht zu ihrem. »Ich möchte, dass du nie wieder an einen anderen Mann so denkst wie an mich.«

Sie drehte sich zu mir um und leckte sich über die Lippen. Ich wurde noch härter, als ich die Bewegung ihrer Zunge beobachtete, die über ihre Unterlippe glitt. »Du bist immer noch eifersüchtig? Ich dachte, du wärst ein Gott.«

Ich riss ihr Kleid hoch und entblößte ihren Hintern in winziger Spitzenunterwäsche, die mich fast vergessen ließ, wie man sprach. »Die Götter sind alle eifersüchtig«, knurrte ich. »Deshalb werden sie so wütend, wenn du andere anbetest.«

»Ich hätte dir nie von Tammuz erzählen sollen.«

»Lass uns jetzt nicht über meinen Vater reden.« Während ich mit einer Hand ihre Handgelenke festhielt, strich ich mit der anderen über die dunkle Seide zwischen ihren Schenkeln. Sie stöhnte auf und bewegte ihre Hüften bei meiner Berührung nach oben. Unter der Seide konnte ich bereits spüren, wie sehr sie mich wollte. Ich kämpfte gegen den Drang an, den Stoff beiseitezuschieben und in sie einzudringen. Es machte mir zu viel Spaß, sie zu quälen.

»Orion«, stöhnte sie.

Ich konnte es kaum noch aushalten. Ich ertappte mich dabei, wie ich mich auf sie schob und meine Erektion durch meine Hose gegen sie drückte. »Ja, Liebes?«

Unerwartet hob sie ihre Hüften an und gab mir einen Stoß gegen die Brust. Der Stoß war stärker, als ich es von einer so kleinen Person erwartet hätte, und er trieb mir die Luft aus den Lungen. Im nächsten Moment lag ich wieder auf dem Rücken.

Heilige Hölle.

Einer ihrer perfekten Schenkel glitt über mich und ihr Haar war ein wildes Gewirr um ihren Kopf, in dem sich ein paar Blätter vom Waldboden verfangen hatten. Mit ihren über meine Hüften gespreizten Schenkeln sah sie aus wie eine wunderschöne Waldnymphe. Ihr Kleid war hochgerutscht, und ich hatte wieder einen Blick auf das kleine Dreieck aus seidiger Unterwäsche, wo ich sie gerade gestreichelt hatte. Ich wusste bereits, wie sehr sie mich brauchte, aber sie war fest entschlossen, die Kontrolle zu behalten – vorerst.

Diesmal ließ ich zu, dass sie meine Handgelenke festhielt, ich begrüßte es sogar. Und als sie sich vorbeugte, um meinen Hals zu lecken, durchfuhr mich Hitze. Sie war göttlich.

»Weißt du noch, wie ich dich angefleht habe, mich zu nehmen, als du mich geheilt hast?«, murmelte sie an meinem Nacken. »Mal sehen, wie dir das gefällt.«

Meine Muskeln spannten sich an, und das Blut rauschte aus meinem Kopf. »Ein Inkubus bettelt nicht, Liebes.«

»Bete einfach zu Luzifer, dass du gut genug bettelst, damit ich dir gebe, was du brauchst.«

Damit ließ sie meine Handgelenke los und riss die restlichen Knöpfe von meinem Hemd. Langsam ließ sie ihre Hände nach unten gleiten und zog mir die Hose aus. Mit dem Fingernagel zeichnete sie meinen Schwanz von der Spitze bis zum Ansatz nach. Jeder Muskel in meinem Körper spannte sich an, und ich pochte bei ihrer Berührung.

Ich war ihr ausgeliefert.

Es gab keinen Ort, an dem ich lieber gewesen wäre.

KAPITEL 36

– ROWAN –

Ich wollte ihn in mir spüren. Wie ein Tier hatte mein Körper sofort darauf reagiert, wie er mich zu Boden gedrückt und mein Kleid hochgezogen hatte, darauf, wie er mich beherrschte und festhielt. Was ich wirklich wollte, war, dass er mich jetzt hart nahm.

Trotzdem würde ich es hinauszögern. Ich wollte, dass er ein wenig von der erotischen Qual spürte, mit der er mich so oft gesegnet hatte.

Ich küsste seinen Hals und schmeckte den leisesten Hauch von Salz – vom Meer oder von der Hitze. Mit gespreizten Schenkeln presste ich mich gegen seine Hüften und hörte, wie er nach Luft schnappte. Er griff nach oben, verschränkte seine Finger in mein Haar und zog mich zu einem Kuss heran, bei dem seine Zunge gegen meine stieß. Das war er – der Kuss, den er mir vorenthalten hatte. Mit diesem Kuss beanspruchte ich ihn für mich, und er beanspruchte mich für sich. Ein Kuss von so überwältigender sexueller Lust, dass er *fast* für die ganze Nacht reichen könnte … aber nicht ganz, denn der wachsende Schmerz zwischen meinen Schenkeln verlangte nach mehr.

Ich stöhnte in seinen Mund, als er mich an den Haaren packte und festhielt. Eine seiner Hände lag auf meinen Hüften und drückte mich auf seine Länge. Er knabberte an meiner Unterlippe. Dann löste er sich von mir und sah mir in die Augen. Das Verlangen summte durch jeden Zentimeter meines Körpers.

Sein Daumen strich über meine Wange und dann über meine Unterlippe. »Ich habe dich geliebt, als ich dich das erste Mal gesehen habe, aber ich habe mich geweigert, es zu glauben. Nicht nur, weil du wie sie aussahst, sondern auch, weil ich nie wieder die wahnsinnige Trauer wegen des Verlusts spüren wollte.«

Meine Lippen schwebten über seinen und ich atmete seinen perfekten Duft ein. »Warum hast du deine Meinung geändert?«

Sein unerschütterlicher Blick blieb auf mir haften. »Weil ohne dich zu sein die gleiche wahnsinnige Trauer war. Das wurde mir in den Wochen klar, nachdem ich dich aus der City geworfen hatte. Ich brauchte dich. Ich habe den Kerker nie wirklich hinter mir gelassen, bis du mich herausgeholt hast. Du hast mich befreit. Und ich musste das Risiko eingehen zu sehen, ob du mich immer noch akzeptierst, mein ganzes Ich.«

»Das tue ich.«

Er zog mich zu einem weiteren sinnlichen Kuss heran. Ich spürte, wie sich meine Magie mit seiner verband und über unsere Körper vibrierte. Mein Körper zitterte vor Verlangen nach ihm. Aber ich hatte ihm versprochen, es in die Länge zu ziehen. So wie er es schon so oft mit mir gemacht hatte …

Ich wanderte hinunter zu seinem Kinn und küsste seinen Kiefer und seinen Hals. Ich spürte, wie sich jeder seiner Muskeln anspannte, als ich über seine Bauchmuskeln nach unten wanderte, und dann noch tiefer. Er stöhnte meinen Namen wie ein Gebet. Ich ließ meine Hände über seinen herrlichen Körper gleiten, küsste, leckte und knabberte. Seine Haut war weiches Gold, sein Körper herrlich muskulös. Ein perfekter Krieger.

Mein Mund schwebte über seinem Schaft. Ich leckte ihn einmal, zweimal. Dann küsste ich ihn und ließ meine Zunge kreisen.

Er atmete scharf ein und krallte seine Finger in mein Haar. »Willst du, dass ich den Verstand verliere?«

Ich zog mich zurück und starrte ihn an. »Was sagtest du darüber, dass du ein Inkubus bist?«

Orion war fertig damit, nur zu spielen. Mit einem wilden Knurren setzte er sich auf. Seine Hand legte sich um meinen Nacken. »Ich sage, dass ich dich jetzt nackt brauche, Sukkubus.«

Ich bewegte meine Hüften leicht gegen ihn. »Aber ein Sukkubus muss angebetet werden, Liebes.«

»Und dich anzubeten ist genau das, was ich jetzt tun werde.« Er beugte sich vor, seine mitternächtliche Stimme erhitzte meine Haut. »Mit meinem Mund, meinen Händen, meinem Schwanz.«

Der König – mein König – griff nach oben, zog mir das Kleid von den Schultern und entblößte meine Brüste. Er genoss den Anblick. Sein Blick streichelte mich. »Ich weiß, dass du die Kontrolle haben willst, Liebes. Aber mein Instinkt treibt mich dazu, dich zu dominieren.«

Meine Brustspitzen waren bereits schmerzhaft hart, und als Orion sie berührte, schien seine Kontrolle zu zerbrechen. Mein wunderschönes, mit Perlen besetztes Kleid wurde weggerissen und auf den Boden geschleudert. Eine kühle Brise strich über meine nackte Haut.

Aber Dämonen waren Kreaturen der Wildnis, und das Kleid war eine Sache der Zivilisation. Es hatte hier keinen Platz zwischen zwei Lilu. Unser Bett war das Moos, und der König wollte, dass ich mich nackt vor ihm ausbreitete.

Orions hungriger Blick glitt über meinen Körper, wild vor Verlangen. Die Luft im Wald veränderte sich und wurde heißer, als Lustmagie zwischen uns knisterte.

Seine Mundwinkel verzogen sich zu einem leichten Lächeln. »Ich muss meine Königin ganz vor mir sehen.« Langsam schob er meine Unterwäsche meine Beine hinunter. Die kühle Waldluft flüsterte über mir, und wildes Verlangen kroch in mir hoch.

Er küsste mich jetzt, sein Mund auf meinen Schultern, meinen Brüsten. Seine Lippen schlossen sich um meine Brustspitzen. Hitze durchfuhr mich und ich krümmte meinen Rücken. Seine Zunge kreiste hingebungsvoll um meine empfindliche Brustspitze. Mit jeder Berührung seiner Lippen und seiner Zunge beanspruchte er mich mehr. Sein Mund wanderte hinunter zu meinen Hüften, und mein Körper brannte für ihn. Ein Stöhnen entwich meinen Lippen.

Als Orion meine Schenkel spreizte, breitete sich die Hitze weiter in meinem Körper aus. Ich war bereit, nach ihm zu schreien, reif vor Verlangen.

Ich griff in sein Haar und drückte seinen Kopf weiter nach unten. Diesmal war es kein Kuss. Er strich mit seinen Zähnen über die Innenseite meines Oberschenkels, was meinen Atem stocken ließ. Ich wollte seinen Mund so sehr auf mir, seine Zunge in mir spüren.

»Jetzt, Orion.« Diesmal war es keine Aufforderung. Es war ein Befehl.

Kapitel 37

– Orion –

Ich tauchte meine Zunge in die Wärme zwischen ihren perfekten Beinen.

Durch all die Jahre im Gefängnis konnte ich die Anzahl der Frauen, die ich tatsächlich verführt hatte, an einer Hand abzählen. Als ich geflohen war, musste ich von ihrer Lust zehren, aber diese Erfahrungen waren nicht mit dieser zu vergleichen. Das damals war nur ein Füttern gewesen, die Befriedigung eines Bedürfnisses.

Dies dagegen war ein Akt der Hingabe, und die Frau, die vor mir lag, war eine Göttin.

Gierig atmete ich den Duft ihrer Erregung ein. Er entflammte mich. Ein Hauch von heißer Magie stieg von ihrem Körper auf und streichelte mich, während ich sie küsste. Das Feuer in mir drohte mich zu verschlingen. Rowans Hüften kreisten langsam und suchten nach dem Schlüssel, um ihren Höhepunkt zu erreichen. Aber ich wollte sie noch eine Weile an der Grenze halten, denn die Luft stand in Flammen, und ihre Kraft strömte durch meine Adern. Ich zog mich für einen Moment zurück. Sie rief einen weiteren Befehl, der diesmal noch verzweifelter klang.

Sie gehörte mir genauso, wie ich sie brauchte.

Ich zog sie enger an mich heran, sodass ich noch tiefer in sie eindringen konnte. Meine Zunge kreiste um ihre empfindlichste Stelle, während ihre Finger durch mein Haar fuhren. Ihre Hüften bewegten sich fordernd gegen mich, aber ich hielt ihre Oberschenkel fest.

»Das wirst du jeden Tag tun«, zischte sie, »jeden Tag.« Sie keuchte und ihre Hüften bewegten sich auf und ab.

Wenn ich hätte sprechen können, hätte ich zugestimmt. Magie schimmerte um sie herum, lavendel und golden, heiß auf meiner Haut. Sie stand kurz vor der Erlösung …

Sie beugte sich nach vorne, damit ich sie genau dort erreichen konnte, wo sie mich brauchte. Ich schob einen Finger in ihre Hitze, und sie krampfte sich um ihn zusammen, ihre Muskeln angespannt. Ein zweiter Finger glitt hinein. Als ich meine Finger hinein- und herausbewegte, hörte ich ihren erschütternden Schrei. Ihr Höhepunkt riss sie mit sich. Die Erde bebte unter uns und die Luft sprühte vor Hitze.

Ihre Schenkel zogen sich fest um mich zusammen. Sie wogte in ihrem Nachglühen, während ich sie küsste und küsste.

Aber natürlich war ich mit meiner Königin noch nicht fertig.

KAPITEL 38

– ROWAN –

Die ehrfürchtigen Streicheleinheiten seiner Zunge hatten mich schwindlig gemacht. Jeder einzelne meiner Muskeln war schlaff geworden.

Aber er küsste mich weiter, und das Verlangen wurde wieder stärker. Orion, nackt und herrlich, bewegte sich meinen Körper herauf, sein Mund auf meiner Haut. Meinen Hüften, meinen Brüsten.

Mit jeder Berührung seiner Lippen durchströmte mich flüssige Hitze, und der Sehnsuchtsschmerz in mir wurde immer stärker. So sanft und ehrfürchtig er auch war, ich konnte spüren, wie die Spannung in ihm vibrierte. Seine vorsichtige Kontrolle konnte jeden Moment zerbrechen. Mein Blick glitt an seinen starken Armen hinunter. Schatten zeichneten seine Muskeln nach. Ich packte ihn an den Schultern und zog ihn weiter zu mir hoch. »Mehr.«

»Mehr«, wiederholte er.

Mein Körper war feucht vor Lust, bereit für ihn.

Seine kohlschwarzen Augen bohrten sich in meine und ließen mich wissen, dass er die Kontrolle übernommen hatte. Ich strich mit meinen Händen über seinen Rücken und drängte mich näher an ihn. Dann zog ich meine Schenkel auf beiden Seiten hoch und ließ meine Hände zu seinen Hüften gleiten, um ihn noch näher zu bringen. Er hielt inne, um mich zu reizen. Erregt stöhnte ich auf. »Ich brauche dich *jetzt*, Orion.«

Dieses Mal ließ er mich nicht betteln. Steinhart stieß er langsam in mich hinein und füllte mich aus. *Oh, ihr Götter …*

Mein Kopf neigte sich nach hinten, als erotische Spannung durch mein Inneres summte. Ich flüsterte seinen Namen und grub meine Fingernägel in seinen Rücken.

»Sieh mir in die Augen, Liebes«, murmelte er.

Ich begegnete seinem Blick und mein Atem stockte angesichts seiner unwirklichen Schönheit. Meine Schenkel schlossen sich um ihn.

Die Temperatur im Wald war weiter angestiegen, sodass einige der Blätter wie Kerzenflammen zu brennen begannen.

Mit seinem riesigen Körper drückte er mich in das Moos. Langsam begann er sich in mir zu bewegen, mich zu nehmen und meine Erregung zu steigern. Ich war nicht mehr Rowan … nur noch ein Sukkubus, ein Geschöpf der Wildnis.

Ekstase durchströmte mich, ursprünglich und überwältigend.

Er stieß wieder langsam in mich hinein, seine Augen auf mich gerichtet. »Du gehörst mir, Rowan«, hauchte er. »Ich liebe dich.«

Ich hatte das Gefühl, dass ich das erwidern sollte, aber ein Flehen nach *mehr* war alles, was ich zustande brachte, als seine kräftigen Stöße mich vor Lust aufschreien ließen.

Er bedeckte meinen Mund mit seinem und bewegte sich schneller in mir. Der Boden bebte unter uns und die Luft glühte wie das Gold der Sonne. Die Welt stand in Flammen, und wir waren Geschöpfe des Lichts.

Ich erschauderte, als mein Orgasmus mich durchfuhr. Meine Schreie erschütterten das Blätterdach des Waldes und erreichten die City auf der anderen Seite des Flusses.

Orion knurrte, als sich meine Muskeln um ihn verkrampften.

Gerade als ich dachte, es wäre vorbei, begann er wieder. Das Tal war nur die Markierung für den Beginn eines weiteren Anstiegs. Ich wippte mit meinen Hüften in rasender Geschwindigkeit, und ehe ich mich versah, zerbrach mein Verstand wieder, und mein Körper bebte.

Als Orion kam, öffnete sich sein Mund so weit, dass ich sehen konnte, wie goldene Flammen aus seinem Inneren an seinem Rachen leckten.

In diesem Moment hatte ich keine Worte mehr, nur noch die Hitze und das Licht und die vollkommene Ekstase eines wilden Tieres, das freigelassen wurde.

Ich rollte mich in seinen Armen zusammen und hörte ihm beim Atmen zu, während der Regen auf unsere nackten Körper herabfiel. Erst als sich mein Geist wieder vom Nebel der Erregung befreit hatte, konnte ich mich an die Worte für den Sturmzauber erinnern und löschte die Flammen.

Orion strich über mein feuchtes Haar und zog mich näher an sich. In der kühlen Luft hatte sich eine Gänsehaut auf meiner Haut gebildet.

»Rowan«, sagte er leise, »ich habe dein Kleid zerrissen. Schon wieder.«

»Entweder musst du mit dem Nähen anfangen oder ich muss anfangen, Sachen zu tragen, die ich in deiner Nähe leichter ausziehen kann.«

Er küsste mich auf den Kopf. »Du könntest einfach nackt bleiben. In *meiner* Nähe«, stellte er klar. »Nicht in der Nähe von jemand anderem. Ich will nicht, dass Kas und Legion dich zu sehen bekommen.«

»Ich laufe wirklich nicht Gefahr, eine Nudistin zu werden.«

»Rowan.« Er stützte sich auf seinen Ellbogen. Das schockierend blasse Blau seiner Augen schimmerte in der Dunkelheit. »Wann werden wir heiraten?«

Ich starrte ihn an. »Ist das … ein Antrag?«

Er strich mit einer Fingerspitze über mein Schlüsselbein. »Ein Antrag?«

Ich bekämpfte den Drang zu lächeln. Nachdem ich Orion in letzter Zeit oft untypisch verletzlich gesehen hatte, war ich erleichtert, dass sein wildes Selbstvertrauen zurückgekehrt war. Außerdem hatte er wirklich keine Ahnung, wie normale soziale Konventionen funktionierten.

»Normalerweise ist es eine Frage«, sagte ich. »Du fragst jemanden, ob er dich heiraten will, statt davon auszugehen. Und dann kniest du vor dieser Person nieder und gibst ihr einen Ring.«

»Ah.« Er nickte langsam. »Soll ich einen Ring besorgen?«

»Ja.« Ich fuhr mit den Fingern durch sein Haar. »Orion, glaubst du, wir haben jetzt alles, was wir brauchen? Wir haben das Grimoire und die Lilu.«

Wir würden beide über die City of Thorns herrschen. Aber was ich eigentlich fragen wollte, war: *Du sinnst nicht mehr auf Rache, richtig?*

Seine Finger ruhten auf meinem Schlüsselbein und er holte tief Luft, statt zu antworten.

Sein Schweigen machte mich nervös, bis er schließlich sagte: »Ja. Wir haben alles.«

Ich lag flach auf dem Rücken auf der feuchten Erde und starrte durch die Zweige in den sternenübersäten Himmel. Ich war vollkommen gesättigt und glücklich. Seine Hand wanderte meinen Körper hinunter, folgte der Kurve meiner Taille, meiner Hüfte.

Doch als ich in den Himmel starrte, blühte eine Vision in meinem Kopf auf:

Steinmauern, die Risse aufweisen, um ein wenig von den Sternen freizulegen. Dann ein Schatten, der über den Stein schwingt – die blutigen, schwankenden Füße eines erhängten Körpers. Das Holz knarrt über mir und der Schmerz durchbohrt mein Herz bis ins Innerste.

Warum hatte ich das nagende Gefühl, dass mir immer noch ein Teil des Puzzles fehlte, das sogar Orion selbst nicht ganz verstand?

KAPITEL 39

– ROWAN –

Am Morgen nach dem Fest wachte ich allein in Orions Bett auf. Ich streckte mich wie eine Katze, bis ich die Energie hatte, mich anzuziehen und nach Kaffee zu suchen.

Als ich mir eine Jeans anziehen wollte, fiel mein Blick auf einen handgeschriebenen Zettel, der auf dem Bett lag: *Triff mich am Uhrenturm, Liebes.*

Ich legte meinen Kopf schief. Was hatte mein Inkubuskönig heute vor?

Ich lächelte vor mich hin. Der Ring. Er hatte wahrscheinlich einen Ring gefunden.

Mit einem Kaffee in der Hand durchquerte ich den Asmodean-Bezirk und war schockiert, als ich feststellte, dass die ganze Stadt auf dem Platz versammelt war, wie schon gestern Abend. Diesmal gab es jedoch keine Musik, keine tanzende Masse – nur eine schweigende

Menge und Orion, der im grellen Sonnenlicht auf einem Steinsockel neben dem Uhrenturm stand. Alle Augen waren auf ihn gerichtet und warteten.

Oh, ihr Götter. Wollte er mir in der Öffentlichkeit einen Antrag machen?

Aber das war so untypisch für ihn und so untypisch für mich. Ich wollte nicht, dass das vor einer Menge passierte.

Dann kroch mir das Grauen in den Nacken, als ich einen Blick auf etwas erhaschte, das er unter seinem Arm hielt. Das Grimoire.

Was machte er hier draußen in der Öffentlichkeit mit dem Grimoire? In den falschen Händen war das Ding verdammt gefährlich.

Eine Horde von Orions Soldaten stand um das Podium herum und beschützte ihn. Ich konnte nicht einmal zu ihm vordringen.

Orions blaue Augen fixierten mich. Sein Gesichtsausdruck war eiskalt und verursachte ein unangenehmes Flattern in meinen Adern. »Unser ehemaliger Schattennachkomme.« Seine Stimme dröhnte über den Hof und triefte nur so vor Verachtung. »Sie ist eine Verräterin. Und als ich sie letzte Nacht Königin nannte, stand ich lediglich unter dem Bann eines Sukkubus.«

Eisiges Grauen tanzte mir den Rücken hinauf. Was *zum Teufel* war hier los?

Die Menge teilte sich um mich herum. Worauf wollte er hinaus?

Ja, streng gesehen war ich ein ehemaliger Schattennachkomme. Jemand, der erfolglos versucht hatte, dem König die Krone abzunehmen. *Streng gesehen* war ich jemand, der Hochverrat begangen hatte, worauf normalerweise die Todesstrafe stand.

Aber Orion und ich liebten uns, also war das alles im Moment egal.

Oder?

Meine Kehle wurde trocken, als ich ihn anstarrte, um zu sehen, ob dies zu etwas weniger Schrecklichem führen würde. Aber wenn ja, dann mochte ich diese Art von Überraschung wirklich nicht.

»Ich kann nicht guten Gewissens über euch herrschen und euch in einem Käfig halten«, hallte Orions Stimme vom Uhrenturm wider, und seine Augen waren auf mich gerichtet. Er hob das Grimoire über seinen Kopf.

Dunkelheit begann in mir aufzusteigen.

»Aber ich habe den Schlüssel, um mein Volk zu befreien.« Seine Augen leuchteten wie die eines Fanatikers, als er das Buch hochhielt.

»Das Grimoire. Ich bin derjenige, der euch befreien kann. Ich bin der Lichtbringer, dem prophezeit wurde, euch zu befreien. Wir dürfen nicht länger in Angst vor den Sterblichen leben. Wir können nicht zulassen, dass ein weiteres Massaker in unseren Stadtmauern geschieht. Und wir können nicht zulassen, dass Verräter uns weiterhin in Gefahr bringen. Verräter wie der in Ungnade gefallene Schattennachkomme.«

Alle wichen vor mir zurück, als würde ich plötzlich ein Gift ausstoßen, das sie alle zu Fall bringen könnte.

Verzweifelt suchte ich die Menge ab. War sonst noch jemand verwirrt von dieser plötzlichen Veränderung seiner Persönlichkeit?

Mir fiel nur der nun verjüngte Mr. Esposito auf. Er sah aus, als hätte er genauso viel Angst wie ich, und der Schweiß rann ihm über die Stirn.

Orion hatte seinen verdammten Verstand verloren und ich musste mit ihm allein sprechen, bevor er die Sache noch schlimmer machte. »Orion«, rief ich. »Du …«

Meine Worte wurden von einer Hand abgeschnitten, die mich an der Kehle packte, dann stach eine scharfe Nadel in meinen Hals. Die Wirkung trat sofort ein. Ein ätzendes Gift durchflutete mich. Ich wusste genau, wie es sich anfühlte – Ladongift gemischt mit Weißdorn. Das Gift pulsierte durch meine Adern und schwächte mich.

Mein Herz klopfte unkontrolliert, als ich merkte, dass ich keine Magie mehr hatte. Die einzige Person, die sich auf mich zubewegte, war Legion, der sich durch die Menge kämpfte, um zu mir zu gelangen.

Die Welt schien unter mir zu kippen.

Das war ein wahrgewordener Albtraum.

Orions Augen waren auf mich gerichtet, während er das Buch über seinen Kopf hielt. »In drei Tagen werde ich die Stadttore öffnen. Wir werden uns wieder am Blut der Sterblichen laben. Wir werden wieder jagen. Nie wieder werden wir einen Vertrag mit den treulosen Sterblichen schließen, der uns in Gefahr bringt. Und was machen wir mit Verrätern?«

Ein Soldat packte mich am Arm, bereit, mich zu Orion auf das Podium zu zerren. Einen Moment lang stand mein Herz still.

Er konnte doch nicht …

Mein Herz zerbrach. Ich hätte das kommen sehen müssen.

Ich hatte etwas übersehen. Ich war zu vertrauensselig gewesen.

Eine kräftige Hand packte mich am Arm, und ich spürte, wie die Luft um mich herum eiskalt wurde. Ein eisiger Wind fegte über den Platz, stark wie ein Orkan. Legions Magie zerriss die Menge, als er mich hochhob, und ich tat mein Bestes, um meine Arme um seinen Hals zu schlingen. Er rannte mit mir los, weg von der Gefahr.

Ich schaute ihm ins Gesicht, als er mich schnell durch die Straßen der City of Thorns trug. Während er rannte, grub ich meine Nägel in seine Haut und versuchte den blendenden Schmerz zu kontrollieren.

In drei Tagen ist es soweit.

Ich schloss meine Augen gegen den brutalen Schmerz in meinem Herzen und lehnte mich an Legions eisige Brust. Shai war weg. Und Orion hatte seinen verdammten Verstand verloren …

Sie hatten alle gesagt, dass er zu verrückt war, um ihm zu vertrauen. Die Schlangen hatten ihn irre werden lassen …

Ich schluckte schwer und Tränen stachen mir in die Augen. Aber das konnte nicht sein. Er hatte mich schon zu oft gerettet. Er hatte sich im Hauptquartier der Dämonenjäger für mich geopfert.

Vielleicht war er einfach durchgedreht. Die Schatten hatten ihn verschlungen, das Chaos hatte von ihm Besitz ergriffen.

In der City of Thorns sind die Dinge nicht immer so, wie sie scheinen.

Ich vibrierte vor Wut und Verwirrung und war nicht in der Lage, das alles zu begreifen. Aber alles, was ich wusste, war, dass Legion im Moment derjenige war, der sich um mich kümmerte.

Er floh mit mir vor dem Mann, von dem ich dachte, er würde mich lieben, bis ans Ende der Welt.

KAPITEL 40

– ROWAN –

Ich kniete in einer verlassenen Garage in Osborne. Mein Körper zitterte unter den durchdringenden Qualen des Gifts. Als ich durch verschwommene Augen aufblickte, sah ich drei Gestalten. Einer von ihnen war Kas, der mit einem Glas des schlammigen Gegenmittels zu mir eilte.

Er kniete sich neben mich und half mir aufzustehen. Ich lehnte mich in seinen Arm, und er hielt mir die Tasse an die Lippen. »So ist es gut, Rowan.«

Ich schniefte. Meine Wangen waren mit Rotz und Tränen bedeckt – nicht gerade königlich. Aber als das Gegenmittel meine Kehle hinabrann, ließ mein Zittern nach und der Schmerz sickerte aus meinen Knochen. Ich sackte gegen Kas und ließ zu, dass er einen Arm um mich legte.

Meine Sicht war von Tränen getrübt, als ich zu den anderen beiden aufsah. Mit einem Stich der Enttäuschung stellte ich fest, dass ich auf Shai und Legion gehofft hatte, aber die dritte Figur war Mr. Esposito, der jetzt Sabazios hieß. Er war rothaarig und verdammt heiß, aber auch mit mir verwandt, also musste ich aufhören, ihn als *verdammt heiß* zu bezeichnen.

»Geht es dir gut, Rowan?«, fragte Sabazios.

Ich nickte. »Körperlich bin ich auf dem Weg der Besserung.« Ich schob mich von Kas weg und setzte mich im Schneidersitz auf den Betonboden. »Ist euch eigentlich klar, dass ihr gerade Hochverrat begeht?«

»Ja«, antworteten sie alle gleichzeitig.

Sabazios hob eine Ledertasche hoch. »Aber dieses Mal konnte ich wenigstens meine Sachen holen, bevor ich fliehen musste.«

»Wir lassen dich nicht im Stich«, sagte Kas. »Das war der Grund, warum wir wollten, dass du regierst.«

»Natürlich verlasse ich dich nicht«, sagte Sabazios. »Du und deine Mutter waren buchstäblich die einzigen Freunde, die ich in den letzten Jahrhunderten hatte.«

Ich konnte meine Tränen nicht zurückhalten. »Wir müssen die Sterblichen warnen. Wir müssen sie evakuieren …«

»Rowan«, sagte Legion, »du bist immer noch die Einzige, die Ashur aufhalten kann.«

Ich starrte ihn an und hatte das seltsame Gefühl, dass die Welt unter mir zur Seite kippte. »Ashur?«

»Oder wie auch immer er sich jetzt nennt.« Kas wischte sich mit der Hand über den Kiefer. »Orion.«

Ich schüttelte den Kopf und versuchte zu verstehen, was er sagte. »Ashur war jemand anderes.« Mein Herz begann schneller zu schlagen. »Das war der, dem er einen Blutschwur geleistet hat. Ashur.«

Sabazios schüttelte den Kopf. »Seine Eltern haben ihn Ashur genannt. Ich erinnere mich an ihn. Sie gehörten zu unserem Freundeskreis, und die kleinen silberhaarigen Jungen hießen Molor und Ashur.« Seine Augen bekamen einen gequälten Ausdruck. »Ich hatte keine Ahnung, dass er überlebt hat. Wir wussten nicht, dass noch jemand im Kerker ist.«

Ich taumelte auf die Beine. Das Blut rauschte in meinen Ohren. Mein Mund war trocken geworden, und ich versuchte zu schlucken. »Vielleicht ist Ashur also seine dunkle Seite. Der Teil, der Blut will.«

Kas stand auf und legte seine großen Hände auf meine Schultern. »Es ist okay, wenn du ihn liebst, Rowan. Aber wir wussten immer, dass er von dem, was ihm passiert ist, nicht mehr zurückkommen wird. Und du bist die Einzige, die ihn davon abhalten kann, einen apokalyptischen Krieg zu beginnen.«

Ich schüttelte den Kopf. »Ich werde ihn nicht umbringen.«

Kas atmete tief ein. Seine bernsteinfarbenen Augen funkelten. »Nur ein Thronfolger kann einen König töten.«

Ich fuhr mir mit den Fingern durch die Haare, und Erinnerungen an Orions mitternächtliche Stimme flüsterten durch meine Gedanken.

Denn ohne dich zu sein, war derselbe wahnsinnige Schmerz ... Ich war nicht wirklich frei von dem Kerker, bis du mich herausgeholt hast.

Mein Atem ging zu schnell, mein Herz schlug unkontrolliert. Ich konnte mir nicht erklären, was passierte war, nur dass ich tief in meiner Seele spürte, dass er nicht getötet werden musste. Er musste gerettet werden.

Und in der Zwischenzeit mussten die Sterblichen alle Städte in der Umgebung verlassen.

»Ich muss zur Polizei gehen«, murmelte ich.

Ich wartete nicht auf die Antwort der anderen, denn ich wusste, was sie von mir wollten. Etwas, das ich nicht bereit war, ihnen zu geben – den Tod eines Königs.

Ich kannte die Stadt wie meine Westentasche und begann zur Polizeistation zu sprinten, entlang der Galgenbergstraße. Meine Kräfte waren nach dem Gift noch nicht vollständig wiederhergestellt, aber sie kehrten langsam zurück. Mit dem Wind in meinen Haaren beschleunigte ich und raste den Hügel hinauf. Es war kalt hier draußen. Die eisige Herbstluft biss in meine Haut.

Als ich mein Ziel erreicht hatte, war ich außer Atem und meine Beine brannten. Ich hatte den Großteil meiner Energie verbraucht.

Ich stürmte trotzdem durch die Tür ins Polizeirevier und traf auf eine Polizistin, die am Schreibtisch arbeitete. Sie sprang erschrocken auf und hob die Hände, um mich zu bitten, stehen zu bleiben. »Kann ich Ihnen helfen?«

Ich stützte meine Hände auf meine Knie und versuchte Luft zu holen. »Wir müssen die Stadt evakuieren.« Ich zeigte in die Richtung der City of Thorns. »Sie kommen. In drei Tagen kommen die Dämonen, um ein Festmahl zu veranstalten. Um zu jagen. Sie werden versuchen alle zu töten.«

»Okay, Ma'am? Sie müssen sich erst einmal beruhigen. Haben Sie heute irgendwelche Substanzen zu sich genommen, die Ihren Geisteszustand beeinträchtigen könnten? Haben Sie Alkohol getrunken? Drogen?«

Ich zitterte und war mir vage bewusst, wie irre ich mit meinem wilden Haar aussehen musste, in dem vielleicht Erbrochenes klebte. »Nein, aber ich bin vergiftet worden.« Ein Teil von mir war sich bewusst, dass ich nicht auf eine Weise kommunizierte, die darauf hindeutete, dass ich bei Verstand war. »Ich bin eine Dämonin. Ich sollte die Königin sein.«

»Ma'am, Sie scheinen unter dem Einfluss einer Substanz zu stehen. Wenn Sie einen Betreuer haben …«

»Ich bin nicht auf Drogen«, rief ich. »Ich rede von einer echten Bedrohung.« Ich zeigte wieder auf die City of Thorns. »Ich bin eine Dämonin. Ich kenne den König persönlich …« *Verdammt.* »Die Dämonen aus der City of Thorns planen einen Angriff auf Osborne. Sie wollen sich für etwas rächen, das vor mehreren hundert Jahren passiert ist. Sie müssen mich mit jemandem in Kontakt bringen, der mir helfen kann.«

Sie nickte mir langsam zu und trommelte dann mit ihren Fingern auf den Schreibtisch. Ohne ihre Erlaubnis kam ich nicht durch die verschlossene Tür hinter ihr. Oder ohne Gewalt, die ich unbedingt vermeiden wollte. »Wir haben keine Berichte über Drohungen von der

Führung der City of Thorns erhalten.« Sie verengte ihre Augen. »Gehören Sie zu den Dämonenjägern?«

Ja, *natürlich.* Orion hatte bereits so viel Einfluss gekauft, wie er brauchte.

»Gibt es noch jemanden, mit dem ich sprechen kann?«, fragte ich verzweifelt. »Einen Kriminalbeamten? Den Polizeichef?«

»Ma'am, ich werde Sie jetzt bitten, nach draußen zu gehen, okay?« Sie setzte sich hinter dem Schreibtisch in Bewegung.

Ein wenig Kraft kehrte in meinen Körper zurück, und ich hob meine Hand und beschwor so viel Magie, dass Feuer aus meinen Fingerspitzen flackerte. »Sehen Sie? Ich versuche Sie über eine glaubwürdige Bedrohung zu informieren …«

Die Beamtin zog ihre Waffe und mir wurde flau im Magen, als sie nach Verstärkung bellte. Ich drehte mich um und floh wieder aus der Tür.

Ich kauerte mit meinem neuen Mobiltelefon auf dem Sofa im Haus von Shais Tante. Mit zitternden Händen rief ich eine Person nach der anderen an, um die Notwendigkeit einer sofortigen Evakuierung zu melden. Das Büro eines Senators. Das Amt für innere Sicherheit. Das FBI.

Ich öffnete das Fenster und schrie die Sterblichen an, zu gehen.

Aber Dämonen und Sterbliche hatten sich seit Jahrhunderten nicht mehr bekriegt, und die meisten Menschen hatten vergessen, dass es diese Möglichkeit gab. Keiner von ihnen wusste etwas über ein Grimoire oder dass die magischen Grenzen zwischen den Städten aufgelöst werden konnten.

Und jeder von ihnen dachte, ich wäre verrückt.

Mein Telefon summte – eine Nachricht von Kas.

Wo bist du? Ich werde dir helfen, Sonnenschein. Ich verspreche es xo

Ich schob das Telefon zurück in meine Tasche und unterdrückte mein Gefühl des Verlustes. Ich würde Orion nicht so einfach aufgeben.

Ich legte mich auf das Sofa und versuchte einen klaren Kopf zu bekommen. Jeder in der City of Thorns hatte mir gesagt, dass die Dinge nicht immer so waren, wie sie schienen. Dass ich niemandem trauen konnte, nicht einmal meinen eigenen Sinnen.

Was glaubte ich also tief im Inneren? Was sagten mir meine Instinkte? Ich bedeckte meine Augen mit dem Arm und dachte an die Nacht zurück, in der ich in Orions Haus angegriffen worden war. Jemand war aus dem Fenster geflohen, und Orion war aus seinem Zimmer gekommen.

Mein Instinkt sagte mir, dass mein Angreifer nicht Orion gewesen war. Irgendjemand hatte sich für den König ausgegeben und andere davon überzeugt, dass er mich töten wollte.

Tief in meinem Innern wusste ich, dass er nicht dafür verantwortlich war. Wir waren die Zwillingssterne, und ich kannte ihn so gut wie mich selbst. Seine Angst vor Schlangen. Seine erdrückende Schuld. Die quälende Einsamkeit während all dieser Jahre, die so unbeschreiblich war, dass er sich einen Freund in der nächsten Zelle vorgestellt hatte. Und wie all dieser Schmerz endlich zu heilen begonnen hatte, als ihm endlich jemand gezeigt hatte, dass er es wert war, gerettet zu werden.

Ich hatte nicht den geringsten Zweifel. Die Person, die vor dem Uhrenturm gestanden und mich zur Verräterin erklärt hatte – das war nicht Orion.

Ein unaufhörliches Klingeln unterbrach meine Gedanken und ich richtete mich irritiert auf dem Sofa auf.

War das … ein Festnetzanschluss?

Das Telefon klingelte weiter, als der Anruf erneut einging, und ich folgte dem Geräusch in die Küche. Als ich auf das Telefon blickte, las ich die Anrufnummer auf der Rückseite.

Eine 508er Vorwahl – ganz unten in der Nähe von Sudbury auf dem Land. Mein Herz schlug schneller.

Gab es noch ein paar Jäger, die versuchten mit Shai in Kontakt zu treten?

Ich nahm den Hörer ab und blieb still.

»Sie haben ein R-Gespräch von« – eine Roboterstimme brach ab und ich hörte die Stimme meiner alten Freundin *»Shai Morton«* sagen, bevor die Aufnahme fortgesetzt wurde – »aus dem Massachusetts Correctional Institut in Concord. Wollen Sie den Anruf entgegennehmen?«

Mein Herz hämmerte, während ich mich räusperte. »Ja.«

Die Telefonleitung klickte. »Hallo? Camille?« Ich würde die Stimme meiner Freundin überall wiedererkennen.

»*Shai*?«

Eine lange Pause. »Warte. Rowan? Oh, den Göttern sei Dank. Was ist passiert? Mist. Hat Orion gewonnen? Ich habe hier keine Neuigkeiten von den Dämonen bekommen.«

Tausende von Fragen wirbelte mir durch den Kopf. »Shai. Warum bist du *im Gefängnis*?«

»Ich wurde in Sudbury verhaftet, als ich am Südeingang auf dich gewartet habe. Und das, obwohl ich unsichtbar war. Ich kann hier am Telefon nicht wirklich auf die Einzelheiten eingehen. Aber gibt es eine Chance, dass du mich auf Kaution rausholen kannst? Ich habe verzweifelt meine Tante und meine Mutter angerufen, damit sie mich hier rausholen, damit ich zu dir kommen kann. Es gibt Dinge, die ich erklären muss. Jemand hat uns verarscht, Rowan. Wir können nur nicht am Telefon darüber reden. Aber ich muss dich *wirklich* warnen.«

Ich nahm ebenfalls an, dass wir die Ermordung eines ganzen Kaders von Dämonenjägern nicht am Gefängnistelefon besprechen sollten. »Warum hast du mich nicht angerufen?«, schrie ich beinahe.

»Sie haben mir mein Telefon abgenommen, als sie mich verhaftet haben. Das sind die einzigen Nummern, die ich mir gemerkt habe.«

»Es wäre sowieso egal gewesen, denke ich«, murmelte ich. »Mein anderes Handy hat sich in Luft aufgelöst.«

»Was?«

»Vergiss es.« Ich hielt das Telefon fest in der Hand. »Also … deshalb bist du verschwunden? Warst du die ganze Zeit im Knast? Wie hoch ist die Kaution?«

Sie räusperte sich. »Kannst du hunderttausend Dollar besorgen? Ich weiß, das ist viel.«

Verdammt.

Orion könnte leicht hunderttausend Dollar zusammenbekommen, aber es war nicht so, als könnte ich ihn im Moment dafür anpumpen. Oder irgendjemand anderes, der mir einfiel. »Man hat mich aus der City of Thorns geworfen. Deshalb verstecke ich mich hier. Orion ist etwas zugestoßen. Ich werde versuchen, das Geld zu besorgen …«

»Er hat also die Prüfung gewonnen und dich einfach rausgeschmissen?« Wut lag in ihrer Stimme.

Ich schloss die Augen und überlegte, wie ich es ihr erklären sollte, ohne wie eine Vollidiotin zu klingen. »So sieht es auf den ersten Blick aus«, sagte ich vorsichtig. »Aber wie du gesagt hast, müssen wir persönlich reden.«

»Bleib dran.« Ich hörte, wie sie den Ton des Telefons dämpfte und mit jemandem hinter ihr sprach. »Mist. Rowan, ich muss auflegen. Ich werde versuchen, dich bald wieder anzurufen.«

Im Hintergrund ertönten Rufe und dann legte sie auf. Ich musste aber *jetzt* mit ihr reden.

Ich ging zum Fenster und starrte genau auf die Stelle, an der ich in meinem Traum den Jungen mit seinen Zuckerwattefingern gesehen hatte.

Dort, wo der Junge gestanden hatte, saß jetzt mein beunruhigend heißer Cousin lässig auf einer Bank und trank einen Kaffee.

Sabazios – Mr. Esposito – hatte die Angewohnheit, immer dann aufzutauchen, wenn ich ihn brauchte. Ich erinnerte mich noch an ihn. Er war zu uns nach Hause zu Tee und Keksen gekommen und hatte meiner Mutter Bücher mitgebracht, die er mochte. Er hatte mich gewarnt, als die Jäger hinter mir her gewesen waren. Sabazios war derjenige, der mir das Buch über die Dämonenprüfungen gegeben hatte. Er stand die ganze Zeit am Rande und half mir, ohne jemals aufdringlich zu sein.

Ich drehte mich um und rannte die Treppe hinunter, um mit ihm zu sprechen.

Kapitel 41

– Rowan –

Der Wind peitschte durch Sabazios' rotes Haar, als er mit heruntergelassenen Fenstern in seinem neuen Cabrio vom Gefängnis in Concord wegfuhr. Die kalte Oktoberluft stach mir in die Wangen.

Die untergehende Sonne färbte den Himmel in Honig und Lavendel und wärmte unsere Gesichter, als wir zurück nach Osborne fuhren.

Auf dem Rücksitz lehnte sich Shai nach vorne. »Woher hast du das Geld?«, rief sie durch den Wind. »Und den Porsche?«

»Das Erste, was ich gemacht habe, als ich in die City of Thorns zurückgekommen bin, war, das vergrabene Gold meiner Familie zu finden«, antwortete Sabazios. »Wenn ich also wieder in Osborne festsitze, kann ich es wenigstens mit Stil tun.« Er hustete. »Oder so viel Stil, wie ein alter Mann haben kann. Meine Magie schwindet bereits. Ich hasse es. Aber wenigstens bin ich dann reich und kann mir eine schicke Gehhilfe kaufen.«

»Wir werden dich schon zurück in die City bringen«, sagte Shai. »Das ist nur ein vorübergehender Rückschlag. Aber Rowan, ich muss dir etwas sagen. Jemand hat uns verraten. Jemand hat der Staatspolizei gesagt, wo ich an dem Tag war, als wir zum Hauptquartier der Dämonenjäger gefahren sind. Sie haben direkt am Südeingang auf mich gewartet und obwohl ich völlig unsichtbar war, haben sie mich gefunden.«

»Aber warum wurdest du verhaftet, Shai?«, fragte ich.

Sie stieß einen langen Seufzer aus. »Entweder hat Legion oder Kas uns verraten. Oder beide.«

Ich schluckte schwer und drehte mich um, um sie anzusehen. »Erklär es mir.«

»Okay, also … vor ein paar Wochen haben Legion und Kas mir geholfen, einen Zauber zu lernen, der das Wetter kontrolliert. Es waren nur wir drei. Das war's. Und ich habe die Kontrolle über den Zauberspruch verloren. Ich habe keine Ahnung, wie es passiert ist, aber es war zu viel auf einmal und ich habe einen Sturm im Atlantik verursacht. Oder jemand, *mit dem* ich *zusammen* war, hat ihn verursacht, denn ich hatte nicht das Gefühl, die Kontrolle zu verlieren.«

Ich erinnerte mich an die Nacht mit den Donnerschlägen und der aufgewühlten See, als Jasper mich angegriffen hatte. »Ja, ich erinnere mich an den Sturm.«

»Ich habe dir nichts davon erzählt, weil du schon so viel Stress hattest. Aber entweder Kas oder Legion haben der sterblichen Polizei berichtet, dass es meine Schuld war. Es wurde zwar niemand getötet, aber es hat ein Schiff zerstört und einen Haufen Sachschäden angerichtet. So wussten die Polizisten genau, wo sie mich finden konnten. Ich bin fast durchgedreht, weil ich die ganze Zeit keine Ahnung hatte, was mit dir passiert ist.«

In meinen Adern kribbelte Wut. »Meinst du, es waren beide?«

Sie starrte mich lange an, bevor sie antwortete. »Ich glaube, es war Kas. Ich habe keine rationale Erklärung, aber ich glaube einfach nicht, dass Legion mir das antun würde. Ich glaube, ich bin ihm wirklich wichtig. Als ob ich ihn *kennen* würde. Hört sich das blöd an?«

Ich schüttelte den Kopf. »So fühle ich auch für Orion, selbst als ich gesehen habe, wie er mich eine Verräterin genannt und mich aus der City geworfen hat. Ich kenne ihn, und das war nicht er. Orion hat die Prüfungen eigentlich gewonnen, aber er hat mir das Buch in Sudbury *gegeben.* Er ist selbst zurückgeblieben, nur um mich zu retten. Er hat sich selbst der Folter ausgesetzt und nur überlebt, weil ich zu ihm zurückgekehrt bin und meine Magie überhandgenommen hat. *Das* war der echte Orion. Ich kenne den echten Orion. Und die Person, die mich rausgeschmissen hat? Das war er nicht.«

»Okay«, sagte sie zögernd. »Magie kann so viele Illusionen schaffen, Rowan.«

»Kas hat mir gesagt, ich solle niemandem trauen, nicht einmal ihm. Er hat gesagt, dass ein Dämon nie verrät, welche Arten von Magie er beherrscht, weil es ein Vorteil ist, wenn er seine Möglichkeiten versteckt hält.«

Sie schluckte schwer. »Ja, er hatte recht damit, ihm nicht zu trauen. Aber was machen wir jetzt?«

Mein Telefon surrte wieder und meine Hände zitterten, als ich eine weitere Nachricht von Kas las.

»Was ist los?« Der Wind peitschte durch Shais dunkle Locken.

Ich holte tief Luft und starrte auf den Text. »Kas sagt, dass es ihm gelungen ist, Orion im Kerker einzusperren, und dass er die magischen Barrieren aufheben kann, um mich hineinzulassen. Er sagt, dass ich niemandem trauen kann und mit niemandem sprechen soll und dass es Zeit ist, die Sache selbst in die Hand zu nehmen.«

»Er will unbedingt Orions Leben beenden«, sagte Shai. »Das ist nicht einmal subtil.«

Ich schluckte schwer. »Er ist in Panik.«

Als der Porsche auf der Route 128 nach Nordosten raste, wurde mir schlecht.

»Was machen wir?«, fragte Sabazios. »Deiner Mutter und dir zuliebe werde ich alles tun, was in meiner Macht steht, um dich zu beschützen, aber bitte klär mich auf.«

»Danke, Sabazios.« Ich zog mein Handy heraus und wählte Legions Nummer. »Bevor wir uns den Stadtmauern nähern, sollten wir herausfinden, ob Legion mit Kas zusammenarbeitet. Und zwar so unauffällig wie möglich.«

»Das tut er nicht«, sagte Shai vom Rücksitz aus.

»Okay, aber lass es mich sicherstellen, Shai.« Ich wählte die Nummer von Legion und er nahm nach nur einem Klingeln ab.

»Rowan?«, fragte er im Flüsterton. »Was ist los?«

»Legion, warst du zufällig wieder in der City of Thorns?«

»Ja«, sagte er und klang überrascht. »Ich bin jetzt hier. Unsichtbar, versteht sich. Ich wollte sehen, was Orion macht. Er hält den ganzen Tag über Reden im Turm von Baal. Er hat die Menge dort ganz schön aufgebracht. Er scheint völlig außer sich zu sein.«

Ich schloss meine Augen. »Wann hast du ihn das letzte Mal gesehen?«

»Ich habe eine seiner Schimpftiraden erst vor fünfzehn Minuten verlassen. Er redet davon, Sterbliche zu versklaven und sich an ihnen zu rächen. Er hat den Verstand verloren.«

Ich holte tief Luft. »Ich bin ein bisschen verwirrt, weil Kas mir eine SMS geschickt hat, in der stand, dass Orion gerade im Kerker eingesperrt ist.«

»*Was*? Nein. Hat Kas dir das erzählt?«, fragte er verblüfft. »Ich habe ihn nicht mehr finden können, seit du weggelaufen bist. Bist du sicher, dass er es war?«

Anscheinend hatte Kas Legion nicht über seine neuesten Lügen aufgeklärt. »Was weißt du über Kas' magische Fähigkeiten?«

Eine lange Pause kam von der anderen Seite. »Warum fragst du ihn nicht?«

»Warum ich ihn nicht frage?«, antwortete ich. »Weil ich versuche herauszufinden, wem ich verdammt noch mal vertrauen kann, und –«

Shai nahm mir das Telefon aus der Hand und schaltete den Lautsprecher ein. »Legion, ich bin's, Shai. Jemand hat mich bei der sterblichen Polizei in Sudbury verraten. Dieser Jemand warst entweder du oder Kas. Wir alle wissen, dass jemand aus unserem Team die Jäger und Polizisten vorgewarnt hat. Wenn du also etwas über Kas' Fähigkeiten weißt, ist es jetzt an der Zeit, es uns zu sagen. Wie gut ist er im Erzeugen von Illusionen? Kann er sich so verzaubern, dass er wie eine andere Person aussieht?«

Legion wartete so lange mit der Antwort, dass ich fast dachte, er hätte aufgelegt. »Shai«, sagte er schließlich leise. »Ist alles in Ordnung mit dir?«

»Ja. Ich komme direkt aus der Massachusetts Correctional Institution in Concord. Kannst du meine Frage beantworten?«

»Kas ist sehr mächtig, ja«, sagte er schließlich. »Er ist ein Künstler. Du hast seine Arbeiten gesehen. Seine Illusionen sind so geschickt wie seine Zeichnungen. Ja. Er kann als eine andere Person erscheinen. Er verabscheut das ganze Konzept der Monarchie. Aber es fällt mir schwer zu glauben …«

»Legion«, unterbrach sie ihn. »Tut mir leid, aber das ist alles, was wir wissen wollten.«

»Es ist nicht Orion«, rief ich. »Es ist *Kas*, Legion! Er gibt vor, er zu sein. Er hat die Illusion erschaffen. Ich schätze, du hast die beiden heute noch nicht zur gleichen Zeit am gleichen Ort gesehen.«

»Habe ich nicht«, gab er zu.

»Wir treffen uns außerhalb der City of Thorns«, sagte Shai. »Dort, wo der geheime Eingang in den Untergrund führt. Halte dich von Kas und Orion fern. Wir werden zusammenarbeiten müssen.«

»Und Legion?«, rief ich. »Ich brauche mehr von dem Gegengift.«

KAPITEL 42

– ORION –

Ich lag auf dem kalten Steinboden in meiner alten Zelle. Ätzendes Gift floss durch meine Adern. In ein paar Tagen würde das Gift keine Rolle mehr spielen. Im Kerker, außerhalb der Stadtmauern, würde meine Magie schwinden.

Ich würde wieder hier eingesperrt sein – in meinem alten Zuhause.

Kas hatte meine Handgelenke auf dem Rücken gefesselt und mich geknebelt. Ich hatte das Haus vor Sonnenaufgang verlassen, weil ich Rowan mein frisches Lieblingsbrot bringen wollte. Ich brauchte keine Wachen – zumindest hatte ich das gedacht.

Aber ein paar Pfeile reichten, aus der Ferne abgefeuert, und ich ging in die Knie.

Ich erinnerte mich an Kasyade, vor all den Jahren. Als die Sterblichen mich aus unserem Haus geholt hatten und mich auf meinem Weg nach draußen an Molors abgeschlagenem Kopf vorbeimarschieren ließen, hatte Kasyade dagestanden und alles beobachtet. Er war ein älterer Junge, ein Freund von Molor, und er hatte alles mit angesehen. Ich hatte um Hilfe geschrien, aber er hatte nichts getan. Er hatte nicht einmal verärgert ausgesehen. Er hatte einfach nur zugesehen.

Als sein Konkurrent hatte er sich schon immer über Molors aristokratische Herkunft geärgert. Ich weiß noch, wie Kasyade sich gefreut hatte, als er gesehen hatte, wie seinem Freund der Kopf abgerissen wurde.

Kasyade musste denken, dass ich ihn deswegen irgendwann umbringen wollte.

Und er hatte wahrscheinlich recht.

Das Tuch in meinem Mund roch nach einer Art Öl und ich wollte mich übergeben, aber das hätte die Situation nur noch schlimmer gemacht. Die Wirkung des Ladongifts und des Weißdorns nahm langsam, aber stetig zu. Ich war mir nicht sicher, wie lange ich noch bei Bewusstsein sein und ob ich jemals wieder aufwachen würde.

Das Schlimmste war, dass Kasyade wahrscheinlich von den Dämonenjägern von diesem besonderen Gift erfahren hatte, nachdem Rowan gefangen genommen worden war.

Ein kleines Licht brannte in meiner Brust. Würde Rowan die Wahrheit erfahren?

Kasyade hatte gesagt, dass sie das niemals würde. Er hatte gesagt, sie würde kommen, um mir das Herz herauszureißen. Dass sie mir nicht mehr vertraute.

Vom feuchten Boden aus glitt mein Blick über die in die Wände geritzten Bilder. In den Jahrzehnten, in denen sie uns nicht einmal Essen gebracht hatten, war es hier immer so still gewesen.

Da waren nur Ashur und ich gewesen, die zusammen in Zellen nebeneinander hungerten.

Mein Blick wanderte zu der Schlinge, die gegenüber meiner Zelle hing. Der Ort, an dem ich meine Mutter zuletzt gesehen hatte. Sie hatten sie so lange dort gelassen …

Ashur war kurz nach ihrem Tod aufgetaucht. Mom und ich waren die letzten gewesen, dann kam Ashur. Meine Gedanken wurden neblig und ich konnte mich nicht erinnern, wo er vor ihrem Tod gewesen war.

Auch an sein Gesicht konnte ich mich nicht mehr erinnern. Er war stark gewesen, und dann war er schwach geworden. Er hatte seinen Verstand verloren. Aber jedes Mal, wenn ich versuchte mich an seinen Gesichtsausdruck zu erinnern, als er in den Tod geschleppt wurde, sah ich nur meinen eigenen – ein gequältes, verwüstetes Gesicht. Meine eigenes.

Das Gift verwirrte mich.

Mein Körper zitterte auf dem kalten Steinboden. Ich hasste es, mich schwach zu fühlen. Mein Blick glitt über das in den Stein geritzte Bild der Königinnen mit ihren stacheligen Kronen. Schon als kleiner Junge hatte ich es gehasst, mich schwach zu fühlen, deshalb waren meine Schläge in den Stein bösartig und brutal gewesen.

Mir fielen die Augen zu und ich hörte, wie meine Mutter mit ihrer beruhigenden Stimme meinen Namen sagte, als wäre sie hier.

»Ashur.«

Ein Ruck der Erkenntnis durchfuhr mich.

Das Krachen von Stein, die Schlinge, die am Galgen schwingt. Der Schmerz in meinem Herzen, der mich in zwei Teile zerriss.

Ashur war gekommen. Jemand, der älter und stärker war.

Jemand, der mir beigebracht hatte, wütend zu sein, statt Angst zu haben, und gesund zu bleiben, indem ich mich in Zorn statt in Trauer suhlte. Jemand, dem ich versprochen hatte, mich zu rächen.

Jemand, den es gar nicht gab.

Ashur.

Der Name, den Kasyade mir gegeben hatte, als er meinen schlaffen Körper hier in der Dunkelheit abgelegt hatte, weil er sich besser an mich erinnerte als ich mich an mich selbst.

Aber all diese Gedanken verschwanden, als das Gift in mein Gehirn zu sickern begann, und alles, was mir blieb, war sie.

Rowan.

Mein Licht in der Dunkelheit.

Kapitel 43

– Rowan –

Als die Nacht hereinbrach, verdichteten sich die Schatten um Osborne, und eine herbstliche Kälte nagte an unserer Haut.

Ich stand im Schatten in einer Gasse um die Ecke von den Toren der City of Thorns, zusammen mit meinem neuen Team – Shai, Legion und Sabazios. Unter uns breiteten sich die gefallenen Herbstblätter aus.

Jedes Mal, wenn ich jemandem Vertrauen schenkte, war es ein Risiko. Aber trotzdem war ich mir sicher, dass ich es ohne sie nicht schaffen würde.

»Okay«, sagte ich. »Wir müssen jetzt unsere Karten zeigen. Ich weiß, das ist nicht Teil der Dämonenkultur, aber wir müssen jetzt ehrlich sein.«

Sabazios' grüne Augen blickten mich an. »Das war ich schon immer. Besonders nachdem du mir diese elastischen Hosen gegeben hast, um meine Würde zu schützen. Und weißt du, dass ich dir den Teddybären geschenkt habe, den du immer bei dir hattest, mit dem roten Pullover, auf dem du herumgekaut hast, bis er gerissen ist …«

Meine Augen wurden feucht. »Mr. Huggins?«

Er nickte.

Legion stand mit verschränkten Armen da, den Blick von mir abgewandt.

»Legion!« Ich packte ihn am Arm. »Ich muss wissen, ob du zu uns gehörst oder nicht.«

Sein Blick glitt zu mir. »Ich kenne Kas schon seit Jahrhunderten. Schon bevor die City of Thorns erbaut wurde.« Er schaute Shai an und seine Gesichtszüge wurden weicher. »Aber er hat immer Geheimnisse gehabt. Er hatte immer eine wütende Seite, die er vor dem Rest der Welt verborgen hat. Ohne die Lichtbringer wäre er der mächtigste Dämon in der Stadt. Er hat mir nie gesagt, dass er etwas geplant hat oder dass er die Polizei auf Shai ansetzen wollte. Er hat mich nur hinter meinem Rücken benutzt, um Informationen zu bekommen. Ich wusste, dass mit diesem Sturm in jener Nacht etwas nicht gestimmt hat … Ich war mir sicher, dass Shai nicht die Kontrolle über ihn verloren hat. Jemand hat ihn verursacht.« Seine Augen waren immer noch auf Shai gerichtet. »Und du bist der Ort, an dem mein Herz jetzt ist, Shai. Also ja, ich bin auf deiner Seite.«

Sie strahlte ihn an und ihre Augen funkelten. »Gut.«

Er drehte sich wieder zu mir um. »Und auf deiner. Kas will Orion für immer vom Thron stürzen, und das wollte ich auch. Ich wollte ihn ersetzen. Aber im Gegensatz zu Kas habe ich Grenzen, was ich tun würde, um ihn aufzuhalten. Es nützt nichts, einen labilen Verrückten loszuwerden, wenn wir ihn einfach durch einen anderen ersetzen.«

Ich nickte. »Okay. Das ist zwar nicht die schönste Bezeichnung für Orion, aber ich nehme sie an. Jetzt ist es Zeit zuzugeben, welche Kräfte wir tatsächlich haben.«

»Keine Ahnung«, sagte Sabazios. »Aber ich kann dir sagen, was ich früher konnte.«

»Und Legion?« Shai strich mit ihrer Hand über seinen Bizeps. Es genügte, um seine Augen zu verdunkeln. »Wir müssen genau wissen, was Kas tun kann.«

Meine Muskeln hatten sich angespannt und eine stille Wut strömte durch mein Blut.

Das letzte Mal, als ich diesen Weg beschritten hatte, war es in der Absicht gewesen, Orion in der ersten Prüfung zu schlagen. Jetzt summte mein Körper vor Wut bei dem Gedanken, dass Kas ihm ein Haar gekrümmt hatte.

Als ich mich der alten steinernen Überführung näherte, in der sich eine geheime Tür in die City versteckte, konzentrierte ich mich darauf, meine wahren Gefühle zu verbergen.

Ich stand vor der mit Reben bewachsenen Tür unter der Brücke und klopfte viermal an. Unser Signal.

Ein kleines Flackern von Magie knisterte über der Tür, und Kas stieß sie auf. Er sah erschöpft aus. Dunkle Schatten lagen unter seinen Augen, und sein blondes Haar war verstrubbelt.

Ich schluckte schwer, als ich ihn anstarrte und mir Mühe gab, meine Gesichtszüge unter Kontrolle zu halten. »Kas. Ich bin so froh, dass du hier bist, um mir zu helfen.« Die Worte schmeckten wie Säure auf meiner Zunge.

Er fuhr sich durch die Haare und tat so, als ob er Angst hätte, während wir durch den dunklen Tunnel gingen. Wir trugen beide Masken.

»Er wollte dich als Verräterin hinrichten lassen, Rowan. Ich musste etwas tun. Auch wenn es gefährlich war. Orion will die City of Thorns zerstören und dich umbringen. Beides konnte ich nicht akzeptieren.«

Es war noch nie meine Stärke, cool zu bleiben, wenn mein Verstand mit einer Million Meilen pro Minute raste. Monate zuvor war ich dem Druck einer Psychologiepräsentation kaum gewachsen gewesen. Und jetzt war ich hier, neben einem mächtigen Feind, auf dem Weg, einen Dämonenkönig aus dem Gefängnis zu befreien.

Auch wenn *ich* nicht gut darin war, ruhig zu bleiben, Mortana war es. Meine Schwester, mein dunkler Schatten. Ich ließ meine Hüften ein wenig schwingen, pure Gelassenheit, als Kas mich in die Kerker führte.

»Ich komme mir dumm vor, weil ich mich wieder von ihm habe täuschen lassen«, sagte ich mit fester Stimme. »Ich dachte wirklich, er hätte sich geändert. Aber er ist derselbe Orion, der mich schon einmal aus der City geworfen hat. Wie hast du es geschafft, ihn einzusperren?«

»Es war nicht einfach, aber ich habe das Gift benutzt. Das habe ich von den Dämonenjägern gelernt. Ich vermute, es ist ein altes Geheimnis von ihnen. Wahrscheinlich haben sie auch so die Lilu vor all den Jahren daran gehindert, sich zu wehren.«

Unter meinem gelassenen Lächeln lauerte eine tiefe Quelle der Wut. »Danke, dass du dich um mich gekümmert hast, Kas.«

Wir betraten den Kerker. Hier wurde die Luft von einem gequälten Gefühl des Schmerzes erfüllt. Er glitt in meine Lungen und setzte sich in meinen Knochen fest, als Kas mich zu Orions Zelle führte und einen alten eisernen Skelettschlüssel herauszog, um die Tür zu öffnen.

Mein Herz drohte zu zerspringen, als ich Orion sah, der bewusstlos auf dem Boden lag. Kas hatte ihn mit gefesselten Armen in seiner alten Zelle eingesperrt. Seine dunklen Wimpern hoben sich von seinen Wangen ab. Selbst jetzt war er übermenschlich schön.

Ich hatte die Warnungen von Legion im Hinterkopf, als ich nähertrat: *In dem Moment, in dem Kas merkt, dass etwas nicht stimmt, wird er seine Klauen in deine Brust schlagen und dir das Herz herausreißen.*

»Ich weiß, dass das schwer für dich ist, Rowan«, sagte Kas und seine Stimme triefte vor gespieltem Mitgefühl. »Aber ich weiß auch, dass du eine Überlebenskünstlerin bist. Und eine Beschützerin. Du wirst nicht zulassen, dass er dich oder unser Königreich zerstört.«

Ich trat in die Zelle und warf einen Blick zurück auf Kas. Hinter ihm schwankte die Schlinge in einer geisterhaften Brise.

»Kannst du mich eine Minute mit ihm alleine lassen?«, fragte ich.

Ein Muskel zuckte in seinem eckigen Kiefer, aber dann kehrte das fade Lächeln zurück. »Natürlich.«

Er trat zurück in den Schatten, und ich betrat die Zelle.

Ich griff in meine Tasche und meine Finger verkrampften sich um die Spritze mit dem Gegengift. Doch kaum hatte ich die Spritze herausgezogen, spürte ich schon, wie die sanfte Magie von Kas mich umgab, wie sich Ranken aus Seide um meinen Hals legten und mir die Luft abschnitten.

In dem Augenblick wurde mir klar, wie mächtig Kas war – sogar hier unten, wo die Magie zu schwinden begann.

KAPITEL 44

– ORION –

Es war ihr Duft, der meine Augen aufflattern ließ, und die Wärme ihrer in Licht getauchten Haut.

Einen Moment lang fragte ich mich, ob ich gestorben war. Natürlich wäre *sie* die erste Person, an die ich im Jenseits denken würde – ihre Gegenwart. Und es war, als könnte ich diese köstlich warme Magie spüren, wie die Glut des Sommers. Der Duft von reifem Obst …

Mein Herz stand still. Ich konnte sie nicht mehr spüren. Eine furchtbare Stille herrschte um mich herum.

Ich öffnete die Augen und mein verschwommener Blick schweifte über die Wände meiner Zelle. Mit einem diffusen Gefühl der Angst fragte ich mich, ob dies meine Welt nach dem Tod sein würde. Einfach hier. Für immer.

Rowan.

Ich spürte, wie ihre Seele nach der meinen rief. Meine Finger verschränkten sich hinter meinem Rücken.

Vielleicht war ich doch nicht tot.

Mein Herz schlug noch. Und winzige Rinnsale der Kraft strömten wieder durch mich, von meinem Oberschenkel aufwärts.

Ich schaute an mir herunter und sah eine leere Spritze, die aus meinem Oberschenkel ragte. Aus dieser Spritze strömte Kraft durch meinen Körper. Das Gegengift.

Wo war Rowan?

Angst raste durch meine Nerven und ließ meine Muskeln steif werden.

Jemand in der Nähe schrie. Eine männliche Stimme, die ich hasste …

»Du glaubst, du bist eine Heldin?«, brüllte er. »Eine Anführerin, die durch den Fund einer magischen Krone auserwählt wurde? Oder durch ein Buch? Durch verdammte Schmuckstücke und Spielchen? Eine Zweiundzwanzigjährige ohne irgendwelche magischen Kenntnisse. Warum zum Teufel glaubst du, dass du irgendetwas verdienst?«

Ich richtete meinen Blick wieder nach oben. Und da sah ich sie.

Sie schlug ihre Krallen in Kas' Gesicht. Blut spritzte aus einer Wunde. Aber seine Gegenwehr war schnell und brutal. Spinnenartige Ranken seiner Magie fesselten ihre Arme. Er hob sie an der Kehle hoch und Krallen erschienen an seinen Fingerspitzen.

Mein Blut rauschte.

Ich würde ihm ein Ende setzen. Ich würde ihn in Stücke reißen. Ich würde diese alten Steine mit seinem Blut tränken.

Ich hatte kaum noch Kraft in meinem Körper. Aber für sie war es genug, um die Seile zu zerreißen, die meine Handgelenke fesselten.

Meine Welt wurde still, bis auf den Klang meines Herzens, das wie eine Kriegstrommel in meiner Brust schlug. Als ich auf die Beine sprang, riss ich mir den Knebel aus dem Mund und meine Reißzähne wurden länger.

Rowan war gerade dabei, sich aus den Fesseln zu befreien. Mit ihren Krallen schlug sie Kas quer über die Brust, und Blut spritzte durch die Luft. Als er sich zu mir drehte, ließ ich meine eigenen Krallen erscheinen, bereit, ihn auszuweiden.

Aber dort, wo eben noch Kas gestanden hatte, stand Rowan jetzt vor mir und sah mich erschrocken an.

Zwei Rowans, beide blutgetränkt. Ich taumelte zurück und versuchte zu verstehen, was gerade passierte.

In dem Moment verschwand eine der Rowans im Schatten.

Die andere stolperte nach vorne und hielt sich den Hals. Blut floss aus ihrer Kehle, und ich hielt sie um die Taille fest. An ihrem Geruch und der Art, wie sie sich an mich schmiegte, wusste ich, dass sie es war.

Ich zog sie dicht an mich heran. »Du verlierst zu viel Blut. Wir müssen dich aus den Tunneln herausbringen.«

»Er kann sich verwandeln«, raunte sie.

»Das ist mir eben auch klar geworden.«

Sie drehte sich zu mir um, eine Hand um ihren blutenden Hals. »Bring dich in Sicherheit. Ich habe alles unter Kontrolle.«

Sie machte wohl Witze. Als ob ich sie allein gegen einen alten Dämon kämpfen lassen würde.

Rowan rannte Kas hinterher, eine Blutspur hinter sich herziehend. Ich ignorierte den Schmerz in meinen Muskeln, als ich ihr nachlief. Sie war wie ein Fleck in den Tunneln, wie Rauch, der zwischen meinen Fingern verschwand. Aber sobald wir in die City of Thorns eindrangen, würde meine Magie wiederhergestellt sein.

Ich sah zu, wie sie sich an der Seite des Tunnels hochhangelte und durch die Öffnung verschwand. Die Müdigkeit zermürbte meine Knochen, als ich mich vorwärts und die Tunnelwand hinauf zwang.

Endlich, unter dem Sternenhimmel, durchflutete mich meine Magie. Zuerst holte Rowan meine Seele aus dem Kerker, dann meinen Körper.

Ich brüllte, als meine Flügel aus meinem Rücken hervorbrachen, und ich folgte meiner Liebe in den klaren Nachthimmel.

Kapitel 45

– Rowan –

Kaum war ich zurück in der City of Thorns, durchfuhr mich meine Magie mit der Kraft des Ozeans. Ich erhob mich in die Lüfte, um unter den Sternen nach Kas zu suchen.

Orions warme Magie strahlte über meinen Körper, als ich spürte, wie er in meine Nähe schwebte. Der Wind rauschte über meine Flügel und peitschte durch meine Haare, während ich über die Bäume flog. Das war die alte Art der Lilu – gebadet im silbernen Mondlicht, hungrig nach Blut. Wir jagten aus der Luft, während unsere Beute zu Fuß herumkroch.

Ein aufgeregtes Kribbeln durchfuhr mich und mein Herz schlug heftig gegen meine Rippen. Ich drehte mich um, um Orions Blick zu erhaschen. Seine blassen Augen funkelten mich an und sein Dämonenmal, der Stern Luzifers, strahlte von seiner Stirn. Göttlich.

Wir waren Lichtbringer. Und wenn die Schatten uns verzehrten, würden wir wieder auferstehen.

Ich hoffte nur, dass Orion seine Macht nicht vor dem richtigen Zeitpunkt entfesseln würde, denn ich wollte die City of Thorns stehen lassen.

Ich atmete tief ein und nahm Kas' parfümierten Duft auf. Er hatte sich natürlich getarnt, sodass ich ihn nicht sehen konnte. Aber das war nicht schlimm. Auch früher hatten wir uns bei der Jagd nicht auf unsere Augen verlassen. Ich konnte spüren, wie er sich auf den Turm von Baal zubewegte – genau das, was ich befürchtet hatte. Kas rechnete damit, dass wir unsere Lichtbringer-Kräfte nicht einsetzen würden, solange er in der Nähe von genügend anderen Dämonen war. Schließlich wollten wir nicht die ganze City zerstören und alle Bewohner töten.

Aber anders als die Lilu von früher hatte ich ein Handy. Als ich also durch die Luft flog, zog ich es aus meiner Tasche und rief Legion an.

»Ja«, flüsterte Legion. »Was ist los?«

»Kannst du das Gebiet vor dem Turm von Baal räumen lassen? Ich bin Kas dicht auf den Fersen, aber wir dürfen niemanden in unserer Nähe haben. Und sorg dafür, dass du dich in Sicherheit bringst, nachdem du fertig bist, verstanden?«

Ich schob das Handy zurück in meine Tasche und kreiste über dem Platz. Eine Schar von Dämonen stand vor dem Turm.

Über mir zogen Gewitterwolken auf, und ein eisiger Wind fegte über die Steine. Die Temperatur in der Luft sank so schnell, dass meine Zähne zu klappern begannen und mein Atem in der Dunkelheit um mich herum beschlug.

Blitze zuckten durch den Himmel und ein Strudel aus Eis wirbelte in der Mitte des Platzes herum und trieb die Menge auseinander. Schreie wurden laut und die Dämonen begannen zu fliehen. Shai ließ einen Blitz auf den Steinen einschlagen – dann einen weiteren, der die Felsen unter uns versengte. Der eisige Sturm peitschte auf uns zu und ich kämpfte darum, die Kontrolle zu behalten, während ich flog. Schnee und Hagel schlugen auf mich ein. Legions magischer Sturm ließ mich bis ins Mark frieren. Der Wind zerrte an meinen Flügeln. Fröstelnd landete ich auf dem geräumten Platz.

Orion kam neben mir auf. Seine kohlschwarzen Augen suchten nach Anzeichen für unsere Beute. Auf einem Teil des Platzes wütete das Gewitter nicht, wie das Auge in einem Wirbelsturm. Meine Muskeln wurden wieder weicher und meine Atmung langsamer.

Wir konnten Kas jagen oder wir konnten ihn dazu bringen, zu uns zu kommen. Ein Mann wie er mochte zwar mächtig sein, aber sein Ego würde ihm in die Quere kommen. Darum ging es doch eigentlich, oder? Um sein tödlich gekränktes Ego.

Eine Zweiundzwanzigjährige ohne magische Kenntnisse. Warum zum Teufel glaubst du, dass du irgendetwas verdienst?

Kas mochte Orion hassen, aber das war es nicht, was das Feuer in ihm entfachte. Er dachte, *er* sollte auf dem Thron sitzen.

Eine eisige Böe fegte um mich herum, aber ich blieb in der Mitte der Steine stehen, um mich an die Menge zu wenden. »Kasyade hat euch getäuscht«, rief ich über die Winde hinweg und hoffte, dass die Menge mich hören konnte. »Er hat seine Magie benutzt, um die Gestalt eures Königs anzunehmen. Aber er ist ein schlechter Ersatz, ein Schatten eures wahren Königs. Kas wurde nicht wie wir von den Göttern gesegnet. Er ist eine Illusion, ein gewöhnlicher Dämon und nichts weiter als ein Scharlatan.«

»Von den Göttern gesegnet?«, dröhnte Kas' Stimme über den Platz, aber ich konnte ihn nicht sehen. »Die Götter sind wahnsinnig. Lasst das Volk wählen! Sollen die Dämonen doch sehen, wer es verdient, zu herrschen! Lasst denjenigen den Thron besteigen, der die besten Fähigkeiten besitzt!«

»Du willst, dass die Leute wählen – dieselben Leute, die du absichtlich täuschst?«, knurrte Orion. »Dieselben Leute, die du belogen hast?«

»Ich habe sie beschützt«, kam Kas' Stimme von irgendwoher. »Keiner von euch ist in der Lage zu regieren. Ich habe jahrhundertelang Magie studiert. Während du in einem Gefängnis eingesperrt warst und deinen Verstand verloren hast, Ashur, habe ich mich dem Handwerk gewidmet. Unserer Geschichte. Ich wollte verstehen, was ein Dämon wirklich ist. Und Rowan, lange bevor du geboren wurdest, hatte ich jedes Zauberbuch in den Bibliotheken der Stadt auswendig gelernt. Plötzlich stolperst du hier herein, ohne etwas über unsere Welt zu wissen, und glaubst, du hättest die Krone verdient? Nur wegen eines Fehlers bei deiner Geburt?«

»Warum zeigst du dich nicht?«, rief Orion. »Wenn du schon so überzeugt von deinen Fähigkeiten bist. Mal sehen, wer überlebt!«

Vor uns tauchen sie im silbrigen Licht auf – sechs Versionen von Kas. Alle waren tätowiert, muskulös und leuchteten in blassem Licht. Auf ihren Stirnen glühte ein dämonisches Zeichen in Form einer Mondsichel, und ihre Augen waren dunkel wie Pech. Orions Klauen schossen aus seinen Fingerspitzen und er schlug nach einem von ihnen, dann nach einem anderen. Er bewegte sich blitzschnell, aber jedes Mal, wenn er einen traf, tauchte ein neuer auf.

Seidige Fäden peitschten um mich herum und rissen mich von der Erde hoch in den Himmel. Dann schleuderten sie mich wieder nach unten. Ich schlug hart auf den Steinen auf. Der Schmerz zersplitterte mich, und einen Moment lang spürte ich, wie jeder meiner Knochen brach, bevor sie wieder zu heilen begannen.

Ich schaute zum Himmel hinauf, wo sich dunkle Schatten über uns ausbreiteten – ein Schild aus Eis und Schatten, das uns einschloss.

Da waren sie – Sabazios und Legion – und arbeiteten zusammen. Genau wie geplant.

Gut.

Dunkelheit umhüllte uns.

Die Ranken der seidigen Magie schlangen sich wieder um mich und hoben mich hoch in die erdrückende Dunkelheit.

Aber das spielte keine Rolle mehr, denn ich beschwor mein Licht.

Kapitel 46

– Orion –

Haltet mich nicht für einen Helden. Ich würde die ganze Welt zerstören, um die Person zu retten, die ich am meisten liebe.

Schatten glitten über uns und ich konnte Rowan nicht mehr sehen.

Die Angst, sie zu verlieren, ließ mich nicht mehr los, bis ich kaum noch wusste, wo oben und unten war. Wenn ich Rowan jetzt verlieren würde, würde die Welt wieder stillstehen – ein eingefrorener Uhrenturm, ein nicht mehr schlagendes Herz. Eine Welt voller Stille.

Ich hatte schon einmal versagt, die zu schützen, die ich liebte. Diesmal würde ich meine Feinde in Feuer und Asche untergehen lassen, selbst wenn ich den Rest der City of Thorns mit ihnen reißen würde.

Weil ich nur sie liebte – Rowan. Sie war für mich der Anfang und das Ende. Und wenn ihr jemand auch nur ein Haar krümmen sollte, würde ich die Sterne vom Himmel reißen und sie wie Speere schleudern.

Rowan und ich würden diejenigen sein, die das hier überlebten, und das musste reichen.

Eis und Schatten hüllten mich ein, und meine Gedanken begannen sich wild wie kleine Lichtpunkte zu drehen. Eine Königin mit einer Stachelkrone. Molor, der mir das Schachspielen beibrachte. Meine Mutter, die mir sagte, dass sie nächste Woche Geburtstag hätte – immer nächste Woche. Eine schöne rothaarige Frau, die in meinen Armen schlief, jemand, der mir jetzt die Welt bedeutete. Eine weiche Hand auf meinem Gesicht, die mich wieder zum Leben erweckte. Sie führte mich aus dem Kerker in die Welt unter den Sternen.

Ordnung und Chaos ... ein Licht, das in die Unterwelt fällt.

Schatten verschlagen mein Licht.

Ich bin das Chaos. Ich bin der Anfang und das Ende.

Ich würde die Welt verschlingen.

Kapitel 47

– Rowan –

Licht erblühte in der Dunkelheit, blassgolden und blendend. Es schwoll an, füllte die Schatten unter dem Schild und verbrannte jede Illusion von Kas, bis ich nur noch Licht sehen konnte. Ich hatte mein eigenes Licht noch nicht vollständig wachgerufen, als Orions wie ein sterbender Stern unter dem Schild explodierte.

Heiße Magie strömte über mich, in mein Blut und meine Knochen und heilte meinen gebrochenen Körper. Orions höllisches Licht war eine Taufe aus reinen Flammen, die mir Kraft gab.

Kas war jetzt nichts weiter als Partikel, die in einem glitzernden Nebel umherschwebten.

Langsam begann das Licht zu schwinden und hinterließ eine Welt aus schimmerndem Staub – und nur eine weitere Person blieb zurück.

Orion lag nackt auf dem Boden, umgeben von glitzernden Lichtflecken und der Dunkelheit, die über uns hereinbrach. Wärme durchflutete meine Brust, als ich ihn ansah.

Ich sprang auf, eilte zu ihm hinüber und legte seinen Kopf in meinen Arm. Seine dunklen Wimpern flatterten. Blassblaue, silbern gesprenkelte Augen starrten mich an. Er war irgendwo dort drin, aber benommen und unkonzentriert.

Ein schwaches Lächeln umspielte seine Lippen und er streckte seine Hand aus, um meine Wange zu berühren. »Du bist hier.«

Ich lächelte ihn an und strich ihm die Haare aus den Augen. »Du hast den Schutzschild gesehen.«

Er runzelte die Stirn. »Schutzschild?«

Meine Augenbrauen hoben sich.

Vielleicht hatte Orion also kein Problem damit, die ganze City of Thorns mit seiner Lichtbringer-Kraft zu zerstören. Wahrscheinlich war es gut, dass er mich hatte, um ihn zu zügeln, denn ich würde ihn nicht verlassen.

Ich blickte hinauf in den Dunst aus Licht und Schatten, bis die Sterne wieder am Himmel auftauchten und der Schutzschild wegglitt. Der schimmernde Nebel um uns herum trieb in die Nacht, ein goldener Strudel, der zum Mond schwebte. Orion wirkte noch immer wie im Delirium. Ich legte meinen Arm um seinen Rücken und hob ihn auf die Füße. Er lehnte sich an mich, während ich mir den Schaden ansah.

Ein großer Kreis umgab uns. Die Steine unter uns waren zerstört worden. Am Rande des Kreises, wo der Schild uns geschützt hatte, stand eine Dämonenmenge und starrte uns an. Der Turm von Baal ragte hinter ihnen auf, fast verdeckt von der Staubwolke.

Ich sah Legion, wie er bei Shai und Sabazios stand.

In diesem Moment dachte ich daran, dass Orion und ich völlig nackt waren, weil die Explosion unsere Kleidung zerstört hatte.

Ich stand trotzdem aufrecht. Wir waren Lilu, und wir schämten uns nicht für unsere Körper.

»Das ist euer König, Orion«, rief ich. »Und ich bin eure Königin! Wir werden euch beschützen, aber wir werden dafür keinen Krieg mit den Sterblichen anfangen. Und wir werden euch niemals opfern, wie es Nergal einst getan hat. Wir werden uns nicht unangemessenen Forderungen beugen. Unsere Stadt wird ein Leuchtfeuer in der Dunkelheit sein.«

Ich hörte, wie sie meinen und Orions Namen riefen, während ich seine Taille stützte. Ich wollte ihn nur nach Hause bringen.

Ich saß auf Orions Hüfte und strich mit dem Daumen über seine Unterlippe. Er knabberte daran, dann zerrte er an seinen magischen Fesseln.

Ich beugte mich hinunter, küsste seinen Hals und spürte, wie die Muskeln in seiner Schulter zuckten.

»Rowan«, knurrte er, »es ist schon eine Woche her. Du kannst mich jetzt frei lassen. Ich bin vollständig geheilt.«

Ich küsste seine Brust. »Ich bin mir nicht sicher.«

Als ich aufblickte, entdeckte ich ein nachsichtiges Lächeln auf seinen Lippen. »Ich habe bereits deiner Krönung beigewohnt. Also bin ich vollständig geheilt.«

Ich drückte einen Finger auf seine Lippen. »Du redest zu viel. Du machst dich noch kaputt.«

Ich knabberte an seiner Unterlippe. Als ich das tat, hörte ich Stimmen durch den Steinboden.

»Ich glaube, Amon hat Besuch«, sagte ich. Ich wurde hellhörig, als ich eine weibliche Stimme vernahm. »Ist das Shai?«

»Dann sollten wir uns vielleicht ein paar Klamotten anziehen«, sagte Orion.

Ich runzelte die Stirn und löste die magischen Fesseln. »Welcher Tag ist heute?«

»Ich habe absolut keine Ahnung.«

In der letzten Woche hatten wir Orions Zimmer kaum verlassen und Verabredungen hatten keine Bedeutung mehr.

Ich sprang von ihm herunter, zog eine Schublade auf und holte Unterwäsche und ein langes schwarzes Kleid heraus. »Ich glaube, Shais Geburtstag ist diese Woche.«

»Ah! Ich werde den Opferaltar vorbereiten. Vielleicht gibt es einen Verbrecher, den wir ihr zu Ehren opfern können …«

Ich drehte mich zu ihm um, während ich in meine Unterwäsche schlüpfte. »Weißt du, Orion, ich kann immer noch nicht erkennen, wann du Scherze machst, aber ich denke, dass Drinks und Musik für Shai ausreichen werden.«

Ich zog mir das Kleid über den Kopf, das mir bis zu den Knöcheln reichte.

Als ich die Treppe hinunterging, fand ich eine kleine Gruppe vor, die mit Amon am Tisch saß und Wein trank.

Shai saß auf dem Schoß von Legion. Sabazios war extravagant gekleidet, in einem kastanienbraunen Samtanzug mit einem schwarzen Hemd darunter. »Rowan!« Er strahlte. »Eure Majestät.«

»Rowan reicht aus.«

»Komm schon«, sagte Shai und hob ihr Glas. »Heute ist mein Geburtstag. Und es ist Zwei-für-den-Preis-von-einem-Cocktail-Nacht im *Cirque de la Mer.*«

Meine Augen weiteten sich. »Oh, ich will Fladenbrot. Und Mojitos. Und jetzt, wo ich Königin bin, bezahle ich.«

Barfuß und ohne Hemd, nur mit einer dunklen Jeans bekleidet, betrat Orion die Küche. Er zerzauste sein Haar. »Du willst die Nacht unter Sterblichen verbringen?«

Ich blinzelte ihn an. »Und du kommst mit. Ich habe dich noch nie zu Daft Punk tanzen sehen.«

»Das wirst du auch nie, meine Königin. Aber ich werde mich dir trotzdem anschließen.«

»Gut«, sagte Shai. »Denn ich möchte euch bei der Planung der Hochzeit helfen. Wahrscheinlich hast du schon ein paar Ideen, aber wie wäre es, wenn die Zeremonie im alten, stillgelegten Tempel im Asmodean-Bezirk stattfindet? Zeremonien sind normalerweise total langweilig, also könnte es vielleicht auch für diesen Teil eine Cocktailbar geben. Danach könnten wir die Party in der Wildnis feiern, aber einen Teil davon in einen Garten verwandeln. Ganz im Sinne von ›skurrilem Zauberwald‹, mit dem Essen auf Holzscheiben, die wie Baumstämme aussehen, und …«

»Shai?«, unterbrach Orion sie. Er zog sich ein Hemd an und begann es zuzuknöpfen. »Ich bin mir nicht sicher, was ›skurril‹ angeht. Es gibt die alten Lilu-Hochzeitsbräuche: die Öle und Parfüms, die Vollziehung vor den Gästen, die Weissagung mit den Eingeweiden einer geschlachteten Taube …«

Ich räusperte mich. »Lasst uns doch einfach was trinken gehen.«

»Von mir aus.« Orion schlüpfte in seine Schuhe. »Wenn ich mit Sterblichen abhängen muss, dann fliege ich aber hin.« Er drehte sich wieder zu Shai um. »Was wünschst du dir zu deinem Geburtstag?«

»Dass ihr eine skurrile Zauberwald-Hochzeit habt?«

Orion wandte sich ab und ging hinaus in die Nacht. Sabazios folgte ihm – zweifellos lockte ihn, den Inkubus, der unaufhaltsame Ruf des Himmels.

Ich wandte mich an Amon. »Komm mit! Wann bist du das letzte Mal in Osborne ausgegangen?«

Er runzelte die Stirn und seine Narbe vertiefte sich. »Ich bin buchstäblich nie in Osborne ausgegangen. Sterbliche und Dämonen vertragen sich nicht.«

Ich hakte mich bei ihm unter, während ich zur Tür ging. »Das ändert sich heute Abend, Amon.«

Je mehr Zeit Dämonen und Sterbliche miteinander verbrachten, desto mehr erkannten sie, dass sie abgesehen von ihrer Lebensspanne viel gemeinsam hatten.

Draußen löste ich meine Hand von Amons Arm. Ich blickte hinauf zum Sternenhimmel, wo Orion und Sabazios bereits über mir kreisten und ihre Umrisse vom silbernen Mondlicht beleuchtet wurden. *Atemberaubend.*

Ich drehte mich um und sah Shai und Legion Hand in Hand nach draußen gehen. »Wir treffen uns in zwanzig Minuten.«

Meine Flügel erschienen auf meinem Rücken. Ich raste in den Himmel und schmeckte die salzige Luft. Ein Hochgefühl durchströmte mich, als ich mit den beiden Inkubi in die Höhe stieg. Es war so aufregend, dass ich nur noch wild lachen konnte, und ich hörte, wie Sabazios und Orion dasselbe taten. Diese Unbeschwertheit hatten wir alle vermisst, und jetzt, wo sie wieder da war, erfüllte mich der Nervenkitzel mit Leben.

Die Lilu waren wieder frei.

Von hoch oben blickte ich auf die City of Thorns hinunter, und sie schien in der Nacht golden zu leuchten.

Vielleicht würde eine Zeit kommen, in der wir das Grimoire wirklich öffnen und die Dämonen vollständig befreien mussten. Aber für den Moment hatten wir hier alles, was wir brauchten, und unsere kleine Stadt war wieder ein Licht, das aus der Dunkelheit aufstieg.

KAPITEL 48

– ROWAN –

Dreizehn Jahre später

Ich spürte, dass er im Zimmer war, und als ich die Augen öffnete, sah ich ihn: meinen kleinen Jungen mit den großen grünen Augen. Eigentlich sollte ich mich darüber ärgern, dass er mich geweckt hatte. Aber er war so absurd niedlich, dass es schwer war, ihm irgendetwas übel zu nehmen, selbst zu dieser Stunde. Das Mondlicht umspielte ihn, und sein kastanienbraunes Haar stand in alle Richtungen ab.

Ich warf einen Blick auf Orion, der so still und unbeweglich wie eine Statue schlief und von all dem nicht wach wurde.

Mein kleiner Junge hielt einen Arm hoch. Der andere umklammerte seinen Plüschwolf, den er fantasievoll Wolfi nannte. »Ich will kuscheln«, sagte er mit seiner kleinen Stimme und wartete darauf, ins Bett gehoben zu werden.

Er trug seinen Schlafanzug mit dem Cartoon-Kraken, auf dem stand: »Mehr Arme für Umarmungen.«

Während ich ihn verschlafen anstarrte, griff er nach dem Laken und versuchte sich daran hochzuziehen. Schon war sein Hintern in der Luft, und er stöhnte bei der Anstrengung.

Ich griff ihm unter den Hintern und half ihm aufs Bett. »Komm rauf, mein Süßer.«

Er schmiegte sich eng an mich, als wollte er zurück in den Raum kriechen, in dem er einst gelebt hatte.

Ich umarmte ihn und zog ihn an meinen riesigen, runden Bauch. »Sei vorsichtig, Schatz. Denk dran, Mom hat ein Baby hier drin.«

»Tut mir leid, Mom«, sagte Nico, als er sich an mich schmiegte. »Und es tut mir leid, Baby«, fügte er hinzu, als er meinen Bauch streichelte.

Nicodemus steckte sich den Kragen seines Hemdes in den Mund, um darauf herumzukauen – seine Lieblingsbeschäftigung, seit wir seine Schnuller abgeschafft hatten.

»Dem Baby geht es gut«, versicherte ich ihm und streichelte seinen Kopf. »Es ist nur zu groß.«

»Hey, Nico.« Orion griff über mich hinweg und berührte Nicos Haare mit verschlafenen Fingern.

»Hi, Daddy«, antwortete Nico. »Ich muss in der Mitte sein.« Er kletterte über mich, wobei er vorsichtig versuchte meinem Bauch auszuweichen und stattdessen auf meine Brüste trat. Er ließ sich in der Lücke nieder und freute sich, zwischen seinen beiden liebsten Personen zu sein. »Ich bin die Mitte des Sandwichs«, erklärte er mit einer Stimme, die für die Uhrzeit viel zu laut war.

Angesichts der Größe meines Bauches war es nicht leicht, mich umzudrehen. Also ließ ich mich zuerst auf den Rücken fallen, bis der Luftmangel durch das Baby mich wieder zum Umdrehen zwang, und dann hievte ich meinen dicken Bauch auf die andere Seite. Man sollte *meinen*, dass es einfacher war, eine schwangere Dämonin zu sein als eine schwangere Sterbliche, aber obwohl ich noch nie eine Schwangerschaft als Sterbliche erlebt hatte, hatte ich den leisen Verdacht, dass das hier nicht wirklich besser war. Als die Götter die Frauen mit diesem Unbehagen verflucht hatten, galt das für uns alle, Dämonen und Sterbliche gleichermaßen.

Mein Körper entspannte sich schließlich, als ich Nico und Orion ansah, und ich konnte wieder etwas leichter atmen. Ich schob meinen Arm über Nicos Bauch. »Schlaf weiter, mein Schatz.«

Er runzelte nachdenklich die Stirn, bevor er die Frage stellte, die wir jede Nacht erwarteten: »Sind Geister echt?«

Wir brauchten nicht zu fragen, worum es in seinem bösen Traum ging. Es war immer derselbe.

Und obwohl Orion und ich aus erster Hand wussten, dass es Geister gab und dass sie im Asmodean-Bezirk spukten, sah ich keinen Grund, Nico schon jetzt einzuweihen. Wenn wir das täten, würden wir unser Bett mit ihm teilen, bis er mindestens ein Teenager war.

»Ich glaube nicht, dass sie es sind«, sagte Orion. »Und selbst wenn sie es wären, was soll's? Sie können nichts tun. Sie sind nur wie Nebel. Vielleicht ist der Nebel manchmal ein bisschen traurig, aber der Nebel kann uns nichts anhaben.«

Nico nickte.

»Und stellen wir uns vor«, fügte Orion hinzu, »nur so zum Spaß, weil ja sowieso nichts davon echt ist, dass ein Geist es geschafft hat, die magischen Wachen zu überwinden und dann irgendwie in unseren Palast gelangt ist. Was glaubst du, was mit diesem Geist passieren würde, wenn Mom ihn zu fassen bekäme?«

»Kein Geist mehr?«, fragte Nico.

»Das stimmt.« Mir fielen die Augen zu. »Kein Geist mehr.«

Von allen gruseligen Dingen auf der Welt, vor allem in *unserer* Welt, hatte sich mein Baby aus irgendeinem Grund auf Geister als die schlimmste Art von Albtraumtreibstoff eingeschossen. Ich war zwar kein Fan von Geistern, aber sie stellten keine Bedrohung für uns alle dar. Geister waren so substanzlos wie Rauch.

Wenn es um Bedrohungen ging, hatte unser kleiner Nico jedenfalls nicht viel zu befürchten.

Vor allem nicht, als wir erfuhren, was die Götter ihm geschenkt hatten.

Mit einem Lächeln leerte ich ein weiteres Anzu-Ei in die Schüssel und schlug es auf. Der Duft von Kaffee erfüllte die Luft und Sonnenlicht strömte in unsere Küche. Abends kam Amon immer noch zum Essen vorbei, aber die Morgenstunden hatten wir ganz für uns allein. Irgendwann in der Nacht hatte Orion den kleinen Nico zurück in sein Zimmer getragen, nachdem er uns im Schlaf zu oft getreten hatte. Jetzt schlummerte Nico nach einer anstrengenden Nacht, in der er über Geister nachgedacht hatte, in seinem eigenen Bett.

Wir waren in einen neuen Palast gezogen – größer als Orions Haus, aber kleiner als der Turm von Baal. Ein Palast aus goldenem Stein, der von oben bis unten mit Bibliotheken gefüllt war, direkt gegenüber dem Uhrenturm im Asmodean-Bezirk.

Obwohl wir mehrere Köche hatten, machte ich am liebsten Frühstück für meine beiden Jungs, Orion und Nico. Zugegeben, ich mochte es auch, wenn ich ausschlief und Orion mich mit heißem Kaffee und Obst weckte.

Ich holte einen Laib frisches Brot heraus und begann Scheiben abzuschneiden, um sie im Ofen zu rösten. Ich würde sie mit Butter bestreichen, bevor ich sie mit den Anzu-Eiern belegte. Wir hatten seit Nicos Geburt keine Anzu-Eier mehr gegessen, aber jetzt hatte unser Sohn eine Vorliebe für Rühreier entwickelt. Ein Anzu-Ei war mit nichts anderem zu vergleichen, also lächelte ich schon bei dem Gedanken, wie es ihm schmecken würde.

In der Elysischen Wildnis gab es nur etwa drei Anzu, dämonische Vögel, die dreimal so groß wie Kondore waren und jeweils den Kopf eines Löwen hatten. Wenn sie hungrig waren, hatten sie nichts dagegen, ein Pferd oder eine Kuh zu verschlingen. Am liebsten fraßen sie Schweine. Dämonen standen normalerweise nicht auf dem Speiseplan, aber wenn die Anzu hungrig genug waren, sollten Sterbliche lieber in Deckung gehen.

Anzu-Eier brachten eine Menge Geld ein, denn sie zu besorgen war ein blutiges Geschäft. Wenn eine Gruppe von Jägern ein Nest mit einem Gelege fand und es schaffte, die Eier zu erbeuten, bevor die Mutter sie in Stücke riss, konnten sie ein Jahr oder länger von dem Gewinn leben.

Als ich das Brot in den Ofen schob, überkam mich ein warmer Zauber. Ich drehte mich um und sah Orion in die Küche kommen, ohne Hemd und mit zerzaustem silbernem Haar. Auch jetzt noch stockte mir jedes Mal der Atem, wenn ich ihn ansah.

Sein Blick glitt an meinem Körper hinunter und ich hörte sein anerkennendes Knurren. »Du trägst mein grünes Lieblingsgewand aus Seide. Willst du mich in Versuchung führen?«

Ich legte eine Hand auf meinen Bauch und spürte das *Klopfen* der kleinen Hände, als das Baby seine Anwesenheit kundtat. »Ich kann mich kaum bewegen. Ich will niemanden in Versuchung führen.«

Er zog beim Anblick der leuchtend roten Eierschalen eine Augenbraue in die Höhe. »Woher hast du die Anzu-Eier?«

»Ein Geschenk von der Herzogin des Luzifer-Bezirks selbst, auch bekannt als Lydia.«

Orion fuhr sich durch die Haare. »Das heißt, sie will etwas von uns für die nächste Ratssitzung.«

Ich zog eine Augenbraue hoch. »Abgesehen von der zusätzlichen Finanzierung des Shalem-Platzes hat sie schon immer dich gewollt.«

»Natürlich.« Er streifte mir das grüne Gewand von den Schultern und begann sie mit Küssen zu bedecken. Hitze kribbelte bei jeder Berührung auf meiner Haut. »Aber sie kann mich nicht haben. Nicht für alle Anzu-Eier der Welt.«

Ich schlang meine Hand um seinen Nacken. »Lass mich Frühstück machen, Liebes, bevor Nico aufwacht.« Der kleine Kerl konnte mit Hunger nicht gut umgehen.

Orion schaute auf seine Uhr und runzelte die Stirn. »Er hat noch nie länger als neun Uhr geschlafen.«

Mein Herz begann schneller zu schlagen. War es schon neun? Nico war normalerweise um sieben oder früher wach. Ich sagte mir, dass ich einem geschenkten Gaul nicht ins Maul schauen sollte.

Ich hörte das ferne Knarren von Orions Gewicht auf der Treppe, während ich ein weiteres Ei aufschlug und einen Klecks Sahne in die Mischung gab.

»Rowan!« Orions Stimme durchbrach die Stille, dröhnte durch den Palast und hallte von der Steintreppe wider. »Wo ist Nico?«

Ich erstarrte. Mein Herz schlug heftig gegen meine Rippen.

So schnell mein schwangerer Körper mich tragen konnte, rannte ich die geschwungene Steintreppe hinauf in Nicos Zimmer. Orion stand in der Mitte und umklammerte die karmesinrote Decke unseres Jungen.

Aber Nico war nicht im Raum.

Die Luft verließ meine Lunge. Es sollte keine große Sache sein. Er war vier und versteckte sich wahrscheinlich irgendwo. Aber Orion und ich spürten dasselbe – die schreckliche Abwesenheit von Nico. Wir konnten seine Magie nicht mehr spüren oder seinen kleinen Herzschlag hören.

»Nico?«, rief ich und suchte mit meinen Augen Nicos Bett, sein Bücherregal und seinen Spielzeugstapel ab.

Soldaten in blauer Uniform stürmten in die Halle. Ihre Körper waren angespannt, während sie auf Befehle warteten.

Orions Augen verdunkelten sich. »Ich kann ihn nirgendwo spüren.«

Das Äußere des Palastes wurde von mächtigen Schutzwällen und einer Horde von Dämonensoldaten geschützt. Wir hatten mehrere Schichten magischen Schutzes sowie die altmodische rohe Gewalt der Höllenhunde, die in den dornigen Gärten um den Palast herum patrouillierten. Wenn ein Eindringling hereingekommen wäre, hätten die Höllenhunde es uns wissen lassen.

Ich schloss meine Augen und konzentrierte mich. Orion und ich teilten eine Verbindung mit Nicodemus, die es uns ermöglichte, seinen Aufenthaltsort immer zu überwachen, egal wo er war. Aber in diesem Moment fühlte ich nichts.

Ich schnappte nach Luft.

Orion fuhr sich durchs Haar. »Durchsucht das Haus«, bellte er den Soldaten zu. Dann sagte er etwas leiser: »Er ist wahrscheinlich in einem Schrank oder so.«

Wie alle Eltern hatten wir uns darauf gefreut, dass unser Sohn anfing zu laufen. Und wie alle Eltern wünschten wir uns, dass er damit aufhören würde, sobald er es tat. Er wollte alles erklimmen und wissen, was sich hinter jeder verschlossenen Tür, in jedem Schrank und jeder Schublade befand. Seine Neugierde und Energie waren grenzenlos.

Und jetzt war er verschwunden.

»Ich werde draußen nach ihm sehen«, sagte Orion.

Ich ging mit Nicos Decke von Zimmer zu Zimmer, rief seinen Namen und lauschte dann leise auf eine Antwort. Unsere Soldaten nahmen den Ort Stück für Stück auseinander.

Stille folgte unseren Rufen, aber ich konnte nicht glauben, dass er weg war – das war einfach nicht möglich. Ich war wütend auf jemanden, aber ich konnte nicht genau sagen, wer es war. Die Soldaten, die diesen Ort bewachen sollten? Nico?

Auf mich selbst, dachte ich.

In seinem Schlafzimmer, das mit Kraken dekoriert war, seinem Lieblingsmotiv, begann ich mit wachsender Dringlichkeit zu suchen, zog die Decke beiseite und riss den Schrank auf. Die Fenster waren geschlossen, also war er nicht hinausgesprungen oder entführt worden. Wie konnte es sein, dass ihn niemand gesehen hatte?

Erschöpft setzte ich mich auf sein kleines Bett.

Was wir brauchten, war ein bisschen magische Hilfe. Ich schnappte mir mein Handy und rief das beste sterbliche Orakel der City of Thorns an, Isabeau. Es gab magische Möglichkeiten, sie zu kontaktieren, aber sie bevorzugte SMS. Aber jetzt dauerte mir eine SMS zu lange.

Nach dem ersten Klingeln nahm sie ab. »Guten Morgen, Eure Majestät«, begrüßte sie mich. »Nico, stimmt's? Vermisst Ihr ihn?«

»Ja, danke.« Ich war schon beruhigt, dass sie wusste, was los war. »Wir können ihn nicht finden.«

»Seltsam«, antwortete das Orakel. »Eure Siegel und Glyphen sind alle an ihrem Platz. Die Schutzwälle funktionieren weiterhin.«

»Ja, ich glaube schon …«

»Das war keine Frage.« Ihre Fähigkeiten erlaubten ihr einen gewissen Spielraum, wenn es um ihre Sticheleien ging, aber ich war nicht in der Stimmung für ihre Spielchen.

»Wenn sie an Ort und Stelle sind, wo ist dann Nico?«, fragte ich. »Wie konnten die Zaubersprüche umgangen werden? Wer hat ihn entführt und wie schirmen sie ihn vor uns ab?«

»So viele Fragen«, antwortete sie langsam. »Aber keine Antworten. Wenn er auf dieser Ebene wäre, würde ich es wissen. Wenn er diese Ebene verlassen hätte, wüsste ich das auch, selbst wenn ich ihm nicht folgen könnte. Er hätte eine Spur hinterlassen.«

Panik schoss durch meinen Körper. »Ist er in Osborne? Bei den Sterblichen?«

Während ich auf ihre Antwort wartete, stürmte Orion in den Raum, die Farbe aus seinem Gesicht verschwunden. Er zuckte mit den Schultern und drehte resigniert beide Handflächen nach oben.

»Es gibt diejenigen, die das Talent haben, Dinge vor dir zu verbergen«, bemerkte Isabeau. »Und eine sehr kleine Anzahl hat die Fähigkeit, Dinge vor mir zu verbergen. Aber keiner von ihnen hätte einen Grund, deinem Sohn zu schaden. Die Person, die du brauchst … die Person, die dir helfen kann … ist eine Herzogin aus dem Hause Shalem.«

Orion machte mir ein Zeichen, ihm das Handy zu geben.

»Lydia hat uns heute Morgen Anzu-Eier gebracht«, informierte Orion das Orakel. »Ich glaube nicht an Zufälle.« Ich beobachtete, wie er nickte, während er Isabeau zuhörte. »Finde ihn. Hast du verstanden?« Er reichte mir das Telefon zurück.

Ich nickte und starrte auf Nicos Decke in meinen Händen. Ich dachte an einen Gedanken, der zu schrecklich war, um ihn zu erwägen, und Übelkeit stieg in meinem Bauch auf. »Orion, wenn weder wir noch das Orakel ihn spüren können, kann das bedeuten, dass er … er kann nicht …«

Ich musste mich von diesem schrecklichen Gedanken fernhalten, und Orion schüttelte nur den Kopf. Als er über meine Schulter zu den Soldaten blickte, hatten seine Augen die Farbe von Tinte angenommen.

»Bringt die Herzogin des Luzifer-Bezirks zu mir«, sagte er mit einer tödlichen Kälte in seiner Stimme.

Wir saßen auf unseren Thronen. Ich wollte nicht auf einem Thron sitzen – ich wollte herumrennen und die Stadt nach Nico absuchen. Aber anscheinend waren die Throne eine Machtdemonstration, die jemandem Angst einjagen und ihn dazu bringen konnte, die Wahrheit zu sagen. Ich hielt mich an der Kante fest.

Lydia aus dem Haus Shalem betrat den Marmorsaal vor uns mit einer Anmut, die es so aussehen ließ, als würde sie eher schweben als gehen. Durch ihr langes rotes Kleid hindurch waren ihre feurigen Tattoos zu sehen. Es war schwer zu glauben, dass sie etwas so Unüberlegtes tun würde. Vor Jahren, als ich noch sterblich gewesen war, hatte sie versucht mich zu töten. Aber das gehörte zu den Aufnahmeprüfungen, um in die Stadt zu kommen, und seither hatten wir uns gut verstanden.

»Willkommen zurück, Lydia«, sagte ich.

»Ich hoffe, die Eier haben geschmeckt?«

»Wir sind nicht hier, um über die Eier zu reden«, sagte Orion gleichmütig. »Wir sind auf der Suche nach unserem Sohn. Du warst heute Morgen hier. Unser Orakel dachte, du wüsstest vielleicht, wo er ist.«

»Ich?« Sie legte einen Finger an ihre Lippen. »Ah. Mein Sohn ist früher ständig verschwunden. Es war wirklich sehr einfach, ihn zu finden.«

Ich beugte mich über meinen Bauch nach vorne. »Wie?«

Sie legte die Hände an den Mund und brüllte in die Luft: »Feigenpudding!« Ihre Stimme hallte von den Steinen wider.

Ich starrte sie fassungslos an. Ich hatte sie noch nie etwas Unwürdiges tun sehen. Aber dann wiederum hatte ich sie auch noch nie als Mutter gesehen.

Sie drehte sich zu mir um und runzelte die Stirn. »Das ist schon lange her. Damals war Feigenpudding sein Lieblingsessen. Was isst dein Sohn am liebsten auf der Welt?«

»Zuckerwatte«, sagte ich.

Sie legte ihre Hände wieder an den Mund. »Die Zuckerwatte ist fast alle! Es wird nichts mehr für den armen Nico übrigbleiben. Sagt allen Bescheid, dass die Zuckerwatte fast alle ist!«

Er schien sich aus den Schatten in den Ecken des Saals zu materialisieren.

Sein Gesicht war tränenverschmiert und seine Nase lief. »Ich habe Hunger, Daddy!«

Orion hob Nico in die Luft und schlang seine Arme um ihn. Nico war rot im Gesicht und suchte bereits nach der versprochenen Zuckerwatte. Er war kurz davor, in hungrige Tränen auszubrechen, als er merkte, dass es hier keine gab. Aber trotzdem, er war wieder bei uns, und ich hätte nicht erleichterter sein können.

Bevor sie ging, umarmte ich Lydia und drückte sie an meinen riesigen Bauch.

Dann sah ich Nico an, der wegen der Zuckerwatte weinte, die er erwartet hatte. Wo zur Hölle war er gewesen?

Am Nachmittag besuchten wir Isabeau. Wenn irgendjemand herausfinden konnte, was mit Nico passiert war, dann war es unsere sterbliche Orakelfreundin. Wir fanden sie in ihrem kleinen Häuschen. Ihr weißes Haar war mit Blumen und Muscheln geschmückt. Sie begrüßte uns alle mit Tee.

Einige Minuten lang saß Isabeau bei Nico, hielt seine Hände und ließ ihr Bewusstsein sich mit seinem vereinen, um die Welt durch seine Augen zu sehen. Schließlich nickte sie und lehnte sich in ihrem Stuhl ein wenig zurück. »Oh ja, das ist es«, rief sie aus. »Genau das ist es!« Sie ließ Nicos Hände los und strahlte ihn an. »Ein ganz besonderer junger Mann.«

Ich schluckte. »Was genau ist passiert?«

»Zeigen wir es ihnen«, schlug die alte Frau vor, stand auf und reichte unserem Sohn die Hand. Er nahm sie und sie gingen gemeinsam durch das unordentliche Zimmer, das voller Tierschädel und Trockenblumen war. Als sie die hintere Wand erreichten, drehte sich Nico um und winkte uns mit einem fröhlichen Lächeln zum Abschied zu – dann liefen die beiden direkt durch die Wand auf die kopfsteingepflasterte Straße hinaus.

Mein Magen sank, aber im nächsten Moment kamen sie auf die gleiche Weise durch die Wand zurück.

»Wie hast du …«, begann ich, aber ich war zu erstaunt, um zu Ende zu sprechen. Ich beugte mich über meinen Bauch und zog Nico an mich heran.

»Ich bin ein Geist«, rief er vergnügt. »Ein großer, großer, *großer*, riesiger Geist!« Er stampfte mit den Füßen auf, um es zu betonen.

Ich sah zu Isabeau auf.

Sie zuckte mit den Schultern. »Ich kann die Magie, die dahintersteckt, nicht genau erklären, aber Nicodemus kann durch Wände gehen. Oder offenbar auch durch Böden fallen. An Orte wie Kerker.«

»Scheiße«, murmelte ich.

»Scheiße«, wiederholte Nico.

»Pst, nein, Schatz.« Ich legte einen Finger auf seine Lippen. »*Scheibenkleister*. Ich sagte Scheibenkleister.«

»Er kann durch Böden *fallen*?«, fragte Orion kühl.

»Eine starke Emotion kann es auslösen«, sagte Isabeau.

»Ein großes Scheibenkleistergeist«, rief Nico erfreut.

Ich erhob mich langsam. »Was können wir tun, um ihn zu schützen?«

Isabeau rieb ihre Hände aneinander. »Es gibt einige großartige Hexen hier in Belial, die ihm helfen können, seine Gaben zu nutzen. Aber in der Zwischenzeit …« Sie zog einen kleinen Stoffbeutel hervor, der mit einem Stück Garn zusammengebunden war. »Leg ihm das um den Knöchel. Eibenblätter. Sie werden seine Magie so weit unterdrücken, dass sie nicht außer Kontrolle gerät.«

»Danke.«

»Ja. Danke«, stimmte Orion zu.

Wir verließen das Haus mit einer Liste von Anweisungen von Isabeau und ganz neuen Sorgen, die uns als frischgebackene Eltern beschäftigten. Wie zum Teufel sicherte man ein Haus für ein Kind, das durch die Wände gehen konnte?

Vor Jahren wurde ich von einem schrecklichen Albtraum geplagt, in dem es um einen kleinen grünäugigen Jungen ging, der kastanienbraunes Haar hatte. In dem Traum hatte eine Horde von Dämonen die Welt überrannt und jeden in Sichtweite abgeschlachtet. Ein dämonisches Heer, angeführt von meinem Mann Orion.

Der Traum war so lebhaft gewesen, dass er mir Angst eingejagt hatte.

Manchmal kam dieser Traum zu mir zurück. Aber jetzt war es Kas, der das Grauen auf die sterbliche Welt losließ. Wenn die Träume am schlimmsten waren, stellte ich mir den kleinen Jungen als einzigen Überlebenden vor, sah den Schrecken in seinen Augen, als alle um ihn herum getötet wurden und er niemanden hatte, an den er sich wenden konnte. Ich wachte weinend auf und griff nach Orion. Wenn Nico schlief, suchte ich nach ihm, um mich zu vergewissern, dass es ihm gut ging. Manchmal sah ich mehrmals in der Nacht nach ihm.

Ich würde gern sagen, dass ich als Elternteil in einer Welt der Glückseligkeit lebte, in der meine Ängste verschwanden und alles in Ordnung war.

Aber ich würde nie aufhören, mir Sorgen um Nico zu machen, oder um das Baby in meinem Bauch, das ständig Schluckauf hatte.

Es gab keine Liebe ohne Angst. Die Angst vor dem Verlust.

Aber diese drei Dämonen waren meine Welt, und ich würde diese Angst ertragen, um in ihrer Wärme zu leben.

Danksagung

Danke an Michael Omer und Nick für ihr Feedback zum Buch und dafür, dass sie mir geholfen haben, über wichtige Handlungspunkte nachzudenken.
Lauren und Jean sind meine fabelhaften Redakteurinnen, die dazu beigetragen haben, dass die Geschichte glänzt.
Danke an Linsey Hall, K.F. Breene, May Sage und Laura Thalassa für die moralische Unterstützung beim Schreiben.
Vielen Dank an mein Leseteam, das mir dabei geholfen hat, das Buch zum Strahlen zu bringen, und an C.N. Crawfords Coven.

C.N. Crawford

Verlosung

Wollt ihr Bücher mit passenden Lesezeichen und anderen Goodies gewinnen? Dann schreibt Betreff „CoT Verlosung" an:

kontakt@von-morgen-verlag.de

oder meldet euch auf von-morgen-verlag.de für den Newsletter an. Jeden Monat verlosen wir sieben Bücher aus unserem Sortiment und informieren euch, wenn die neue Serie von C.N. Crawford erscheint (voraussichtlich im Herbst … Freut euch auf *Shadow Fae*!).
Und keine Sorge, wir spammen euch nicht zu. :) Dafür sind wir viel zu beschäftigt damit, tolle Bücher zu machen!

Viel Glück bei der Verlosung und vor allem kuschelige Lesestunden wünschen euch

Jenny und Katharina
Von Morgen Verlag

NOTIZEN